大學用書

國音及語言運用

吳金娥・季旭昇・林國樑
姚榮松・高秋鳳・張正男
張孝裕・張美煜・張素貞　　著
黃家定・楊如雪・葉德明
廖吉郎・劉瑞箏・潘麗珠

三民書局 印行

國家圖書館出版品預行編目資料

國音及語言運用 / 吳金娥,季旭昇,林國樑,姚榮松,高秋鳳,張正男,張孝裕,張美煜,張素貞,黃家定,楊如雪,葉德明,廖吉郎,劉瑞箏,潘麗珠著.－－修訂四版四刷.－－臺北市: 三民, 2018
　　面; 公分

ISBN 978-957-14-5395-8　(平裝)
1.漢語 2.語音學 3.聲韻學 4.演說術

802.49　　　　　　　　　　　　　99017781

© 　國音及語言運用

著 作 人	吳金娥等
發 行 人	劉振強
著作財產權人	三民書局股份有限公司
發 行 所	三民書局股份有限公司
	地址　臺北市復興北路386號
	電話　(02)25006600
	郵撥帳號　0009998-5
門 市 部	(復北店) 臺北市復興北路386號
	(重南店) 臺北市重慶南路一段61號
出版日期	初版一刷　1992年11月
	四版一刷　2010年10月
	四版四刷　2018年10月
編 　號	S 800850

行政院新聞局登記證局版臺業字第○二○○號

有著作權　不准侵害

ISBN　978-957-14-5395-8　（平裝）

http://www.sanmin.com.tw　三民網路書店

修訂四版說明

　　語言的運用，為現代人與他人進行溝通過程中不可或缺的技巧。本書由臺灣師範大學國文系擔任國音課程的教師共同執筆，就各人研究所得與教學經驗，筆之於書編修而成。

　　本書出版迄今，已逾十八載，由於內容詳實、解說精闢，在學界迭有好評，亦深受讀者的喜愛。此次再版，採新式電腦軟體排印，美觀而清晰，並將前版部分篇章例句的編排形式稍作調整，針對訛誤疏漏之處作修正，期望能增益讀者在閱讀時的便利與舒適性，對書中內容的掌握及語言運用技巧的理解，亦能更加得心應手。

序

　　師範院校的學生，將來都要從事教學的工作；在教學的工作裏，無論是要傳道、授業、解惑，或是要增進知識、啟發思想、指導行為、建立理想、培養情趣；溝通都是最基本、也是最重要的教學技術。因此，師範院校的學生，為因應將來從事教學工作的需要，必須學好溝通的技巧，而語言的運用，便是其中不可或缺的工具。

　　在進行溝通的過程中，代表訊息的溝通信號，對於溝通成效影響極大；所以，我們必須重視師範院校學生的語音訓練。在師範院校裏，負責訓練學生語音的課程，就是師範學院、師範大學的國音課程。國音課程在師範大學的課程裏，過去一直列為全校學生的必修課程，對充實學生畢業後從事教職的能力，有很大的幫助。

　　最近幾年，國內高中畢業考入師範大學的學生，其說國語的程度，已比臺灣光復初期提高不少；而隨著社會的進步與開放，人際溝通日愈頻繁，教師的溝通技巧日愈重要；因此，原有的國音教材《國音學》已不敷使用；擔任國音課程之同仁有鑑於此，乃提議重編教材，並議定由全體擔任國音課程的教師，共同執筆；就各人研究所得與教學經驗，筆之於書以供大眾研讀參考。

　　本人自民國七十九年底承乏臺灣師範大學國文系系務以來，即以更新「國文」、「四書」及「國音」教材，改進此三門全校學生必修課程之教學為重要工作；如今「國音」新教材《國音及語言運用》一書凡二十八萬字已完稿，交由國內頗具規模的三民書局出版，從八十一學年度開始試用。此乃師大課程改進之大事，謹記數語，以誌其事。

邱　燮　友

八十一年九月教師節於臺灣師大

目　次

上篇　語音原理篇

下篇　語言運用篇

上篇　語音原理篇

第一節　發音原理及器官保養

壹、發音器官的構造及功能

　　語音是我們發音器官的特殊運動所產生的聲波現象。下圖是發音器官的簡單示意圖，可以分為三部分。

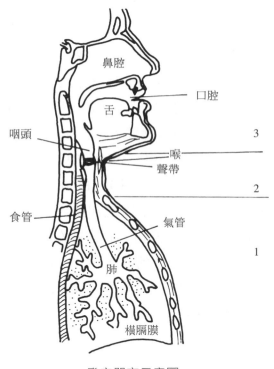

鼻腔

口腔

舌

咽頭

喉

聲帶

3

食管

氣管

2

肺

1

橫膈膜

發音器官示意圖

　　發音器官包括：①肺和氣管；②喉頭和聲帶；③咽頭、口腔和鼻腔。可以聲門做中心點，分成上中下三個部分，聲門以下 (subglottal) 部分，是發音的動力來源，屬於呼吸器官，是第一部分。語音的主要發聲體是聲帶 (vocal cords)，位在喉頭內；是發音器官中的聲源所在。喉頭下接氣管，上接咽頭，是由軟骨組成的一個匣狀構造，這是第二部分。至於聲門以上的

聲道 (vocal tract)，包含咽、口、鼻，是一個三叉路口，除了提供氣流出路外，口腔裏的唇、舌、齒、齦、顎等所構成的大小形狀的通路，在發音時起調節作用而形成形形色色的語音，這是發音器官的第三部分。這些器官原始的功能，不外乎呼吸和消化。

一、呼吸器官

包括肺、呼吸肌肉和氣管。肺是在胸腔中的一團有彈性的海綿狀物質，有左右兩個。呼吸動作是受胸腔內各種肌肉和腹肌以及分隔胸部和腹部的橫膈膜控制的。橫膈膜下垂，肺部膨脹，外面的空氣從口腔或鼻腔通過咽頭、喉頭、氣管和支氣管進入肺部，這就是吸氣，橫膈膜上升，肺部縮小，氣流從肺部通過氣管、喉頭、咽腔或鼻腔向外流出，這就是呼氣。通常我們每五秒鐘呼吸一次；說話時，我們能夠按照句子和詞組長度的需要來改變呼吸的速率。我們僅在呼氣的過程中說話，說話時橫膈膜雖然放鬆，但腹肌卻收縮以便控制，使腹部內臟器官向上擠壓橫膈膜，並使它進入胸腔，擠出肺裏的空氣。

氣管由環狀軟骨組成，由喉頭向下延伸，來自肺部的空氣向上流經氣管，經過喉頭通向口或鼻。

二、喉頭和聲帶

喉頭由甲狀軟骨、杓狀軟骨和環狀軟骨所組成，突出在頸部的喉結就是甲狀軟骨的一部分。這些軟骨包圍成一個圓筒狀的喉室，聲帶是處於喉室中的兩片韌帶，由肌肉、黏膜等組成，極富彈性。兩片聲帶當中的空隙叫聲門。聲帶的前端連在甲狀軟骨上，後端分別連在兩塊杓狀軟骨上。杓狀軟骨的活動可使聲帶放鬆或拉緊，使聲門打開或關閉。當杓狀軟骨併攏時，聲帶也隨之併攏，空氣通路就完全隔斷，喉門就關閉。從肺呼出的氣流，通過關閉的聲門時，就引起聲帶顫動，發出聲音。在喉頭的頂部是梨狀的會厭軟骨，窄的一端連在喉結上，另一端是活動的，好像一個閥門，吞咽時它就覆蓋住氣管，以防食物誤入氣管。以下是喉頭構造圖。

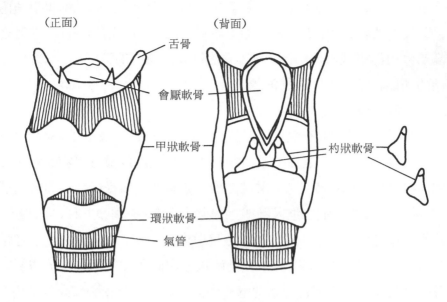

（正面）　　　　　　　（背面）

舌骨

會厭軟骨

甲狀軟骨

杓狀軟骨

環狀軟骨

氣管

喉頭構造圖

　　聲帶在甲狀軟骨的前端和杓狀軟骨之間橫著，從橫剖面才能看得清楚。如下圖所示。

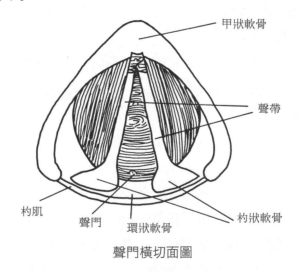

甲狀軟骨

聲帶

杓肌

聲門

環狀軟骨

杓狀軟骨

聲門橫切面圖

　　聲帶實際上非常小，大約只有十到十三、四毫米長，比小手指頭上的指甲蓋還要小（王士元，《語言與語音》，頁 9，1988）。呼吸時聲帶是分

開的，發音時聲帶是合攏的。由於聲門下面氣流的推動，聲帶會發生顫動，顫動得快，聲音就高，顫動得慢，聲音就低。聲帶從開始張開到完全關緊共七毫秒的時間，大約每隔八毫秒開合一次，週期地進行。

發音時聲帶的狀態，有許多變化，可參考下文「發音過程」的第二項。

三、咽頭和鼻腔

聲道從聲門經過咽頭和口腔，一直延伸到唇。其間距離頗長，任何聲道形狀的改變都會改變聲音的音色。

咽頭是聲道最接近聲門的部分，它是連接喉、口腔以及鼻腔的一根管子。咽頭下方是喉門（由會厭及聲門控制開閉）和食道兩個分岔口。通往鼻腔或口腔則由軟顎控制。有三種狀態：如果軟顎下垂，自然堵住氣流往口腔的通路，形成鼻腔共鳴，而發出鼻音。反之，一旦堵住鼻腔的通路，就發出口音。如果軟顎不上不下，氣流可能引起口腔和鼻腔同時共鳴而形成鼻化音。此外，咽頭也可以和舌根一起形成阻礙而發出咽頭音（或稱喉壁音）。

鼻腔從咽頭一直伸展到鼻孔，有「鼻中隔」貫穿全部通路，鼻腔壁的隆起與皺褶，也會把鼻腔通路的某些段落變成形狀複雜的管道。凡鼻腔共鳴而發出的一定是濁音，即使是輔音也帶有樂音的性質，也可以獨立成音節。

四、口腔

口腔是聲道最後也是最重要的部分，包括唇、齒、齒齦、硬顎、軟顎、小舌和舌頭。口腔也可以分為上下兩部分，口腔上部有上唇、上齒、上齒齦、上顎。上顎又可分為硬顎、軟顎和小舌。口腔下部有下唇、下齒和舌頭。舌頭是口腔中最靈活的部分，它可以跟上顎各部接觸而造成阻礙，也可以利用各種運動來改變口腔的形狀。舌頭又可以細分為舌尖、舌葉、舌面、舌根幾個部分。

發音時，主動的器官（或稱積極的器官）向被動的器官移動，形成各種不同形狀的共鳴腔，因而產生各種不同的聲音。在輔音的分類中，有所謂發音部位，就是這兩種器官接觸點或舌頭最後的位置。

小舌是連接在軟顎後端的一個小肉墜兒，可以跟軟顎一起上下活動。發音時，小舌若抵住咽頭的後壁，也可以造成阻塞而形成小舌音，小舌顫

音一如漱口時喉中的動作，有些語言還常使用它。

　　雙唇和兩頰由於露在外面，聽話人可以觀察說話人的臉部動作來讀出說話的信息，這種叫做「唇讀法」(lip-reading)，在言語交際中起另一種作用。

　　下圖為綜合一～四項的發音器官圖。

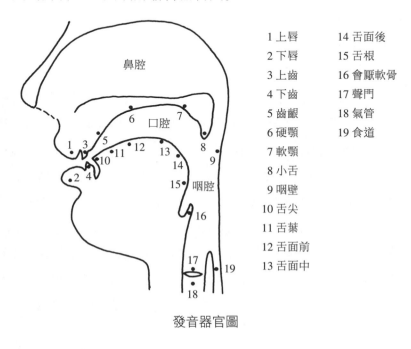

1 上唇	14 舌面後
2 下唇	15 舌根
3 上齒	16 會厭軟骨
4 下齒	17 聲門
5 齒齦	18 氣管
6 硬顎	19 食道
7 軟顎	
8 小舌	
9 咽壁	
10 舌尖	
11 舌葉	
12 舌面前	
13 舌面中	

發音器官圖

貳、發音過程

以下具體說明發音的整個過程。

一、發音氣流方式 (airstream mechanism)

　　喉頭以下的發音器官包括氣管下端、支氣管、肺、橫膈膜及肋間肌肉，都是驅動氣流的主要裝置，言語所需的能量，來源於正常呼吸時肺部呼出的穩定氣流。但從生理的觀點看來，在發音器官中，除了肺部以外，喉腔、口腔及鼻腔都存有空氣，在人類的語言中，除鼻腔的空氣不作發音能源外，其餘的空氣都可以利用來作發音的氣流。同時空氣流通的方向也有兩種可能，一種是呼出 (egressive)，一種是吸入。因此，依照呼出及吸入的方向，發音的氣流方式有下列六種可能：

肺部的		喉腔的		口腔的	
呼出	吸入	呼出	吸入	呼出	吸入

　　肺部呼出氣流是所有語言大多數語音所利用的氣流方式,氣流由肺呼出,經過喉頭,引起聲帶的振動,加上發音腔道的共鳴,就可以發出不同的語音。其他五種方式,用得比較少,有些語言利用「喉腔呼出氣流」(glotalic egressive airstream) 發出喉塞化子音 (ejectives),如 p',t',k',方法是利用喉頭的急速向上推動,將喉腔的空氣射出發聲。也有語言利用「喉腔吸入氣流」(glotalic ingressive airstream) 來發「吸入塞音」(implosives),如 ɓ,ɗ,ɠ 等。海南島的儋州村話有這種音,方法是利用喉頭的急速往下抽回,將喉腔的空氣吸入發聲。

　　至於利用口腔呼出氣流,僅有在訓練全喉切除病人發音時的口腔語或食道語才用得上。有些非洲語言則使用「口腔吸入氣流」(velaric ingressive airstream) 發出一種「吸入嘀答子音」(clicks),方法是以舌後往後移動,頂住軟顎,使空氣不進入喉腔,當空氣往口腔內急速吸入後,口腔其他發音器官的阻礙急速放鬆,即在口腔中發出一種「嘀答聲」。

二、聲門的狀態 (state of the glottis)

　　聲帶橫在由肺呼出氣流的通道上,構成聲門,聲門的開合狀態構成喉的門閥動作,也產生不同的音,大體上聲門也有七種狀態與說話有關。如下圖:

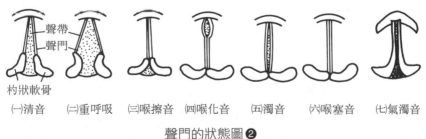

聲門的狀態圖 ❷

分別說明如下:

㈠為平常呼吸或發不帶聲子音時的狀態。聲帶後端張開,氣流通過時

---

❷　綜合謝國平,《語言學概論》(1985),周同春,《漢語語音學》(1990)。

不引起聲帶振動，自由無阻地進入咽腔、口腔。不帶聲的輔音（或叫清音），僅由聲門以上的發音器官調節發音部位，聲門都是這種狀態。如：p，p'；t，t'；s，ʃ，f，h 等是。

㈡為聲門大開，氣息粗重時的狀態。聲帶最開。

㈢為在耳語 (whisper) 時的狀態。聲帶完全閉合，只剩後端近杓狀軟骨處留下一個小空間，氣流經過，產生輕的沙沙聲。也叫聲門擦音或喉擦音。可用國際音標〔h〕來表示。

㈣為聲門後部閉合，但前部閉合得不緊，氣流通過時產生極慢的連續振動，發出頻率極低、類似不斷冒氣泡時的「卜卜」聲，叫做嘰嘎聲 (creaky voice) 或喉化音 (laryngealized voiced)，杓狀軟骨緊閉，聲帶振動只能在前端。

㈤為平常發聲狀態（發元音及帶聲輔音）。兩條聲帶從前端到後端都很接近，聲門受氣流衝擊，處於連續快速開合的振動狀態，這叫帶聲 (voiced)，舊稱濁音。

㈥為做粗活或提重物時，兩條聲帶全部緊閉狀態。空氣不能呼出，氣流受阻後，在連續的語音中形成一瞬間聲音的靜止或爆發，這叫聲門塞音或喉塞音，可以用國際音標〔ʔ〕來表示，在咳嗽前也都是這種狀態。

㈦為聲門前部被氣流衝擊引起振動，本屬於帶聲，但聲門後部即杓狀軟骨之間的部分開著，氣流通過時產生摩擦，如㈢的喉擦音，二者同時發聲，叫做「帶氣聲」或「氣濁音」(breathy voice)，如上海話的「鞋」〔ɑh ↗〕。

三、共鳴腔的調節

除前述兩道關卡外，剩下的部分是從咽腔以上的共鳴腔的調節。一般所說的發音，通常就是指調節聲道的形狀而產生不同的語音，唇、舌以及聲道其他部分的個別動作，就叫做發音動作。

氣流來到咽腔，第一個碰到的發音動作是軟顎的上下，如果它擋住了鼻腔的通路，就準備要發口音 (oral)，若擋住口腔，就準備發鼻音 (nasal)。

第二個發音動作是舌的高低，一般而言，若聲道上的某一點收緊，氣流通過收緊點而變成湍流，就會產生一種嘶嘶的聲音，這是摩擦音 (fricative)，如發 s，sh 時。

　　另一方面，若用舌的任何一部位抬起，或唇阻塞，都可以造成聲道阻塞，使氣流全部停止，一瞬間把閉塞後造成的氣壓突然釋放，就形成爆破音（或塞音，stop）。如發輔音中的 p, t, k 等。此外還有塞擦音 (affricate)、接近音 (approximation)（包括滑音 glide 和流音 liquid）、邊音 (lateral)、顫音、閃音等，都得留到下一節講「語音分類」中，再作細分了。在輔音分析中，把共鳴腔的調節點，稱為「發音部位」，通常看上下阻的部位而定，如雙唇阻就是雙唇音，舌尖阻就是舌尖音等等，把氣流在聲門及聲道上的狀態，稱為「發音方法」，如前述的清濁，這裏的塞音、擦音、塞擦音、鼻音、邊音、顫音、閃音等皆是，發音方法還包括氣流衝出口腔時的強弱，強的稱為送氣 (aspirated)，弱的稱為不送氣 (unaspirated)，國語聲母中的塞音和塞擦音都有送氣與不送氣的對立。如ㄅ～ㄆ；ㄉ～ㄊ；ㄍ～ㄎ；ㄓ～ㄔ；ㄗ～ㄘ；ㄐ～ㄑ等。

參、器官保養

　　由前面的介紹，我們可以把發音器官看做一部高精密度的電子儀器，準確的操作儀器，可以得到準確而美妙的聲音，錯誤的操作或過度的使用，都會使機器容易故障，因此，適當的保養是減少儀器故障、增加機器壽命的不二法門。現代社會的特徵是緊張忙碌，加上都會區的環境是高噪音，重污染，由於工作與生活周遭環境不佳，人的喉腔附近的器官很容易出毛病，口咽與鼻咽也容易發生病變，咽喉的使用頻率高的職業，例如教師，終日大聲授課，加上講臺附近的粉筆灰的污染，聲帶或喉腔的疾病也就很難避免，一般常見的影響發聲的職業病，大約有下列幾種：

一、說話帶嘎聲、嘶聲

　　嘎聲是指聲音沙啞如刮物，是聲音閉塞症；嘶聲是聲如絲絲的撕裂感，屬於聲音的漏失症。

二、聲帶變形

　　包括聲帶小結、聲帶長息肉、聲帶增厚等，聲帶變形會使音質改變，原因主要是長期使用聲帶不當，如大聲喊叫或直嗓子說話等。

三、痙攣性發聲障礙

又稱「喉頭口吃」，一般在過度緊張或疲累之下，會有偶發性的發聲障礙，聲帶一時無法自由發聲，患者雖使勁以高音調說話，卻被劇烈的痙攣式聲門過度閉合所阻。

四、心因性失聲

又稱「機能性失聲」，常見的是因過度驚嚇而引起，通常都是患者情緒歇斯底里，或是有心理障礙難以突破，造成發聲障礙。

五、音調貧乏症

通常因為聲音過度運用，導致聲調變形而影響到音調、音量及音質。比如教師長期教課，一再重複「單調」的課程，而罹患此症，無法放鬆聲帶及咽喉，所以聲音顯得單調呆板，導致教學效率降低。

六、音調異常

每個人發聲的上限和下限不同，高音的極限稱為「假聲」，低音的極限稱為「軋聲」，病態的假聲與軋聲出現在正常說話中，即屬異常，比如長期要提高嗓門或粗脖子說話喊叫的人，像部分軍人或教師，如果把工作時的說話方式變成平常的說話習慣，即會產生假聲、軋聲的毛病。

為了減少以上的病變，正確地運用你的聲帶，避免聲音的誤用，以下提供你一些簡易的「喉嚨保健」(vocal hygiene) 的妙方，既簡單而又有效，請多留意。

㈠認清什麼是「聲音的濫用」或「聲音的誤用」；在吵雜的環境處久了，可能無形中提高自己的音量而不自覺，這最容易造成聲音的濫用。而故意嘶叫或大笑，或者過度清理自己的喉嚨，養成隨時去「咳乾淨」的壞習慣，都是聲音的誤用，尤其「乾咳」動作太過火，反會使氣道黏膜的摩擦力加大，造成黏膜充血。

㈡儘量少叫嚷、大笑；因為在大喊時，聲帶所承受的拉力比想像中大很多，大笑也應儘量減少，以免濫用了聲帶。

㈢儘量少說「悄悄話」；講悄悄話時聲帶所承受的拉力，比大喊時大得多。事實上，它所需的力量往往比正常發聲更大，並且音調也不對，應

該少用。

㈣開口說話時，先停頓一下，如果每一句都以「想了再說」的方式表達，你可以領悟到出口從容 (easy phonation) 的好處。

㈤減慢說話的速度，可以拉下音量與太高的調子，切莫一開口便像機關槍掃射一般，講個不停，最後喘得上氣不接下氣。

㈥在吵鬧的場所，例如夜總會、舞廳、市場等，儘量少說話，在乘坐機械聲音很大的交通工具時，也應避免交談。

㈦為了講話時輕鬆地呼吸，因此應勿穿著太緊的衣飾。放鬆聲帶的閉合是治療「硬起聲」的最好辦法，放鬆的方法為調整呼吸的習慣。講話時呼吸較靜默時深，故需長時間或是大音量說話時，腹式呼吸最為恰當。

㈧經常保持口腔及嘴唇濕潤將可使你容易講話，因此口腔衛生很重要。

㈨充分而安靜的休息及睡眠對聲音有最大的好處，適量的戶外運動有助於放鬆全身肌肉，並可增進肺活量，間接有益於發聲。

㈩停止抽菸喝酒。

以上十項是積極的保養。還可以在食物方面攝取有益於呼吸道者，例如中藥用的橘子皮及種子，具有行氣、散結、袪痰等作用；再如用青果（即橄欖）可治咽喉腫痛、聲音沙啞、口乾舌燥。也可用蜂蜜 30 克、冰糖 0.6 克混勻，沖入開水，每日分多次緩緩嚥下。

有一種「大腸經脈操」的運動，動作很簡單，只要兩腳站開與肩同寬，雙臂平舉，五指張開，手掌垂直，身體略前傾，張開口，保持姿勢 5～10 分鐘，可以改善任脈與腹腔丹田的循環，是平日保養聲帶的最好運動。（有關這方面的簡易健康操，可參考李家雄，《耳鼻喉健康操》，中央日報出版。）

第二節　語音的物理性質及語音的分類

壹、語音的物理性質

一、單純振動和複合振動

　　聲音是物體振動的結果，例如胡琴、琵琶等依靠弦的振動而發音。語言的聲音依靠聲帶的振動而發音。這種振動的物體，一般稱為聲源。由於聲源的振動而發出聲音，如果沒有傳音物質的幫助傳播，人們仍聽不到聲音。語音的傳音物即是空氣的振動，換句話說，語音是由聲源（聲帶）振動，使空氣的粒子也跟著一起振動，質點由近及遠，依次振動，產生了波狀運動，稱為聲波。

　　聲波和水波都是振動波，但聲波在空氣中傳播時，空氣質點是左右移動的，質點振動的方向與波的傳播方向相同，所以叫縱波，亦稱疏密波；而水波的質點則是上下振動的，振動的方向與波的傳播方向是垂直的，形成一種高低的波形，叫橫波。

　　最簡單的聲波是音叉振動發出的聲波，聲波疏密相間向四周傳播的方式雖然不像水波高低的波狀運動那樣容易用圖形表示出來，但實驗語音學家指出，在音叉的叉尖安上記錄裝置，仍可以在移動著的紙上畫出如下圖所示的正弦曲線：

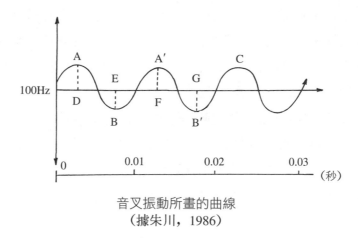

音叉振動所畫的曲線
（據朱川，1986）

　　這種波又叫「正弦波」。圖上 A 代表最大振幅，AA′ 的時間是振動週期，即 0.01 秒。音叉所發出的正弦波每一週期都相等，每一週期所能產生的最大振幅也總是相等的，這樣的振動叫做「簡諧振動」，或單純振動。所發出的聲音叫做「純音」。每一個聲波都包含著振幅、週期、頻率三個

物理量。簡述如下：

㈠振幅：即振動的幅度。指空氣質點離開平衡位置最大的偏移量。如圖上的 A～D、B～E、A′～F、B′～G。

㈡週期：即振動的週期。指空氣質點完成一個全振動（來回一次）所需要的時間。如 A 至 A′，B 至 B′ 所需時間。

㈢頻率：即振動的頻率。指空氣質點在一秒鐘內完成全振動的次數。

人類耳朵所能聽到的聲音，每秒振動次數不少於 20 次，不多於 20,000 次，每秒鐘超過 20,000 次，耳朵就會有刺痛的感覺，小於 20 次，耳朵就聽不見。

兩個以上的純音，可以結合在一起，構成複音，我們耳朵中所聽見的，通常都是複合音。複合音是複合振動構成的。用浪紋計或記音機，把它記錄下來，它的音波形狀如下圖：

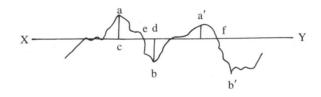

圖中 a～c，d～b 等振幅都不相等，a 至 a′，b 至 b′ 所需時間也不同，因此各音波的振動週期也不相同。

二、樂音和噪音

在複波中，振幅最大而頻率最低的那一個純音，叫做基音，其他都叫做陪音（或泛音）。陪音頻率是基音頻率的整數倍，這樣的複音聽起來很悅耳，叫做樂音。如果幾個不存在頻率整數倍關係的純音相疊加在一起，不能構成有週期性的樂音，聽上去很刺耳，這樣的聲音叫噪音。元音屬於樂音，輔音多半是噪音，也有帶樂音性質的，如鼻輔音。

三、語音的四要素

語音和其他聲音一樣，是由四個要素構成的，即音高、音強、音長和

音色。

㈠音高：即聲波的頻率，每秒振動的次數。從每秒振動次數來稱呼叫「赫茲」(Hz)，代表「次／秒」，從每秒振動周數來稱呼叫「周／秒」(CPS)。在 20～20,000Hz 之間的聲波是人耳能感知的，低於 20Hz 的聲波叫「次聲」；超過 20,000Hz 的聲波叫「超聲」。

人類語音的音高決定於聲帶的長短、鬆緊、厚薄。男性聲帶長、厚、鬆，因此要比兒童和女性低一個八度左右。在漢語中，音高對辨義有很重要的作用，就是國語的聲調。

㈡音強：即語音的強弱，決定於音波振幅的大小。振幅越大，聲音就越強；振幅越小，聲音就越弱。物體發音之強弱跟外力打擊的輕重有關。語音的強弱決定於肺部呼出氣流壓迫聲帶或其他發音器官的壓力。人耳對聲音強度的感覺叫響度，但響度並不就是音強。計算音強的單位是分貝 (dB)。人耳能忍受的最大聲音強度為 130 分貝。

㈢音長：即聲波持續時間的長短。計算語音的時間通常以毫秒 (ms) 為單位，千分之一秒就是 1 毫秒。音長並不影響聲波的本質，但是從語言學的角度看，音長也是區別意義的一種手段，漢語中廣東話元音的長短，就有辨義性。

㈣音色（音質）：又叫音品；即聲音的特色、本質。它是語音中最重要的屬性。它的不同係由於複合振動所含的陪音的不同。影響音色的因素很多，最主要的是：1.發音體（振動體）不同，如人的聲帶不同。2.發音方式不同，如同樣是小提琴，用手指撥和用弓弦拉音色就不同。3.共鳴器形狀不同。實驗語音學則提出了更精確的說法：音色的區別由共振峰決定。所謂「共振峰」是語聲複合波中因共鳴作用而能量（振幅）較強的頻率成分，它的頻率叫共振頻率，實驗證明，一個元音的音色就是由頭兩三個共振峰的頻率值決定的。例如：國語元音〔i〕（男聲）的音色就是由 290Hz，2,360Hz，3,570Hz 三個共振峰的頻率值決定的❸。

---

❸　王理嘉，《音系學基礎》，頁 35，1991，北京語文出版社。

貳、語音的分類

一、元音與輔音

人類的語音按性質來分，可以分為元音和輔音。元音是樂音，輔音一般是噪音。發元音時，聲帶發生振動，氣流從喉部出來，不受什麼阻礙，而音色比較響亮，在通常的情況下，元音總是帶音的。發輔音時，氣流在發音器官的某部分受到阻礙，或者發音器官完全關閉。

㈠元音的分類：元音可以從三個方面來分析，為了分析語音，就必須有一套代表音素的音標（國際音標），同時也少不了傳統的元音舌位圖。這個圖是丹尼爾・瓊斯 (D. Jones) 所設計，又經過加工而成四邊形，凡是在平行線上的，就具有等高性質。茲圖示如下：

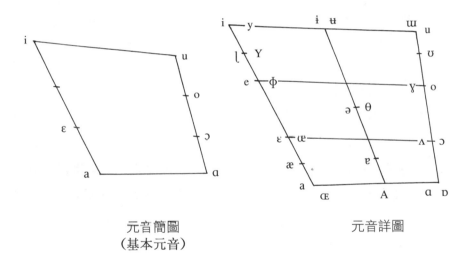

元音簡圖　　　　　　　　　　　元音詳圖
（基本元音）

1.按口腔開閉和舌的升降，可以分為：

閉元音（高元音）：i, u, y

半閉元音（半高元音）：e, ф, ɤ, o

半開元音（半低元音）：ɛ, œ, ʌ, ɔ

開元音（低元音）：a, ɑ, ɒ

中元音：ə, θ

2.按照舌面前後，可以分為：

前元音：如 i, y, e, ɛ, æ, a

後元音：如 ɯ, u, o, ɔ, ɑ

央元音：如 ɨ, ʉ, ə, ɐ, A

3.按照唇的圓展度，又可分為：

圓唇元音：最圓 u, y，略圓 œ, ɒ

展唇元音：中性 ə, ɑ，特展 i, a

以上為舌面元音的最基本分類。此外還可以按其他標準，做進一步的分類，以下只舉三個例子：

1.就發音時間的長短分，有：

短元音：ă, ŭ

長元音：a, u

2.就鼻腔的通塞分，有：

口元音：a, ɛ, o, u

鼻化元音：ã, ɛ̃, õ, ũ

3.就舌面、舌尖分，有：

舌面元音：5.以前皆舌面元音。

舌尖元音：ɿ，ʮ 是舌尖前；ʅ，ʯ 是舌尖後；ɚ 是捲舌元音。

㈡輔音的分類：輔音可以從發音方法和發音部位兩方面來分類。就發音方法來說，又有四個分類的依據：

1.就發音時氣流受阻的狀態分，有下面七種：

⑴塞音：發音時，發音器官的某部完全閉合，堵住氣流的通道，然後突然放開，使氣流自口腔中衝出。例如：〔p〕，〔b〕，〔t〕，〔d〕，〔k〕，〔g〕等。

⑵鼻音：發音時，軟顎下垂，口腔通路堵塞，氣流從鼻腔流出。例如：〔m〕，〔n〕，〔ŋ〕等。

⑶擦音：發音時，氣流通道的某部分並沒有完全閉合，尚留下一條隙縫，氣流從隙縫中摩擦而出。例如：〔f〕，〔v〕，〔s〕，〔z〕，〔θ〕，〔ð〕等。

　　⑷邊音：發音時，舌頭的某部跟齒齦或硬顎接觸，在口腔中形成堵塞，氣流從兩邊或一邊流出。例如：〔l〕，〔d〕等。

　　⑸顫音：發音時，一種有彈性的發音器官連續振動，使氣道不停地開合。例如：〔r〕，〔R〕等。

　　⑹閃音：發音時，舌尖以極快的速度向齒齦輕輕一彈。例如：〔I〕，〔ɽ〕等。

　　⑺半元音（又稱接近音，approximation）：介於元音和輔音之間；在程度上，是介於高元音與擦音之間，即〔i〕，〔u〕，〔y〕等略帶摩擦就成為半元音〔j〕，〔w〕，〔ɥ〕等。

　　此外，還有一種由塞音和擦音結合而成的塞擦音，例如：〔ts〕，〔dz〕，〔tʂ〕等。

　　2.就發音時，聲帶的振不振動，分為清音（不帶音）與濁音（不帶音）。前者如 p，t，k，後者如 b，d，g。

　　3.就發音時，送氣不送氣分，有不送氣音與送氣音之別，前者如 p，t，k，後者如 p‘，t‘，k‘。

　　4.就發音的部位來分，輔音又可以分為下列十三類，即：

　　⑴雙唇音：如：〔p〕，〔p‘〕，〔b〕，〔b‘〕

　　⑵唇齒音：如：〔f〕，〔v〕

　　⑶齒間音：如：〔θ〕，〔ð〕

　　⑷舌尖前音：如：〔ts〕，〔dz〕

　　⑸舌尖中音：如：〔t〕，〔d〕，〔n〕

　　⑹舌尖後音：如：〔tʂ〕，〔ʂ〕

　　⑺舌葉音：如：〔tʃ〕，〔ʃ〕

　　⑻舌面前音：如：〔tɕ〕，〔ɕ〕

　　⑼舌面中音：如：〔c〕，〔ç〕

　　⑽舌面後音：如：〔k〕，〔k‘〕，〔g〕，〔g‘〕

　　⑾小舌音：如：〔q〕，〔ʁ〕

　　⑿喉壁音：如：〔h〕

(13)喉音：如：〔ʔ〕

　　下面附「國際音標」表，作為總結。讀者但須按圖索驥，即可找到各種可能的音讀及音標。

發音方法＼發音部位	雙唇 (唇音)	唇齒 (唇音)	齒間 (舌尖音)	舌尖前	舌尖中	舌尖後	舌葉音	舌面前	舌面中	舌面後(舌根)	小舌音	喉壁音	喉音
輔音 塞 清 不送氣	p				t	t		ȶ	c	k	q		ʔ
輔音 塞 清 送氣	pʻ				tʻ	tʻ		ȶʻ	cʻ	kʻ	qʻ		ʔʻ
輔音 塞 濁 不送氣	b				d	ɖ		ȡ	ɟ	g	G		
輔音 塞 濁 送氣	bʻ				dʻ	ɖʻ		ȡʻ	ɟʻ	gʻ	Gʻ		
輔音 塞擦 清 不送氣		pf	tθ	ts		tʂ	tʃ	tɕ					
輔音 塞擦 清 送氣		pfʻ	tθʻ	tsʻ		tʂʻ	tʃʻ	tɕʻ					
輔音 塞擦 濁 不送氣		bv	dð	dz		dʐ	dʒ	dʑ					
輔音 塞擦 濁 送氣		bvʻ	dðʻ	dzʻ		dʐʻ	dʒʻ	dʑʻ					
輔音 鼻 濁	m				n		ɳ	ȵ	ɲ	ŋ	N		
輔音 顫 濁					r						R		
輔音 閃 濁					ɾ	ɽ					R		
輔音 邊 濁					l	ɭ			ʎ				
輔音 邊擦 清					ɬ					(ȴ)			
輔音 邊擦 濁					ɮ								
輔音 擦 清	Φ	f	θ	s		ʂ	ʃ	ɕ	ç	x	χ	ħ	h
輔音 擦 濁	β	v	ð	z		ʐ	ʒ	ʑ	j	ɣ	ʁ	ʕ	ɦ
輔音 半元音 濁	w ɥ	ʋ			ɹ					j(ɥ)(w)			ʁ

元音	圓唇元音	舌尖元音 前	舌尖元音 後	舌面元音 前 央 後
高	(ʮ ʯ y ɯ)	ɿ ʮ	ʅ ʯ	i y ɨ ʉ ɯ u
半 高	(ø o)			ɪ Y ʊ ; e ø ɵ ɤ o ; E Ɵ ə
半 低	(œ ɔ)			ɛ œ ɜ ɔ ; ʌ
低	(ɒ)			æ ɐ ; a A ɑ ɒ

第三節　國語與方言

　　我國是一個多民族、多語言的國家,以漢語中通行地域最廣,使用人口最多的一個方言——北方話(舊稱官話)作為漢民族共同語的基礎方言,以北京語音作為漢民族共同語的標準音,定為國語,作為全民共同的語言,這是歷史發展的結果,雖然經過了清末民初一段人為的「國語運動」的歷程,不過我們認為這個運動只是加速了民族共同語的完成,而事實上,北方官話的形成,可以遠溯元明時代,以中原音韻為基礎的北曲語言,即早期官話的代表,音韻學者指出這個音系和現代北平音系相差無幾。一國的標準語,除了語音的標準外,還有詞彙及語法方面的標準,這就涉及國語與方言的異同。北方話既是漢語七大方言的一支,顯然國語來自方言,但又不等於某一方言,其中異同應有分際,本節先為國語和方言定位,再說明兩者的關係。

壹、國語在方言之中,又在方言之上

　　許多人以為國語就是北平話,這是不正確的,因為並不是所有北平人說的話都是國語。但是要說「北平話不是國語」,也不合常理,因為世界上許多國家的標準語都是以其政治及文化中心的語言為準,如英國倫敦、法國巴黎、義大利羅馬、日本東京……等。既然是標準語,就應以具體的地域方言為標準,但是我國的國語略有不同。民國二年讀音統一會用投票方式議定了「國音標準」,民國九年教育部公布《國音字典》,指明所定為國音之北京音,為北京之官音,決非北京之土音。這套標準音後來被稱為「老國音」。民國十二年國語統一籌備會成立「國音字典增修委員會」,決定採用北京語音為標準,至民國二十一年公布《國音常用字彙》,正式以北平音系為標準音,是為「新國音」,由此可見,國語與北平話的關係即使在語音系統的標準上,也做過調整。《國音常用字彙》和後來出版的《國語辭典》,一直作為臺灣地區推行國語的依據,國語在臺灣推行了四十年,

海峽兩岸也幾乎阻隔了四十年的來往，足見一種語言是屬於一群人的，不是和某地分不開的。董同龢先生曾說：「我們的國語從前是『官話』，現在是標準語，它並非與北平這個地方不可分。……北平與國語發生關係，只是說國語的人一向以那個地方作活動的中心而已。」❹國語的詞彙和語法，則更不是以北平土話為依據，而是如胡適之先生所說的：「我們的國語是以關漢卿、施耐庵、曹雪芹等所用的語言為基礎。」

大陸自一九五五年改稱「普通話」代替「國語」，仍定義為：「以北京語音為標準音，以北方話為基礎方言，以典範的現代白話文著作為語法規範的現代漢民族共同語。」由此可見「普通話」和「國語」只是名稱不同，其實本質是相同的。大陸學者李榮也指出：「（普通話）在方言之中，是說普通話也是一種方言。十億人口的國家，普通話不拿一個活方言做底子是無法推廣的。在方言之上，是說普通話是全國人民學習的對象。方言是一方之言，普通話是普遍通行的話。」❺這就說明了語言有常也有變，有了活方言做底子，才能萬變不離其宗，但我們也決不能以底子作為唯一依據，否則就會束縛活語言的發展了。在臺灣成長的新生代，到北平街頭走一下，立刻就能理解「國語在方言之中，又在方言之上」這句話的真諦。

貳、國語既是標準語，又是發展中的語言

國語是由北方方言發展出來的一種全民語言，這種活生生的語言，存在十億人的口中，它是隨著社會的演進而不斷地在變遷，這種變遷是十分自然而且無可抗拒的，因為這是社會大眾的力量造成的，不是一、兩個人決定的。因此，它必定要吸收各地方言的成分或俚語、俗語，也從外來文化中獲取養分，如借詞等。董同龢指出，抗戰八年，社會上的領導階級與文化人，紛紛遷入西南各省，他們吸收了西南方言的成分，如「要得」等，慢慢就變成國語的常用詞了，又如上海話的「尷尬」和「揩（ㄎㄚ）油」，音譯詞的「摩登」、「幽默」等，也都是新的國語詞彙。我們還可以指出：

---

❹　參見董著〈國語與北平話〉。

❺　參見〈普通話與方言〉，《中國語文》，1990 年 5 期，北京。

在臺灣流行的「穿梆」、「做秀」、「柳丁」(即柳橙)、「芭樂」(即番石榴)、「上班族」、「二手菸」等已進入國語的詞彙，它也可能成為全民詞彙。我們也不能因為它還未被全民使用，就拒絕它們進入國語詞彙，由此可見，詞彙的規範要比語音的規範困難得多，語言是一直在變的，國語的語詞和語法，也應隨著使用國語的大眾生活而不斷發展、豐富；因此，若有人只憑一本舊國語詞典，作為學習國語的依據，那就太貧乏了，而且不合語言的現實。

　　將國語定義為一種新語言，並不是貶低國語的標準語地位，而是正確指出國語與方言的同質性與依存性。現代語言學者認為，方言是語言的變體，同屬一種語言的方言有共同的歷史來源，共同的詞彙和語法結構，其現代的形式在語音上必定有互相對應的關係。方言又可分為地域方言和社會方言兩大類，地域方言是語言的地域變體，漢語的七大方言都是地域方言。相對於「方言」而言，「語言」是一個抽象的概念。例如我們說「漢語」或「中國話」，既可指民族共同語「國語」，也可以指方言如：廣東話、廈門話、上海話等等。周振鶴和游汝杰 (1986) 曾用下列的圖來表示語言、方言、民族共同語三者的關係：

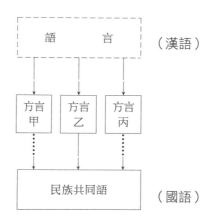

　　周、游二氏指出：

為了尊重其本民族語言的特性，及語言與民族文化、歷史的傳承，在少數民族自治區實施雙語教育，在大陸已行之有年，其成效顯著，各族群亦皆能操國語，在臺灣的山地社區，近年亦有自發性的母語教學，這是邁向多元社會的正常現象，政府雖然採行單一的國語政策，在面對多元社會的需要時，往往能彈性處置，避免為泛政治化的語言矛盾，耗費社會成本。

我們認為語言是文化的無形資產，從國語和方言的共存互濟中，產生的融合吸收現象，有時不免有雜亂之感，但那是過渡時期的現象，各種語言都有去蕪存菁的能力，國語吸收方言詞，可以豐富其表達內涵，反之亦然。不過我們對「雙語」和「雙方言」兩個名詞必須加以說明，不同語族之間的語言是對等的，所以是雙語，漢語與蒙語、回語的關係正如同華語和英語、日語的關係一樣。至於同屬漢語方言的國語和各方言，兩者並用也只能算「雙方言」，它們之間差異較大的是語音，其他部分則同多異少。在教育方式上，雙語和雙方言不宜混淆，雙方言教學是國語教育的延伸，如果某方言區確有必要，則可以在國語課內實施，其前提是要先做好國語和特定方言對應規律的研究，其教學目的在縮短雙方言之間認知差距和消除對立，並且善用這些規律，來加速國語的學習，矯正國語的方音色彩。

肆、國語與方言對比分析舉例

方言與國語的對比分析，主要是分析方言，求出方言和國語的異同，從對比的內容來分類，應包括 1.語音的對比； 2.詞彙的對比； 3.語法的對比。其中以第 1.類最具對應的規律性，本書的範圍是國音，因此，這裏只談語音的對比。所謂「語音對應規律」是指來自共同祖語的現代方言之間，語音的某類常與某類對應，而且具有規律性。例如：當我們想知道廣州音的〔u〕，國語念什麼音時，只要把廣州音〔u〕的字都找出來，觀察國語的念法也全是〔u〕，就可以得出一條規律：廣州話的〔u〕韻，國語也是〔u〕韻。這一條對廣州人學國語是很有幫助的，因為凡是遇到廣州話讀〔u〕的字，念成國語也一定是〔u〕，但是聲母呢，我們把廣州話讀〔fu〕的字找出國語的讀法，卻有三類，即ㄈㄨ〔fu〕，ㄎㄨ〔k'u〕，ㄏㄨ〔xu〕，

例字如下：

廣州音	國音	例　　　字
fu	fu	⎧夫膚敷孚俘孵麩・扶芙符・府俯腑斧甫撫・婦 ⎩／賦富副／付傅赴訃父附負
fu	k‘u	枯・苦・庫袴
fu	xu	呼・虎・唇〜水

因此可以歸納出一個小規律，即：廣州音〔fu〕，國語多數念〔fu〕，少數念〔k‘u〕或者〔xu〕，所以廣州人學國語，對於這些國語念〔k‘u〕或〔xu〕而廣州話念〔fu〕的字，就要特別留意，以免以〔fu〕代替了。

我們也可以反過來查考一下，國語念 k‘（ㄎ）的字，廣州話有幾種念法，結果是：

國語的 k‘（ㄎ）── 廣州話有 ⎧k‘
⎨x　三讀
⎩f

例字： 1. k‘— : k‘—　卡、靠、坤、夸、筐、咳。

2. k‘— : x—　可、開、看、客、口、肯、康、哭、空。

3. k‘— : f—　科、枯、苦、快、寬、況、課、褲、闊、魁、款。

我們可以發現 3.多半是國語合口字（有介音 u，科、課例外）， 2.多為國語開口字（哭、空例外），筆者曾在電視上聽到香港來的歌星，對著觀眾說：「親愛的朋友，我回桑（＝香）港後，很壞（＝快）就會再來臺灣的。」這是因國語的 ɕ（ㄒ），廣州話一般念為 x（ㄏ）、s（ㄙ）、z、c 等。把快 (k‘—) 念成壞 (x—)，是用舌根擦音 (x) 來代替廣州話的唇齒擦音 (f)。

反過來看閩南話，因為只有 x— 沒有 f—，所以國語的 f—，閩南人就用 x— 代替，於是「飛機」變成「灰雞」，「廢話」變成「會話」，「方糖」變成「荒唐」，所以一開始就要把ㄈ和ㄏ分清楚。

另外，閩南話的 k，k‘，x，相當於國語的 k，k‘，x 和 tɕ，tɕ‘，ɕ，凡是在 i，y 韻（細音）之前的 k，k‘，x 一律變成 tɕ，tɕ‘，ɕ，其餘保留 k， k‘，x，根據這一條規律，閩南人很快就可以學會「基欺戲」這些字。同樣「居區虛」也可以類推出來了。

再如：閩南話沒有開口呼的 ei（ㄟ），只有相當的合口呼〔ui〕或〔ue〕，客家話也只有〔ui〕，因此，閩南人和客家人的國語常見以〔ui〕代〔ei〕的錯誤，如把「每」念成〔mui〕，把「飛」、「非」念成〔xui〕，把「類」、「雷」念成〔lui〕，有些閩南人則以〔ue〕來替代一部分的〔ei〕，如：內、倍、培、佩、杯、輩等，這是受方言合口的影響，有些人則把內〔nei〕念成〔nɛ〕，把別〔pie〕念成〔pe〕，這也是因為閩南語沒有〔ei〕、〔ie〕韻的緣故。

當然，要廣泛的做對比分析，必須搜集各種方言的「同音字表」，與國語作成逐音的對應表，這樣，不論在教學或正音上，就可以取之不盡，用之不竭。總之，對應規律的掌握是在方言區學習國語的有效手段，也是國語正音的不二法門，讀者應該舉一反三，多加練習。

第二章 國語發音學

第一節 韻母的介紹及練習

壹、什麼叫韻母

一個字音，除去聲母及聲調，剩下來的部分，就是韻母。代表韻母的符號叫做韻符。如「紹」字的注音是：「ㄕㄠˋ」。「ㄕ」為聲符，「ˋ」為調號，「ㄠ」就是韻符。由此可知，韻母是指用來標韻的字母，在語音學上常稱為元音。

韻母的發音，如果不是單獨出現，在國字的注音裏，總在聲母的後面，所以也叫做後音。如「紹」字的韻符「ㄠ」，就在聲符「ㄕ」的後面。

韻母的發音，當氣流通過聲帶時，聲門都會緊閉，使得氣流振動聲帶而發出聲音。因為聲音響亮，所以叫做帶音，也叫做濁音。

貳、韻母的符號

國音韻母共有十六個，符號分別是：

ㄚㄛㄜㄝㄞㄟㄠㄡㄢㄣㄤㄥㄦㄧㄨㄩ

當民國七年十一月二十三日教育部公布注音字母的時候，韻符只有十五個，分別是：

ㄧㄨㄩㄚㄛㄜㄟㄞㄠㄡㄢㄤㄣㄥㄦ

其中少了一個「ㄜ」。在民國八年四月十六日，教育部公布「注音字母音類次序」時，仍是這十五個符號，只是次序變成：

ㄧㄨㄩㄚㄛㄜㄝㄞㄟㄠㄡㄢㄣㄤㄥㄦ

到了民國九年五月二十日，由教育部國語統一籌備會議決增加一個「ㆤ」母。為便於書寫，後來寫成「ㄜ」。民國二十年，又把ㄧㄨㄩ移到最後。於是韻母的符號及順序才與今天所書寫的完全一樣。

這些韻符，在教育部公布注音字母令（教育部令第七五號）中，有如下的說明：

一、介母三

ㄧ：於悉切，數之始也，讀若衣。

ㄨ：疑古切，古五字，讀若為。

ㄩ：丘魚切，飯器也，讀若迂。

二、韻母十二

ㄚ：於加切，物之歧頭，讀若阿。

ㄛ：虎何切，呵本字，讀若疴。

ㄝ：羊者切，即也字，讀也。

ㄟ：余之切，流也，讀若危。

ㄞ：胡改切，古亥字，讀若哀。

ㄠ：於堯切，小也，讀若傲平聲。

ㄡ：于救切，即又字，讀若謳。

ㄢ：乎感切，嘾也，讀若安。

ㄤ：烏光切，跛曲脛也，讀若昂。

ㄣ：於謹切，匿也。古隱字，讀若恩。

ㄥ：古薨切，古肱字，讀若哼。

ㄦ：而鄰切，同人，讀若兒。

這些符號，係依章炳麟先生的主張，取古文篆籀徑省之形而來。它們的寫法，依上列順序，並加「ㄜ」母在內，分別是：

ㄧ：即「一」字。今寫成一畫，由左至右橫行注音時寫作「ㄧ」，由上而下注音時寫作「一」。

ㄨ：即「五」字。今寫成兩畫，末筆不捺，不能寫作「乂」。

ㄩ：盛飯用具。今寫成兩畫，末筆一豎與下一橫筆密接，上口可稍收

斂，但是不能寫作「厶」。

　　丫：歧頭之物。今寫成三畫，末筆正直，不鉤，不能寫作「ㄚ」或「丫」。

　　ㄛ：即「呵」字。今寫成兩畫，或作三畫，不能寫作「ㄛ」。

　　ㄜ：係於「ㄛ」母上方中間加一小圓點而成，為便於書寫，後來連成「ㄜ」。今寫成兩畫，或作三畫，不能寫作「ㄜ」。

　　ㄝ：即「也」字。今寫成三畫，不能寫作「ㄝ」或「ㄝ」。

　　ㄞ：即「亥」字。今寫成三畫，第二筆末畫不鉤，不能寫作「ㄞ」。

　　ㄟ：即「逡」字。今寫成一畫，末筆不捺，不能寫作「ㄟ」或「ㄟ」。

　　ㄠ：即「么」字。今寫成三畫，不能寫作「么」。

　　ㄡ：即「又」字。今寫成兩畫，末筆不捺，不能寫作「ㄡ」。

　　ㄢ：含苞未放的花。今寫成兩畫，末筆不鉤，不能寫作「ㄢ」。

　　ㄤ：即「厖」字。今寫成三畫，末筆不上提，不能寫作「ㄤ」。

　　ㄣ：即「隱」字。今寫成一畫，末筆不鉤，不能寫作「ㄣ」。

　　ㄥ：即「肱」字。今寫成一畫，下為一橫，不能寫作「ㄥ」。

　　ㄦ：即「人」字。今寫成兩畫，首筆直撇，末筆不鉤，不能寫作「ㄦ」。

　　除了以上十六個韻母外，在發音時，還有一個被省略的韻母，寫成「帀」，像一個倒過來的「ㄓ」。平常說韻符的數目時，都說有十六個，而不把這個「帀」母計算在內。

　　這些韻母符號，教育部曾在民國二十四年頒布的「注音符號印刷體式」❶中，有清楚的寫法，詳見本書第 73、74 頁的附錄。

參、韻母的類別

　　國音韻母，因為發音的不同，可分為單韻母、複韻母、聲隨韻母、捲舌韻母四類。

　　這些韻母發音的不同，主要是由於下列三個條件的差異：

一、舌頭的前後

---

❶　教育部在民國七年的公布令中，原稱為「注音字母」，民國十九年改名為「注音符號」。

舌頭前伸和舌頭後縮會形成不同的韻母。舌頭前伸的韻母習稱為前元音，如「ㄧ」❷；舌頭後縮的韻母則稱為後元音，如「ㄨ」。如果舌頭正好在不前不後的中央位置，便稱為央元音，如「ㄚ」。

二、舌位的高低

舌位的升降，也使韻母形成不同的發音。舌位上升，升到接近上顎而不致發生摩擦的韻母，稱為高元音，如「ㄧ、ㄨ、ㄩ」都是；舌位下降，降到最低的韻母，稱為低元音，如「ㄚ」；如果舌位正好在不高不低的正中位置，便稱為中元音，如「ㄝ、ㄛ」❸；升到比正中稍高的中高位置，就稱為中高元音，如「ㄜ」。

三、嘴唇的展圓

唇形的開展或圓合，也會使韻母的發音產生差別。發音時，嘴唇舒展成扁平形或成自然張開的唇形的韻母，都稱為展唇元音，也就是唇不圓的元音，如「ㄧ」或「ㄚ」；發音時，嘴唇是收聚起來的，則稱為圓唇元音，如「ㄩ」或「ㄨ」。

此外，發音時，由於舌面的動作，或是舌尖的上升，也影響到韻母發音的不一樣，如「帀」與「ㄧ」等是。

這些不同，雖然形成十七個韻母發音上的差異，但是，也有它們的共同點，所以我們可以把它們分為前述的四種類別。現在分別說明如下：

一、單韻母

ㄚㄛㄜㄝㄧㄨㄩ七個韻母，稱為單韻母。因為它們的發音，從開始到結束，不管音長如何，發音的條件都不改變。如「ㄧ」，從開始發音到結束，它的舌面前部都是向前伸，向上升起，升到最高而不致和前硬顎發生摩擦音的位置，唇形也都是開展扁平的。

所以，凡是發音時，舌頭的前後、舌位的高低、嘴唇的展圓等發音條

---

❷ 「ㄧ」的寫法，由上而下注音時寫成「一」，如「ㄐ」，由左至右橫寫時寫成「ㄧ」，如「ㄐㄧ」，有時或由於電腦打字的關係，無論直寫、橫寫常寫成「一」。

❸ 稱「ㄝ」為中元音，稱「ㄚ」為央元音，只是為了便於區別起見，也有人把央元音的「ㄚ」稱為中元音，或簡稱為「中ㄚ」。

件，維持原來幅度而不改變音值的韻母，都叫做單韻母，它們的音素都只有一個。因此，「帀」母也屬於單韻母，只因為它僅在拼音時出現於聲母**ㄓㄔㄕㄖㄗㄘㄙ**的後面，而又省略不標注，所以常別稱為「空韻」。

除了空韻「帀」外，其他七個單韻母的發音條件，我們都可以透過下列的口腔示意圖看出一個大概：

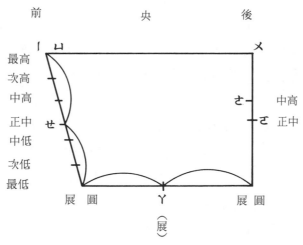

單韻母發音條件示意圖

依據上圖，我們可以知道，凡是標在「最高」那一條線上面的韻母，都是高元音，有「ㄧ」、「ㄩ」、「ㄨ」三個韻母；凡在最下面一條線的韻母，都是低元音，有「ㄚ」一個韻母；「ㄝ」、「ㄛ」為中元音，「ㄜ」為中高元音。凡在左線的韻母，都是前元音，有「ㄧ」、「ㄩ」、「ㄝ」；右線的韻母，都是後元音，有「ㄨ」、「ㄜ」、「ㄛ」；「ㄚ」為央元音。凡標在左線和右線左邊的韻母，都是展唇元音，有「ㄧ」、「ㄝ」、「ㄜ」三個韻母；標在右邊的韻母，都是圓唇元音，有「ㄩ」、「ㄨ」、「ㄛ」三個韻母；「ㄚ」屬展唇元音。

在我們的口腔裏，如把舌尖抵住下齒背，關閉通往鼻腔的孔道，然後舌頭向前伸、舌位升到最高的位置、唇形開展，所能發的音是「ㄧ」，舌頭向後縮、舌位升到最高的位置、唇形圓合成小圓形，所能發的音為「ㄨ」，

把舌面壓到最低、舌頭前伸、嘴巴張開，所能發的音為前元音的「ㄚ」，舌面壓低、舌頭後縮、嘴巴張開，所能發的音為後元音的「ㄚ」，這四個音，是口腔裏，上、下、前、後四個方位的四個極點。央元音「ㄚ」，在拼音時可隨需要而變化為前元音或後元音。

上述發音示意圖中的七個單韻母的位置，在拼音時都會產生位置的變動，而變動最大的，除「ㄚ」之外，另一個就是「ㄜ」。「ㄜ」的位置，在拼音時，可以由原來的中高元音、後元音變成中元音、央元音。

「ㄚ」、「ㄛ」、「ㄜ」、「ㄝ」、「ㄧ」、「ㄨ」、「ㄩ」七個韻母，在發音時，有一個共同現象，就是都屬於舌面元音。這和空韻「帀」屬於舌尖元音是不一樣的。

空韻「帀」的發音，又可以分為兩種：跟隨在ㄓ、ㄔ、ㄕ、ㄖ之後的，屬前、高、展唇、舌尖後元音，在ㄗ、ㄘ、ㄙ之後的，則為前、高、展唇、舌尖前元音。由於空韻帶有聲化作用，所以也有人稱之為聲化韻。

韻母的發音，發音者所用的力量雖然一樣，卻會因為發音條件的不同，而形成不同的音量。一般來說，低元音大於高元音，前元音大於後元音，展唇元音大於圓唇元音。也就是口腔張得越大，音量也越大。所以七個單韻母中，以「ㄚ」的音量為最大，「ㄨ」最小。

二、複韻母

「ㄞ」、「ㄟ」、「ㄠ」、「ㄡ」四個韻母，稱為複韻母。因為它們的發音，是由兩個單韻母的音素密切結合而成的。分析如下：

ㄞ→ㄚ + ㄧ （第二式❹作〔ai〕。）

ㄟ→ㄝ + ㄧ （或作ㄜ + ㄧ。第二式作〔ei〕。）

ㄠ→ㄚ + ㄨ （第二式作〔au〕。）

ㄡ→ㄛ + ㄨ （第二式作〔ou〕。）

由此可知，它們的響度是由大到小，所以也叫做下降複元音，或叫前響的二合元音。因為發音時，是前一個音素的音量較大，時間也最長，所

---

❹ 所謂第二式，是指民國七十五年教育部公布的「國語注音符號第二式」，詳見本章第五節「譯音符號」。

以前面的音素便稱為主要元音，也叫做領音、腹音或縱音。後面的音素就叫做韻尾或收音。

三、聲隨韻母

「ㄢ」、「ㄣ」、「ㄤ」、「ㄥ」四個韻母，稱為聲隨韻母。因為它們的發音，是由一個聲母跟隨在一個韻母後面密切結合而成的，所以也叫做附聲韻。分析如下：

ㄢ→ㄚ＋ㄋ（第二式作〔an〕。）

ㄣ→ㄜ＋ㄋ（第二式作〔en〕。）

ㄤ→ㄚ＋ㄫ（第二式作〔ang〕。）

ㄥ→ㄜ＋ㄫ（第二式作〔eng〕。）

由此可知，這些跟隨在韻母後面的聲母都是鼻音，這些鼻輔音由於受到元音的影響，已經元音化，也就是成了所謂的韻化輔音。由於它們的音長與音量都比前面的元音短小，所以也都屬於韻尾，而前面的元音當然就是所謂的主要元音。

四、捲舌韻母

國音裏的捲舌韻母只有一個「ㄦ」。發音時，舌面中央部位上升到正中的位置，同時舌尖向上捲起，對著中顎，但不因此而發生摩擦音。它的音素通常是用「ㄜㄖ」表示（第二式作〔er〕）❺，由於它帶有聲化作用，所以也叫做聲化韻。

肆、結合韻

注音符號的制定，乃為了取代反切，以求簡便。而反切法的拼音，只有上下兩字，所以在運用注音符號的拼音法中，便將前述的十六個韻母組成所謂的結合韻，使拼音更為方便。

---

❺ 「ㄦ」的發音，在發「ㄜ」的時候，要迅速把舌尖向上捲起，而對著中顎，但不跟中顎發生摩擦音。這種捲舌部分的韻尾，用注音符號表示時，只有「ㄖ」母最為接近，所以常用「ㄖ」來表示它的收音狀況。請參見本節「ㄦ」的發音圖。

結合韻是以「ㄧ」、「ㄨ」、「ㄩ」三個韻，跟其他的韻相結合而成的韻，共有二十二個，分別如下：

一、跟「ㄧ」結合的韻有：ㄧㄚ、ㄧㄛ、ㄧㄝ、ㄧㄞ、ㄧㄠ、ㄧㄡ、ㄧㄢ、ㄧㄣ、ㄧㄤ、ㄧㄥ十個。

二、跟「ㄨ」結合的韻有：ㄨㄚ、ㄨㄛ、ㄨㄞ、ㄨㄟ、ㄨㄢ、ㄨㄣ、ㄨㄤ、ㄨㄥ八個。

三、跟「ㄩ」結合的韻有：ㄩㄝ、ㄩㄢ、ㄩㄣ、ㄩㄥ四個。

在這裏的「ㄧ」、「ㄨ」、「ㄩ」叫做介母，或稱介音，也叫做舒音、頸音、韻頭。

凡含有「ㄧ」的音，叫做齊齒呼，如「牆」，發音時，牙齒並齊；含有「ㄨ」的音，叫做合口呼，如「胡」，發音時，嘴唇收斂；含有「ㄩ」的音，叫做撮口呼，如「雨」，發音時，嘴唇聚集；而不含「ㄧ」、「ㄨ」、「ㄩ」的音，叫做開口呼，如「黑」，發音時，唇形稍微張開。開口呼、齊齒呼、合口呼、撮口呼，合稱四呼。

這些結合韻，凡是由介母跟單韻母結合的，都有兩個音素，如「ㄧㄚ」。而由於音量係由小到大，所以也叫做上升複元音或後響二合元音。凡是由介母跟其他韻母結合的結合韻，有的當然是有三個音素，有的則變成兩個音素，如「ㄨㄞ」，有「ㄨ、ㄚ、ㄧ」三個音素，「ㄨ」為介母，「ㄚ」為主要元音，「ㄧ」為韻尾，是音量由小到大再到小的三合元音；如「ㄧㄣ」，則變成只有「ㄧ、ㄋ」兩個音素，原來的主要元音「ㄜ」消失了，因此，發音時，便以「ㄧ」為主要元音。至如「ㄧㄢ」，則雖仍有「ㄧ、ㄝ、ㄋ」三個音素，但是主要元音則由「ㄚ」變成「ㄝ」。

當然，除單韻母外，事實上，只要是韻母之間彼此產生新的組合，原有的音素，都會因為相互的影響而形成舌位的高低或舌頭前後的變化，甚至消失某些音素。這種變化，通常以齊齒呼的「ㄧㄣ」、「ㄧㄥ」，合口呼的「一ㄨㄥ」，撮口呼的「ㄩㄣ」、「ㄩㄥ」最受到注意，其次是「ㄧㄢ」、「ㄩㄢ」。分析如下：

ㄧㄣ→ㄧ＋ㄋ（第二式作〔–in〕。）

　　ㄧㄥ→ㄧ＋ㄫ（第二式作〔–ing〕。）

　　ㄧㄨㄥ→ㄨ＋ㄫ（第二式作〔–ung〕。）

　　ㄩㄣ→ㄩ＋ㄋ（第二式作〔–iun〕。）

　　ㄩㄥ→ㄩ＋ㄫ（第二式作〔–iung〕。）

　　ㄧㄢ→ㄧㄝㄋ（第二式作〔–ian〕。）

　　ㄩㄢ→ㄩㄝㄋ（第二式作〔–iuan〕。）

從「ㄧㄣ」到「ㄩㄥ」是主要元音「ㄜ」消失，而由介母變成主要元音；「ㄧㄢ」、「ㄩㄢ」為主要元音「ㄚ」起了重大的變化。「一ㄨㄥ」，則屬於中華新韻所謂的「東韻」，也就是庚韻「ㄨㄥ」加上聲母時，才會有如此的變化。如「冬」的韻母的音素為「ㄨ、ㄫ」，而「翁」的韻母的音素仍是「ㄨ、ㄜ、ㄫ」。當然，「ㄧㄢ」的音素，正確地說也不是「ㄧ、ㄝ、ㄋ」，主要元音的音值其實要比「ㄝ」低一些。

　　這些音素，用注音符號表示時，並不能很精確地注出它們的音值來。

伍、韻母的發音練習

　　茲將以上所介紹的十六個韻母，加上空韻及結合韻，列成一韻母表，作為發音練習的參考。

國音韻母表

類別╲四呼	單韻母					複韻母				聲隨韻母				捲舌韻母
開口呼	（帀）	ㄚ	ㄛ	ㄜ	ㄝ	收ㄧ		收ㄨ		收ㄋ		收ㄫ		收ㄖ ❻
						ㄞ	ㄟ	ㄠ	ㄡ	ㄢ	ㄣ	ㄤ	ㄥ	ㄦ
齊齒呼	ㄧ	結合韻	ㄧㄚ	ㄧㄛ		ㄧㄝ	ㄧㄞ		ㄧㄠ	ㄧㄡ	ㄧㄢ	ㄧㄣ	ㄧㄤ	ㄧㄥ	
合口呼	ㄨ		ㄨㄚ	ㄨㄛ			ㄨㄞ	ㄨㄟ			ㄨㄢ	ㄨㄣ	ㄨㄤ	ㄨㄥ	
撮口呼	ㄩ					ㄩㄝ					ㄩㄢ	ㄩㄣ		ㄩㄥ	

　　以下的韻母發音練習，先列發音條件，再作發音說明，說明中的音值

---

❻　請參閱❺。

都用國際音標❼表示，所舉的練習，則旨在配合每一韻母的發音，練習資料的多寡可依實際需要再作增減。

一、ㄚ：央、低、展唇、舌面元音

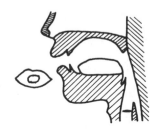

說明

發音時，小舌向後，向上，閉塞通往鼻腔的孔道，聲門合攏，氣流從肺裏出來，通過聲帶時，振動聲帶，帶音的氣流進入口腔。這時，舌頭在中央的位置，舌位降到最低，嘴唇開展，音流從舌面外出，發出來的音就是「ㄚ」。音值為〔A〕。

練習

(1)ㄚ　ㄚˊ　ㄚˇ　ㄚˋ

(2)ㄅㄚ　ㄆㄚ　ㄇㄚ　ㄈㄚ　ㄉㄚ　ㄊㄚ　ㄋㄚ　ㄌㄚ　ㄍㄚ
ㄎㄚ　ㄏㄚ　ㄓㄚ　ㄔㄚ　ㄕㄚ　ㄗㄚ　ㄘㄚ　ㄙㄚ

(3)啊唷　芭蕉　扒開　麻紗　發痧

(4)打岔　撻伐　蝦蟆　掐花　雜沓

(5)八面玲瓏　八面威風　拔本塞原　拔樹尋根　馬首是瞻　馬仰人翻　伐毛洗髓　髮短心長　打草驚蛇　大刀闊斧　大發雷霆　他山之石　扎手舞腳　扎掙不住　乍著膽子　插科打諢　差強人意　察言觀色　茶餘飯後　撒豆成兵

(6)天上下雪地上滑，自己跌倒自己爬。親

---

❼　請參閱本章第五節「譯音符號」。

戚朋友拉一把，　酒還酒來茶還茶。

二、ㄛ：後、中、圓唇、舌面元音

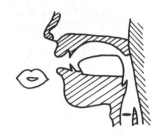

說明

　　發音時，小舌向後，向上，閉塞通往鼻腔的孔道，聲門合攏，氣流從肺裏出來，通過聲帶時，振動聲帶，帶音的氣流進入口腔。這時，舌頭後縮，舌位在正中的位置，嘴唇收斂，音流從舌面外出，發出來的音就是「ㄛ」。音值為〔Ω〕。

練習

(1)ㄛ　ㄛˊ　ㄛˇ　ㄛˋ

(2)ㄅㄛ　ㄆㄛ　ㄇㄛ　ㄈㄛ

(3)喔呀　哦喲　剝蝕　婆娑　托缽

(4)唾沫　懦弱　囉嗦　落魄　卓犖

(5)波譎雲詭　撥弄是非　撥亂反正　撥雲見日　白璧微瑕　薄唇輕言　博施濟眾　跛鱉千里　擘肌分理　破涕為笑　破鏡重圓　摩頂放踵　摩肩接踵　摩拳擦掌　磨杵成針　磨穿鐵硯　末學膚受　秣馬厲兵　莫名其妙　莫逆之交　墨守成規

(6)婆婆說伯伯闊綽，伯伯說婆婆囉嗦。伯伯愛磨墨，婆婆愛作活。

三、ㄜ：後、中高、展唇、舌面元音

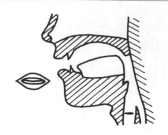

說明

發音時，小舌向後，向上，閉塞通往鼻腔的孔道，聲門合攏，氣流從肺裏出來，通過聲帶時，振動聲帶，帶音的氣流進入口腔。這時，舌頭後縮，舌位在中高的位置，嘴唇開展，音流從舌面外出，發出來的音就是「ㄜ」。音值為〔r〕。

練習

(1)ㄜ　ㄜˊ　ㄜˇ　ㄜˋ

(2)ㄇㄜ　ㄅㄜ　ㄊㄜ　ㄋㄜ　ㄌㄜ　ㄍㄜ　ㄎㄜ　ㄏㄜ　ㄓㄜ　ㄔㄜ　ㄕㄜ　ㄖㄜ　ㄗㄜ　ㄘㄜ　ㄙㄜ

(3)婀ㄜ 娜ㄋㄨㄛˊ　阿ㄜ 私ㄙ　娥ㄜˊ 眉ㄇㄟˊ　訛ㄜˊ 奪ㄉㄨㄛˊ　扼ㄜˋ 腕ㄨㄢˋ

(4)愕ㄜˋ 然ㄖㄢˊ　阨ㄜˋ 窮ㄑㄩㄥˊ　萼ㄜˋ 片ㄆㄧㄢˋ　閼ㄜˋ 塞ㄙㄞ　遏ㄜˋ 抑ㄧˋ

(5)得ㄉㄜˊ 意ㄧˋ 忘ㄨㄤˋ 形ㄒㄧㄥˊ　德ㄉㄜˊ 高ㄍㄠ 望ㄨㄤˋ 重ㄓㄨㄥˋ　樂ㄌㄜˋ 不ㄅㄨˋ 思ㄙ 蜀ㄕㄨˇ　樂ㄌㄜˋ 天ㄊㄧㄢ 知ㄓ 命ㄇㄧㄥˋ　歌ㄍㄜ 功ㄍㄨㄥ 頌ㄙㄨㄥˋ 德ㄉㄜˊ　格ㄍㄜˊ 格ㄍㄜˊ 不ㄅㄨˋ 入ㄖㄨˋ　革ㄍㄜˊ 面ㄇㄧㄢˋ 洗ㄒㄧˇ 心ㄒㄧㄣ　隔ㄍㄜˊ 靴ㄒㄩㄝ 搔ㄙㄠ 癢ㄧㄤˇ　各ㄍㄜˋ 有ㄧㄡˇ 千ㄑㄧㄢ 秋ㄑㄧㄡ　克ㄎㄜˋ 敵ㄉㄧˊ 致ㄓˋ 勝ㄕㄥˋ　刻ㄎㄜˋ 舟ㄓㄡ 求ㄑㄧㄡˊ 劍ㄐㄧㄢˋ　和ㄏㄜˊ 氣ㄑㄧˋ 生ㄕㄥ 財ㄘㄞˊ　河ㄏㄜˊ 清ㄑㄧㄥ 海ㄏㄞˇ 晏ㄧㄢˋ　賀ㄏㄜˋ 客ㄎㄜˋ 盈ㄧㄥˊ 門ㄇㄣˊ　鶴ㄏㄜˋ 立ㄌㄧˋ 雞ㄐㄧ 群ㄑㄩㄣˊ　車ㄔㄜ 水ㄕㄨㄟˇ 馬ㄇㄚˇ 龍ㄌㄨㄥˊ　舌ㄕㄜˊ 敝ㄅㄧˋ 唇ㄔㄨㄣˊ 焦ㄐㄧㄠ　捨ㄕㄜˇ 近ㄐㄧㄣˋ 求ㄑㄧㄡˊ 遠ㄩㄢˇ　設ㄕㄜˋ 身ㄕㄣ 處ㄔㄨˇ 地ㄉㄧˋ　責ㄗㄜˊ 無ㄨˊ 旁ㄆㄤˊ 貸ㄉㄞˋ

(6)哥ㄍㄜ 哥ㄍㄜ 荷ㄏㄜˋ 戈ㄍㄜ 勒ㄌㄜˋ 車ㄔㄜ 涉ㄕㄜˋ 河ㄏㄜˊ 射ㄕㄜˋ 鵝ㄜˊ，鵝ㄜˊ 飛ㄈㄟ 鵝ㄜˊ 跑ㄆㄠˇ 鵝ㄜˊ 追ㄓㄨㄟ 哥ㄍㄜ，哥ㄍㄜ 樂ㄌㄜˋ 呵ㄏㄜ 呵ㄏㄜ。

ㄜ、ㄛ的辨別

ㄜ：展唇、中高元音。
ㄛ：圓唇、中元音。

扼緊	德薄	遮住	模特
握緊	博得	捉住	磨破
鴿子	各節	折磨	得來
鍋子	過節	琢磨	奪來
扼手	特地	出閣	破格
握手	拓地	出國	破國
和氣	客散	客人	餓倒
活氣	擴散	闊人	臥倒
格外	樂意	刻意	
國外	絡繹	過意	

四、ㄝ：前、中、展唇、舌面元音

說明

　　發音時，小舌向後，向上，閉塞通往鼻腔的孔道，聲門合攏，氣流從肺裏出來，通過聲帶時，振動聲帶，帶音的氣流進入口腔。這時，舌頭前伸，舌位在正中的位置，嘴唇開展，音流從舌面外出，發出來的音就是「ㄝ」。音值為〔E〕。

練習

(1)ㄝ　ㄝˊ　ㄝˇ　ㄝˋ

(2)ㄧㄝ　ㄩㄝ

(3)喋血　子孓　諧謔　謝帖　冶鐵

(4)月夜　月斜　謁關　茄子　瘸子

(5)掖掖蓋蓋　野調無腔　野心勃勃　野人獻曝　野草閒花　曳尾塗中　夜不閉戶　夜郎自大　夜長夢多　夜以繼日　夜雨對床　葉落歸根

(6)有個瘸子，拿著茄子；有個瘸子，拿著橛子。拿茄子的瘸子，遇到了拿橛子的瘸子。瘸子要茄子，瘸子要橛子。茄子裂了，橛子折了。

五、ㄧ：前、高、展唇、舌面元音

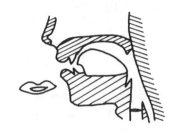

說明

發音時，小舌向後，向上，閉塞通往鼻腔的孔道，聲門合攏，氣流從肺裏出來，通過聲帶時，振動聲帶，帶音的氣流進入口腔。這時，舌頭前伸，舌位升高，嘴唇開展，音流從舌面外出，發出來的音就是「ㄧ」。音值為〔i〕。

練習

(1)ㄧ　ㄧˊ　ㄧˇ　ㄧˋ

(2)ㄅㄧ　ㄆㄧ　ㄇㄧ　ㄉㄧ　ㄊㄧ　ㄋㄧ　ㄌㄧ　ㄐㄧ　ㄑㄧ　ㄒㄧ

(3)衣缽　依傍　猗靡　噫嘻　揖客

(4)胰臟　沂水　頤指　遺漏　彝倫

(5)比手劃腳　筆底生花　敝屣尊榮　敝帚

千金　敝車贏馬　敝絕風清　閉月羞花　閉門天子　閉門卻掃　閉門謝客　閉門造車　閉門思過　閉口無言　髀肉復生　華路藍縷　壁壘森嚴　避坑落井　避實擊虛　碧海青天

(6)小姐小姐別生氣，明天帶你去看戲。我坐椅子你坐地，我吃香蕉你吃皮。

六、ㄨ：後、高、圓唇、舌面元音

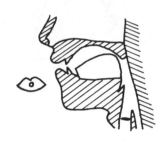

説明

發音時，小舌向後，向上，閉塞通往鼻腔的孔道，聲門合攏，氣流從肺裏出來，通過聲帶時，振動聲帶，帶音的氣流進入口腔。這時，舌頭後縮，舌位升高，嘴唇合圓，氣流從舌面外出，發出來的音就是「ㄨ」。音值為〔u〕。

練習

(1)ㄨ　ㄨˊ　ㄨˇ　ㄨˋ

(2)ㄅㄨ　ㄆㄨ　ㄇㄨ　ㄈㄨ　ㄉㄨ　ㄊㄨ　ㄋㄨ　ㄌㄨ　ㄍㄨ　ㄎㄨ　ㄏㄨ　ㄓㄨ　ㄔㄨ　ㄕㄨ　ㄖㄨ　ㄗㄨ　ㄘㄨ　ㄙㄨ

(3)污瀆　洿池　烏鬢　嗚咽　蜈蚣

(4)蕪穢　搗蓋　嫵媚　悟禪　窟寐

(5)補偏救弊　步步為營　不絕如縷　不期而遇　撲朔迷離　普渡眾生　暮鼓晨鐘　木

已成舟　沐雨櫛風　目空一切　浮雲朝露
福如東海　釜底抽薪　俯首帖耳　覆水難收
獨具慧眼　獨占鰲頭　圖窮匕現　吐剛茹柔　楚材晉用

(6)小老鼠，偷吃穀。肚鼓鼓，被貓捕。

七、ㄩ：前、高、圓唇、舌面元音

說明

發音時，小舌向後，向上，閉塞通往鼻腔的孔道，聲門合攏，氣流從肺裏出來，通過聲帶時，振動聲帶，帶音的氣流進入口腔。這時，舌頭前伸，舌位升高，嘴唇聚集，氣流從舌面外出，發出來的音就是「ㄩ」。音值為〔y〕。

練習

(1)ㄩ　ㄩˊ　ㄩˇ　ㄩˋ

(2)ㄋㄩ　ㄌㄩ　ㄐㄩ　ㄑㄩ　ㄒㄩ

(3)圩田　餘弦　踰垣　愚懦　娛樂

(4)魚膾　興情　羽旆　雨露　傴僂

(5)驢鳴狗吠　旅進旅退　履舄交錯　履險如夷　車殆馬煩　車笠之盟　車載斗量　居停主人　居今稽古　居心叵測　居安資深　舉鼎絕臏　舉棋不定　舉案齊眉　舉一反三　趨之若鶩　趨炎附勢　曲突徙薪　曲肱

而枕　虛張聲勢

(6)院前有個袁眼圓，院後有個嚴圓眼，二人來到院裏來比眼。不知是袁眼圓的眼圓，還是嚴圓眼的眼圓。

ㄩ、ㄨ的辨別

ㄩ：撮口、前元音。
ㄨ：合口、後元音。

玉器	鋸子	出去	虛情
霧氣	柱子	出處	抒情
趣味	居心	橘子	局部
醋味	粗心	卒子	足部
急遽	繼續	舉國	元旦
急促	技術	祖國	文旦
小雨	沐浴		
小屋	木屋		

ㄩ、ㄧ的辨別

ㄩ：撮口。
ㄧ：齊齒。

鉅子	愚意	舞雩	月夜
繼子	疑獄	舞衣	椰葉
眼圓	寓意	語意	玉宇
眼炎	異域	疑義	御醫
月月	瘸子	雨具	絕食
夜夜	茄子	雨季	節食
遠視	漁夫	趣味	學會
掩飾	姨夫	氣味	協會

於是　｜怨恨　｜名譽　｜全年
儀式　｜厭恨　｜名義　｜前年

美元　｜風趣　｜噓氣　｜院子
美言　｜風氣　｜吸氣　｜燕子

驢子　｜月色　｜富裕　｜玉器
梨子　｜夜色　｜負義　｜意趣

軍人　｜閱讀　｜巨風　｜去留
今人　｜夜讀　｜季風　｜氣流

公寓　｜遠景　｜議員　｜愚民
公意　｜鹽井　｜一言　｜移民

八、帀： 前、高、展唇、舌尖後元音

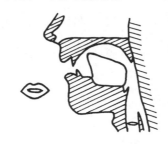

說明

　　發音時，小舌向後，向上，閉塞通往鼻腔的孔道，聲門合攏，氣流從肺裏出來，通過聲帶時，振動聲帶，帶音的氣流進入口腔。這時，舌頭前伸，舌尖向上微翹，舌位升高，但不致發生氣流的摩擦，嘴唇開展，氣流從舌尖後外出，發出來的音就是「帀」。音值為〔ɿ〕。

練習
(1)帀　帀ˊ　帀ˇ　帀ˋ
(2)ㄓ（帀）　ㄔ（帀）　ㄕ（帀）　ㄖ（帀）
(3)笞ˊ 罵ㄇㄚˋ　摘 藻ˇ　跐ˊ 躕ˊ　褫ˊ 奪ㄉㄨㄛˊ　熾ˋ 熱ㄖㄜˋ
(4)菁ㄕ 龜ㄍㄨㄟ　箆ˊ 儀ˊ　舐ˊ 犢ㄉㄨˊ　市ㄕˋ 儈ㄎㄨㄞˋ　日ㄖˋ 晷ㄍㄨㄟˇ

(5)芝蘭玉樹　知白守黑　知難行易　知書達禮　跖犬吠堯　執兩用中　指鹿為馬　指手劃腳　紙醉金迷　至人無夢　志同道合　持危扶顛　尸位素餐　師出無名　十全十美　石破天驚　食古不化　日暮途遠　日上三竿　日升月恆

(6)常將有日思無日，莫到無時思有時。

九、帀：前、高、展唇、舌尖前元音

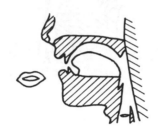

説明

發音時，小舌向後，向上，閉塞通往鼻腔的孔道，聲門合攏，氣流從肺裏出來，通過聲帶時，振動聲帶，帶音的氣流進入口腔。這時，舌頭前伸，舌尖向前，舌位升高，但不致發生氣流的摩擦，嘴唇開展，氣流從舌尖前外出，發出來的音就是「帀」。音值為〔ɿ〕。

練習

(1)帀　帀ˊ　帀ˇ　帀ˋ

(2)ㄗ（帀）　ㄘ（帀）　ㄙ（帀）

(3)仔肩　諮文　孳息　緇衣　輜重

(4)恣肆　私暱　思量　緦麻　俟命

(5)自告奮勇　自求多福　自顧不暇　自力更生　自暴自棄　自出機杼　慈眉善目　私相授受　司空見慣　思不出位　思深慮遠

思如泉湧　斯文敗類　斯文掃地　絲絲入扣　絲恩髮怨　死裏逃生　死去活來　死拉活拽　死皮賴臉　四面楚歌　駟不及舌

(6)四十四個四十四，減去十四個四十四，是多少？

十、ㄞ：ㄚ＋ㄧ

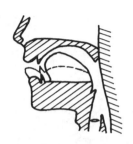

說明

發音時，從「ㄚ」迅速滑到「ㄧ」，緊密合成一個音，音量由大變小。音值為〔ai〕。

練習

(1)ㄞ　ㄞˊ　ㄞˇ　ㄞˋ

(2)ㄅㄞ　ㄆㄞ　ㄇㄞ　ㄉㄞ　ㄊㄞ　ㄋㄞ　ㄌㄞ　ㄍㄞ　ㄎㄞ　ㄏㄞ　ㄓㄞ　ㄔㄞ　ㄕㄞ　ㄗㄞ　ㄘㄞ　ㄙㄞ

(3)矮檜　藹然　隘窘　愛憐　哎呀

(4)璦琿　曖昧　掰開　篩選　鰓骨

(5)拜恩私室　敗柳殘花　賣刀買犢　賣官鬻爵　黛綠年華　待人接物　待字閨中　帶牛佩犢　帶礪山河　胎死腹中　來龍去脈　改頭換面　改弦易轍　改邪歸正　開門見山　開天闢地　害群之馬　災梨禍棗　再接再厲　塞翁失馬

(6)大帥還債，慷慷慨慨。

十一、ㄟ：ㄝ＋ㄧ

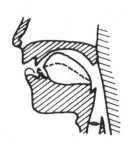

[說明]

發音時，從「ㄝ」迅速滑到「ㄧ」，緊密合成一個音，音量由大變小。音值為〔ei〕。

[練習]

(1)ㄟ　ㄟˊ　ㄟˇ　ㄟˋ

(2)ㄅㄟ　ㄆㄟ　ㄇㄟ　ㄈㄟ　ㄉㄟ　ㄋㄟ　ㄌㄟ　ㄍㄟ　ㄏㄟ　ㄓㄟ　ㄕㄟ　ㄗㄟ　ㄙㄟ

(3)贏儡　鬼祟　蓓蕾　葳蕤　枘鑿

(4)睿哲　蛻變　惴慄　綴旒　篚楚

(5)杯水車薪　杯弓蛇影　杯盤狼藉　悲歡離合　眉清目秀　眉飛色舞　眉開眼笑　眉來眼去　美如冠玉　美中不足　廢寢忘食　雷霆萬鈞　雷厲風行　黑眉烏嘴　黑家白日　黑更半夜　賊眉鼠眼　賊頭賊腦　賊星發旺　賊出關門

(6)崔腿粗，愛讀書；崔粗腿，愛彈腿。二人山前來比腿。不知是崔腿粗的腿比崔粗腿的腿粗，還是崔粗腿的腿比崔腿粗的腿粗。

ㄟ、ㄝ的辨別

ㄟ：複韻母。
ㄝ：單韻母。

涙ㄌㄟ點ㄉㄧㄢ　　嫵ㄨ媚ㄇㄟ　　賠ㄆㄟ了ㄌㄜ　　內ㄋㄟ線ㄒㄧㄢ
轉ㄓㄨㄢ捩ㄌㄝ點ㄉㄧㄢ　侮ㄨ蔑ㄇㄧㄝ　別ㄅㄧㄝ了ㄌㄜ　夜ㄧㄝ線ㄒㄧㄢ

背ㄅㄟ痛ㄊㄨㄥ　　累ㄌㄟ人ㄖㄣ　　不ㄅㄨ昧ㄇㄟ　　打ㄉㄚ賊ㄗㄟ
別ㄅㄧㄝ動ㄉㄨㄥ　獵ㄌㄧㄝ人ㄖㄣ　不ㄅㄨ滅ㄇㄧㄝ　打ㄉㄚ劫ㄐㄧㄝ

小ㄒㄧㄠ杯ㄅㄟ
小ㄒㄧㄠ鱉ㄅㄧㄝ

十二、ㄠ：ㄚ＋ㄨ

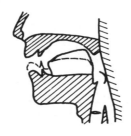

說明

發音時，從「ㄚ」迅速滑到「ㄨ」，緊密合成一個音，音量由大變小。音值為〔au〕。

練習

(1)ㄠ　ㄠˊ　ㄠˇ　ㄠˋ

(2)ㄅㄠ　ㄆㄠ　ㄇㄠ　ㄉㄠ　ㄊㄠ　ㄋㄠ　ㄌㄠ　ㄍㄠ　ㄎㄠ　ㄏㄠ　ㄓㄠ　ㄔㄠ　ㄕㄠ　ㄖㄠ　ㄗㄠ　ㄘㄠ　ㄙㄠ

(3)嗷ㄠ鴻ㄏㄨㄥ　熬ㄠ煎ㄐㄧㄢ　聱ㄠ牙ㄧㄚ　鏖ㄠ戰ㄓㄢ　傲ㄠ岸ㄢ

(4)叨ㄉㄠ擾ㄖㄠ　腦ㄋㄠ勺ㄕㄠ　老ㄌㄠ饕ㄊㄠ　皐ㄍㄠ陶ㄊㄠ　犒ㄎㄠ賞ㄕㄤ

(5)包ㄅㄠ羅ㄌㄨㄛ萬ㄨㄢ象ㄒㄧㄤ　包ㄅㄠ藏ㄘㄤ禍ㄏㄨㄛ心ㄒㄧㄣ　褒ㄅㄠ衣ㄧ博ㄅㄛ帶ㄉㄞ　抱ㄅㄠ頭ㄊㄡ鼠ㄕㄨ竄ㄘㄨㄢ　抱ㄅㄠ關ㄍㄨㄢ擊ㄐㄧ柝ㄊㄨㄛ　抱ㄅㄠ薪ㄒㄧㄣ救ㄐㄧㄡ火ㄏㄨㄛ　抱ㄅㄠ殘ㄘㄢ守ㄕㄡ缺ㄑㄩㄝ　鮑ㄅㄠ魚ㄩ之ㄓ肆ㄙ　暴ㄅㄠ戾ㄌㄧ恣ㄗ睢ㄙㄨㄟ　暴ㄅㄠ跳ㄊㄧㄠ如ㄖㄨ雷ㄌㄟ　暴ㄅㄠ虎ㄏㄨ馮ㄆㄧㄥ河ㄏㄜ　毛ㄇㄠ手ㄕㄡ毛ㄇㄠ腳ㄐㄧㄠ　毛ㄇㄠ骨ㄍㄨ悚ㄙㄨㄥ然ㄖㄢ　茅ㄇㄠ茨ㄘ土ㄊㄨ階ㄐㄧㄝ　貌ㄇㄠ合ㄏㄜ神ㄕㄣ

離　刀耕火耨　刀山劍樹　倒行逆施　道聽塗說　蹈常襲故

(6)梁上兩對倒弔鳥，泥裏兩對鳥倒弔。梁上的兩對倒弔鳥，惦念著泥裏的兩對鳥倒弔；泥裏的兩對鳥倒弔，也惦念著梁上的兩對倒弔鳥。

十三、ㄡ：ㄛ + ㄨ

說明
發音時，從「ㄛ」迅速滑到「ㄨ」，緊密合成一個音，音量由大變小。音值為〔ou〕。

練習
(1)ㄡ　ㄡˊ　ㄡˇ　ㄡˋ
(2)ㄆㄡ　ㄇㄡ　ㄈㄡ　ㄉㄡ　ㄊㄡ　ㄋㄡ　ㄌㄡ　ㄍㄡ　ㄎㄡ　ㄏㄡ　ㄓㄡ　ㄔㄡ　ㄕㄡ　ㄖㄡ　ㄗㄡ　ㄘㄡ　ㄙㄡ

(3)嘔啞　謳歌　偶鰭　耦耕　嘔氣
(4)豆蔻　寇讎　休咎　綢繆　餿臭
(5)剖肝泣血　剖決如流　斗酒百篇　斗升之水　偷雞摸狗　偷寒送暖　投鞭斷流　投桃報李　投閒置散　頭童齒豁　鏤骨銘心　鉤章棘句　狗尾續貂　苟延殘喘　口誅筆伐　口角春風　口血未乾　口若懸河　厚貌

深ㄕ情ㄑㄧㄥ　後ㄏㄡ來ㄌㄞ居ㄐㄩ上ㄕㄤ

(6)一派ㄆㄞ青ㄑㄧㄥ山ㄕㄢ景ㄐㄧㄥ色ㄙㄜ幽ㄧㄡ，前ㄑㄧㄢ人ㄖㄣ田ㄊㄧㄢ地ㄉㄧ後ㄏㄡ人ㄖㄣ收ㄕㄡ。後ㄏㄡ人ㄖㄣ收ㄕㄡ得ㄉㄜ休ㄒㄧㄡ歡ㄏㄨㄢ喜ㄒㄧ，還ㄏㄞ有ㄧㄡ收ㄕㄡ人ㄖㄣ在ㄗㄞ後ㄏㄡ頭ㄊㄡ。

ㄡ、ㄛ的辨別

> ㄡ：複韻母。
> ㄛ：單韻母。

> 歐ㄡ亞ㄧㄚ
> 喔ㄛ呀ㄧㄚ

十四、ㄢ：ㄚ+ㄋ

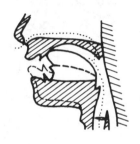

說明

發音時，從「ㄚ」迅速滑向舌尖、鼻音的聲母「ㄋ」，緊密合成一個音，音量由大變小。音值為〔an〕。

練習

(1)ㄢ　ㄢˊ　ㄢˇ　ㄢˋ

(2)ㄅㄢ　ㄆㄢ　ㄇㄢ　ㄈㄢ　ㄉㄢ　ㄊㄢ　ㄋㄢ　ㄌㄢ　ㄍㄢ　ㄎㄢ　ㄏㄢ　ㄓㄢ　ㄔㄢ　ㄕㄢ　ㄖㄢ　ㄗㄢ　ㄘㄢ　ㄙㄢ

(3)鞍ㄢ韉ㄐㄧㄢ　鵪ㄢ鶉ㄔㄨㄣ　諳ㄢ練ㄌㄧㄢ　按ㄢ彎ㄨㄢ　案ㄢ牘ㄉㄨ

(4)斑ㄅㄢ斕ㄌㄢ　編ㄅㄧㄢ纂ㄗㄨㄢ　顢ㄇㄢ頇ㄏㄢ　癲ㄉㄧㄢ癇ㄒㄧㄢ　赧ㄋㄢ顏ㄧㄢ

(5)搬ㄅㄢ弄ㄋㄨㄥ是ㄕ非ㄈㄟ　搬ㄅㄢ磚ㄓㄨㄢ砸ㄗㄚ腳ㄐㄧㄠ　半ㄅㄢ壁ㄅㄧ江ㄐㄧㄤ山ㄕㄢ　半ㄅㄢ途ㄊㄨ而ㄦ廢ㄈㄟ　半ㄅㄢ推ㄊㄨㄟ半ㄅㄢ就ㄐㄧㄡ　半ㄅㄢ吞ㄊㄨㄣ半ㄅㄢ吐ㄊㄨ　半ㄅㄢ路ㄌㄨ出ㄔㄨ家ㄐㄧㄚ　半ㄅㄢ斤ㄐㄧㄣ八ㄅㄚ兩ㄌㄧㄤ　攀ㄆㄢ龍ㄌㄨㄥ附ㄈㄨ鳳ㄈㄥ　盤ㄆㄢ根ㄍㄣ錯ㄘㄨㄛ節ㄐㄧㄝ　旁ㄆㄤ門ㄇㄣ左ㄗㄨㄛ道ㄉㄠ

旁ㄅㄤ觀ㄍㄨㄢ者ㄓㄜ清ㄑㄧㄥ　旁ㄆㄤ敲ㄑㄧㄠ側ㄘㄜ擊ㄐㄧ　慢ㄇㄢ條ㄊㄧㄠ斯ㄙ理ㄌㄧ　慢ㄇㄢ藏ㄘㄤ誨ㄏㄨㄟ盜ㄉㄠ　翻ㄈㄢ雲ㄩㄣ覆ㄈㄨ雨ㄩ　殫ㄉㄢ思ㄙ極ㄐㄧ慮ㄌㄩ　膽ㄉㄢ裂ㄌㄧㄝ魂ㄏㄨㄣ飛ㄈㄟ　沾ㄓㄢ親ㄑㄧㄣ帶ㄉㄞ故ㄍㄨ　纏ㄔㄢ綿ㄇㄧㄢ悱ㄈㄟ惻ㄘㄜ

(6)有ㄧㄡ錢ㄑㄧㄢ常ㄔㄤ想ㄒㄧㄤ無ㄨ錢ㄑㄧㄢ日ㄖ，莫ㄇㄛ待ㄉㄞ無ㄨ錢ㄑㄧㄢ想ㄒㄧㄤ有ㄧㄡ錢ㄑㄧㄢ。

十五、ㄣ：ㄜ＋ㄋ

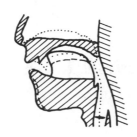

説明

發音時，從「ㄜ」迅速滑向舌尖、鼻音的聲母「ㄋ」，緊密合成一個音，音量由大變小。音值為〔ən〕。

練習

(1)ㄣ　ㄣˊ　ㄣˇ　ㄣˋ

(2)ㄅㄣ　ㄆㄣ　ㄇㄣ　ㄈㄣ　ㄋㄣ　ㄍㄣ　ㄎㄣ　ㄓㄣ　ㄔㄣ　ㄕㄣ　ㄖㄣ　ㄗㄣ　ㄘㄣ　ㄙㄣ

(3)恩ㄣ眄ㄇㄧㄢ　摁ㄣ住ㄓㄨ　瀕ㄅㄧㄣ臨ㄌㄧㄣ　憤ㄈㄣ懣ㄇㄣ　混ㄏㄨㄣ沌ㄉㄨㄣ

(4)讒ㄔㄢ言ㄧㄢ　參ㄘㄣ差ㄔㄚ　岑ㄘㄣ寂ㄐㄧ　斂ㄌㄧㄢ法ㄈㄚ　忖ㄘㄨㄣ度ㄉㄨㄛ

(5)本ㄅㄣ性ㄒㄧㄥ難ㄋㄢ移ㄧ　門ㄇㄣ當ㄉㄤ戶ㄏㄨ對ㄉㄨㄟ　門ㄇㄣ可ㄎㄜ羅ㄌㄨㄛ雀ㄑㄩㄝ　分ㄈㄣ庭ㄊㄧㄥ抗ㄎㄤ禮ㄌㄧ　紛ㄈㄣ紅ㄏㄨㄥ駭ㄏㄞ綠ㄌㄩ　焚ㄈㄣ膏ㄍㄠ繼ㄐㄧ晷ㄍㄨㄟ　焚ㄈㄣ琴ㄑㄧㄣ煮ㄓㄨ鶴ㄏㄜ　粉ㄈㄣ白ㄅㄞ黛ㄉㄞ黑ㄏㄟ　粉ㄈㄣ身ㄕㄣ碎ㄙㄨㄟ骨ㄍㄨ　根ㄍㄣ深ㄕㄣ柢ㄉㄧ固ㄍㄨ　振ㄓㄣ振ㄓㄣ有ㄧㄡ辭ㄘ　震ㄓㄣ聾ㄌㄨㄥ發ㄈㄚ聵ㄎㄨㄟ　沈ㄔㄣ鬱ㄩ頓ㄉㄨㄣ挫ㄘㄨㄛ　臣ㄔㄣ心ㄒㄧㄣ如ㄖㄨ水ㄕㄨㄟ　趁ㄔㄣ火ㄏㄨㄛ打ㄉㄚ劫ㄐㄧㄝ　慎ㄕㄣ謀ㄇㄡ能ㄋㄥ斷ㄉㄨㄢ　神ㄕㄣ采ㄘㄞ煥ㄏㄨㄢ發ㄈㄚ　深ㄕㄣ居ㄐㄩ簡ㄐㄧㄢ出ㄔㄨ　參ㄘㄣ差ㄔㄚ不ㄅㄨ齊ㄑㄧ　森ㄙㄣ羅ㄌㄨㄛ萬ㄨㄢ象ㄒㄧㄤ

(6)遠ㄩㄢ親ㄑㄧㄣ不ㄅㄨ如ㄖㄨ近ㄐㄧㄣ鄰ㄌㄧㄣ，近ㄐㄧㄣ鄰ㄌㄧㄣ不ㄅㄨ如ㄖㄨ對ㄉㄨㄟ門ㄇㄣ。

十六、尤：丫＋兀

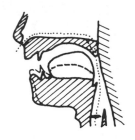

說明

發音時，從「丫」迅速滑向舌根、鼻音的聲母「兀」，緊密合成一個音，音量從大變小。音值為〔aŋ〕。

練習

(1)尤　尤ˊ　尤ˇ　尤ˋ

(2)ㄅㄤ　ㄆㄤ　ㄇㄤ　ㄈㄤ　ㄉㄤ　ㄊㄤ　ㄋㄤ　ㄌㄤ　ㄍㄤ
ㄎㄤ　ㄏㄤ　ㄓㄤ　ㄔㄤ　ㄕㄤ　ㄖㄤ　ㄗㄤ　ㄘㄤ　ㄙㄤ

(3)昂ㄤ藏ㄘㄤ　盎ㄤ然ㄖㄢ　莽ㄇㄤ撞ㄓㄨㄤ　琅ㄌㄤ瑯ㄌㄤ　炕ㄎㄤ床ㄔㄨㄤ

(4)絳ㄐㄤ帶ㄉㄞ　裝ㄓㄨㄤ潢ㄏㄨㄤ　猖ㄔㄤ狂ㄎㄨㄤ　滄ㄘㄤ浪ㄌㄤ　桑ㄙㄤ葚ㄕㄣ

(5)傍ㄅㄤ人ㄖㄣ門ㄇㄣ戶ㄏㄨ　旁ㄆㄤ門ㄇㄣ左ㄗㄨㄛ道ㄉㄠ　旁ㄆㄤ敲ㄑㄧㄠ側ㄘㄜ擊ㄐㄧ　忙ㄇㄤ裏ㄌㄧ偷ㄊㄡ閒ㄒㄧㄢ　盲ㄇㄤ人ㄖㄣ摸ㄇㄛ象ㄒㄧㄤ　盲ㄇㄤ人ㄖㄣ瞎ㄒㄧㄚ馬ㄇㄚ　茫ㄇㄤ無ㄨ頭ㄊㄡ緒ㄒㄩ　方ㄈㄤ枘ㄖㄨㄟ圓ㄩㄢ鑿ㄗㄠ　防ㄈㄤ微ㄨㄟ杜ㄉㄨ漸ㄐㄧㄢ　當ㄉㄤ頭ㄊㄡ棒ㄅㄤ喝ㄏㄜ　當ㄉㄤ仁ㄖㄣ不ㄅㄨ讓ㄖㄤ蕩ㄉㄤ檢ㄐㄧㄢ逾ㄩ閑ㄒㄧㄢ　囊ㄋㄤ囊ㄋㄤ突ㄊㄨ突ㄊㄨ　狼ㄌㄤ吞ㄊㄨㄣ虎ㄏㄨ咽ㄧㄢ　剛ㄍㄤ愎ㄅㄧ自ㄗ用ㄩㄥ　綱ㄍㄤ舉ㄐㄩ目ㄇㄨ張ㄓㄤ　仗ㄓㄤ義ㄧ疏ㄕㄨ財ㄘㄞ　長ㄔㄤ生ㄕㄥ不ㄅㄨ老ㄌㄠ　長ㄔㄤ吁ㄒㄩ短ㄉㄨㄢ嘆ㄊㄢ　莽ㄇㄤ玉ㄩ埋ㄇㄞ香ㄒㄧㄤ

(6)萬ㄨㄢ里ㄌㄧ家ㄐㄧㄚ書ㄕㄨ為ㄨㄟ土ㄊㄨ牆ㄑㄧㄤ，讓ㄖㄤ他ㄊㄚ三ㄙㄢ尺ㄔ又ㄧㄡ何ㄏㄜ妨ㄈㄤ。長ㄔㄤ城ㄔㄥ萬ㄨㄢ里ㄌㄧ今ㄐㄧㄣ猶ㄧㄡ在ㄗㄞ，不ㄅㄨ見ㄐㄧㄢ當ㄉㄤ年ㄋㄧㄢ秦ㄑㄧㄣ始ㄕ皇ㄏㄨㄤ。

ㄢ、尤的辨別

ㄢ：收舌尖音。
尤：收舌根音。

專辦	戰事	反問	半磅
裝扮	仗勢	訪問	幫辦
潭水	蠶桑	擔心	棧房
糖水	滄桑	當心	帳房
搬家	擔架	山人	上船
邦家	擋駕	商人	上床
三心	看帳	雞蛋	心戰
傷心	抗戰	激盪	心臟
產房	館大	擅長	觀火
廠房	廣大	上場	光火
聖戰	山崗	對看	彈簧
腎臟	傷感	對抗	堂皇
攤販	單面	險灘	
湯飯	當面	仙湯	

十七、ㄥ：ㄜ＋ㄤ

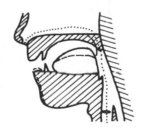

說明

　　發音時，由「ㄜ」迅速滑向舌根、鼻音的聲母「ㄤ」，緊密合成一個音，音量由大變小。音值為〔 əŋ〕。

練習

(1)ㄥ　ㄥˊ　ㄥˇ　ㄥˋ

(2)ㄅㄥ　ㄆㄥ　ㄇㄥ　ㄈㄥ　ㄉㄥ　ㄊㄥ　ㄋㄥ　ㄌㄥ　ㄍㄥ

ㄎㄥ　ㄏㄥ　ㄓㄥ　ㄔㄥ　ㄕㄥ　ㄖㄥ　ㄗㄥ　ㄘㄥ　ㄙㄥ

(3)懵懂　諷誦　崢嶸　牲畜　笙簧

(4)眚災　賸餘　扔棄　憎恨　繒綾

(5)蓬頭垢面　夢魂顛倒　鋒發韻流　鼺目豽聲　蠭蠆有毒　封妻蔭子　封豕長蛇　風平浪靜　風調雨順　風馳電掣　風聲鶴唳　登峰造極　登壇拜將　騰蛟起鳳　騰雲駕霧　升斗之祿　生不逢時　乘風破浪　層巒疊嶂　層出不窮

(6)龍生龍，鳳生鳳，老鼠的兒子會打洞。

ㄣ、ㄥ的辨別

ㄣ：收舌尖音。
ㄥ：收舌根音。

人參	紛爭	門牙	本分
人生	風箏	萌芽	本俸
吩咐	真人	身世	伸展
豐富	征人	聲勢	生長
審視	申請	陳請	診治
省事	聲請	呈請	整治
瞋目	慎行	五斤	禁止
瞠目	盛行	五經	靜止
不信	演進	寢室	救心
不幸	眼睛	請示	救星
出身	父親	地震	鎮民
出生	付請	地政	證明

{ 抱ㄅㄠˋ緊ㄐㄧㄣˇ　　{ 同ㄊㄨㄥˊ門ㄇㄣˊ　　{ 彈ㄊㄢˊ琴ㄑㄧㄣˊ　　{ 陳ㄔㄣˊ舊ㄐㄧㄡˋ
{ 報ㄅㄠˋ警ㄐㄧㄥˇ　　{ 同ㄊㄨㄥˊ盟ㄇㄥˊ　　{ 談ㄊㄢˊ情ㄑㄧㄥˊ　　{ 成ㄔㄥˊ就ㄐㄧㄡˋ

{ 失ㄕ身ㄕㄣ
{ 失ㄕ聲ㄕㄥ

十八、ㄦ：ㄜ＋ㄖ❽

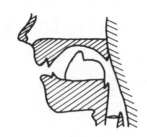

說明

在發「ㄜ」韻的時候，迅速把舌尖向上捲起，對著中顎，但不跟中顎發生摩擦音。這個捲舌的韻尾，用注音符號表示時，常以「ㄖ」代替。音值為〔əɹ〕。

練習

(1)ㄦ　ㄦˊ　ㄦˇ　ㄦˋ

(2)兒ㄦˊ媳ㄒㄧˊ　耳ㄦˇ鬢ㄅㄧㄣˋ　耳ㄦˇ垢ㄍㄡˋ　餌ㄦˇ敵ㄉㄧˊ　餌ㄦˇ兵ㄅㄧㄥ

(3)爾ㄦˇ雅ㄧㄚˇ　邇ㄦˇ言ㄧㄢˊ　二ㄦˋ絃ㄒㄧㄢˊ　貳ㄦˋ言ㄧㄢˊ　貳ㄦˋ心ㄒㄧㄣ

(4)兒ㄦˊ女ㄋㄩˇ夫ㄈㄨ妻ㄑㄧ　耳ㄦˇ鬢ㄅㄧㄣˋ廝ㄙ磨ㄇㄛ　耳ㄦˇ滿ㄇㄢˇ鼻ㄅㄧˊ滿ㄇㄢˇ　耳ㄦˇ目ㄇㄨˋ之ㄓ欲ㄩˋ　耳ㄦˇ目ㄇㄨˋ聰ㄘㄨㄥ明ㄇㄧㄥˊ　耳ㄦˇ目ㄇㄨˋ一ㄧ新ㄒㄧㄣ　耳ㄦˇ提ㄊㄧˊ面ㄇㄧㄢˋ命ㄇㄧㄥˋ　耳ㄦˇ聽ㄊㄧㄥ八ㄅㄚ方ㄈㄤ　耳ㄦˇ視ㄕˋ目ㄇㄨˋ聽ㄊㄧㄥ　耳ㄦˇ濡ㄖㄨˊ目ㄇㄨˋ染ㄖㄢˇ　耳ㄦˇ軟ㄖㄨㄢˇ心ㄒㄧㄣ活ㄏㄨㄛˊ

(5)兒ㄦˊ孫ㄙㄨㄣ自ㄗˋ有ㄧㄡˇ兒ㄦˊ孫ㄙㄨㄣ福ㄈㄨˊ，莫ㄇㄛˋ為ㄨㄟˋ兒ㄦˊ孫ㄙㄨㄣ作ㄗㄨㄛˋ馬ㄇㄚˇ牛ㄋㄧㄡˊ。

十九、ㄧㄚ：ㄧ＋ㄚ

說明

發音時，從「ㄧ」迅速滑到「ㄚ」，連成一個音，音量由小變大。音

___

❽　請參閱❺。

值為〔iA〕。

練習
(1)ㄧㄚ ㄧㄚˊ ㄧㄚˇ ㄧㄚˋ
(2)ㄉㄧㄚ ㄐㄧㄚ ㄑㄧㄚ ㄒㄧㄚ
(3)牙髓 枒杈 蚜蟲 涯涘 衙署
(4)啞謎 擖苗 砑光 婭婿 訝異
(5)倆心眼兒 家給人足 家學淵源 家業凋零 家喻戶曉 夾七夾八 假仁假義 駕輕就熟 嫁雞隨雞 掐頭去尾 掐指一算 恰到好處 瞎摸合眼 狹路相逢 下筆成章 夏鑪冬扇 夏日可畏 夏五郭公 夏雨雨人

二十、ㄧㄛ：ㄧ+ㄛ

說明
發音時，從「ㄧ」迅速滑到「ㄛ」，連成一個音，音量由小變大。音值為〔iɔ〕。

練習
(1)ㄧㄛ ㄧㄛˊ ㄧㄛˇ ㄧㄛˋ
(2)喔唷

二十一、ㄧㄝ：ㄧ+ㄝ

說明
發音時，從「ㄧ」迅速滑到「ㄝ」，連成一個音，音量由小變大。音值為〔iE〕。

練習
(1)ㄧㄝ ㄧㄝˊ ㄧㄝˇ ㄧㄝˋ
(2)ㄅㄧㄝ ㄆㄧㄝ ㄇㄧㄝ ㄉㄧㄝ ㄊㄧㄝ ㄋㄧㄝ ㄌㄧㄝ ㄐㄧㄝ ㄑㄧㄝ ㄒㄧㄝ

(3)揶揄　椰葉　冶豔　野芋　曳踵

(4)哽咽　葉梢　謁告　燁然　笑屬

(5)別開生面　別具肺腸　別出心裁　別生枝節　別樹一幟　別有天地　撇齒拉嘴　滅此朝食　跌跌撞撞　疊床架屋　鐵面無私　鐵郭銅關　鐵畫銀鈎　鐵中錚錚　鐵杵磨針　鐵石心腸　鐵樹開花　節哀順變　解民倒懸　竊玉偷香

|ㄧㄝ、ㄟ的辨別|

ㄧㄝ：結合韻母。

ㄟ：複韻母。

孽人	夜歸	消滅	別離
內人	內規	小妹	背離
裂了	鎳線	蔑視	行列
累了	內線	媚世	含淚
劫匪	侮蔑	別去	
賊匪	嫵媚	北去	

二十二、ㄧㄞ：ㄧ＋ㄚ＋ㄧ

|說明|

發音時，從「ㄧ」迅速滑到「ㄚ」，再迅速滑到「ㄧ」，連成一個音，音量由小變大再變小。這時的「ㄚ」屬次低、前元音，韻尾「ㄧ」屬次高元音。音值為〔iæɪ〕。

|練習|

(1)ㄧㄞ　ㄧㄞˊ　ㄧㄞˇ　ㄧㄞˋ

(2)厓山　崖然　崖蜜　崖谷　崖略

(3)崖檢　崖縣　崖岸　崖異　崖鹽

二十三、ㄧㄠ：ㄧ＋ㄚ＋ㄨ

說明

發音時，從「ㄧ」迅速滑到「ㄚ」，再迅速滑到「ㄨ」，連成一個音，音量由小變大再變小。這時的「ㄚ」屬後元音，韻尾「ㄨ」屬次高元音。音值為〔iɑu〕。

練習

(1)ㄧㄠ ㄧㄠˊ ㄧㄠˇ ㄧㄠˋ

(2)ㄅㄧㄠ ㄆㄧㄠ ㄇㄧㄠ ㄉㄧㄠ ㄊㄧㄠ ㄋㄧㄠ ㄌㄧㄠ ㄐㄧㄠ ㄑㄧㄠ ㄒㄧㄠ

(3)腰包 妖孽 要挾 徼幸 淆紊

(4)穀舛 徭成 遙裔 夭折 殀壽

(5)彪形大漢 標新立異 苗而不秀 眇眇忽忽 妙不可言 妙手空空 妙手回春 刁鑽古怪 雕蟲小技 弔民伐罪 弔詭矜奇 調虎離山 挑三揀四 條分縷析 條理井然 聊勝一籌 瞭如指掌 交淺言深 喬模喬樣 巧同造化

二十四、ㄧㄡ：ㄧ＋ㄛ＋ㄨ

說明

發音時，從「ㄧ」迅速滑到「ㄛ」，再迅速滑到「ㄨ」，連成一個音，音量由小變大再變小。這時的「ㄛ」屬中高元音，「ㄨ」屬次高元音。音值為〔iou〕。這是上聲、去聲的念法。在陰平、陽平的時候，有的北平人把「o」念得很小，音值就變成〔iᵒu〕。

練習

(1)ㄧㄡ ㄧㄡˊ ㄧㄡˇ ㄧㄡˋ

(2)ㄇㄧㄡ ㄉㄧㄡ ㄋㄧㄡ ㄌㄧㄡ ㄐㄧㄡ ㄑㄧㄡ ㄒㄧㄡ

(3)優渥　油渣　遊憩　莠民　牖民

(4)侑食　宥弼　釉藥　誘掖　褎然

(5)丟三落四　牛鼎烹雞　牛頭馬面　牛鬼蛇神　牛黃狗寶　牛驥同皂　牛山濯濯　牛溲馬勃　牛衣對泣　扭曲作直　流風遺俗　流離失所　流連忘返　流金鑠石　柳眉倒豎　柳暗花明　六根清淨　久病成醫　酒囊飯袋　酒池肉林

二十五、ㄧㄢ：ㄧ＋ㄝ＋ㄣ

説明

發音時，從「ㄧ」迅速滑到「ㄝ」，再迅速滑到舌尖、鼻音的聲母「ㄣ」，連成一個音，音量由小變大再變小。這時的「ㄝ」屬中低元音。音值為〔iɛn〕。

練習

(1)ㄧㄢ　ㄧㄢˊ　ㄧㄢˇ　ㄧㄢˋ

(2)ㄅㄧㄢ　ㄆㄧㄢ　ㄇㄧㄢ　ㄉㄧㄢ　ㄊㄧㄢ　ㄋㄧㄢ　ㄌㄧㄢ　ㄐㄧㄢ　ㄑㄧㄢ　ㄒㄧㄢ

(3)奄宦　咽喉　殷紅　淹博　延袤

(4)妍嬋　研覈　定讞　喑勞　贗品

(5)鞭辟入裏　鞭長莫及　遍體鱗傷　片紙隻字　面面相覷　面紅耳赤　面黃肌瘦　面無人色　顛撲不破　顛三倒四　點頭之交　點鐵成金　天懸地隔　天誅地滅　天昏地暗　天花亂墜　天公地道　天高地厚　天羅地網　大翻地覆

二十六、ㄧㄣ：ㄧ＋ㄣ

説明

發音時，從「ㄧ」迅速滑到舌尖、鼻音的聲母「ㄋ」，連成一個音，音量由大變小。音值為〔in〕。

練習

(1)ㄧㄣ　ㄧㄣˊ　ㄧㄣˇ　ㄧㄣˋ

(2)ㄅㄧㄣ　ㄆㄧㄣ　ㄇㄧㄣ　ㄋㄧㄣ　ㄌㄧㄣ　ㄐㄧㄣ　ㄑㄧㄣ　ㄒㄧㄣ

(3)氤氲　瘖默　堙滅　淫刑　夤緣

(4)隱瞞　飲馬　胤嗣　蔭油　血暈

(5)彬彬有禮　賓至如歸　貧嘴賤舌　品竹彈絲　民脂民膏　林林總總　淋漓盡致　琳琅滿目　霖雨蒼生　臨陣磨槍　臨深履薄　臨淵羨魚　巾幗英雄　今是昨非　金碧輝煌　金迷紙醉　金枝玉葉　金蟬脫殼　錦囊佳句　錦心繡口

二十七、ㄧㄤ：ㄧ＋ㄚ＋ㄤ

説明

發音時，從「ㄧ」迅速滑到「ㄚ」，再迅速滑到舌根、鼻音的聲母「ㄤ」，連成一個音，音量由小變大再變小。這時的「ㄚ」屬後元音。音值為〔iaŋ〕。

練習

(1)ㄧㄤ　ㄧㄤˊ　ㄧㄤˇ　ㄧㄤˋ

(2)ㄋㄧㄤ　ㄌㄧㄤ　ㄐㄧㄤ　ㄑㄧㄤ　ㄒㄧㄤ

(3)羊羹　佯攻　徜徉　陽春　揚長

(4)仰韶　養晦　怏然　漾舟　恙蟲

(5)良金美玉　良辰美景　良藥苦口　良莠不齊　梁木其壞　量力而行　兩敗俱傷　兩面三刀　兩面二舌　兩腳書櫥　兩腳野狐

兩全其美　兩袖清風　兩相情願　兩世為人　江河行地　江河日下　槍林彈雨　香車寶馬　項背相望

二十八、ㄧㄥ：ㄧ＋兀

說明

發音時，從「ㄧ」迅速滑到舌根、鼻音的聲母「兀」，連成一個音，音量由大變小。音值為〔iŋ〕。

練習

(1)ㄧㄥ　ㄧㄥˊ　ㄧㄥˇ　ㄧㄥˋ

(2)ㄅㄧㄥ　ㄆㄧㄥ　ㄇㄧㄥ　ㄉㄧㄥ　ㄊㄧㄥ　ㄋㄧㄥ　ㄌㄧㄥ　ㄐㄧㄥ　ㄑㄧㄥ　ㄒㄧㄥ

(3)鶯遷　嬰鱗　嚶鳴　櫻唇　纓冠

(4)鸚鵡　鷹選　罌粟　迎迓　郢政

(5)冰肌玉骨　冰清玉潔　冰消瓦解　冰雪聰明　兵不由將　兵連禍結　兵荒馬亂　屏氣凝神　並駕齊驅　平步青雲　平地風波　萍水相逢　名不虛傳　名正言順　明眸皓齒　明目張膽　旌旗蔽空　荊釵布裙　青天霹靂　青黃不接

二十九、ㄨㄚ：ㄨ＋ㄚ

說明

發音時，從「ㄨ」迅速滑到「ㄚ」，連成一個音，音量由小變大。音值為〔uA〕。

練習

(1)ㄨㄚ　ㄨㄚˊ　ㄨㄚˇ　ㄨㄚˋ

(2)ㄍㄨㄚ　ㄎㄨㄚ　ㄏㄨㄚ　ㄓㄨㄚ　ㄔㄨㄚ　ㄕㄨㄚ

(3)呱呱　媧皇　蛙泳　洼然　低窪

(4)挖苦　娃娃　瓦窰　嗚咽　襪線

(5)瓜田李下　瓜熟蒂落　刮目相待　寡廉鮮恥　掛一漏萬　花好月圓　花樣翻新　花紅柳綠　花街柳巷　花燭夫妻　花枝招展　花容月貌　花言巧語　花團錦簇　譁眾取寵　滑頭滑腦　畫虎類狗　畫龍點睛　話不投機

三十、ㄨㄛ：ㄨ＋ㄛ

說明

發音時，從「ㄨ」迅速滑到「ㄛ」，連成一個音，音量由小變大。音值為〔uɔ〕。

練習

(1)ㄨㄛ　ㄨㄛˊ　ㄨㄛˇ　ㄨㄛˋ

(2)ㄉㄨㄛ　ㄊㄨㄛ　ㄋㄨㄛ　ㄌㄨㄛ　ㄍㄨㄛ　ㄎㄨㄛ　ㄏㄨㄛ　ㄓㄨㄛ　ㄔㄨㄛ　ㄕㄨㄛ　ㄖㄨㄛ　ㄗㄨㄛ　ㄘㄨㄛ　ㄙㄨㄛ

(3)渦流　窩集　我輩　臥遊　沃饒

(4)渥惠　握別　幄幕　齷齪　斡旋

(5)奪胎換骨　拖泥帶水　脫胎換骨　脫口而出　脫穎而出　唾面自乾　羅掘俱窮　羅雀掘鼠　鑼鼓喧天　落花流水　落落大方　落紙如飛　絡繹不絕　犖犖大者　過江之鯽　過路財神　說長論短　數見不鮮　若有所失　箬帽芒鞋

三十一、ㄨㄞ：ㄨ＋ㄚ＋ㄧ

說明

發音時，從「ㄨ」迅速滑到「ㄚ」，再迅速滑到「ㄧ」，連成一個音，音量由小變大再變小。這時的「ㄚ」屬前元音，「ㄧ」屬次高元音。音值為〔uaɪ〕。

練習

(1)ㄨㄞ　ㄨㄞˊ　ㄨㄞˇ　ㄨㄞˋ

(2)ㄍㄨㄞ　ㄎㄨㄞ　ㄏㄨㄞ　ㄓㄨㄞ　ㄔㄨㄞ　ㄕㄨㄞ

(3)歪斜　外援　懷揣　衰邁　摔倒

(4)掰壞　檜柏　拐帶　徘徊　拐賣

(5)怪誕不經　率獸食人　率爾操觚　率由舊章

三十二、ㄨㄟ: ㄨ＋ㄝ＋ㄧ

說明

發音時，從「ㄨ」迅速滑到「ㄝ」，再迅速滑到「ㄧ」，連成一個音，音量由小變大再變小。這時的「ㄝ」屬中高元音。音值為〔uei〕。這是陰平、陽平的念法。如果是上聲、去聲，則「ㄝ」仍為中元音，「ㄧ」為次高元音。音值是〔uEI〕。

練習

(1)ㄨㄟ　ㄨㄟˊ　ㄨㄟˇ　ㄨㄟˋ

(2)ㄅㄨㄟ　ㄊㄨㄟ　ㄍㄨㄟ　ㄎㄨㄟ　ㄏㄨㄟ　ㄓㄨㄟ　ㄔㄨㄟ　ㄕㄨㄟ　ㄖㄨㄟ　ㄗㄨㄟ　ㄘㄨㄟ　ㄙㄨㄟ

(3)委蛇　逶迤　威脅　崴嵬　煨爐

(4)危篤　韋編　圍繞　帷幄　偽藥

(5)堆金積玉　對牛彈琴　對症下藥　推本溯源　推己及人　推襟送抱　推心置腹　推陳出新　推三阻四　退避三舍　規行矩步　瑰意琦行　龜鶴同春　歸馬放牛　鬼鬼祟祟　鬼哭神號　鬼使神差　桂馥蘭馨　水盡

鶴飛　水清無魚

三十三、ㄨㄢ：ㄨ ＋ ㄚ ＋ ㄋ

說明

發音時，從「ㄨ」迅速滑到「ㄚ」，再迅速滑到舌尖、鼻音的聲母「ㄋ」，連成一個音，音量由小變大再變小。這時的「ㄚ」屬前元音。音值為〔uan〕。

練習

(1)ㄨㄢ　ㄨㄢˊ　ㄨㄢˇ　ㄨㄢˋ

(2)ㄉㄨㄢ　ㄊㄨㄢ　ㄋㄨㄢ　ㄌㄨㄢ　ㄍㄨㄢ　ㄎㄨㄢ　ㄏㄨㄢ　ㄓㄨㄢ　ㄔㄨㄢ　ㄕㄨㄢ　ㄖㄨㄢ　ㄗㄨㄢ　ㄘㄨㄢ　ㄙㄨㄢ

(3)剜肉　蜿蜒　丸髻　紈袴　完葺

(4)婉言　挽手　莞爾　綰髮　惋惜

(5)斷線風箏　斷章取義　鸞飄鳳泊　鶯翔鳳集　鸞翔鳳翥　官樣文章　冠冕堂皇　冠蓋相望　寬宏大量　歡欣鼓舞　歡喜冤家　歡聲雷動　歡天喜地　環肥燕瘦　緩不濟急　穿壁引光　穿針引線　穿鑿附會　鑽石地帶　算無遺策

三十四、ㄨㄣ：ㄨ ＋ ㄜ ＋ ㄋ

說明

發音時，從「ㄨ」迅速滑到「ㄜ」，再迅速滑到舌尖、鼻音的聲母「ㄋ」，連成一個音，音量由小變大再變小。這時的「ㄜ」屬中元音、央元音。音值為〔u^{ə}n〕。這是陰平、陽平的情形。如果是上聲、去聲，主要元音「ㄜ」音較多。音值為〔uən〕。

練習

(1)ㄨㄣ　ㄨㄣˊ　ㄨㄣˇ　ㄨㄣˋ

(2)ㄉㄨㄣ　ㄊㄨㄣ　ㄋㄨㄣ　ㄌㄨㄣ　ㄍㄨㄣ　ㄎㄨㄣ

ㄏㄨㄣ　ㄓㄨㄣ　ㄔㄨㄣ　ㄕㄨㄣ　ㄖㄨㄣ　ㄗㄨㄣ　ㄘㄨㄣ
ㄙㄨㄣ

(3)溫馨　瘟疫　穩貼　文筆　抆淚

(4)紊亂　問卜　聞達　汶河　文過

(5)敦敦實實　敦親睦鄰　敦世厲俗　吞舟之魚　吞花臥酒　吞雲吐霧　屯街塞巷　豚蹄穰田　褪後趨前　淪肌浹髓　滾瓜爛熟　諄諄教誨　春風滿面　春風風人　春風得意　春暖花開　春露秋霜　春寒料峭　寸草春暉　損陰壞德

三十五、ㄨㄤ：ㄨ＋ㄚ＋ㄥ

說明

發音時，從「ㄨ」迅速滑到「ㄚ」，再迅速滑到舌根、鼻音的聲母「ㄥ」，連成一個音，音量由小變大再變小。這時的「ㄚ」屬後元音。音值為〔uaŋ〕。

練習

(1)ㄨㄤ　ㄨㄤˊ　ㄨㄤˇ　ㄨㄤˋ

(2)ㄍㄨㄤ　ㄎㄨㄤ　ㄏㄨㄤ　ㄓㄨㄤ　ㄔㄨㄤ　ㄕㄨㄤ

(3)枉顧　罔極　惘然　網羅　輞川

(4)魍魎　瀇洋　旺運　妄言　忘情

(5)光風霽月　光天化日　光宗耀祖　筐篋中物　狂奴故態　狂言綺語　曠日持久　荒誕不經　荒煙蔓草　慌裏慌張　遑遑不安　黃童白叟　黃花閨女　黃花晚節　恍同隔世　恍然大悟　裝瘋賣傻　裝聾作啞　裝腔作勢　創鉅痛深

三十六、ㄨㄥ：ㄨ＋ㄜ＋ㄥ

說明

發音時，從「ㄨ」迅速滑到「ㄜ」，再迅速滑到舌根、鼻音的「ㄥ」，連成一個音，音量由小變大再變小。這時的「ㄜ」屬中元音、央元音。音值為〔uəŋ〕。

練習

(1)ㄨㄥ ㄨㄥˊ ㄨㄥˇ ㄨㄥˋ

(2)翁姑 翁仲 蓊鬱 蓊勃 齆鼻

(3)瀜洲 瀜然 甕城 甕門 甕牖

(4)甕盡杯乾 甕中捉鱉 甕聲甕氣 甕牖繩樞

三十七、ㄨㄥ：ㄨ＋ㄥ

說明

發音時，從「ㄨ」迅速滑到舌根、鼻音的聲母「ㄥ」，連成一個音，音量由大變小。這時的「ㄨ」屬次高元音。音值為〔uŋ〕。

練習

(1)ㄨㄥ ㄨㄥˊ ㄨㄥˇ ㄨㄥˋ

(2)ㄉㄨㄥ ㄊㄨㄥ ㄋㄨㄥ ㄌㄨㄥ ㄍㄨㄥ ㄎㄨㄥ ㄏㄨㄥ ㄓㄨㄥ ㄔㄨㄥ ㄖㄨㄥ ㄗㄨㄥ ㄘㄨㄥ ㄙㄨㄥ

(3)冬烘 紅腫 倥傯 衝動 松茸

(4)忠鯁 酒盅 怔忪 蠢斯 鍾馗

(5)冬溫夏清 東塗西抹 東拉西扯 東海揚塵 洞天福地 洞見癥結 棟折榱崩 通權達變 通宵達旦 同病相憐 同居各爨 同衾共枕 同工異曲 同舟共濟 同床異夢 同室操戈 同憂相敬 龍蟠虎踞 龍蟠鳳逸 龍飛鳳舞

三十八、ㄩㄝ：ㄩ＋ㄝ

説明

發音時，從「ㄩ」迅速滑到「ㄝ」，連成一個音。音量由小變大。音值為〔yɛ〕。

練習

(1)ㄩㄝ　ㄩㄝˊ　ㄩㄝˇ　ㄩㄝˋ

(2)ㄋㄩㄝ　ㄌㄩㄝ　ㄐㄩㄝ　ㄑㄩㄝ　ㄒㄩㄝ

(3)約束　月闌　越級　岳飛　悅耳

(4)閱世　粵江　嶽立　躍升　樂曲

(5)謔而不虐　略知皮毛　略跡原心　略勝一籌　截長補短　絕無僅有　缺穿缺戴　缺吃缺穿　雀屏中目　雀屏中選　鵲笑鳩舞　鵲巢鳩占　哲門瞭戶　鶯鳩笑鵬　雪泥鴻爪　雪窖冰天　雪中送炭　雪上加霜　血口噴人　削足適履

三十九、ㄩㄢ：ㄩ＋ㄚ＋ㄋ

説明

發音時，從「ㄩ」迅速滑到「ㄚ」，再迅速滑到舌尖、鼻音的聲母「ㄋ」，連成一個音。音量由小變大再變小。這時的「ㄚ」屬前元音、次低元音。音值為〔yæn〕。

練習

(1)ㄩㄢ　ㄩㄢˊ　ㄩㄢˇ　ㄩㄢˋ

(2)ㄌㄩㄢ　ㄐㄩㄢ　ㄑㄩㄢ　ㄒㄩㄢ

(3)冤枉　淵藪　鳶飛　元宵　怨誹

(4)垣牆　嬋媛　原委　遠播　圓活

(5)孿孿顧念　娟秀動人　惆惆之忿　捐除成見　涓滴歸公　涓涓細流　捲土重來　捲入旋渦　倦鳥知還　全軍覆沒　全始全終

全受　全歸　全身而退　全心全意　全無心肝　拳拳服膺　泉石膏肓　權衡輕重　犬牙相制　喧賓奪主

四十、ㄩㄣ：ㄩ＋ㄋ

說明

發音時，從「ㄩ」迅速滑到舌尖、鼻音的聲母「ㄋ」，連成一個音。音量由大變小。音值為〔yn〕。

練習

(1)ㄩㄣ　ㄩㄣˊ　ㄩㄣˇ　ㄩㄣˋ

(2)ㄌㄩㄣ　ㄐㄩㄣ　ㄑㄩㄣ　ㄒㄩㄣ

(3)暈頭　耘田　雲霓　蘊藉　醞釀

(4)玁狁　隕越　暈車　慍懟　緼袍

(5)君子之交　君子協定　裙屐少年　群龍無首　群起而攻　群策群力　群蟻附羶　尋行數墨　尋花問柳　尋章摘句　捃綿扯絮　循名責實　循規蹈矩　循循善誘　循衣摸床

四十一、ㄩㄥ：ㄩ＋ㄛ＋ㄥ

說明

發音時，從「ㄩ」迅速滑到「ㄛ」，再迅速滑到舌根、鼻音的聲母「ㄥ」，連成一個音。音量由小變大再變小。這時的「ㄛ」屬次高元音。音值為〔yuŋ〕。

練習

(1)ㄩㄥ　ㄩㄥˊ　ㄩㄥˇ　ㄩㄥˋ

(2)ㄐㄩㄥ　ㄑㄩㄥ　ㄒㄩㄥ

(3)庸俗　慵惰　雍和　饔飧　癰瘍

(4)喁喁　擁抱　湧泉　臃腫　傭金

(5)迥然不同　窘迫無計　煢子無依　煢煢
子立　窮兵黷武　窮當益堅　窮途末路　窮
鳥入懷　窮年累月　窮寇勿追　窮坑難滿
窮極無聊　窮家富路　窮鄉僻壤　窮形極
相　窮凶極惡　窮鼠齧貓　窮而後工　窮源
溯流　瓊樓玉宇

第二節　聲調的介紹及練習

壹、聲調是漢語的特色

　　近代語言學家告訴我們，中國語言與我國西南邊疆的擺夷語及暹羅語同出一源，合稱漢臺語系；漢臺語系的語言又與包括西藏、緬甸等語的藏緬語系同出一源，稱為漢藏語族。漢藏語族的語言特色之一是：它是有聲調的語言，不同的聲調有不同的辨義作用。

　　如果你把「水餃」說成「睡覺」，那不是聲或韻的問題，而是在聲調上出了毛病。聲調是指聲音高低升降的調子而說的。字有字調，詞有詞調，語有語調，各有各的調子，但一般所說的聲調，都是字調，是每一字的本來聲調，也叫做「本調」。字典所注的音就是字的本調，它是不變的。至於詞調和語調，有時是要隨著上下字的調而改變的。一個語音的結構，一般分成「聲母」、「韻母」、「聲調」三部分來研究，「韻母」又可分成「介音」、「主要元音」、「韻尾」三部分。事實上在這五個部分中，最重要而不可或缺的，是主要元音和聲調。像「無」、「衣」，只是最簡單的主要元音配上聲調，便具備了一個音的條件了。

　　自從有漢語以來，可能就具有了聲調的特色，而且聲調系統已和中古的聲調系統相去不遠。但是要到六朝時，才有「四聲」的發現。當時的文人受佛教徒轉讀佛經的影響，從印度古時《聲明論》的所謂「三聲」，了

解到漢語中也有音調的高低，於是提出了「四聲」的說法，在中國的聲韻史上是一大發現❾。

　　六朝時期的文人，辨析了中國語言中的「四聲」以後，根據《南史・陸厥傳》的記載，沈約等人將「平上去入」四聲運用在文辭格式的制定上，使中國文學史邁入一個以講究聲律為風尚的時期。從此，「平上去入」成為中國詩文寫作的格律之一，辨析「平上去入」也成了學習中國語文不可不談的重點，因為除了聲韻之外，聲調其實主導了一個音的神韻，所以近人劉復用「神」來點明聲調❿，很有道理。

貳、調類

　　隋唐以來的中古音韻書，都把語言根據不同的讀法分成平聲、上聲、去聲、入聲，共四類，這種傳統的分類，稱為「調類」。作詩詞的時候，又簡化為平聲和仄聲，以仄聲包括上、去、入，平仄相對使詩詞的節奏更為活潑。語言隨著時代不斷在改變，到現在，以北平音系為主體的國語，調類是陰平、陽平、上聲、去聲，仍是四類，實質卻大不相同。元代周德清編《中原音韻》，是金、元時大都的舞臺語，他已經發現兩個事實：當時的語言，已經沒有入聲，平聲分成陰平和陽平。大致看來，這些現象和目前的國語是一樣的。它們之間的演變可以圖示如下：

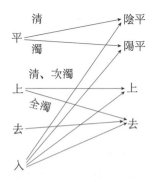

---

❾　以上參考董同龢，《中國語音史》第一章、第四章、第十一章。

❿　見羅常培，《漢語音韻學導論》引。

國語注音符號體式總表

註：1. 聲符「万」、「兀」、「广」國音不用。
　　2. 韻符「帀」注音時省略不標。
　　3. 韻符「一」直式注音寫成「一」，橫式注音寫成「丨」。

注音漢字拼音排法示例

（一）直行式

（二）橫行式

普通印刷體漢字或漢文正楷，均可用此種注音符號，依式隨時拼注排印。例如：

直行

橫行

獨立用之注音符號印刷體式示例

（一）直行用甲種（作扁方形，字模面積約相當於本號正方體漢字三分之二。）

「一」母字模面積約只得相當於他母二分之一，即正方體漢字三分之一。

（二）直行用乙種（如排在長方體漢字直行正文中者，則字模長短減為二分之一。）

「一」母面積又只得相當於他母二分之一。

（三）橫行用（作長方形，字模面積約相當於本號正方體漢字三分之二。如排在長方體漢字橫行正文中者，同。）

「一」母面積又只得相當於他母二分之一，即正方體漢字三分之一。

　　林慶勳在〈中古音入門〉一編中，就中古音的聲調如何演變為現代國語的陰平、陽平、上聲、去聲，有非常透闢的說明：

　　　　中古的平聲字，演化成現代國語是受聲母清濁條件的影響，清聲（全
　　　　清、次清）字變陰平，濁聲（全濁、次濁）字變陽平。上聲字的聲
　　　　母若是全濁，現代國語讀去聲，其他的次濁及全清、次清字不變，
　　　　仍讀上聲。入聲字因為聲調在國語已經消失，所以分別變入陰平、
　　　　陽平、上、去四個調。它們演化的條件，只有次濁較明確，讀為去
　　　　聲，全濁讀陽平與去聲，全清與次清則變化無定，也就是四個聲調
　　　　都可能出現。而中古的去聲，現代國語幾乎不變，都讀去聲。❶❶

　　關於現代國語入聲分派到陰平、陽平、上聲及去聲的現象，影響到古代詩詞平、仄區別的困難，大約是北方官話的局限，是一種強勢語言所引致的負面作用。但是南方系統的方言卻仍保留入聲的特質，參酌方言，並且融合運用中古韻書的資料，了解聲調的演變是受聲母清濁的影響❶❷，古今語音的變化，也並不是毫無途徑可尋的。試看下列這些常用字，原來都是入聲字：

　　　陰平　隻　八　撥　郭（全清），刷　缺　託　七（次清）
　　　陽平　隔　格　博　哲（全清），渴　察　昔　叔（次清），
　　　　　　挾　白　合　別（全濁）
　　　上聲　卜　髮　篤　谷（全清），尺　雪　塔　乞（次清）
　　　去聲　必　的　祝　厄（全清），迫　妾　塞　策（次清），
　　　　　　弼　秩　術　劇（全濁），莫　勿　熱　曆（次濁）❶❸

---

❶❶　見林慶勳、竺家寧，《古音學入門》上編 4.4–3。
❶❷　見董同龢，《漢語音韻學》，頁 210，《古音學入門》引。
❶❸　參考《古音學入門》上編 4.4–3。

因為某些方言仍然保留了入聲的特色,在民國初年訂定聲調標準的時候,也就保留入聲,當時的調類是:陰平、陽平、上聲、去聲、入聲。直到民國二十一年五月七日,教育部公布《國音常用字彙》,才正式以北平音系為標準國音。北平音系並沒有入聲調,於是現代國語真正說來只有陰平、陽平、上聲、去聲四個調了。為了推行方便,一般民眾及小學生都只用「第一聲」、「第二聲」、「第三聲」、「第四聲」來代替「陰平」、「陽平」、「上聲」、「去聲」,作為四個調類名稱了。當然,這個「上聲」的「上」,必須念作「賞」。

參、調值

漢語的聲調問題是非常複雜的,它不完全是音高的問題,還雜有音色、音長、音強的問題在內❶。但是,聲調畢竟是指一個人發音時的相對音高而言的,音高是說明調值的重要因素;又因為聲調也關係到一個人發音時的相對久暫的問題,所以,音長也是說明調值的重要條件。現在研究語言學的人已經知道採用坐標、線條、五線譜的方法來記錄調值,以表示音高、音長的實際讀法;甚至用語音學的儀器測定、實驗出來。但是古時卻不是如此。唐代僧侶處忠的《元和韻譜》說明四聲的讀法是:「平聲哀而安,上聲厲而舉,去聲清而遠,入聲直而促。」《康熙字典》引述明朝僧侶真空的〈玉鑰匙歌訣〉,辨明四聲的讀法是:「平聲平道莫低昂,上聲高呼猛烈強,去聲分明哀遠道,入聲短促急收藏。」大致還說出了一點四聲的特色,卻並不能具體地說明實際的調值,其他相關的韻書說得更為含糊。

各地方言的調值,音色並不盡同。例如陽平聲的字,在北平話裏是升調,在福州話裏卻是降調;上聲的字,在北平話裏是降升調,在閩南話裏卻是全降調。現在研究國語的聲調,應當以北平話的調值為對象。劉復曾經把每個聲調的實際變化狀況作成〈語音實驗錄〉,為了保留某些方言的入聲狀況,又根據清代樊騰鳳的《五方元音》加上一個入聲調。

民國二十三年,教育部國語會委員白鎮瀛(滌洲)先生進一步作了比

❶ 見謝雲飛,《語音學大綱》第六章・參・二。

較精密的北平話四聲測定，寫成〈北京語聲調及變化〉。他把北平話四聲
「陰平」、「陽平」、「上聲」、「去聲」各類選出五個最常用的字，在浪紋計
上，用聲調推斷尺測算，根據每個字的顫動數，推斷出各字在聲調進行中
每一個點的音高來，再畫出各字的音高曲線；然後又把同調類的五個字的
音高曲線從起點、中點，到終點的音高值求出平均數，就代表這一類聲調
的調型。他測定的基本調型如下圖：

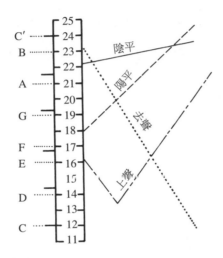

陰平: A#～B, 22.2～23.4
陽平: F#～C′, 18～24.4
上聲: E～C#～A#, 16.2～13.4～21.6
去聲: B～C, 23.2～11.8

如果改用五度制的分法，每一度包含兩個半音多一些，也就是第一度是
12～14.4，第二度是 14.4～16.8，第三度是 16.8～19.2，第四度是 19.2～
21.6，第五度是 21.6～24。至於音長，白滌洲也根據浪紋計上浪線的長短，
推算出各聲的平均值。陰平是 436，陽平是 455，上聲是 483，去聲是 425。
由此可知：上聲最長，陽平次之，陰平又次之，去聲最短。綜合起來，可
以用五度制坐標法畫出北平話的四聲調值(包含音高和音長)，如下圖 a 和
b:

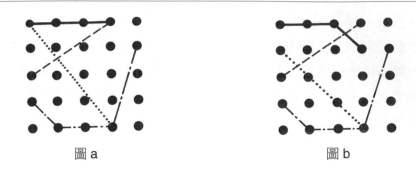

圖 a　　　　　　　　　　　　圖 b

圖 a：陰平 5555，陽平 3//5，上聲 21114，去聲 5\\1。

圖 b：陰平 5554，陽平 3//5，上聲 21114，去聲 4321。

肆、調號

　　民國七年，教育部公布注音符號實施辦法，同時規定四聲點法，那時還有入聲，規定在字的四角作點，陰平無調號，如圖 c：

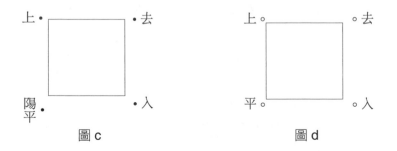

圖 c　　　　　　　　　　　　圖 d

這個辦法其實跟古人的四聲調類的圈讀法（如圖 d）相似，只不過把圈改為點而已。單拼的音，就加在這個字母的四角；聲、韻兩拼的音，加在韻母的四角，而不是整個音節的四角；有結合韻母的音，就加在結合韻母的四角，而不是最末一個字母的四角。如下例：

　　　　三ㄙㄢ　民ㄇㄧㄣ　主ㄓㄨ　義ㄧ　萬ㄨㄢ　歲ㄙㄨㄟ

這方法宣布後，由於字間的黑點太多，看起來雜亂，點起來也不方便；民國十一年，教育部改進，把調型符號撤去坐標，加在韻母上，結合韻就加在最後的韻母上。

陰平　無調號（重讀或延長時可用 –）

陽平　ˊ

上聲　ˇ

去聲　ˋ

入聲　˙

民國二十一年重新修訂國音以後，已經沒有入聲了，「˙」的符號則另有用途，不是用來標明入聲，而是用來標記輕聲了。如：餃子ㄐㄧㄠˇ˙ㄗ。

一般語言學者常在聲調符號的右邊加上縱坐標線，如：˥ ˧˥ ˩ ˥˩，表達更為明確，這樣的調型符號也適用於國際音標。綜合上述理論，列表於後：

項目	說明			
四聲俗名	第一聲	第二聲	第三聲	第四聲
調類名稱	陰平	陽平	上聲	去聲
四聲調值	55:	35:	214:	51:
調型符號	˥	˧˥	˩	˥˩
聲調符號	(–)	ˊ	ˇ	ˋ
四聲音長	次短	次長	最長	最短 ❺

綜合練習

一、陰陽上去

衣夷倚意　烏無五物　迂于雨玉　欺奇起氣　朱竹主柱　虛徐許序

飛簷走壁　雕蟲小技　風雲詭異　規行矩步　中流砥柱　枯藤老樹

花紅柳綠　深謀遠慮　從容有序　七雄五霸　瓜田李下　酸甜苦辣

嶔崎磊落　高朋滿座　因循懶惰　孤雲野鶴　心懷叵測　英雄本色

歌臺舞榭　鄉豪土劣　心寒膽裂　千奇百怪　輕盈體態　公平買賣

溫柔嫵媚　聰明巧慧　呼朋引類　雞鳴狗盜　虛文假套　娉婷婉妙

山明水秀　挑肥揀瘦　風狂雨驟　優柔寡斷　光明璀璨　貪婪討厭

---

❺　參考師大國音教材編委會，《國音學》第五章。

風俗雅韻	周詳審慎	斟酌尺寸	蕭條景象	寬衢窄巷	低頭沮喪
積德養性	山鳴谷應	心儀孔孟	豬兒　牛兒	馬兒　兔兒	
功垂百世	鷹瞵虎視	山盟海誓	說文解字	私人賞賜	耕耘耒耜

二、去上陽陰

物我合一	四眼田雞	歷史遺跡	萬里尋夫	妙語如珠	罄紙難書
氣餒情虛	負弩前驅	故弄玄虛	信手塗鴉	碧血黃花	四海為家
惠我良多	亂講胡說	醉酒狂歌	躍馬橫戈	畏比蛇蠍	握扭擰捏
笨嘴拙腮	意簡言賅	墨守成規	兔死狐悲	貌毀神隳	耀武揚威
笑裏藏刀	恃寵而驕	飯桶膿包	覆水難收	破釜沈舟	一雨成秋
壽比南山	過眼雲煙	袖手旁觀	妙手回春	破曉時分	綠草如茵
順理成章	衣錦還鄉	萬古流芳	暮鼓晨鐘	異曲同工	杏眼圓睜
緞兒　錦兒	綢兒　絲兒	鹿兒	狗兒　猴兒	貓兒	
稚子無知	為女成痴	醉酒吟詩	貸款投資	玉有瑕疵	逝者如斯

三、四聲混合

老少無欺	滿目瘡痍	水落石出	虛懷若谷	儻來之物	奇貨可居
翻雲覆雨	隨心所欲	水性楊花	聚沙成塔	頭暈眼花	雨勢滂沱
人心叵測	阮囊羞澀	曉風殘月	指桑罵槐	食髓知味	齊大非耦
龍爭虎鬥	臥薪嘗膽	花好月圓	正本清源	養癰遺患	滿腹經綸
孤陋寡聞	倩女幽魂	順手牽羊	信口雌黃	風流倜儻	禍起蕭牆
劍拔弩張	含沙射影	晨昏定省	穀賤傷農	嘆為觀止	鐵面無私 ❻

第三節　聲母的介紹及練習

壹、什麼叫聲母

　　任何語言的語音都有「元音」(vowel) 和「輔音」(consonant) 兩種音素。輔音又叫子音，是由肺裏呼出來的氣流在發音的通道中，受到某兩部

---

❻　參考前揭《國音學》第五章。

分的阻礙所造成的聲音。發音時聲帶不顫動，發出來的輔音是噪音，如ㄅ、ㄆ、ㄉ、ㄊ、ㄈ、ㄏ等；發音時聲帶顫動，發出的輔音是樂音和噪音的混合音，如ㄇ、ㄋ、ㄌ、ㄖ等。

　　「輔音」是一般語音學上通用的名稱，在分析漢語時，習慣用「聲母」。所謂的「聲母」是根據輔音在語言單位（音節）中所出現的地位而說的。聲母也叫「前音」(initial)，是一個音節開頭的輔音。例如「老人」（ㄌㄠˇㄖㄣˊ〔lɑuˇ zən˧〕）這兩個音節（字）中，l（ㄌ）、z（ㄖ）都是音節開頭的輔音，就是聲母。漢語裏的聲母，都是由輔音構成的，但輔音不一定就是聲母。輔音在其他國家的語言裏（如英語），可以在一個字的字頭出現，例如 show、key、tree、fly 等字的 sh、k、tr、f；也可以在一個字的中間出現，像 mother、woman、holiday、paper 等字的 th、m、l、d、p；也可以在一個字的字尾出現，像 cup、much、glass、over 等字的 p、ch、s、r。然而，國語裏的聲母，永遠指的是那個在字頭出現，具有辨義作用的輔音。在ㄦ平話的全部輔音裏，只有古根鼻音「ㄫ」（〔ŋ〕）不能作為聲母，其他的輔音都可以。「ㄫ」只能作為聲隨韻母「ㄤ」（〔ɑŋ〕）、「ㄥ」（〔əŋ〕）的韻尾。不過，這個「ㄫ」音在華南各地的方言，卻是常見的聲母。像客家話的「牙、硬、鵝、癌……」等字，及閩南語的「吾、娥、雅……」等字都是用「ㄫ」做聲母的。有的輔音既可做聲母，又可做韻尾，如「南」（ㄋㄢˊ〔nan˧〕）這個音節中的 n（ㄋ），在音節開頭是聲母，在音節末尾是韻尾。聲母都出現在音節的開頭，它跟意義的分辨大有關係。比方說「ㄋ」、「ㄌ」不分的人把「水梨」說成「水泥」，差別可大了；「ㄔ」、「ㄘ」不分的人把「魚翅」錯為「魚刺」，意義更是不同。

　　國語的聲母大部分是清輔音，單單是氣流通過阻礙時造成的聲音；少數聲母是濁輔音，但聲音也不響亮；因此聲母獨立發音時，聽話的人很難從聽覺上去分辨是哪個聲母。為了便於教學，在每個聲母的本音（指聲母的實際發音）後面，配上不同的元音，像注音符號ㄅ、ㄆ、ㄇ、ㄈ之後加拼「ㄛ」或「ㄜ」；ㄉ、ㄊ、ㄋ、ㄌ之後加拼「ㄜ」；ㄐ、ㄑ、ㄒ之後加拼「ㄧ」；ㄓ、ㄔ、ㄕ、ㄖ、ㄗ、ㄘ、ㄙ之後加拼「帀」，這就是給聲母命名，

使聽的人容易聽清楚。至於該給聲母取什麼名稱，本來沒有一定的道理，只要使名稱跟音值（本音）盡可能接近，在拼音的時候能避免不必要的雜音就可以了。所以有人在ㄅ、ㄆ、ㄇ、ㄈ之後加拼「ㄜ」而不拼「ㄛ」，就是這個原因。

　　學習聲母必須掌握本音，用本音與韻母拼音，才能拼得準確。

貳、聲母的符號

　　現行的注音符號中，屬於聲母的共有二十一個。這套符號是在民國二年教育部召開的「讀音統一會」中制定的。當時制定的聲符共有二十四個，教育部曾在民國七年加以公布，後來決定採用北平音系做標準音之後，就廢除了「ㄪ、ㄬ、ㄫ」三個濁聲母，所以目前國音聲母只有二十一個。這些符號中，十五個為國學大師章炳麟先生所創，取「古文篆籀徑省之形」的簡筆漢字。茲將教育部公布的聲母符號抄列於後❶：

注音字母表

聲母二十四

ㄍ：古外切，與澮同，讀若格，發音務促，下同。

ㄎ：苦浩切，氣欲舒出有所礙也，讀若克。

ㄫ：五忽切，ㄫ高而上平也，讀若愕。

ㄐ：居尤切，延蔓也，讀若基。

ㄑ：本姑泫切，今苦泫切。古畎字，讀若欺。

ㄬ：魚儉切，因崖為屋也，讀若膩。

ㄉ：都勞切，即刀字，讀若德。

ㄊ：他骨切，同突，讀若特。

ㄋ：奴亥切，即乃字，讀若訥。

ㄅ：布交切，義同包，讀若薄。

ㄆ：普本切，小擊也，讀若潑。

ㄇ：莫狄切，覆也，讀若墨。

---

❶　原名「注音字母」，民國十九年才改稱「注音符號」。

匸：府良切，受物之器，讀若弗。

万：無販切，同萬，讀若物。

卩：子結切，古節字，讀若資。

七：親吉切，即七字，讀若疵。

厶：相姿切，古私字，讀私。

屮：真而切，即之字，讀之。

彳：丑亦切，小步也，讀若癡。

尸：式之切，由篆文尸而來，讀尸。

厂：呼旰切，山側之可居者，讀若黑。

丅：胡雅切，古下字，讀若希。

力：林直切，即力字，讀若勒。

日：人質切，即日字，讀若入。

民國八年，教育部據國語統一籌備會之呈請，以部令公布「注音字母音類次序」，其次序為：

ㄅㄆㄇㄈ万　ㄉㄊㄋㄌ　ㄍㄎㄫㄏ　ㄐㄑㄬㄒ　ㄓㄔㄕ日

卩ㄘㄙ　ㄧㄨㄩ　ㄚㄛㄜ　ㄞㄟㄠㄡ　ㄢㄣㄤㄥ　ㄦ

現在按照實用的順序，把現行的二十一個聲母符號的正確寫法一一介紹於後：

ㄅ：「包」的本字，與幫雙聲，小篆作「ㄅ」，符號寫作一筆。

ㄆ：攴（ㄆ）字，即「扑打」的扑本字，與滂雙聲，小篆作「ㄆ」，符號寫作兩筆，與漢字四筆不同。

ㄇ：「冪」本字，與明雙聲，小篆作「ㄇ」，符號寫作兩筆。

ㄈ：匚字，府良切，與非雙聲，小篆作「ㄈ」，符號寫作兩筆。

ㄉ：即「刀」字，與端雙聲，小篆作「ㄉ」，符號寫作兩筆。

ㄊ：同「突」字，即「育」字之上半，與透雙聲，小篆作「ㄊ」，符號寫作三筆，與漢字「去」四筆不同。

ㄋ：即「乃」字，與泥雙聲，小篆作「ㄋ」，符號寫作一筆。

ㄌ：即「力」字，與來雙聲，小篆作「ㄌ」，符號寫作兩筆。

ㄍ：古「澮」字，與見雙聲，小篆作「巜」，符號寫作兩筆。

ㄎ：丂字，苦浩切，與溪雙聲，小篆作「丂」，符號寫作兩筆。

ㄏ：厂字，呼旱切，與曉雙聲，小篆作「厂」，符號寫作兩筆。

ㄐ：「糾」本字，亦與見雙聲，小篆作「ㄐ」，符號寫作兩筆。

ㄑ：古「畎」字，亦與溪雙聲，小篆作「ㄑ」，符號寫作一筆。

ㄒ：古「下」字，亦與曉雙聲，小篆作「丅」，符號寫作兩筆。

ㄓ：「之」之本字，與照雙聲，小篆作「ㄓ」，符號寫作四筆。

ㄔ：彳，小步也，丑亦切，與穿雙聲，小篆作「彳」，符號寫作三筆。

ㄕ：即「尸」字，式之切，與審雙聲，小篆作「尸」，符號寫作三筆。

ㄖ：即「日」字，小篆作「日」，符號寫作三筆，中間不做橫筆，與漢字四筆者不同。

ㄗ：古「節」字，即古代之符節印信（「印」字右半仍作「卩」），與精雙聲，小篆作「卩」，符號寫作兩筆。

ㄘ：即「七」字，與清雙聲，小篆作「七」，符號寫作兩筆。

ㄙ：「私」本字，與心雙聲，小篆作「厶」，符號寫作兩筆。

參、聲母的類別

聲母既是肺裏呼出的氣流，在發音器中的某兩部分受到阻礙而形成的聲音，那麼聲母便可以從「發音部位」和「發音方法」兩大幅度來分析。「發音部位」講的是發音時在發音器官的哪一部分受到阻礙，例如**ㄅ**、**ㄆ**、**ㄇ**受阻的位置都是上唇和下唇，是屬於同部位的音；**ㄉ**、**ㄊ**、**ㄋ**、**ㄌ**受阻的位置都是舌尖和上齒齦，是屬於同部位的音；而**ㄅ**、**ㄉ**因為不是同部位的，就不屬於同類音。「發音方法」講的是發音時氣流通過發音器官形成阻礙和克服阻礙的方式、聲帶顫動與否、氣流衝出口腔時的強弱等，例如**ㄅ**、**ㄆ**、**ㄇ**三個音，雖然發音部位同是雙唇，但是它們的「成阻」和「破阻」的方式卻不同，所以不能算是同類音；而**ㄅ**、**ㄉ**、**ㄍ**三個聲母的發音部位雖然不同，但是它們的「成阻」和「破阻」方式卻是相同的，所以算是同類音。下面分別按照發音部位和發音方法給國音聲母分類。

一、按發音部位的分類

根據發音部位的不同，國音聲母可以分為雙唇音、唇齒音、舌尖前音、舌尖音、舌尖後音、舌面前音、舌面後音七類。

㈠雙唇音

舊名重唇音。指上下唇緊閉，氣流在雙唇處受到阻礙而發出的音。國音裏有ㄅ、ㄆ、ㄇ三個。

㈡唇齒音

舊名輕唇音。指下唇向上門齒靠攏，造成氣流的阻礙而發出的音。國音裏只有一個ㄈ。（另有一個「万」母已廢除，吳語、客家話仍有這個聲母。）

㈢舌尖前音

又叫舌齒音、平舌音，舊名齒頭音。指舌尖向前平伸，接觸或接近下齒背（或上齒背），形成阻礙而發出的音。國音裏有ㄗ、ㄘ、ㄙ三個。

㈣舌尖音

又叫尖齦音、古尖中音，舊名舌頭音。指舌尖和上門齒齦接觸，擋住氣流而發出的音。國音裏共有ㄉ、ㄊ、ㄋ、ㄌ四個。

㈤舌尖後音

又叫捲舌音、翹舌音，舊名正齒音。指舌尖翹起，向後接觸或接近前硬顎，形成阻礙而發出的音。國音裏有ㄓ、ㄔ、ㄕ、ㄖ四個。

㈥舌面前音

又叫舌面音、顎音。指舌面前部接觸或接近前硬顎，形成阻礙而發出的音。國音裏有ㄐ、ㄑ、ㄒ三個。（另有一個「广」母已廢除，但客家話仍有這個聲母。）

㈦舌面後音

又叫舌根音，舊名牙音。指舌頭後縮，舌面後抬起，和軟顎接觸或接近，形成阻礙而發出的音。國音裏有ㄍ、ㄎ、ㄏ三個。（另一個「兀」母已廢除，不做聲母用，只作為聲隨韻母「尤」、「ㄥ」的韻尾；但許多方言如客家話、閩南語、福州話、山東話等仍有這個聲母。）

除了以上七類以外，按照發音部位來說，還有六種輔音：齒間音、舌

尖面音、舌面中音、小舌音、喉壁音、喉音，這些音在我國的方言裏都有，但在國音中卻不存在，因此略而不論。

二、按發音方法的分類

按發音方法給聲母分類，主要有三方面：一是成阻和破阻的方式，二是呼出氣流的強弱，三是聲帶顫動不顫動。

㈠成阻和破阻的方式

聲母發音的時候，氣流的通路必定有阻礙，從形成阻礙起到解除阻礙止，通常分為三個階段：成阻——指阻礙開始形成；持阻——指阻礙的繼續保持；破阻——又叫除阻，指阻礙的解除、破除。根據聲母發音時成阻和破阻的不同方式，可以把聲母分為塞音、擦音、塞擦音、鼻音、邊音五類。

1.塞音：又叫塞爆音、破裂音。發音時，發音器官（口腔）的某兩部分完全緊密，同時軟顎抬起，堵塞鼻腔的通道，然後突然解除口腔的阻塞，讓氣流從口腔迸裂而出，產生一種爆發的聲音，就是塞音。塞音是在破阻階段發音的。國音中的塞音有：

雙唇塞音：ㄅ、ㄆ。

舌尖塞音：ㄉ、ㄊ。

舌根塞音：ㄍ、ㄎ。

2.擦音：也叫摩擦音。發音時，發音器官的某兩部分互相接近，形成一條窄縫，同時軟顎抬起，堵塞鼻腔的通道，讓氣流從窄縫中擠出來，發出帶有摩擦成分的音，就是擦音。擦音是在持阻階段發音的，破阻時發音就結束了。國音中的擦音有：

唇齒擦音：ㄈ。

舌尖前擦音：ㄙ。

舌尖後擦音：ㄕ、ㄖ。

舌面前擦音：ㄒ。

舌根擦音：ㄏ。

3.塞擦音：這是「塞音」和「擦音」兩種發音方法的結合。發音時，發音器官的某兩部分先完全阻塞，同時軟顎抬起，堵塞鼻腔的通道，然後

讓氣流把阻塞部分衝開一條小縫而擠出來，形成摩擦音，這種用先破裂後摩擦兩種方法造成的聲音就叫「塞擦音」。塞擦音也是在持阻階段發音的。國音中的塞擦音有：

舌尖前塞擦音：ㄗ、ㄘ。

舌尖後塞擦音：ㄓ、ㄔ。

舌面後塞擦音：ㄐ、ㄑ。

　　4.鼻音：發音時，口腔中形成阻礙的部分完全阻塞，軟顎和小舌下垂，讓氣流從鼻腔通過，同時振動聲帶，造成鼻音。鼻音是持阻階段發音的，破阻時發音終了。國音中的鼻音有：

雙唇鼻音：ㄇ。

舌尖鼻音：ㄋ。

舌面前鼻音：广（已廢除）。

舌根鼻音：兀（已不做聲母用，但仍作為聲隨韻母的韻尾）。

　　5.邊音：又叫分音。發音時，舌尖抵住上齒齦，舌頭兩邊留有縫隙，讓氣流從舌頭兩邊流出，同時振動聲帶，造成邊音。邊音是持阻階段發音的，破阻時發音結束。國音中的邊音只有一個：

舌尖邊音：ㄌ。

　㈡呼出氣流的強弱——送氣、不送氣

　　所謂「送氣」、「不送氣」，是就發音（主要是破阻）時，氣流衝出口腔的強弱而言。任何語音沒有不用氣而能發音的；不過有的氣流微弱而短，自然透出，就叫它「不送氣」，如ㄅ、ㄉ、ㄍ；有的氣流較強，要用力噴出，就叫它「送氣」，如ㄆ、ㄊ、ㄎ。在漢語裏，不論是國語或方言，送氣跟不送氣的區別都十分明顯，而且極為重要，因為具有辨義的作用，絕不可混淆，否則「口」、「狗」不分，「婆婆」變「伯伯」，那可就鬧大笑話了。

　　國音中有送氣不送氣之別的聲母，只有塞音、塞擦音兩類，其他三類聲母（擦音、鼻音、邊音）就都沒有送氣音了。語言學家為了區別送氣跟不送氣起見，凡是表示送氣的，就在原有的不送氣音標的右上角加個「'」號，例如「p」（ㄅ）是不送氣聲母，那麼加「'」號的「p'」（ㄆ）就是送

氣聲母了。在國語裏有下列六組是相對的送氣和不送氣的聲母：

雙唇清塞音：ㄅ (p)──ㄆ (p')。

舌尖清塞音：ㄉ (t)──ㄊ (t')。

舌根清塞音：ㄍ (k)──ㄎ (k')。

舌面前清塞擦音：ㄐ (tɕ)──ㄑ (tɕ')。

舌尖後清塞擦音：ㄓ (tʂ)──ㄔ (tʂ')。

舌尖前清塞擦音：ㄗ (ts)──ㄘ (ts')。

雖然同是送氣音，但是由於受阻部位的前後不同，氣流也就有強弱的不同，一般說來，受阻部位越靠前，送氣量就越強。以ㄆ、ㄊ、ㄎ為例，ㄆ最強，ㄊ次之，ㄎ最弱。

㈢聲帶顫動不顫動──清音、濁音

國語的聲母，還可以根據聲帶是否顫動分成清音、濁音兩類。

輔音氣流從肺部、氣管出來，通過聲門時，如果左右兩個聲帶靠攏，聲門就關閉，通過的氣流會使聲帶顫動，發出的聲音就是「帶音」的，我們稱它為「濁音」；如果聲帶鬆弛，聲門並不關閉，通過的氣流不受節制，就不會振動聲帶，所發出的聲音就是純粹「不帶音」的噪音，我們稱它為「清音」。

按理說，凡是輔音，都是可以一清一濁相配的。每一個清輔音，都可以有一個同部位、同方式的濁輔音來跟它相配，反過來也一樣。如 p–b，t–d，k–g，f–v，s–z，ʂ–ʐ，ʃ–ʒ 等；不過在事實上，一對清濁音卻未必同時存在於一種語言裏頭。往往是某種語言中某一相配對的輔音，不存在於該語言中，卻存在於他種語言中。所以每一個輔音，未必都能清和濁一對對相配起來。國音裏只有〔ʂ〕（ㄕ）跟〔ʐ〕（ㄖ）是一對清濁相配對的聲母，不過民國二年制定的注音符號裏，還有〔f〕（ㄈ）跟〔v〕（万）也是清濁相配的一對聲母；然而標準國音裏已沒有「万」這個聲母了。所以除了「ㄕ」跟「ㄖ」相配對之外，國音裏其他的聲母不是有清無濁，便是有濁無清了。

除了濁擦音「ㄖ」母外，國音中的濁音聲母還有三個：鼻音ㄇ、ㄋ（已

廢除的「兀」、「广」也是），及邊音**ㄌ**。其他十七個聲母都是清音。

肆、聲母的發音及練習

國語聲母表

聲母\發音方法\發音部位		狀態	塞　音		塞擦音		鼻音	邊音	擦　音	
		聲帶	清　音		清　音		濁音	濁音	清音	濁音
		氣流	不送氣	送氣	不送氣	送氣				
雙唇音	上　唇 下　唇		ㄅ	ㄆ			ㄇ			
唇齒音	上　齒 下　唇								ㄈ	（万）
舌尖音	上齒齦 舌　尖		ㄉ	ㄊ			ㄋ	ㄌ		
舌根音	軟　顎 舌面後		ㄍ	ㄎ			（兀）		ㄏ	
舌面前音	前硬顎 舌面前				ㄐ	ㄑ	（广）		ㄒ	
舌尖後音	前硬顎 舌尖後				ㄓ	ㄔ			ㄕ	ㄖ
舌尖前音	齒　背 舌尖前				ㄗ	ㄘ			ㄙ	

任何一個聲母，都分別具備幾個不同的性質，這些不同的性質就構成了聲母的不同特點。例如「ㄅ」這個聲母就分別具備了雙唇音、不送氣音、清音、塞音等幾種不同的性質，因而它也就同時具備了這幾方面的特點。聲母的這些不同特點，是從不同的角度（如「發音部位」或「發音方法」）分析出來的。現在我們把國音的聲母按照發音部位和發音方法的不同，綜合在一個表裏，使它們的各種特點及其相互關係都可以在表裏一目了然，以作為發音練習的參考。

一、**ㄅ**：雙唇、不送氣、清、塞音

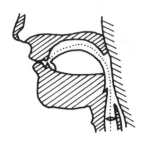

説明

發音時，雙唇緊閉，軟顎抬起，堵住鼻腔通道，同時聲門張開，從肺裏出來的氣流全部蓄積在口腔中，然後突然將雙唇打開，一股弱的氣流破阻衝出，形成了爆破音ㄅ。國際音標記作〔p〕。

練習

(1)ㄅㄚ ㄅㄛ ㄅㄞ ㄅㄟ ㄅㄠ ㄅㄢ ㄅㄣ ㄅㄤ ㄅㄥ，ㄅㄧ ㄅㄧㄝ ㄅㄧㄠ ㄅㄧㄢ ㄅㄧㄣ ㄅㄧㄥ，ㄅㄨ

(2)保鑣　裱褙　褒貶　包庇　斑駁　編貝　補白　冰雹

(3)兵燹　補葺　贔屭❸　不啻　彆扭　荸薺　半晌　簸盪

(4)班門弄斧　布衣‑黔首　布帛菽粟　鞭長莫及　不分畛域

(5)卜伯伯暴斃，班蓓蓓抱悲奔波拜卜伯伯。

---

❸　龍頭大烏龜，好負重，舊時碑下所刻即是，臺南赤崁樓前有一列。

二、ㄆ：雙唇、送氣、清、塞音

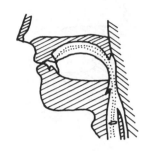

説明

發音時，除呼出氣流較強外，其他情況和ㄅ完全相同。ㄅ、ㄆ兩個音成為一對，前者是不送氣音，後者是送氣音。國際音標記作〔p'〕。

練習

(1)ㄆㄚ　ㄆㄛ　ㄆㄞ　ㄆㄟ　ㄆㄠ　ㄆㄡ　ㄆㄢ　ㄆㄣ　ㄆㄤ
ㄆㄥ，ㄆㄧ　ㄆㄧㄝ　ㄆㄧㄠ　ㄆㄧㄢ　ㄆㄧㄣ　ㄆㄧㄥ，ㄆㄨ

(2)批ㄆㄧ判ㄆㄢˋ　琵ㄆㄧˊ琶ㄆㄚˊ　匹ㄆㄧˇ配ㄆㄟˋ　飄ㄆㄧㄠ蓬ㄆㄥˊ　偏ㄆㄧㄢ頗ㄆㄛˇ　便ㄆㄧㄢˊ辟ㄆㄧˋ
縹ㄆㄧㄠˇ緲ㄆㄧㄠˇ　品ㄆㄧㄣˇ評ㄆㄧㄥˊ

(3)紕ㄆㄧ繆ㄇㄧㄡˋ　貔ㄆㄧˊ貅ㄒㄧㄡ　嬪ㄆㄧㄣˊ妃ㄈㄟ　娉ㄆㄧㄥ婷ㄊㄧㄥˊ　暴ㄆㄨˋ露ㄌㄨˋ　駢ㄆㄧㄢˊ肩ㄐㄧㄢ
朋ㄆㄥˊ比ㄅㄧˇ　拚ㄆㄢ命ㄇㄧㄥˋ　抨ㄆㄥ擊ㄐㄧ

(4)攀ㄆㄢ蟾ㄔㄢˊ折ㄓㄜˊ桂ㄍㄨㄟˋ　盤ㄆㄢˊ馬ㄇㄚˇ彎ㄨㄢ弓ㄍㄨㄥ　皮ㄆㄧˊ裹ㄍㄨㄛˇ陽ㄧㄤˊ秋ㄑㄧㄡ　蓬ㄆㄥˊ蓽ㄅㄧˋ
生ㄕㄥ輝ㄏㄨㄟ　蒲ㄆㄨˊ柳ㄌㄧㄡˇ之ㄓ姿ㄗ

(5)潘ㄆㄢ佩ㄆㄟˋ佩ㄆㄟˋ怕ㄆㄚˋ胖ㄆㄤˋ婆ㄆㄛˊ婆ㄆㄛˊ碰ㄆㄥˋ破ㄆㄛˋ瓶ㄆㄧㄥˊ，頻ㄆㄧㄣˊ頻ㄆㄧㄣˊ披ㄆㄧ破ㄆㄛˋ袍ㄆㄠˊ
陪ㄆㄟˊ胖ㄆㄤˋ婆ㄆㄛˊ婆ㄆㄛˊ爬ㄆㄚˊ枇ㄆㄧˊ杷ㄆㄚˊ坡ㄆㄛ。

三、ㄇ：雙唇、濁、鼻音

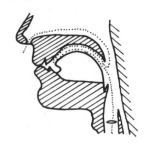

說明

發音時，雙唇緊閉，軟顎下垂，打開鼻腔通道，同時聲門合攏，氣流通過時，使聲帶顫動，從鼻孔出氣，發出「ㄇ」音。國際音標記作〔m〕。

練習

(1)ㄇㄚ ㄇㄛ ㄇㄜ ㄇㄞ ㄇㄟ ㄇㄠ ㄇㄡ ㄇㄢ ㄇㄣ ㄇㄤ ㄇㄥ，ㄇㄧ ㄇㄧㄝ ㄇㄧㄠ ㄇㄧㄡ ㄇㄧㄢ ㄇㄧㄣ ㄇㄧㄥ，ㄇㄨ

(2)默默 描摹 黽勉 綿邈 門楣 夢寐 渺茫 慕名

(3)蔑視 七斜 模稜 顢頇 驀地 謬誤 敉平 夢魘

(4)捫心自問 馬耳東風 面面相覷 明鏡高懸 迷離撲朔

(5)媽媽命妹妹賣貓買米，妹妹沒買，媽媽罵妹妹麻木；妹妹磨墨摸摸面抹抹眉，滿面墨。

四、ㄈ：唇齒、清、擦音

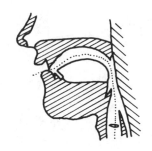

說明

發音時，下唇向上移，使其內緣靠近上齒，形成一條窄縫，軟顎堵住鼻腔通道，同時聲門打開，氣流進入口腔後，從唇齒縫間摩擦而出。國際音標記作〔f〕。

練習

(1)ㄈㄚ　ㄈㄛ　ㄈㄟ　ㄈㄡ　ㄈㄢ　ㄈㄣ　ㄈㄤ　ㄈㄥ，ㄈㄨ

(2)發ㄈㄚˊ憤ㄈˋ　吩ㄈㄣ咐ㄈ　風ㄈㄥ範ㄈ　敷ㄈㄨ粉ㄈ　繁ㄈㄢˊ複ㄈ　伏ㄈ法ㄈ　肺ㄈ腑ㄈ　福ㄈ分ㄈ

(3)罰ㄈ鍰ㄈ　佛ㄈ龕ㄈ　反ㄈ詰ㄈ　憤ㄈ懣ㄈ　蠱ㄈ蕈ㄈ　沸ㄈ騰ㄈ　附ㄈ驥ㄈ　撫ㄈ卹ㄈ

(4)方ㄈ枘ㄈ圓ㄈ鑿ㄈ　翻ㄈ雲ㄈ覆ㄈ雨ㄈ　風ㄈ馳ㄈ電ㄈ掣ㄈ　粉ㄈ墨ㄈ登ㄈ場ㄈ　負ㄈ荊ㄈ請ㄈ罪ㄈ

(5)凡ㄈ夫ㄈ婦ㄈ非ㄈ法ㄈ販ㄈ粉ㄈ，反ㄈ覆ㄈ犯ㄈ法ㄈ，樊ㄈ父ㄈ忿ㄈ罰ㄈ凡ㄈ夫ㄈ婦ㄈ返ㄈ府ㄈ，凡ㄈ夫ㄈ婦ㄈ奮ㄈ發ㄈ，發ㄈ憤ㄈ奉ㄈ佛ㄈ法ㄈ。

五、ㄉ: 舌尖、不送氣、清、塞音

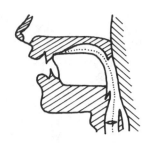

說明

發音時，舌尖抵住上齒齦，軟顎抬起，堵住鼻腔通道，同時聲門張開，氣流全部蓄積在緊閉部位後邊，然後舌尖突然離開上齒齦，一股弱的氣流破阻衝出成聲。國際音標記作〔t〕。

練習

(1)ㄉㄚ ㄉㄜ ㄉㄞ ㄉㄟ ㄉㄠ ㄉㄡ ㄉㄢ ㄉㄤ ㄉㄥ，ㄉㄧ ㄉㄧㄝ ㄉㄧㄠ ㄉㄧㄡ ㄉㄧㄢ ㄉㄧㄥ，ㄉㄨ ㄉㄨㄛ ㄉㄨㄟ ㄉㄨㄢ ㄉㄨㄣ ㄉㄨㄥ

(2)大懲 丹鼎 得當 餞飣 定奪 等待 盪滌 奠定

(3)胴體 玳瑁 戥稱 宕賬 豆豉 定讞 癲癇 糴糶

(4)大巧若拙 得魚忘筌 代天巡狩 東施效顰 點石成金

(5)爹爹、弟弟到呆呆店，刁大盜搗蛋，打斷地道的電燈，爹爹弟弟陡地跌倒。

六、ㄊ：舌尖、送氣、清、塞音

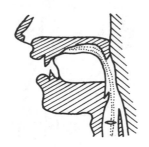

說明

發音時，除呼出氣流較強外，其他情況和ㄉ完全相同。ㄉ、ㄊ兩個音成為一對，前者是不送氣音，後者是送氣音。國際音標記作〔t'〕。

練習

(1)ㄊㄚ　ㄊㄜ　ㄊㄞ　ㄊㄠ　ㄊㄡ　ㄊㄢ　ㄊㄤ　ㄊㄥ，ㄊㄧ　ㄊㄧㄝ　ㄊㄧㄠ　ㄊㄧㄢ　ㄊㄧㄥ，ㄊㄨ　ㄊㄨㄛ　ㄊㄨㄟ　ㄊㄨㄢ　ㄊㄨㄣ　ㄊㄨㄥ

(2)饕餮　滔天　忐忑　拖杳　倜儻　坍塌　蜩螗　挑剔

(3)同儔　頹圮　恫瘝　通緝　彤管　帑藏　天塹　庭訓

(4)唾手可得　推本溯源　兔起鶻落　太阿倒持　同室操戈

(5)庝禿頭挑桶偷湯，踢坍湯桶，湯燙禿頭，全橐駝踏梯偷桃，唐突天堂。

七、ㄋ：舌尖、濁、鼻音

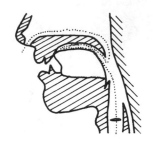

說明

　　發音時，舌尖抵住上齒齦，軟顎下垂，打開鼻腔通道，同時聲門合攏，氣流通過時，振動了聲帶，從鼻孔出氣，發出ㄋ音。這個音與ㄇ都是鼻音，不同點是阻礙氣流的部位不同。國際音標記作〔n〕。

練習

　　(1)ㄋㄚ　ㄋㄜ　ㄋㄞ　ㄋㄟ　ㄋㄠ　ㄋㄡ　ㄋㄢ　ㄋㄣ　ㄋㄤ　ㄋㄥ，ㄋㄧ　ㄋㄧㄝ　ㄋㄧㄠ　ㄋㄧㄡ　ㄋㄧㄢ　ㄋㄧㄣ　ㄋㄧㄤ　ㄋㄧㄥ，ㄋㄨ　ㄋㄨㄛ　ㄋㄨㄢ　ㄋㄨㄥ，ㄋㄩ　ㄋㄩㄝ

　　(2)呶呶　泥濘　捏弄　孃娜　牛腩　忸怩　嬲惱　能耐

　　(3)撓亂　赧愧　釀禍　嫩臉　囊螢　齧臂　訥澀　逆耳

　　(4)南轅北轍　拈花惹草　牛驥同皁　搦管操觚　泥牛入海

　　(5)粘妮妮捏牛奶，甯寧寧撓鬧牛，粘妮妮難弄牛奶，惱怒難耐。

八、ㄌ：舌尖、濁、邊音

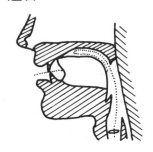

說明

發音時，舌尖抵住上齒齦（實際上較ㄉ、ㄊ、ㄋ稍後），軟顎抬起，堵住鼻腔通道，同時聲門合攏，氣流通過時，使聲帶顫動，氣流從舌頭的兩邊出來，發出ㄌ音。國際音標記作〔1〕。

練習

(1)ㄌㄚ　ㄌㄛ　ㄌㄜ　ㄌㄞ　ㄌㄟ　ㄌㄠ　ㄌㄡ　ㄌㄢ　ㄌㄤ　ㄌㄥ，ㄌ丨　ㄌㄧㄚ　ㄌㄧㄝ　ㄌㄧㄠ　ㄌㄧㄡ　ㄌㄧㄢ　ㄌㄧㄣ　ㄌㄧㄤ　ㄌㄧㄥ，ㄌㄨ　ㄌㄨㄛ　ㄌㄨㄢ　ㄌㄨㄣ　ㄌㄨㄥ，ㄌㄩ　ㄌㄩㄝ　ㄌㄩㄢ　ㄌㄩㄣ

(2)贏ㄌㄧㄥ劣ㄌㄧㄝ　領ㄌㄧㄥ略ㄌㄩㄝ　寥ㄌㄧㄠ落ㄌㄨㄛ　累ㄌㄟ卵ㄌㄨㄢ　倫ㄌㄨㄣ理ㄌㄧ　廉ㄌㄧㄢ史ㄕ　勞ㄌㄠ碌ㄌㄨ　撩ㄌㄧㄠ亂ㄌㄨㄢ

(3)羅ㄌㄨㄛ難ㄋㄢ　蠡ㄌㄧ測ㄘㄜ　濫ㄌㄢ觴ㄕ　孿ㄌㄨㄢ生ㄕㄥ　變ㄅㄧㄢ童ㄊㄨㄥ　賃ㄌㄧㄣ金ㄐㄧㄣ　囹ㄌㄧㄥ圄ㄩ　摺ㄌㄜ手ㄕㄡ

(4)良ㄌㄧㄤ莠ㄧㄡ不ㄅㄨ齊ㄑㄧ　臨ㄌㄧㄣ淵ㄩㄢ羨ㄒㄧㄢ魚ㄩ　龍ㄌㄨㄥ肝ㄍㄢ鳳ㄈㄥ髓ㄙㄨㄟ　落ㄌㄨㄛ魄ㄆㄛ不ㄅㄨ羈ㄐㄧ　李ㄌㄧ代ㄉㄞ桃ㄊㄠ僵ㄐㄧㄤ

(5)陸ㄌㄨ儷ㄌㄧ蓮ㄌㄧㄢ令ㄌㄧㄥ羅ㄌㄨㄛ萊ㄌㄞ拉ㄌㄚ兩ㄌㄧㄤ簍ㄌㄡ梨ㄌㄧ六ㄌㄧㄡ籃ㄌㄢ栗ㄌㄧ，聯ㄌㄧㄢ絡ㄌㄨㄛ鄉ㄒㄧㄤ里ㄌㄧ，老ㄌㄠ郎ㄌㄤ攔ㄌㄢ路ㄌㄨ，驢ㄌㄩ累ㄌㄟ狼ㄌㄤ來ㄌㄞ，羅ㄌㄨㄛ萊ㄌㄞ流ㄌㄧㄡ浪ㄌㄤ，淚ㄌㄟ落ㄌㄨㄛ漣ㄌㄧㄢ漣ㄌㄧㄢ。

ㄋ、ㄌ的辨別（發音方法不同）

ㄋ：　舌尖、鼻音。
ㄌ：　舌尖、邊音。

內線：淚腺　　水泥：水梨　　疑難：宜蘭
南部：藍布　　惱怒：老鹿　　思念：失戀
年假：廉價　　男女：襤褸　　腦子：老子
女色：旅舍　　老牛：老劉　　暖身：卵生
大娘：大梁　　濃重：隆重　　內人：累人

九、ㄍ： 舌根、不送氣、清、塞音

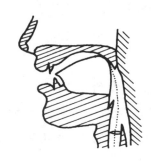

說明

　　發音時，舌面後部向上頂住軟顎，同時軟顎堵住鼻腔通道，聲門打開，氣流蓄積在緊閉部位的後邊，然後舌面後突然向下離開軟顎，一股弱的氣流破阻而出，造成爆破音。國際音標記作〔k〕。

練習

　　(1)ㄍㄚ　ㄍㄜ　ㄍㄞ　ㄍㄟ　ㄍㄠ　ㄍㄡ　ㄍㄢ　ㄍㄣ　ㄍㄤ ㄍㄥ，ㄍㄨ　ㄍㄨㄚ　ㄍㄨㄛ　ㄍㄨㄞ　ㄍㄨㄟ　ㄍㄨㄢ　ㄍㄨㄣ ㄍㄨㄤ　ㄍㄨㄥ

　　(2)梗概　掛冠　股肱　互古　干戈　鰥寡　國故　鞏固

　　(3)皈依　蠱惑　乾涸　鵠的　蛤蜊　枸杞　攻訐　隔閡

(4)隔ㄍㄜ靴ㄒㄩ搔ㄙㄠ癢ㄧㄤ　高ㄍㄠ山ㄕㄢ流ㄌㄧㄡ水ㄕㄨㄟ　沽ㄍㄨ名ㄇㄧㄥ釣ㄉㄧㄠ譽ㄩ　故ㄍㄨ弄ㄋㄨㄥ玄ㄒㄩㄢ虛ㄒㄩ　鬼ㄍㄨㄟ蜮ㄩ技ㄐㄧ倆ㄌㄧㄤ

(5)顧ㄍㄨ公ㄍㄨㄥ公ㄍㄨㄥ跟ㄍㄣ蓋ㄍㄞ姑ㄍㄨ姑ㄍㄨ歸ㄍㄨㄟ國ㄍㄨㄛ公ㄍㄨㄥ幹ㄍㄢ，觀ㄍㄨㄢ光ㄍㄨㄤ古ㄍㄨ港ㄍㄤ，哥ㄍㄜ哥ㄍㄜ詭ㄍㄨㄟ怪ㄍㄨㄞ，蓋ㄍㄞ姑ㄍㄨ姑ㄍㄨ感ㄍㄢ尷ㄍㄢ尬ㄍㄚ，顧ㄍㄨ公ㄍㄨㄥ公ㄍㄨㄥ歸ㄍㄨㄟ公ㄍㄨㄥ館ㄍㄨㄢ。

十、ㄎ：舌根、送氣、清、塞音

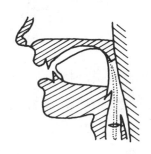

[說明]

發音時，除呼出的氣流較強外，其他情況和ㄍ完全相同。ㄍ、ㄎ兩個音成為一對，前者是不送氣音，後者是送氣音。國際音標記作〔k'〕。

[練習]

(1)ㄎㄚ　ㄎㄜ　ㄎㄞ　ㄎㄠ　ㄎㄡ　ㄎㄢ　ㄎㄣ　ㄎㄤ　ㄎㄥ，ㄎㄨ　ㄎㄨㄚ　ㄎㄨㄛ　ㄎㄨㄞ　ㄎㄨㄟ　ㄎㄨㄢ　ㄎㄨㄣ　ㄎㄨㄤ　ㄎㄨㄥ

(2)開ㄎㄞ闊ㄎㄨㄛ　剋ㄎㄜ扣ㄎㄡ　空ㄎㄨㄥ曠ㄎㄨㄤ　礦ㄎㄨㄤ坑ㄎㄥ　坎ㄎㄢ坷ㄎㄜ　可ㄎㄜ靠ㄎㄠ誇ㄎㄨㄚ口ㄎㄡ　慷ㄎㄤ慨ㄎㄞ

(3)溘ㄎㄜ逝ㄕ　鏗ㄎㄥ鏘ㄑㄧㄤ　刳ㄎㄨ木ㄇㄨ　苦ㄎㄨ窳ㄩ　闊ㄎㄨㄛ範ㄈㄢ　鯤ㄎㄨㄣ鵬ㄆㄥ　揆ㄎㄨㄟ度ㄉㄨ　犒ㄎㄠ勞ㄌㄠ

(4)膾ㄎㄨㄞ炙ㄓ人ㄖㄣ口ㄎㄡ　夸ㄎㄨㄚ父ㄈㄨ追ㄓㄨㄟ日ㄖ　開ㄎㄞ門ㄇㄣ揖-盜ㄉㄠ　曠ㄎㄨㄤ日ㄖ持ㄔ久ㄐㄧㄡ　客ㄎㄜ囊ㄋㄤ羞ㄒㄧㄡ澀ㄙㄜ

(5)闚ㄎㄨㄟ閫ㄎㄨㄣ奎ㄎㄨㄟ款ㄎㄨㄢ客ㄎㄜ懇ㄎㄣ懇ㄎㄣ，開ㄎㄞ礦ㄎㄨㄤ虧ㄎㄨㄟ空ㄎㄨㄥ，慨ㄎㄞ堃ㄎㄨㄣ慷ㄎㄤ慨ㄎㄞ餽ㄎㄨㄟ款ㄎㄨㄢ，客ㄎㄜ誇ㄎㄨㄚ慨ㄎㄞ堃ㄎㄨㄣ，闚ㄎㄨㄟ閫ㄎㄨㄣ奎ㄎㄨㄟ愧ㄎㄨㄟ。

十一、ㄏ：舌根、清、擦音

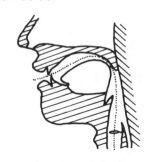

說明

發音時，舌面後向上接近軟顎，中間留一道很窄的縫隙，軟顎抬起，堵住鼻腔通道，氣流就從窄縫中擠出，摩擦成音。國際音標記作〔x〕。

練習

⑴ㄏㄚ　ㄏㄜ　ㄏㄞ　ㄏㄟ　ㄏㄠ　ㄏㄡ　ㄏㄢ　ㄏㄣ　ㄏㄤ　ㄏㄥ，ㄏㄨ　ㄏㄨㄚ　ㄏㄨㄛ　ㄏㄨㄞ　ㄏㄨㄟ　ㄏㄨㄢ　ㄏㄨㄣ　ㄏㄨㄤ　ㄏㄨㄥ

⑵呵護　浩瀚　揮霍　恍惚　海涵　恢宏　鴻鵠　緩和

⑶頷首　覈實　海隅　河蜆　恚憤　麾下　合巹　鶴唳

⑷虎口拔牙　魂飛魄散　禍起蕭牆　含沙射影　汗牛充棟

⑸憨漢侯浩、何珩合夥護豪華「輝煌」號航紅海，華暉絃闔戶歡呼會合，獲黑虎。

ㄈ、ㄏ的辨別（發音部位不同）

ㄈ：唇齒、清、擦音。

ㄏ：舌根、清、擦音。

輔仁：唬人　發生：花生　飛機：灰雞

方圓：荒園　廢棄：晦氣　攤販：癱瘓

發抖：花朵 附近：互敬 防風：黃蜂

廢話：繪畫 舅父：救護 費心：彗星

十二、ㄐ：舌面前、不送氣、清、塞擦音

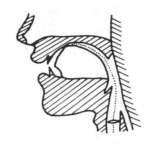

説明

發音時，舌面前部抵住前硬顎，軟顎抬起，堵住鼻腔通道，聲門大開，氣流通過時，聲帶不顫動，弱氣流到了口腔之後，前半衝開一條窄縫，後半緊接著摩擦而出，造成先塞後擦的塞擦音。國際音標記作〔tɕ〕。

練習

(1)ㄐㄧ ㄐㄧㄚ ㄐㄧㄝ ㄐㄧㄠ ㄐㄧㄡ ㄐㄧㄢ ㄐㄧㄣ ㄐㄧㄤ ㄐㄧㄥ，ㄐㄩ ㄐㄩㄝ ㄐㄩㄢ ㄐㄩㄣ ㄐㄩㄥ

(2)及笄 急遽 饑饉 孑孓 間接 擊楫 踽踽 倔強

(3)棘手 畸形 覬覦 緘默 殲滅 鳩拙 獎券 鶺鴒

(4)積重難返 酒囊飯袋 齟齬不和 借花獻佛 金蟬脱殻

(5)賈將軍家境拮据，結橘季節，拒絕兼家教解決經濟僵局。

十三、ㄑ：舌面前、送氣、清、塞擦音

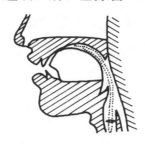

説明

發音時，除呼出的氣流較強外，其他情況和ㄐ完全相同。ㄐ、ㄑ兩個音成為一對，前者是不送氣音，後者是送氣音。國際音標記作〔tɕ'〕。

練習

(1)ㄑㄧ　ㄑㄧㄚ　ㄑㄧㄝ　ㄑㄧㄠ　ㄑㄧㄡ　ㄑㄧㄢ　ㄑㄧㄣ　ㄑㄧㄤ　ㄑㄧㄥ，ㄑㄩ　ㄑㄩㄝ　ㄑㄩㄢ　ㄑㄩㄣ　ㄑㄩㄥ

(2)牽ㄑㄧㄢ強ㄑㄧㄤ　前ㄑㄧㄢ愆ㄑㄧㄢ　繾ㄑㄧㄢ綣ㄑㄩㄢ　清ㄑㄧㄥ癯ㄑㄩ　騎ㄑㄧ牆ㄑㄧㄤ　翹ㄑㄧㄠ企ㄑㄧ　崎ㄑㄧ嶇ㄑㄩ　欠ㄑㄧㄢ缺ㄑㄩㄝ

(3)憩ㄑㄧ息ㄒㄧ　蚯ㄑㄧㄡ蚓ㄧㄣ　愜ㄑㄧㄝ意ㄧ　掮ㄑㄧㄢ客ㄎㄜ　慳ㄑㄧㄢ吝ㄌㄧㄣ　逡ㄑㄩㄣ巡ㄒㄩㄣ　衾ㄑㄧㄣ枕ㄓㄣ　虔ㄑㄧㄢ誠ㄔㄥ

(4)鍥ㄑㄧㄝ而ㄦ不ㄅㄨ舍ㄕㄜ　前ㄑㄧㄢ車ㄔㄜ之ㄓ鑑ㄐㄧㄢ　黔ㄑㄧㄢ驢ㄌㄩ技ㄐㄧ窮ㄑㄩㄥ　千ㄑㄧㄢ鈞ㄐㄩㄣ一ㄧ髮ㄈㄚ　罄ㄑㄧㄥ竹ㄓㄨ難ㄋㄢ書ㄕㄨ

(5)邱ㄑㄧㄡ齊ㄑㄧ強ㄑㄧㄤ妻ㄑㄧ欺ㄑㄧ瘸ㄑㄩㄝ犬ㄑㄩㄢ，瘸ㄑㄩㄝ犬ㄑㄩㄢ掐ㄑㄧㄚ邱ㄑㄧㄡ妻ㄑㄧ，親ㄑㄧㄣ戚ㄑㄧ齊ㄑㄧ驅ㄑㄩ瘸ㄑㄩㄝ犬ㄑㄩㄢ，其ㄑㄧ情ㄑㄧㄥ悽ㄑㄧ切ㄑㄧㄝ。

十四、ㄒ：舌面前、清、擦音

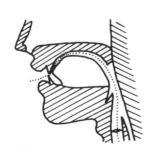

説明

發音時，舌面前部靠近前硬顎，形成一條窄縫，軟顎抬起，堵住鼻腔通道，弱氣流就從窄縫中擠出，造成摩擦音。國際音標記作〔ɕ〕。

練習

(1)ㄒㄧ　ㄒㄧㄚ　ㄒㄧㄝ　ㄒㄧㄠ　ㄒㄧㄡ　ㄒㄧㄢ　ㄒㄧㄣ
ㄒㄧㄤ　ㄒㄧㄥ，ㄒㄩ　ㄒㄩㄝ　ㄒㄩㄢ　ㄒㄩㄣ　ㄒㄩㄥ

(2)肖像　纖細　虛銜　敘勳　栩栩　尋釁
巡幸　續絃

(3)笑靨　枵腹　絢麗　褻瀆　狹隘　嚮導
凶悍　覓菜

(4)宵衣旰食　懸崖勒馬　雪泥鴻爪　涎皮
賴臉　相濡以沫

(5)雄猩猩咻咻戲小熊小象，小熊小象相
攜下小溪尋鮮蝦。

十五、ㄓ：舌尖後、不送氣、清、塞擦音

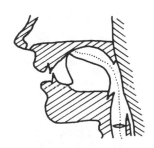

説明

發音時，舌尖往後翹起，舌尖背後抵住前硬顎，軟顎抬起，堵住鼻腔通道，聲門打開，氣流通過時，聲帶不顫動，弱氣流到了口腔之後，前半把舌尖背和前硬顎形成的阻礙衝開一條小縫，後半緊接著摩擦而出，就造成了先塞後擦的塞擦音。國際音標記作〔tʂ〕。

練習

(1)ㄓ　ㄓㄚ　ㄓㄜ　ㄓㄞ　ㄓㄟ　ㄓㄠ　ㄓㄡ　ㄓㄢ　ㄓㄣ　ㄓㄤ　ㄓㄥ，ㄓㄨ　ㄓㄨㄚ　ㄓㄨㄛ　ㄓㄨㄞ　ㄓㄨㄟ　ㄓㄨㄢ　ㄓㄨㄣ　ㄓㄨㄤ　ㄓㄨㄥ

(2)針ㄓㄣ　黹ㄓ　徵ㄓ　召ㄓㄠ　正ㄓ　直ㄓ　尌ㄓ　酌ㄓ　周ㄓㄡ　折ㄓ　爭ㄓ　執ㄓ　茁ㄓ　壯ㄓ　忠ㄓ　貞ㄓ

(3)咫ㄓ　尺ㄔ　箴ㄓ　砭ㄅ　祝ㄓ　覘ㄓ　抓ㄓ　闖ㄔ　妝ㄓ　奩ㄌ　紙ㄓ　屑ㄒ　正ㄓ　鵠ㄍ　砧ㄓ　杵ㄔ

(4)折ㄓ　衝ㄔ　樽ㄗ　俎ㄗ　煮ㄓ　鶴ㄏ　焚ㄈ　琴ㄑ　擢ㄓ　髮ㄈ　難ㄋ　數ㄕ　朝ㄓ　秦ㄑ　暮ㄇ　楚ㄔ　築ㄓ　室ㄕ　道ㄉ　謀ㄇ

(5)翟ㄓㄞ州ㄓ長ㄓ掌ㄓ珠ㄓ種ㄓ植ㄓ栀ㄓ枳ㄓ，甄ㄓ長ㄓ者ㄓ制ㄓ止ㄓ，翟ㄓㄞ掌ㄓ珠ㄓ招ㄓ贅ㄓ，追ㄓ逐ㄓ者ㄓ眾ㄓ。

ㄓ、ㄐ的辨別（發音部位不同）

ㄓ：舌尖後、塞擦音。
ㄐ：舌面前、塞擦音。

佳兆ㄓ：家ㄐ教ㄐ　政ㄓ爭ㄓ：競ㄐ爭ㄓ　著ㄓ急ㄐ：焦ㄐ急ㄐ
針線ㄒ：金ㄐ線ㄒ　短暫ㄓ：短ㄉ劍ㄐ　智ㄓ者ㄓ：記ㄐ者ㄓ
執ㄓ照：吉ㄐ兆ㄓ　主ㄓ力ㄌ：舉ㄐ例ㄌ

十六、ㄔ：舌尖後、送氣、清、塞擦音

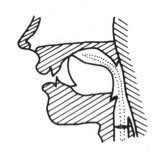

說明

發音時，除呼出氣流較強外，其他情況和ㄓ完全相同。ㄓ、ㄔ兩個成

為一對，前者是不送氣音，後者是送氣音。國際音標記作〔tʂ'〕。

 練習

(1)ㄔ ㄔㄚ ㄔㄜ ㄔㄞ ㄔㄠ ㄔㄡ ㄔㄢ ㄔㄣ ㄔㄤ
ㄔㄥ, ㄔㄨ ㄔㄨㄚ ㄔㄨㄛ ㄔㄨㄞ ㄔㄨㄟ ㄔㄨㄢ
ㄔㄨㄣ ㄔㄨㄤ ㄔㄨㄥ

(2)答ㄉㄚ 笪ㄔㄚˊ　馳ㄔˊ騁ㄔㄥˇ　城ㄔㄥˊ池ㄔˊ　差ㄔㄚ池ㄔˊ　蟾ㄔㄢˊ蜍ㄔㄨˊ　澄ㄔㄥˊ澈ㄔㄜˋ
黜ㄔㄨˋ斥ㄔˋ　稱ㄔㄥ臣ㄔㄣˊ　躊ㄔㄡˊ躇ㄔㄨˊ

(3)掣ㄔㄜˋ肘ㄓㄡˇ　豺ㄔㄞˊ狼ㄌㄤˊ　垂ㄔㄨㄟˊ髫ㄊㄧㄠˊ　讖ㄔㄣˋ語ㄩˇ　徜ㄔㄤˊ徉ㄧㄤˊ　舛ㄔㄨㄢˇ訛ㄜˊ
垂ㄔㄨㄟˊ涎ㄒㄧㄢˊ

(4)插ㄔㄚ翅ㄔˋ　難ㄋㄢˊ飛ㄈㄟ　醜ㄔㄡˇ聲ㄕㄥ四ㄙˋ溢ㄧˋ　懲ㄔㄥˊ羹ㄍㄥ吹ㄔㄨㄟ韲ㄐㄧ　出ㄔㄨ水ㄕㄨㄟˇ
芙ㄈㄨˊ蓉ㄖㄨㄥˊ　魑ㄔ魅ㄇㄟˋ魍ㄨㄤˇ魎ㄌㄧㄤˇ

(5)臭ㄔㄡˋ蟲ㄔㄨㄥˊ充ㄔㄨㄥ斥ㄔˋ長ㄔㄤˊ城ㄔㄥˊ,程ㄔㄥˊ楚ㄔㄨˇ椽ㄔㄨㄢˊ惆ㄔㄡˊ悵ㄔㄤˋ,乘ㄔㄥˊ車ㄔㄜ出ㄔㄨ城ㄔㄥˊ,
超ㄔㄠ車ㄔㄜ踟ㄔˊ躕ㄔㄨˊ,　觸ㄔㄨˋ長ㄔㄤˊ蟲ㄔㄨㄥˊ,　常ㄔㄤˊ出ㄔㄨ岔ㄔㄚˋ。

 ㄔ、ㄑ的辨別 （發音部位不同）

ㄔ：舌尖後、塞擦音。
ㄑ：舌面前、塞擦音。

好ㄏㄠˇ吵ㄔㄠˇ：好ㄏㄠˇ巧ㄑㄧㄠˇ　新ㄒㄧㄣ潮ㄔㄠˊ：新ㄒㄧㄣ橋ㄑㄧㄠˊ　遲ㄔˊ到ㄉㄠˋ：齊ㄑㄧˊ到ㄉㄠˋ
池ㄔˊ中ㄓㄨㄥ：其ㄑㄧˊ中ㄓㄨㄥ　綱ㄍㄤ常ㄔㄤˊ：剛ㄍㄤ強ㄑㄧㄤˊ　插ㄔㄚ花ㄏㄨㄚ：掐ㄑㄧㄚ花ㄏㄨㄚ
酬ㄔㄡˊ勞ㄌㄠˊ：求ㄑㄧㄡˊ饒ㄖㄠˊ　醜ㄔㄡˇ相ㄒㄧㄤˋ：糗ㄑㄧㄡˇ相ㄒㄧㄤˋ　陳ㄔㄣˊ蔡ㄘㄞˋ：芹ㄑㄧㄣˊ菜ㄘㄞˋ

十七、ㄕ：舌尖後、清、擦音

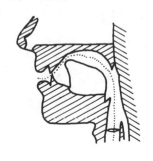

説明

發音時，舌尖往後翹起，舌尖背後靠近前硬顎，形成一條窄縫，軟顎抬起，堵住鼻腔通道，聲門打開，氣流通過時，聲帶不顫動，氣流從窄縫中擠出，摩擦成聲。國際音標記作〔ʂ〕。

練習

(1)ㄕ　ㄕㄚ　ㄕㄜ　ㄕㄞ　ㄕㄟ　ㄕㄠ　ㄕㄡ　ㄕㄢ　ㄕㄣ　ㄕㄤ　ㄕㄥ，ㄕㄨ　ㄕㄨㄚ　ㄕㄨㄛ　ㄕㄨㄞ　ㄕㄨㄟ　ㄕㄨㄢ　ㄕㄨㄣ　ㄕㄨㄤ

(2)施捨　閃失　霎時　手勢　盛衰　殺生　審慎　神聖

(3)舐犢　鎩羽　贍養　歃血　篩選　吮乳　訕笑　署名

(4)水清無魚　守株待兔　殺雞取卵　始作俑者　蝨多不癢

(5)石室詩士史氏嗜獅，誓食十獅；神射手施叔叔殺雙獅，拾售市上，史詩聖賞識。

ㄕ、ㄒ的辨別（發音部位不同）

ㄕ：舌尖後、擦音。
ㄒ：舌面前、擦音。

殺人：蝦仁　　師範：稀飯　　做事：做戲
身世：心事　　清瘦：清秀　　稍息：消息
收養：休養　　樹木：畜牧　　十九：喜酒
商港：香港　　手術：手續　　涼爽：糧餉

十八、ㄖ: 舌尖後、濁、擦音

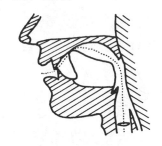

説明

發音時，除了呼出的氣流要顫動聲帶之外，其他情況和ㄕ相同。ㄕ、ㄖ清濁相對，成為一對，ㄕ是清音，ㄖ是濁音，是國音聲母中唯一的清濁相配成對的。國際音標記作〔ʐ〕。

練習

(1)ㄖ ㄖㄜ ㄖㄠ ㄖㄡ ㄖㄢ ㄖㄣ ㄖㄤ ㄖㄥ，ㄖㄨ ㄖㄨㄛ ㄖㄨㄟ ㄖㄨㄢ ㄖㄨㄣ ㄖㄨㄥ

(2)擾攘 柔靭 柔軟 容讓 荏苒 濡染 榮辱 人瑞 仁人

(3)襄災 睿智 潤膩 冗員 妊娠 攘外 瓤子

(4)惹火燒身 人聲鼎沸 如法炮製 入木三分 肉袒面縛

(5)冉蓉蓉熱日嚷熱擾人，任瑞茹柔弱，仍然忍讓。

ㄖ、ㄌ的辨別

ㄖ: 舌尖後、擦音。

ㄌ: 舌尖、邊音。

仁人：鄰人　　孔融：恐龍　　熱天：樂天

大褥：大路　　弱花：落花　　殺人：沙崙

感染：橄欖　乳酪：滷肉　讓人：浪人

好熱：好樂　金融：金龍

十九、ㄗ：舌尖前、不送氣、清、塞擦音

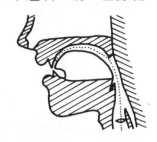

說明

發音時，舌尖前向前平伸，抵住上下齒背，軟顎堵住鼻腔通道，聲門打開，氣流通過時，聲帶不顫動，弱氣流到了口腔，前半把舌尖前和齒背形成的阻礙衝開一條小縫，後半緊接著摩擦而出，形成了先塞後擦的塞擦音。國際音標記作〔ts〕。

練習

(1)ㄗ　ㄗㄚ　ㄗㄜ　ㄗㄞ　ㄗㄟ　ㄗㄠ　ㄗㄡ　ㄗㄢ　ㄗㄣ　ㄗㄤ　ㄗㄥ，ㄗㄨ　ㄗㄨㄛ　ㄗㄨㄢ　ㄗㄨㄣ　ㄗㄨㄥ

(2)自尊　呲嘴　雜纂　栽贓　造作　坐罪　恣縱　祖宗

(3)齜牙　咋舌　憎恨　足踝　詛咒　譖言　齊衰　撙節

(4)載舟覆舟　子虛烏有　鑿壁偷光　坐懷不亂　總角之交

(5)曾祖昨早遭賊，走卒栽贓贈棗子，在座族子砸粽子、揍賊子。

ㄓ、ㄗ的辨別（發音部位不同）

ㄓ：舌尖後、塞擦音。

ㄗ：舌尖前、塞擦音。

爭ㄓ執ㄓ：增ㄗ值ㄓ　　吉ㄐ兆ㄓ：急ㄐ躁ㄗ　　政ㄓ治ㄓ：贈ㄗ字ㄗ

窒ㄓ息ㄒ：自ㄗ習ㄒ　　支ㄓ援ㄩ：資ㄗ源ㄩ　　咒ㄓ語ㄩ：驟ㄗ雨ㄩ

支ㄓ柱ㄓ：資ㄗ助ㄓ　　摘ㄓ花：栽ㄗ花　　徵ㄓ兵ㄅ：增ㄗ兵ㄅ

智ㄓ力ㄌ：自ㄗ立ㄌ　　大ㄉ致ㄓ：大ㄉ字ㄗ　　彰ㄓ化ㄏ：髒ㄗ話ㄏ

知ㄓ識ㄕ：姿ㄗ勢ㄕ　　終ㄓ止ㄓ：宗ㄗ旨ㄓ　　皺ㄓ紋ㄨ：奏ㄗ文ㄨ

肇ㄓ事ㄕ：造ㄗ勢ㄕ

ㄗ、ㄐ的辨別（發音部位不同）

ㄗ：舌尖前、塞擦音。

ㄐ：舌面前、塞擦音。

資ㄗ本ㄅ：基ㄐ本ㄅ　　洗ㄒ澡ㄗ：洗ㄒ腳ㄐ　　揍ㄗ人ㄖ：救ㄐ人ㄖ

棗ㄗ子ㄗ：餃ㄐ子ㄗ　　糟ㄗ了ㄌ：焦ㄐ了ㄌ　　投ㄊ資ㄗ：投ㄊ機ㄐ

好ㄏ走ㄗ：好ㄏ酒ㄐ　　髒ㄗ水ㄕ：江ㄐ水ㄕ　　奏ㄗ案ㄢ：舊ㄐ案ㄢ

早ㄗ回ㄏ：繳ㄐ回ㄏ　　寫ㄒ字ㄗ：雪ㄒ祭ㄐ　　油ㄧ漬ㄗ：遊ㄧ記ㄐ

二十、ㄘ：舌尖前、送氣、清、塞音

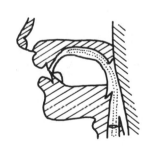

說明

發音時，除呼出氣流較強外，其他情況和ㄗ完全相同，ㄗ、ㄘ成為一對，前者是不送氣音，後者是送氣音。國際音標記作〔ts‘〕。

練習

(1)ㄘ　ㄘㄚ　ㄘㄜ　ㄘㄞ　ㄘㄠ　ㄘㄡ　ㄘㄢ　ㄘㄣ　ㄘㄤ　ㄘㄥ，ㄘㄨ　ㄘㄨㄛ　ㄘㄨㄟ　ㄘㄨㄣ　ㄘㄨㄥ

(2)曹ㄘ操ㄘ　殘ㄘ存ㄘ　涔ㄘ涔ㄘ　參ㄘ差ㄘ　叢ㄘ脞ㄘ　措ㄘ辭ㄘ

璀璨　慘惻

(3)忖度　湊趣　雌伏　糍粑　礤床儿　狙落　攛掇　錯愕

(4)慈眉善目　摧枯拉朽　從善如流　草菅人命　殘渣餘孽

(5)岑翠慈催促曹彩琮裁粗草，採叢菜，曹彩琮倉卒採蒼蔥，擦錯槽。

ㄘ、ㄑ的辨別（發音部位不同）

ㄘ：舌尖前、塞擦音。
ㄑ：舌面前、塞擦音。

有刺：有氣　雌馬：騎馬　姓岑：姓秦
辭海：旗海　雌黃：歧黃　瓷器：漆器

ㄔ、ㄘ的辨別（發音部位不同）

ㄔ：舌尖後、塞擦音。
ㄘ：舌尖前、塞擦音。

魚翅：魚刺　出超：粗糙　插手：擦手
充斥：衝刺　池塘：祠堂　香椿：鄉村
出色：粗澀　乳齒：如此　壞處：壞醋
初步：粗布　春色：村舍　一成：一層

二十一、ㄙ：舌尖前、清、擦音

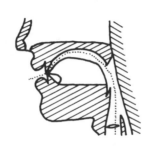

説明

發音時，舌尖前向前平伸，靠近門齒背，形成一條窄縫，軟顎抬起，堵住鼻腔通道，聲門打開，氣流通過時，聲帶不顫動，氣流從窄縫中擠出，摩擦成聲。國際音標記作〔s〕。

練習

(1)ㄙ　ㄙㄚ　ㄙㄜ　ㄙㄞ　ㄙㄟ　ㄙㄠ　ㄙㄡ　ㄙㄢ　ㄙㄤ　ㄙㄥ，ㄙㄨ　ㄙㄨㄛ　ㄙㄨㄟ　ㄙㄨㄢ　ㄙㄨㄣ　ㄙㄨㄥ

(2)思　索　　寺僧　　灑掃　　鬆散　　隨俗　　色素　　餿酸　　瑣碎

(3)塑膠　　聳峙　　桑梓　　狻猊　　溯源　　嗾使　　慫恿　　嗓門兒

(4)三人成虎　　塞翁失馬　　四面楚歌　　死拉活拽　　送子觀音

(5)蘇三嫂灑掃僧寺，孫寺僧思俗，私送蘇三嫂素絲、酸筍，蘇三嫂色臊。

ㄕ、ㄙ的辨別（發音部位不同）

ㄕ：舌尖後、擦音。
ㄙ：舌尖前、擦音。

士林：四鄰	商業：桑葉	殺手：撒手
熟人：俗人	老手：老叟	失手：廝守
午睡：五歲	豎立：肅立	上司：喪失
十四：實事	世紀：四季	史蹟：死雞
特赦：特色	矢志：死字	數十：速食
舒適：蘇軾	詩人：私人	鑰匙：要死
山河：三盒	屍首：思索	

| ㄙ、ㄒ的辨別 | （發音部位不同）

ㄙ: 舌尖前、擦音。
ㄒ: 舌面前、擦音。

搜ㄙㄡ救ㄐㄧㄡ：休ㄒㄧㄡ咎ㄐㄧㄡ　撒ㄙㄚ馬ㄇㄚ：瞎ㄒㄧㄚ馬ㄇㄚ　不ㄅㄨ掃ㄙㄠ：不ㄅㄨ小ㄒㄧㄠ

搜ㄙㄡ索ㄙㄨㄛ：修ㄒㄧㄡ鎖ㄙㄨㄛ　纏ㄔㄢ絲ㄙ：消ㄒㄧㄠ失ㄕ　四ㄙ十ㄕ：細ㄒㄧ蓆ㄒㄧ

相ㄒㄧㄤ思ㄙ：湘ㄒㄧㄤ西ㄒㄧ　老ㄌㄠ叟ㄙㄡ：老ㄌㄠ朽ㄒㄧㄡ

第四節　拼音的介紹及練習

壹、語音的成分

　　大凡一個或幾個音素所組成的最小的語音片段，就叫做音節。原則上每個中國字都是一個音節，有些聯緜字雖是由兩個字連貫成一個意義，字的本身仍是一個音節。我們把語音加以分析，不論是輔音或元音，都可以分析成最小的語音單位，這叫做「音素」。從物理和生理觀點，我們儘量設法明確地描述這個音素的發音方法及發音部位，於是每個音素就有一個比較確定的音，這就是「音值」。

　　我們分析中國字的字音，可以從「聲母」、「韻母」、「聲調」三方面來看，所謂拼音，是要用相當的技巧，把「聲母」、「韻母」、「聲調」緊密地拼合起來，拼出精確的音。其中的「韻母」又分「介音」、「主要元音」、「韻尾」三部分，所以最完整的語音結構，可能具備有：聲母、介音、主要元音、韻尾、聲調，共有五種成分。而主要元音與聲調又是必備的成分，其他三種成分或全，或不全，都不影響它構成一個音的條件。例如：「兌」、「換」可以解析為：

國字	聲母	介音	主要元音	韻尾	聲調
兌	ㄉ	ㄨ	ㄝ	ㄧ	ㄟ
換	ㄏ	ㄨ	ㄚ	ㄋ	ㄟ

這兩個字都具備了五種成分。但是並不是每一個中國字都具備這麼完整的結構，有的是無聲母字，如：「油」、「煙」；有的是沒有介音的，如：「單」、「刀」；有的字沒有韻尾，如：「瓜」、「茄」。有的缺聲母與介音兩項，如：「愛」、「安」；有的缺聲母與韻尾兩項，如：「娃」、「夜」；有的缺介音與韻尾兩項，如：「大」、「德」。有的甚至缺少聲母、介音、韻尾，只具備主要元音和聲調，如：「娥」、「玉」。無論如何，一個中國字的音節最起碼要有主要元音和聲調這兩種成分。試看下列的表格：

國字	聲母	介音	主要元音	韻尾	聲調
衣			i		ˉ
低	t		i		ˉ
誒			e		ˋ
欸			e	i	ˋ
野		i	e		ˇ
爹	t	i	e		ˉ
得	t		e	i	ˇ
對	t	u	e	i	ˋ

很明顯地，現代國語的拼音在五項成分之中，除了主要元音及聲調是必須具備的以外，其他各項可能未必齊全。照理這些拼音可以隨著陰平、陽平、上聲、去聲的搭配來發音，但國語的拼音倒也並不那麼齊整，例如：「ㄉㄧㄝ」沒有上聲、去聲；「ㄉㄟ」只有上聲，「ㄟ」只有去聲；「ㄉㄨㄟ」只有陰平、去聲。由此可知，國語的拼音並不是排列組合、四聲俱全的。

　　我們雖然說國語拼音一定要具備主要元音和聲調，但是在聲隨韻母的結合韻母中，因為拼音演變的關係，說法可能就得有所調整。像「氤」、「氲」的拼音是「in」、「yn」，原來的主要元音省略掉了；在理解上，也可以說是：介音「i」、「y」就遞補為主要元音了，因為原則上一個音是不可能沒有主要元音的。

　　現行國語的聲母，共有二十一個；介音只「ㄧ」、「ㄨ」、「ㄩ」三個；主要元音有「ㄭ」（包含舌尖後的「ㄭ」及舌尖前的「ㄭ」）、「ㄧ」、「ㄨ」、

「ㄩ」、「ㄚ」、「ㄛ」、「ㄜ」、「ㄝ」，實際共有九個；韻尾有「ㄧ」、「ㄨ」、「ㄋ」、「ㄥ」四個，另外有兒化韻的韻尾「ㄦ」；聲調有陰平、陽平、上聲、去聲四個基本調。至於輕聲和各種變調，都是詞調，所以不列入基本的四聲裏❶。

貳、古代的記音方法

為了便於記錄語音，人們運用了很多方法，如早期的直音法和反切法。

一、直音法

取一字的音，用來注其他同音字的方法，叫做直音法。如在「知者不惑」的「知」字底下說是：「知，音智」等是。

這種記音方法，曾便利了許多讀書人。但是，它的適當用法應該是：以熟知的字去標注他字的音。如此，所注的音，人們才念得出來。所以，這種直音法便產生了不少缺點，如：

㈠時有古今，地有南北，而且記音的人不一，所取用的字就未必是大多數人都能認得的。例如：「甲，音乙」，而這「乙」字，念的人也認不得，這種音讀的記錄便失去作用了。

㈡同一字的音讀，不同時代或不同地方的人念起來卻未必相同。那麼，所記錄的音讀，也就人讀人異而不標準了。如「噫」，前人念「壹」聲，現在則讀為「ㄧㄝ」。

㈢假如沒有適當的同音字以便記錄，這種直音法就有了麻煩。所以在「寸」字的底下，便常見有「村去」的記音方法。這是因為「寸」字音「ㄘㄨㄣˋ」，「村」字音「ㄘㄨㄣ」，兩字聲調不同，所以便在「村」字下加一「去」字，表示應讀為「去聲」的「ㄘㄨㄣˋ」。

二、反切法

佛教傳入中國以後，中國文人受佛經轉讀的影響，開始解析中國字音的結構，於是離析出「聲」與「韻」，接受梵文拼音方式影響，嘗試了用

---

❶ 以上參考王天昌，《漢語語音學研究》第七章第二節、第三節，師大國音教材編委會，《國音學》第六章。

「反切」標音。它相當於我們目前注音符號的作用，比起漢代的「讀如」、「讀若」的近似音，或「讀為」的直音，要來得進步而精確。早期人們只知道「雙聲」指發聲的聲母相同，「疊韻」指收音的韻母相同；現在知道「反切」，上字取聲母，下字取韻母和聲調，拼讀出一個字的精確讀音。從漢朝末年以來，中國的讀書人就用「反切」拼音，直到民國才被「注音符號」所取代，影響相當的大。

　　清人陳澧（蘭甫）著《切韻考》，歸納研究反切上下字的運用條例，可以幫助我們了解《廣韻》所記載的中古音的拼讀情形。他說：「上字定其清濁，下字定其平上去入。」也就是說，反切上字與所切字的關係，不僅是雙聲而已，清濁一定要相同；反切下字則要疊韻，平上去入一定要相同，清濁不必完全一樣。例如：

東　德紅切　　同　徒紅切　　中　陟弓切　　蟲　直弓切

　　「東」跟「德」、「中」跟「陟」同樣是清音，「同」跟「徒」、「蟲」跟「直」同樣是濁音。「東」跟「同」都用「紅」來注音，它該念陰平或陽平？照理從反切下字應該可以看出來的，但我們在前一節討論到：聲調的演化受聲母清濁的影響。所以一個音該念陰平或陽平，得從反切上字的清濁來論定，「德」、「紅」都是陽平音，卻不影響「東」字讀陰平，因為「德」是清音，它決定了「東」這個字的調是陰平。同樣的，「弓」是陰平調，「蟲」字的調並不是由它決定，而是看反切上字「直」字是清，還是濁？它是濁字，那麼就得念陽平。如果了解這些條例，從中古音推論現代國語的發音，並不是太困難的事❷❶。

　　語音不斷地在隨時代而改變，前人用「反切」拼音固然給我們不少啟示，它的拼音原本不夠簡明精確，又兼顧古今音變與地理殊異的因素，分析出許多不實際的音，事實上是不宜再用反切來拼注現代國語了。民國二年來，許多語音學者研擬改進，確定了現行的注音符號，藉它來推動國語教育，成效非凡。以下就介紹如何利用國語注音符號來拼讀字音。

---

❷❶　以上參考林慶勳、竺家寧，《古音學入門》上編 2.2–2 引述。

參、拼音的方法

　　所謂拼音，就是要把兩個以上的音素緊密而正確地拼合起來，最重要的關鍵便是，如果是有聲母的音素，究竟是採取該聲母的音值，還是遷就教學上的方便，採取加了「ㄜ」（也有用「ㄛ」的）或「ㄧ」、「ㄭ」（包含「i」、「ㄭ」）的聲母來發音？前者的方式比較準確而理想，稱為「音值拼讀」；後者則是推廣上比較方便，稱為「名稱拼讀」，拼音時必須利用經驗及訓練，技巧地把加入的韻母不著痕跡地消去。由於國語的拼音除了無聲母字以外，原則上是聲母與韻母拼合成一個音節，韻母由元音構成，或由元音與輔音韻尾構成（而且是響度相當大的鼻聲隨），發音不致困難；而聲母卻是由輔音構成，響度有限，所以才有名稱拼讀的實驗。事實上名稱拼讀完全靠熟練與強記，還容易訛讀；若能了解實際的發音音值，用音值拼讀是比較科學，也比較不容易出錯的。

　　國語的拼讀，如果不論聲調，可以依據使用注音符號數目的多寡，分為下列三種方法：

一、單拼法

　　這是一個字音僅用一個注音符號拼注的方式，又可以分成兩種：

(一)單用韻母

　　單用韻母的拼音，可說是國語中最簡單的發音。韻母本身具有相當大的響度，所以很容易掌握。這種形式又可以解析為兩類：

　　1.用單韻母ㄧ、ㄨ、ㄩ、ㄚ、ㄛ、ㄜ、ㄝ注音，很好發音，只有主要元音和聲調兩個最基本的成分。例如：「夷」、「吾」、「惡」、「俄」都是兩個成分的單拼。

　　2.用複韻母ㄞ、ㄟ、ㄠ、ㄡ或聲隨韻母ㄢ、ㄣ、ㄤ、ㄥ，或捲舌韻母ㄦ來注音，注音符號只有一個，每個韻都有兩個音素，加上聲調，就有三個成分。例如：「愛」、「偶」、「恩」、「爾」都是三個成分的單拼。

(二)單用聲母

　　本來按照語音拼讀的道理，聲母是不可能單獨用來拼音的，國語注音

符號的設計，卻權宜採用了聲母單獨注音的方法，事實上是省略了韻母，沒有標注出來。也只有舌尖後音ㄓ、ㄔ、ㄕ、ㄖ及舌尖前音ㄗ、ㄘ、ㄙ這樣處理而已，它其實是省略了空韻帀，在國語注音符號中算是特例。如「知」、「吃」、「師」、「日」以及「姿」、「雌」、「私」等字，全是省略韻母，只用聲母注音的。照理它的成分還是應該算三個，那是：聲母、韻母（主要元音）、聲調。

二、兩拼法

這是指用兩個注音符號來拼音的方式。也有兩種：

㈠用一個聲母和一個韻母相拼。仍得分兩類來說明：

　1.韻母是單韻母，那麼加上聲調就有三個成分。例如：「姑」、「巴」。

　2.韻母是複韻母或聲隨韻母，本身已是兩個音素，加上聲母和聲調，共有四個成分。例如：「白」、「山」。

㈡用高元音單韻母「ㄧ」、「ㄨ」、「ㄩ」做介音，與另外的單韻母相拼。這形式其實就是結合韻母的拼合。仍可分為兩類：

　1.介音與開口呼的單韻母相拼，連聲調共有三個成分。例如：「牙」、「我」。

　2.介音與複韻母或聲隨韻母相拼，連聲調共有四個成分。例如：「腰」、「文」。

三、三拼法

這是指用三個注音符號來拼音的方式。它一定是用一個聲母來拼結合韻母，從韻母的成分又可以分為兩種：

㈠韻母是單韻母，加上聲母、介音，以及聲調，共有四個成分。例如：「國」、「家」。

㈡韻母是複韻母或聲隨韻母，加上聲母、介音、聲調，共有五個成分。這是國語拼音中最複雜的形式了。例如：「修」、「選」。

三拼法由於比較繁雜，正規的拼音方式是先把韻母和介音拼好，也就是結合韻母先拼，再和聲母相拼。例如念「ㄅ」，先拼「ㄧ」、「ㄠ」，念出「ㄧㄠ」，再拼「ㄅ」、「ㄧㄠ」，拼成「ㄅㄧㄠ」，這是「正則拼讀法」。另

有所謂「變通拼讀法」，先拼聲母和介音，再拼韻母，這又叫做「聲介合符拼法」。例如：「爹」的拼音「ㄉㄧㄝ」，先拼「ㄉ」、「ㄧ」，再拼「ㄉㄧ」與「ㄝ」，照樣拼出了「ㄉㄧㄝ」的正確讀音，而且對於「ㄧㄝ」拼讀不理想的學習者很有作用。不過，若是遇到有些拼讀必須變音的結合韻母，聲介合符拼法便不適用，例如：「顛」的拼音「ㄉㄧㄢ」，非得先拼「ㄧㄢ」不可。如果先拼「ㄉㄧ」，再拼「ㄢ」，拼出來的音就不等於國語的「顛」。因為國語裏凡是遇到「ㄧㄢ」的結合韻母，一律變讀，念成「ㄧㄝㄢ」，而不是照拼的音，如此一來，就由不得人隨意更動拼音順序了。變通拼讀法是王照（字小航）創用的，用來矯正訛讀，所以又叫「王小航法」；由於使用上也有缺點，蕭家霖又創出一種把介音用兩次的辦法，如：拼「ㄉㄧ」與「ㄧㄢ」，重用「ㄧ」，照樣拼出「ㄉㄧㄢ」的適用音來，這就叫做「介音重用法」，又叫做「蕭家霖法」。

原則上，拼音的時候當然是先把音素拼準了，再配上聲調直接發音；如拼「柳」，要把「ㄌ」「ㄧ」「ㄡˇ」等音合在一起，讀出「ㄌㄧㄡˇ」，不要一個音一個音的拼讀，這是綜合教學法的目標，也就是「不拼音」的拼讀法。

肆、拼音的條例

國語的語音成分是「聲母」、「韻母」（可分介音、主要元音、韻尾）、「聲調」，照理說，任何一個聲母都可以跟任何一個韻母（包括結合韻母）相拼，再配上不同的聲調，形成不同的音節。但是，事實並不如此。由於某些聲母和韻母在發音部位上的不協調，很難拼成一個音節，例如：舌面前音ㄐ、ㄑ、ㄒ這組聲母，就很難直接和合口的「ㄨ」音相拼；舌尖後音ㄓ、ㄔ、ㄕ、ㄖ這組聲母，又很難跟齊齒的「ㄧ」、撮口的「ㄩ」音拼合。此外，每一種語音的音系都有它特殊的語言習慣，例如：閩南話、福州話有ㄍㄧ、ㄍㄩ、ㄅㄨㄥ、ㄆㄨㄥ的拼音，以比平音系為主的國語，卻沒有這種拼音習慣。現在把國語的拼音條例歸納出來：

一、韻母（包括結合韻母）可以單獨注音。

二、舌尖後音ㄓ、ㄔ、ㄕ、ㄖ，及舌尖前音ㄗ、ㄘ、ㄙ兩組聲母，在注音時省去空韻，直接用聲母注音。其他聲母不得單獨用來注音。

三、雙唇音ㄅ、ㄆ、ㄇ沒有撮口呼，也不拼合口呼的結合韻。

四、唇齒音ㄈ有開、合，沒有齊、撮，也不拼結合韻。

五、舌尖塞音ㄉ、ㄊ不拼撮口呼，舌尖鼻音ㄋ、舌尖邊音ㄌ，四呼俱全。

六、舌根音ㄍ、ㄎ、ㄏ，舌尖後音ㄓ、ㄔ、ㄕ、ㄖ，舌尖前音ㄗ、ㄘ、ㄙ等三組聲母，只有開、合，沒有齊、撮。

七、舌面前音ㄐ、ㄑ、ㄒ只有齊、撮，沒有開、合。

八、雙唇音、唇齒音可拼ㄛ，除了「麼」以外，不拼ㄜ、ㄨㄛ；舌尖、舌根、舌尖後、舌尖前這四組聲母不拼ㄛ，只拼ㄜ、ㄨㄛ。

九、半高展唇舌前元音ㄝ拼聲母時，只有齊、撮，沒有開、合。

十、中高展唇舌後元音ㄜ只有開口呼，沒有齊、合、撮。複韻母ㄞ沒有撮口呼；ㄟ有開、合，沒有齊、撮。

十一、複韻母ㄠ、ㄡ有開、齊，沒有合、撮。

十二、聲隨韻母ㄢ、ㄣ、ㄥ四呼俱全。ㄤ有開、齊、合，只缺撮口呼。

十三、捲舌韻母ㄦ除了做詞尾之外，都是單獨使用，不拼任何聲母，也不拼介音。

十四、除了以ㄧ、ㄨ、ㄩ做介音拼成結合韻之外，其他開口呼各韻不得兩個相拼。

十五、ㄧㄛ、ㄧㄞ兩個結合韻不與聲母相拼。

十六、空韻帀只有開口呼，只拼舌尖前音及舌尖後音，各有不同的音值[21]。

綜合練習

解析下列的字詞，是採用何種拼音方法？包含哪幾種音素？

(1)知止　時事　咫尺　磁石　姿勢　師資　刺史　日蝕

(2)衣物　舞雩　寓意　惡惡　俄而　偶爾　午安　恩愛

---

[21]　以上參考王天昌，《漢語語音學研究》第七章第三節，師大國音教材編委會，《國音學》第六章第二、三節。

⑶曲折	河伯	垃圾	復古	撒潑	和服	拍手	騷擾	蓓蕾	生產
⑷野鴨	爺爺	雅樂	月夜	約我	悠遊	遙遠	汪洋	淵源	陰影
⑸學說	雪花	切磋	闊綽	謝帖	莊重	飄零	邊疆	柳條	蠲免

第五節　譯音符號

　　譯音符號本來是泛指用來譯寫漢語語音的歐西羅馬字符號。不過，民國二十九年十月，國語推行委員會決議，將民國十七年九月二十六日大學院（即教育部）正式公布的「國語羅馬字」（國語注音字母第二式）改名為「譯音符號」，使譯音符號又成為政府所公告用以翻譯漢語語音之字母系統的專名。不過，本節所說的譯音符號，還是廣義的泛指譯寫漢語語音的歐西羅馬字符號。

　　文化交流、貨物互易，都是人類活動的重要項目；而文化交流必須利用語言為溝通媒介，貨物互易，也要有人學會對方語言才便於來往。歐西盛行的羅馬字母，本來就是歐西各國用以拼音的符號，當「耶穌會」教士熱心到我國傳教之際，教士們為了自己學習漢語以便傳教，更有使命感的，為了便利後起教士學習漢語，都曾順手以歐西羅馬字母記錄漢語的音讀，例如早期明神宗時的義大利耶穌會教士利瑪竇 (Matteo Ricci, 1552–1610)、法國耶穌會神父金尼閣 (Trigault Nicolas)，都有資料留存，尤其是金尼閣的《西儒耳目資》更受重視。

　　從譯音符號的功用上，我們可以把它分為兩種：

壹、研究語音學的譯音符號

　　這種譯音符號就是「國際音標」。這是世界各國語言學家所共同採用的一套標準記音符號，它適用於記錄各國的語音，每個符號有著固定的音值，不會因為國家、語族的不同而有不同的發音，就像世界各國所通用的阿拉伯數字一樣；這是目前研究語音學的人，必須使用的一套音標符號。

　　現在通行的國際音標（international phonetic alphabet，簡稱 IPA），是

在十九世紀末（一八八六年）法國人巴西柏 (Paul Passy)、英國人鍾丹奈 (Daniel Jones) 等人所提倡的。當時歐洲各國的語言學家們共同在倫敦組織了一個國際語音協會 (International Phonetic Association)，將巴西柏、鍾丹奈的國際音標初稿在一八八八年正式公布，以後還隨著需要而時常加以修改增補，並且每次的修改部分都在他們的刊物《語音教師》(*Le Maitre phonétigue*) 上刊登出來。這套音標可以應用在各國的語言上作為譯音符號，儘管各國的語言不同，但是用國際音標標注，大家都可以明瞭其真正的音值。這套音標在歐洲語言學界使用得很普遍，而美國目前流行的是經過調整，以適合當地語言環境的一套符號，與原來的國際音標稍微有些不一樣。我國自從高本漢 (Bernhard Karlgren) 提議加入〔ɚ〕號以譯「ㄦ」音以後，用這套「國際音標」譯注國語語音已經相當明確而方便了。

貳、學習中國語文的譯音符號

這種用以學習中文的譯音符號，就有許多套了。前面說過的義大利人利瑪竇創用《大西字母》與法國神父金尼閣所著《西儒耳目資》記錄漢語的符號就有不一樣的地方，原因是這種譯音符號是為了外國人學習中文的方便而制定的，這些外國人雖然都用羅馬字母，但是他們的語言不同，字母發音也不一致，用以記錄漢語語音的符號當然會有出入。假使有人還苛求語文教育用一種「共通又簡便」的譯音符號，那是很不合理的要求；世界各地語言不同，全國方言也音系不一，要適用於所有語言教學的，勢必如國際音標，數量龐大到不能符合「簡便」的要求，捨國際音標而另創通用全球、全國的譯音符號，其難度頗高了。如今為了便於國際友人學華語，為了海外華僑子弟學中文，我們把目前比較通行的各類譯音符號做簡明的介紹，最後再整理出國語注音符號與各類譯音符號的聲、韻、調對照表，並附最新公布的通用拼音、漢語拼音譯音對照表以供查考。

一、威翟式系統 (Wade-Giles system)

根據我國國語發展文獻上的記載，最早以羅馬字母作為譯音符號編寫學習漢語教材的人是前文提及的利瑪竇。利瑪竇是義大利籍的傳教士，在

明神宗萬曆九年（西元一五八一年）到我國來傳教，他為了記錄自己學習漢語的成果，同時也為了便於後來學習中國語文者的方便，在明神宗萬曆三十三年（西元一六〇五年）出版了一本《大西字母》（或稱《西字奇跡》），這是一本講怎樣用羅馬字母來拼讀中國漢字的書。後來義大利傳教士學習中國語言文字都用這本書作為啟蒙教材。

法國天主教傳教士金尼閣在明熹宗天啟五年（西元一六二五年），寫了另一部以拉丁字母為譯音工具的《西儒耳目資》，也成為當時具有權威性的、用來學習中國語文的教科書，對法國人使用拉丁拼音字母來學習中國語文幫助很大。

從十七世紀到二十世紀的四百年，中文譯音符號經過多次有心人士的改進，現存最具代表性的一種符號就是英國人威妥瑪 (Sir Thomas F. Wade) 在清穆宗同治六年（西元一八六七年）整理歸納明、清兩代到我國傳教之傳教士所使用的教會羅馬字，編成一套威妥瑪式拼音符號 (T. F. Wade's system)。

威妥瑪是英國的駐華公使，同治六年（西元一八六七年）著作《語言自邇集》一書，其中附有這一套他整理到我國傳教之傳教士所使用的教會羅馬字所訂定的華語羅馬字拼音字母，就稱為威妥瑪式拼音。後來，在清德宗光緒十八年（西元一八九二年），英國翟理斯 (Herbert A. Giles) 編寫《漢英字典》(*Chinese-English Dictionary*)，又將威妥瑪式拼音加以修訂，而成為現在所通用的威翟式系統；也有人譯作「韋卓馬式」或簡稱為「韋氏拼音法」。民國二十年（西元一九三一年）美國麥氏出版了廣被使用的《麥氏漢英字典》(*Mathews' Chinese-English Dictionary*)，也採用這套威翟式系統的符號來注音，也就因此而使威翟式拼音系統廣被採用；近代歐美各國學者，常使用這套符號譯註中國的政治、歷史、文學、哲學等文獻，歷久不衰，在我國也有許多人採用，郵政式拼音就是源於威翟式拼音系統的典型。

二、郵政式拼音

清光緒三十二年（西元一九〇六年），海關總稅務司授權郵政處長，

成立郵電聯合委員會，制定約二千個郵政地名的拼音。這些地名的拼音，就是最早的「郵政式拼音」（或稱「郵電式拼音」）。這個郵政式拼音，大體上採用威翟式系統。

　　民國成立以後，郵政總局規定地名仍沿用郵政式拼音，人名則採用威翟式系統拼法，並由郵政總局彙集各地之局所名稱，審定其羅馬拼音，編印《郵政局所彙編》，隨時增訂，分發各局並出售給民眾，希望郵政與民眾使用同一地名的拼法，以利於郵件的分揀與投遞。

　　舊式郵政式拼音雖已行使多年，為社會所習用，但其使用之羅馬字母、拼音方法，以及讀音依據等等，並沒有具體的規定，多半沿用威翟式為基礎，兼採用「內地式」教會羅馬字拼音，更含有尖、團音與入聲字等方音，另外還有很多偏遠地區地名，習用特殊的拼法，都超出國語發音的範圍。

　　郵政式拼音還將原來威翟式中連字的短線「–」、送氣音的記號「'」、字母的附加記號「^」、「ˇ」一律省略。有時依據南方官話音的特點，而有各地方音的不同，或因字義不同，或因古今不同，有些字就有數種拼法。例如：北京之「北」譯為 Pe，北戴河之「北」譯成 Pehh，北平之「北」又譯成 Pei，北海之「北」譯成 Pak，一字有四種譯法。還有故意將同音之字雜用不同的羅馬字拼成，以示區別或簡化。

　　我國交通部郵政總局鑑於舊式郵政式拼音之紛歧，往往因一字之差，謬誤百出，尤其是國際郵件常因拼音不同而致誤投，甚至於無法投遞；而於民國五十年一月發行《郵政制羅馬拼音》一書，希望將凌亂的郵政拼音作一番整頓修訂，使拼音較有規律。

三、國語羅馬字

　　我國人士用國語羅馬字為譯音符號的，始創於清光緒十八年（西元一八九二年），當時福建同安的盧戇章（字雪樵），製成《中華第一快切音新字》，選定五十五個羅馬字母式的記號，橫行拼寫中國話，編製課本風行於福建廈門一帶。（光緒三十二年另繕新書呈報時，改為漢字點劃的假名式符號就不是譯音符號了。）

　　當民國七年注音符號公布後，有些語言學家主張仿照西洋教士所創之

羅馬拼音符號以代表漢文或輔助漢字發音。其中錢玄同、趙元任、周辨明、林語堂等學者均各自創造了一套羅馬字母式的符號,在當時的《國語月刊》上發表,接受各方面的意見。這些符號中最具代表性的,首推趙元任先生的國語羅馬字;這套國語羅馬字是趙先生民國十年(一九二一)在美國哈佛大學教授華語時,將其所擬定的拼音字母加以實驗,至民國十一年作國語羅馬字的研究,始將草稿發表,以徵求各方建設性的批評。然後又經過其他專家們的增減,才漸趨完善。

教育部在民國十四年九月組織「國語羅馬字拼音研究委員會」,以錢玄同、趙元任、黎錦熙、林語堂、劉復、汪怡、周辨明等十一人為委員,從事羅馬字之議定工作,自當年九月二十六日到次年九月六日,歷時一年,在北京的委員總共開會二十二次,才擬定了一種國語羅馬字拼音法式,民國十五年十一月九日,由教育部國語統一籌備會正式公布。民國十七年九月二十六日再由大學院(即教育部)正式公布;使羅馬字取得國語注音符號第二式的地位。

這一套由趙元任先生編製,經過專家反覆切磋、熱心提倡的譯音符號,在民國二十一年五月七日教育部公布之《國音常用字彙》中,就以它與注音符號對照記音。民國二十九年十月國語推行委員會決議將它改名為「譯音符號」,希望逐漸發展為國內各中文字典內注音、人名、地名等的標準譯音符號;但是早已習用的威翟式系統始終流行,翻譯的音標實在不是一紙命令所能更易的。

國語羅馬字拼音最精緻、使初學者最困擾的是「聲調標注法」,現在據「國語羅馬字聲調標記原則」,簡單說明如次:

㈠加聲調字母算字形的一部分,不加聲調調號。

㈡陰平調標注法:

　1.不加符號,用基本的形式。如:八 ba、趴 pa、發 fa。

　2.在濁音聲母 m、n、l、r 後加 h。如:媽 mha、那 nha、拉 lha、拎 rheng。

㈢陽平調標注法:

1.在開口韻 a、o、（ㄜ）e、（ㄝ）e、ai、ei、au、ou 等後面加 r。如：拔 bar、婆 por、河 her、孩 hair、誰 sheir、豪 haur、軸 jour。

2.在聲隨韻母 an、en、ang、eng 的主要元音後面加上 r。如：盤 parn、晨 chern、旁 parng、橫 herng。

3.在濁音聲母 m、n、l、r 後之韻母保持原狀。如：麻 ma、拿 na、來 lai、仍 reng。

4.單韻母 i、u、iu 作單韻母注音時改為 yi、wu、yu。如：移 yi、鼻 byi，無 wu、毒 dwu、余 yu、局 iyu，作介音時改為 y、w、yu。如：銀 yn、琴 chyn、唯 wei、國 gwo，圓 yuan、裙 chyun。

㈣上聲調標注法：

1.單元音與聲隨韻母中的主要元音雙寫。如：把 baa、叵 poo、者 jee、也 yee、只 iyy、膽 daan、粉 feen、躺 taang、等 deeng、耳 eel。

2.（ㄞ）ai、（ㄠ）au、（丨ㄚ）ia、（ㄨㄟ）uei、（ㄩ）yu 等音中的介音或韻尾—— i、u 改寫為 e、o。如：海 hae、好 hao、賈 jea、悔 hoei、與 yeu。

3.（丨ㄝ）ie、（ㄟ）ei、（ㄨㄛ）uo、（ㄡ）ou 等音中的主要元音雙寫。如：且 chiee、給 geei、火 huoo、口 koou。

4.結合韻母單獨注音，無聲母時，i 改為 ye，u 改為 wo，iu 改為 yeu。如：雅 yea、偉 woei、雨 yeu。但「也」用 yee，「我」用 woo。

㈤去聲調標注法：

1.單韻母（ㄞ）y、（ㄚ）a、（ㄛ）o、（ㄜ）e、（ㄝ）e、（丨）i、（ㄨ）u、（ㄩ）iu 等音後，加上 h 作為調號。如：志 jyh、詫 jah、綽 chuoh、這 jeh、借 jieh、意 yih、勿 wuh、玉 yuh。

2.韻尾為 –i、–u、–n、–ng、–l 等音時，各依次改為 –y、–w、–nn、–nq、–ll。如：塞 jay、晝 jow、站 jann、正 jenq、二 ell。

㈥輕聲調標注法：

用基本形式，不加任何符號。如：上頭 shangtou、房子 farngtz。

因為聲調標法不便於初學者，因此，林語堂先生編寫《當代漢英詞典》

時，就採取簡化的辦法，簡化作：第一聲陰平寫原形不加變化，第二聲陽平於字尾加 r，第三聲上聲於字中主要母音重複，第四聲去聲字尾加 h，輕聲於字前上角加「,」。（本節所附「國語注音符號與各類譯音符號對照表」即用林語堂先生簡化的標記法。）

四、國語注音符號第二式

教育部為適應推廣國語文教學需要，而將原「譯音符號」加以修訂，定名為「國語注音符號第二式」。原先公布之譯音符號，因四聲拼法變化複雜，有些聲母及韻母的符號也不合歐美人士的拼音習慣，以致國內外學習我國語文之外籍人士或僑胞子弟，感覺不方便。教育部有鑑於此，於民國七十三年二月，邀請國內精通語文之專家學者：張希文、何景賢、李壬癸、張孝裕、李振清、李鍌、吳國賢、劉興漢、劉森、陸震東等十二人，成立「修訂國語注音符號第二式專案研究小組」，進行比較分析研究。

經研究小組多次審慎討論，顧及我國國語語音之特性、羅馬譯音拼音之習慣、書寫印刷之美觀與便捷，並配合海內外中國語文教材之編輯，決定將原公布之譯音符號略加修訂，以適應海內外之實際需要。經修訂之國語注音符號第二式（羅馬譯音符號），自民國七十三年五月十日公布試用一年。於試用期滿後，檢討修正，教育部於民國七十五年一月二十八日，以臺(75)社字第○三八四八號文，公告正式使用。

五、耶魯式拼音系統 (Yale system)

在美國最早開設中文課程的是耶魯大學，於清穆宗同治十年（西元一八七一年），就已經開設中文課程了。接著有哈佛大學在清德宗光緒五年（西元一八七九年）開中文班；加州柏克萊大學在德宗光緒十六年（西元一八九〇年）也開設了中文課程。到第二次世界大戰之後，美國人士學習中文的風氣更是盛極一時。

第二次世界大戰期間，美國政府要派遣大量的飛行員(即俗稱飛虎隊)到遠東（中國），希望能使這些飛行員們先學會一些簡單的中國話，委請耶魯大學協助，在耶魯大學裏面設立了「遠東語文學院」。耶魯大學的一些語文教育專家們，對趙元任先生於民國十年（一九二一）在美國哈佛大

學教授華語所用的國語羅馬字加以修訂，編就了耶魯式拼音系統 (Yale system)；而且以這套拼音系統由杜伯瑞 (M. Gardner Tewksbury)、王方宇、李抱忱等人編寫一系列的教材，如：《說中國話》(*Speak Chinese*, 1948)、《華語對話》(*Chinese Dialogue*, 1953)、《華文讀本》I、II (*Read Chinese Book I, II*)、《漫談中國》(*Read about China*, 1958) 等書，使耶魯式拼音風行歐美三十餘年。

根據美國教育單位的統計，在一九六四年，全美國已經有六十所大學設立中文課程了，到一九七〇年，全美國設立中文課程的大專院校急遽增加到二百零一所。美國全國在大學主修中文課程的學生至少有三千人以上。另外根據民國七十年六月，臺灣師大國語教學中心對國外大學中文教材調查統計的資料，耶魯大學教材使用情況在世界各地仍然非常普遍。由此可見：近數十年來耶魯式拼音系統已成為最具權威性的中文譯音符號了。

六、漢語拼音

漢語拼音是中國教育部在一九五六年公布的另一套譯音符號，因為它曾在「國際語音學會」註冊登記，取得該會學者的認同，所以後來居上的取代了從前的威翟式系統，在世界各國都普遍使用。

中國政府的「文字改革委員會」裏設有一個「拼音小組」，該小組參照威妥瑪式拼音修訂成一套新的譯音符號，並且公布於一九五六年二月十二日的《人民日報》上，一九五七年十一月一日國務院全體會議第六十次會議通過，一九五八年二月十一日第一屆全國人民代表大會第五次會議批准。這套原是為漢字羅馬化作鋪路之用的符號，歷經一九六三年三次審定〈普通話異讀詞〉、一九七九年出版《現代漢語辭典》作為標準音的根據，都曾對它實驗研究。直到一九八四年，更訂定了《漢語拼音正詞法基本規則》，規定出詞連讀時的注音方式，使這套譯音符號成為目前頗為完整的形式。

七、通用拼音

教育部為解決國內中文譯音使用版本紊亂，又在西元二〇〇二年的八

月二十二日，以行政院院臺教字第 0910042331 號函備查的方式，公布通用拼音的〈中文譯音使用原則〉，俾利使用者遵循，這套譯音符號就是通用拼音。

在教育部民國九十一年九月為通用拼音編印的〈中文譯音使用原則〉上說明其使用範圍共五點：「一、為解決國內中文譯音使用版本紊亂，俾利使用者遵循，特訂定本使用原則，依附表二至附表四之規定。二、地名譯音以通用拼音（附表一）為準。但國際通用地名或沿用已久不宜更動之地名、縣級以上行政區域名稱、行政區劃層級、國際機場、港口之統一譯寫，依附表二至附表四之規定。三、護照外文姓名及英文戶籍謄本姓名譯音，以通用拼音為準。但原有護照外文姓名及其子女之護照姓氏及英文戶籍謄本姓名或海外僑民姓名之譯音，得從其原有譯音方式及習慣。四、海外華語教學除使用注音符號者外，涉及採用羅馬拼音者，以採用通用拼音為原則。五、有關其他中文譯音，以通用拼音為準。」可見其重點放在教學上，希望使學習者只要學會一套拼音符號就可適用於所有母語（各自原始方言）的學習，並沒有要改易通行已久的專門詞彙之譯音，海內外各界不必疑慮。

國語注音符號與各類譯音符號對照表

1.聲符對照表

符號 字母 符號 種類 發音部位	注音符號	國際音標	威翟式系統	郵政式拼音	國語羅馬字	國語注音符號第二式	耶魯式拼音系統	漢語拼音	通用拼音
雙唇音	ㄅ	p	p	p	b	b	b	b	b
雙唇音	ㄆ	p'	p'	p'	p	p	p	p	p
雙唇音	ㄇ	m	m	m	m	m	m	m	m
唇齒音	ㄈ	f	f	f	f	f	f	f	f

		國際音標	威翟式系統	郵政式拼音	國語羅馬字	國語注音符號第二式	耶魯式拼音系統	漢語拼音	通用拼音
舌尖音	ㄉ	t	t	t	d	d	d	d	d
	ㄊ	t'	t'	t'	t	t	t	t	t
	ㄋ	n	n	n	n	n	n	n	n
	ㄌ	l	l	l	l	l	l	l	l
舌根音(舌面後音)	ㄍ	k	k	k	g	g	g	g	g
	ㄎ	k'	k'	k'	k	k	k	k	k
	ㄏ	x	h	h	h	h	h	h	h
舌面音	ㄐ	tɕ	ch	k	j	j(i)	j(i)	j	ji
	ㄑ	tɕ'	ch'	k'	ch	ch(i)	ch(i)	q	ci
	ㄒ	ɕ	hs	h(s)	sh	sh(i)	sy	h	si
舌尖後音(翹舌音)	ㄓ	tʂ	ch	ch	j	j(r)	j(r)	zh	jh
	ㄔ	tʂ'	ch'	ch'	ch	ch(r)	ch(r)	ch	ch
	ㄕ	ʂ	sh	sh	sh	sh(r)	sh	sh	sh
	ㄖ	ʐ	j	j	r	r	r	r	r
舌尖前音(平舌音)	ㄗ	ts	ts	ts	tz	tz	dz	z	z
	ㄘ	ts'	ts'	ts'	ts	ts(z)	ts(z)	c	c
	ㄙ	s	s	s	s	s(z)	s(z)	s	s

2.韻符對照表

		注音符號	國際音標	威翟式系統	郵政式拼音	國語羅馬字	國語注音符號第二式	耶魯式拼音系統	漢語拼音	通用拼音
單韻符		ㄧ	i	i/yi	i/yi	i/yi	i/y/yi	i/y	i	i/yi
		ㄨ	u	u/w/wu	u	u	u/w/wu	u	u	u/wu
		ㄩ	y	ü/yü	ü	iu	iu/yu	yu	ü	yu
		ㄚ	A	a	a	a	a	a	a	a
		ㄛ	Ω	o	o	o	o	wo	o	o
		ㄜ	ɤ	ê	ê	e	e	e	e	e
		ㄝ	E	eh	eh	è	ê	e	ê	e
	舌尖後空韻	ㄭ	ʅi	ih	ih	y	r	r	i	ih
	舌尖前空韻	ㄭ	ɿi	ǔ	u	y	z	z	i	ih

複韻符		ㄞ	ai	ai	ai	ai	ai	ai	ai	ai
		ㄟ	ei	ei	ei	ei	ei	ei	ei	ei
		ㄠ	au	ao	ao	au	au	au	ao	ao
		ㄡ	ou	ou	ow	ou	ou	ou	ou	ou
聲隨韻符		ㄢ	an	an	an	an	an	an	an	an
		ㄣ	ən	ên	ên	en	en	en	en	en
		ㄤ	ɑŋ	ang	ang	ang	ang	ang	ang	ang
		ㄥ	əŋ	êng	êng	eng	eng	eng	eng	eng
捲舌韻符		ㄦ	ɚ	êrh	erh	el	er	er	er	er
結合韻符	前有聲符	ㄧㄚ	iA	ia	ia	ia	ia	ya	ia	ia
	前無聲符	ㄧㄚ	iA	ia	ya	ia	ya	ya	ia	ya
	前無聲符	ㄧㄛ	iΩ	io	yo	io	yo	yo	io	yo
	前有聲符	ㄧㄝ	iE	ieh	ieh	ie	ie	ye	ie	ie
	前無聲符	ㄧㄝ	iE	ieh	yeh	ie	ye	ye	ie	ye
	前無聲符	ㄧㄞ	iæi	iai	yai	iai	yai	yai	iai	yai
	前有聲符	ㄧㄠ	iau	iao	iao	iau	iau	yau	iau	iao
	前無聲符	ㄧㄠ	iau	iao	yao	iau	yau	yau	iau	yao
	前有聲符	ㄧㄡ	iou	iou	iu	iou	iou	you	iou	iou
	前無聲符	ㄧㄡ	iou	iou	yu	iou	you	you	iou	you
	前有聲符	ㄧㄢ	iɛn	ien	ien	ian	ian	yan	ian	ian
	前無聲符	ㄧㄢ	iɛn	ien	yen	ian	yan	yan	ian	yan
	前有聲符	ㄧㄣ	in	in	in	in	in	in	in	in
	前無聲符	ㄧㄣ	in	in	yin	in	yin	yin	in	yin
	前有聲符	ㄧㄤ	iɑŋ	iang	iang	iang	iang	yang	iang	iang
	前無聲符	ㄧㄤ	iɑŋ	iang	yang	iang	yang	yang	iang	yang
	前有聲符	ㄧㄥ	iŋ	ing	ing	ing	ing	ing	ing	ing
	前無聲符	ㄧㄥ	iŋ	ing	ying	ing	ying	ying	ing	ying
	前有聲符	ㄨㄚ	uA	ua	wa	ua	ua	wa	ua	ua
	前無聲符	ㄨㄚ	uA	ua	wa	ua	wa	wa	ua	wa
	前有聲符	ㄨㄛ	uΩ	uo	wo	uo	uo	wo	uo	uo
	前無聲符	ㄨㄛ	uΩ	uo	wo	uo	wo	wo	uo	wo
	前有聲符	ㄨㄞ	uaɪ	uai	wai	uai	uai	wai	uai	uai
	前無聲符	ㄨㄞ	uaɪ	uai	wai	uai	wai	wai	uai	wai
	前有舌根聲符	ㄨㄟ	uei	uei	uei	uei	ui	wei	uei	uei

前有舌根 以外聲符	ㄨㄟ	uei	ui	ui	uei	ui	wei	uei	uei
前無聲符	ㄨㄟ	uei	wei	wei	uei	wi	wei	uei	wei
前有聲符	ㄨㄢ	uan	uan	wan	uan	uan	wan	uan	uan
前無聲符	ㄨㄢ	uan	uan	wan	uan	wan	wan	uan	wan
前有聲符	ㄨㄣ	uən	un	un	uen	uen	wun	uen	un
前無聲符	ㄨㄣ	uən	wên	wên	uen	wen	wèn	uen	wun
前有聲符	ㄨㄤ	uɑŋ	uang	wang	uang	uang	wang	uang	uang
前無聲符	ㄨㄤ	uɑŋ	uang	wang	uang	wang	wang	uang	wang
前有聲符	ㄨㄥ	ʊŋ	ung	ung	ong	ung	ung	ong	ong
前無聲符	ㄨㄥ	uəŋ	wêng	weng	uong	weng	weng	weng	wong
前有聲符	ㄩㄝ	yE	üeh	üeh	iue	iue	ywe	üe	yue
前無聲符	ㄩㄝ	yE	üeh	yüeh	iue	yue	ywe	üe	yue
前有聲符	ㄩㄢ	yæn	üan	üan	iuan	uan	ywan	üan	yuan
前無聲符	ㄩㄢ	yæn	üan	yüan	iuan	yuan	ywan	uan	yuan
前有聲符	ㄩㄣ	yn	ün	ün	iun	iun	yun	ün	yun
前無聲符	ㄩㄣ	yn	ün	yün	iun	yun	yun	ün	yun
前有聲符	ㄩㄥ	iyʊŋ	iung	iung	iong	iung	yung	iong	yong
前無聲符	ㄩㄥ	iyʊŋ	iung	yung	iong	yung	yung	iong	yong

3.調號對照表

符號種類 / 符號式樣 / 調類	注音符號	國際音標	威翟式系統	郵政式拼音	國語羅馬字（注）	國語注音符號第二式	耶魯式拼音系統	漢語拼音	通用拼音
陰平(第一聲)	無(必要時可加 ˉ)	ㄱ 55:	1	無	無	－	－	－	無
陽平(第二聲)	ˊ	ㄣ 35:	2	無	r	ˊ	ˊ	ˊ	ˊ
上聲(第三聲)	ˇ	ㄎ 214:	3	無	元音重複	ˇ	ˇ	ˇ	ˇ
去聲(第四聲)	ˋ	ㄣ 51:	4	無	n	ˋ	ˋ	ˋ	ˋ
輕聲	•	•ㅣ	5	無	，	無	無	無（必要時可加•）	。
標調位置	ˊ ˇ ˋ 在最末一個符號之右上角；• 在最首符號之前方。	字母之後輕聲調值陰平後33，陽平後33，上聲後44，去聲後11。	字尾之右上角。		rn 在字尾；，在字前之左上角。	主要元音之上方。	主要元音之上方。	主要元音之上方。輕聲也可加•在字首之前方。	主要元音之上方。

（註：詳見國語羅馬字之聲調標記原則；本表只列林語堂簡化式的標調法。）

注音符號、漢語拼音、通用拼音譯音對照表

注音符號	漢語拼音	通用拼音	注音符號	漢語拼音	通用拼音
ㄅㄚ	ba	ba	ㄆㄧ	pi	pi
ㄅㄛ	bo	bo	ㄆㄧㄝ	pie	pie
ㄅㄞ	bai	bai	ㄆㄧㄠ	piao	piao
ㄅㄟ	bei	bei	ㄆㄧㄢ	pian	pian
ㄅㄠ	bao	bao	ㄆㄧㄣ	pin	pin
ㄅㄢ	ban	ban	ㄆㄧㄥ	ping	ping
ㄅㄣ	ben	ben	ㄆㄨ	pu	pu
ㄅㄤ	bang	bang	ㄇ	m	m （註一）
ㄅㄥ	beng	beng	ㄇㄚ	ma	ma
ㄅㄧ	bi	bi	ㄇㄛ	mo	mo
ㄅㄧㄝ	bie	bie	ㄇㄜ	me	me
ㄅㄧㄠ	biao	biao	ㄇㄞ	mai	mai
ㄅㄧㄢ	bian	bian	ㄇㄟ	mei	mei
ㄅㄧㄣ	bin	bin	ㄇㄠ	mao	mao
ㄅㄧㄥ	bing	bing	ㄇㄡ	mou	mou
ㄅㄨ	bu	bu	ㄇㄢ	man	man
ㄆㄚ	pa	pa	ㄇㄣ	men	men
ㄆㄛ	po	po	ㄇㄤ	mang	mang
ㄆㄞ	pai	pai	ㄇㄥ	meng	meng
ㄆㄟ	pei	pei	ㄇㄧ	mi	mi
ㄆㄠ	pao	pao	ㄇㄧㄝ	mie	mie
ㄆㄡ	pou	pou	ㄇㄧㄠ	miao	miao
ㄆㄢ	pan	pan	ㄇㄧㄡ	miu	miou
ㄆㄣ	pen	pen	ㄇㄧㄢ	mian	mian
ㄆㄤ	pang	pang	ㄇㄧㄣ	min	min
ㄆㄥ	peng	peng	ㄇㄧㄥ	ming	ming

注音符號	漢語拼音	通用拼音	注音符號	漢語拼音	通用拼音
ㄇㄨ	mu	mu	ㄉㅣㄤ	無	diang（註五）
ㄈㄚ	fa	fa	ㄉㅣㄥ	ding	ding
ㄈㄛ	fo	fo	ㄉㄨ	du	du
ㄈㄟ	fei	fei	ㄉㄨㄛ	duo	duo
ㄈㄡ	fou	fou	ㄉㄨㄟ	dui	duei
ㄈㄢ	fan	fan	ㄉㄨㄢ	duan	duan
ㄈㄣ	fen	fen	ㄉㄨㄣ	dun	dun
ㄈㄤ	fang	fang	ㄉㄨㄥ	dong	dong
ㄈㄥ	feng	fong	ㄊㄚ	ta	ta
ㄈㅣㄠ	fiao	fiao（註二）	ㄊㄜ	te	te
ㄈㄨ	fu	fu	ㄊㄞ	tai	tai
ㄉㄚ	da	da	ㄊㄟ	tei	tei（註六）
ㄉㄜ	de	de	ㄊㄠ	tao	tao
ㄉㄞ	dai	dai	ㄊㄡ	tou	tou
ㄉㄟ	dei	dei	ㄊㄢ	tan	tan
ㄉㄠ	dao	dao	ㄊㄤ	tang	tang
ㄉㄡ	dou	dou	ㄊㄥ	teng	teng
ㄉㄢ	dan	dan	ㄊㅣ	ti	ti
ㄉㄣ	den	den（註三）	ㄊㅣㄝ	tie	tie
ㄉㄤ	dang	dang	ㄊㅣㄠ	tiao	tiao
ㄉㄥ	deng	deng	ㄊㅣㄢ	tian	tian
ㄉㅣ	di	di	ㄊㅣㄥ	ting	ting
ㄉㅣㄚ	dia	dia（註四）	ㄊㄨ	tu	tu
ㄉㅣㄝ	die	die	ㄊㄨㄛ	tuo	tuo
ㄉㅣㄠ	diao	diao	ㄊㄨㄟ	tui	tuei
ㄉㅣㄡ	diu	diou	ㄊㄨㄢ	tuan	tuan
ㄉㅣㄢ	dian	dian	ㄊㄨㄣ	tun	tun

注音符號	漢語拼音	通用拼音	注音符號	漢語拼音	通用拼音
ㄊㄨㄥ	tong	tong	ㄌㄚ	la	la
ㄋ	n	n （註七）	ㄌㄛ	lo	lo
ㄋㄚ	na	na	ㄌㄜ	le	le
ㄋㄜ	ne	ne	ㄌㄞ	lai	lai
ㄋㄞ	nai	nai	ㄌㄟ	lei	lei
ㄋㄟ	nei	nei	ㄌㄠ	lao	lao
ㄋㄠ	nao	nao	ㄌㄡ	lou	lou
ㄋㄡ	nou	nou	ㄌㄢ	lan	lan
ㄋㄢ	nan	nan	ㄌㄤ	lang	lang
ㄋㄣ	nen	nen	ㄌㄥ	leng	leng
ㄋㄤ	nang	nang	ㄌㄧ	li	li
ㄋㄥ	neng	neng	ㄌㄧㄚ	lia	lia
ㄋㄧ	ni	ni	ㄌㄧㄝ	lie	lie
ㄋㄧㄝ	nie	nie	ㄌㄧㄠ	liao	liao
ㄋㄧㄠ	niao	niao	ㄌㄧㄡ	liu	liou
ㄋㄧㄡ	niu	niou	ㄌㄧㄢ	lian	lian
ㄋㄧㄢ	nian	nian	ㄌㄧㄣ	lin	lin
ㄋㄧㄣ	nin	nin	ㄌㄧㄤ	liang	liang
ㄋㄧㄤ	niang	niang	ㄌㄧㄥ	ling	ling
ㄋㄧㄥ	ning	ning	ㄌㄨ	lu	lu
ㄋㄨ	nu	nu	ㄌㄨㄛ	luo	luo
ㄋㄨㄛ	nuo	nuo	ㄌㄨㄢ	luan	luan
ㄋㄨㄢ	nuan	nuan	ㄌㄨㄣ	lun	lun
ㄋㄨㄣ	nun	nun （註八）	ㄌㄨㄥ	long	long
ㄋㄨㄥ	nong	nong	ㄌㄩ	lü	lyu
ㄋㄩ	nü	nyu	ㄌㄩㄝ	lue	lyue
ㄋㄩㄝ	nue	nyue	ㄍㄚ	ga	ga

注音符號	漢語拼音	通用拼音	注音符號	漢語拼音	通用拼音
ㄍㄜ	ge	ge	ㄎㄥ	keng	keng
ㄍㄞ	gai	gai	ㄎㄨ	ku	ku
ㄍㄟ	gei	gei	ㄎㄨㄚ	kua	kua
ㄍㄠ	gao	gao	ㄎㄨㄛ	kuo	kuo
ㄍㄡ	gou	gou	ㄎㄨㄞ	kuai	kuai
ㄍㄢ	gan	gan	ㄎㄨㄟ	kui	kuei
ㄍㄣ	gen	gen	ㄎㄨㄢ	kuan	kuan
ㄍㄤ	gang	gang	ㄎㄨㄣ	kun	kun
ㄍㄥ	geng	geng	ㄎㄨㄤ	kuang	kuang
ㄍㄨ	gu	gu	ㄎㄨㄥ	kong	kong
ㄍㄨㄚ	gua	gua	ㄫ	ng	ng（註十）
ㄍㄨㄛ	guo	guo	ㄏㄇ	hm	hm（註十一）
ㄍㄨㄞ	guai	guai	ㄏㄚ	ha	ha
ㄍㄨㄟ	gui	guei	ㄏㄜ	he	he
ㄍㄨㄢ	guan	guan	ㄏㄞ	hai	hai
ㄍㄨㄣ	gun	gun	ㄏㄟ	hei	hei
ㄍㄨㄤ	guang	guang	ㄏㄠ	hao	hao
ㄍㄨㄥ	gong	gong	ㄏㄡ	hou	hou
ㄎㄚ	ka	ka	ㄏㄢ	han	han
ㄎㄜ	ke	ke	ㄏㄣ	hen	hen
ㄎㄞ	kai	kai	ㄏㄤ	hang	hang
ㄎㄟ	kei	kei（註九）	ㄏㄥ	heng	heng
ㄎㄠ	kao	kao	ㄏㄨ	hu	hu
ㄎㄡ	kou	kou	ㄏㄨㄚ	hua	hua
ㄎㄢ	kan	kan	ㄏㄨㄛ	huo	huoi
ㄎㄣ	ken	ken	ㄏㄨㄞ	huai	hua
ㄎㄤ	kang	kang	ㄏㄨㄟ	hui	huei

注音符號	漢語拼音	通用拼音	注音符號	漢語拼音	通用拼音
ㄏㄨㄢ	huan	huan	ㄑㄧㄥ	qing	cing
ㄏㄨㄣ	hun	hun	ㄑㄩ	qu	cyu
ㄏㄨㄤ	huang	huang	ㄑㄩㄝ	que	cyue
ㄏㄨㄥ	hong	hong	ㄑㄩㄢ	quan	cyuan
ㄏㄥ	hng	hng（註十二）	ㄑㄩㄣ	qun	cyun
ㄐㄧ	ji	ji	ㄑㄩㄥ	qiong	cyong
ㄐㄧㄚ	jia	jia	ㄒㄧ	xi	si
ㄐㄧㄝ	jie	jie	ㄒㄧㄚ	xia	sia
ㄐㄧㄠ	jiao	jiao	ㄒㄧㄝ	xie	sie
ㄐㄧㄡ	jiu	jiou	ㄒㄧㄠ	xiao	siao
ㄐㄧㄢ	jian	jian	ㄒㄧㄡ	xiu	siou
ㄐㄧㄣ	jin	jin	ㄒㄧㄢ	xian	sian
ㄐㄧㄤ	jiang	jiang	ㄒㄧㄣ	xin	sin
ㄐㄧㄥ	jing	jing	ㄒㄧㄤ	xiang	siang
ㄐㄩ	ju	jyu	ㄒㄧㄥ	xing	sing
ㄐㄩㄝ	jue	jyue	ㄒㄩ	xu	syu
ㄐㄩㄢ	juan	jyuan	ㄒㄩㄝ	xue	syue
ㄐㄩㄣ	jun	jyun	ㄒㄩㄢ	xuan	syuan
ㄐㄩㄥ	jiong	jyong	ㄒㄩㄣ	xun	syun
ㄑㄧ	qi	ci	ㄒㄩㄥ	xiong	syong
ㄑㄧㄚ	qia	cia	ㄓ	zhi	jhih
ㄑㄧㄝ	qie	cie	ㄓㄚ	zha	jha
ㄑㄧㄠ	qiao	ciao	ㄓㄜ	zhe	jhe
ㄑㄧㄡ	qiu	ciou	ㄓㄞ	zhai	jhai
ㄑㄧㄢ	qian	cian	ㄓㄟ	zhei	jhei
ㄑㄧㄣ	qin	cin	ㄓㄠ	zhao	jhao
ㄑㄧㄤ	qiang	ciang	ㄓㄡ	zhou	jhou

注音符號	漢語拼音	通用拼音	注音符號	漢語拼音	通用拼音
ㄓㄢ	zhan	jhan	ㄔㄨㄟ	chui	chuei
ㄓㄣ	zhen	jhen	ㄔㄨㄢ	chuan	chuan
ㄓㄤ	zhang	jhang	ㄔㄨㄣ	chun	chun
ㄓㄥ	zheng	jheng	ㄔㄨㄤ	chuang	chuang
ㄓㄨ	zhu	jhu	ㄔㄨㄥ	chong	chong
ㄓㄨㄚ	zhua	jhua	ㄕ	shi	shih
ㄓㄨㄛ	zhuo	jhuo	ㄕㄚ	sha	sha
ㄓㄨㄞ	zhuai	jhuai	ㄕㄜ	she	she
ㄓㄨㄟ	zhui	jhuei	ㄕㄞ	shai	shai
ㄓㄨㄢ	zhuan	jhuan	ㄕㄟ	shei	shei
ㄓㄨㄣ	zhun	jhun	ㄕㄠ	shao	shao
ㄓㄨㄤ	zhuang	jhuang	ㄕㄡ	shou	shou
ㄓㄨㄥ	zhong	jhong	ㄕㄢ	shan	shan
ㄔ	chi	chih	ㄕㄣ	shen	shen
ㄔㄚ	cha	cha	ㄕㄤ	shang	shang
ㄔㄜ	che	che	ㄕㄥ	sheng	sheng
ㄔㄞ	chai	chai	ㄕㄨ	shu	shu
ㄔㄠ	chao	chao	ㄕㄨㄚ	shua	shua
ㄔㄡ	chou	chou	ㄕㄨㄛ	shuo	shuo
ㄔㄢ	chan	chan	ㄕㄨㄞ	shuai	shuai
ㄔㄣ	chen	chen	ㄕㄨㄟ	shui	shuei
ㄔㄤ	chang	chang	ㄕㄨㄢ	shuan	shuan
ㄔㄥ	cheng	cheng	ㄕㄨㄣ	shun	shun
ㄔㄨ	chu	chu	ㄕㄨㄤ	shuang	shuang
ㄔㄨㄚ	chua	chua	ㄖ	ri	rih
ㄔㄨㄛ	chuo	chuo	ㄖㄜ	re	re
ㄔㄨㄞ	chuai	chuai	ㄖㄠ	rao	rao

注音符號	漢語拼音	通用拼音	注音符號	漢語拼音	通用拼音
ㄖㄡ	rou	rou	ㄗㄨㄣ	zun	zun
ㄖㄢ	ran	ran	ㄗㄨㄥ	zong	zong
ㄖㄣ	ren	ren	ㄘ	ci	cih
ㄖㄤ	rang	rang	ㄘㄚ	ca	ca
ㄖㄥ	reng	reng	ㄘㄜ	ce	ce
ㄖㄨ	ru	ru	ㄘㄞ	cai	cai
ㄖㄨㄚ	rua	rua（註十三）	ㄘㄟ	cei	cei(註十四)
ㄖㄨㄛ	ruo	ruo	ㄘㄠ	cao	cao
ㄖㄨㄟ	rui	ruei	ㄘㄡ	cou	cou
ㄖㄨㄢ	ruan	ruan	ㄘㄢ	can	can
ㄖㄨㄣ	run	run	ㄘㄣ	cen	cen
ㄖㄨㄥ	rong	rong	ㄘㄤ	cang	cang
ㄗ	zi	zih	ㄘㄥ	ceng	ceng
ㄗㄚ	za	za	ㄘㄨ	cu	cu
ㄗㄜ	ze	ze	ㄘㄨㄛ	cuo	cuo
ㄗㄞ	zai	zai	ㄘㄨㄟ	cui	cuei
ㄗㄟ	zei	zei	ㄘㄨㄢ	cuan	cuan
ㄗㄠ	zao	zao	ㄘㄨㄣ	cun	cun
ㄗㄡ	zou	zou	ㄘㄨㄥ	cong	cong
ㄗㄢ	zan	zan	ㄙ	si	sih
ㄗㄣ	zen	zen	ㄙㄚ	sa	sa
ㄗㄤ	zang	zang	ㄙㄜ	se	se
ㄗㄥ	zeng	zeng	ㄙㄞ	sai	sai
ㄗㄨ	zu	zu	ㄙㄠ	sao	sao
ㄗㄨㄛ	zuo	zuo	ㄙㄡ	sou	sou
ㄗㄨㄟ	zui	zuei	ㄙㄢ	san	san
ㄗㄨㄢ	zuan	zuan	ㄙㄣ	sen	sen

注音符號	漢語拼音	通用拼音	注音符號	漢語拼音	通用拼音
ㄙㄤ	sang	sang	ㄧㄝ	ye	ye
ㄙㄥ	seng	seng	ㄧㄞ	無	yai(註十六)
ㄙㄨ	su	su	ㄧㄠ	yao	yao
ㄙㄨㄛ	suo	suo	ㄧㄡ	you	you
ㄙㄨㄟ	sui	suei	ㄧㄢ	yan	yan
ㄙㄨㄢ	suan	suan	ㄧㄣ	yin	yin
ㄙㄨㄣ	sun	sun	ㄧㄤ	yang	yang
ㄙㄨㄥ	song	song	ㄧㄥ	ying	ying
ㄚ	a	a	ㄨ	wu	wu
ㄛ	o	o	ㄨㄚ	wa	wa
ㄜ	e	e	ㄨㄛ	wo	wo
ㄝ	ê	ê (註十五)	ㄨㄞ	wai	wai
ㄞ	ai	ai	ㄨㄟ	wei	wei
ㄠ	ao	ao	ㄨㄢ	wan	wan
ㄡ	ou	ou	ㄨㄣ	wen	wun
ㄢ	an	an	ㄨㄤ	wang	wang
ㄣ	en	en	ㄨㄥ	weng	wong
ㄤ	ang	ang	ㄩ	yu	yu
ㄥ	eng	eng	ㄩㄝ	yue	yue
ㄦ	er	er	ㄩㄢ	yuan	yuan
ㄧ	yi	yi	ㄩㄣ	yun	yun
ㄧㄚ	ya	ya	ㄩㄥ	yong	yong
ㄧㄛ	yo	yo			

註一： ㄇ為純元音〔m〕，《重編國語辭典》有「呣、姆」等字，《現代漢語詞典》（商務二〇〇二年增補本）亦有「姆、呣、嘸」。通用譯音中未列此音，據其字母表暫定作「m」。

註二： 《現代漢語詞典》「勡」標音作 fiao 之去聲，《重編國語辭典》本無「ㄈㄧㄠ」

音。通用譯音亦無此音，據其字母表今暫定作「fiao」。

註三：《重編國語辭典》、《現代漢語詞典》收「撉」字，標音作「**ㄉㄣˋ**」「dèn」。通用譯音無此音，據其字母表今暫定作「den」。

註四：「嗲」字《重編國語辭典》音「**ㄉㄧㄝ**」，《現代漢語詞典》收於「dia（**ㄉㄧㄚ**）」音，意義略同。通用譯音無此音，據其字母表今暫定作「dia」。

註五：「噹」字《重編國語辭典》音「**ㄉㄧㄤ**」，通用譯音《常用漢字表》亦音「diang」，《現代漢語詞典》未收此音。

註六：「忒」字作狀聲詞，《重編國語辭典》音「**ㄊㄜ**」，《現代漢語詞典》音「tei（**ㄊㄟ**）」，通用譯音無此音，據其字母表今暫定作「tei」。

註七：**ㄋ**為純元音〔n〕，《現代漢語詞典》收「嗯」字有陽平、上聲、去聲三調皆音「n（**ㄋ**）」，據《重編國語辭典》體例應作「**ㄋ**」。通用譯音中未列此音，據其字母表暫定作「n」。

註八：《重編國語辭典》、《現代漢語詞典》收「膿」字，標音作「**ㄋㄨㄣˊ**」「nún」。通用譯音無此音，據其字母表今暫定作「nun」。

註九：「剋」字《現代漢語詞典》音「kei（**ㄎㄟ**）」，注「打、罵」諸義，《重編國語辭典》未收此音義。通用譯音中未列此音，據其字母表暫定作「kei」。

註十：《重編國語辭典》「**ㄤ**」音下收感嘆詞「吭」，《現代漢語詞典》「ng」之陽平、上聲、去聲三調皆有「嗯」字。通用譯音中未列此音，據其字母表暫定作「ng」。

註十一：《重編國語辭典》、《現代漢語詞典》收「噷」字，標音作「**ㄏㄇ**」「hm」。通用譯音無此音，據其字母表今暫定作「hm」。

註十二：《重編國語辭典》、《現代漢語詞典》收「哼」字，標音作「**ㄏㄤ**」「hng」。通用譯音無此音，據其字母表今暫定作「hng」。

註十三：《現代漢語詞典》「ruá（**ㄖㄨㄚˊ**）」音收「挼」字注「皺、快要磨破」二義，《重編國語辭典》未收此音義。通用譯音中未列此音，據其字母表暫定作「rua」。

註十四：《現代漢語詞典》「cèi（**ㄘㄟˋ**）」音收「瓶」字，《重編國語辭典》未收。通用譯音中亦未列此音，據其字母表暫定作「cei」。

註十五：「誒」字《重編國語辭典》音「**ㄝˋ**」，《現代漢語詞典》則於「ê（**ㄝ**）」之陰平、陽平、上聲、去聲四調皆收。通用譯音中未列此音，據其字母表暫定作「ê」。

註十六：「崖、睚、啀」等字《重編國語辭典》音「**ㄧㄞˊ**」，通用譯音《常用漢字表》「崖」亦音「yái」，《現代漢語詞典》未收此音，「崖」、「睚」與「涯」皆音「yá（**ㄧㄚˊ**）」。

第三章　國語音變的原理與運用

第一節　語音變化的原理與現象

　　世界上各類的語言，無論是從歷史上或地理上來看，都不斷地在演變與發展。語言的變化短時間內不容易察覺，日子長了就顯出來了。不光是古代的語言後世的人聽不懂，同一種語言在不同的地方經歷著不同的文化背景與地方色彩的薰陶，久而久之也會有甲地的人聽不懂乙地的話，形成了許許多多帶有不同特色的語言。這種語言變異的現象，人人都有經驗，漢朝的哲學家王充把此種現象總結成兩句話，叫做「古今言殊，四方談異」。

　　語言的變化涉及語音、語法、語彙三方面。其中語彙聯繫人們生活最為緊密，因而變化最快、最顯著。有些語彙隨著新觀念、新事物而孳生，相反地也有一些語彙會隨著時代的變遷而漸漸淘汰。外來的事物帶來了外來語，數目也十分可觀。隨著社會的發展，生活的改變，許多字詞的意義也起了變化。語法方面，有些古代特有的語序，像「吾誰欺?」「不我知」，現代不用了。有些現代常用的句構，例如「把書拿來」句中的「把」，「看得見」中的「得」，是古代沒有的。可是整體看起來，若將虛詞除外，古今語法的變化又不如語彙的變化大。

　　語音，因為漢字不是以標音為主的語言，僅從文字表面看不出來古今的變化。現代的人可以用現代語音來讀古代的書，這就掩蓋了語音變化的真相。其實古今語音的差別是很大的，從幾種現象中可以察覺出來。首先，中國古代舊詩都是押韻的，可是有許多詩現在念起來不押韻了。例如白居易的詩：「離離原上草，一歲一枯榮〔ʐuŋ ㄥ〕。野火燒不盡，春風吹又生〔ʂəŋ ㄥ〕。遠芳侵古道，晴翠接荒城〔tʂʻəŋ ㄥ〕。又送王孫去，萋萋滿別

情〔tɕiŋˊ〕。」這還是唐朝的詩，比這更早一千多年的《詩經》裏的用韻跟現代的差別就更大了。其次，舊詩中的「近體詩」非常講究詩句內部的平仄，可是許多詩句按現代語音來讀是「平仄不調」的。例如李白的詩：「青山橫北郭，白水繞東城。此地一為別，孤蓬萬里征……」，「郭、白、別」三個字原來都是入聲，歸入仄聲，可是在現代語音中，「郭」是陰平，「白」、「別」都是陽平，於是這四句詩就成為「平平平仄平，平仄仄平平，仄仄平平平，平平仄仄平」了。又其次，在漢字的造字法上，用得最多的是形聲法，常常是甲字從乙字得聲，可是有很多形聲字按現代的讀音來念已經完全與古代不同了。例如：「江」從「工」得音，「潘」從「番」得音，「泣」從「立」得音，「提」從「是」得音，「通」從「甬」得音，「路」從「各」得音，「龐」從「龍」得音，「移」從「多」得音，「諒」從「京」得音，「悔」從「每」得音，無論是聲母、韻母、聲調，都已經有了很大的變化了。雖然目前漢字有讀音與語音之分，但單就語音的立場來看，仍有軌跡可尋。

　　有些地方，因在地方上受了約定俗成的影響，讀音在甲地與乙地不同，例如：澠池之「澠」在河南省念ㄇㄧㄣˇ，可是該字在山東省之地名澠水就念ㄕㄥˊ ㄕㄨㄟˇ了。

　　以上是從歷史性與地理性的觀點來看語音的變化，如果站在現代語音的立場來看，人們在言談時為了使語音達到自然流利的效果，而產生語音變化。目前我們所說的國語在口語中每一個音素都不是孤立的。國語語詞中以雙音節的出現頻率最高，句子都是由雙音節以上的語彙構成的，因此在實際語言中，音與音連接成詞，此時音素之間因前後音值相互影響而發生連音變化的現象，這些語音變化發生的原理與現象都需要我們做進一步的研究與探討。

　　語音變化從語音學的立場來看，大致可以分為：內在變化 (intrinsic variation) 與外在變化 (extrinsic variation) 兩類。

壹、內在變化

語音內在的變化可以從四方面來看：一、物理現象與心理上的感覺；二、輔音與元音在 CVC 中的變化；三、結合韻內部變音；四、聲調對元音的影響。

一、物理現象與心理上的感覺

在用聲學儀器按聲學的公式對元音基本頻率作實驗的結果❶，低元音〔a〕比高元音〔i〕振幅大，因此傳得也較遠，可是在聽覺上卻是一樣，此乃屬於內在變化。例如「米」和「馬」，「米」中元音〔i〕的頻率經測試後比「馬」中〔a〕高出五、六赫茲 (Hz)；同樣，如「鋪」和「怕」，「鋪」中〔u〕的頻率也比「怕」中〔a〕高。但在聽覺上這些音節卻都是一樣高的。如果把這些元音用電腦進行綜合語音的工作時，結果卻顯然有相反的效果。換句話說，若把振幅和基本頻率完全固定下來，其響度和音高在感覺上就會變得不同。音長也有類似的現象，在自然說話時，低元音比高元音長，有時相差百分之十五到二十左右。例如：英文 bat 中的〔a〕比 bit 中的〔i〕長百分之十到二十，可是聽起來好像是一樣長。由此可見，語音在物理上的現象和心理感覺上並不總是一致的。語言學家常提示的超音段成分 (suprasegment)，也就是音強、音高和音長，都有其內在變化，對這些成分進行測量的結果，有時和心理上、聽覺上的印象不一致，甚至相反。

二、輔音與元音在 CVC 中的變化

內在變化不只限於元音本身，還包括元音及其前後輔音之間的相互影響。我們可以用 CVC 來代表「輔音＋元音＋輔音」，這種語音結構，前面的輔音常會影響元音的音高，後面的輔音會影響元音的音長。

當一個元音出現在不同的輔音環境中，在音高方面也有它內在的變化：在清輔音之後，基本頻率就高一些，在濁輔音後，基本頻率就低一些。例如「罵」〔ma〕的頻率若用電腦進行測試，和「怕」的調型就不同，這是因為〔m〕是濁音，而濁輔音會將頻率下降成為低音❷。

---

❶　王士元，《語言與語音》。

　　元音長短不同的原因不在後面輔音的發音部位，而在發音方法，從語言學家測量過的好幾種語言來看，都有這種變化，這是一種內在變化，形成為一種規律：一個元音後面沒有輔音或有濁輔音時較長，元音後有清輔音時較短。例如英文 bit 的元音〔i〕比 bee 與 bid 中的〔i〕短很多。

三、結合韻內部變音

　　結合韻母由介音ㄧ、ㄨ、ㄩ作為韻頭，在與其他單韻母、複韻母、聲隨韻母拼音時，會因為舌位前後高低的影響而產生變音的現象。

　　㈠ㄧㄢ：按照ㄧㄢ原來的音值來說應該說成〔ian〕，但是實際國語口語中大家都說成〔iɛn〕，即為前高元音〔i〕與前高舌尖鼻音〔n〕，兩個舌位高的音的影響使低元音〔a〕提高為〔ɛ〕的內部變化。

　　㈡ㄧㄣ：原來音值是〔iən〕，但〔ə〕是弱央元音，在兩個高舌位音素的緊密結合中，〔ə〕消失，而發出〔in〕音。

　　㈢ㄧㄥ：按照原來音值來說是〔iəŋ〕，但因基本〔ə〕是弱央元音的原因，故也消失在前高〔i〕與後高鼻音〔ŋ〕之間而成為〔iŋ〕。

　　㈣ㄨㄥ：ㄨㄥ在單音節「翁」一字獨用時，其音值為〔uəŋ〕，但當ㄨㄥ前面出現輔音時，原為〔uəŋ〕中的弱央元音〔ə〕消失，留下後高元音〔u〕與舌根鼻音〔ŋ〕結合的〔-uŋ〕。

　　㈤ㄩㄢ：其變音之原理與ㄧㄢ的情形相似，也是主要元音〔a〕因受前後兩個音素舌位高的影響，將〔yan〕說成〔yɛn〕。

　　㈥ㄩㄣ：主要元音是弱央元音〔ə〕，在〔y〕、〔n〕緊密結合後消失，將〔yən〕說成〔yn〕。

　　㈦ㄩㄥ：原來的音值是〔yəŋ〕，但韻頭是圓唇高元音〔y〕，主要元音是弱央元音〔ə〕，韻尾是舌根鼻音〔ŋ〕，在「圓唇」加上「舌根」兩個條件之下，正是後高圓唇元音〔u〕的條件，因此使〔yəŋ〕變為〔yuŋ〕自然的語音。

四、聲調對元音的影響

　　在結合韻母中有些是由三合元音組合而成的，例如：ㄧㄡ〔iou〕、ㄨㄟ

---

❷　王士元，《語言與語音》。

〔uei〕、ㄨㄣ〔uən〕等都是三個音素。有些三合元音在不同的聲調中主要元音會發生明暗不清的音值變化。

㈠ㄧㄡ：當我們把ㄧㄡ〔iou〕這個音節發出陰平調的「悠」與陽平調的「油」時，其中的主要元音〔o〕聽起來不十分明顯，音值成為〔iᵒu˥〕、〔iᵒu˧˥〕，但是在發上聲調「有」〔iou˨˩˦〕與去聲調「又」〔iou˥˩〕時，主要元音〔o〕就很清楚明顯，其原理是上聲調比其他聲調長，調型曲折，又有轉折點，因此主要元音〔o〕聽起來較清楚，而去聲調是高降調，舌位也比陰平與陽平調舌位為低，使〔o〕的音色較為明顯。

㈡ㄨㄟ：ㄨㄟ〔uei〕的音值在陰平、陽平的高音調中，主要元音也有不太清晰的情況，例如：威〔uᵉi˥〕、危〔uᵉi˧˥〕，這是因為後高元音加上前高元音，出現在高平與中升調時，主要元音音色晦澀不明，但在有轉折的上聲與高降的去聲低音調中，主要元音就又恢復清晰的音值〔uei˨˩˦〕與〔uei˥˩〕了。

㈢ㄨㄣ：其音值〔uən〕在陰平、陽平二調中因弱央元音〔ə〕處於後高元音〔u〕與舌尖前高鼻音〔n〕之間，在發高聲調時，弱央元音〔ə〕消失成為〔un˥〕、〔un˧˥〕，但在發低降升的上聲與高降的去聲低聲調中，主要元音〔ə〕也因舌位上的配合而明顯，成為〔uən˨˩˦〕、〔uən˥˩〕。

貳、外在變化

語音因相連而發生變音的現象，有時是由外部環境造成的，在語言學上可以稱之為外在變化 (extrinsic variation)，例如英語中有兩種邊音，出現在 light 中的〔l〕與 dull 中的〔l〕，前者是舌頭前部靠近硬顎的輕〔l〕，而後者則是舌頭後部靠近軟顎的重〔l〕，在 lull 一字中，這兩個〔l〕邊音發音的部位是絕對不能調換的，正是音值因為外在環境不同而有改變很明顯的證明。又如其他英語以清塞音作為音節開始的子音時，通常是送氣音，例如 pot〔pɑt〕中的〔p〕是送氣的，但是如果在此字前面再加上一個清擦音〔s〕，此時〔p〕就變成不送氣了，例如 spot〔spɑt〕。此種外在的變化一般只和特定的語言有關，與人們說話的地區有關，與說話的速度更有

直接的影響。現代英語有此種現象，也許一兩百年之後就改變了，因為語言變音的現象會隨著時代的變遷而有不同的改變條件。

外在變化又可分為：一、同化作用；二、異化作用；三、弱化作用；四、語調影響。

一、同化作用

同化作用在歷史上是傳統語言學中幾個世紀以來一直在注意的現象。

在國語語音的變化中屬於同化作用的情況很多，凡是語音上兩個不相同或不相似的音連在一起說，而變為相同或相似的音皆稱之為同化作用，這種現象在輔音、元音或聲調上都可以聽得到。

在雙音節連綴時，從音節前後同化的順序上來看，尚可分為「順同化」與「逆同化」二類。

㈠順同化：是前一個音影響了後一個音；當發前一個音節，緊接著就發後一個音節時，在不能及時改變部位或方法的情形下，順勢受到了前一個音節的影響，成為前一個音節相同或相似的聲音。如下面幾個例子：

1.鼻化：平安〔p'iŋˊan〕中之「安」〔an〕與「安平」〔an p'iŋˊ〕中之「安」〔an〕連綴速說後相比較，很明顯地可以聽出來不同的效果，即前一個「安」〔an〕因受到前字「平」〔p'iŋˊ〕字韻尾的影響而發生同化作用，是發音時軟顎下垂而產生的鼻化元音，使「安」〔an〕聽起來像〔ŋan˥〕的聲音。又如：「嫦娥」〔tʂ'aŋˊɤˊ〕說成〔tʂ'aŋˊ ɤˊ〕，「很矮」〔xənˇai ˇ〕說成〔xənˇnai ˇ〕等皆為鼻音順化的結果。

2.連音省略：指示冠詞「這」、「那」、「哪」三字在後接數詞「一」時之連音現象，說成「這（一）」〔tʂei ˋ〕、「那（一）」〔nei ˋ〕、「哪（一）」〔nei ˇ〕的情形也都是同化的效果。

3.啊化韻：低元音「啊」〔a〕因舌位偏低，在實際語言的發音上，有時因前面音節元音的影響，而改變其原有音值，此種現象經常出現在語尾助詞「啊化韻」的連音現象中，「啊」〔a〕常因前一字的韻母連綴而產生不同的語助詞，用以舒展語氣，例如：「看戲呀」、「抓賭哇」、「有錢哪」等中的「呀」、「哇」、「哪」都是「啊」〔a〕與前面韻母〔i〕、〔u〕、〔an〕

連音同化而產生的。

　　4.聲調順同化：陽平調若夾在由陰平或陽平為始的三個音節之中連綴連說時，也會發生因前一個音節調勢偏高的影響因而變調達到同化的現象。例如三音節相連的名詞「千層糕」，原來的調值是〔55:35:55:〕，連說的結果成為〔55:55:55:〕的調值。其中第二個音節「層」調值原為〔35:〕的陽平調，因夾在兩個高平調中間同化而變為高平調〔55:〕，速度更快時，甚至有輕化的現象。又如「梅蘭芳」人名中間的「蘭」，雖然處在陽平調「梅」〔35:〕之後，但也因連說之結果，使「蘭」跟在陽平調〔35:〕之後與後面高平調〔55:〕的「芳」字之間，當一氣呵成之際，受前後高調的影響而同化為高平調〔梅 35: 蘭 55: 芳 55:〕了。

　　5.聯緜詞：國語中有部分的雙音節聯緜詞因詞素不能分隔，前後相互對應以及第二個音節輕化的影響而產生聲母順同化的現象。例如：「琵琶」、「枇杷」二詞，在語音中原說成〔p'iˊpaｌ•〕，在讀音因前字聲母順勢將「琶」、「杷」二字都說成〔p'aｌ•〕了。

　　㈡逆同化：是前一個音節的韻尾受到了後一個音節輔音或元音的影響而發生的變音效果。

　　1.輔音逆化：例如：麵包〔mianˋpau˥〕一詞中之舌尖鼻音〔n〕，因受後面雙唇輔音〔p〕的影響而發生逆同化，變為雙唇鼻音〔m〕，就說成〔miamˋpau˥〕。又如英文 input 說成〔imput〕之音亦為此類現象。

　　2.兒化韻：以北平話作標準國語的語音現象中的兒化韻，就是後綴「兒」字不自成音節，而同前一字合成一個音節，使前一字的主要元音起捲舌作用，韻母發生音變，成為捲舌韻母。當兒化時，因為前後兩音不相容，連在一起說出來的時候，在很短的時間內要改變發音部位或方法，會感到不自然，有時由於發音器官的惰性，就把前面的元音移動部位，或稍變發音方法，而調適為「兒化韻」〔ɭ〕中主要的元音〔ə〕。例如：姐兒〔tɕieˇ + əɭˊ〕說成〔tɕieɭˇ〕，詞兒〔ts'ɿˊ + ɭˋ〕說成〔ts'əɭˋ〕的情形，就是因「逆同化」而發生的「兒化韻」變音成果。

　　3.聲調之逆同化：例如陽平調相連，也會因逆同化使前面陽平音值

由〔35:〕變為〔45:〕。如：誰說〔45:55:〕、白天〔45:55:〕。在速說時去聲相連也有此種現象，如世界〔55:51:〕、大廈〔55:51:〕。皆因後接高降調而使前一個去聲受後面〔51:〕的調值影響，在連說時變為高平調。

二、異化作用

語音中兩個相同或相似的音連在一起而變成不相同或不相似的音，避免重複單調，這種現象稱為「異化作用」，異化作用在國語聲調中最為常見。

㈠一、七、八、不：在「一、七、八、不」遇到後面音節是去聲的情形下，此四字全部變為陽平。其中「七、八」兩字在最近的語言調查記錄中，已有逐漸保存原調陰平的說法，但是「一」在陰、陽、上三調前讀為去聲，「不」原調是去聲〔51:〕，例如「一刀一槍」、「不慌不忙」，「一」跟「不」都說的是去聲，但是此二字在去聲之前時，例如：在「一動一靜」及「不上不下」的成語中，我們很自然地把「一、不」二字說成陽平〔35:〕的調值，形成〔35:51:35:51:〕語音升降對稱的調型變化，聽起來自然流利，補救了一連串雙降調〔51:51:51:51:〕繁複沈重的感覺，此乃聲調異化之現象。

㈡上聲異化：上聲調在調型上來看是一個比較長的調，調型曲折，在口語中除了特別強調上聲的單音節，或慢說的詞尾、句尾仍保持完全的上聲調值〔214:〕之外，其他夾雜排列在句子中間或與其他調組合成詞時，若上聲在前，都會發生變調的異化作用。其原理是在於避免一個特長的上聲調與其他陰、陽、去、輕等較短的調排列時，不能達到「多樣統一」的原則；另一個原理是在語速加快之後，喉頭肌肉的擴張和收縮在受到時間的限制下，沒有足夠的時間來進行完整的上聲發音動作的運轉，只好適度地發出前半上或後半上與其他音節作排列上的配合。因此之故，上聲在陰、陽、去、輕之前就很自然地異化為前半上聲〔21:〕，是上聲的同位音。也就是說，上聲這個音位裏，出現的時候有兩個方式，後頭沒有音節時調值是〔214:〕，接著陰、陽、去、輕時，就是〔21:〕，所以〔214:〕跟〔21:〕是一個音位下的兩個調值。

上聲在另一個上聲之前產生的異化作用更加明顯，第一個上聲字變讀

為擬似陽平的後半上〔14:〕的調值，與原來陽平的調值〔35:〕相似但不完全相同。根據一項「二聲與三聲轉折點」試驗的結果，發現原理在於上聲原來〔214:〕的低降升調與陽平〔35:〕中升調，區別在於兩者的感知點 (perceptual cue) 不同，在該項試驗中測試的圖表顯示陽平的降升轉折點靠前，使其聽起來像升調〔35:〕；而三聲的降升轉折點則靠後低，聽起來自然起點較低，而形成〔14:〕的調值❸。

　　另外的試驗結果稱❹，其他的調都含有〔5:〕的高音值，例如：陰平〔55:〕、陽平〔35:〕、去聲〔51:〕，只有上聲沒有，使上聲成為低音調 (low tone)。其他的調是高音調 (high tone)。國語的上聲變調也就是低音調的相斥律 (dissimilation)，也即為異化作用的另一種證明。

三、弱化作用

　　在口語中為了使語音抑揚頓挫，高低對稱達到語言流暢的效果，就產生輕重音的變化，輕重音的現象也是變音的一種現象。在感情成分多的時候，要強調某一個字，就說成重音，重音是使音程加寬、音長加強的表現；而輕聲在句子中都是音長縮短、調型模糊的音節。輕聲也會使原來的語音產生變化，最常見的現象是元音弱化，如國語輕聲音節中「回來」的「來」，音值〔lai↗〕因弱化，使複元音〔ai〕變成〔ε〕，而說〔lε|·〕，「人家」的輕聲「家」由〔tɕia˥〕說成〔tɕiε|·〕，「迷惑」的「惑」由〔xuo↘〕弱化為〔xu|·〕，都是元音弱化的結果。

四、語調影響

　　中國語言中字有字調，句子在加上感情時也有語調，因此在日常說話時，加重語氣，會使字調因語調的影響而改變；這也是語音外在變化的一種現象，這種現象趙元任先生稱之為「上加成素」❺，如我們在列舉時說：有山、有湖、有水、有樹，其中的「山」調值由〔55:〕變為〔551:〕，「湖」由〔35:〕成為〔351:〕，「水」由〔214:〕變為〔2141:〕，「樹」由〔51:〕

---

❸　沈曉楠，〈國語第三聲教學的探討〉。

❹　鍾榮富，〈國語第三聲的本質和變調因素〉。

❺　趙元任，《語言問題》。

變成〔5121:〕即是一例❻。

有關語音的變化在各方面常見的現象，可見於以下各節中的說明與練習。

參　考　書　目

《語言與語音》　王士元　文鶴出版有限公司　1988 年

〈國語第三聲教學的探討〉　沈曉楠　1991 年世界華文教育研討會論文

〈國語第三聲的本質和變調因素〉　鍾榮富　1991 年全美中文教師學會論文

《語言問題》　趙元任　臺灣商務印書館　1968 年

〈漢語語音遞增輸出實驗〉　柯傳仁　1991 年世界華文教育研討會論文

《語言文字學詞典》　爾雅出版社　1979 年

第二節　輕重音的規律及練習

輕重音在國語裏都是音量、音高和音長的變化而形成的，它是相對而說的，如果沒有重音也就無所謂輕聲，因此語句中的輕重，是通過比較顯示出來的。要是把一句話裏的每個音節說得同樣的輕重，變成很呆板，很不自然，也就失去了語言的美，有時還會引起語意的含混，所以要說漂亮正確的國語，就得注意輕重音了。

壹、重音

重音是詞語中發音時用力大，氣流（量）大，聲音強，所以聽起來最清楚而響亮的音，它就成了這詞語的主體，其他不重讀的就是附體了。重音不像英語因其位置的不同，可能導致詞性或語意上的不同，例如 "desert" 第一音節重讀，而讀〔de〕，"´desert" 是名詞，沙漠的意思；如果

---

❻　趙元任，《語言問題》。

把重音放在第二音節，要讀〔di〕，"de´sert" 是動詞，逃亡的意思。"torment"
把重音放在前一音節，"´torment" 是名詞，苦痛的意思；重音放在後一音
節，"tor´ment" 是動詞，使痛苦、責罰的意思。

國語的重音可分為兩類：一類是「普通重音」；一類是「加強重音」。
周殿福《藝術語言發聲基礎》：「詞的重音表現在某個音節上，是固定的，
基本的。單就輕重程度來說，可分為『重』、『中』、『輕』三種等級。二字
詞有前重的，屬於『重輕』格式；有後重的，屬於『中重』格式。」「重」
指的是「重讀」，「中」指的是「中讀」，「輕」指的是「輕讀」。重輕式一
般是後字是輕聲的詞，如「刀子」、「舌頭」、「耳朵」等。普通重音是採「中
重」式，也就是在通常情形時的讀法，如「學校」、「注意」、「打鼓」中的
「學」、「注」、「打」三個字中讀，「校」、「意」、「鼓」三個字重讀。若是
三字詞的輕重是採「中輕重」式，如「應用文」、「了不起」、「圖書館」中
的「應」、「了」、「圖」三個字中讀；「用」、「不」、「書」三個字輕讀；「文」、
「起」、「館」三個字重讀。四字詞的輕重是「中輕中重」式，如「慌裏慌
張」、「直眉瞪眼」、「柳暗花明」中的「慌」、「直」、「柳」三個字中讀；「裏」、
「眉」、「暗」三個字輕讀；第二個「慌」與「瞪」、「花」三個字中讀；「張」、
「眼」、「明」三個字都重讀。其他更多音節的詞或詞組，都不外「重輕」、
「中重」、「中輕重」、「中輕中重」這四種格式了。如「代數方程式」就可
以採用「中重」和「中輕重」配合了。把「代數」用「中重」讀，「方程
式」用「中輕重」讀。餘可類推。

「加強重音」則沒有一定的規律，它隨著說話人的內心感覺和說話目
的的不同而有所變更，也就是說話的人認為需要強調或引人注意，或重要
的地方都可以重讀。例如「我買了一本書。」把「我」重讀，表示強調的
是「我」不是別人；把「買了」重讀，是強調「買了」不是「借」、「要」
甚至於「偷」；把「一」重讀，強調的是「一」本，不是幾本；把「書」
重讀，強調的是「書」，不是其他的東西。其實咱們平時說話都是這樣。

貳、輕聲

　　國語裏有些字和詞語連讀時，失去了原來的調值，變得輕、弱、短而含糊。這類字調叫做輕聲。至於輕聲為什麼會輕、弱、短而含糊不清呢？因為輕聲在發音時，聲帶和口腔肌肉鬆弛，故輕聲的性質是低而弱，它有時會改變聲韻的音值，同時因為聲調變得短而不穩，因此輕聲聽起來有含糊不清的感覺。王力《漢語史稿》：「輕音對元音的音色發生很大的影響。它能使元音模糊化。一般說來，中元音〔ə〕最容易模糊，所以任何元音模糊起來，都容易趨於念〔ə〕。」例如「的（ㄉㄧ丶）」、「了（ㄌㄧㄠˇ）」、「呢（ㄋㄧˊ）」、「麼（ㄇㄛˊ）」、「著（ㄓㄨㄛˊ）」，讀成輕聲，韻母一模糊，就讀成「的（·ㄉㄜ）」、「了（·ㄌㄜ）」、「呢（·ㄋㄜ）」、「麼（·ㄇㄜ）」、「著（·ㄓㄜ）」，以及北平人有的把「疙瘩（ㄍㄜㄉㄚˊ）」說成「ㄍㄜ·ㄉㄜ」、「溜達（ㄌㄧㄡㄉㄚˊ）」說成「ㄌㄧㄡ·ㄉㄜ」、「邋遢（ㄌㄚˊㄊㄚ丶）」說成「ㄌㄚˊ·ㄊㄜ」、「明白（ㄇㄧㄥˊㄅㄞˊ）」說成「ㄇㄧㄥˊ·ㄅㄜ」，也就是這個原因。

　　輕聲產生的時期，據王力《漢語史稿》：「作為語法形式的輕音，那就必須隨著語法的要求而產生，因此，依我們看來，在普通話裏，輕音的產生應該是在動詞形尾『了』、『著』形成的時代，在介詞『之』字變為定語語尾『的』字的時代，在新興的語氣詞『嗎』、『呢』等字產生的時代。估計在十二世紀前後，輕音就產生了。而這些語法成分大概從開始不久就念輕音的，後來複音詞的後一成分或後面兩三個成分也都變為輕音。」

　　輕聲是國語裏一種特殊的變調，變調雖也有辨義作用，然不是主要的，所以它不算是一個獨立的調類。國語的調類只有陰平、陽平、上聲、去聲四類，它們在單字音裏有一定的長度，而且都可以按照一定的高低升降讀出來，輕聲則不然，它不能單獨存在，必須隨著前面的字調不同而改變高低，因此它無法單獨教學。

　　輕聲通常單獨一個字和詞句中第一個字不讀輕聲，原則上文言和戲曲裏也不讀輕聲。張孝裕《輕聲辨義舉例》：「每個語詞，經過眾口騰說，自

成其特具的聲音腔調，輕重徐疾，配合自然，是不受單音國字的拘束，所以越是常用的語詞，越能顯出它的輕重部分來，相反地，那高雅生僻的語詞，多是按字讀音，不分輕重的。」這也就是文言詞不讀輕聲的緣故。例如「葡萄」、「琵琶」、「燕子」，口語裏第二字都說成輕聲「ㄆㄨˊ ・ㄊㄠ」、「ㄆｌˊ ・ㄆㄚ」、「ｌㄢˋ ・ㄗ」，可是王翰〈涼州詞〉：「葡萄美酒夜光杯，欲飲琵琶馬上催。」中的「葡萄」和「琵琶」就不讀輕聲，而讀為「ㄆㄨˊ ㄊㄠˊ」、「ㄆｌˊ ㄆㄚˊ」，張炎〈清平樂〉：「去年燕子天涯，今年燕子誰家?」中的「燕子」也不讀輕聲，而讀為「ｌㄢˋ ㄗˇ」。至於戲曲中沒有輕聲，是因為唱詞除了有韻轍以外，還有唱腔，凡是有唱腔的語言，它的音長得拉長，於是輕聲很難出現。例如國劇《賀后罵殿》：「那一個大膽的敢坐金龍，把皇嫂當作了太后侍奉……。」中的「個」、「的」、「了」三個字，假如用口語說出來，都可以說成輕聲，可是戲曲中就無法用輕聲唱出，因為那會不合板眼的。

一、輕聲的調值：它必須看前一個字的調來決定

㈠在陰平、陽平之後的輕聲讀中短調 3 度，聽起來有點兒像去聲❼

例如：挑剔、商量、親戚、威脅、石榴、玫瑰、頭髮，這些陰平和陽平後面的「剔」、「量」、「戚」、「脅」、「榴」、「瑰」、「髮」讀成輕聲，聽起來不是都有點兒像去聲的「替」、「量（ㄌｌㄤˋ）」、「氣」、「蟹」、「六」、「桂」和「法（ㄈㄚˋ）」的字音了嗎? 因此有人誤以為這些字是去聲。

㈡在上聲之後的輕聲讀次高短調 4 度，聽起來有點兒像陰平

例如：扁擔、姊姊、嬸嬸、耳朵、伙計，這些上聲後面的「擔」、「姊」、「嬸」、「朵」、「計」讀成輕聲，聽起來都有點兒像陰平的「擔（ㄉㄢ）」、「街」、「申」、「多」、「雞」的字音。

㈢在去聲之後的輕聲讀低短調 1 度，聽起來有點兒像特別低的去聲

例如：豆腐、氣氛、意思，這些去聲後面的「腐」、「氛」、「思」讀成

---

❼ 鍾露昇，《國語語音學》，頁 122：「在陰平後面念 3 度，在陽平後面念 2 度。」臺灣師大，《國音學》，頁 275：「在陰平後頭，音高是半低二度，在陽平後頭，音高是中調三度。」本書根據北師大〈注音符號講義〉及傅國通《現代漢語語音》。

輕聲，聽起來有點兒像很低的去聲「付」、「憤」、「四」的字音。因此就有人把「腐敗」讀為「ㄈㄨˋ ㄅㄞˋ」，把「氣氛」的「氛」字誤為「ㄈㄣˋ」是這個字的本調。

二、輕聲的作用

㈠優美、悅耳

輕聲既是經過大家不斷的說，輕重徐疾，配合自然，久而久之所形成的，因此必定優美而好聽。例如：「站起來」、「坐下去」這兩個詞語說出來，後兩個字都要說成輕聲：「ㄓㄢˋ ·ㄑㄧ ·ㄌㄞ」，「ㄗㄨㄛˋ ·ㄒㄧㄚ ·ㄑㄩ」，假如都照著本調說為：「ㄓㄢˋ ㄑㄧˇ ㄌㄞˊ」和「ㄗㄨㄛˋ ㄒㄧㄚˋ ㄑㄩˋ」就顯得呆板生硬。這兩個詞語就是用臺灣話說，也一定是說成輕聲「ㄎㄧㄚ˥ ·ㄎㄧ ·ㄌㄞ」〔kʻia³³kiı˙ laiı˙〕、「ㄗㄜ˥（落）·ㄌㄛ ·ㄎㄧ」〔tse³³loʔıˈ kiı˙〕，絕不按字的原調說出：「ㄎㄧㄚ˥ ㄎㄧˋ ㄌㄞˊ」〔kʻi a³³ k i⁵³ la i¹⁴〕和「ㄗㄜ˥（落）ㄌㄛˊ ㄎㄧ—」〔tse³³lo⁷⁵⁵kʻi¹¹〕。

㈡辨別詞義

同樣的詞，由於不讀輕聲和讀輕聲，有時意義上會發生差別。例如：「地道」（ㄉㄧˋ ㄉㄠˋ）的「道」讀去聲，是地下坑道的意思。要是把「地道」讀成「ㄉㄧˋ ·ㄉㄠ」，「道」讀成輕聲，就成為真正的意思了。「挑剔」（ㄊㄧㄠ ㄊㄧ）的「剔」讀陰平，是指書法的用筆。要是把「挑剔」讀成（ㄊㄧㄠ ·ㄊㄧ），「剔」讀成輕聲，就成為動詞，苛求責備的意思。張孝裕《輕聲辨義舉例》一書就列舉了這一類的詞例二百八十二條，這只是字形字音完全相同的詞，以讀輕聲與不讀輕聲來辨義的例子，還有不少字形不同，字音相同，用輕聲來區別詞義的詞不算在內。例如：「蛇頭」與「舌頭」，「馬頭」與「碼頭」，「蓮子」與「簾子」。

三、輕聲的種類

輕聲的規律很難概全，各本國音的書籍有許多歸類也不盡相同。本書以一般常用的分為以下幾類：

㈠助詞的輕聲

呀（‧丨ㄚ）來呀！我不去呀！

呢（‧ㄋㄜ）他不來呢！還沒回家呢！

嗎（‧ㄇㄚ）你走嗎？他在家嗎？

吧（‧ㄅㄚ）走吧！趕快看吧！

了（‧ㄌㄜ）快睡了，時候不早了。

㈡沒有實義的詞尾的輕聲

1.名詞（或代名詞）的詞尾：

們（‧ㄇㄣ）　你們　他們　我們　咱們　朋友們　同學們
　　　　　　　　先生們　孩子們　學生們

子（‧ㄗ）　刀子　桌子　椅子　孩子　兒子　本子　簿子
　　　　　　牌子　柱子　廚子　嫂子　瞎子　騙子　兔子
　　　　　　鴿子

頭（‧ㄊㄡ）　舌頭　骨頭　木頭　石頭　枕頭　拳頭　指頭
　　　　　　　丫頭　日頭　罐頭　碼頭　饅頭　芋頭　鑽頭
　　　　　　　甜頭

2.指示詞（形容詞或代名詞）的詞尾：

麼（‧ㄇㄜ）　這麼　那麼　怎麼　多麼　甚麼

3.動詞的詞尾（也稱助動詞）：

了（‧ㄌㄜ）　吃了　喝了　來了　走了　跑了　埋了　倒了
　　　　　　　要了　讀了　看了

著（‧ㄓㄜ）　坐著　站著　躺著　背著　仰著　接著　臥著
　　　　　　　飛著　推著　拿著

得（‧ㄌㄜ）　吃得　說得　來得　去得　懂得　記得　讀得

4.形容詞跟動詞的詞尾：

⑴形容詞的詞尾：

高的　矮的　大的　小的　輕的　重的　紅的　白的　黃的
綠的　肥的　胖的　瘦的　長的

⑵動詞的詞尾：

買的　賣的　寫的　畫的　吃的　穿的　拿的　戴的　爬的
念的　看的　跑的　跳的　笑的

㈢詞與詞之間表關係的虛詞，說成輕聲

　　1.名詞與代名詞跟另一個名詞或代名詞之間的虛詞：

　　　　⑴你「的」書　我「的」馬　他「的」家　誰「的」車　大家「的」
　　　　　意思　我「的」他

　　　　⑵貓「的」頭　狗「的」尾巴　兔子「的」耳朵　學校「的」規
　　　　　矩　國家「的」法律　國民「的」責任

　　2.形容詞跟名詞之間的虛詞（或稱為形容詞尾）：

　　　　高高「的」山　長長「的」水　遠遠「的」路　圓圓「的」臉
　　　　黑黑「的」頭髮　厚厚「的」書

　　3.副詞跟動詞之間的虛詞（或稱為副詞尾）：

　　　　慢慢「地」想　遠遠「地」看　輕輕「地」走　重重「地」打
　　　　快快「地」吃　白白「地」犧牲

　　4.動詞跟名詞（或代名詞）之間的虛詞：

　　　　⑴坐「在」這裏　躺「在」床上　站「在」臺上

　　　　⑵送「給」朋友　賣「給」客人　讓「給」妹妹

㈣「上」、「下」跟「裏」用在名詞（或指示詞）後邊表位置，說成輕聲

　　天上　地上　晚上　房上　手上　樹上　腳上　船上　床上　地
　　板上　講臺上　桌子上　石頭上

　　地下　手下　鄉下　底下　年下　節下　樹下

　　屋裏　房裏　井裏　手裏　嘴裏　海裏　田裏　院子裏　箱子裏
　　這裏　那裏　哪裏

㈤「上」跟「下」用在動詞後表趨向，說成輕聲

　　關上　鎖上　埋上　蓋上　閉上　送上

　　坐下　躺下　趴下　留下　收下　放下　丟下

㈥疊用單音名詞跟動詞的第二個字，說成輕聲

　　1.名詞：

　　　　婆婆　爺爺　奶奶　姥姥　爸爸　媽媽　公公　伯伯　姑姑
　　　　叔叔　舅舅　哥哥　姊姊　妹妹　弟弟　娘娘　太太　妞妞
　　　　娃娃　果果　餑餑　猩猩　星星　兜兜
　　2.動詞：
　　　　摸摸　挪挪　躲躲　躺躺　裹裹　撥撥　拜拜　謝謝　擦擦
　　　　看看　搖搖　踢踢

㈦一部分雙字名詞跟動詞的第二個字，說成輕聲
　　1.名詞：
　　　　玻璃　琵琶　枇杷　葡萄　茉莉　豆腐　頭髮　腦袋　蘿蔔
　　　　疙瘩　蝦蟆　耳朵　眼睛　燒餅　煎餅　太陽　月亮　雲彩
　　　　老鼠
　　2.動詞：
　　　　打掃　打聽　打點　收拾　拾掇　張羅　商量　喜歡　搖晃
　　　　晃搖

㈧「一」跟「不」用在別的詞中間，說成輕聲
　　　　說一說　看一看　瞧一瞧　想一想　數一數　坐一坐　叫一聲
　　　　有一年　踢一腳　罵一聲　有一件　讀一遍　等一等　算一算
　　　　試一試　說不說　來不來　要不要　想不想　去不去　動不動
　　　　看不清　看不見　來不及　吃不飽　記不住　差不多　抬不起

㈨「個」字用在數量詞後邊，或是用在別的詞後邊表「一個」之意，
說成輕聲
　　　　三個　十個　兩個　七個　這個　那個　哪個　加個　減個　來
　　　　個　去個

㈩配合時間、數字下的名詞，說成輕聲
　　　　年（˙ㄋㄧㄢ）　今年　明年　去年　後年　前年　大前年　大
　　　　　　　　　　　　後年
　　　　月（˙ㄩㄝ）　上月　下月　這月　三月　五月　八月　十二月
　　　　日（˙ㄖ）　今日　明日　昨日　前日　六日　九日

天（‧ㄊㄧㄢ）　今天　明天　昨天　前天　後天　大前天　大後天

我們知道國語也好，普通話也好，都不是採用百分之百的北平土音，而且國語在臺灣地區推行了數十年，難免有些變了樣，這是很正常的，因為語言本來就是活的，它一直慢慢地在變，現在這樣，將來一定還是繼續不斷的在變。北平人認為很多語詞說話時該說輕聲，而在臺灣現在的人們說國語時，卻不一定說輕聲了，何況又無損詞義的辨別，當然就無所謂了。例如：「今天」、「去年」、「這裏」的「天」、「年」、「裏」按規律是要讀輕聲，如今說成輕聲的有幾人？因此國立編譯館所編的國小國語課本課文中，注輕聲的就簡單多了。大概只有助詞（如啊、呀、呢、吧等）、詞尾（如子、頭、們、麼、著等）、疊用單音名詞（如爸爸、媽媽等）、數詞下的「個」，還有「的」字不讀「ㄉㄧˋ」、「ㄉㄧˊ」時才注輕聲。雖然課本採用這種方式注輕聲，可是在《教學指引》裏，卻詳細地告訴老師們除此之外，哪些字還可以讀輕聲。因此現在說國語儘管採取寬式的讀法，如果我們想說一口流利、動聽而漂亮的國語，還是要注意一下輕重音的好。

第三節　變調的規律與練習

壹、變調的原因及種類

一、變調的原因

我們說話時，前後音節有時因為發音方法近似，有時因為發音部位相近而彼此互相影響，通常會發生同化作用或異化作用。例如「怎」「麼」兩個字，單獨念時是「ㄗㄣˇ」「‧ㄇㄜ」，連讀成「怎麼」時，因為「怎」的韻尾「ㄣ」和「麼」的聲母「ㄇ」發音方法相同、發音部位相近，「怎」受「麼」同化的結果，念成「ㄗㄜㄇ―‧ㄇㄜ」〔tsəm↓mə‧〕，音變了，聲調也變了。

國語每一個音節（即每一個字）都有它的「字調」，兩個或兩個以上

的音節結合而成語詞、語句時，則有「詞調」、「句調」的區別，如果加上感情因素，又有「語調」的不同。「字調」通常是不變調的，當我們只說一個字或是在語詞、語句的最末一個字時都用「字調」，這是字的「本調」。例如「好」、「很早」、「你真美」等字、詞、句中的「好」、「早」、「美」要念成「ㄏㄠˇ」、「ㄗㄠˇ」、「ㄇㄟˇ」。

　　至於「詞調」、「句調」、「語調」則可能發生變調，因為我們說話時，是一個音節接著一個音節的連續動作，為了適應自然節奏，或要求語音抑揚頓挫、悅耳動聽，就會改變原來的聲調。例如「古」、「老」兩個字，單獨念時，都是上聲字「ㄍㄨˇ」、「ㄌㄠˇ」；連讀時，如果仍舊念上聲，字調由「降升」再到「降升」，轉折多就拗口了，為了順口，因此同中求異，把「古」變調成「後半上」，而念作「ㄍㄨˊ　ㄌㄠˇ」，這是聲調異化的結果。

二、變調的種類

　　國語的變調大體分成兩類，一類是因為說話口氣或情感不同而造成的「口氣語調」的變化，例如高興或懷疑時語調上揚，而慨嘆或肯定時語調下降。一類是純粹因語音環境不同，為求適應自然節奏而使語句中字音的調值改變的「連音變調」，例如前述「古老」一詞的上聲變調即是。現代國語中比較常見的連音變調有「輕聲」字、「上聲」字和「一」、「七」、「八」、「不」四字的變調。「語調」和「輕聲」字的變調情形已另立專節說明，本節介紹的是「上聲」字和「一」、「七」、「八」、「不」四字的變調規律。

貳、變調的規律及練習

　　語音的變調是和整個語音體系配合的，凡是條件相同的語音環境，它的變調情形也大致相同，所以我們可以歸納出幾個變調的規律，提供讀者練習。

一、上聲的變調

　　國語四個聲調中，上聲變調最多，因為上聲的音長比其他三個聲調長，調型也比其他三個聲調複雜，而我們說話的時候，四個聲調往往錯雜並用，

碰到上聲調，如果依照原來的音長、調型完整地說出來，必定造成參差不諧調的現象，為了使語音清爽、語言流利，上聲隨著語音環境的不同而有了兩種變調的情形。

上聲字的變調可以概括成一個口訣：「上後非上前半上，上上連讀前變陽；上後輕聲原為上，或讀半上或讀陽。」前兩句是上聲字的基本變調規律，後兩句是指上聲字後面接著的如果是上聲變的輕聲字，那麼上聲字就有兩種變調。詳細情形請看下面說明。

㈠全上

上聲的調值，依據趙元任先生的「五度制調值標記法」是「21114」，簡記為「214:」，調型為「╲╱」，記做「∨」，是降升型的調子。這是上聲的「本調」。凡是獨立的上聲字，或是詞尾句末的上聲字，都讀本調。

練習

⑴美　醜　手　腳　早　晚　表　演　女　子

⑵東海　詞尾　電影　車馬　雜耍　敬禮　身不由己　榮宗耀祖造福鄉里

⑶您好！　老師早！　第一章不考！　他就是瘸拐兒李！

㈡前半上

前半上的調值是「2111」，簡記為「21:」或「211:」，就是把全上末尾上揚的部分消去，只念前部低降的調子，簡稱做「半上」，調型是「╲」，記做「﹂」。凡是在陰平、陽平、去聲、輕聲（不包括上聲變的比較輕聲字）前面的上聲字，都變讀成「前半上」。

練習

⑴在陰平字前：美工　首都　演說　委曲　餅乾　組織　苦心　吮吸起飛

⑵在陽平字前：褫奪　首席　咀嚼　夭折　傴僂　仳離　敉平　鮪魚補償

⑶在去聲字前：獎券　泯滅　鵠的　廣播　紙屑　忐忑　撫恤　瞅視鳥瞰

⑷在輕聲字前：喜歡　眼睛　暖和　早晨　餃子　姊姊　姥姥　寶貝
伙計

㈢後半上

後半上的調值是「1//4」，簡記為「14:」，就是把全上前面低降的部分
消去，只念後部上揚的調子。後半上的調值若將「1」至「4」變為升調，
就成「1234」，這與陽平調值「35:」的念法非常相似，一般人是不易分辨
的，因此有人把「後半上」叫做「陽平」，調型也直接記做「/」了。有時
為了與本調的陽平區分，可加個小記號（如△）以資識別。凡是在上聲字
或上聲變的比較輕聲字前的上聲字都變讀為「後半上」（陽平）。（按：齊
鐵恨先生認為「ㄟ」、「ㄡ」、「ㄦ」三個韻母的主要元音在讀上聲、去聲時
不同於讀陰平、陽平時：讀上聲、去聲時，口腔較開，舌位較低，所以在
上上連讀時不能盡變為陽平，仍應讀「後半上」。他舉例：「美髮」說成
「ㄇㄟˇ ㄈㄚˇ」，而非「ㄇㄟˊ ㄈㄚˇ」（眉髮、沒法）；「友好」說成
「ㄧㄡˇ ㄏㄠˇ」，而非「ㄧㄡˊ ㄏㄠˇ」（油好、遊好）；「爾等」說成
「ㄦˇ ㄉㄥˇ」，而非「ㄦˊ ㄉㄥˇ」（兒等、而等）；其他像「水桶」、「醜
女」、「耳孔」等上上連讀的音調都是「1//4、21114」而非「3//5、21114」。
……請參看齊鐵恨先生著，《國語變音舉例》第六節「上聲字的變調」。）

練習

⑴在上聲字前：咧嘴　老嫗　齟齬　繾綣　比擬　旖旎　齷齒　稽首
喜帖

⑵在上聲變的比較輕聲字前：小姐　眼裏　覥覥　老鼠　勉強　可以
躺躺

㈣三個上聲字相連

三個上聲字相連，除了最後一字須讀全上外，其餘兩個上聲字都會變
調，至於該變「半上」或「陽平」，要看說話速度和詞的結構情形來決定：
如果說話速度極快，中間不停頓的話，那麼前面的兩個上聲字都應該變讀
為「陽平」，例如「洗臉水」讀為「ㄒㄧˊ ㄌㄧㄢˊ ㄕㄨㄟˇ」，「你表演」
讀為「ㄋㄧˊ ㄅㄧㄠˊ ㄧㄢˇ」。如果說話速度較慢，中間稍微停頓的話，

那就得看詞的結構分畫情形：若是前面兩字成詞，那麼這兩個字都變讀為「陽平」，例如「洗臉水」讀為「ㄒㄧˊ ㄌㄧㄢˊ ㄕㄨㄟˇ」，若是後面兩個字成詞，那麼第一個上聲字變讀為「半上」，第二個上聲字變讀為「陽平」，例如「你表演」讀為「ㄋㄧ˪ ㄅㄧㄠˊ ㄧㄢˇ」。

〔練習〕

⑴九九表　五斗米　洗髮乳　總統府　保管股　趕緊跑　手法巧好幾把

⑵沈旅長　米老鼠　買手表　打草稿　你打水　我洗臉　小老闆選兩把

㈤多音節上聲字相連

一連串的上聲字連讀時，除了最後一字須讀全上外，其他的上聲字，都要依照詞的分畫來判定該讀「半上」或「陽平」，以一般說話速度（國語語速大約每秒鐘說三個音節）來說：

四音節上聲字連讀時：

豈有‧此理（ㄑㄧˊ ㄧㄡ˪ ㄘˇ ㄌㄧˇ）

飲‧黍米酒（ㄧㄣ˪ ㄕㄨˊ ㄇㄧˊ ㄐㄧㄡˇ）

好幾把‧傘（ㄏㄠˊ ㄐㄧ˪ ㄅㄚˊ ㄙㄢˇ）

五音節上聲字連讀時：

老古‧買美酒（ㄌㄠˊ ㄍㄨ˪ ㄇㄞ˪ ㄇㄟˊ ㄐㄧㄡˇ）

我‧怎敢‧打你（ㄨㄛ˪ ㄗㄣˊ ㄍㄢ˪ ㄅㄚˊ ㄋㄧˇ）

你買‧兩把‧傘（ㄋㄧˊ ㄇㄞ˪ ㄌㄧㄤˊ ㄅㄚˊ ㄙㄢˇ）

六音節以上上聲字連讀時：

警長‧逮捕‧搶匪（ㄐㄧㄥˊ ㄓㄤ˪ ㄉㄞˊ ㄅㄨ˪ ㄑㄧㄤˊ ㄈㄟˇ）

我買‧好幾種‧酒（ㄨㄛˊ ㄇㄞ˪ ㄏㄠˊ ㄐㄧ ㄓㄨㄥˊ ㄐㄧㄡˇ）

可以‧請‧你倆‧飽飲（ㄎㄜˊ ‧ㄧ ㄑㄧㄥ˪ ㄋㄧˊ ㄌㄧㄚ˪ ㄅㄠˊ ㄧㄣˇ）

〔練習〕

⑴請你寫九九表給我，我把演講稿寫好。

⑵我想沈老闆可以請里長飲酒，里長選舉請表演舞曲。

⑶請你想想：賈股長哪兒有本領管理補給廠？

⑷請老許數數，有幾把傘可以給你倆擋點雨。

⑸兩港港口海景美，你我可得好好賞美景。

⑹老姊炒米粉、煮水餃，手法很巧，請好友賞臉。

⑺體檢等好久，我很魯莽，你也很無禮，彼此免禮。

⑻老李！請你把小鼓給老賈。

⑼郝總管買好幾種水果、美酒，獎賞保管股股長。

⑽理髮館老闆，總有法把你髮角處理好。

二、「一」、「七」、「八」、「不」的變調

「一」、「七」、「八」、「不」四字，在古音中都屬入聲字，「一」，於悉切，質韻；「七」，親吉切，質韻；「八」，博拔切，黠韻；「不」，分勿切，物韻。現在南方方言，如福州、廣東、閩南、客家等語言仍舊讀入聲，而現代國語沒有入聲字，「一」、「七」、「八」三字本調讀陰平，「不」字本調讀去聲。

這四個字在單獨念或在詞句末尾時都念本調，「一」、「七」、「八」三字和數目字連用時也念本調。如果和其他文字結成語詞、語句而連讀時，就可能發生變調的情形。這四個字共同的變調規律是：下面連讀的字是去聲字時一律變讀為「陽平」，下面連讀的字是陰平、陽平、上聲字時，「一」要變調為去聲，「七」、「八」、「不」三字則不變調，亦即「七」、「八」兩字讀陰平，「不」字讀去聲。不過，在臺灣通行的國語，「一」、「不」兩字是遵行著變調的規律，而「七」、「八」兩字大部分人念本調陰平。例如：

㈠單獨念、在詞句末尾、與數目字連讀時讀本調

（ㄧ）　「一」字兒　第一　統一　一二八　一九九一　一五一十　五一勞動節

（ㄑㄧ）　「七」字兒　第七　老七　一九九七　七一得七　七七抗戰紀念日

（ㄅㄚ）　「八」字兒　第八　老八　九一八　一九九八　八八父親節

（ㄅㄨˋ） 「不」字兒 說不 我不 絕不 那可不

㈡與去聲字連讀時，變讀為陽平

（ㄧˊ） 一切 一件 一月 一頁 一歲 一刻 一副 一塊 一片 一個 一竅不通 一暴十寒 一箭雙鵰 獨樹一幟 一幀照片 一視同仁

（ㄑㄧˊ） 七倍 七件 七月 七頁 七歲 七遍 七套 七個 七竅生煙 七上八下 七步成詩 七縱七擒

（ㄅㄚˊ） 八對 八件 八月 八頁 八歲 八段 八世八代 八個 八大山人 八拜之交 八面玲瓏 八面威風 生辰八字 七葷八素

（ㄅㄨˊ） 不用 不信 不紊 不愧 不怍 不算 不肖 不配 不便 不見不散 不識抬舉 不脛而走 不速之客 光說不練 不屑一顧

㈢與陰平、陽平、上聲字連讀時：「一」字變讀為去聲，「七」、「八」兩字讀本調陰平，「不」字讀本調去聲

（ㄧˋ） 一生 一般 一絲 一年 一成 一直 一起 一百 一品 一針見血 一呼百諾 一勞永逸 一鳴驚人 一晌貪歡 一網打盡

（ㄑㄧ） 七星 七音 七斤 七情 七絕 七弦 七種 七里 七把 七拼八湊 七顛八倒 七俠五義 七言絕句 七嘴八舌 七老八十

（ㄅㄚ） 八聲 八珍 八音 八德 八王 八國 八股 八寶 八角 八仙過海 四面八方 四通八達 八旗子弟 永字八法 才高八斗

（ㄅㄨˋ） 不禁 不驚 不堪 不能 不平 不仁 不肯 不小 不齒 不勝晞噓 不修邊幅 不學無術 不言而喻 不打不識 不瞅不睬

㈣「一」和「不」夾在重疊動詞中作副詞時輕讀

摸一摸　說一說　瞧一瞧　彈一彈　走一走　跑一跑　笑一笑
試一試　喝不喝　聽不聽　來不來　玩不玩　想不想　等不等
唱不唱　看不看

㈤除了語詞的變調規則外,這四字在語句中的意義和連接關係也會影響到變調與否的問題

像「一」字在承上讀時，不論下面接第幾聲都讀本調（「七」、「八」兩字同）。例如：

請翻開「第一（ㄧ）」課。……我背了「一（ㄧˊ）課」書。

他得了「第一（ㄧ）」名。……教室裏只有「一（ㄧˋ）名」學生。

顏淵「聞一（ㄧ）」知十。……我「一（ㄧˋ）聞」煙味就會頭暈。

而在句中特別強調「一」字時，也不讀變調。例如：

孔子說：「吾道一（ㄧ）以貫之。」

管仲相桓公，「一（ㄧ）匡天下」。

父母之年，不可不知：「一（ㄧ）則以喜，一（ㄧ）則以憂。」

至於「不」字，像「絕不」、「從不」、「豈不」、「莫不」、「無不」等承上讀的詞，在普通說話速度下，也大都讀本調，例如「絕不通融」、「從不知情」、「豈不容易」、「莫不了解」等詞中之「不」都讀本調「ㄅㄨˋ」。如果接在去聲字前且說話速度稍快時，則「不」字可以變讀輕聲，例如「絕不後悔」、「從不作弊」、「豈不稱心」、「莫不皺眉」、「無不用功」等詞中之「不」可以讀輕聲。

⌈練習⌋

⑴在不勝其寒的高處，立著一匹狼、一頭鷹、一截望鄉的化石。

⑵一簑一笠一扁舟，一丈絲綸一寸鉤，一曲高歌一樽酒，一人獨釣一江秋。

⑶他們於一言一動之微、一沙一石之細，都不輕輕放過。

⑷園中的一花一木、一亭一榭，無不像一部讀得爛熟的書一般，了然於心中。

⑸請你聽一聽：這句話隨著自然的口語，一前一後、一字接連一字地、

一抑一揚、一起一落的腔調兒，多麼悅耳！

⑹故鄉，有四時不謝的鮮花，有清脆宛轉的鳥聲。她似一幅畫，又像一首詩，她是我心上的永久戀人，我時時刻刻不能忘。

⑺俗語說：「一枝草一點露，一樣米養百種人。」他不修邊幅，總愛獨樹一幟，做的糗事不勝枚舉，老惹得人七葷八素，頭痛不已。

⑻七個兄弟，一個模子一個樣兒，不高不矮、不胖不瘦，頭髮炭一般，皮膚雪一樣，還有那七手八腳、七上八下，不能有一刻的安詳。

⑼他做事一板一眼，有條不紊，常以「俯不怍人，仰不愧天」自勉。

⑽我八月初一出門，在臺中住了一晚，在高雄住了一夜。

第四節　連音變化的規律及練習

壹、連音變化的原因及現象

連音變化是語音體系中各音節互相結合時產生的音變現象。在古書中常看到兩個字的字音合併成一個音節的情形，例如「盍各言爾志」的「盍」是「何不」兩個字的合音，「君子有諸己而後求諸人」的「諸」是「之於」兩個字的合音，「居心叵測」的「叵」是「不可」兩個字的合音。現代國語中，合音現象也屢見不鮮，例如「不用數了」說成「甭數了」，「不要去」說成「別去」，「不需要這麼多」說成「不消這麼多」，「好了呀」說成「好啦」等等，都是語音結合時產生的連音現象。

國語中，「這」、「那」、「哪」三個指稱詞與「一」的合音現象最具體；「啊」這個助詞與前面一個音節的音尾也會發生明顯的連音現象；「兒化」詞的連音變化則是現代國語的特色。

貳、連音變化的規律及練習

一、「這」、「那」、「哪」的連音規律與練習

「這」是近指指稱詞，「那」是遠指指稱詞，「哪」是疑問指稱詞。通

常在泛指或不拘數量時，這三個字都讀本音，像「這是我的書。」「這麼多人。」「那是你的筆嗎?」「那裏有魚。」「你住哪兒?」「我哪有錢?」等句中的「這」、「那」、「哪」三字都要讀本音「ㄓㄜˋ」、「ㄋㄚˋ」、「ㄋㄚˇ」。若是在專指一個單位的人、事、物的時候，是相當於「這一」、「那一」、「哪一」的合義，而句中「一」省略不寫的話，那麼「這」的音尾「ㄜ」與「ㄧ」連音成「ㄟ」而念成「ㄓㄟˋ」，「那」和「哪」的音尾「ㄚ」和「ㄧ」連音成「ㄞ」而念成「ㄋㄞˋ」、「ㄋㄞˇ」。不過，「那」有時讀成「ㄋㄜˋ」(例如「那麼」讀成「ㄋㄜˋ‧ㄇㄜ」)，又與「ㄓㄟˋ」類化，因此轉讀為「ㄋㄟˋ」，而「哪」也比照讀成「ㄋㄟˇ」了。例如:

「這個人」等於是說「這一個人」，就可以念作「這(ㄓㄟˋ)個人」。

「那本書」等於是說「那一本書」，就可以念作「那(ㄋㄟˋ或ㄋㄞˋ)本書」。

「哪件衣服」等於是說「哪一件衣服」，就可以念作「哪(ㄋㄟˇ或ㄋㄞˇ)件衣服」。

如果只是泛指或不能與「ㄧ」合音或句中有「一」字時，這三個字仍讀本音，例如:

「這個麼——讓我想想吧!」(泛指，「這個」讀本音「ㄓㄜˋ」個。)

「他那種個性，總讓我覺得有點兒那個。」(泛指，「那種」、「那個」都讀本音「ㄋㄚˋ」種、「ㄋㄚˋ」個。)

「你要去哪裏啊?」(「哪」不能與「ㄧ」合音，所以「哪裏」讀本音「ㄋㄚˇ」〔變調成ˊ〕裏。)

「哪一位是趙小姐?」(句中有「一」而「一」獨立為一個音節，所以「哪一位」讀本音「ㄋㄚˇ」〔變調成ˊ〕一位。)

|練習|

⑴「保持鎮定」這句話，經常是對那種無法鎮定的人說的。

⑵俗語兒說:「瓜裏挑瓜，越挑越眼花。」看著這個，不如那個; 拿起那個，又想這個; 不知到底是要哪個?

⑶那個人不知哪來的傻勁，不管有用沒用，這個那個的買了一大堆。

⑷你對我這麼好，哪怕赴湯蹈火，我也得替你把這件事辦好。

⑸你說的那個文物館，究竟在哪兒啊？

⑹他一上街就不得了，又買這又買那的。

⑺嗨！你這人真是的，怎麼哪壺不開提哪壺啊！

⑻您說哪兒的話啊！這是我們應該做的。

⑼讓這種人負責那麼重要的事，我總覺得有點兒那個。

⑽「班長要結婚，這話當真嗎？」「這是誰說的？哪有這回事啊！」

⑾這件衣服哪能那樣穿？那不是太好笑了嗎？

⑿她那清明的眼睛聰明極了，這年輕人就同這隻鸚鵡對看了許久。

⒀「他到底躲在哪兒啊？」「你別這裏那裏的亂找了，他在這兒呢！」

⒁這學期已過了一半，這麼說來，我們即將告別這段新鮮人的生活了。

二、「啊」的連音規律與練習

助詞「啊」常用在驚嘆句的末尾，藉以表達訝異或詠嘆的心情。它在語句中會和前一音節發生「隨韻衍聲」的現象。所謂「隨韻衍聲」，就是前一個音節的音尾讓相連的後一個音節的音首改變發音，使得後音節的音首跟前音節的音尾發音相同或相似，像英語 "thank you" 發音時，"you" 受前一音節音尾 "k" 影響而讀成 "kyou"，方言裏也有這種現象，例如閩南話中「罐仔」說成「ㄍㄨㄢˋㄋㄚ˙ㄋㄚ」〔kuanˋnaˋ˙〕，「金仔店」說成「ㄍㄧㄇ˙ㄇㄚㄉㄧㄚㄇˋ」〔kimˋma˙tiamˋ〕，這些都是「隨韻衍聲」現象。

「啊」在語句中，因前一音節音尾的不同，可轉變成六種不同的發音：

㈠˙ㄧㄚ：凡是接在單韻母「ㄧ」、「ㄩ」、「ㄚ」、「ㄛ」、「ㄜ」、「ㄝ」及收「ㄧ」的複韻母「ㄞ」、「ㄟ」後的「啊」字，都轉化成「˙ㄧㄚ」。（其中「ㄚ」、「ㄛ」、「ㄜ」後的「啊」字也有人不變，但為了達成隔音的作用，仍讀成「˙ㄧㄚ」。）通常用國字「呀」來表示這些音。例如：

羽翼呀！　枸杞呀！　容易呀！　修葺呀！　病革呀！

玉宇呀！　異域呀！　名譽呀！　老嫗呀！　崎嶇呀！

華夏呀！　女媧呀！　沏茶呀！　儒家呀！　萌芽呀！

國貨呀！　　佛陀呀！　　傑作呀！　　芒果呀！　　出國呀！

隔閡呀！　　垃圾呀！　　特赦呀！　　村舍呀！　　出閣呀！

謝帖呀！　　雀躍呀！　　毫臺呀！　　歃血呀！　　殞滅呀！

徘徊呀！　　彩排呀！　　膝蓋呀！　　同儕呀！　　陰霾呀！

追隨呀！　　翡翠呀！　　玳瑁呀！　　呲嘴呀！　　蟬蛻呀！

（二）・ㄨㄚ：凡是接在單韻母「ㄨ」及收「ㄨ」的複韻母「ㄠ」、「ㄡ」後的「啊」字，都轉化成「・ㄨㄚ」音。通常用國字「哇」來表示這些音。例如：

無辜哇！　　古物哇！　　一齣哇！　　瀑布哇！　　暴露哇！

逍遙哇！　　討教哇！　　襁褓哇！　　混淆哇！　　潯淖哇！

綢繆哇！　　抖擻哇！　　彆扭哇！　　針灸哇！　　掣肘哇！

（三）・ㄋㄚ：凡是接在收「ㄋ」的聲隨韻母「ㄢ」、「ㄣ」後的「啊」字，都轉化成「・ㄋㄚ」音。通常用國字「哪」來表示這些音。例如：

編纂哪！　　燦爛哪！　　前愆哪！　　老天哪！　　管絃哪！

新聞哪！　　振奮哪！　　地震哪！　　珍禽哪！　　驚心哪！

（四）・ㄫㄚ：凡是接在收「ㄫ」的聲隨韻母「ㄤ」、「ㄥ」後的「啊」字，都轉化成「・ㄫㄚ」音。通常用國字「啊」來表示這些音。例如：

幫忙啊！　　涼爽啊！　　引吭啊！　　徬徨啊！　　開放啊！

叮嚀啊！　　諷誦啊！　　娉婷啊！　　小蟲啊！　　明星啊！

（五）・ㄖㄚ：凡是接在舌尖後高元音「ㄭ」及捲舌韻母「ㄦ」後的「啊」字，都轉化成「・ㄖㄚ」音。通常用國字「啊」來表示這些音。例如：

字紙啊！　　子姪啊！　　不知啊！　　正直啊！　　政治啊！

知恥啊！　　白吃啊！　　雞翅啊！　　美齒啊！　　不遲啊！

知識啊！　　治世啊！　　新詩啊！　　近視啊！　　事實啊！

明日啊！　　末日啊！

女兒啊！　　第二啊！　　釣餌啊！　　偶爾啊！　　割耳啊！

（六）・ㄙ’ㄚ：凡是接在舌尖前高元音「ㄭ」後的「啊」字，都轉化成「・ㄙ’ㄚ」。例如：

師資啊！　　寫字啊！　　桑梓啊！　　兒子啊！　　英姿啊！

詩詞啊！　　如此啊！　　初次啊！　　瑕疵啊！　　陶瓷啊！

肉絲啊！　　誓死啊！　　賞賜啊！　　公司啊！　　放肆啊！

練習

(1)鏡中花啊！　水中月啊！　參不透啊！　鏡花水月總成空啊！

(2)你啊！　別小心眼啊！　凡事要看開啊！　別折磨自己啊！

(3)他啊！　被捕了啊！　活該啊！　惡有惡報啊！　誰叫他沒天良啊！

(4)說的是啊！　這就叫自討沒趣啊！　你們還不覺悟啊！

(5)看啊！　花香鳥語啊！　白雲藍天啊！　好時光啊！　要努力啊！　莫負青春啊！

(6)孩子啊！　別傷心啊！　人生就是這麼回事啊！　不經一事不長一智啊！

(7)小虎啊！　小象啊！　草蜢啊！　紅孩兒啊！　你喜歡哪隊的歌啊！

(8)心肝兒寶貝兒啊！　別緊張啊！　小心摔倒啊！　那就不得了啊！

(9)蹺課啊！　喝酒啊！　打牌啊！　跳舞啊！　都不宜太過啊！

(10)庾宗華啊！　劉文正啊！　蔡琴啊！　鳳飛飛啊！　小寇子啊！　你喜歡哪個啊！

(11)甲啊！　乙啊！　丙啊！　丁啊！　戊啊！　己啊！　庚啊！　辛啊！　壬啊！　癸啊！　這些是天干啊！

(12)子啊！　丑啊！　寅啊！　卯啊！　辰啊！　巳啊！　午啊！　未啊！　申啊！　酉啊！　戌啊！　亥啊！　這些是地支啊！

(13)紅豆生南國啊！　春來發幾枝啊！　勸君多採擷啊！　此物最相思啊！

(14)忠啊！　孝啊！　仁啊！　愛啊！　信啊！　義啊！　和啊！　平啊！　是八德啊！

(15)兒孫自有兒孫福啊！　兒子啊！　女兒啊！　只要健康啊！　都是好福氣啊！

三、「兒化詞」的連音規律與練習

「兒化詞」的連音是指語言的捲舌韻化，也就是把原來不捲舌的音節變讀成捲舌韻，例如「今天」、「孩子」等詞原來是不捲舌的，但北平人說成「今兒」、「小孩兒」，就變成捲舌韻了，這種現象，叫做「捲舌韻化」。現代國語中，只有一個捲舌韻母「ㄦ」，因此用它來標注「捲舌韻化」的音節，習慣上就把它叫做「ㄦ化韻」，經過ㄦ化的詞就叫做「ㄦ化詞」，或寫作「兒化詞」。不論寫作「ㄦ」或「兒」，它都不能讀作陽平，因為它只

是「儿化詞」的韻尾，不能算作獨立的音節。為了避免誤讀成陽平，國語界人士主張用「儿」符號代替「兒」字，寫在「儿化詞」的末尾；即使用「兒」字，念的時候，也必須和上字連貫成一個音節，例如「沒法兒」念作「ㄈㄚ儿」、「肉絲兒」念作「ㄙㄜ儿」、「唱歌兒」念作「ㄍㄜ儿」。

　　「儿化詞」中的「儿」韻尾，音值是「ɪ」，這和用「儿」注音的「儿韻字」不同，「儿韻字」的音值是「ɚ」，記作「ɚ」。國字中，「儿韻字」不多，常見的只有「兒」、「而」、「耳」、「洱」、「珥」、「餌」、「爾」、「邇」、「二」、「貳」、「刵」等十幾個，至於以「儿」為韻尾的「儿化韻」卻不少，這是現代國語的特色。

　　「儿化韻」的特色在捲舌，發音時要注意自然圓滑，有些語詞加上「儿」韻尾後，只要加速把舌尖對著中顎後捲就可以，有些語詞則必須變音後才捲舌。至於哪些「儿化詞」要變音，哪些可以直接捲舌，大致有規則可循：

　　㈠語詞尾音是ㄚ、ㄛ、ㄜ、ㄠ、ㄡ、ㄨ等時，因舌位低、後，舌尖捲起時不會和其他器官相碰，故可直接捲舌。例如：

筆架儿（ㄐㄧㄚˋ儿）	笑話儿（˙ㄏㄨㄚ儿）
去哪儿（ㄋㄚˇ儿）	幹活儿（ㄏㄨㄛˊ儿）
坐坐儿（˙ㄗㄨㄛ儿）	肉末儿（ㄇㄛˋ儿）
高個儿（ㄍㄜˋ儿）	在這儿（ㄓㄜˋ儿）
自個儿（ㄍㄜˇ儿）	冒泡儿（ㄆㄠˋ儿）
走道儿（ㄉㄠˋ儿）	小鳥儿（ㄋㄧㄠˇ儿）
打球儿（ㄑㄧㄡˊ儿）	老頭儿（ㄊㄡˊ儿）
小妞儿（ㄋㄧㄡ儿）	整數儿（ㄕㄨˋ儿）
小豬儿（ㄓㄨ儿）	媳婦儿（˙ㄈㄨ儿）

　　㈡語詞尾音是空韻帀和ㄝ、ㄞ、ㄟ、ㄢ、ㄣ、ㄤ、ㄥ、ㄧ、ㄩ等時，因舌位高，而且舌頭在前面，若直接捲舌，舌尖會和牙齒、上顎等器官碰觸，所以須先變音再捲古。這些變音，因為主要元音和韻尾的不同，捲舌韻化的過程也不同。

　　1.語詞尾音是空韻帀和ㄝ時，以「ㄜ」取代，變讀成「ㄜ儿」。例如：

花枝儿（ㄓㄜ儿）　　小吃儿（ㄔㄜ儿）

沒事儿（ㄕㄜ、儿）　　瓜子儿（ㄗㄜ∨儿）

戲辭儿（ㄘㄜ∕儿）　　肉絲儿（ㄙㄜ儿）

鍋貼儿（ㄊㄧㄜ儿）　　臺階儿（ㄐㄧㄜ儿）

樹葉儿（ㄧㄜ、儿）

2.語詞尾音是ㄞ、ㄟ、ㄢ、ㄣ時，先將韻尾「ㄧ」、「ㄣ」略去再捲舌，「ㄞ儿」、「ㄢ儿」變讀成「ㄚ儿」；「ㄟ儿」、「ㄣ儿」變讀成「ㄜ儿」。例如：

一塊儿（ㄎㄨㄚ、儿）　　寶蓋儿（ㄍㄚ、儿）

小菜儿（ㄘㄚ、儿）　　一對儿（ㄉㄨㄜ、儿）

寶貝儿（ㄅㄜ、儿）　　滋味儿（ㄨㄜ、儿）

肉餡儿（ㄒㄧㄚ、儿）　　心肝儿（ㄍㄚ儿）

拐彎儿（ㄨㄚ儿）　　打盹儿（ㄉㄨㄜ∨儿）

夠本儿（ㄅㄜ∨儿）　　納悶儿（ㄇㄜ、儿）

3.語詞尾音是ㄤ、ㄥ時，主要元音變成鼻化元音再捲舌。不過，為了注音方便，這兩個韻母儿化後還是直接注「ㄤ儿」、「ㄥ儿」。例如：

小羊儿（ㄧㄤ∕儿）　　趔趄儿（ㄊㄤ、儿）

模樣儿（ㄧㄤ、儿）　　蜜蜂儿（ㄈㄥ儿）

沒空儿（ㄎㄨㄥ、儿）　　照鏡儿（ㄐㄧㄥ、儿）

4.語詞尾音是ㄧ、ㄩ時，要先加過渡音「ㄜ」再捲舌，變讀成「ㄧㄜ儿」、「ㄩㄜ儿」。例如：

玩藝儿（ㄧㄜ、儿）　　升旗儿（ㄑㄧㄜ∕儿）

出氣儿（ㄑㄧㄜ、儿）　　小魚儿（ㄩㄜ∕儿）

驢駒儿（ㄐㄩㄜ儿）　　有趣儿（ㄑㄩㄜ、儿）

由以上的變音規則，可以歸納出「儿化韻」的連音規律：

1.原韻不變，後面只加捲舌動作：「ㄚ儿」、「ㄛ儿」、「ㄜ儿」、「ㄠ儿」、「ㄡ儿」、「ㄨ儿」等六個。

2.主要元音調整再捲舌：「ㄞ儿」、「ㄝ儿」等兩個，調整後變讀為

「ㄜㄦ」。

3.略去韻尾再捲舌：共四個。「ㄞㄦ」、「ㄢㄦ」變讀為「ㄚㄦ」，「ㄟㄦ」、「ㄣㄦ」變讀為「ㄜㄦ」。

4.主要元音鼻化成口鼻音後再捲舌：「ㄤㄦ」、「ㄥㄦ」等兩個。

5.加過渡音後再捲舌：「ㄧㄦ」、「ㄩㄦ」等兩個，加「ㄜ」變讀為「ㄧㄜㄦ」、「ㄩㄜㄦ」。

㈢除了以上的連音規律外，某些ㄦ化語詞詞尾因受ㄦ化的影響，還會發生變調的情形。

1.重疊的形容詞或副詞ㄦ化時，ㄦ化的那個字，變讀為陰平。例如：

溜溜ㄦ（ㄌㄧㄡㄦ）的眼睛　　偷偷ㄦ（ㄊㄡㄦ）地跑了

圓圓ㄦ（ㄩㄚㄦ）的臉蛋　　白白ㄦ（ㄅㄚㄦ）的小手

好好ㄦ（ㄏㄠㄦ）地看著　　遠遠ㄦ（ㄩㄚㄦ）地來了

胖胖ㄦ（ㄆㄤㄦ）的小腿　　慢慢ㄦ（ㄇㄚㄦ）地吃吧

2.重疊的名詞或動詞ㄦ化時，ㄦ化的那個字，變讀為輕聲。例如：

混混ㄦ（˙ㄏㄨㄜㄦ）　　坐坐ㄦ（˙ㄗㄨㄜㄦ）

等等ㄦ（˙ㄉㄥㄦ）　　歇歇ㄦ（˙ㄒㄧㄜㄦ）

醒醒ㄦ（˙ㄒㄧㄥㄦ）　　躺躺ㄦ（˙ㄊㄤㄦ）

3.除了以上有規律的變音、變調外，有些ㄦ化語詞的變調是源於約定俗成、語言傳承而成、平時熟說或老資格的語詞。常見的如：

一會ㄦ（ㄏㄨㄜˇㄦ）　　沒法ㄦ（ㄈㄚㄦ）

自個ㄦ（ㄍㄜˇㄦ）　　隔壁ㄦ（ㄐㄧㄝˋㄅㄧㄜˇㄦ）

蝴蝶ㄦ（ㄏㄨˊㄊㄧㄜˇㄦ）

「ㄦ化詞」是國語的特色，有些原本不同韻的語詞在ㄦ化後會變成同韻，例如：「手印」、「玩藝」、「樹葉」等詞在ㄦ化後都變讀成「ㄧㄜㄦˋ」；「小吃」、「小車」等詞在ㄦ化後都變讀成「ㄔㄜㄦ」；「樹幹」、「鍋蓋」等詞在ㄦ化後都變讀成「ㄍㄚㄦˋ」，這是北平歌謠最常利用的特色。

「ㄦ化詞」如果念得自然圓滑，可使語言更悅耳、更生動活潑；但要注意，並非所有語詞都可以ㄦ化，一般來說，越通俗熟滑的口語，ㄦ化詞

越多，新詞或科學語詞是不儿化的。例如：「飯館」可說成「飯館儿」，「圖書館」、「科學館」可不能說成「圖書館儿」、「科學館儿」。另外，有些語詞儿化或不儿化意義不同，就更不能亂儿化了。例如：「少吃一點糖」說成「少吃一點儿糖」是可以的，「今天下午一點集合」說成「今天下午一點儿集合」就不通；「水牛耕田」也不能說成「水牛儿（蝸牛俗名）耕田」；「他是我的八哥」更不能說成「他是我的八哥儿（‧ㄍㄜ儿，鳥名）」。其他像「閒話」、「閒話儿」，「賣呆」、「賣呆儿」，「老家」、「老家儿」，「媳婦」、「媳婦儿」意義也都有別，讀者可得細心體會。

練習

⑴斜陽照著小划船儿，慢慢儿划著，慢慢儿玩儿，在一個七月晚半天儿。（趙元任先生譯《走到鏡子裏‧跋》）

⑵辛苦的工人們，在樹底下乘涼儿，快活的小鳥儿，在樹上唱唱儿。那砍樹的人兒到哪儿去了？（胡適詩〈樂觀〉）

⑶大姑娘大，二姑娘二，小姑娘出門子給我個信儿。搭大棚，貼喜字儿；牛角燈，二十對儿；娶親太太耷拉翅儿，八團褂子大開裂儿；四輪馬車雙馬對儿，箱子匣子都是我的事儿。（北平歌謠〈大姑娘大，二姑娘二〉）

⑷我有一頭小毛驢儿，我從來也不騎。有一天儿，我心血來潮，騎了去趕集儿。我手裏拿著小皮鞭儿，我心裏正得意，不知怎麼滑啦啦啦啦摔了一身泥儿。（北平歌謠〈小毛驢〉）

⑸廟門儿對廟門儿，張家娶個小俊人儿；白臉蛋儿，紅嘴唇儿，搬起小腳愛死人儿。（北平兒歌）

⑹一個小孩儿，上廟臺儿，栽了個跟頭，撿了個小錢儿。又買油儿，又買鹽儿，又娶媳婦儿，又過年儿。（北平兒歌）

⑺常言道：「年年儿防旱，夜夜儿防賊。」像這樣深更半夜的大敞轅門儿，我看著有點儿不妥。

⑻對門儿住的那女孩儿，小名儿叫娃娃。喜歡穿著短裙儿，順著河沿儿漫步。

⑼臘七臘八儿凍死寒鴉儿，臘九臘十儿冷死小人儿。

(10)起頭ㄦ大家都知道他的根ㄦ底ㄦ了，看他常在門口ㄦ東張西望的，一定沒什麼好事ㄦ。

(11)一個走道ㄦ的人，身上穿著一件厚袍子，頭上戴著一頂氈帽ㄦ，把臉嚴嚴ㄦ地蓋起來。

(12)姐ㄦ在山坡ㄦ底下放綿羊ㄦ，羊ㄦ低頭吃草ㄦ，姐ㄦ低頭縫裳ㄦ。

(13)一根ㄦ紫竹ㄦ直苗苗，送給寶寶做管簫ㄦ。簫ㄦ對正口ㄦ，口ㄦ對正簫ㄦ，簫中吹出時新調，小寶寶伊底ㄦ伊底ㄦ學會了。

(14)一繡一隻船ㄦ，船上張著帆ㄦ，裏面的意思ㄦ，郎啊！你去猜ㄦ。

(15)山清ㄦ水明ㄦ幽靜靜，湖心ㄦ飄來風陣陣，行啊行啊進啊進。黃昏時候ㄦ人行少，半空ㄦ月影水面搖，行啊行啊進啊進。

第五節　語調的規律及練習

我們說話的時候，為了表達情意的需要，往往在一句話裏頭的語音，表現疾徐、高低、輕重、長短等不同的腔調，我們稱作「語調」。也就是說，當說話的時候，因為有種種不同的情緒流露，自然的會產生不同的「語調」。

「語調」跟「字調」不同。「字調」是在每個字音的音節上所加的陰、陽、上、去四個聲調。國語裏頭，也有「詞調」，那得看看那個詞，所表達的情意而定。比如：單音詞「唉」、複音詞「哈哈」。

「唉」這個感嘆詞，可以獨立成一個語式。比如：長嘆一聲「唉！」這個語調，在承接上一句，或聽了別人說的話之後的表情，與自己心裏先有了某種情緒，而後發出「唉」這個聲音，表達的情意不同，語調也就不一樣了。例如：

▲「唉！ ↘又下雨了。」（表示嘆息的情緒，詞調稍長，且有降調的聲浪。）

▲「唉！ 知道了。」（「唉」應答聲，表示肯定的意思，整個語調比較短促。）❽

❽ 這個感嘆詞「唉」，趙元任先生描寫成：「hai」。在發「ai」之前，有個情態性的

「哈哈」這個詞，在說話中的詞調，跟真正的笑聲不同。例如：

▲「哈哈！你來了。」（表示：「你真的來了。」「哈哈」的詞調高而平。）

▲「哈哈↘」（要說的話省略，只用「哈哈」來表示驚訝的語調。比如說：「哈哈！」──說是：「找到了。」──「終於被我找到了」的情意。）

如果，「哈哈」加兒韻，或再加「笑」：「哈哈兒」、「哈哈兒笑」，成為詞語，語調的表情也不一樣。

「哈哈兒」當趣事講：「別讓人家看『哈哈兒』。」本句帶有建議意味的命令句，應用禁止性的語調。

「哈哈兒笑」：以「哈哈兒」來形容大聲的笑，用形容的語調。比如：「逗得他哈哈兒笑。」

再進一步探討：有時候說話的語調，含有不同的情緒，語義便有所變化。比如：

▲「＿＿＿懂了」

（輕聲的說，低平的語調。是個敘述句。）

▲「懂　了　」

（語助詞「了」是輕聲字。語調提高，並且向上揚起，轉變成疑問的語調。）

▲「這筆帳　是　假的」

（意思是肯定的。認為：「開出的這筆帳是假的，不是真的。」）

▲「這筆帳　假的　是　」

（反問「這筆帳是假的嗎？」「難道不是真的？」否定對方的本意。）

以上兩句中，「是」這個判斷詞語調的提高與降低、「假的」音調低平與高平等，所造成的語調不同，語義便有差別。

從以上所舉出的例子看來：除了感嘆詞之外，「語調」必須在詞語或

氣流作用。所以「h」是超出音位的範圍（這種現象多在吳語中出現）。

句子裏頭，一起表現出來。換句話說，「語調」的形成，有的由「語氣詞」造成的，有的由「語式」和「句型」造成的，有的由說話的人，因為身分或情緒不同而造成的。種種的情況很複雜，沒法兒作詳細的區分，只能把說話的時候，應該注意的語調，歸納為幾個要則：

壹、各種「語態」與語調

研究語法的專家，把一句話加以剖析，分隔成若干部分（如主語、述語、賓語和補足語等），來研究造句的各種形式。我們把各種句子的形式，用活的語言說出來，變成活生生的口語，除了了解句子中所含的成分之外，更要了解全句裏的「語義」之所在，才能把表達的情意，讓聽話的人聽懂。而「語義」的表達，往往受「語調」表情的影響，有所變化。（見前面「唉」、「哈哈」、「懂了」、「這筆帳是假的」等例。）所以，我們要了解句子的結構，以及區分表現的「語態」，然後應用適當的「語調」說出來，使語義表達得更清楚。

所謂「語態」，就是語句所表現的意識型態。比如決斷的、命令的、疑問的……等語態。「語態」這個詞語，有人用過，但是不常見。有人用「語氣」這個詞。「語氣」就是說話的「口氣」，這個說話的語氣，通常也是由語調造成的。為了避免「語氣」這個詞，跟「語氣詞」混淆，所以，這兒就借用各種「語態」來分別說話的語調了。

為了方便說明，設計幾種符號標幟，表現語調的型態：

語調的標幟

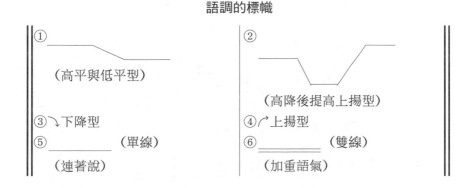

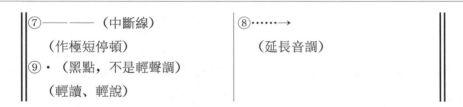

⑦———（中斷線）　　　⑧……→

（作極短停頓）　　　（延長音調）

⑨ ‧（黑點，不是輕聲調）

（輕讀、輕說）

　　儘管用這些標幟來表示語態，究竟不如用活的口語來表達。但是，個人說話時的情境與所產生的情緒各不相同，語調也各有差異。所以，這兒所設計的標幟，只是方便說明而已。現在按標示的各種語調，來練習各種語態的表達。

一、敘述語態

　　把事情有條理的說給別人聽，作敘述語態。一般人用降語調，就是低平調。比如：

1. 「我讀書。」

　　我　讀書。

2. 「我吃不下了。」

　　我　吃不下了。

3. 「他沒到上海，到北平去了。」

　　他　沒到　上海　到　北平　去　了。

二、決定語態

表示對某種事情，作決定性的語態。比如：

1. 「我不去送行了。」

　　我　不去　送行了。

2. 「（　　）明天一定要回家一趟。」

（主語省略）

　　明天　一定　要回家　一趟。

3. 「再胡說什麼，我就走了。」

再胡說　什麼　我　就　走了。

三、命令語態

使人家順從，或有禁止性的意味，應用命令語態。比如：

1. 「（　　）站起來！」

　　（面向對方說。省略主語。）

站
　＼起來！

2. 「把這一管筆送給他！」

把／這一管筆　送＼給他！

3. 「你不要跑！」

　　　　　　跑……→！
你／不要↗

四、疑問語態

對事情不明真相，有探索意味而發問的語態。比如：

1. 「老伯近來好嗎？」

　　　　　好嗎？
老伯　近來／

2. 「你真的不會？」

　　真的　不
你／　　↘會？

3. 「你是王大媽吧？」

　　　王大媽
你　是／　＼吧？

五、申明語態

表明或解釋真相的語態。跟決定語氣有點兒不同。比如：

1. 「我管定了。這件事！」

我　管定了。
　　　　　　　這件事!

2.「這件事你不能不管的。」

　　這件事　　　不能不管的。
　　　　　　你

3.「我本來就要推薦他的。」

　　　　　　就要　推薦他的。
　　我　本來

六、誇張語態

故意誇大其詞，言過其實而加重語氣的語態。比如：

1.「你要是看一眼，連飯也不想吃了。」

　　　　　　　　連飯　也　不想吃
　　你　要是　看一眼　　　　　　　了。

2.「（　　）還不快去打扮打扮呢。」

（用語氣詞「呢」，有責備而誇張的意味。）

　　　　　　打扮打扮
　　還不快去　　　　　呢。

3.「他拔一根寒毛，比咱們的腰還壯呢。」

　　他　拔　一根寒毛，　　　　　還壯　呢。
　　　　　　　　　　比　咱們的腰

七、反詰語態

敘述判斷的意味，而以疑問的語氣說出的語態。比如：

1.「難道叫我去罵他不成?」

　　　　　　　去　罵他
　　　　　　　　　　　不?
　　難道　叫　我　　　　成?

2.「（　　）沒聽說他答應了嗎?」

　　　　　　他　答應　了嗎?
　　沒　聽說

3.「這會兒叫我做人不做人呢?」

做人不做人　呢?

這會兒　叫　我

八、揣測語態

帶有試探或揣度的心理而表現的語態。比如:

1.「你不嫌棄我罷。」

　　你　不嫌棄　我　罷。

2.「今天（　　）大概會準時出席罷。」

　　今天　大概　會　準時出席　罷。

3.「這位先生不大叫人佩服。或許!」

　　（或許，有可能因為某種原因。）

　　這位先生　不大　叫人佩服。　或許!

九、假設語態

假定一說，來虛應道理的語態。比如:

1.「要是下雨，我就不走了。」

　　要是　下雨，　我　就　不走了。

2.「如果他們不請我去，我絕對不去。」

　　（除了他們請我去，不然，絕對不去。）

　　如果　他們　不請我去，　我　絕對　不去。

3.「除非你也去，他才會去。」

　　除非　你也去，他　才會去。

十、祈使語態

有所要求，或希望別人做什麼或不做什麼的語態。比如:

1.「請你過來一下。」

請你
    ＼過來一下。

2.「原諒他 這一次 罷。」

原諒他
    ＼這一次　罷＼。

3.「大家 別鬧 了!」

    別鬧　了!
大家／

十一、催促語態

表現急促祈使的語態。比如:

1.「兄弟，快跑哇!」

    哇!
兄弟，快跑／

2.「走吧，走吧，不等（　　）了。」

走＼吧，走＼吧，
    ＼不等　了。

3.「不早了! 快點兒動身。」

    快點兒　動身。
不早了!／

十二、忍受語態

雖然有所不滿，但是還可以讓步，表示忍受的語態。比如:

1.「不給（　　）也罷。」

不給
  ＼也罷＼。

2.「要打要罵憑他去。」

要打　要罵　憑他　去＼。

3.「（　　）意見雖然不合，讓著點兒。」

    讓著
意見　雖然　不合……→／＼點兒。

十三、不平語態

由於怨氣、感慨的情緒，而發出不平的語態。比如：

1.「管他去！」

　　管他
　　　　＼去！

2.「我就是我，（　　）不認識嗎？」

　　　　　　　　　　不　認識　嗎？
　　我　就是　我，　　　　　　
　　　　　　　　＼（　）＼

3.「這叫此一時彼一時也！」

　　這叫
　　　＼此　一時　彼　一時也　　！

十四、慷慨語態

激動昂揚、充滿正氣情緒的語態。比如：

1.「索性再等幾天。」

　　　　再等幾天。
　　索性／

2.「掃除文化流氓是咱們的責任！」

　　掃除　文化流氓　　咱們的責任！
　　　　　　　　＼是／

3.「（　　）發揮克難的精神！」

　　　　克難的精神！
　　發揮／

十五、和平語態

表情溫和的語態。比如：

1.「那敢情好！」

　　（對某事表示自然、當然的情理。）

　　那……→
　　　　＼敢情　好！

2.「（　　）可別委屈了他。」

　　　　委屈了他。
　　可別／

3. 「好好兒的 協調協調。」

好好兒的　協調協調。

十六、論理語態

表示自信，依理講話，有說服對方意味的語態。比如：

1.「（　　）長話短說，（　　）時間有限。」

長話　短說
　　　　時間有限。

2.「今天天氣不好，所以我們都沒出門。」

今天天氣　不好，　所以　我們　都　沒出門。

3.「（　　）趕緊走，不然趕不上了。」

趕緊　走，　不然　趕不上　了。

貳、「語助詞」、「感嘆詞」與語調

一、語助詞與語調

在語句裏頭，幫助表示各種語氣的助詞，叫「語助詞」。有人也叫它「語氣助詞」。咱們說話的時候，如果面向對方說一句話，往往作簡略的說法。比如：「走吧！」「吃飽了？」這兩個都還沒成句的短語中的「吧」、「了」，就是語助詞，出現在詞或是詞語的後頭，屬詞語的語助詞（趙元任稱為詞組語助詞）。「咱們走吧！」「大家吃飽了？」這兩個都是句子，「吧」跟「了」便成了句子語助詞。語助詞也有連用的，說話的時候，因為語調的表情，音節會混合起來。比如：

▲「她可漂亮『著呢』！」「˙ㄓㄜ˙ㄋㄜ」混合成：「ㄓㄋㄜ」(jne)。
ㄓ (j) 不發音名 (jr)，只作塞擦的氣流連上「ㄋㄜ」(ne)。

▲「這樣不行『誒』！」「˙ㄝ」在「ㄒㄧㄥˊ」(shing) 的後頭連著說，因為隨韻衍聲的緣故，「誒」說成「˙ㄤㄝ」(nge)。

所以，語助詞跟隨在詞語的末後，為了說（讀）輕聲的便利，滑溜一

過，不但聽不清本音的音節，有時也會變調（見本章第二節）。

現在把常用的語助詞舉出幾個例來練習：

(1)的（・ㄉㄜ）：　好的　是的　綠的水　他畫的畫兒

(2)了（・ㄌㄜ）：　說了　完了　下雨了　他來一會兒了

(3)嗎（・ㄇㄚ）：　來嗎　去嗎　喜歡嗎　他還在哭嗎

(4)呢（・ㄋㄜ）：　我呢　他呢　好看呢　他來不來呢

(5)吧（・ㄅㄚ）：　請吧　來吧　請說吧　咱一塊兒走吧

(6)啦（・ㄌㄚ）：　好啦　跑啦　太鬧啦　我不想再去啦

(7)嘍（・ㄌㄡ）：　走嘍　吃嘍　水開嘍　你該起床嘍

(8)來（・ㄌㄞ）：　起來　出來　走回來　我拿枝筆來

(9)著（・ㄓㄜ）：　拿著　想著　坐著寫字　他邁著大步走

(10)來著（・ㄌㄞ・ㄓㄜ）：　你做什麼來著　我剛才寫字來著

語助詞不止這些，看看語句的結構和語態的需要，某個語詞也成為語助詞。比如：「你好像還沒醒『似的』。」「似的」就是詞語的語助詞。

二、感嘆詞與語調

感嘆詞跟語助詞雖然都可以念輕聲，但是感嘆詞時常念重音，語助詞

則不然。感嘆詞也沒有固定的聲調，並且有許多不同型的語調。

比如：「喂」（ㄨㄟ丶）這個字作感嘆詞的時候，因為情緒不同就有不同的聲調和語調。打電話或接電話的時候，可能有：

▲「ㄨㄟˊ (uéi)」

▲「ㄨㄟˇ (uěi)」

▲「ㄨㄞ丶 (uài)」

▲「ㄨㄝ丶 (uè)」

▲「ㄨㄝ ㄨㄝ ㄨㄝ (ue ue ue)」急促的語調。

▲「喂 ╱」（上揚）呼叫的語調。

▲「喂＿＿╱」（抑揚）詢問的語調。

▲「喂 ╲ 」（轉降）好像聽不清楚，或表示疑問。

▲「喂＿＿╲」（高降）表示要求大聲點兒，或其他祈求的語調。

這麼說來，感嘆詞可以獨立成了個語式，自己有個表情的語調。比方：「啊！真好。」「早點兒回家，啊！」這個「啊」無論在前在後，都是獨立的語式，但是前、後的語調卻不同。前一個是拉長轉降的語調，後一個是上揚較短的語調。

感嘆詞隨個人說話的情緒，也有不同的聲音；那個聲音，有時沒字可寫。比如臺語的「ㄏㄝ丶」(hɛ)、「ㄏㄛ丶」(hɔ)。現在舉些常用的例子來練習：（感嘆詞有「字」的，注本音本調；說話的時候照自然的語調。）

ㄚ（啊）！不要亂說，啊！

ㄚˊ（嘎）？你說什麼？

ㄚˇ（阿）？有問題嗎？

ㄛ（喔）！我知道啦！

ㄛˊ（哦）！你就是張三。

ㄛˇ（嚄）？這麼說還不成？

ㄝ（　）！是的！是的！

ㄝˊ（　）！那是怎麼回事啊？

ㄝˇ（　）！ 這麼做倒不錯！

ㄝˋ（誒）！ 好吧！ 就這麼著吧！

ㄞ（唉、哎）！ 傷心極了！

ㄞˇ（噯）！ 話不是那麼說。

ㄟˇ（叺）！連這麼簡單的道理也不知道嗎？

兀（叺）(ng)！ 我就來。

ㄟˋ（欸）！ 我可以照辦。

ㄧˊ（咦）！ 這真奇怪！

ㄧㄛ（唷）！ 我忘了！

ㄆㄟ（呸）！ 還有臉來見我！

ㄏㄜ（呵）！ 來了這麼多的人。

ㄏㄞ（咳）！ 我怎麼忘了。

ㄏㄞˋ（嗐、咳）！ 真是料想不到的事。

ㄏㄟ（嘿）！ 你怎麼還不回去呀？

ㄏ兀（哼）！ 還說呢！ 要不是你，也不至於糟到這樣！

以上所舉的，只是單音節的聲音，還有很多複音節的，如：「ㄚㄧㄚ」、「ㄞㄧㄚ」、「ㄛㄧㄛ」、「ㄚㄏㄚ」、「ㄛㄏㄛ」、「ㄏㄚㄏㄚ」等等，可以照說話時候的情緒，來表現自然的語調。

參、「詞類連書」、「標點符號」與語調

一、詞類連書與語調

研究語法的人，依語言裏所表現的意義，或不同的功用，分了若干類的詞；我們國語的語詞，分為九類，如：名詞、代名詞、動詞、形容詞、副詞、介詞、連詞、助詞、嘆詞等。說話的時候，要把話說得清楚的另一種辦法：可以按一句話裏頭詞類的結構，和語彙的性質，聯合一起，成了

一個單位，然後以適當的語調，把整句話說出來。黎錦熙曾經提倡「詞類連書」的方法。趙元任以「似詞單位」擬出「語位群」的結合（一般叫「詞組」），來書寫譯音符號，適應外國人學華語。即如：國語羅馬字、國語注音符號第二式的拼音方式。

比如：（採用注音符號第二式）

▲「老師　愛護　學生。」（Lǎushī àihù shíueshēng）

▲「吃飯的——時候。」（Chīfànde–shíhòu）

▲「好　吃　嗎?」（Hǎu chī ma）

▲「他　抓了　一大把　糖。」（Tā juāle yídàbǎ táng）

我國古時候朗讀文章，有「句讀（ㄉㄡˋ）」的讀法。就是在句子的文詞之間作極短的停頓；語意沒完的叫「讀」，而語氣仍然延續，直到讀完一句話為止。

現在，我們採用「詞類連書」的形式，在句中分出各語詞所組合的語位群，分單句和複句兩種，參考討論過的語態，研討各種語調。

㈠單句

單句的主要成分，是主語和述語兩個，就一種事物，說明動作，或情形，或性質、種類等等，只表示思想中一個完整意思的，叫「單句」。比如：

「弟弟笑。」「我的弟弟站在大門口哈哈大笑。」

前一個是短句，後一個是長句，都是單句。還有更長的單句。比如：

「他最勇敢，第一個站起來練習說故事，說得很好，一點兒也不害怕，態度自然而大方，語音還很清楚，語調也自然。」

現在採用「詞類連書」的形式舉幾個例來練習：

①人民　要　擁護——政府。（敘述語態）

②他　什麼　都肯做。（肯定語態）

③你　還不——趕快　跑一趟!（命令語態）

④我　說的——話　應驗——了吧?（反詰語態）

⑤昨天　你　在　家裏　做　什麼？（疑問語態）

⑥我　恨——你　不——誠實。（表明語態）

⑦演說、唱曲兒、打球、下棋，他　樣樣兒行！（誇張語態）

⑧我們　要　一面——教人，一面——學習。（論理語態——表教學相長的道理）

⑨你　這麼——做，張先生大概——會　同意——罷。（揣測語態）

⑩要是　我　有——事　就——不去了。（假設語態）

㈡複句

句子中不止一個單純的主語和述語；是兩個以上的單句所組成的句子，叫複句。比如：

「你要是肯來，我一定等你。」這是短的複句。

「我們的態度謙恭，儀容端正；做事謹慎，待人和氣；孝順父母，尊敬師長；說話有規矩，行動守紀律：這就是『禮』的表現。」這是長的複句。

現在採用「詞類連書」的形式舉幾個例子來練習：

①有時候　我　去　找——他，有時候　他來　找——我。（敘述語態）

②他　既然　不來，你　又——不去，這事　就難——辦了。（論理語態）

③我　說了　許多——好話，他　總是　不——答應，到底　為——什麼呢？（疑問語態）

④你　既然　贊同　這個——計畫，就　去做——好了，好歹　是咱們的——事兒。（表明語態）

⑤這　當然　是　他的——錯誤，不過　你　也——該　原諒他。（祈使語態）

⑥牙齒　常　咬——破　舌頭，但是　你們倆兒　終究　是　兄弟呀！（忍受語態）

⑦（　　）別　拖拖沓沓　啦！　快點兒——做完算了！（催促語態）

⑧嘿！　芝麻點兒大的——事兒，用不著大動——干戈。來！　看——我的！（誇張語態）

⑨你　要是　不明白的——時候，我　可以再說——一遍。（假設語態）

⑩你　唱得——好，難道　我　唱得——不好嗎？（反詰語態）

二、標點符號與語調

標點符號有幾種功用：當我們寫作的時候，使用標點符號，就會注意到詞句的組織是否妥當，有增進寫作效果的功用。標點符號在文句中，是基本文法之一；使用時，有促進了解文法和應用文法的功用。比如寫作：「禮、義、廉、恥，國之四維。」這一句，用頓號分隔四個並列的詞作主語，共同作為組織句子的成分；本句中省去「連詞」，是個比較簡練的句子。其他各種標點符號，也都有幫助判別語詞和句子組織的功用。

除外，我們說話的時候，還要借重標點符號的標示，避免誤解文句的思想，充分表現句子含義的功用。

比如：《論語‧泰伯》篇的一句：「民可使由之，不可使知之。」這是正文的原義。有人曾經讀作：「民可，使由之；不可，使知之。」也有人這麼讀：「民可使，由之；不可使，知之。」無論思想和教育的理念上，各有不同的含義，而且讀出的語調也不相同。

又如：有一位老富翁，深怕小兒子張一非被女婿和女兒謀財害命，立了一封遺書，留給兒子、女婿各執一份。遺書是這樣寫的：（故事見《于

謙全傳》)

　　張一非我子也家產盡與我婿外人不得爭執。

　　張老病故，女婿看了遺書，異想天開；他就向大家讀出這封遺書：「張一，非我子也，家產盡與我婿，外人不得爭執。」張一非不服，告到巡撫衙門。于謙反覆閱讀之後，便宣告遺書內容：

　　張一非，我子也，家產盡與。女婿外人，不得爭執。

　　標點符號共有十四種，對語調的表情有不同的提示：
　　㈠句號「·」或「。」──無論單句或複句，凡是一句話敘述的意思完了，用「句號」表示，語氣也就終結了。
　　㈡逗號「，」──一個完整的句子還沒有完成，語氣要停頓一下，就用「，」來表示。
　　㈢頓號「、」──一句話裏頭，遇到幾個連用的同類詞，或是同類的短語，要作頓挫的語調。
　　㈣問號「?」──表示疑問的句子，採用「問號」。包括發問的、反詰的語調。
　　㈤驚嘆號「!」──表示情感、命令、願望或祈求等情緒的句子，標示「!」，採用感嘆的語調。
　　㈥分號「;」──一個比較長的複句裏頭，往往有些平列的詞語或分句，用分號來分開。標示「;」的地方，所停頓的時間，比「。」短，但是一停頓即刻再起，語調要承接得好。
　　㈦冒號「:」──標注「:」的地方，也要停頓，時間可長可短。因為文句的結構，凡有總結上文，或總起下文的提示；所以，語調要了解語義所需要的語態而定。
　　㈧引號「　」、『　』或"　"──引號裏頭的文詞，是標示出要說的

話，有的是引別人的話，或是表示特別要提出的語詞。所以，要照文意分別出表達的語態，應用適當的語調。

㈨夾注號「（　）」或「——　——」——也叫括號。就是在正文當中，必須插進注解的詞句，用「（　）」標示。這個夾注的詞句，有的是注釋的，有的可能是補充說明的語調。

㈩破折號「——」——凡是在語義上忽然轉變一個意思的時候，用「——」號表示。語義一轉變，語調自然就跟著改變。

㈠刪節號「……」——用刪節號來標明原文中省略了一些要說的話，或表示斷斷續續的說話語調。

還有：㈡書名號「﹏﹏﹏」、㈢專名號「——」、㈣音界號「‧」三種，在句子裏頭，有必要的時候，加強語調，說出句中的名詞。

標點符號用在「書面語」上頭，閱讀的時候，容易看出標示的意義，以及詞句所要表達的性質；但是，在口語的活語言裏頭，要用語調表達出來，很難拿捏得住。以上所說的各種語調情態，只是大概的描寫。現在舉幾段短文來練習看看：

①他的年紀雖然很小，讀書倒很用功。
　　　　　　　（稍停）　　　　　（用稱讚的語氣終結）

②經商的、務農的、教書的，都是有正業的
　　（頓）　　（頓）　　（稍停）　　（肯定語調）
人。

③星期日天氣好，就出去玩兒；天氣不好，
　（稍頓）　　　　（語尾稍長）　　（假設語氣）
咱們就待在家裏，來個唱片欣賞。如何？
　　　　　　　　　　　　　　　　　（試問語調）

④各位同學：今兒個咱們要討論的專題，
　（呼喚語調）

分為兩方面：一、什麼叫標點符號，二、標
（總起下文）　　　（頓）　　　　　　　　　（頓）
點符號對語調有什麼功用。（雖然用上疑問詞，但

不是疑問句。兩語句都用說明的語調。）

　　⑤他家老大在小學教書，是個好老師；老

（標示分號的地方，稍微

二在百貨公司工作，當推銷員；女兒是合

停頓，即接下一句。）

作社的出納：三個孩子都很長進！

　　（語尾稍長）　　（總結上文，用感嘆語調。）

　　⑥王老師對我們說過：「君子說話要慎

（陳述後停頓一下）　　　　　　　（論理的語

重，不要說空話；做起事來，要勤快。這是

態）

引孔子的一句話：『君子欲訥於言，而敏於

（引述的語態）　　　（平議的語態）　　（句號表結論

行。』」（見《論語・里仁》篇）

語調）

　　⑦臺下的群眾，人山人海，萬頭攢動，要

（描述的語態）

看那位演員的真面目。他──就是──馬──

（停頓）（韻尾拉長）（強調）　（逐字說，

蓋──仙。

每字韻尾拉長。）

第四章　國字正音

第一節　字形、字音與字義

　　俗語說:「活到老,學到老。」世間的事真是永遠學不完的。如把這句話用在學中國字上,也非常貼切。我國文字數量繁多,每一個字都有其獨立的字形、字音、字義,我們一輩子也記不完。就以《國音常用字彙》的九千九百二十個字來說,就已夠我們記的了,更不用說《康熙字典》的四萬二千一百七十四個字了。而中國文字的形體,許多都極相似,如:十、干、千、午、牛、年等字;又如:戊、戍、戌、戎等字,形體近似,甚或只差一筆。一般人不明造字原則,對文字結構缺少認識,寫錯字當然是難免的。

　　字音方面也是錯誤百出。念字時有句老話:「有邊念邊,沒邊念中間,中間也不識,就靠自己編。」這話聽來雖頗戲謔,但事實確是如此,許多人遇到不認識的字,就是如此處理。把「攻訐」的「訐」念作「ㄍㄢ」,「紙屑」的「屑」念作「ㄒㄧㄠ」,「屹立」的「屹」念作「ㄑㄧˇ」或「ㄑㄧˋ」,真是不勝枚舉。再則對破音字不熟稔,隨口亂念。如把「不勝枚舉」的「勝」讀作「ㄕㄥˋ」,把「縱貫鐵路」的「縱」念作「ㄗㄨㄥˋ」等等都是。

　　至於字義方面,就更麻煩了。中國字幾乎每一個都有幾個意思,不是對文字有深刻的認識,極易誤解詞義。就像把「莫名其妙」的「名」解釋作「明白」,當然就會寫成「莫明其妙」了。又如「按部就班」的「部」解釋作「腳步」,自然就寫作「按步就班」了。諸如此類,寫錯字、讀錯音、會錯義的情形,到處可見,太普遍了。我們在運用中國文字時,能不謹慎嗎!

現在就從字形、字音、字義三方面來研討我國文字問題。

壹、字形問題

談到字形，首先要了解中國文字的構造，那麼，就得談到「六書」了。六書是漢代學者分析小篆的形、音、義歸納出來的六種造字條例。其名目為：象形、指事、會意、形聲、轉注、假借。

一、象形

文字構造的方法首先是「象形」。許慎《說文解字‧敘》說：「象形者，畫成其物，隨體詰詘，日月是也。」是指摹畫實物形狀的一種造字法。也就是在初造文字時，隨著物體的彎曲形狀，繪畫成文。看到這些形象，就可知道是什麼字了。例如木（朮）、山（屲）、門（門）。

二、指事

古時造字，對抽象的意念或無形可象的事物，用符號來表示其義，就是指事。比如在「刀」上加一「丶」為「刃」，就是表示刀口所在處。《說文解字‧敘》說：「指事者，視而可識，察而可見，上（二）下（二）是也。」也就是在「一」（基準線）之上加一短橫，表示「上」；在「一」（基準線）之下加一短橫，表示「下」。象形與指事，都是單體的圖畫文字，其區別據許慎《說文解字‧敘》說：「象形為物，指事為事。物形生於自然，事狀本乎人為。」可說象形繪實物，而指事繪事物。

三、會意

《說文解字‧敘》說：「會意者，比類合誼，以見指撝，武信是也。」這是合二字或三字之義，以成一字之義，像合「止」、「戈」二字成「武」，可看出義為制止他人用兵器，就是「武」。

四、形聲

《說文解字‧敘》說：「形聲者，以事為名，取譬相成，江河是也。」也就是合二形為一字，一半取字的形，表明字屬何事何義；一半取字的「聲」，以定字音。也就是合「形」與「聲」為一的造字法。如「江」、「河」二字都屬「水」，而以「工」、「可」定其聲。

中國文字中，以形聲字最多，占文字全數十之七八，是最容易學的。《說文解字》一書中共有九千三百五十三字，形聲字就有七千六百九十七字，而會意字只有一千一百六十七字。

五、轉注

《說文解字‧敘》：「轉注者，建類一首，同意相受，考老是也。」所謂轉注，就是轉相注釋，在象形、指事、會意、形聲四種文字中，意義相同或相近的字，都可以互相解釋。這些字有些是因為語言演變的結果，有些是因為方言不同，常把一些部首相同、意義相同，而聲音、形體不同的字，相互轉注，這種方法就叫「轉注」。就如「考」、「老」二字同屬「老」部，且意義相近，所以「考」可以注「老」、「老」可以注「考」就是。

六、假借

《說文解字‧敘》：「假借者，本無其字，依聲託事，令長是也。」這話中的「本無其字」是指字形；「依聲」是指字音；「託事」是指字義。假借字不另造新字，只是借用已有的同音字來代替，而且一個字可以兼有許多意思。例如「令」的本義是發號施令，借用為縣令的「令」。又如「長」的本義是長遠的意思，借用為縣長的「長」。

當然，六書只是後人研究文字時，歸納古人造字的原則所定的名稱，並非先有了六書才開始造字。如能了解六書的造字原則，對認字、讀音、辨義一定有莫大助益。

明白古人造字的原則後，得進一步研究國人普遍錯用文字的原因，以求改進。綜括一般人誤用文字的原因，大致可歸納為下列數種，並各舉幾個正確的語詞，以明其分別：

㈠因音同形似而誤用。例：

　1.ㄏㄡˋ：

> 後：以後　後來　後頭　後代
> 候：時候　等候　候鳥　候補

　2.ㄐㄧˋ：

> 記：記性　記事　筆記　記者
> 紀：紀律　世紀　紀元　綱紀

3. ㄐㄧˋ：

> 績：成績　績效　績用　功績
> 積：累積　積木　積蓄　積習

4. ㄐㄧㄣˇ：

> 僅：不僅　僅只　僅僅　僅可
> 謹：謹記　謹上　謹防　謹慎

5. ㄏㄨㄢˋ：

> 奐：輪奐
> 煥：煥發　煥爛

6. ㄏㄨㄤˊ：

> 璜：璜玉　璜珮
> 潢：裝潢　潢潢

㈡因音同義近而誤用。例：

1. ㄔㄤˊ：

> 長：長度　冗長　長吁短嘆
> 常：正常　常態　老生常談

2. ㄐㄧㄚ：

> 嘉：嘉賓　嘉禾　嘉許　嘉獎
> 佳：佳人　佳節　佳偶　佳音

3. ㄍㄨˋ：

> 故：故事　故土　故步自封　故鄉
> 固：固執　堅固　固體　固定

4. ㄉㄨˋ：

> 度：溫度　一度　度外　度日如年
> 渡：渡水　渡船　渡頭　輪渡

5. ㄧˋ：

意：意思　生意　意味　意氣用事（任性行事）

義：義子　義行　仁義　義氣（私人間不諭之信義）

6. ㄈㄟˋ：

費：浪費　費心　費解　費時（耗費時間）

廢：廢物　廢棄　廢除　廢時（曠廢時日）

㈢因音同而寫別字（隨便亂寫）。例：

1. 遺「汗」終生──應是「憾」。

2. 慾「忘」街車──應是「望」。

3. 「再再」不同──應是「在在」。

4. 不「儘」如此──應是「僅」。

5. 「毅」立不搖──應是「屹」。

6. 不了了「知」──應是「之」。

㈣因音似義近而誤用。例：

1.
重（ㄔㄨㄥˊ）：重複　重新　重出　重孫　重圍

從（ㄘㄨㄥˊ）：從來　從頭　跟從　從軍　從此

2.
副（ㄈㄨˋ）：副本　正副　副業　副作用　一副

幅（ㄈㄨˊ）：幅員　篇幅　幅巾

3.
晃（ㄏㄨㄤˋ）：晃蕩　搖晃

幌（ㄏㄨㄤˇ）：幌子　酒幌

4.
乘（ㄔㄥˊ）：乘坐　乘龍　乘涼

趁（ㄔㄣˋ）：趁早　趁願　趁心（同「稱心」）

㈤因形似義異而誤用。例：

1.
藉（ㄐㄧㄝˋ）：藉故　藉詞　慰藉　藉此

籍（ㄐㄧˊ）：籍貫　籍設　狼藉　籍籍無名

2.
冷（ㄌㄥˇ）：冷落　寒冷　冷淡

泠（ㄌㄧㄥˊ）：泠然　泠洌　泠風

3. {
候（ㄏㄡˋ）：氣候　候教　候選　火候
候（ㄏㄡˊ）：諸侯　侯門　公侯
}

4. {
卻（ㄑㄩㄝˋ）：卻步　卻說　卻待
郤（ㄒㄧˋ）：郤地（同「隙地」）
}

5. {
互（ㄏㄨˋ）：交互　互相　互助
亙（ㄍㄣˋ）：亙古（亦讀ㄍㄥˋ）
}

6. {
棘（ㄐㄧˊ）：棘林（法庭）　棘人　棘手（喻事情難辦）
辣（ㄌㄚˋ）：辣椒　辣手（刻毒猛烈之手段）
}

㈥因不明字形而寫錯。例：

{
誤：迎　染　段　具　抓　內　敬　熙
正：迎　染　段　具　抓　內　敬　熙
}

貳、字音問題

字音訛讀，在我們社會中是個非常嚴重的問題。前文提過，一般人對不認識的字，總是採「有邊念邊，沒邊念中間，中間也不識，就靠自己編」的態度來應付過去。像把「倜儻」二字念作ㄓㄡ ㄉㄤˇ，就是最好的例子。要知中國文字偏旁相似的極多，而且一字一音，不易記憶，如每遇不識的字，都隨便亂念，必然造成訛讀音之泛濫。我們讀字念音實該謹慎才是。綜括一般人訛讀的原因有下列數種：

一、認字不清，隨便念

這是訛讀最普通的原因。對不認識的字，或不確知讀音的字，一般人都懶得去查字典，只是信口亂念。總認為「念錯幾個字也沒什麼關係嘛！」殊不知經常讀錯字的人，必遭人齒冷，而貽笑大方。分析這種訛讀，有二大原因：

㈠因生冷難字而訛讀：如把「窳劣」（ㄩˇ ㄌㄧㄝˋ）讀作ㄍㄨㄚ ㄌㄧㄝˋ、或ㄍㄨㄚˇ ㄌㄧㄝˋ。把「恫瘝」（ㄊㄨㄥ ㄍㄨㄢ）讀作ㄊㄨㄥˊ ㄓㄨㄥˋ。把「大憝」（ㄉㄚˋ ㄉㄨㄟˋ）讀作ㄉㄚˋ ㄉㄨㄣ。把「條蟲」（ㄊㄠ ㄔㄨㄥˊ）讀作ㄊㄧㄠˊ ㄔㄨㄥˊ。

㈡因偏旁近似而訛讀：如把「阻撓」（ㄗㄨˇ ㄋㄠˊ）讀作ㄗㄨˇ ㄖㄠˊ。把「涮鍋」（ㄕㄨㄢˋ ㄍㄨㄛ）讀作ㄕㄨㄚˋ ㄍㄨㄛ。把「罰鍰」（ㄈㄚˊ ㄏㄨㄢˊ）讀作ㄈㄚˊ ㄩㄢˊ。把「播音」（ㄅㄛˋ ㄧㄣ）讀作ㄅㄛˇ ㄧㄣ。把「蓓蕾」（ㄅㄟˋ ㄌㄟˇ）讀作ㄆㄟˊ ㄌㄟˇ。把「手腕」（ㄕㄡˇ ㄨㄢˋ）讀作ㄕㄡˇ ㄨㄢˇ。把「惋惜」（ㄨㄢˋ ㄒㄧˊ）讀作ㄨㄢˇ ㄒㄧˊ。

這些都是一般人經常讀錯的字，真是不勝枚舉。要改進這隨口亂念的毛病，必須從根本做起。平日要多留意字的讀音與寫法，音讀正了，錯字也就少了。可能的話，學些文字學。

二、舌尖後音（ㄓ、ㄔ、ㄕ、ㄖ）與舌尖前音（ㄗ、ㄘ、ㄙ）不分

舌尖後音是標準國語的特點，如能清楚的辨別，不但語音正確，也能減少寫錯字。例如把「縱觀」念成ㄓㄨㄥˋ ㄍㄨㄢ，就可能錯寫成「眾觀」。把「矗立」念成ㄘㄨˋ ㄌㄧˋ，就會誤寫作「簇立」。把「箚記」念成ㄗㄚˊ ㄐㄧˋ，就會寫成「雜記」。要改正這缺點，就要靠平時多注意了。

三、破音字認識不夠

破音字也就是歧音異義字，也就是一個字讀兩個以上的音，其字義也跟著不同。如「校」字，當動詞用，念ㄐㄧㄠˋ，如「校對」、「校閱」。當名詞用，念ㄒㄧㄠˋ，如「學校」、「上校」。如把「校對」念作ㄒㄧㄠˋ ㄉㄨㄟˋ，把「學校」念作「ㄒㄩㄝˊ ㄐㄧㄠˋ」，那就都錯了。又如「供給」要讀作ㄍㄨㄥ ㄐㄧˇ，不可念成ㄍㄨㄥˋ ㄍㄟˇ，這些都是破音字的問題。在《國音常用字彙》中收有破音字七百多個，數目相當多，使用時要多加留意，以免出錯。

四、習慣的錯音

許多字在一般人的口中一直錯誤地沿用著，久而久之，有些錯音幾乎已積非成是了。如「血」字，讀音是ㄒㄩㄝˋ，語音是ㄒㄧㄝˇ，可是一般人都念作ㄒㄩㄝˇ。「不妨」（ㄅㄨˋ ㄈㄤˊ）都說成ㄅㄨˋ ㄈㄤˇ。「潛能」（ㄑㄧㄢˊ ㄋㄥˊ）都說作ㄑㄧㄢˇ ㄋㄥˊ。「處理」（ㄔㄨˇ

ㄌ丨ˇ）都說成ㄔㄨ、ㄌ丨ˇ。「比擬」（ㄅ丨ˇ ㄋ丨ˇ）都說作ㄅ丨ˇ
ㄋ丨ˊ。「管弦」（ㄍㄨㄢˇ ㄒ丨ㄢˊ）常讀作ㄍㄨㄢˇ ㄒㄩㄢˊ。這些
錯音一直以訛傳訛地使用著，我們得認真改正才是。念錯這些音的原因不
外下列幾點：

　　㈠把二聲說成三聲是受北平話的影響(北平音中三聲字很多)，像「妨、
潛、血」等都是。

　　㈡不明變調情形，如「比擬」二字都是三聲調字，而兩個三聲字連讀
時，前一個要變讀二聲，不可變讀後一個。

　　㈢破音字讀錯，如「處理」就是。

　　㈣「丨」、「ㄩ」二音混淆，如「弦」讀作ㄒㄩㄢˊ就是。

參、字義問題

　　我國文字每一個都必備形、音、義三要素。一個字如只知其形與音，
而不知其義，則有如不識，就無法使用，所以用字一定要知道它的意義才
行。字用錯的原因大致有二種：

一、誤解字義，未確實了解字義，因而寫錯字

　　例如：「故步自封」，常誤寫作「固步自封」，就是把「故步」解釋作
「堅定不變的腳步」而錯用。又如：「好高騖遠」，常誤寫作「好高鶩遠」，
不知「鶩」是「鴨」的意思，當然就用錯了。

二、誤解字義，因而讀錯破音字

　　例如「心廣體胖（ㄆㄢˊ）」的「胖」是「安舒」的意思，如果解釋
作「因內心舒暢而發胖」，那就可笑了！又如「否極泰來」的「否」，要念
作「ㄆ丨ˇ」，因為是「惡」的意思，不可讀作「ㄈㄡˇ」。又如「更」字，
在「少不更事」一詞中，得念作「ㄍㄥ」，因意思是「經歷」，而在「自力
更生」中得念「ㄍㄥˋ」，因「更生」是「重生」之意。再如「橫行霸道」
的「橫行」是「不循正軌而行或旁行」的意思，並不是「蠻橫而行」之意。
諸如此類，真是太多太多了。所以用字之前，必須要確實了解該字的真正
意義才行。

　　總之，身為中國人，對讀字、寫字必須注意，否則經常讀錯字，寫錯字，必然貽笑大方。希望每一個人都能寫對中國字，念對中國字，用對中國字。

　　‖字形辨識練習‖

字形容易混淆的：注音符號排列以每組第一個詞為準

ㄅ
- 薄：厚薄　薄
- 簿：簿本

- 倍：倍蓰
- 陪：陪伴

- 辨：辨別　辨白（判別明顯）
- 辯：辯論　辯白（申辯之意）

ㄆ
- 殍：餓殍
- 浮：漂浮

- 坯：坯子
- 坏：坏封

- 胼：胼胝
- 駢：駢比

- 偏：偏僻
- 徧：徧地（同「遍」）

- 坡：山坡
- 陂：陂陀　陂：陂池

- 裴：裴姓
- 斐：斐斐

ㄇ
- 模：模仿
- 膜：膜拜

- 買：買入
- 賣：賣出

- 默：默默（寂然無聲）
- 沒：沒沒（埋沒之意）

- 冒：冒犯　冒險
- 貿：貿然　貿易

- 杳：杳冥　杳如黃鶴
- 沓：沓雜　沓杯

ㄈ
- 奮：奮力　奮鬥
- 憤：發憤　憤怒

- 符：符合
- 苻：苻草

費ㄈㄟˋ：費事　費錢　浪費　費解　費話
廢ㄈㄟˋ：廢棄　廢止　廢弛　廢物　廢話（同「費話」）

ㄅ
釣ㄉㄧㄠˋ：釣竿　　糴ㄉㄧˊ：糴穀
鈎ㄍㄡ：鈎子　　糶ㄊㄧㄠˋ：糶米

柢ㄉㄧˇ：根深柢固　　眈ㄉㄢ：虎視眈眈
底ㄉㄧˇ：底定　底下　　耽ㄉㄢ：耽誤　耽擱

代ㄉㄞˋ：交代　代替
待ㄉㄞˋ：等待　待命

ㄊ
塌ㄊㄚ：塌陷　一塌糊塗　　柝ㄊㄨㄛˋ：擊柝
蹋ㄊㄚˋ：糟蹋　　拆ㄔㄞ：拆穿　拆臺

徒ㄊㄨˊ：徒步　徒刑　徒然　　薙ㄊㄧˋ：薙鬚
徙ㄒㄧˇ：徙邊　遷徙　徙置　　雉ㄓˋ：雉鳩

ㄋ
吶ㄋㄚˋ：吶吶　吶喊　　衲ㄋㄚˋ：衲臉兒　老衲
訥ㄋㄜˋ：訥口　訥澀　　納ㄋㄚˋ：納悶兒　納稅

奈ㄋㄞˋ：奈何　無奈
耐ㄋㄞˋ：耐久　耐時

ㄌ
良ㄌㄧㄤˊ：良心　良久　　臘ㄌㄚˋ：臘月　臘味兒
艮ㄍㄣˋ：艮苦　冰涼　　蠟ㄌㄚˋ：蠟燭　蠟紙

腊ㄌㄚˋ：（「臘」字簡寫）　　鹵ㄌㄨˇ：鹵莽　鹵鹹
蜡ㄔㄚˋ：蜡祭　　滷ㄌㄨˇ：滷蛋　滷煮

ㄍ
彀ㄍㄡˋ：入彀（通「夠」）　　掰ㄅㄛ：掰抱
穀ㄍㄨˇ：穀子　穀類　　掰ㄅㄞ：掰開

個ㄍㄜˋ：個體　個性　個中
各ㄍㄜˋ：各種　各自　各行其是

ㄎ
殼ㄎㄜˊ：殼ㄎㄜˊ兒ㄦ　蛋ㄉㄢˋ殼ㄎㄜˊ｜棵ㄎㄜ：一ㄧ棵ㄎㄜ樹ㄕㄨˋ
榖ㄍㄨˇ：榖ㄍㄨˇ米ㄇㄧˇ　榖ㄍㄨˇ雨ㄩˇ｜顆ㄎㄜ：顆ㄎㄜ粒ㄌㄧˋ

慨ㄎㄞˇ：慨ㄎㄞˇ嘆ㄊㄢˋ　慨ㄎㄞˇ然ㄖㄢˊ　慨ㄎㄞˇ允ㄩㄣˇ
概ㄍㄞˋ：概ㄍㄞˋ念ㄋㄧㄢˋ　概ㄍㄞˋ括ㄍㄨㄛˋ　概ㄍㄞˋ況ㄎㄨㄤˋ

瞌ㄎㄜ：瞌ㄎㄜ睡ㄕㄨㄟˋ
磕ㄎㄜ：磕ㄎㄜ牙ㄧㄚˊ　磕ㄎㄜ頭ㄊㄡˊ

ㄏ
縠ㄏㄨˊ：霧ㄨˋ縠ㄏㄨˊ｜壺ㄏㄨˊ：茶ㄔㄚˊ壺ㄏㄨˊ　壺ㄏㄨˊ兒ㄦ
觳ㄍㄡˋ：觳ㄍㄡˋ類ㄌㄟˋ｜壼ㄎㄨㄣˇ：壼ㄎㄨㄣˇ闈ㄨㄟˊ

奐ㄏㄨㄢˋ：輪ㄌㄨㄣˊ奐ㄏㄨㄢˋ｜喝ㄏㄜ：恫ㄉㄨㄥˋ喝ㄏㄜ
煥ㄏㄨㄢˋ：煥ㄏㄨㄢˋ發ㄈㄚ｜嚇ㄏㄜˋ：嚇ㄏㄜˋ阻ㄗㄨˇ

ㄐ
卷ㄐㄩㄢˋ：卷ㄐㄩㄢˋ宗ㄗㄨㄥ　書ㄕㄨ卷ㄐㄩㄢˋ｜楫ㄐㄧˊ：舟ㄓㄡ楫ㄐㄧˊ
券ㄑㄩㄢˋ：獎ㄐㄧㄤˇ券ㄑㄩㄢˋ　契ㄑㄧˋ券ㄑㄩㄢˋ｜緝ㄐㄧ：緝ㄐㄧ私ㄙ

交ㄐㄧㄠ：交ㄐㄧㄠ付ㄈㄨˋ　交ㄐㄧㄠ流ㄌㄧㄡˊ｜灸ㄐㄧㄡˇ：針ㄓㄣ灸ㄐㄧㄡˇ
繳ㄐㄧㄠˇ：繳ㄐㄧㄠˇ稅ㄕㄨㄟˋ　繳ㄐㄧㄠˇ械ㄒㄧㄝˋ｜炙ㄓˋ：炙ㄓˋ烤ㄎㄠˇ

筋ㄐㄧㄣ：筋ㄐㄧㄣ斗ㄉㄡˇ　筋ㄐㄧㄣ肉ㄖㄡˋ　筋ㄐㄧㄣ絡ㄌㄨㄛˋ
筯ㄓㄨˋ：(同「箸」)

ㄑ
青ㄑㄧㄥ：青ㄑㄧㄥ春ㄔㄨㄣ　青ㄑㄧㄥ苔ㄊㄞˊ　青ㄑㄧㄥ年ㄋㄧㄢˊ｜湇ㄑㄧˋ：湇ㄑㄧˋ茶ㄔㄚˊ
輕ㄑㄧㄥ：輕ㄑㄧㄥ浮ㄈㄨˊ　輕ㄑㄧㄥ忽ㄏㄨ　年ㄋㄧㄢˊ輕ㄑㄧㄥ｜砌ㄑㄧˋ：堆ㄉㄨㄟ砌ㄑㄧˋ

鍥ㄑㄧㄝˋ：鍥ㄑㄧㄝˋ薄ㄅㄠˊ　鍥ㄑㄧㄝˋ而ㄦˊ不ㄅㄨˋ捨ㄕㄜˇ
契ㄑㄧˋ：契ㄑㄧˋ券ㄑㄩㄢˋ　契ㄑㄧˋ合ㄏㄜˊ

曲ㄑㄩ：曲ㄑㄩ直ㄓˊ　曲ㄑㄩ線ㄒㄧㄢˋ　曲ㄑㄩ突ㄊㄨ徙ㄒㄧˇ薪ㄒㄧㄣ
屈ㄑㄩ：屈ㄑㄩ伏ㄈㄨˊ　屈ㄑㄩ就ㄐㄧㄡˋ　屈ㄑㄩ打ㄉㄚˇ成ㄔㄥˊ招ㄓㄠ

ㄒ
辛ㄒㄧㄣ：辛ㄒㄧㄣ苦ㄎㄨˇ　辛ㄒㄧㄣ勤ㄑㄧㄣˊ　辛ㄒㄧㄣ酸ㄙㄨㄢ｜栩ㄒㄩˇ：栩ㄒㄩˇ栩ㄒㄩˇ如ㄖㄨˊ生ㄕㄥ
幸ㄒㄧㄥˋ：幸ㄒㄧㄥˋ虧ㄎㄨㄟ　幸ㄒㄧㄥˋ免ㄇㄧㄢˇ　幸ㄒㄧㄥˋ而ㄦˊ｜詡ㄒㄩˇ：自ㄗˋ詡ㄒㄩˇ

戌ㄒㄩ：戌ㄒㄩ 削ㄒㄧㄠ

戍ㄕㄨ：戍ㄕㄨ 守ㄕㄡ　戍ㄕㄨ 衛ㄨㄟ

戎ㄖㄨㄥ：戎ㄖㄨㄥ 馬ㄇㄚ　戎ㄖㄨㄥ 裝ㄓㄨㄤ

戊ㄨ：戊ㄨ 夜

祥ㄒㄧㄤ：祥ㄒㄧㄤ 瑞ㄖㄨㄟ　吉ㄐㄧ 祥ㄒㄧㄤ　祥ㄒㄧㄤ 麟ㄌㄧㄣ

詳ㄒㄧㄤ：詳ㄒㄧㄤ 細ㄒㄧ　詳ㄒㄧㄤ 情ㄑㄧㄥ　詳ㄒㄧㄤ 盡ㄐㄧㄣ

ㄓ

帙ㄓ：書ㄕㄨ 帙ㄓ

秩ㄓ：秩ㄓ 序ㄒㄩ

陟ㄓ：陟ㄓ 罰ㄈㄚ　陟ㄓ 黜ㄔㄨ

涉ㄕㄜ：涉ㄕㄜ 想ㄒㄧㄤ　涉ㄕㄜ 獵ㄌㄧㄝ

折ㄓㄜ：折ㄓㄜ 扣ㄎㄡ　折ㄓㄜ 節ㄐㄧㄝ　折ㄓㄜ 中

拆ㄔㄞ：拆ㄔㄞ 洗ㄒㄧ　拆ㄔㄞ 爛ㄌㄢ 污ㄨ

蘸ㄓㄢ：蘸ㄓㄢ 黑ㄏㄟ 水ㄕㄨㄟ

醮ㄐㄧㄠ：醮ㄐㄧㄠ 壇　設ㄕㄜ 醮ㄐㄧㄠ

ㄔ

仇ㄔㄡ：仇ㄔㄡ 敵ㄉㄧ　仇ㄔㄡ 視ㄕ

讎ㄔㄡ：讎ㄔㄡ 校ㄐㄧㄠ　讎ㄔㄡ 問ㄨㄣ

陲ㄔㄨㄟ：邊ㄅㄧㄢ 陲ㄔㄨㄟ

捶ㄔㄨㄟ：捶ㄔㄨㄟ 楚ㄔㄨ

絀ㄔㄨ：相ㄒㄧㄤ 形ㄒㄧㄥ 見ㄐㄧㄢ 絀ㄔㄨ

拙ㄓㄨㄛ：笨ㄅㄣ 拙ㄓㄨㄛ　拙ㄓㄨㄛ 劣ㄌㄧㄝ　拙ㄓㄨㄛ 作ㄗㄨㄛ

黜ㄔㄨ：黜ㄔㄨ 斥ㄔ　黜ㄔㄨ 升ㄕㄥ

端ㄉㄨㄢ：端ㄉㄨㄢ 反ㄈㄢ

耑ㄓㄨㄢ：耑ㄓㄨㄢ 此ㄘ

ㄕ

鎩ㄕㄚ：鎩ㄕㄚ 羽ㄩ

鍛ㄉㄨㄢ：鍛ㄉㄨㄢ 鍊ㄌㄧㄢ

陝ㄕㄢ：陝ㄕㄢ 西ㄒㄧ

陜ㄒㄧㄚ：陜ㄒㄧㄚ 隘ㄞ（同「狹」）

舐ㄕ：舐ㄕ 犢ㄉㄨ

詆ㄉㄧ：詆ㄉㄧ 毀ㄏㄨㄟ　詆ㄉㄧ 訾ㄗ

善ㄕㄢ：善ㄕㄢ 本ㄅㄣ　善ㄕㄢ 果ㄍㄨㄛ

擅ㄕㄢ：擅ㄕㄢ 美ㄇㄟ　擅ㄕㄢ 自ㄗ

ㄖ

溶ㄖㄨㄥ：溶ㄖㄨㄥ 媒ㄇㄟ　溶ㄖㄨㄥ 液ㄧㄝ

融ㄖㄨㄥ：融ㄖㄨㄥ 通ㄊㄨㄥ　融ㄖㄨㄥ 洽ㄑㄧㄚ　融ㄖㄨㄥ 融ㄖㄨㄥ

茸ㄖㄨㄥ：鹿ㄌㄨ 茸ㄖㄨㄥ　茸ㄖㄨㄥ 毛ㄇㄠ

葺ㄑㄧ：修ㄒㄧㄡ 葺ㄑㄧ　葺ㄑㄧ 屋ㄨ

唶： 唱唶　肥唶

諾： 許諾　諾言

偌： 偌大　偌多

ㄗ

載： 載貨　載歌載舞　　祚： 祚命　國祚

戴： 戴帽　戴月披星　　阼： 阼階

燥： 燥灼　燥熱

躁： 暴躁　躁急　躁進

做： 做壽　做面子　做張做智

作： 作家　作物　作用

ㄘ

萃： 薈萃　萃集

粹： 粹白　純粹

才： 才能　才智　才氣

材： 材料　木材

ㄙ

搜： 搜括　搜查　搜索

蒐： 蒐羅（同「搜羅」）　蒐集（同「搜集」）

酥： 酥胸　酥脆

蘇： 蘇打　流蘇

ㄞ

隘： 隘路　關隘

溢： 溢出　溢美

ㄢ

暗： 黑暗　暗示

黯： 黯淡　黯然

諳： 諳熟　諳練

ㄧ

貽： 貽謀　貽患　　宴： 宴會　宴爾

飴： 飴糖　含飴弄孫　　晏： 日晏　晏晏

游： 游離　游弋　游泳

遊： 遊歷　遊戲　遊覽

ㄨ
- 斡ㄨㄛˋ：斡ㄒㄩㄢˊ旋　斡ㄓㄨㄢˇ轉
- 幹ㄍㄢˋ：幹ㄌㄧㄢˋ練　能ㄋㄥˊ幹ㄍㄢˋ

ㄩ
- 喁ㄩˊ：喁ㄩˊ喁ㄩˊ
- 偶ㄡˇ：偶ㄡˇ然ㄖㄢˊ　偶ㄡˇ爾ㄦˇ
- 隅ㄩˊ：邊ㄅㄧㄢ隅ㄩˊ　以ㄧˇ免ㄇㄧㄢˇ向ㄒㄧㄤˋ隅ㄩˊ

字音辨識練習

一、容易讀錯的字

ㄅ
- 缽ㄅㄛ：托ㄊㄨㄛ缽ㄅㄛ　跛ㄅㄛˇ：跛ㄅㄛˇ腳ㄐㄧㄠˇ　擘ㄅㄛˋ：擘ㄅㄛˋ劃ㄏㄨㄚˋ　捭ㄅㄞˇ：捭ㄅㄞˇ闔ㄏㄜˊ
- 焙ㄅㄟˋ：烘ㄏㄨㄥ焙ㄅㄟˋ　雹ㄅㄠˊ：冰ㄅㄧㄥ雹ㄅㄠˊ　泵ㄅㄥˋ：水ㄕㄨㄟˇ泵ㄅㄥˋ　荸ㄅㄧˊ：荸ㄅㄧˊ薺ㄑㄧˊ
- 匕ㄅㄧˇ：匕ㄅㄧˇ首ㄕㄡˇ　婢ㄅㄧˋ：婢ㄅㄧˋ女ㄋㄩˇ　愎ㄅㄧˋ：剛ㄍㄤ愎ㄅㄧˋ　彆ㄅㄧㄝˋ：彆ㄅㄧㄝˋ扭ㄋㄧㄡˇ
- 砭ㄅㄧㄢ：砭ㄅㄧㄢ骨ㄍㄨˇ　擯ㄅㄧㄣˋ：擯ㄅㄧㄣˋ棄ㄑㄧˋ　卜ㄅㄨˇ：卜ㄅㄨˇ卦ㄍㄨㄚˋ

ㄆ
- 葩ㄆㄚ：奇ㄑㄧˊ葩ㄆㄚ　鄱ㄆㄛˊ：鄱ㄆㄛˊ陽ㄧㄤˊ　叵ㄆㄛˇ：叵ㄆㄛˇ測ㄘㄜˋ　湃ㄆㄞˋ：澎ㄆㄥˊ湃ㄆㄞˋ
- 炮ㄆㄠˊ：炮ㄆㄠˊ製ㄓˋ　剖ㄆㄡˇ：解ㄐㄧㄝˇ剖ㄆㄡˇ　拚ㄆㄢ：拚ㄆㄢ命ㄇㄧㄥˋ　羆ㄆㄧˊ：熊ㄒㄩㄥˊ羆ㄆㄧˊ
- 仳ㄆㄧˇ：仳ㄆㄧˇ離ㄌㄧˊ　圮ㄆㄧˇ：頹ㄊㄨㄟˊ圮ㄆㄧˇ　縹ㄆㄧㄠ：縹ㄆㄧㄠ緲ㄇㄧㄠˇ　殍ㄆㄧㄠˇ：餓ㄜˋ殍ㄆㄧㄠˇ
- 剽ㄆㄧㄠ：剽ㄆㄧㄠ竊ㄑㄧㄝˋ　嬪ㄆㄧㄣˊ：嬪ㄆㄧㄣˊ妃ㄈㄟ

ㄇ
- 無ㄇㄛˊ：南ㄋㄢˊ無ㄇㄛˊ　陌ㄇㄛˋ：陌ㄇㄛˋ生ㄕㄥ　楣ㄇㄟˊ：門ㄇㄣˊ楣ㄇㄟˊ　饅ㄇㄢˊ：饅ㄇㄢˊ頭ㄊㄡˊ
- 鰻ㄇㄢˊ：鰻ㄇㄢˊ魚ㄩˊ　懣ㄇㄣˋ：憤ㄈㄣˋ懣ㄇㄣˋ　酩ㄇㄧㄥˇ：酩ㄇㄧㄥˇ酊ㄉㄧㄥˇ

ㄈ
- 朏ㄈㄟˇ：朏ㄈㄟˇ朒ㄋㄩˋ　藩ㄈㄢ：藩ㄈㄢ籬ㄌㄧˊ　梵ㄈㄢˋ：梵ㄈㄢˋ文ㄨㄣˊ　汾ㄈㄣˊ：汾ㄈㄣˊ酒ㄐㄧㄡˇ
- 妨ㄈㄤˊ：不ㄅㄨˋ妨ㄈㄤˊ　阜ㄈㄨˋ：土ㄊㄨˇ阜ㄈㄨˋ

ㄉ
- 蹈ㄉㄠˋ：舞ㄨˇ蹈ㄉㄠˋ　殫ㄉㄢ：殫ㄉㄢ心ㄒㄧㄣ　噉ㄉㄢˋ：噉ㄉㄢˋ蔗ㄓㄜˋ　菪ㄉㄤˋ：菌ㄐㄩㄣˋ菪ㄉㄤˋ
- 滌ㄉㄧˊ：滌ㄉㄧˊ除ㄔㄨˊ　恫ㄉㄨㄥˋ：恫ㄉㄨㄥˋ嚇ㄏㄜˋ　胴ㄉㄨㄥˋ：胴ㄉㄨㄥˋ體ㄊㄧˇ

ㄊ
- 獺ㄊㄚˇ：水ㄕㄨㄟˇ獺ㄊㄚˇ　忐ㄊㄢˇ：忐ㄊㄢˇ忑ㄊㄜˋ　帑ㄊㄤˇ：公ㄍㄨㄥ帑ㄊㄤˇ　剔ㄊㄧ：挑ㄊㄧㄠ剔ㄊㄧ
- 饕ㄊㄠ：饕ㄊㄠ餮ㄊㄧㄝˋ　佻ㄊㄧㄠ：佻ㄊㄧㄠ薄ㄅㄛˊ　迢ㄊㄧㄠˊ：迢ㄊㄧㄠˊ迢ㄊㄧㄠˊ　髫ㄊㄧㄠˊ：垂ㄔㄨㄟˊ髫ㄊㄧㄠˊ
- 齠ㄊㄧㄠˊ：齠ㄊㄧㄠˊ齓ㄔㄣˋ　汀ㄊㄧㄥ：汀ㄊㄧㄥ洲ㄓㄡ　町ㄊㄧㄥˇ：町ㄊㄧㄥˇ疃ㄊㄨㄢˇ

ㄋ
挐：挐獲　撓：阻撓　鐃：鐃鈸　淖：濘淖
腩：牛腩　薾：薾兒　釀：酒釀

ㄌ
邋：邋遢　垃：垃圾　稜：稜角　振：轉振
踉：踉蹌　戮：戮力　卵：卵翼　閭：里閭

ㄍ
蛤：蛤蜊　觳：入觳　橄：橄欖　旰：旰食
瓵：瓵依　瓘：瓘寶　晷：日晷　獷：粗獷

ㄎ
溘：溘逝　瞰：瞰視　亢：高亢　刳：刳木
壼：壼闈　悾：悾倥

ㄏ
醢：醢醬　候：火候　罕：希罕　扞：扞格
夯：夯漢　沆：沆瀣　隳：隳頹　拳：拳養
顜：顜宮

ㄐ
笈：及笈　躋：躋身　偈：佛偈　踞：長踞
灸：針灸　菅：草菅　殲：殲滅　菁：菁華
据：拮据　狙：狙擊　雎：雎鳩　沮：沮喪
噱：發噱

ㄑ
沏：沏茶　綺：綺麗　葺：修葺　緝：緝私
蹺：蹊蹺　捐：捐客　虔：虔誠　券：彩券

ㄒ
翕：翕張　狎：狎弄　頡：頡頏　屑：紙屑
驍：驍騎　肖：肖像　岫：出岫　纖：纖維
凶：凶門　衈：(同「釁」)　庠：庠序
嚮：嚮往　酗：酗酒　炫：炫耀　絢：絢爛

ㄓ
脂：脂肪　帙：書帙　咤：叱咤　召：召集
臻：臻至　縝：縝密　幀：畫幀　貯：貯存
杼：機杼　諄：諄諄　螽：螽斯

彳
- 笞：笞刑
- 褫：褫奪
- 熾：熾熱
- 掣：掣肘
- 豺：豺狼
- 蠆：蜂蠆
- 瞅：瞅看
- 闡：闡述
- 琛：琛寶
- 償：償還
- 徜：徜徉
- 懲：懲罰
- 絀：支絀
- 戳：戳子
- 椽：椽柱

ㄕ
- 舐：舐犢
- 識：識字
- 諡：諡法
- 煞：煞車
- 佘：佘姓
- 韶：韶光
- 狩：狩獵
- 筮：竹筮
- 訕：訕笑
- 娠：妊娠
- 晌：半晌
- 姝：姝美
- 吮：吮吸

ㄖ
- 喏：唱喏
- 蟯：蟯蟲
- 仍：仍然
- 偌：偌大
- 蚋：蚊蚋
- 蠕：蠕動
- 茸：茸毛

ㄗ
- 笫：床笫
- 呰：詆呰
- 漬：浸漬
- 眥：睚眥
- 齜：齜嘴
- 趲：趲路
- 纂：編纂
- 譖：譖言
- 憎：憎恨
- 摶：摶節

ㄘ
- 殂：殂落
- 猝：猝然
- 簇：簇新
- 蹴：蹴然
- 厝：屋厝
- 淙：淙淙

ㄙ
- 繅：繅絲
- 糝：糝飯
- 甦：甦醒
- 塑：塑膠
- 溯：溯流
- 籔：籔籔

ㄜ
- 闄：闄塞

ㄢ
- 諳：諳熟

ㄧ
- 崖：懸崖
- 夭：夭折
- 窈：窈窕
- 猷：謀猷
- 癌：癌腫
- 巘：山巘
- 魘：夢魘
- 贗：贗品
- 讞：罪讞
- 暗：暗啞
- 猗：猗猗
- 郼：郼都

ㄨ
- 嵬：嵬峩
- 韙：不韙
- 剜：剜肉
- 綰：綰轂
- 惋：惋惜
- 腕：手腕
- 翫：翫愒
- 紊：紊亂

ㄩ
- 苑：藝苑
- 隅：邊隅
- 逾：逾越
- 喁：喁喁

二、容易讀錯的破音字

ㄅ　般ㄅㄛ：般若ㄖㄜˇ　比ㄅㄧˋ：比比皆是ㄕˋ　賁ㄅㄧˋ：賁臨ㄌㄧㄣˊ

ㄆ
紕ㄆㄧ：紕漏ㄌㄡˋ　否ㄆㄧˇ：否極ㄐㄧˊ泰ㄊㄞˋ來ㄌㄞˊ
扁ㄆㄧㄢ：一ㄧˋ葉ㄧㄝˋ扁舟ㄓㄡ　便ㄆㄧㄢˊ：大ㄉㄚˋ腹ㄈㄨˋ便便ㄆㄧㄢˊ
暴ㄆㄨˋ：暴露ㄌㄨˋ　胖ㄆㄢˊ：心ㄒㄧㄣ廣ㄍㄨㄤˇ體ㄊㄧˇ胖

ㄇ　沒ㄇㄟˊ：沒沒ㄇㄟˊ無ㄨˊ聞ㄨㄣˊ　埋ㄇㄢˊ：埋怨ㄩㄢˋ

ㄈ　分ㄈㄣˋ：分際ㄐㄧˋ　放ㄈㄤˇ：放乎ㄏㄨ四ㄙˋ海ㄏㄞˇ

ㄉ　答ㄉㄚ：答應ㄧㄥ　倒ㄉㄠˇ：倒數ㄕㄨˋ　當ㄉㄤ：當作ㄗㄨㄛˋ

ㄊ　帖ㄊㄧㄝˇ：請ㄑㄧㄥˇ帖ㄊㄧㄝˇ　魄ㄊㄨㄛˋ：落ㄌㄨㄛˋ魄江ㄐㄧㄤ湖ㄏㄨˊ

ㄋ　南ㄋㄚ：南無ㄇㄛˊ　拈ㄋㄧㄢ：拈ㄋㄧㄢ花ㄏㄨㄚ惹ㄖㄜˇ草ㄘㄠˇ

ㄌ
累ㄌㄟˊ：連ㄌㄧㄢˊ累ㄌㄟˊ　家ㄐㄧㄚ累ㄌㄟˋ　牽ㄑㄧㄢ累ㄌㄟˋ　倆ㄌㄧㄚˇ：咱ㄗㄚˊ們ㄇㄣ˙倆ㄌㄧㄚˇ
量ㄌㄧㄤˋ：量ㄌㄧㄤˋ力ㄌㄧˋ而ㄦˊ為ㄨㄟˊ　量ㄌㄧㄤˋ入ㄖㄨˋ為ㄨㄟˊ出ㄔㄨ

ㄍ
更ㄍㄥ：自ㄗˋ力ㄌㄧˋ更ㄍㄥ生ㄕㄥ　更ㄍㄥˋ：少ㄕㄠˋ不ㄅㄨˋ更ㄍㄥˋ事ㄕˋ
冠ㄍㄨㄢ：桂ㄍㄨㄟˋ冠ㄍㄨㄢ　供ㄍㄨㄥ：供給ㄐㄧˇ

ㄎ　空ㄎㄨㄥˋ：虧ㄎㄨㄟ空ㄎㄨㄥˋ

ㄏ
蝦ㄏㄚˊ：蝦ㄏㄚˊ蟆ㄇㄚˊ　橫ㄏㄥˋ：橫ㄏㄥˋ行ㄒㄧㄥˊ霸ㄅㄚˋ道ㄉㄠˋ　混ㄏㄨㄣˋ：混ㄏㄨㄣˋ亂ㄌㄨㄢˋ
混ㄏㄨㄣˊ：混ㄏㄨㄣˊ合ㄏㄜˊ

ㄐ
革ㄐㄧˊ：病ㄅㄧㄥˋ革ㄐㄧˊ　藉ㄐㄧㄝˊ：杯ㄅㄟ盤ㄆㄢˊ狼ㄌㄤˊ藉ㄐㄧㄝˊ　夏ㄐㄧㄚˇ：夏ㄐㄧㄚˇ楚ㄔㄨˇ
夾ㄐㄧㄚ：夾ㄐㄧㄚ生ㄕㄥ　夾ㄐㄧㄚ竹ㄓㄨˊ桃ㄊㄠˊ　龜ㄐㄩㄣ：龜ㄐㄩㄣ裂ㄌㄧㄝˋ
結ㄐㄧㄝ：結ㄐㄧㄝ實ㄕˊ（堅固）　校ㄐㄧㄠˋ：校ㄐㄧㄠˋ對ㄉㄨㄟˋ　校ㄐㄧㄠˋ閱ㄩㄝˋ
強ㄐㄧㄤˋ：強ㄐㄧㄤˋ脾ㄆㄧˊ氣ㄑㄧˋ

ㄑ　祇ㄑㄧˊ：神ㄕㄣˊ祇ㄑㄧˊ　稽ㄑㄧˇ：稽ㄑㄧˇ首ㄕㄡˇ　翹ㄑㄧㄠˋ：翹ㄑㄧㄠˋ企ㄑㄧˇ　強ㄑㄧㄤˇ：勉ㄇㄧㄢˇ強ㄑㄧㄤˇ

ㄒ　釐ㄒㄧ：恭ㄍㄨㄥ賀ㄏㄜˋ年ㄋㄧㄢˊ釐ㄒㄧ　行ㄒㄧㄥˋ：德ㄉㄜˊ行ㄒㄧㄥˋ

ㄓ　識ㄓˋ：標ㄅㄧㄠ識ㄓˋ　扎ㄓㄚ：扎ㄓㄚ針ㄓㄣ　炸ㄓㄚˊ：炸ㄓㄚˊ雞ㄐㄧ　漲ㄓㄤˋ：漲ㄓㄤˋ價ㄐㄧㄚˋ

ㄔ
稱ㄔㄥ：稱ㄔㄥ心ㄒㄧㄣ　相ㄒㄧㄤ稱ㄔㄥ　稱ㄔㄥˋ：稱ㄔㄥˋ職ㄓˊ　重ㄔㄨㄥˊ：重ㄔㄨㄥˊ新ㄒㄧㄣ
處ㄔㄨˇ：處ㄔㄨˇ理ㄌㄧˇ　處ㄔㄨˇ置ㄓˋ　處ㄔㄨˇ罰ㄈㄚˊ　衝ㄔㄨㄥ：衝ㄔㄨㄥ那ㄋㄚˋ方ㄈㄤ向ㄒㄧㄤˋ走ㄗㄡˇ

ㄕ　勝ㄕㄥ：不ㄅㄨˋ勝ㄕㄥ感ㄍㄢˇ激ㄐㄧ　數ㄕㄨˋ：數ㄕㄨˋ見ㄐㄧㄢˋ不ㄅㄨˋ鮮ㄒㄧㄢ

ㄗ
- 齊ㄗ：齊ㄗ衰　攢ㄗ：攢ㄗ錢ㄑㄧㄢˊ
- 載ㄗ：載ㄍㄜ歌載ㄨˇ舞　寒ㄔㄨㄤ窗十ㄗˇ載
- 作ㄗ：作ㄐㄧ揖　作ㄗ：作ㄇㄛˊ摩　作ㄌㄧㄠˋ料

ㄘ　攢ㄘ：攢ㄘ眉ㄇㄟˊ　從ㄘ：從ㄘ容ㄖㄨㄥ不ㄅ迫ㄆㄛˋ

ㄙ　撒ㄙ：撒ㄙ嬌ㄐㄧㄠ　撒ㄙ野ㄧㄝˇ　撒ㄙ腿ㄊㄨㄟˇ

ㄨ　委ㄨ：虛ㄒㄩ與ㄩˇ委ㄨ蛇ㄧˊ

ㄩ　與ㄩˋ：與ㄩˋ會ㄏㄨㄟˋ人ㄖㄣˊ士ㄕˋ

第二節　國字歧音與讀音語音

國字一字多音的現象，原來有「同字又讀、讀音語音、歧音異義」三種，分別說明如次：

壹、同字又讀

一個字可以讀成兩個或兩個以上的字音，而其字義又沒有不同的，就是又讀字。在民國二十一年（一九三二）教育部所頒布的《國音常用字彙》說明第十三條上說：「有一義異讀，皆頗習用，未便舉一廢一者，則兩音兼列，以其一注『又讀』（此類字，以北平的音與其他官話區域的音有差異者佔多數）……」。

例如：「菠音ㄅㄛ，又讀ㄅㄛˊ。」「伐音ㄈㄚ，又讀ㄈㄚˊ。」「儲音ㄔㄨˊ，又讀ㄔㄨˇ。」「微音ㄨㄟˊ，又讀ㄨㄟ。」除了《國音常用字彙》以外，中國大辭典編纂處編的《國語辭典》、《國音字典》或教育部「重編國語辭典編輯委員會」編於民國七十年十一月由臺灣商務印書館印行的《重編國語辭典》裏，也都有這種又讀字。不過，從文字使用的實況而言，又讀字並沒有存在的必要。一個人在講話的時候，總不會同一個字讀兩個字音；當我們說「我喜歡吃菠菜」時，不可能說「我喜歡吃菠（ㄅㄛ、ㄅㄛˊ）菜」。另外，就與語言「任意分音」的角度來看，雖然有了又讀

字的存在,「我喜歡吃菠菜」這句話,可以有「我喜歡吃菠（ㄅㄛ）菜」
及「我喜歡吃菠（ㄅㄛˊ）菜」兩種講法,但是聽話的人如果不知道其中
的另一種說法,就可能聽懂「我喜歡吃菠（ㄅㄛ）菜」,而聽不懂「我喜
歡吃菠（ㄅㄛˊ）菜」了,這對語言學習是不利的,不論是北京人字音的
異讀,或是北京音與其他官話音有差異,總是定於一個音比較合理而方便;
所以有人提出廢除「同字又讀」的主張。民國八十八年三月卅一日公告的
《國語一字多音審訂表》,正式對又讀字完全加以省併;《國語一字多音審
訂表》審訂原則四之二有這樣的說明:「(1)正讀、又讀以合併為一音,取
其較常用者為原則。(2)資料列為正讀、又讀而有部分異義現象者,其異義
部分則以歧音異義處理之。(3)正讀、又讀無法取決併為某音者,則付諸問
卷。」所以,原屬正讀、又讀的多音字,不是併為一音,就是變成歧音異
義字;現在我們再也沒有又讀字的困擾了。

貳、讀音語音

一個字的意義沒有不同,但是用於文言文跟白話文卻有不同的音讀,
這就是讀音跟語音不同的多音字。在民國二十一年（一九三二）教育部所
頒布的《國音常用字彙》說明第十二條上說:「有一義而讀書之音與口語
之音有別者,則兩音兼列,讀書之音注『讀音』,口語之音注『語音』。……」
例如:「柏讀音ㄅㄛˊ、語音ㄅㄞˇ。」「百讀音ㄅㄛˊ、語音ㄅㄞˇ。」
「北讀音ㄅㄛˋ、語音ㄅㄟˇ。」「導讀音ㄉㄠˋ、語音ㄉㄠˇ。」「綠讀音
ㄌㄨˋ、語音ㄌㄩˋ。」「黑讀音ㄏㄜˋ、語音ㄏㄟ。」「宅讀音ㄓㄜˊ、語
音ㄓㄞˊ。」這種情況不但在《國語辭典》、《國音字典》、《重編國語辭典》
都照樣因襲,在《國語一字多音審訂表》也還保留了「車、削、烙、爪、
翹、頰」六個字;《國語一字多音審訂表》審訂原則四之一有這樣的說明:
「(1)語、讀二音,現今分讀劃然,並無混淆現象者,則仍分之。(2)語、讀
二音,今讀已混,可取一音者,則訂為一音。(3)語、讀二音,今讀已混,
但無法取決訂為某音時,則付諸問卷。」這就是說,教育部國語推行委員
會「國音正讀」專案研究小組的學者專家,認為「車、削、烙、爪、翹、

頒」六個讀音與語音不同的字，分讀很明確，不會有混淆現象，所以予以保留。

參、歧音異義

一個字可以讀不同的音讀，而音讀不同字義也隨之有別的歧音異義字，俗稱破音字。民國二十一年（一九三二）教育部所頒布的《國音常用字彙》說明第十條上說：「一字有數義而分為數音者，略注其義以示區別。或數音皆注，或僅注較不習用者，或釋義，或舉例，……」

例如：「把字音ㄅㄚˇ，在ㄅㄚˋ音下的把字注『柄也』。」「簸字在ㄅㄛˇ音下注『簸米』，在ㄅㄛˋ音下注『簸箕』。」見於《國語辭典》、《國音字典》、《重編國語辭典》的如「上下的上音ㄕㄤˋ，在聲調名『上聲』則讀作ㄕㄤˇ。」「乾坤的乾音ㄑㄧㄢˊ，水分少的東西如『肉乾』則讀作ㄍㄢ。」「吞吐的吐音ㄊㄨˇ，因不舒服而由胃裏逆出東西的『嘔吐』讀作ㄊㄨˋ。」「隨從的從音ㄘㄨㄥˊ，轉作名詞的『侍從』則讀作ㄗㄨㄥˋ，而作副詞的『從容』又讀作ㄘㄨㄥ。」「法令的令音ㄌㄧㄥˋ，作為計算紙的單位則讀作ㄌㄧㄥˊ。」「表示疑問之意的單音節副詞如『怎能』、『怎好』的怎音ㄗㄣˇ，表示疑問之意的雙音節副詞與『麼』為詞尾的『怎麼』讀作ㄗㄜˇ。」

這些歧音異義字，給不是生長在標準語區，必須「念國字學國語」的人，帶來很多的困擾。因為破音字由來已久，原因不一，有些可以簡化，有些不能廢除，必須逐字詳加檢視，所以會有《國語一字多音審訂表》的出現。上面引自《重編國語辭典》等書的「上、乾、吐、從、令、怎」六字中，前四個字在《國語一字多音審訂表》裏都保存，最後兩個「令、怎」則加以省併，使法令的令跟計算紙的單位都讀作ㄌㄧㄥˋ，怎能、怎好、怎麼都音ㄗㄣˇ。《國語一字多音審訂表》將四千多個多音字省併成九百多個，其他例如：奔字原來在「直往」的「投奔」讀作ㄅㄣˋ，現在一律讀作ㄅㄣ；頗字原來在「不平正」的「偏頗」讀作ㄆㄛ，現在一律讀作ㄆㄛˇ；雪字原來在「潔白」的「雪白」讀作ㄒㄩㄝˋ，現在一律讀作

ㄒㄩㄝˇ；聞字原來在「名譽」的「聞人」讀作ㄨㄣˋ，現在一律讀作ㄨㄣˊ；打字原來在「十二個的單位詞」的「一打鉛筆」讀作ㄉㄚˊ，現在一律讀作ㄉㄚˇ；耶字原來在「譯音字」的「耶誕節」讀作ㄧㄝ，現在一律讀作ㄧㄝˊ；穴字原來在「經脈要害」的「穴道」讀作ㄒㄩㄝˊ，現在一律讀作ㄒㄩㄝˋ；甲字原來在「鱉」的「甲魚」讀作ㄐㄧㄚˋ，現在一律讀作ㄐㄧㄚˇ；夾字原來在「夾生」、「夾竹桃」兩詞讀作ㄐㄧㄚˋ，現在一律讀作ㄐㄧㄚˊ；雖然沒有完全消除形同音異義異的破音字，但是減少其數量也功不可沒。有些常用的歧音異義字，我們將在第三節「歧音異義字舉例及練習」裏加以說明。

為了解決國字一字多音現象所帶來的困擾，教育部國語推行委員會於民國七十六年七月，組成一個「國音正讀」專案研究審音小組，進行多音字之整理與審訂工作，希望能達到「單純化、標準化」的境地。

審訂範圍包括「常用國字標準字體表、次常用國字標準字體表、重編國語辭典」，以及國內出版重要辭書、國立編譯館所編著之中、小學國語文課本，共計十四種的多音字四千二百五十三字，凡日常用語及口語音讀之正音、又音、語音、讀音，以及歧音異義字，能省併的都併為一音，其有辨義作用必不可併者，才分為二音或數音，也一併處理了「通假字音、譯音、輕聲字音」的問題。

這次整理與審訂的另一個特點是：遇有無法決定併讀或定為哪一個音讀的，就製作問卷徵詢多數語文專家學者與社會人士的意見。

學者專家所組成的「國音正讀」專案研究小組，自民國七十六年七月起，每星期六定期開會討論，逐字審訂，前後歷時數載。審訂初稿完成後，於八十三年五月公告試用三年，並印行書面版及磁碟片數千份，分送各學術單位、國語文專家及各級學校國語文教師，試用後蒐集彙整各方試用結果之意見，經過「國音正讀」專案研究小組再三斟酌討論，又過了好幾個月才完成定案修訂出版，於民國八十八年三月卅一日，以臺（八八）語字第八八〇三四六〇〇號公告，公布《國語一字多音審訂表》，正式開始使用。

教育部新公布的《國語一字多音審訂表》裏，將原來多音字四千二百

五十三字之中，併音者二千二百六十四字，刪罕用之音者一千零三十二字，只剩下多音字九百五十七個字。例如：法國的「法」字取消「ㄈㄚˇ」音讀作「ㄈㄚ、ㄍㄨㄛˊ」，蘇俄的「俄」字取消「ㄜˋ」音讀作「ㄙㄨㄜˊ」，亞洲的「亞」字取消「ㄧㄚˇ」音讀作「ㄧㄚ、ㄓㄡ」，漂泊的「泊」字取消「ㄆㄛˋ」音讀作「ㄆㄧㄠㄅㄛˊ」。

這九百五十七個多音字，經過分析歸類，可以歸納成「有讀音與語音的多音字」、「限讀的多音字」、「通假的多音字」以及「其他歧音異義的多音字」四類。分別說明如下：

一、有讀音與語音的多音字

一字之文言音與白話音有別者，即為讀音與語音不同的多音字；凡讀文言文以及古詩詞用讀音，在白話口語則用語音。《國語一字多音審訂表》裏只列六個字，轉錄如下：

(一)削：　1.ㄒㄩㄝˋ　讀　削壁、削足適履、瘦削。

　　　　　2.ㄒㄧㄠ　語　刀削麵、削鉛筆。

　　　備註：取ㄒㄩㄝˋ、ㄒㄧㄠ兩音。語音單用時，用ㄒㄧㄠ。

(二)烙：　1.ㄌㄨㄛˋ　讀　炮烙。

　　　　　2.ㄌㄠˋ　語　烙餅、烙印。

(三)爪：　1.ㄓㄠˇ　讀　爪痕、雞爪、爪牙。

　　　　　2.ㄓㄨㄚˇ　語　爪子、三爪鍋。

　　　備註：凡「爪」加詞綴「子」時，「爪」一律讀ㄓㄨㄚˇ。

(四)翹：　1.ㄑㄧㄠˊ　讀　翹楚、翹首、翹舌。

　　　　　2.ㄑㄧㄠˋ　語　翹翹板、翹辮子。

(五)車：　1.ㄐㄩ　讀　車馬炮、學富五車。

　　　　　2.ㄔㄜ　語　汽車、試車、車衣服、姓（如漢代有車順）。

(六)頦：　1.ㄏㄞˊ　讀　下頦。

　　　　　2.ㄎㄜ　語　下巴頦兒。

這六個字都有讀音與語音的不同，凡文言文、古詩詞，文言、詩詞裏的語詞以及日常用語引用文言經典之語詞，都讀其讀音；凡白話文、日常

生活用語，屬於口語詞的則用語音。

二、限讀的多音字

一字於某種特殊情況、特殊語詞之音異於本音者，其特殊字音僅限於該詞，即為限讀多音字，在《國語一字多音審訂表》裏，設「限讀」欄加以說明。例如「『些』字音ㄒㄧㄝ，限於『麼些』一詞讀作ㄙㄨㄛ。」「『麼』字音ㄇㄛˊ，限於作詞綴時音‧ㄇㄜ，如『甚麼』；限於『幹麼』一詞音ㄇㄚˊ。」「『化』字音ㄏㄨㄚˋ，限於『化子』（乞丐）一詞音ㄏㄨㄚ。」「『百』字音ㄅㄞˇ，限於『百色』（地名）一詞音ㄅㄛˊ。」「『匙』字音ㄔˊ，限於『鑰匙』一詞音‧ㄕ。」「『個』字音ㄍㄜˋ，限於『自個兒』一詞音ㄍㄜˇ。」這類的多音字只需以語詞辨音，不必再考慮它的詞性或意義，對學習者最為簡明而方便。不過，這是指《審訂表》裏所列舉的限讀多音字，《審訂表》裏未列舉而見於古書的，就不一定能夠照《審訂表》的音讀，必須再詳查《重編國語辭典》修訂的光碟版，才能夠確定該讀什麼音，例如：浪字在《審訂表》裏只有ㄌㄤˋ一音，流水號前沒有※號，不是審訂後併為單音字的；那麼出現在《孟子‧離婁》篇裏的「滄浪之水清兮，可以濯我纓」，「滄浪」只是古代的江名，現在到底在哪裏？學者還有不同的說法（一般流傳的四種），所以根據《審訂表》讀作「ㄘㄤ ㄌㄤˋ」，而許多讀過《孟子‧離婁》篇的人還是讀作「ㄘㄤ ㄌㄤˊ」。因為《審訂表》是以口語音讀為主，古典詩詞格律與古人名、地名的特殊音讀，原則上並未收錄；所以我們根據《重編國語辭典》，仍然可以讀作ㄘㄤ ㄌㄤˊ；但是讀作「ㄘㄤ ㄌㄤˋ」，久而久之，習以為常也不會有妨礙。

三、通假的多音字

口語及文言文中常用之通假字與本字異音，依「通假字讀如本字」慣例而產生的多音字，即為通假多音字，在《國語一字多音審訂表》裏，設「通假」欄加以說明。例如「『不』字音ㄅㄨˋ，通『否』時音ㄈㄡˇ。」「『予』字音ㄩˇ，通『余』時音ㄩˊ。」「『亡』字音ㄨㄤˊ，通『無』時音ㄨˊ。」「『亨』字音ㄏㄥ，通『烹』時音ㄆㄥ。」「『佛』字音ㄈㄛˊ，通

『彿』時音ㄈㄨˊ。」「『伯』字音ㄅㄛˊ，通『霸』時音ㄅㄚˋ。」這類的多音字必須以通假字的字義辨其音，凡屬於通假字義都異於該字之本音而讀通假音。不過，這是指《審訂表》裏所列舉的通假多音字，審訂表裏未列舉而見於古書的通假字，就不一定能夠照樣「讀如本字」，也必須再詳查《重編國語辭典》光碟修訂版，才能夠確定該讀什麼音。

四、其他歧音異義的多音字

一個字讀音不同字義也隨之有異的歧音異義字，除了限讀、通假兩種以外，還有必須視其詞性、詞義分辨字音的，《國語一字多音審訂表》裏，用分音列舉詞例的方式來說明，在「詞例」欄分別依音讀的序碼舉詞例，有解釋之必要則略加解釋或在「備注」欄加以說明。例如：

「中：1.ㄓㄨㄥ，2.ㄓㄨㄥˋ。1.中央、中國、中學、中立。2.中的、中毒、中意。」

「乘：1.ㄔㄥˊ，2.ㄕㄥˊ。1.乘法、乘車。2.萬乘之國、大乘。」

「仇：1.ㄔㄡˊ，2.ㄑㄧㄡˊ。1.仇視、仇敵。2.姓（如明代有仇英）。」

「吐：1.ㄊㄨˇ，2.ㄊㄨˋ。1.吐痰、吐露。2.吐血、嘔吐。」

【備注】ㄊㄨˇ從口中出，ㄊㄨˋ從胃中出。

這是「形同音異義異」的歧音異義字，可以從意義辨別字音。

當我們在使用《國語一字多音審訂表》的時候，一定要知道其審音的範圍；它在「審訂原則」上說：「一、審訂以將多音字之音讀簡單化、標準化，以利教學為目標。若多音分讀無必要，意義無干擾者，則併讀為一。二、審訂以日常用語為主，過於冷僻者暫時不收。因此，遇有所列多音資料為罕用者，則將此罕用之多音資料不列，視為單音字。三、審訂以口語音讀為主，古典詩詞格律與古人名、地名的特殊音讀原則上不考慮收錄。若有需要，才特別注明。」可見《審訂表》只是以日常用語及口語音讀為範圍，至於「過於冷僻或古典詩詞格律的特殊音讀」，並沒有完全收入。因此，這是簡化社會上一般人士日常用語、國民中小學課程範圍用語的標準音，凡是古典詩詞格律的特殊音讀，以及比較冷僻的語詞，就不一定只用《審訂表》所注明的音讀了。例如：銚字，《審訂表》收錄「ㄧㄠˊ、

ㄉㄧㄠˋ、ㄊㄧㄠˊ」三音，可是化學元素「銚」在《國語辭典》原來讀作ㄓㄠˋ，我們也不一定廢棄化學元素「銚」本來的字音ㄓㄠˋ。又如姓氏的「令狐、苑、員、睢、番、賊、熙、藥」等，在《國語辭典》原來都有特殊的音讀：「令狐音ㄌㄧㄥˊㄏㄨˊ、苑音ㄩㄢˋ、員音ㄩㄣˋ、睢音ㄒㄧ、番音ㄆㄛˊ、賊音ㄗㄜˊ、熙音ㄧˊ、藥音ㄩㄝˋ」，現在《審訂表》裏也沒有收錄這些姓氏的特殊音讀，而將「令狐沖」讀作「ㄌㄧㄥˊ、ㄏㄨˊㄔㄨㄥˊ」可能沒什麼關係，但是見了「賊先生、番小姐」的時候，當面稱呼作「ㄗㄟˊㄒㄧㄢ・ㄕㄥ、ㄈㄢˇㄒㄧㄠˇ・ㄐㄧㄝ」，恐怕都不太好吧！所以這些姓氏的特殊音讀，也不一定受限於《國語一字多音審訂表》所列出的字音。

第三節　歧音異義字舉例及練習

歧音異義字，是指一個字有兩個以上的讀音，而意義各不相同。在漢語字詞中，歧音異義字的數量還不少。

歧音異義字產生的原因是由於語言變化得快，文字產生得慢，因此造成同一字形必須「身兼多職」，仔細區分，可以有以下六種情形：

壹、音義分化

隨著人類文明不斷的發展，字所要表達的內容也越來越精細，已往一字一音所能表達的內容，漸漸變成意義或詞性不同、語音也要相對的有所不同。如《尚書・大禹謨》「政在養民」的「養」字應讀「ㄧㄤˇ」，這是指上養下；而《孟子・離婁》篇「曾子養曾皙，必有酒肉」的「養」字應讀「ㄧㄤˋ」，這是下養上，意義不同，所以讀音也不同。又如《論語・里仁篇》「士志於道而恥惡衣惡食者」的「衣」應讀「ㄧ」，當名詞用；而《史記・淮陰侯列傳》「解衣衣我、推食食我」的第二個「衣」字應讀「ㄧˋ」，當動詞用，詞性不同，所以讀音也不同。

貳、古今音變

「家庭」的「家」今音讀「ㄐㄧㄚ」，而「曹大家」的「家」卻要讀「ㄍㄨ」，這兩個字音在漢代以前應該是同音的，因為「曹大家」是個專有名詞，保留了古讀，所以今音讀得跟「家庭」的「家」不同。

參、方音不同

中國古代有「名從主人」的習慣，對人名和地名，往往尊重本人和當地的念法，如「湛」字一般讀「ㄓㄢˋ」，意思是「深邃」，也是姓氏之一，但四川有一支「湛」姓卻必讀「ㄕㄣˋ」；又如廣東番禺縣的「番禺」必讀「ㄆㄢ ㄩˊ」，而不能讀成「ㄈㄢ ㄩˊ」。

肆、外語譯音

如《詩經‧周頌》敬之「佛時仔肩」的「佛」應讀「ㄅㄧˋ」，意思同「弼」；而梵語 Buddha 譯音「佛陀」的「佛」字今音讀「ㄈㄛˊ」。又如「冒頓」應讀「ㄇㄛˋ ㄉㄨˊ」，不能讀「ㄇㄠˋ ㄉㄨㄣˋ」，因為這是匈奴單于的譯音。

伍、假借通用

如「釐」字的本音應讀「ㄌㄧˊ」，但是因為它又假借為「禧」字，所以又讀「ㄒㄧ」，有些人家過年時所貼春聯「恭賀春釐」的「釐」字，正是「禧」的假借，所以要讀「ㄒㄧ」。

陸、異字同形

人類為了適應表達的需要，歷代都不斷的在造新字，有些新字碰巧與前代舊有的字同形，而音義卻完全不同，如民國六十五年大陸出土了一座婦好墓，墓主「婦好」的「好」字是個姓氏，應讀「ㄗˇ」，而周代也造了一個從女從子的「好」字，應讀「ㄏㄠˇ」，意思是「美好」，二字字形

相同，但音義卻完全不同。又如民間簡體字的「體」字寫作「体」，仍讀「ㄊㄧˇ」，但古代也有一個與此完全同形的「体」字，應讀「ㄅㄣˋ」，意思是「愚笨、傖劣」。

　　以上敘述了歧音異義字產生的原因，看起來相當複雜，但人類所以異於禽獸，正是因為人類能累積文化，所以能從茹毛飲血的低等階段進化到今日斡地旋天的高級階段。歧音異義字的複雜現象，正是我們文明進化悠久的必然結果，也是最值得我們驕傲的文化財產呀。例如「枕」除了有「ㄓㄣˇ」和「ㄓㄣˋ」兩讀外，《集韻》裏還有「持林切」，音沈，應讀為「ㄔㄣˊ」，但是《國語辭典》及《重編國語辭典》都只收「ㄓㄣˇ」和「ㄓㄣˋ」兩讀，而把「ㄔㄣˊ」音省略了。我們能因此把「ㄔㄣˊ」音刪掉嗎？當然不能。讀「持林切」的「枕」字見於《釋名》，是一種香木名，也就是《本草綱目》上的釣樟，李時珍引顏師古的說法認為就是豫木。《本草綱目》是世界醫藥學史上一部非常了不起的著作，如果我們把「枕」的「ㄔㄣˊ」音廢掉了，那麼我們研究《本草綱目》時，可以治病的「枕木」和鋪在鐵軌下的「枕木」就無法區分了。

　　在民國二十一年教育部公布的國音常用字彙九千九百二十個字裏，收有一千一百二十個一字多音的字，所占的比例不少，因此有人認為這類字給學習國語的人帶來了很多的負擔與困擾，應該大刀闊斧的簡化。在清末民初受盡帝國主義者船堅砲利的侵略後，懷有這種想法是可以原諒的。大陸淪陷後，中共便大刀闊斧的推行漢字漢語的簡化運動，其結果不但沒有給學習者帶來任何方便，反而造成大陸各地任意簡化，文字日趨混亂，同時使得新生代和傳統文化產生斷層。我們認為標準國字可以區分為常用字、次常用字、罕用字、異體字，那麼標準國音也應該區分為常用音、次常用音、罕用音，一般受過國民義務教育的人只須認得常用音和部分次用音即可，至於受過大學教育的高級知識分子則應儘量多認識各種音讀，如此才有能力更深入地認識中華文化，擔當起傳承、創造文化的重責大任。

　　教育部在民國八十三年三月公告試用了《國語一字多音審訂表》，其中列為多音字者為三千一百九十九字、併為單音字者一千零四十八字。例如

「佛」字,《國語一字多音審訂表》只收了ㄈㄛˊ和ㄅㄧˋ兩個音,ㄈㄛˊ的詞例為「佛教」,ㄅㄧˋ的詞例為「姓(如春秋時有佛肸)」。但是,讀ㄅㄧˋ的詞例其實不只是姓,《詩經》「佛時仔肩」的「佛」字照傳統的注解,也要讀ㄅㄧˋ,而《國語一字多音審訂表》並沒有規定到。《國語一字多音審訂表》李鍌先生序說:「過於冷僻之字音,或古典詩詞格律的特殊音讀,皆暫不考慮。」由此看來,《國語一字多音審訂表》只是為了「國語教學及社會大眾學習之用」,對於比較深入而專業的材料,《國語一字多音審訂表》並不處理,也就是說遇到這一類的材料,我們仍然要查比較專業的工具書,至少要查查教育部《重編國語辭典》。以下我們依照這個原則,把常見的歧音異義字舉例如下:

ㄅ

薄　1.ㄅㄛˊ　　（讀音）薄海　薄命　刻薄　菲薄　薄先生　「漢王有道恩猶薄。」

　　2.ㄅㄠˊ　　（語音）薄餅

　　3.ㄅㄛˋ　　薄荷

刨　1.ㄅㄠˋ　　刨冰　刨刀　刨子

　　2.ㄆㄠˊ　　刨土　刨洞

暴　1.ㄅㄠˋ　　暴風　暴徒　暴殄　暴動　暴跳如雷　暴虎馮河　「持其志無暴其氣。」

　　2.ㄆㄨˋ　　暴露　獻暴　一暴十寒　「秋陽以暴之。」

磅　1.ㄅㄤˋ　　磅秤　過磅　磅體重

　　2.ㄆㄤ　　磅礡

比　1.ㄅㄧˇ　　比方　比如　比擬　比附　比目魚　「在天願為比翼鳥。」

　　2.ㄅㄧˋ　　比肩　比年　比來　比比　朋比為奸

　　3.ㄆㄧˊ　　皋比

扁　1.ㄅㄧㄢˇ　扁豆　扁擔　扁桃腺

　　2.ㄆㄧㄢ　　扁舟

便	1.ㄅㄧㄢˋ	便當　便服　便覽　便道　方便　隨便　請便　便
		利　大小便　「便縱有千種風情，更與何人說。」
	2.ㄆㄧㄢˊ	便宜　大腹便便　便辟
屏	1.ㄅㄧㄥˇ	屏居　屏息　屏棄　屏斥
	2.ㄅㄧㄥ	屏營
	3.ㄆㄧㄥˊ	屏風　屏藩　屏障　屏東　「為有雲屏無限嬌。」

ㄆ

胖	1.ㄆㄢˊ	心廣體胖
	2.ㄆㄤˋ	胖子　胖妞兒
澎	1.ㄆㄥ	澎湃
	2.ㄆㄥˊ	澎湖
否	1.ㄆㄧˇ	否卦　否極泰來　臧否人物
	2.ㄈㄡˇ	否決　否則　否認　是否　可否
撇	1.ㄆㄧㄝ	撇油　撇棄
	2.ㄆㄧㄝˇ	撇嘴　一撇兒　「兩撇小鬍子。」
炮	1.ㄆㄠˊ	炮製　炮烙
	2.ㄆㄠˋ	炮兵　炮火　高射炮
漂	1.ㄆㄧㄠ	漂泊　漂流
	2.ㄆㄧㄠˇ	漂白　漂母　漂布　漂白粉
	3.ㄆㄧㄠˋ	漂亮
鋪	1.ㄆㄨ	鋪張　鋪排　鋪展　鋪設　鋪床
	2.ㄆㄨˋ	鋪保　鋪子　床鋪　店鋪　當鋪

ㄇ

嗎	1.ㄇㄚˇ	嗎啡
	2.˙ㄇㄚ	「今天會下雨嗎?」（疑問助詞）
磨	1.ㄇㄛˊ	磨蝕　磨石　磨牙　磨床　磨鍊　刮磨　消磨　琢
		磨　挫磨　磨杵成針　臨陣磨槍
	2.ㄇㄛˋ	磨房　磨盤　磨麵　石磨　磨豆腐　「有錢能使鬼推

磨。」

沒 1. ㄇㄛˋ　沒收　沒齒　沒入　出沒　埋沒　汩沒　覆沒　沒
沒無聞

　 2. ㄇㄟˊ　沒緣　沒錢　沒臉　沒勁　沒命　沒譜兒　沒法兒

悶 1. ㄇㄣ　悶熱　悶得慌（空氣悶、不舒服）　悶聲悶氣

　 2. ㄇㄣˋ　悶雷　悶悶　煩悶　愁悶　苦悶　悶得慌（心裏不痛
快）悶葫蘆

靡 1. ㄇㄧˊ　靡費

　 2. ㄇㄧˇ　靡曼　靡麗　披靡　風靡　奢靡　淫靡　靡靡之音

ㄈ

佛 1. ㄈㄛˊ　佛龕　佛陀　佛老　「懶讀經文求作佛。」

　 2. ㄈㄨˊ　仿佛（同「彷彿」）

　 3. ㄅㄧˋ　佛肸（春秋時人，見《論語・陽貨》）

菲 1. ㄈㄟ　菲菲　芳菲　菲律賓

　 2. ㄈㄟˇ　菲薄　菲材　菲禮　菲敬

分 1. ㄈㄣ　分荆　分明　分子（數學名稱，與分母相對）　分布
分道揚鑣　二分之一　「二水中分白鷺洲。」

　 2. ㄈㄣˋ　分兒　分子（構成整體的各個體）　分量　身分　本
分　水分　「月到中秋分外明。」

縫 1. ㄈㄥˊ　縫補　縫紉　裁縫

　 2. ㄈㄥˋ　縫隙　縫子　門縫　裂縫　天衣無縫

夫 1. ㄈㄨ　夫妻　夫人　夫子　夫役　丈夫　夫唱婦隨　「一夫
當關，萬夫莫敵。」

　 2. ㄈㄨˊ　《論語・先進》：「夫人不言，言必有中。」《史記・伯
夷列傳》：「夫學者載籍極博，猶考信於六藝。」

ㄉ

答 1. ㄉㄚ　答腔　答理　答應

　 2. ㄉㄚˊ　答詞　答辯　答案　回答　報答　問答　「笑而不答

心自閑。」

大 1.ㄉㄚˋ 　大方　大凡　大抵　大道　大綱　大同　大體　大概　大不了　大丈夫　「大風起兮雲飛揚。」

2.ㄉㄞˋ　大夫

得 1.ㄉㄜˊ　得法　得勝　得便　得當　得意忘形　「自由或權利遭受侵害，得依法請求賠償。」（可以的意思）

2.˙ㄉㄜ　說得妙　好得很（以上是用在動詞或形容詞的後面）

3.ㄉㄟˇ　還得　必得　「天下沒有白吃的午餐，你得多付出一些才好。」（應該、必須的意思）

的 1.˙ㄉㄜ　你的　我的　他的　賣瓜的　慢慢的　我的手　國旗的顏色

2.ㄉㄧˊ　的確　的當

3.ㄉㄧˋ　標的　的的　鵠的　目的　無的放矢　眾矢之的

地 1.˙ㄉㄜ　微微地笑　「漸漸地被人淡忘了。」

2.ㄉㄧˋ　地方　地球　地理　地道　「地下若逢陳後主。」

待 1.ㄉㄞ　待一會兒　待不住

2.ㄉㄞˋ　對待　待人　待旦　待客　待罪　待遇　等待　虐待

叨 1.ㄉㄠ　叨嘮　叨叨絮絮

2.ㄊㄠ　叨擾　叨光　叨教　叨天之功

倒 1.ㄉㄠˇ　倒塌　倒楣　倒嗓　倒店　顛倒　摔倒　不倒翁

2.ㄉㄠˋ　倒車　倒懸　倒影　倒是　倒裝句　春「倒」了　倒果為因　倒行逆施　倒持太阿

都 1.ㄉㄡ　都好　都可以　「全都及格了。」

2.ㄉㄨ　京都　都城　古都　建都　大都　首都　陪都　新都

讀 1.ㄉㄡˋ　句讀

2.ㄉㄨˊ　讀音　讀圖　讀本　讀帖　宣讀　研讀　默讀　朗

讀

單 1.ㄉㄢ　　單方　單獨　單調　單據　單槍　單純　單身　單位

　 2.ㄔㄢˊ　單于

　 3.ㄕㄢˋ　單縣（在山東省）　單先生

彈 1.ㄉㄢˋ　彈弓　彈丸　彈雨　彈藥　炮彈　氫彈　核彈　子彈　炸彈　原子彈　彈盡援絕

　 2.ㄊㄢˊ　彈劾　彈簧　彈冠　彈壓　彈詞

石 1.ㄉㄢˋ　公石　「十斗為一石。」

　 2.ㄕˊ　石膏　石榴　石女　石室　花岡石　角閃石

當 1.ㄉㄤ　當家　當局　當選　當代　當初　當然　當口　當日　正當（正在的意思。如：「正當上課的時候。」）當不起　當仁不讓　門當戶對　首當其衝

　 2.ㄉㄤˋ　當真　得當　典當　恰當　正當（合理的。如：「正當的要求。」）　上當

調 1.ㄉㄧㄠˋ　調撥（調動撥付的意思）　調皮（俗讀ㄊㄧㄠˊ　ㄆㄧˊ）調遣　調調（ㄉㄧㄠˋ　ㄉㄧㄠˋ，花樣、論調的意思）　腔調　強調　格調　論調　唱高調　調頭寸

　 2.ㄊㄧㄠˊ　調撥（挑撥的意思）　調頻　調侃　調配　調調（ㄊㄧㄠˊ　ㄉㄧㄠˋ，調整音調的意思）　調解　調情　調羹

釘 1.ㄉㄧㄥ　鐵釘　圖釘　螺絲釘

　 2.ㄉㄧㄥˋ　釘釘子（ㄉㄧㄥˋ　ㄉㄧㄥ˙ㄗ）　釘書機　釘書針　釘扣子

肚 1.ㄉㄨˇ　肚子（動物內臟）　豬肚　牛肚　羊肚　拌肚絲兒

　 2.ㄉㄨˋ　肚臍　肚皮　肚子（腹部）　腿肚子

度 1.ㄉㄨˋ　風度　程度　法度　器度　限度　度外　度量　度世

　　　2.ㄉㄨㄛˋ　揣度　忖度　猜度　度德量力

ㄊ

帖　1.ㄊㄧㄝ　服帖　妥帖　帖耳

　　2.ㄊㄧㄝˇ　軍帖　請帖　喜帖　換帖　字帖（便條類）

挑　1.ㄊㄧㄠ　挑夫　挑剔　挑擔　挑選　挑食　挑大梁

　　2.ㄊㄧㄠˇ　挑燈　挑撥　挑逗　挑戰　挑釁

吐　1.ㄊㄨˇ　吐痰　吐血（口腔內部出血，由口中嘔出）　吐氣

　　　吐谷渾（ㄊㄨˇㄩˋㄏㄨㄣˊ，古國名）　吐哺握

　　　髮　吞吞吐吐　吞雲吐霧

　　2.ㄊㄨˋ　吐血（內臟出血，由口中嘔出）　吐沫　吐瀉

ㄋ

那　1.ㄋㄚ　那先生

　　2.ㄋㄚˇ　那般（疑問詞，什麼緣故的意思）　那能　那裏　那

　　　怕

　　3.ㄋㄚˋ　那般（那樣的意思）　那時　那麼　那話

呢　1.˙ㄋㄜ　「我的眼鏡在哪裏呢?」「孩子們沒玩夠呢!」

　　2.ㄋㄧˊ　呢絨　呢喃　呢子　毛呢

泥　1.ㄋㄧˊ　泥巴　泥鰍　泥牛　泥濘　泥塗　泥土　泥水　泥

　　　垢　泥水匠　泥娃娃　爛醉如泥

　　2.ㄋㄧˋ　泥滯　泥古　拘泥

ㄌ

樂　1.ㄌㄜˋ　樂天　樂園　樂土　樂意　樂不思蜀　樂不可支

　　2.ㄧㄠˋ　樂群　樂山樂水

　　3.ㄩㄝˋ　樂章　樂團　樂府　樂器　音樂　奏樂　樂先生

　　　「仙樂飄飄處處聞。」

了　1.˙ㄌㄜ　吃了　跑了　算了　「這孩子近來變好了一點兒。」

　　2.ㄌㄧㄠˇ　了結　了然　了解　了了　了當　了斷　了事　了

　　　不起

累	1.ㄌㄟˇ	累積　累年　累卵　累犯　拖累　連累　家累　受累（被人牽累）
	2.ㄌㄟˋ	勞累　疲累
倆	1.ㄌㄧㄚˇ	哥倆好　夫妻倆　咱們倆
	2.ㄌㄧㄤˇ	伎倆
量	1.ㄌㄧㄤˊ	量規　量度（ㄌㄧㄤˊ ㄉㄨㄛˋ，測量的意思）測量　量角器　量力而行
	2.ㄌㄧㄤˋ	海量　酒量　度量　氣量　器量　量入為出　不自量力
論	1.ㄌㄨㄣˊ	《論語》
	2.ㄌㄨㄣˋ	論說　論衡　論理　論斷　公論　言論　討論　議論　論功行賞
率	1.ㄌㄩˋ	利率　速率　頻率　百分率
	2.ㄕㄨㄞˋ	率先　率真　率直　率領

ㄍ

合	1.ㄍㄜˇ	一合（一升的十分之一）
	2.ㄏㄜˊ	合格　合法　合股　合力　合辦　合作　合從　合算　合意　合訂本　天作之合
給	1.ㄍㄟˇ	借給　送給
	2.ㄐㄧˇ	給水　給養　給與　給假　供給　配給
乾	1.ㄍㄢ	乾巴　乾薪　乾糧　乾洗　乾淨　乾電池　乾著急
	2.ㄑㄧㄢˊ	乾隆（清高宗年號）　乾坤
更	1.ㄍㄥ	更新　更衣　更深　更動　更替　更換　更正　更事　三更　五更　少不更事
	2.ㄍㄥˋ	更生　明天會更好
鵠	1.ㄍㄨˇ	正鵠（ㄓㄥ ㄍㄨˇ）　鵠的
	2.ㄏㄨˊ	鵠待　鵠候　鴻鵠　黃鵠
龜	1.ㄍㄨㄟ	龜甲　烏龜

　　　2. ㄐㄩㄣ　　龜裂

　　　3. ㄑㄧㄡ　　龜茲（ㄑㄧㄡ ㄘˊ，漢時西域國名）

會　1. ㄍㄨㄟˋ　會稽

　　2. ㄎㄨㄞˋ　會計

　　3. ㄏㄨㄟˇ　一會兒　一會子

　　4. ㄏㄨㄟˋ　會心　會餐　會談　會診　會客　會意　會場　都
　　　　　　　　會　集會　領會　聚會

冠　1. ㄍㄨㄢ　冠冕　冠蓋　冠弁　花冠　雞冠　加冠　皇冠　衣
　　　　　　　冠禽獸　沐猴而冠

　　2. ㄍㄨㄢˋ　冠軍　冠詞　冠禮　弱冠　「冠者五六人，童子六七
　　　　　　　　人。」

觀　1. ㄍㄨㄢ　觀光　觀音　觀摩　觀玩　觀賞　觀止　觀眾　觀
　　　　　　　念　參觀　圍觀　主觀　客觀　人生觀

　　2. ㄍㄨㄢˋ　寺觀　道觀

矜　1. ㄍㄨㄢ　矜寡孤獨

　　2. ㄐㄧㄣ　矜誇　矜惜　矜持　矜重　自矜

ㄎ

可　1. ㄎㄜˇ　可風　可能　可惜　可否　可口　可以　可靠　可
　　　　　　　恨　可不是　那可不

　　2. ㄎㄜˋ　可汗（ㄎㄜˋ ㄏㄢˊ，古代北方邊疆民族的君主的
　　　　　　　稱號）

看　1. ㄎㄢ　看家　看門　看管　看護

　　2. ㄎㄢˋ　看書　看頭　看看　看戲　看相　看不透　另眼相
　　　　　　　看　「相看兩不厭。」

ㄏ

喝　1. ㄏㄜ　喝茶　喝水　喝酒　喝醉　喝西北風

　　2. ㄏㄜˋ　喝彩　喝令　呼么喝六

荷　1. ㄏㄜˊ　荷花　荷錢　荷月　荷葉　薄荷（ㄅㄛˋ ㄏㄜˊ）

　　　　2.ㄏㄜˋ　　荷擔　荷負　荷戴　荷校（ㄏㄜˋ、ㄐㄧㄠˋ）　擔
　　　　　　　　　荷　感荷　負荷

和　1.ㄏㄜˋ　　和詩　和韻　唱和　曲高和寡　一唱百和

　　2.ㄏㄜˊ　　和鳴　和平　和服　和暖　和緩　和好　和解　和
　　　　　　　　藹　和尚　和盤托出

　　3.ㄏㄢˋ　　我和你　老師和學生　《菊花和劍》

　　4.·ㄏㄨㄛ　　暖和　熱和

　　5.ㄏㄨㄛˋ　　和泥　和麵

　　6.ㄏㄨˊ　　和牌　碰和

還　1.ㄏㄞˊ　　「宦途險惡，還是告老還鄉吧!」

　　2.ㄏㄨㄢˊ　　還歸　還魂　還俗　還原　還禮　還帳　還願

號　1.ㄏㄠˊ　　號哭　號咷　號叫　呼號　狂風怒號

　　2.ㄏㄠˋ　　號稱　號牌　號碼　號外　軍號　別號　國號　記
　　　　　　　　號　發號施令　號令天下

好　1.ㄏㄠˇ　　好心　好逑　好比　好漢　好像　好處　好意　好
　　　　　　　　好的　好傢伙　「青春作伴好還鄉。」

　　2.ㄏㄠˋ　　好奇　好辯　好客　好勝　喜好　嗜好　愛好　好
　　　　　　　　高騖遠　「如好（ㄏㄠˋ）好（ㄏㄠˇ）色。」

汗　1.ㄏㄢˊ　　可汗

　　2.ㄏㄢˋ　　汗青　汗顏　汗馬　汗臭　汗牛充棟　汗流浹背

行　1.ㄏㄤˊ　　行規　行款　行列　行話　行行出狀元

　　2.ㄒㄧㄥˊ　　行銷　行裝　行程　行刑　行禮　行止　行政　行
　　　　　　　　善　行不通　行不由徑

　　3.ㄒㄧㄥˋ　　行誼　行狀　行述　操行　言行　德行　品行

橫　1.ㄏㄥˊ　　橫跨　橫行　橫貫　橫豎　橫了心　橫膈膜

　　2.ㄏㄥˋ　　橫流　橫財　橫死　橫禍　橫政　橫事　橫恣　橫
　　　　　　　　議　蠻橫　強橫

華　1.ㄏㄨㄚ　　「桃之夭夭，灼灼其華。」

	2.ㄏㄨㄚˊ	華燈　華屋　華僑　華文　華美　華誕　華夏　「多情應笑我，早生華髮。」
	3.ㄏㄨㄚˋ	華山論劍　華先生
混	1.ㄏㄨㄣˋ	混蛋　混濁　混然　混淆　混亂　魚目混珠　混跡　混沌　混合　混混　混戰　混飯吃　混凝土　混世魔王
	2.ㄎㄨㄣ	混夷
晃	1.ㄏㄨㄤˇ	晃朗　明晃晃　一晃兒
	2.ㄏㄨㄤˋ	晃蕩　搖晃　晃來晃去　晃頭晃腦
哄	1.ㄏㄨㄥ	哄堂　一哄而散
	2.ㄏㄨㄥˇ	哄騙　「小孩子鬧睏了，你先去哄哄吧!」

ㄐ

幾	1.ㄐㄧ	幾乎　幾希　幾及　庶幾
	2.ㄐㄧˇ	幾時　幾曾　幾何　幾許　「今兒幾點了?」
奇	1.ㄐㄧ	奇零　奇偶　奇數　奇日
	2.ㄑㄧˊ	奇兵　奇觀　奇謀　奇人　奇襲　奇恥　奇特
期	1.ㄐㄧ	期月　期年　期服
	2.ㄑㄧˊ	期刊　期考　期盼　期限
稽	1.ㄐㄧ	稽征　稽查　稽核　稽延　稽古　稽滯　有案可稽　無稽之言
	2.ㄑㄧˇ	稽首　稽顙
藉	1.ㄐㄧˊ	藉藉（雜亂眾多的樣子）　狼藉
	2.ㄐㄧㄝˋ	藉詞　藉口　藉故　依藉　憑藉　枕藉　慰藉
濟	1.ㄐㄧˇ	濟南（山東省省會）　人才濟濟
	2.ㄐㄧˋ	濟急　濟貧　濟世　濟事　救濟　濟弱扶傾　同舟共濟　無濟於事
假	1.ㄐㄧㄚˇ	假裝　假手　假冒　假扮　假借　假寐　假髮　假意　假面具　假公濟私　「六月五日假大禮堂舉行畢

業典禮。」

2. ㄐㄧㄚˋ 假期　假日　春假　寒假　暑假　病假　例假　告假　請假　休假

結　1. ㄐㄧㄝ 結巴　結實（ㄐㄧㄝ・ㄕ，堅固、強健的意思。如：「這小子的身體很結實。」）

2. ㄐㄧㄝˊ 結冰　結婚　結交　結緣　結局　結石　結繩　結合　結髮　結論　結束　結案　結業　團結　了結　締結　凍結　凝結　結膜炎

解　1. ㄐㄧㄝˇ 解脫　解析　解嘲　解頤　解聘　解散　化解　解悶兒

2. ㄐㄧㄝˋ 解差　解元　解送　押解

3. ㄒㄧㄝˋ 解縣（山西省縣名）　解先生

覺　1. ㄐㄧㄠˋ 睡覺　午覺

2. ㄐㄩㄝˊ 覺得　覺察　覺悟　發覺　知覺　感覺　不知不覺　先知先覺　「十年一覺揚州夢。」

校　1. ㄐㄧㄠˋ 校勘　校讎　校理　校場　校對　校正　校閱

2. ㄒㄧㄠˋ 校風　校花　校服　校旗　校長　校友　校際　校舍

間　1. ㄐㄧㄢ 空間　田間　晚間　日間　茅屋半間　兩楹之間

2. ㄐㄧㄢˋ 間出　間諜　間道　間隙　間闊　間或　間色　離間　反間　間不容髮

監　1. ㄐㄧㄢ 監督　監察　監廚　監考　監護　監製　監禁　監視　監印　監獄

2. ㄐㄧㄢˋ 監生　監本　太監　國子監

禁　1. ㄐㄧㄣ 禁不住　禁不起　禁得住

2. ㄐㄧㄣˋ 禁菸　禁屠　禁火　禁忌　拘禁　宵禁　囚禁　時禁

將　1. ㄐㄧㄤ 將軍　將來　將就　將近　將功贖罪　將錯就錯

日就月將　「不知老之將至。」

2.ㄐㄧㄤˋ　將門　將領　將略　將官　將校　將士　將帥　將（駕馭大將）　名將　勇將　大將

強　1.ㄐㄧㄤˋ　強顏（厚著臉皮不知羞恥）　倔強　強脾氣

2.ㄑㄧㄤˊ　強攻　強權　強梁　強橫　強記（記憶力很強）　強壯　強盛　強弱　富強　逞強

3.ㄑㄧㄤˇ　強求　強顏（勉強裝作高興）　強制　強迫　強記（勉強記住）　強買　強賣　強人所難　強詞奪理　牽強附會

圈　1.ㄐㄩㄢˋ　圈檻　豬圈　牛圈

2.ㄑㄩㄢ　圓圈　圈弄　圈圈　圈子

ㄑ

祇　1.ㄑㄧˊ　地祇　神祇

2.ㄓˇ　祇得　祇應

切　1.ㄑㄧㄝ　切磋　切菜

2.ㄑㄧㄝˋ　切身　切實　切結　反切　迫切　一切

親　1.ㄑㄧㄣ　親戚　親王　親口　親暱　母親　父親　近親　成親　親痛仇快

2.ㄑㄧㄥˋ　親家　親家公

曲　1.ㄑㄩ　曲折　曲全　曲線　心曲　衷曲　歪曲　委曲　曲先生　曲突徙薪　曲肱而枕

2.ㄑㄩˇ　曲牌　曲譜　曲子　曲調　歌曲　戲曲　散曲　元曲　進行曲　流行曲　曲高和寡　曲終人散

ㄒ

邪　1.ㄒㄧㄝˊ　邪心　邪說　邪魔　邪法　邪道　邪路　邪教　邪門兒　改邪歸正

2.ㄧㄝˊ　「天邪？地邪？」（表示疑問或感嘆）

宿　1.ㄒㄧㄡˇ　「他在城外住了一宿。」（計算夜的量詞）

	2.ㄒㄧㄡˋ	星宿　二十八宿
	3.ㄙㄨˋ	宿心　宿疾　宿儒　宿老　宿志　宿舍　宿素　宿願
臭	1.ㄒㄧㄡˋ	「如惡惡臭。」
	2.ㄔㄡˋ	臭蟲　臭美　臭罵　香臭　臭豆腐　遺臭萬年
鮮	1.ㄒㄧㄢ	鮮花　鮮紅　鮮血　海鮮　新鮮
	2.ㄒㄧㄢˇ	鮮有　鮮少　朝鮮　淺鮮
相	1.ㄒㄧㄤ	相干　相逢　相好　相信　互相　守望相助　相親相愛
	2.ㄒㄧㄤˋ	相親（男女雙方經介紹後，訂定日期地點會面）　相聲　相片　相貌　福相　丞相　宰相　相機行事
興	1.ㄒㄧㄥ	興工　興亡　興隆　興替　復興　中興
	2.ㄒㄧㄥˋ	興頭　興趣　興味　興致　高興　興高采烈
省	1.ㄒㄧㄥˇ	省親　省察　省視　省事（清楚別人的意思，很會應變）　深省　三省　反省　內省　日省
	2.ㄕㄥˇ	省城　省垣　省儉　省份　省略　省事（減少辦事的手續或不煩）　省用　省卻　節省　行省　省政府　臺灣省
畜	1.ㄒㄩˋ	畜養　畜牧　「大天而思之，孰與物畜而制之。」
	2.ㄔㄨˋ	畜生　畜類　家畜　六畜興旺

ㄓ

徵	1.ㄓˇ	宮商角徵羽（古代五聲音階）
	2.ㄓㄥ	徵兵　徵收　徵求　徵詢　徵逐　徵兆　徵稅　象徵　特徵
扎	1.ㄓㄚ	扎針　扎實　扎根　扎手
	2.ㄓㄚˊ	掙扎
查	1.ㄓㄚ	山查　查先生
	2.ㄔㄚˊ	查封　查抄　查收　查照　查禁　查帳　查驗　查

閱　檢查　搜查

炸　1.ㄓㄚˊ　　炸糕　炸魚　炸醬　炸油條　炸丸子

　　2.ㄓㄚˋ　　炸燬　炸彈　炸藥　爆炸　轟炸

折　1.ㄓㄜ　　　折騰　折跟頭

　　2.ㄓㄜˊ　　折中　折枝　折合　折回　折節　折倒　折扣　折

　　　　　　　　壽　八折　心折　夭折　挫折

　　3.ㄕㄜˊ　　折本

著　1.˙ㄓㄜ　　說著　沿著　站著

　　2.ㄓㄠ　　　著慌　著急　著水　著數　「三十六著，走為上著。」

　　3.ㄓㄠˊ　　著迷　著火　著想　著眼　著用　點著　找著　睡

　　　　　　　　著　著三不著四

　　4.ㄓㄨˋ　　著稱　著書　著名　著述　著作　今著　拙著　顯

　　　　　　　　著　巨著

　　5.ㄓㄨㄛˊ　著裝　著實　著手　著色　穿著　附著　「不著邊

　　　　　　　　際。」

朝　1.ㄓㄠ　　　朝曦　朝夕　朝會　朝氣　今朝　朝不保夕　有朝

　　　　　　　　一日

　　2.ㄔㄠˊ　　朝綱　朝廷　朝野　朝貢　王朝　漢朝　「從此君王

　　　　　　　　不早朝。」

占　1.ㄓㄢ　　　占星　占卜　占夢　占卦　占課

　　2.ㄓㄢˋ　　占領　占有　占據

長　1.ㄓㄤˇ　　長官　長瘡　長房　長老　長女　長輩　長進　長

　　　　　　　　成　師長　尊長　首長　部長

　　2.ㄓㄤˋ　　家無長物　（《審訂表》未收此音義）

　　3.ㄔㄤˊ　　長篇　長江　長舌　長眠　長短　長遠　長度　長

　　　　　　　　壽　修長　專長　特長　擅長

正　1.ㄓㄥ　　　正月　正旦　正朔

　　2.ㄓㄥˋ　　正科　正門　正統　正大　修正　反正　訂正　立

正

轉 1.ㄓㄨㄢˇ 轉達 轉移 轉彎 轉手 轉向 轉注 轉瞬 轉讓 轉運 公轉 旋轉 左轉

2.ㄓㄨㄢˋ 轉磨 轉圈子 團團轉

傳 1.ㄓㄨㄢˋ 傳記 傳贊 經傳 小傳 《左傳》 自傳

2.ㄔㄨㄢˊ 傳播 傳單 傳奇 傳達 傳染 傳統 傳票 傳喚 宣傳 遺傳 謠傳

中 1.ㄓㄨㄥ 中秋 中庸 中人 中流 中等 中古 中將 中立 當中 郎中 「青山一髮是中原。」

2.ㄓㄨㄥˋ 中風 中傷 中毒 中肯 中暑 中的 中式 中計 「雖不中不遠矣。」

種 1.ㄓㄨㄥˇ 種別 種族 種種 種子 種類 播種 絕種 傳種 品種

2.ㄓㄨㄥˋ 種瓜 種田 種痘 種地 「種樹如培佳子弟。」

重 1.ㄓㄨㄥˋ 重心 重聽 重責 重罰 重賞 重典 重負 重任 體重 自重 載重 重於泰山

2.ㄔㄨㄥˊ 重光 重逢 重九 重犯 「九重城闕煙塵生。」

ㄔ

匙 1.ㄔˊ 匙子 湯匙 茶匙

2.˙ㄕ 鑰匙

尺 1.ㄔˇ 尺牘 尺度 尺寸(些許的意思) 尺素 公尺 英尺

2.ㄔㄜˇ 工尺

差 1.ㄔㄚ 差別 差額 差等 差可 差錯 舛差 誤差 差強人意 差勁 差點兒 差不多 差得多

2.ㄔㄞ 差遣 差委 公差 欽差 銷差 出差 郵差

3.ㄘ 差肩 差等 參差

4.ㄘㄨㄛ 景差

禪	1.ㄔㄢˊ	禪經　禪心　禪師　禪宗　禪寂　禪語　口頭禪
	2.ㄕㄢˋ	禪讓　封天禪地
稱	1.ㄔㄥ	稱兵　稱呼　稱名　稱雄　稱許　稱美　稱快　稱謂　通稱　名稱　雅稱　自稱
	2.ㄔㄥˋ	稱身　稱職　稱旨　磅稱　稱心　相稱　對稱　「人生在世不稱意。」
盛	1.ㄔㄥˊ	盛湯　盛飯
	2.ㄕㄥˋ	盛衰　盛年　盛情　盛行　盛舉　盛世　盛會　興盛　茂盛
乘	1.ㄔㄥˊ	乘空　乘機　乘龍　乘涼　乘法　乘便　乘興　乘勢　「乘長風破萬里浪。」
	2.ㄕㄥˋ	乘馬（四匹馬）　中乘　車乘　小乘　史乘　大乘　萬乘之國
處	1.ㄔㄨˇ	處方　處約　處罰　處決　處女　處暑　處世　相處　處變不驚
	2.ㄔㄨˋ	處所　長處　住處　益處　「人生到處知何似?」
創	1.ㄔㄨㄤ	創傷　創痕　「身被七十創。」
	2.ㄔㄨㄤˋ	創刊　創舉　創始　創制　創設　創造　創業　開創　草創　首創

ㄕ

甚	1.ㄕㄣˊ	甚麼　作甚　甚處
	2.ㄕㄣˋ	甚少　甚是　甚至於　欺人太甚
蛇	1.ㄕㄜˊ	蛇蠍　蛇行　毒蛇　響尾蛇
	2.ㄧˊ	委蛇（ㄨㄟㄧˊ）
參	1.ㄕㄣ	人參　高麗參　「人生不相見，動如參與商。」
	2.ㄘㄢ	參大　參加　參謀　參酌　參考　參事　參拜　參贊
	3.ㄘㄣ	參差　參錯

上	1.ㄕㄤˇ	上聲　平上去入　陰陽上去
	2.ㄕㄤˋ	上班　上流　上古　上將　「無言獨上西樓。」
勝	1.ㄕㄥ	勝任　不勝酒力
	2.ㄕㄥˋ	勝訴　勝算　名勝　戰勝　「此時無聲勝有聲。」
數	1.ㄕㄨˇ	數來寶　數不清　數一數二　數典忘祖
	2.ㄕㄨˋ	數額　數理　數量　天數　小數　劫數　氣數
	3.ㄕㄨㄛˋ	數數　數見不鮮
	4.ㄘㄨˋ	「數罟不入汙池。」
說	1.ㄕㄨㄛ	說書　《說文》　說情　說法　說道　說教　說笑　說項　胡說　邪說　立說　「聞說梅花早。」
	2.ㄕㄨㄟˋ	說客　說士　遊說
	3.ㄩㄝˋ	「學而時習之，不亦說乎?」
衰	1.ㄕㄨㄞ	衰頹　衰微　衰老　衰弱　衰落　衰世　衰退　衰暮　盛衰
	2.ㄘㄨㄟ	齊衰　斬衰

ㄖ

任	1.ㄖㄣˊ	任先生
	2.ㄖㄣˋ	任憑　任免　任命　任性　擔任　級任　信任　任勞任怨　「任爾東西南北風。」

ㄗ

載	1.ㄗㄞˇ	一年半載　十載寒窗　「千載琵琶作胡語。」
	2.ㄗㄞˋ	載籍　載客　載貨　載欣載奔　文以載道
藏	1.ㄗㄤˋ	藏經　藏青　藏族　西藏　寶藏　帑藏　地藏　庫藏
	2.ㄘㄤˊ	藏私　藏奸　藏書　藏拙　收藏　儲藏　隱藏　蘊藏　藏頭露尾　「萬燈如海一身藏。」
曾	1.ㄗㄥ	曾參　曾子　曾祖　曾先生
	2.ㄘㄥˊ	曾經　何曾　未曾

卒　1.ㄗㄨˊ　　卒伍　卒子　卒業　兵卒　走卒　士卒　「清光緒十
　　　　　　　年卒。」

　　2.ㄘㄨˋ　　卒倒　卒卒（以上都是「忽然」的意思，同「猝」）

作　1.ㄗㄨㄛˊ　作摩　作踐　作料

　　2.ㄗㄨㄛˋ　作風　作陪　作保　作為　作孽　作怪　作客　工
　　　　　　　作　天作之合　作揖　作坊　作雷　作死　瓦作
　　　　　　　木作　自作自受

鑽　1.ㄗㄨㄢ　　鑽謀　鑽營　鑽研　鑽門子　鑽狗洞　鑽牛犄角
　　　　　　　鑽天入地　鑽孔　鑽木取火

　　2.ㄗㄨㄢˋ　鑽石　鑽頭　鑽戒　鑽子

從　1.ㄗㄨㄥ　　從約　從衡　合從

　　2.ㄗㄨㄥˋ　從伯　從罰　從母（姨母）　從犯　僕從　侍從

　　3.ㄘㄨㄥ　　從容

　　4.ㄘㄨㄥˊ　從公　從前　從戎　從政　跟從　服從　順從　「露
　　　　　　　從今夜白。」

ㄙ

伺　1.ㄘˋ　　　伺候（ㄘˋ・ㄏㄡ，侍候、服侍）

　　2.ㄙˋ　　　伺隙　伺察　窺伺　伺候（ㄙˋ・ㄏㄡ，偵候）

ㄙ

塞　1.ㄙㄜˋ　　塞聲　塞責　活塞　阻塞　閉塞

　　2.ㄙㄞˋ　　塞翁　塞外　邊塞　出塞　要塞　「塞下秋來風景
　　　　　　　異。」

掃　1.ㄙㄠˇ　　掃描　掃雷　掃墓　掃興　掃射　清掃　打掃　灑
　　　　　　　掃　「花徑不曾緣客掃。」

　　2.ㄙㄠˋ　　掃帚

散　1.ㄙㄢˇ　　散沙　散文　散曲　散彈　閒散　藥散

　　2.ㄙㄢˋ　　散開　散場　散會　散亂　分散　疏散　天女散花

ㄚ

阿　1. ㄚˋ　　　阿拉伯　阿米巴　阿里山

　　2. ㄜ　　　阿私　阿諛　阿媚　阿順　阿房宮　阿彌陀佛　「結
　　　　　　　　　根太山阿。」

ㄜ

惡　1. ㄜˇ　　　惡心（反胃想吐或嫌厭得不能忍受）

　　2. ㄜˋ　　　惡心（不安好心）　惡名　惡果　惡棍　善惡　邪惡
　　　　　　　　　「善惡到頭終有報。」

　　3. ㄨ　　　《論語‧里仁》：「君子去仁，惡乎成名?」《孟子‧公
　　　　　　　　　孫丑下》：「惡! 是何言也。」

　　4. ㄨˋ　　　惡嫌　惡惡（ㄨˋ ㄜˋ）　可惡　厭惡　深惡痛絕
　　　　　　　　　《論語‧里仁》：「惟仁者能好人，能惡人。」

ㄧ

遺　1. ㄧˊ　　　遺風　遺跡　遺民　遺老　遺稿　遺骸　遺恨　拾
　　　　　　　　　遺　小遺　補遺　不遺餘力　「遺世而獨立。」

　　2. ㄨㄟˋ　　《左傳》隱公元年：「爾有母遺。」　「客從遠方來，
　　　　　　　　　遺我雙鯉魚。」

咽　1. ㄧㄝˋ　　嗚咽　哽咽

　　2. ㄧㄢ　　　咽頭　咽喉

　　3. ㄧㄢˋ　　狼吞虎咽

要　1. ㄧㄠ　　　要約　要功　要求　要挾

　　2. ㄧㄠˋ　　要人　要緊　要旨　要塞　要害　要目　要帳　要
　　　　　　　　　素　摘要　提要　主要　重要

有　1. ㄧㄡˇ　　有知　有勞　有請　有間（ㄧㄡˇ ㄐㄧㄢˋ）　有
　　　　　　　　　備無患　「此時無聲勝有聲。」

　　2. ㄧㄡˋ　　《孟子‧滕文公下》：「邪說暴行有作。」「享年七十有
　　　　　　　　　五。」

燕　1. ㄧㄢ　　　燕京　燕然山　〈燕歌行〉（樂府平調曲名）　燕先
　　　　　　　　　生　燕雲十六州

	2.一ㄢˋ	燕安　燕遊　燕子　燕燕　燕尾服　燕雀處堂
應	1.一ㄥ	應當　祗應　應有盡有　「此曲只應天上有。」
	2.一ㄥˋ	應徵　應酬　應考　應試　反應　感應　響應　內應　應先生　有求必應

ㄨ

委	1.ㄨㄟ	委蛇
	2.ㄨㄟˇ	委託　委實　委身　委員　委請　委婉　委派　委命　原委
為	1.ㄨㄟˊ	為人　為難　為學　為善　作為　為民前鋒　為鬼為蜮　「為官當為執金吾。」
	2.ㄨㄟˋ	為淵敺魚　為民除害　為國爭光　為虎作倀　人人為我
王	1.ㄨㄤˊ	王公　王儲　王法　王室　歌王　國王　女王　大王　王先生
	2.ㄨㄤˋ	王天下　「地方百里而可以王。」

ㄩ

予	1.ㄩˊ	「予豈好辯哉。」
	2.ㄩˇ	予假　准予
與	1.ㄩˊ	「孝弟也者，其為仁之本與。」
	2.ㄩˇ	與其　與生俱來　與人為善　與虎謀皮　與世無爭
	3.ㄩˋ	與聞　與會　參與
語	1.ㄩˇ	語音　語言　語法　語勢　心語　《論語》　耳語　絮語　語無倫次　「夜半無人私語時。」
	2.ㄩˋ	「居，吾語女。」
暈	1.ㄩㄣ	暈厥　暈倒　頭暈　暈頭轉向　暈車　暈眩
	2.ㄩㄣˋ	月暈　燈暈　酒暈　血暈

下篇　語言運用篇

第五章　教學語言

這一章討論的教學語言，是要研究教師的說話技巧，使教師能夠在和諧的氣氛之下，完美的與學生進行意見、思想，或情感的交流，以形成共識，完成「傳道、授業、解惑」的教學目標。

第一節　口語表達與教學

口語表達，是指一個人運用口頭的語言，表達自己的感情與意見。換用最通俗的講法，口語表達就是用口說話。

在說明口語表達與教學之間的關係以前，我們先澄清兩個觀念：

有人認為，既然每一個正常的人都會說話，難道說話還必須學習嗎？

另外還有人說，說話的能力是天生的：一個天生就能說善道的人，並不需要什麼教育與訓練，說起話來不但天花亂墜、口若懸河，而且能把黑的說成白的；一個天生就木訥口拙的人，儘管給他再多的訓練，也只像鸚鵡學話，學幾句就會幾句，超過學習的範圍，仍將原形畢露、張口結舌，錯誤難免。他們認為：口語表達的訓練，既沒有價值，也沒有意義。

這兩種似是而非的觀念，都是誤以為「說話的能力是天生的」，既不必特別學習，也不可能學得來；所以既不敢、也不願意學習口語表達技巧，更不願意研究口語表達的知識了。

從語言學的研究中，我們知道：任何人之所以會說話，絕不是天生的，而是後天學習的成果。儘管人的天資，有智愚優劣之異，以致學習說話的能力有快慢高低之分，學習說話的成果有大小多少之別；但是任何人如果沒有從別人身上學習說話的機會，都不可能具備說話的能力；而且任何人只要有學習說話的機會，都可以學得說話的技巧，成為一個能夠運用口語

能力，表達個人情意的人。

在從前教育不發達的時代，口語表達能力的訓練，受了教育效率的限制，成果還比較小；現在則不同了，隨著教育學的進步，加上口頭傳播學的進展，口語表達學已經是一門專精的社會科學，而口語表達能力的訓練，也成為有原則、有方法的教學活動了。我們要對口語表達能力的訓練深具信心：只要是一個正常的人，都可以接受口語表達能力的訓練，成為一個能夠運用口語，表達自己情意的人。

在過去神權或君權的時代，政權被少數人所把持，經濟資源被少數人所控制，掌政掌權者由於私心作祟，自私心太重了，總希望自己的特權、自己的既得利益，能夠長期擁有，甚至傳諸子孫，永遠享用；所以不希望有強而有力的競爭對手出現。為了能夠永遠保持特權，永遠享有既得利益，他們採用愚民政策，限制平民的知識學習權，剝奪平民的言論自由權，竭盡一切能力，預防平民有力量來爭奪權利❶。在這些人的心目中，口語表達能力是爭取個人權益、保障個人幸福，甚至爭奪政治與經濟實權最有力的工具，當然就處心積慮的避免讓平民有機會訓練口語表達的能力，要從根本消除平民的競爭能力。難道我們身為民主開放時代的青年，還不知道過去否定口才功能的說詞，是特權人物的陰謀；過去否定口才訓練的功效，是為愚民政策找出藉口；還要被騙放棄訓練口語表達能力的機會嗎？

教師是傳遞人類文明的專業人員，傳遞文明的教育專業，是一件多麼重要的事情，其專業人員，必須具備最好的工具，這個工具，就是良好的口語表達能力。為什麼呢？

儘管現代教學技術隨著傳播科技的進步而日新月異，我們為了使教學更生動、更活潑，也採用了各式各樣的教學媒體以吸引學生的興趣而提高教學效率；但是一切的教學活動，仍舊少不了教師的說明與講解；口語表達永遠是教師從事教學工作不可或缺的基本能力。也就是說：教師用口語

---

❶　《史記・秦始皇本紀》：「三十四年，丞相李斯曰：臣請史官非秦記，皆燒之。非博士官所職，天下敢有藏《詩》《書》百家語者，悉詣守尉雜燒之。……制曰可。」

作說明，仍是一切教學活動的基礎。一個教師的語言表達能力，與他從事教學活動的能力息息相關。在別的條件相等的情況下，語言表達能力較好的教師，其教學效率高於語言表達能力較差的教師，已是眾所皆知的事實。因此，提升教師的口語表達能力，不只是在職教師進修的重要項目，也是師資培訓過程——師範教育中的重要科目。

　　在民國七十一年正中書局出版的《國音學》第十三章裏，論及「語音運用與教學」的時候，分為「語音清晰明確」及「語音美妙動人」兩項加以說明；「語音清晰明確」裏，提出：引起動機得心應手、介紹新課節省精力、說明解釋節省時間、補充教材輕鬆愉快、整理複習明白徹底等五項，「語音美妙動人」方面提出：節省觀察實驗的時間、補救課程艱澀的缺陷、滿足教師教學的成就感三項。其實那只不過純就語音方面而言，如果從整個口語表達能力來看，則其影響更深更遠；現在也分為「表達清晰明確」及「表達美妙動人」兩項，分別說明如下：

壹、口語表達清晰明確與教學的關係

一、鞏固教師的地位

　　隨著社會的進步，經濟的繁榮，教育普及了，使學校淪為知識的販賣場，教師貶為專業的知識販子；知識來源多元化了，更使得教師的地位一落千丈，不要說什麼與「天地君親」並列，也不能再提什麼「一日為師終身為父」，所謂「尊師重道」完全成為博物館裏頭的老古董；許多人只感嘆教師地位不如往昔，覺得無可奈何；另有些教師則拿起教鞭，以圖打出自己的地位，重振師道的尊嚴。我們認為：只有高喊無力感而不能振衰起弊是不負責任的作法，想用教鞭重振師道尊嚴也不合時宜；只有全體教師改善自己的教學技能，提升自己的教學效率，使自己成為一個真正的好老師，才能夠贏得社會大眾的敬重，獲得受教學生的愛戴，以鞏固教師的地位，重建教育工作者的形象。

　　那麼教師要怎樣才能夠改善自己的教學技能，提升自己的教學效率，使自己成為一個真正的好老師呢？一個好老師的條件很多，必須有專精的

學科知識、嫻熟的教學技術、誠摯的服務態度、終身不渝的專業精神。而教學技術中，除了能了解學生、選擇教材、編擬教案、懂得測驗法則、能作教學診斷及補救教學以外，口語表達清晰明確更是不可或缺的基本技能。一個口齒不清、辭不達意的老師，連書都教不好，當然無從獲得學生的愛戴，難以鞏固教師的地位了。由此可見教師的口語表達清晰明確，是鞏固教師地位的基礎。

二、加強教學的信心

信心不只是從事傳播工作者不可或缺的條件，也是從事教學工作者希求成功的基礎要項；要使一個教師能夠教學成功，使他成為一個樂於工作的好老師，加強其教學的信心，是非常重要的一件事情。對於一個教師而言，要增強其信心的項目，除了增加其專精的學科知識以外，提高其純熟的教學技能也是不容忽視的。如同我們在前面說過的：教學技能中，除了能了解學生、選擇教材、編擬教案、懂得測驗法則、能作教學診斷及補救教學以外，口語表達清晰明確更是不可或缺的基本項目。一個口齒不清、辭不達意的老師，上起課來，學生不知所云，當然無從獲得學生的愛戴，也就難以建立自己的信心了；所以我們認為口語表達清晰明確，可以加強教師教學的信心。

三、提高教學的效率

今天是一個科學的時代，一切的工作，都要講究效率；教育工作也必須能夠在最少的時間裏，做完最多的事情，收到最大的成果；一個口語表達清晰明確的教師，他上起課來，講解必定清楚明白，使學生一聽就懂，不必再三重複，其教學效率當然能夠提高。相反的，一個教師的口語表達，如果含糊不清，學生可能聽不清楚或根本無法聽懂，不但不能提高教學效率，連最起碼的教學工作都難以勝任。許多不適任教師固然應該淘汰，這種口語表達不清的老師，整天誤人子弟，更不可以讓他再繼續擔任教職而誤盡天下後生。至於師資培訓過程——師範教育中，應該有更嚴格的淘汰制度：凡口語表達不清而無法改善者，應該一律退學，以免增加以後教育行政單位的麻煩。

四、便於教室的管理

許多人對目前學校教育的看法，都認為品德教育與生活教育是最嚴重的問題。品德教育與生活教育奠基於中小學，所以中小學的品德教育與生活教育，影響實在既深且遠。如果我們要作好品德教育及生活教育，那麼，除了全體教育界同仁都必須以身作則以外，作好教室管理也是不容忽視的重要工作。

那麼教室管理又該從哪裏做起呢？

所謂教室管理，是指一個教師在教室裏，能夠使學生遵守教室的秩序，以便教師進行教學活動。教師要使學生遵守教室的秩序，必須先使學生知道教室的秩序有哪些規定，違反了規定有什麼後果；這些說明與說服的工作，都有賴教師運用其清晰明確的口語表達能力，與學生作良好的溝通。因此，口語表達清晰明確是一個教師作好教室管理的基本條件，也是中小學教師奠定學生品德教育良好基礎的要項。

貳、口語表達美妙動人與教學的關係

所謂口語表達美妙動人，是指一個人能掌握說話的內容、對象、環境、身分等條件；不只在該說話的時候，知道該說什麼，也知道該怎麼說，更知道該說多少，什麼時候不該說。說出來的每一句話，能夠使人一聽就明白，一聽就喜歡，當然就樂於聽從，樂於接納，具有不可思議的魅力。一個教師具備了這種口語表達美妙動人的能力以後，在其教學工作上，有下面幾項影響：

一、使教學效率提高

前面我們說過：在別的條件相等的情況下，一個語言表達能力較好的教師，其教學效率高於語言表達能力較差的教師；其所以如此，就是因為一個語言表達能力較好的教師，其口語表達美妙動人。同樣說一句話，講得好的人，他說的話別人不但喜歡聽，而且聽了會照著去做；講得不好，別人不但不可能有足夠的耐心傾聽，更不可能聽了信服而照著去做。

如果我們要使一個教師的工作效率提高，就必須使他的學生願意聽從

他的話。他不必一而再，再而三的反覆叮嚀，重複說明；只要講一遍，學生一聽就明白，就完全照著去做了。想要達到這樣的成果，除了教師人格高尚素為學生所敬仰、學識豐富素為學生所信服以外，口語表達美妙動人也是不可或缺的條件。

二、使教學生動活潑

隨著社會的變遷，學生的學習方式也完全改變了。從前的老師，擁有無上的權威，命令學生怎麼做，學生就怎麼做，絕少反抗者；現在可不同了，要使學生就範，非有足夠的本事不可。因此，教學活動生動活潑是使學生專心聽講不可或缺的必要條件。

要怎樣使得教學活動生動活潑呢？

要使教學活動生動活潑，除了對教學科目的內容嫻熟精通以外，要採用適合學生程度、切合教材需要的教學方法，更要有美妙動人的口語表達能力；否則，空有嫻熟精通的學科知識，不能夠用口語表達出來，或者表達得不夠精彩，學生可能不喜歡聽，效果當然會打折扣；空有適合學生程度、切合教材需要的教學方法，如果口語表達得不夠美妙動人，學生雖然會聽課，但不可能覺得聽課是一種有趣的活動，也就不能發揮良好教學法的最大功能，是一件多麼可惜的事啊！所以，有了美妙動人的口語表達能力，才可能使教學活動生動活潑。

三、使教學輕鬆愉快

雖然教學工作是一種師生互動的活動，絕不是老師單方面的努力就能夠成功的；但是教師是教學活動的策劃者，也是教學活動的主持人，必須為教學活動的成敗負起絕大部分的責任。那麼要怎樣才能夠使得教學活動容易成功呢？除了具備嫻熟精通的學科知識，還要有巧妙生動的教學技術；巧妙生動的教學技術裏，當然包括了美妙動人的口語表達能力。惟有美妙動人的口語表達能力，才能夠使得教學活動生動活潑而更容易成功。

一個口語表達美妙動人的教師，說起話來容易吸引學生的注意，比較容易受到學生歡迎而獲得支持與合作；那麼他上課將比較少發生學生不守秩序或者注意力不集中的毛病，教起書來也就得心應手了。這也是使得教

學活動容易成功的原因。從這兩方面看來，一個口語表達美妙動人的教師，其教學工作容易成功，當然其教學工作做得輕鬆愉快了。

四、使教育範圍擴大

現在是個重視全民教育、終身教育的時代，一個學校裏的老師，其服務範圍，不應該再局限於學校裏面，必須再做些社會教育的工作。而從事社會教育，比從事學校教育變數更多，更為複雜；細究從事社會教育之所以困難，許多教師之所以視從事社會教育為畏途，是因為受教育者都是已經相當成熟的人，不再像中小學生那樣單純。接受社會教育的人，對於施教者的一切，會用批判的眼光，加以選擇，不再照單全收完全接受；他們對於教師的選擇，除了要求專精的知識以外，也希望其語言的表達能夠美妙動人；也就是說：成年人選擇教師，在別的條件相等的情況下，會選擇語言表達能力較好的老師。因此，語言表達能力較差的教師，當然就較少得到從事社會教育工作的機會；只有語言表達美妙動人的教師，才能夠適應社會教育的需要，擴大其教育服務的範圍。所以我們說，口語表達美妙動人可以使教學工作的範圍更為擴大。

第二節　教學語言的技巧

教學語言就是要研究教師的溝通藝術，使教師能夠在和諧的氣氛之下，完美的與學生進行意見、思想，或情感的交流，以形成共識，完成「傳道、授業、解惑」的教學目標；那麼要怎樣才能夠改善教學語言的技巧以完成教學目標呢？我們要改善教學語言的技巧，首先必須知道，過去有些什麼不正確或不妥當的教學語言？而其缺陷又在哪裏？然後才能夠對症下藥，加以改進。

過去不正確或不妥當的教學語言，有的是思路不清，有的是語音不明，有的用辭艱澀，使學生不容易了解；也有的是言語瑣碎，使學生無法聽出重點所在；更有的是說話平淡，引不起學生的興趣；甚至是在說話的態度上唯我獨尊，妨礙師生溝通的進行。我們已經知道過去這些不正確或不妥

當的教學語言，也知道其缺陷在哪裏，那麼我們就可以對症下藥的加以改進了。底下分別介紹各種正確的教學語言，以供有心改善教學語言技巧的教師及將來要從事教學工作的師範院校學生參考。為了說明及學習的方便，我們按照上一堂課的順序，分項逐一介紹。

壹、打招呼語

　　每節課開始的時候，教師走進教室，可能學生會按照班長的口令起立、敬禮、坐下，等學生坐下後，老師就應該講話了。究竟老師應該講些什麼，本來沒有嚴格的規定，但是這幾句打招呼的話如果說得好，立刻能夠博得學生的好感，上起課來容易得到學生的共鳴，就輕鬆愉快得多了。尤其是一個教師第一次到一個新班級上課的時候，這幾句簡簡單單的話是否說得得體妥當，影響更為深遠。

　　有的老師根本就不打招呼，一進教室接受學生敬禮後，就直接要學生打開課本，或者就按照自己預定要講解的內容，開始上起課來了。不可否認的，這種老師都是認真負責的好老師，上課前教材準備充分，上課時要言不煩，只是缺少了打招呼語，使學生覺得教室氣氛呆板，課業壓力沈重；假使能夠有一句打招呼語作開頭，就不至於這麼沈悶，會使教室裏的氣氛輕鬆活潑而師生都會更加愉快了。

　　也有一些老師，開始上課時會說些自己的生活細節，或者最近報上所登載的消息趣聞，以拉近學生跟自己的距離，營造師生溝通的理想氣氛；但是根據學生的反映，有人認為這種老師上課說閒話浪費了時間；所以，這樣雖不會使學生覺得教室氣氛呆板，課業壓力沈重，師生之間的溝通比較輕鬆愉快，但是不免因閒話太多讓人有「混時間」的感覺，也不是好方法。

　　那麼良好的方法，應該說些什麼打招呼語呢？

　　最簡單的打招呼語是「大家好」三個字，既簡單又明確，實在很好用。也許你會覺得這句話太簡單，恐怕出於一個老師之口，會使學生覺得這個老師太庸俗、太膚淺、沒什麼了不起；其實要使學生覺得這個老師脫俗、

覺得這個老師有內涵的不是這一句打招呼語,而是他上課所講解的教材內容豐富、講解所用的語言技巧精妙,所以這個剛上課的打招呼語不必處心積慮的去求別出心裁、與眾不同。

如果是一個英語老師, 想要稍微讓學生覺得新鮮一點兒, 可以說: "Hello! I am glad to see you." 甚至一面說這句話還一面做一個漂亮的擁抱姿勢;但是其他科目的老師如果也這麼做,那就像東施效顰一樣,會使學生覺得太洋派而不合適了。換成一個體育老師, 在運動場上接受學生敬禮以後, 可帶領學生高呼: "Alowha!" ❷ 使得師生歡呼之聲響徹雲霄,讓學生在高昂的情緒下, 展開一節生龍活虎般的體育活動, 也是一種別開生面的打招呼語。但是別的科目的老師, 在教室裏上課, 如果也這麼做, 就不只學生覺得不對味,在附近教室上課的老師,也將大受干擾而提出抗議了。因此, 任何一個老師上課所用的打招呼語, 並不是非一律說「大家好」不可, 任何人都可以隨著自己的特性, 選用恰當的打招呼用語; 不過, 儘管千變萬化毫無限制,卻不可以隨意模仿,否則,使用不合自己學科特性或教室情況的招呼語, 就不合適了。

跟人打招呼, 必須有適度的表情與動作; 例如兩眼看著對方, 面部帶著笑容, 身體可以有表示輕鬆愉快的動作。這些基本的配合條件, 在教學語言中也都不可忽略,我們實在不敢想像: 一個教師在跟學生打招呼的時候, 兩眼不看學生將有什麼後果, 因為平常人打招呼不看對方, 給人一種倨傲、瞧不起人的感覺, 做教師的一開始上課就顯得倨傲而瞧不起學生,可能學生也不會有良好的反應吧! 所以, 每節課開始的時候, 教師走進教室應該以打招呼語跟學生建立良好的溝通基礎,營造良好的溝通情緒。這句簡短的打招呼語,只要能夠達到表示善意的目的就夠了,不必標新立異, 也不可盲目的模仿學習; 儘管是一句最簡單的「大家好」, 只要表情動作配合妥當, 就能圓滿達到目的了。

---

❷　Alowha! 是一句夏威夷話的招呼用語, 也可用為祝賀、道別、表示親切的話。其聲音響亮, 是運動場上很合用的打招呼語。

貳、引導用語

　　當教師剛開始上課的時候，應該說幾句引導學生進入學習情境的話；這幾句話，就是我們要討論的引導用語。引導用語又可以分為三種：有的是新章節或新學門開始時用的，還有的則是一節課開始時用的。引導用語的作用，是要引導學習的情境，說明教材的地位，介紹學習的方法。現在簡要的逐項說明如下：

一、引導學習的情境

　　引導用語的第一個作用，是要引導學生進入學習情境。當開始一個新章節的時候，可以從前一章節所得到的結論或所留下等待解決的問題說起；新學門的開頭，則應該從該學科的重要性或其實用價值上引導學生學習；一節課開始，則從上一節課的末尾找接頭點。

二、說明教材的地位

　　引導用語的第二個作用，是要讓學生知道這部分教材在整個學科中的地位與關係。當開始一個新章節的時候，可以說明本章節在學科中所居地位以及前後的承接關係；新學門的開頭，通常從該學科在整個的學習範圍裏，或者學術領域的分類上，居於什麼地位加以說明；至於一節課也要說明這節課的內容與上一節課關係怎樣。

三、介紹學習的方法

　　引導用語的第三個作用，是要讓學生知道這部分教材的學習方法，過去有些學習效率不高，甚至學生引不起學習興趣，是因為學生不知道該用什麼方法學習；假使教師在每章節開始的引導語中，介紹了該章節的學習方法，則學生沒有學習不得要領的苦惱，學習效率可因而提高，學習興趣也可因而濃厚了。

　　那麼引導用語要怎樣設計呢？設計引導用語要從教材之中找材料，離開教材，再精妙的引導用語也不合適，在根據教材設計的原則之下，還必須注意下面三項，才能夠設計良好的引導用語。

一、精簡扼要

引導用語只是要上一堂課或一種新課程的引言，其目的純在引出新課，並不是教學的主要內容，不能夠耗費太多時間。必須精簡，才不會喧賓奪主，必須扼要，才不會冗長雜杳。

二、精采動人

為了達到引起興趣，使學生進入學習情境裏，引導用語一定要講得精采動人。必須根據課程的內容，作一番巧妙的安排，不但說得協調自然，而且精采動人，才符合引導用語的要求。

三、富啟發性

必須能夠引發學生的思考，才能使學生專心學習。我們要改善過去偏重死板記憶的缺陷，採用思考教學法，那麼引導用語就必須富啟發性；因此，引導用語的設計，非富啟發性不可。

例如一個國文老師，要教〈岳陽樓記〉這篇文章的時候，可以說：這篇文章，是作者藉記岳陽樓景色，抒其胸懷的作品；我們常說的「先天下之憂而憂，後天下之樂而樂」，正是這篇文章結尾的名句。各位同學仔細研讀這篇文章以後，最好能讀得精熟，對於記敘文的作法，一定大有助益。這就是一段符合根據教材而設計的原則，又注意到精簡扼要、精采動人、富啟發性的引導用語。

參、提問用語

解決問題固然重要，但是提出有價值的問題，跟解決問題同樣重要。在教學過程中，提問用語不只能夠引導學生思考的方向，而且能夠激發學生的創造能力，提出有價值的問題，更能夠使學生集中注意專心聽講。這是非常重要的教學用語。

在演說修辭的積極修辭法中，就有一種問答法；那是運用問答的形式來修飾演說詞，不但能夠吸引聽眾的注意力，也使得演說詞顯得特別有力量。教師既然使用演說式教學法，作為教材講解的主要方式，那麼在教學用語中，當然許多技巧都要根據演說原理而設計，提問用語就是運用演說術的問答修辭法而設計的教學用語。

教師在教學過程中，如有下列各種需要，就必須考慮採用提問用語：

一、必須引導學生的思考方向的時候。

二、必須考查學生的學習情況的時候。

三、必須使學生集中其注意力的時候。

四、必須進行師生間相互溝通的時候。

至於提問用語要怎麼說，我們可以參考演說學上的問答法。演說學上的問答法有直問法、曲問法及疊問法，現在分別介紹如下：

一、直問法

所謂直問法，就是直接向聽眾提出正在解說或正要說明的問題。例如國父孫中山先生在駁斥〈保皇黨並非愛國〉的演說中，用直接提出問題的方式說：「彼開口便曰愛國，試問所愛之國為大清帝國乎？抑中華民國乎？……」在他對嶺南大學學生歡迎會的演說裏，也用直接提出問題的方式說：「為什麼廣東只有一個好的嶺南大學，沒有別的好學校呢？就是西南各省，也沒有第二個學校和嶺南大學一樣呢？因為這個大學是美國人經營的……」當教師上課遇到必須使用直問法的時候，可以就正在進行的教材，直接提出問題問學生，這就是直問法了。

二、曲問法

曲問法是迂迴提出問題的方法，所問的問題，並不是真正要聽眾去想它，也不是演說者真正必須說明它，而是藉著這個問題吸引聽眾的注意力，或者導出真正要討論、解答的問題。

例如前面提到的〈岳陽樓記〉這篇文章，在講解文章結構的時候，教師問學生說：「這篇文章的第一段寫什麼？第二段呢？第三、四、五段又各寫些什麼？」等學生把各段大意說出以後，接著問：「為什麼寫景的三、四兩段，要有因雨而悲、因晴而喜的不同描述呢？」教師真正要學生深思的是後面的問題，而前面問各段大意只是作為引導而已，這就是為了要導出真正需要討論的問題，而採用的曲問法。

在教學上，曲問法的用處很大，尤其是遇到自尊心重或桀驁難馴的學生，直接指責其錯誤，往往不能達到預期的成果，那麼用曲問法，激發學

生的思維，引導他自己發現自己的錯誤，比起直接指責的矯正法，不但可以維護學生的自尊心而避免反抗，而且可以使學生徹底了解其錯誤而收效宏大。

三、疊問法

疊問法是指用一連串的問題問聽眾；這種問法在引起聽眾注意時特別有力。因為問題就有吸引注意的效力，一連串的疊問，往往逼得聽眾喘不過氣來；所以當學生的注意力因時間過久，過度疲倦無法集中的時候，疊問法是很有效的好方法。

但是教師要使用疊問法，事先必須有充分的準備，否則問題與問題之間有了空隙，其疊問的效力將會大打折扣，甚至只能算是連續問了幾個單獨的問題而已，並不是真的疊問。真正的疊問法，每個問題都是一個解決問題的步驟或建立觀念的過程，是一個層次一個層次的解剖教材；所以教師對教材不夠精熟，或者事先未作充分的準備，根本無法使用疊問法。

例如前面一再提到的〈岳陽樓記〉這篇文章，在深究課文的時候，可以設計這樣的問題：

㈠為什麼第二段末尾要轉到「遷客騷人多會於此：覽物之情得無異乎」？

㈡第三、四兩段為什麼要分別敘述晴喜雨悲之情？

㈢第三、四兩段各敘晴喜雨悲之後，第五段為什麼又說「或異二者之為」？

㈣第三、四兩段各敘晴喜雨悲，第五段又說「或異二者之為?」出現第二個異字後，為什麼再繼以「然則何時而樂耶」？ ❸
像這樣兩「異」字用四個問句層層逼問，就是疊問的方式了。

另外在疊問法的使用上，每一個問題之間，必須留有相當的考慮時間，才能夠達到引導學生思維的效果；如果所留的時間不夠，立刻指名回答或逕

---

❸　清林雲銘《古文析義》評曰：「文正……單就遷客騷人登樓異情處，轉入古仁人用心；遂將平日胸中致君澤民、先憂後樂大本領一齊揭出。」林氏評語，深得范文正公此文之奧旨，可供討論問題之參考。

自說出答案，則學生沒有深入考慮，使得疊問法淪為反問語句而已。一個教師精心設計的疊問，到最後只因問得匆忙而成效不彰，是件非常可惜的事情。所以疊問法使用上的技巧，要特別留意每一個問題之間的考慮時間。

肆、講授用語

前面說過，儘管現代教學技術隨著傳播科技的進步而日新月異，但是，一切的教學活動，仍舊少不了教師的說明與講解；所以，口語表達永遠是教師從事教學工作不可或缺的基本能力；也就是說：教師用口語作說明，仍是一切教學活動的基礎。而一個教師上課用口語作說明，最主要的就是講授用語。

所謂講授用語，是指一個教師講解課程的語言；也就是上課中所說的話。本來講授用語只要說得清晰、明白、有力、動聽，而且語句連貫、語序有系統不雜亂就好了。不過，這些說來並不特別的條件，有些教師卻不能完全做到，所以我們還要不憚其煩的提出來。希望所有的教師，以及將從事教育工作的師範院校學生，都能特別注意矯正自己說話上的一切缺陷，以備將來在上課時，不論敘述課程的內容、說明課程精義、解說教材重點、闡述教材奧旨，都能夠說得清晰、明白、有力、動聽，達到語句連貫、語序有系統不雜亂的要求。

另外，教學語言之主體的講授用語，還必須特別注意語速跟響度。一個教師上課所說的每一句話，應該讓每一個學生能聽得清清楚楚，所以其語速不可太快，一般四十人到六十人左右的教室裏，語速以每分鐘一百八十個字最為妥當，快的時候不可超過兩百字，也不可慢於每分鐘一百五十字。因為教師對於教材相當精熟，所以許多沒有經驗的教師，往往上課說話越來越快，使得學生聽得很費力，甚至無法聽懂；教師應該知道：老師所說的不是學生懂的，只有學生懂得的才是學生懂的；教過而學生不懂，這不只是學生的損失，對於教師而言，也是一種浪費。為了使學生能夠真正學會，教學的語言就不能太快。另外也有人說得太慢，慢得學生空閒時間太長，注意力容易分散，結果對老師所說的話一知半解；因此，一個教

師最合適的教學語言，講解的時候，語速以每分鐘一百八十字為原則，太快太慢都不合適。

　　教學用語的響度，以全體學生聽得清楚為度。一般教室裏，上普通知識性的課程，只要學生都聽得見就夠了，不必把嗓門兒放得太大，否則，不只教師會有體力不支之虞，學生飽受高分貝噪音的影響，也容易疲倦，甚至會有心神不寧的現象；隔壁教室裏的人更可能大受干擾。所以，教室中如果沒有別的噪音，教師只需以適度音量上課就足夠了，千萬不要使說話的響度過大。至於有些人的聲音過於微弱，使學生難以聽清楚他的話，那就必須鍛鍊自己的身體，多作深呼吸及增加肺活量的運動，以擴大說話時語音的響度，讓自己有從事教學工作的基本能力，也免得學生聽課太費力氣。

伍、結束用語

　　跟打招呼語一樣，許多教師把每節課的結束用語省略了。有的人一到下課時間，放下粉筆掉頭就走，也有人急急忙忙講完一個段落，就匆匆忙忙下課了。前一種人比較受學生歡迎，但是使人有半途而廢的印象；後一種人雖然顯得有頭有尾，但是下課鐘聲響過以後，學生的心已有些不在教室裏了，所講的話許多學生並不專心聽，甚至有一些學生還會有很不耐煩的表示，這樣雖盡職而學生並不領情，當然也不是好方法。

　　一個懂得學生心理的教師，不會下課後還喋喋不休的講個沒完，也不是拋下粉筆掉頭就走。應該說一句簡短而得體的結束語，然後很輕鬆的結束這一節課。那麼這句結束用語應該怎麼說呢？一般的結束用語有下列數種：

一、要點歸結法

　　要點歸結法是把這一節課的重點，用很短的幾句話說出來，使學生留下深刻的印象。有的教師在上課以前就準備了很簡短而流利的韻語，作為一節課的結束用語，使學生聞之雀躍不已；這不但不會因為耽誤一分鐘引起學生的不滿，反而讓學生期盼著下一次上課時間的到來，是最好的結束

用語。不過，這不是任何人都做得到的；除了對教材十分精熟，事先作充分準備以外，還要有相當的語文素養和創作才能，如果做不到這個程度，只要把本節的重點歸納一下也就可以了。

二、問題歸結法

所謂問題歸結法，是用一個發人深省的問題，作為一堂課的結束語。

前面說明提問用語的時候,曾經說過「運用問答的形式來修飾演說詞，不但能夠吸引聽眾的注意力，也使得演說詞顯得特別有力量」。如果我們把問題作為一堂課的結束語，也會有特別有力的效果。不過，好的問題必須事先準備，要仰賴「神來之口」，臨時隨口說出來的問題，往往不夠有力；然而，能夠找個問題作為結束語，總比沒有結束語好得多了。

三、懸疑歸結法

所謂懸疑歸結法，是用一個富有挑戰性的問題作結尾。這個問題不只作為本節課的結束，也是下一節課的開始。在章回小說中，通常每回結束時，都選在一個緊張的關頭，然後說:「你想知道……會怎樣嗎? 請……」，像這樣用「欲知後事如何，請聽下回分解」作結尾，是因為章回小說本是說書人的底本，說書人為了吸引聽眾而達到多收取「聽講費」的目的，到了緊要關頭，提出一個懸疑的問題作結束，使得聽說書的人，不得不繼續聽下去；這就是懸疑歸結法的起源。

因為懸疑歸結法從章回小說的說書人就已經常常使用了,所以並不新鮮，用起來就必須特別當心，否則學生會有「老套、不稀罕」的感覺。

四、預告歸結法

一節課即將結束的時候，將下一節課的內容，選擇較具吸引力者向學生作預告，就是預告歸結法。這種方法看來質樸，但是用起來不但具有良好效果，而且方便容易，是很合適的結束用語。

預告歸結法的另一個優點是便於學生作預習,從學習心理的研究我們知道: 預習過的學生學習起來容易而且效率高得多；教師在下課前將下一堂課的精采部分作為結束用語，以引發學生的預習動機，正是一舉兩得的好方法。

第三節　教學語言的練習

　　教學語言本來就是一種實用的溝通技術，任何實用的技術，都必須有充分的練習，否則只知道一些理論與技巧，對於實際使用的技術毫無助益。為使大家對於教學語言的技術，有真正練習的機會，底下安排了比較實用的幾種練習活動，請你在老師的指導下，確實的進行練習。

提示

　　為了能具體的作各種教學語言的練習，可以找各科教師手冊或教學指引作參考。本章第二節所引有關〈岳陽樓記〉這篇文章的資料，即取材於高級中學國文教師手冊。

壹、打招呼語的練習

一、情境

　　當一節課開始的時候，你是教師，走進教室，學生會按照慣例，由班長下口令而起立、敬禮、坐下。學生坐下以後，你必須說一句打招呼的話。

二、要件

㈠必須按照自己的系別，選定將來可能任教的科目。

㈡所設計的打招呼語，必須加上適當的表情動作，以全班同學為假想的學生演示出來。

三、欣賞

　　對班上其他同學設計演出的打招呼語，以學生的立場，細心體會後提出具體的批評，說明其優點或改進意見。

貳、引導用語的練習

一、情境

　　你是一位剛從師範院校結業的老師，對一班國中的學生上課。請你說幾句得體的引導用語。可以就一個新章節或者一種新學門的兩種情況任擇

其一。

二、要件

㈠必須按照自己的系別，選定將來可能任教的科目；章節請自行在現行教科書中挑選。

㈡所設計的引導用語，必須加上適當的表情動作，以全班同學為假想的學生演示出來。

三、欣賞

對班上其他同學設計演出的引導用語，以學生的立場，細心體會後提出具體的優點或改進意見。欣賞的時候，要特別注意是否符合精簡扼要、精采動人、富啟發性三項原則。

參、提問用語的練習

一、情境

你是一位已從師範院校畢業的老師，對一班國中的學生上課。當你必須：

㈠引導學生思考的方向。

㈡考查學生的學習情況。

㈢使學生集中其注意力。

㈣進行師生間相互溝通。

的時候，請你說幾句得體的提問用語，以達到預期的目的。

二、要件

㈠必須按照自己的系別，選定將來可能任教的科目；章節請自行在現行教科書中挑選。方法則不拘直問法、曲問法或疊問法。

㈡所設計的提問用語，必須加上適當的表情動作，以全班同學為假想的學生演示出來。

三、欣賞

對班上其他同學設計演出的提問用語，以學生的立場，細心體會後提出具體的優點或改進意見。欣賞的時候，不論其為直問法、曲問法或疊問

法，都要特別注意是否符合各種方法的使用原則。

肆、講授用語的練習

一、情境

你是一位剛從師範院校畢業的老師，對一班國中的學生上課。請你編一段教案，作講授用語的練習。

二、要件

㈠必須按照自己的系別，選定將來可能任教的科目；章節請自行在現行教科書中挑選。

㈡所設計的講授用語，練習的時候，必須加上適當的表情動作，以全班同學為假想的學生，以最恰當的語速及音量（響度）演示出來。

三、欣賞

對班上其他同學設計演出的講授用語的練習，以學生的立場，細心體會後提出具體的優點或改進意見。欣賞的時候，要特別注意是否符合講授用語應有的語速跟音量（響度），達到清晰、明白、有力、動聽的效果。

伍、結束用語的練習

一、情境

當一節課即將下課的時候，在學生按照慣例，由班長下口令而起立、敬禮、下課以前，你必須說幾句結束用語。

二、要件

㈠必須按照自己的系別，選定將來可能任教的科目；章節請自行在現行教科書中挑選。方法則不拘要點歸結法、問題歸結法、懸疑歸結法或者預告歸結法。

㈡所設計的結束用語，必須加上適當的表情動作，以全班同學為假想的學生演示出來。

三、欣賞

對班上其他同學設計演出的結束用語，以學生的立場，細心體會後提

出具體的批評，說明其優點或改進意見。

參　考　書　目

《口才藝術》（第十六章）　王東主編　北京光明日報出版社　1991 年 3 月初印

《我可以教得更精采》　王淑俐著　臺北南宏圖書公司　民國 78 年 8 月三版

《教育高招 1000》　王淑俐著　臺北南宏圖書公司　民國 80 年 2 月出版

《說話藝術的魅力》　邱素臻譯　邑井操著　高雄文皇出版社　民國 76 年 2 月再版

《演講辯論學》　祝振華著　臺北黎明文化公司　民國 66 年 8 月初版

《如何準備講道》　施達雄著　臺北中國主日學協會　民國 69 年 3 月初版

《如何說‧如何聽》　游綺龍編譯　阿德勒原著　臺北頂淵文化公司　民國 75 年 3 月初版

《國音學》　臺灣師大國音編委會　臺北正中書局　民國 71 年 10 月初版

《演講修辭學》　蔣金龍著　臺北黎明文化公司　民國 70 年 6 月初版

《語言表達的藝術》　蔣傳務等譯　Alan H. Monroe 著　臺北黎明文化公司　民國 68 年 4 月初版

第六章　朗　　讀

何謂朗讀？朗讀與朗誦又有什麼不同？

朗是「清楚明晰」，讀是「抽繹義蘊」，所以簡單的說：朗讀就是「讀出來」，「讀得清楚」，「意義完全表達出來」❶。其實，「朗讀」本是語文教學的一種手段，是和「默讀」相對的詞。它是「自覺地運用語音技巧，把視覺文字變成聽覺語音，準確生動，繪聲繪色地再現作者的思想感情，喚起聽者共鳴，是一種有創造性的讀書方式。」❷至於「朗誦」呢？現代學者對朗誦有不同看法：有人認為朗誦就是朗讀；有人認為朗誦有廣狹二義，廣義的朗誦包括誦讀與吟唱，狹義的朗誦只指誦讀❸。但也有人認為朗誦不能包括吟唱。朱自清則以為朗誦可分做誦、吟、讀、說四類：誦是「以聲節之」，也就是拉著腔調，有節奏地讀出來，對象是古典散文。吟特別注重音調、節奏、韻律，對象是詩、詞、曲、賦等韻文。讀是「抽繹義蘊」，也就是正確清晰、自然生動地讀出來，不僅適合語體文，文言文也一樣適用。說是專指白話而言，是照最自然、最達意表情的語調的抑揚頓挫來說❹。這樣看來：朗讀是朗誦的一種形式，朗誦是全稱，朗讀是特稱；朗誦可包括朗讀，朗讀不能涵蓋朗誦。不過站在語文教學與語言運用的立場來看，我們覺得朗讀不妨包括朱自清所說的「誦」、「讀」、「說」三類。

朗讀的意義既明，下面就分「朗讀的作用與原則」、「朗讀的技巧」、「朗讀的練習」三節來談。

---

❶　參見陳士林、周定一記，〈中國語文誦讀方法座談會記錄〉（收入《朗誦研究論文集》）。

❷　見周何，〈聽話與說話教學〉（收入《教學法研究》）。

❸　參見邱燮友，《品詩吟詩》，頁 61。

❹　參見朱自清，〈論朗讀〉（收入《朗誦研究論文集》）。

第一節　朗讀的作用與原則

　　朗讀是五官並用的一種語文學習方法，它是語文教育的一環。一位有經驗的語文教師，透過朗讀，不僅可以收到講解的效果，還可以激發學生喜歡文章、愛好誦讀。朗讀除了對語文教學有極大助益外，它對其他科目的教師及一般學生，甚至是社會人士，也有很大的作用。這可從四方面來說明：

壹、朗讀可以訓練語言表現力

　　朗讀是口才訓練的一種。朗讀的基本要求是發音正確、咬字清晰。透過朗讀，可以矯正錯誤的讀音，可以改善不良的說話習慣；而且不斷地朗讀練習，更可進一步使自己說一口自然流利、生動感人的國語。美國林肯總統講話優美動聽，他的演說常被引為成功的典範。他「辭令辯說」的超卓能力，除得自有恆地博覽深思外，更與他經常朗讀、背誦文學名著有密切關係❺。

貳、朗讀可以增進寫作能力

　　姚鼐〈與陳碩士書〉說：「大抵學古文者必要放聲疾讀，祇久之自悟；若但能默看，即終身作外行也。」過去桐城派的古文家特別強調朗讀對學習文章的重要性。近人也說：「會讀詩就能知道詩的妙處，領略好詩多了，自然就自己能作了。」❻其實不只學古文和詩要靠朗讀，寫作白話文更必須靠它。朱自清曾說過：「現在許多學生很能說話，卻寫不通白話文，就因為他們誦讀太少，不懂得如何將說話時的聲調等等包含在白話文裏。」❼由此可知，朗讀的確可以增進寫作能力。

---

❺　參見陳耀南，〈朗誦和語文教育〉（收入《朗誦研究論文集》）。

❻　見《詩學淺說・怎樣誦讀》。

❼　見朱自清，〈論誦讀〉（收入《朗誦研究論文集》）。

參、朗讀有助於深入體味文學作品

曾國藩《家訓・字諭紀澤》說:「非高聲朗誦,則不能得其雄偉之概;非密詠恬吟,則不能探其深遠之趣。」研讀古文必須講求朗讀,才能清楚文章的意趣脈絡和氣勢神韻。學習一首詩,也只有透過朗讀才能玩索每一詞每一語每一句的義蘊,同時吟味它們的節奏韻律。至於語體文,通過朗讀,更能勘察和表現它與實際語言比較密合的優點。總而言之,朗讀可以使我們充分體會到作者遣詞用字的苦心,玩味到詩文聲情並茂的微妙之處❽。

肆、朗讀有助於提升生活情趣

不管自己朗讀,還是聽別人朗讀,都是一種高尚的精神享受。早期的美國人,往往在寒冷的冬夜裏,全家坐在火爐旁,由家中成員誦讀《聖經》和莎士比亞與米爾頓的作品 ❾。這樣的活動,不但可以促進家庭的和樂,更能養成家庭成員讀書的習慣。如果我們能在家庭裏、班級上,甚至自己所屬的社團中,定期舉辦朗讀活動,那不僅會在無形中養成讀書的好習慣,也能使生活更有意義,更富情趣。還有一點要特別指出來的:如果你覺得自己的歌喉不好,不敢唱歌,那麼朗讀吧! 因為縱使你五音不全或天生就是個破鑼嗓子,但只要你願意,一定可以在朗讀中享受詩文的聲情之美;也可以藉著朗讀滿足自己的表現慾,發抒自己的情緒;無形中也使自己的生活更為充實而且更富有情趣。

朗讀的作用是巨大的, 它那潛移默化的威力真是「妙不可言」。但是要如何朗讀才能達到上述的效果呢? 這就要知道朗讀的原則與技巧,並透過實際的練習才能達成。所以接下來我們要談談朗讀的原則。

朗讀,是聲音語言的藝術。朗讀者要能通過聲音語言的技巧,把作品的內容豐富、多采多姿地表達出來, 就得注意下列原則:

---

❽　參見陳耀南,〈朗誦和語文教育〉(收入《朗誦研究論文集》)。

❾　參見林德曼,〈朗誦使生活更有意義〉(收入《讀書的藝術》)。

壹、不要怕高聲誦讀，如果開始不習慣，也要逐漸學習

　　朗讀雖不是「高聲誦讀」，但高聲誦讀卻是朗讀不可或缺的一環。因為朗讀的對象如果比較多，朗讀的場地如果比較空曠，那麼不高聲誦讀，聽眾就不容易聽清楚；聽眾聽不清楚，那就失去朗讀的意義了。更何況高聲朗讀有助於深入體察作品的聲音感情。所以不要怕高聲誦讀，如果開始不習慣，也要逐漸學習。

貳、要忠於所讀的作品，不可任意更動

　　朗讀是朗讀者把作者的書面作品用聲音再現出來，所以朗讀時一定要忠於原作，不能隨意改字、改詞、增字、減字、顛倒或跳過一行，當然更不能用自己的意思說出來。

參、朗讀的基本要求是正確清晰，進一步則要求自然生動

　　朗讀的基本要求是正確清晰。正確是指字音、詞句讀得正確。就字音言，要發標準音，要不讀錯別字；就詞句說，要把一個個的字連讀成詞或詞組，要把長句子當中句子成分讀得完整，不可打亂。清晰是指咬字要清晰，語句、節段也要表現清晰，讓人聽清楚。正確清晰之後，就要進一步求自然生動。自然就是不死板、不矯揉造作；生動就是要把作品的感情表現出來。

肆、朗讀的速度應較平常說話慢

　　平常說話別人沒聽清楚我們可以再重複，朗讀就不能這樣。我們必須使聽眾一聽到我們所說的就能了解，並隨著進入作品的意境中，所以就得比平常說話慢些，把每句話交待清楚，讓聽眾有時間領會所讀的內容。

伍、正確理解和領會作品比朗讀技巧更重要

要想朗讀得好，技巧固然重要，但是只盲目地追求聲音運用的技巧，而對作品卻不能有正確的理解和深入的領會，那是本末倒置的。因為不能正確理解和領會所讀的作品，而只是賣弄朗讀技巧，那不僅不能妥善表達作品用意，恐怕還會傷害作品的生命。

第二節 朗讀的技巧

朗讀是朗讀者對作品的再創作，藉著朗讀，把書面文字轉化為有聲的語言。但是書面作品的語言是經過提煉的藝術語言，因此朗讀和日常說話是有些區別的。它不能像平常講話那樣不經修飾地表白，它必須要能妥當讀出作品的內容思想，能恰到好處地傳達作者的情感。所以朗讀一篇作品時，首先必須深入透徹領會作品的思想內容，了解作者寫作的用意，審察作品的結構，體會作品的風格。其次是能以標準國語，正確讀出每一個字音，做到口齒清楚、咬字清晰，並要運用準確的停連、輕重音的變化、節奏的和諧鮮明、聲音語調的高低強弱，把作品的義蘊清楚地傳述出來，把作者的感情細緻地表達出來。這樣看來，想要把文字作品用聲音出版，是需要三方面的努力：第一、對朗讀材料的徹底了解與深入分析；第二、發音正確、咬字清晰；第三、熟悉朗讀的技巧。第一項將在下節再談，第二項在本課程有關「語音原理」部分已經談得很多了，這裏只就朗讀的技巧來談。

朗讀經常運用的技巧不外停連、輕重、強弱、緩急、語調、節奏六方面。這六方面各有側重，但又互相關聯，必須相互配合，才能發揮效果，達到朗讀的極致——聲情並茂。以下分別說明：

壹、停連

停連，指朗讀語流中聲音的中斷和延續。無論停或連都是要看作品的

內容來決定，不可任意停連，否則該連不連，該停不停，便影響文義的了解。例如：

　　路／是無聲的語言

　　風／在海面上輕拂

這兩個句子為了突出主語，在斜線處都要停頓，其餘的詞語最好一氣讀下，尤其是「無聲的」、「語言」、「海面上」、「輕拂」這幾個詞語非得連起來讀不可。

　　一般而言，停頓有三種情況：

一、語法的停頓

　　大部分根據標點符號來停頓。如：句號的地方要停頓，表示語句終結；逗號的地方，也要停頓，但因為語氣要和下文相接，停頓的時間要較句號短；分號的地方，上下分句要各自一氣讀，以表示文義上的類似、排比或相反。

二、邏輯上的停頓

　　為了易於掌握句子的意義，可以把一個句子分成幾部分，或突出其中個別的詞或短語，這種停頓不由標點符號來決定，如上舉例句在「路」、「風」之後的停頓。邏輯的停頓是要使聽眾有時間去領略內容。

三、心理上的停頓

　　按照情緒的不同而作出時間不等的停頓，有時為了引起聽眾的注意，或強調停頓後語句的重要性，甚至於表達幽默感，都可運用。但這種心理上的停頓不能濫用，否則將得到反效果 ❿。

　　與停頓相對的即是連接。除了語法、邏輯、心理上可以停頓的地方外，都不宜停頓。有些人因為受到小時候〈讀書歌〉（閩南語）的影響，往往不顧文義，兩字一頓，這就必須透過停連的練習來矯正。至於停頓要怎麼停？停後又如何接下去？這因為作品的文義、感情不同更是變化多端。簡略的說：語義已完整的句子，因文義、感情的不同，或急收、或緩收、或強收、或弱收，但都要能停住，不可失去控制，而且收音的音節語勢是下

❿　參見何家松，〈談朗誦的訓練與技巧〉（收入《朗誦研究論文集》）。

降的。相對的，語義未完整的句子處理的方法大概有六種：停前揚收、停前徐收、停後緩起、停後突起、停而緊連、停而緩連。究竟使用哪一種方法，也是要根據文義、感情而定。當然更重要的是：停連必須同輕重、強弱、緩急、語調、節奏互相配合，才能共同完成朗讀的再創作❶。

貳、輕重

輕重，指朗讀語流中聲音的重讀和輕讀。依文法結構來分，輕重有詞的輕重與語句的輕重。詞的輕重，如「老子」一詞，重音在「老」或在「子」，意義不同。這在上篇第三章〈國語音變的原理與運用〉的第二節「輕重音的規律及練習」已經談到了。朗讀技巧中所謂的輕重，主要是指語句中的輕重。同樣的語句，如果重音位置不同，文義便有差別。如：

昨天是中秋節嗎？
昨天是中秋節嗎？
昨天是中秋節嗎？

這三個句子，文字全相同，但因重音位置不同，答案便不一樣。簡單地說：一個句子中，主要的詞語要重讀；一段或一篇文章中，表現中心觀念的詞語，或者是重要的句子，或前後的詞語彼此相關聯照應的時候，或承接轉折的字眼都要重讀。如果詳細分析，一般情況下，重音的位置有七種：

一、並列性重音

作品中常有並列段落、並列語句，或一個句子中有並列性詞語，這就有並列性重音。如：

一年視離經辨志，三年視敬業樂群，五年視博習親師……。（《禮記·學記》）

燕子去了，有再來的時候；楊柳枯了，有再青的時候；桃花謝了，有再開的時候。（朱自清〈匆匆〉，參見附錄）

二、對比性重音

---

❶　有關停連的處理，可以參考張頌《朗讀學》第十一章〈停連〉第二節「停連的一般處理」。

作品中經常運用對比，或突出形象，或渲染氣氛，或深化感情，這就有對比性重音。如：

昔我往矣，楊柳依依。今我來思，雨雪霏霏。(《詩經·采薇》)

我們的經濟從來沒有富裕過，我們的日子卻從來沒有貧乏過。(張曉風〈地毯的那一端〉)

三、呼應性重音

作品中常有前後呼應的語句，這就有呼應性重音。如：

臣聞求木之長者，必固其根本；欲流之遠者，必浚其泉源；思國之安者，必積其德義。源不深而望流之遠，根不固而求木之長，德不厚而思國之治，雖在下愚，知其不可，而況於明哲乎？(魏徵〈諫太宗十思疏〉)

正因為這裏的竹子們創造了它們獨特的風格，創造了它們獨特的姿態，所以喜歡這些竹林的人是很多的，我就發現到一群群的遊人佇立在竹林的外面，用一種痴痴的眼神去凝視那些竹林的深處。(張騰蛟〈溪頭的竹子〉)

四、遞進性重音

有些作品，從內容上看是層層發展，許多句子的關係是步步遞進的，這就有遞進性重音。如：

天時不如地利，地利不如人和。(《孟子·公孫丑下》)

我們與其說需要繁重的科學建設，不如說需要虔敬的科學精神；與其說需要虔敬的科學精神，不如說需要篤實的人生態度。(陳之藩《旅美小簡·泥土的芬芳》)

五、轉折性重音

大多數的作品都有些句、段是有轉折關係的，這就有轉折性重音。如：

晉之故法未息，而韓之新法又生；先君之令未收，而後君之令又下。(《韓非子·定法》)

鄉下人家，雖然住著小小的房屋，但每愛在屋前搭一瓜架。(陳醉雲〈鄉下人家〉)

六、強調性重音

作品中某些語句是表現中心意旨的，或可以凸顯文義的，或是關鍵性

字眼，都要予以強調，這就是強調性重音。如：

觀夫高祖之所以勝，而項籍之所以敗者，在能忍與不能忍之間而已矣。（蘇軾〈留侯論〉）

只要肯凝神去諦聽，就可以懂得萬物的語言，像我剛才就是。（張騰蛟《鄉景・諦聽》）

七、肯定性重音

作品中經常用「是」、「有」、「在」、「不是」、「沒有」、「不」、「沒」等詞語表示對人、事、物肯定的判斷。這些詞語即為肯定性重音。如：

快意當前，適觀而已矣！今取人則不然，不問可否，不論曲直，非秦者去，為客者逐。（李斯〈諫逐客書〉）

我達達的馬蹄是美麗的錯誤。（鄭愁予〈錯誤〉）

以上是作品中較常使用的幾種重音。當然相對於重音的就是輕音。但是輕重不是絕對的，而是比較來的。一個句子、一篇文章，除了重讀的地方，其他相對的就是輕讀了。但要注意的是：朗讀時不能孤立地去表達重音，因為那將會使重音的突出顯得生硬，所以重音的表達也要同時注意非重音的表達，因此必須聯繫全句、全段、全篇妥善安排輕重音。還有同一個句子、同一段文字中，可能同時在幾個地方都要重讀，這時就得分清楚什麼是主要重音，什麼是次要重音，然後利用不同的輕重音把語句、段落的主次讀出來。至於重音的表達方法主要有五種：弱中加強法、低中見高法、快中顯慢法、實中轉虛法、連中有停法。這五種方法，是互相聯繫的，在朗讀中很少單獨使用❷。另外，還要特別指出的是：國語中有所謂的輕聲字（參見上篇第三章第二節）。這些輕聲字大多出現在語體詩文中，朗讀時往往得靠它們來劃分音節，使語調有變化，以造成節奏的和諧生動，所以也不能不注意。

參、強弱

強弱，是指朗讀時因為肺部發出的空氣分量有大小的分別，所以聲音

❷　參見張頌，《朗讀學》第十二章〈重音〉第三節「語句重音的表達方法」。

也就有大小強弱的不同。曾國藩《家訓》說：「陽剛者氣勢浩瀚，陰柔者韻味深美。浩瀚者噴薄而出之，深美者吞吐而出之。」就整篇文章來說：陽剛豪邁、剛健雄直的作品應該大聲用力的讀，如賈誼的〈過秦論〉、岳飛的〈滿江紅〉；但是陰柔婉約、深沈委曲的作品就只能輕讀細說，如樂毅〈報燕惠王書〉、曹雪芹〈紅豆詞〉。大聲用力讀自然聲音大、氣勢強，輕讀細說自然聲音較小、氣勢較弱。但是所謂大小強弱當然是比較來的，不是絕對的，而且所謂強弱大小，也不是全篇文章從頭到尾都是強或者是弱，而是就整體比較而言。除了全篇文章有大小強弱之別外，每個句子因為表達感情的不同，也有強弱之別。根據夏丏尊《文心·書聲》的說法：表悲壯、快活、叱責或慷慨的文句，頭部要加強；表不平、熱誠或確信的文句，尾部要加強；表莊重、滿足或優美的文句則中央部分加強。還有，強弱也跟文體有關：因為強弱是關於人的感情的，所以強弱的分別，最多見的是議論文、詩歌及敘事文中的對話，平靜的記述文與說明文中的文句差不多不大有強弱可分。換句話說，就是議論文、詩歌、對話該應用強弱來表現。議論文在提出自己論點的地方自然要強而有力的讀。如：

我說人生最苦的事，莫若身上背著一種未了的責任。（梁啟超〈最苦與最樂〉）

我們不怕享不到福，只怕吃不得苦。……真正會享福者，先要備嘗艱苦，而後苦盡甘來，始有滋味。（何仲英〈享福與吃苦〉）

至於詩歌、對話的強弱就得看所表達的感情來決定。總而言之：如果能透徹理解作品的內容，深入體會作品的風格，與作者的感情起共鳴，根據自己的生活經驗，醞釀合適的情緒，充分運用音量的多種變化，再配合其他朗讀技巧，一定可以收到打動人心的效果的。

肆、緩急

緩急，指朗讀語流中聲音的快慢。朗讀的快慢必須配合作品的內容、感情。大體而言：含有莊重、畏敬、謹慎、沈鬱、悲哀、仁慈、疑惑等感情的文句，要緩讀；含有快活、確信、憤怒、驚愕、恐怖、怨恨等感情的

文句要急讀❸。例如：杜甫的〈九日登高〉沈鬱蒼涼，要緩誦；相反的，〈聞官軍收河南河北〉一詩抒發欣喜若狂的感情，就要急讀。還有，一個急遽變化的場面，就要快讀，如《史記·刺客列傳》荊軻刺秦王那一段；相反的，一個平靜或安詳的場面，就要慢讀，如蔣士銓〈鳴機夜課圖記〉中記敘母親鳴機課讀一段。另外，人的對話、閒聊、平常說話要慢讀；爭辯、急呼、興奮的講話就得快讀，如《紅樓夢》三十一回「撕扇子作千金一笑」中晴雯說的話，那是不快讀就不能把晴雯的脾氣、性情表現出來的。相反的，四十二回「蘅蕪君蘭言解疑癖」裏寶釵勸黛玉不要看雜書的那一席話，如果讀得太急，就不是寶釵說的話了。以下緩讀、急讀各舉二例：

一、緩讀

暮春三月，江南草長，雜花生樹，群鶯亂飛。見故國之旗鼓，感生平於疇日；撫弦登陴，豈不愴恨？（丘遲〈與陳伯之書〉）

在沁涼如水的夏夜中，有牛郎織女的故事，才顯得星光晶亮；在群山萬壑中，有竹籬茅舍，才顯得詩意盎然；在晨曦的原野中，有拙重的老牛，才顯得純樸可愛。（陳之藩〈失根的蘭花〉）

二、急讀

未至身，秦王驚，自引而起，袖絕。拔劍，劍長，操其室。時惶急，劍堅，故不可立拔。荊軻逐秦王，秦王環柱而走。群臣皆愕，卒起不意，盡失其度。（《史記·刺客列傳》，參見附錄）

說時遲，那時快；武松見大蟲撲來，只一閃，閃在大蟲背後。那大蟲背後看人最難，便把前爪搭在地下，把腰胯一掀，掀將起來。武松只一閃，閃在一邊。（《水滸傳》二十二回）

當然緩急也不是絕對的，也是比較來的。而且同一篇作品也不是從頭到尾都適合急讀或緩讀。有的可能急中有緩、緩中有急，或先急後緩、先緩後急。總而言之，朗讀時是緩是急是要看文義、感情來決定的，而且緩急也需要與停連、輕重、強弱相互配合的。

---

❸　參見夏丏尊《文心·書聲》。

伍、語調

語調是指一句話的高低變化。在文字作品中，我們可以利用標點符號表示出一個句子是疑問句還是敘述句，但是在口頭語言裏，就得用不同語調來表明。國語裏常用的語調大約有降調、升調、彎曲調、平直調四種。分別說明於下：

一、降調

聲音先高後低。表示自信、有把握、不猶豫、不懷疑，表示祈求、憤恨、感激、慨嘆，或是表示意義完結的句子，插入疑問詞的問句。如：

得酒肉朋友易，得患難朋友難。

你看結果怎麼樣？

二、升調

聲音先低後高。表示出乎意外，或是問題難以解決，事情還沒有確定；或是號令或呼叫的句子、驚愕的句子；還有意義未完結的文句，或句中沒有疑問詞的問句。如：

得酒肉朋友易，得患難朋友難。

他是你的朋友嗎？

三、彎曲調

開始和結尾的聲音都比較低，中間則升高。表示意在言外，或故意說反話，或表示妒忌、嘲諷等情緒。如：

啊！真是踏破鐵鞋無覓處，得來全不費工夫。

瞧！這就是他所謂的天才兒子。

四、平直調

聲音自始至終，幾乎保持同樣高低。表示嚴肅、莊重，或是冷淡、厭惡。如：

你的國語很差，應該好好練習。

這是你家的事，與我無關❶。

---

❶　參見何家松，〈談朗誦的訓練與技巧〉（收入《朗誦研究論文集》）。

　　語調雖可區分為四種，但從上列的敘述中，可以發現同一語調要表達的感情有很多種，有的感情相差很遠的也用同一語調，因此這種區分對需要把作品感情用聲音細膩表現出來的朗讀，似乎有所不足。以下援引簡鐵浩〈詩文朗誦淺說〉一文的分法，或許可以提供我們朗讀時參考。簡氏於該文中據作者情緒的不同，分語調為七種：

　　㈠表現喜的：語調輕鬆、流暢。如杜甫〈聞官軍收河南河北〉：「劍外忽傳收薊北，初聞涕淚滿衣裳。卻看妻子愁何在？漫卷詩書喜欲狂。白日放歌須縱酒，青春作伴好還鄉。即從巴峽穿巫峽，便下襄陽向洛陽。」

　　㈡表現怒的：語調激昂、緊迫。如《史記‧刺客列傳》：「荊軻怒，叱太子曰：『何太子之遣……請辭決矣！』遂發。」（參見附錄）

　　㈢表現哀的：語調傷痛、悲酸。如洪亮吉〈出關與畢侍郎箋〉：「蓋相如病肺，經月而難痊，昌谷嘔心，臨終而始悔者也，猶復丹鉛狼藉，几案紛披，手不能書，畫之以指，此則杜鵑欲化，猶振哀音，鷙鳥將亡，冀留勁羽，遺棄一世之務，留連身後之名者焉。」

　　㈣表現樂的：語調閒適、和平。如程顥〈春日偶成〉：「雲淡風輕近午天，傍花隨柳過前川；時人不識余心樂，將謂偷閒學少年。」

　　㈤表現愛的：語調關切、溫和。如陸游〈花時遍遊諸家園〉：「為愛名花抵死狂，只愁風日損紅芳。綠章夜奏通明殿，乞借春陰護海棠。」

　　㈥表現惡的：語調討厭、憎恨。如辛延年〈羽林郎〉：「昔有霍家奴，姓馮名子都，依倚將軍勢，調笑酒家胡。……」

　　㈦表現欲的：語調懇切、希求。如杜甫〈茅屋為秋風所破歌〉：「安得廣廈千萬間，大庇天下寒士俱歡顏。風雨不動安如山！嗚呼！何時眼前突兀見此屋？吾廬獨破受凍死亦足。」❶⑤

　　這種分法當然是比較抽象，但把聲音的高低變化與作者的情緒密切配合，應該比較能掌握語調的運用。有聲語言是多樣豐富的，語調再加上停連、輕重、緩急的綜合變化，它的表現是多種多樣的。因此我們要特別強調：必須緊密結合對作品的體會和內心感情的要求，去運用最適切的語調

❶⑤　參見《朗誦研究論文集》，頁 142～143。

來表現，而要避免忽高忽低、時強時弱的賣弄技巧。另外，還要注意的是：為使語調和感情不致因為脫節而損害語言的感染力，切忌使用自己習慣的語調，而要學會依照朗讀內容的不同，精闢的運用符合文情的語調，以表達出不同的思想感情。

陸、節奏

朱光潛《詩論》說：「節奏是一切藝術的靈魂。在造形藝術則為濃淡、疏密、陰陽、向背相配稱，在詩、樂、舞諸時間藝術則為高低、長短、疾徐相呼應。」朗讀也是時間藝術，它的節奏就是音長、音高、音勢三方面的起伏變化。節奏在朗讀中的具體表現必須包含抑揚頓挫、輕重緩急，更必須包含聲音行進、語言流動中的回環往復的特點。節奏大體可分六種類型，略述於下：

一、輕快型

多揚少抑，多輕少重，語節少而詞的密度大❶。基本語氣、基本轉換，都偏於輕快，重點句、段更為明顯。如：朱自清的〈匆匆〉、〈春〉及楊喚的〈夏夜〉。

二、凝重型

語勢較平穩，音強而著力，多抑少揚，語節多而詞疏。基本語氣、基本轉換都顯得凝重，重點句、段更為明顯。如：范仲淹〈岳陽樓記〉、李孟泉〈金門四詠〉。

三、低沈型

語勢多為落潮類，句尾落點多顯沈重，音節多長，聲音偏暗。基本語句、基本轉換都帶有沈緩的感受，重點句、段尤其特別明顯。如：《詩經・蓼莪》、袁枚〈祭妹文〉「汝生於浙而葬於斯」一段。

---

❶ 語節有點像節拍，但比節拍靈活得多。它一般是以詞或詞組為單位，但得重視音節的長短。每一語節中，不應太疏，如一個音節竟占兩個語節，也不應太密，如十個音節才占一個語節。詞的疏密度，是指在一定時間裏所容納的詞的數量，多的就是密，少的就是疏。

四、高亢型

語勢多為起潮類，峰峰緊連，揚而更揚，勢不可遏。基本語氣、基本轉換都趨於高亢或爽朗，重點句、段更為突出。如：王勃〈滕王閣序〉、岳飛〈滿江紅〉。

五、舒緩型

語勢多揚而少墜，聲較高而不著力，語節內較疏但不多頓挫，氣流長而聲清。基本語氣、基本轉換都較為舒展，重點句、段更明顯。如：蘇軾〈記承天寺夜遊〉、宋濂〈送東陽馬生序〉。

六、緊張型

多揚少抑，多重少輕，語節內密度大，氣較促，音較短。基本語氣、基本轉換都較為急促、緊張，重點句、段更為突出。如：《史記・刺客列傳》荊軻刺秦王一段、《水滸傳》武松打虎那一回❼。

上列節奏六種類型介紹，為的是幫助我們經由列舉作品的朗讀練習，體會不同的節奏表現了不同的思想感情。當然什麼作品屬於什麼類型，可能因為個人的領會不同而有見仁見智的看法。而且一段文字、一篇作品的節奏不是那麼單純，也不可能從頭到尾都是同樣的節奏。有的作品可能輕快而高亢，有的作品可能低沈而凝重，有的可能緊張而高亢，有的可能低沈而舒緩；再加上同一篇作品可能前面高亢、後面低沈，或前舒緩後緊張，或前凝重後輕快，所以要想運用節奏，使朗讀更具聲情之美，得靠平時多仔細體會、分析詩文，多做不同類型節奏的練習了。

以上談到朗讀經常運用的一些技巧，但光知道技巧卻沒有好的音質去讀也是枉然。如何使自己音質優美呢？也許有人認為嗓子的好壞是天生的，我天生聲音就不好有什麼辦法呢？其實聲音本身無所謂好壞，低沈有低沈的好處，高亢也有高亢的優點，主要的是在能否掌握自己音色的特質，正確清晰、生動流利地讀出來。透過上篇的練習，發正確的音應無問題，但正確未必清晰。想要吐字清晰，首先要注意的是不可以讀得太快，因為讀太快，就

---

❼ 節奏的六種類型介紹參見張頌《朗讀學》第十四章〈節奏〉第三節「節奏的類型」。

容易把字音念得模糊。其次是字要「咬」不要吃：一句一句地讀出來。每句中可能包括若干個音節，這些音節成串的連續發出，其間必須有讓人聽得出來的「音界」。這就得「咬」住每個字開頭的音，而且字的頭、腹、尾音要分得明、連得好、聽得清，不要在發音活動中把音吃了。在正確清晰之後，就要求讀得自然生動。這需要在口齒活動上多加練習，使自己有力量控制發音器官。比方「熱辣辣地痛」這一句，若是慢讀當然沒問題，但是如果這句在文章中是緊張危急的場面，需要快讀時，就不容易讀好，不過如果認真練習幾遍就行了。所以平時要多多鍛鍊唇舌間肌肉的彈力和口型大小開合齊撮的變化，使能在各種朗讀速度下，仍可清晰流利的發出各種音❶。還要注意的是：為了使自己能更精確生動地表現不同作品的思想感情，我們要訓練自己能自由地運用自己的聲音，能放大也能收小，能柔軟也能剛硬，能高昂也能低沈，能緩慢也能急促，而且要在不太費力氣下也能使聲音傳送得遠。這就要在練習發聲的同時鍛鍊呼吸，也就是多作深呼吸練習，運用丹田發音。例如：在深深吸一口氣後，用腹部力量把氣控制住，然後連續數十個數目字，或重複說一句簡單的話，甚至背一首短詩，如果能讀到二十個至三、四十個字，就表示氣已夠長。這樣的練習如果能每天做十分鐘，久而久之就能使自己習慣於用腹部來控制呼吸。在這樣呼吸基礎上發出來的聲音可以放大持久，又能傳送得很遠。然後再配合前面談到的技巧作朗讀練習，那一年半載之後，吐字發音便能控送自如，聲音的質量也能改善，那麼你的朗讀就能做到字正腔圓、聲情並茂了。

第三節　朗讀的練習

認識了朗讀的技巧，還要透過實際練習才能提高自己朗讀的能力，獲得朗讀的效益。以下分別就基本練習與綜合練習兩方面來談。

壹、基本練習

❶　參見徐世榮，〈談朗讀〉（收入《朗誦研究論文集》）。

　　所謂基本練習，是指上節提到的停連、輕重、強弱、緩急、語調、節奏等朗讀技巧的練習。

　　一、停連的練習

　　由於國語中很多雙音詞，所以二字一音節深入人心，以致讀詩文時也多二字一頓，因此平常應多練習三字、四字或五字一頓。例如：

天也空／地也空	人生渺渺／在其中
日也空／月也空	東昇西墜／為誰功
金也空／銀也空	死後何曾／在手中
妻也空／子也空	黃泉路上／不相逢
權也空／名也空	轉眼荒郊／土一封（明悟空〈萬空歌〉）

　　也可以找一些五言或七言絕句，練習五字一頓、七字一頓。最好的方法是找些不同詞牌的詞多做練習，因為詞本身句式長短參差，藉著不同詞牌的不同句式變化，可以做各種停連的練習。

　　二、輕重的練習

　　找一些句子，依次變換重讀的地方。例如：

農曆的七月七日是情人節。

農曆的七月七日是情人節。

農曆的七月七日是情人節。

農曆的七月七日是情人節。

　　最方便的是利用數字練習法。自一數到十，每隔一字加以重讀，逐漸每隔二、三、四、五字重讀，然後再反過來練習。

　　三、強弱的練習

　　選一個小說的片段或一篇短文或一首詩，假定是念給你的男女朋友聽，讀幾次後，再假定是要念給三五知己聽；再讀幾次後，假定人數又增多，從十人到幾十人到幾百人，甚至上千人，朗誦的場所也隨著假定人數的變化而有所不同，從小房間到大客廳，從大客廳到教室，從教室到操場。

由於聽眾人數不同、場地不同，所需音量也不同。另外，還可以選一些氣勢磅礡的詩文和陰柔婉約的詩文，以不同的音量朗讀。例如：

靖康恥，猶未雪；臣子恨，何時滅？駕長車、踏破賀蘭山缺。壯志飢餐胡虜肉，笑談渴飲匈奴血。待從頭、收拾舊山河，朝天闕。（岳飛〈滿江紅〉）

尋尋覓覓，冷冷清清，淒淒慘慘戚戚。乍暖還寒時候，最難將息。三杯兩盞淡酒，怎敵他、晚來風急？雁過也，正傷心，卻是舊時相識。（李清照〈聲聲慢〉）

四、緩急的練習

最方便的是數字練習法：自一數到二十，清清晰晰地，數完以後，再倒著順序數。由非常緩慢，逐漸加快，一直盡可能的數到最快。然後再用同樣的方法，由快至慢。也可以利用繞口令、諧音聯來作緩急的練習，也是由慢到快，再由快至慢。例如：

螞蟻樹下馬倚樹，雞冠花前雞觀花。

尼姑田裏挑禾上，姑娘堂前抱繡裁。

童子打桐子，桐子落，童子樂；丫頭吃鴨頭，鴨頭鹹，丫頭嫌。

五、語調的練習

找一些四句八句的有韻短詩，從較低的聲音開始練習，每練一次就高上半個音階或一個音階，一遍一遍逐漸高上去，再逐漸一遍遍低下來。也可以運用數字練習法，從一數到二十，由最柔和的語調到最剛強的語調，再由最剛強的語調到最柔和的語調。另外，還可以找一些不同感情的句子，分別作降調、升調、彎曲調、平直調的練習。例如：

(一)降調

嗚呼！鑑湖女俠秋瑾之墓。

我是師範大學的學生。

你看他到底怎麼樣？

(二)升調

啊！您就是王永慶先生！

你不相信老師的話嗎？

無殼蝸牛們團結起來!

㈢彎曲調

啊! 你要找的人遠在天邊，近在眼前。

啊! 戈巴契夫怎麼下臺了!

你看! 這就是所謂的反共義士。

㈣平直調

你的責任很重大，應該謹慎小心。

你的程度太差，不好好努力可不行。

這是你自己闖的禍，不應埋怨別人。

除上述之外，也可以嘗試練習各種不同表情的語調。如：用輕鬆、流暢的語調朗讀杜甫的〈聞官軍收河南河北〉，用激昂、緊迫的語調朗讀《史記・刺客列傳》荊軻怒叱燕太子一段，用傷痛、悲酸的語調朗讀洪亮吉〈出關與畢侍郎箋〉「相如病肺」一段，用閒適、和平的語調朗讀程顥的〈春日偶成〉，用關切、溫和的語調朗讀陸游〈花時遍遊諸家園〉，用討厭、憎恨的語調朗讀辛延年〈羽林郎〉的開頭，用懇切、希求的語調朗讀杜甫的〈茅屋為秋風所破歌〉 ❿。

六、節奏的練習

前文已介紹過，節奏大體可分六種類型，我們可以找幾篇短文，分別依輕快、凝重、低沈、高亢、舒緩、緊張的節奏各讀一遍，體會一下以不同節奏念同一篇文章是否感受不同?然後找出該篇短文最適合的節奏多讀幾次。也可以先分析作品的思想感情，選擇最適合的節奏多練習幾遍。以下每一類型各舉兩例，以供大家練習：

㈠輕快型

太陽，他有腳啊，輕輕悄悄地挪移了……這算又溜走了一日。(朱自清〈匆匆〉，參見附錄)

蝴蝶和蜜蜂們帶著花朵的蜜糖回家了……又大又亮的銀幣。(楊喚〈夏夜〉，參見附錄)

❿　參見簡鐵浩，〈詩文朗誦淺說〉(收入《朗誦研究論文集》)。

㈡凝重型

嗟夫！予嘗求古仁人之心……吾誰與歸！（范仲淹〈岳陽樓記〉，參見附錄）

料羅灣：一片滄海……太武山：像一位孤獨的好漢……古寧頭：風雨悠悠……一段雲山一段愁。（李孟泉〈金門四詠〉，參見附錄）

㈢低沈型

蓼蓼者莪，匪莪伊蒿……民莫不穀，我獨不卒！（《詩經‧蓼莪》，參見附錄）

慈烏失其母，啞啞吐哀音……慈烏復慈烏，烏中之曾參。（白居易〈慈烏夜啼〉，參見附錄）

㈣高亢型

南昌故郡，洪都新府……童子何知，躬逢勝餞。（王勃〈滕王閣序〉）

浩浩的天風從背後撲來……張翅要衝下浮晃的大海。（余光中〈鵝鑾鼻〉，參見附錄）

㈤舒緩型

風煙俱淨，天山共色……疏條交映，有時見日。（吳均〈與宋元思書〉，參見附錄）

元豐六年十月十二夜……但少閒人如吾兩人耳。（蘇軾〈記承天寺夜遊〉，參見附錄）

㈥緊張型

軻既取圖奏之，秦王發圖……於是左右既前殺軻，秦王不怡者良久。（《史記‧刺客列傳》，參見附錄）

藐諸孤，蕞爾國。天荒荒，地窄窄。可憐蟲，亡賴賊。十八人，羅此厄。計雖非，氣自直。同日死，異代惜。田橫島，孟嘗客。彼三千，此五百。黃土黃，碧血碧。秋風楊，春雨麥。我從軍，弔遺跡。短歌行，長太息。（舒位〈十八先生墓〉）

貳、綜合練習

　　「基本練習」是針對各種朗讀技巧的個別練習，「綜合練習」是就一首詩或一篇文章的全面整體的練習。這是要綜合運用各種朗讀技巧的，所以稱作「綜合練習」。

　　要朗讀一篇詩文，得對這篇詩文有深入細緻的了解，所以在綜合練習前先談談如何針對朗讀的需要去分析、了解所要朗讀的作品。首先就是：有不會讀的字，不了解的詞語，要先查辭典或參考相關資料，不但要避免讀錯音，更要弄清文義。其次是：深入了解作品大意及內涵，把握作品的主題及情理著重處。這樣才能知道何處要重讀，也才能選擇適當的音量、音高、音速去表現。第三：妥善處理作品的段落結構，掌握作品的關鍵脈絡。這樣在朗讀時才能讀出作品的起承轉合、聯絡關鍵，也才能注意語意的起迄停連。第四：要弄清標點、明白句式、劃分語節。不同的標點符號，停頓的時間不同，表達的感情也可能不一樣，必須先弄清楚，才能把句讀讀出。還有使用的是敘述句、表態句還是判斷句、有無句也會影響到朗讀，所以要先明白。而且大多的作品都或多或少的運用各種修辭技巧，或呼告、或設問，或層遞、或錯綜，或排比、或對偶，各種不同修辭技巧也直接影響朗讀，所以也得了解。再就是每句要依文義、感情劃分適當的語節，以為朗讀時停連的依據。第五：深入了解作者的情思，體會作品的風格。不同的作品，作者的情思、作品的風格都不一樣。朗讀時語調的運用、節奏的處理，必須根據作者的情思、作品的風格。如果以雄壯的語調、高亢的節奏去讀一篇陰柔婉約的文章，或以哀怨的聲音、舒緩的節奏去處理一首壯烈的詩歌，儘管朗讀者的音色非常優美，聽起來也會覺得很怪異。所以朗讀任何作品都得透徹了解作者的情思、體會作品的風格。總而言之：對作品的了解越深入、細緻，朗讀的效果自然會越好，也就更能把作品的聲情之美表達得淋漓盡致。

　　以下就讓我們利用各種不同體裁的作品做朗讀的綜合練習。但因為古代與現代的文字作品，不僅體製不同，使用的語言也不一樣，朗讀的要求自然不同，所以先分作古代、現代兩大類；而古代作品又可因體製不同再分為文言文與舊詩兩類，現代作品同樣也可分為白話散文與新詩兩類。我

們依朗讀的難易，先談現代作品，再講古代作品。

一、現代作品

㈠白話散文

語言本身就有抑揚頓挫、輕重緩急。白話散文使用的語言最接近活的語言，所以朗讀白話散文，除了求清楚正確，求不看文字也可以聽得懂外，最重要的是不可矯揉造作，要自然生動。這就要注意下列三點：

1. 要能把作品裏標點符號的作用完整表現出來

不同的標點符號，停頓的時間不同，有的甚至還表達不同的感情，如：逗號停頓的時間較短，句號停頓的時間較長；驚嘆號表示驚訝、感嘆，問號表示懷疑、反詰等。這些在朗讀時要能完完整整地表現出來。

2. 章節段落的結構也要能讓人聽清楚

在每段結束時，語速要放慢，每段的最後一個字的字音，不管字頭、字腹、字尾及聲調都要完全念出，尤其要特別注意上聲字要念全上。還有一段結束，另一段開始間的停頓時間，要比句號停頓時間更長，讓人知道這是新的一段。另外，段與段間、節與節間，有承轉、呼應關係，也要讓聽眾聽清楚。

3. 不同體裁的文章，因為性質、風格不同，表現也不一樣

論說文的朗讀：論點的提出要鮮明，論據證明要有力，所以語氣要肯定，重音要堅實，更要注意表現辭氣的承接轉折，突出議論精密的特色。還要以沈著、堅決的語調和誠懇明朗的態度讀出來，但注意感情要含蓄，不可以勢壓人，或主觀意識太濃，這樣聽眾才會信服。

記敘文的朗讀：首先要抓住作品的發展線索，然後沿作品發展線索，顯示出作者的立意，並要靠豐富純熟的朗讀技巧，把文章中表達細膩處、點染得體處表現出來。

抒情文的朗讀：著重在感情的表達。要選擇適當的語調、節奏，表現作者的情思、作品的風格，還要運用停連、輕重、強弱、緩急等技巧，生動地、繪聲繪色地把作品的情感、思想表現出來。另外要特別注意作者感情的醞釀、變化，以及是否有言外之情意。

　　白話散文的朗讀是大家最常碰到的。上課時，老師要你讀教科書或講義中的某一段話；開會時，宣讀總統文告、會議文件等；或者你看到了報章雜誌上有趣、感人的文章，就讀給同學、朋友、家人聽。只要你在讀這些資料時，能自覺地運用朗讀技巧，準確生動、自然流利的讀出，就是最好的朗讀練習。除此之外，平常可以多讀讀報章雜誌上的方塊文章、極短篇以及優美的散文。

　　以下請大家在老師指導下練習下列文章：

　　　1.甘績瑞〈從今天起〉（參見附錄）

　　　2.佚名〈孤雁〉（參見附錄）

　　　3.朱自清〈匆匆〉（參見附錄）

㈡新詩

　　朱自清說：「新詩不要唱，不要吟；它的生命在朗讀，它得生活在朗讀裏。」❷⓿這話雖然不一定正確，但卻可以證明朗讀對新詩的重要。有些格律優美的新詩也能譜成歌曲，像三〇年代趙元任為劉半農的〈教我如何不想她〉譜曲，至今仍傳唱於世；又如七〇年代楊弦為余光中的多首新詩譜出動人的樂章。不過適合唱的詩，朗讀起來也特別優美動聽，而大多數不適合唱的新詩只有靠朗讀來體會它的聲情之美。更何況新詩中還有一類「只活在聽覺裏」的「朗誦詩」，是非得誦讀才能完整表現出來的❷❶。因此新詩的朗讀也就格外重要。但新詩應如何朗讀呢？這得注意下列三點：

　　　1.掌握主題，正確理解

　　新詩使用的語言，大體上也是鮮活的口語（部分是文言詞語及歐化語言），但因為詩的語言是凝鍊的，所以特別講究修辭技巧，造句方式也與散文不同，以致影響文義的了解，所以朗讀時，首先要掌握住主題，弄清意旨，然後正確理解每一句詩，這樣才能妥善安排重音所在，並根據詩意去運用各種朗讀技巧。

　　　2.深入意境，因境抒情

---

❷⓿　參見朱自清，〈朗讀與詩〉（收入《朗誦研究論文集》）。

❷❶　參見朱自清，〈論朗誦詩〉（收入《朗誦研究論文集》）。

　　一首詩是作者或感物、或觸景、或遇事、或冥想而寫成，我們看到的卻只是作者所寫的文字，因此必須根據詩的內容，展開豐富的想像，使它在我們的心裏、眼前活動起來，彷彿自己身歷其境，親見其事，使自己和作者有類似的感受。這樣把自己完全投入作品中，才能與作者的心意、情態相通，然後才能根據作者的心意、情態去抒發感情。

　　3. 把握節奏，重視詩味

　　節奏是新詩的生命。因為新詩字數不定，語節不定，韻腳、平仄也不定，朗讀時，如果不把握住節奏，就沒有詩味了。要掌握節奏，讀出詩味，首先要注意的是詩的分行。因為新詩不重在押韻，所以要特別注重句中的音節，而音節就表現在分行。其次是要讀出詩中的呼應對稱、起伏跌宕、停連頓挫。

　　除上列三點外，要特別注意的是：朗讀的速度應較散文慢些、從容些。語調則要求配合詩情，力求樸素真實和平易近人，避免誇張、不自然或過分激動。

　　接著我們來練習下面詩篇：

　　1. 楊喚〈夏夜〉（參見附錄）

　　2. 余光中〈鵝鑾鼻〉（參見附錄）

　　3. 李孟泉〈金門四詠〉（參見附錄）

二、古代作品

㈠文言文

　　桐城派的古文家特別注重朗讀，因為透過朗讀才能真正體會文章的佳妙，也才能作好文章。曾國藩認為「讀書聲出金石」是人生大樂。但文言文是一種言簡意賅的古代書面語言作品，它字少意深、音單義廣，它一詞多義、句法簡奧，它詞異聲同、一字多音，它快讀失字，慢讀失章，它文無定勢，難以體味，所以比白話文的朗讀困難得多。我們要如何克服上述這些障礙，而能像曾國藩一樣把文言文讀出興趣來呢？最重要的就是要能從字句中抓住聲音節奏，從聲音節奏中抓住文章的情趣、氣勢或神韻❷。

---

❷　參見朱光潛，《談文學・散文的聲音節奏》。

除此之外，還要注意下列四點：

　　1.從整體來看，朗讀文言文要平穩、舒緩、從容、深沈

　　這是與白話文相對而言。朗讀文言文不宜高低懸殊、緩急突變，而要平穩、舒緩、從容、深沈。因為平穩才可以顯出字字珠璣，舒緩才能疏通詞句的承續轉折，從容才能給聽者思索的時間，深沈才能達到探幽發微的目的。

　　2.要能把語詞拓開，以便更多容納、表露那些不見諸文字的義蘊

　　朗讀文言文時，要把語詞拓開，因為語詞太緊湊，是不利於表達思想感情，也不利於突出文言文的特色。但語詞的拓開，一要根據語法關係及詞性、句式去決定何處要拓開，二要根據思想感情的延續、轉換過程的需要決定是否拓開。更要注意的是：語詞的拓開不是把字音一個一個說出來，而是在語流中，有些環節拉長，有些音節拉長。如：

　　自——三峽——七百里中，兩岸——連山，略無——闕處；重岩——疊障，隱天——蔽日，自非——亭午——夜分，不見——曦月 ❷❸。

　　3.要把握文言文音韻特色，讀出抑揚頓挫

　　朗讀任何文學作品，都要注意音韻的美感，而創作時特別講究音韻鏗鏘的文言文，當然更要把握音韻特色，讀出作品的抑揚頓挫來，尤其要避免平白如話。

　　4.要特別注意虛詞在聲音節奏上的作用

　　白話文的虛詞很多是輕聲字，音節短促，一點即過。而文言文的虛詞不僅有表達語氣的作用，更是影響聲音節奏的重要因素。歐陽脩修改〈晝錦堂記〉的故事即是明證。朱光潛曾說：「古文講究聲音，原不完全在虛字上面，但虛字最為緊要。」他又指出：《孔子家語》往往抄襲〈檀弓〉而省略虛字，神情便比原文差得遠 ❷❹。既然古文講究聲音，特別在虛字上用工夫，我們在朗讀時就得特別注意虛詞在聲音節奏上的作用。

　　除上舉數點外，當然與白話散文一樣，文言文的朗讀也會因體裁的不

---

❷❸　參見張頌，《朗讀學》，頁 319。

❷❹　參見朱光潛，《談文學·散文的聲音節奏》。

同而有不同的表現方法。前文已經談過，此處從略。

接著請大家練習下列作品：

　　1.諸葛亮〈出師表〉（參見附錄）

　　2.歐陽脩〈醉翁亭記〉（參見《大學國文選》）

　　3.王安石〈讀孟嘗君傳〉（參見附錄）

文言文的朗讀平常較不容易聽到，練習起來或許比較困難，我們可以多聽一些文言文朗誦錄音帶，學習他們的腔調，但把歌唱成分去掉，再把方音轉成標準國語就可以了。

　㈡舊詩

所謂舊詩，是與新詩相對而言，指不是用語體文寫作的古典詩歌，包括《詩經》、楚辭、古詩、樂府、近體詩及詞曲等。古典詩歌原是音樂與文學巧妙結合的藝術品，很多古典詩歌本來都是可以唱的，後來因為曲調散佚、歌譜失傳而無法唱出。但是由於它是音樂與文學結合的作品，所以本身具有許多音樂美的因素在內，不用聲音表達就很難體現它的特性。因此我們只有透過誦讀吟唱才能深入體會古典詩歌的聲情之美。吟唱不屬朗讀範圍，此處不談。但是要如何誦讀，才能表現詩歌的聲情之美呢？這可從速度、韻腳、聲調、節奏四方面來談，說明如下：

　　1.朗讀的速度要較其他文體更慢

舊詩朗讀的速度又得較文言文慢些，當然比起白話散文與新詩就更慢了。但是詩體的不同，朗讀的速度也不一樣。大概古體詩和詞、曲，一分鐘可以讀一百字左右，絕句、律詩、小篇樂府和小令，音樂性高，引聲慢讀，才能顯出韻律，一分鐘大約讀六十字。不過朗讀的快慢還得根據詩歌的內容和字的平仄聲而有別。

　　2.韻腳要清楚地讀出

舊詩都有押韻，它的韻腳能造成前後呼應和喚起記憶的效果，也是形成聲情之美的重要因素，朗讀時要特別留意。韻腳處一定要清清楚楚地把字音全部吐出，不可輕易帶過。要注意的是：韻腳字只要讀得響亮些，但不能碰到韻腳就一律重讀，因為那將和句間的「強調重音」混淆，影響詩意的表

達。另外，遇到平聲韻時應該引慢拉長，造成後音，讀出韻味；至於仄聲韻，就得頓挫為斷，尤其入聲韻的字，有時要戛然而止，造成無聲勝有聲的感覺。還有要特別注意一些因循古韻而讀法與國語不同的字，如：孟浩然〈過故人莊〉：「青山郭外斜」的「斜」要念ㄒㄧㄚˊ，不可念ㄒㄧㄝˊ ㉕。

　　3.注意平仄聲調的不同

　　詩歌的聲調，表現在用字的平仄上。平仄要讀得清楚。平聲緩，仄聲急，配合詩的音節，遇平聲字可以拉長，遇仄聲字就要連續或頓挫帶過。如：

　　寒——巖〰〰枯——木一原——無〰〰想——

　　野一館一梅——花〰〰別一有一春〰〰

這兩句詩中「木」、「野」、「館」、「別」、「有」是仄聲字，所以讀得較短，其他平聲字讀得較長，其中「巖」、「無」、「花」、「春」四字因為讀得非常慢，所以喉間往往會顫動，造成搖曳生姿的韻味。

　　4.節奏的處埋隨體製的不同而異

　　古典詩歌體製繁複，隨體製的不同，節奏的處理也不一樣。如：《詩經》多四字句，朗讀時多二字一頓，但二、四字往往要拉長，如：「關關——雎鳩——在河——之洲——」。而楚辭句法與《詩經》不同，變化也更為複雜，兮字或在句中，或在句末；或一句四言、五言，或一句六言、七言，節奏處理自然與《詩經》大異其趣。再如近體詩與古體詩雖同為七言或五言，但句法有別，節奏自然也不同。至於詞、曲因為詞調、曲調的不同，節奏更是大異。因此古典詩歌的節奏一定要配合各種不同體製，不能用同樣節奏去讀所有的舊詩。

　　除上列四點外，《詩學淺說‧怎樣誦讀》告訴我們：第一，要讀出音節，兩字或三字相連要作為一頓，上句的末一字要提起，下句的末一字要反覆沈吟。特別在全首的末一聯，要讀出其中綿綿不盡的情味。第二，詩中的情感有悲壯、柔婉、流利、掩抑各種不同，要讀起來恰相配合，才能情味動人。

㉕　參見邱燮友，《美讀與朗誦》，頁 196～207。

　　以上所談到的是朗讀古典詩歌大體上可以遵循的一些原則，但是由於舊詩體製繁複，朗讀的原則、技巧隨詩體的不同也有差異，如果大家想進一步探討，可以參考邱燮友先生著的《美讀與朗誦》一書。

　　接著請老師指導大家練習下列詩篇：

　　　1.李頎〈古意〉（參見附錄）

　　　2.杜甫〈蜀相〉（參見附錄）

　　　3.陸游〈訴衷情〉（參見附錄）

參　考　書　目

《談文學》　朱光潛　臺灣開明書店　民國 47 年 6 月臺一版

《詩論》　朱光潛　國文天地雜誌社　民國 79 年 3 月初版

《品詩吟詩》　邱燮友　東大圖書公司　民國 78 年 6 月初版

《美讀與朗誦》　邱燮友　幼獅文化事業公司　民國 80 年 8 月初版

《朗誦研究》　林文寶　文史哲出版社　民國 78 年 3 月初版

《文心》　夏丏尊　漢京文化事業有限公司　民國 72 年 5 月初版

《朗讀學》　張頌　湖南教育出版社　1983 年 8 月第一版

《朗誦研究論文集》　簡鐵浩編　嵩華出版事業公司　1978 年 10 月初版

附　錄

刺客列傳　　　　　　　　　　　　　　　　司馬遷

　　燕國有勇士秦舞陽，年十三殺人，人不敢忤視。乃令秦舞陽為副。荊軻有所待，欲與俱；其人居遠，未來，而為治行。頃之，未發。太子遲之，疑其改悔，乃復請曰：「日已盡矣，荊卿豈有意哉？丹請得先遣秦舞陽。」荊軻怒，叱太子曰：「何太子之遣！往而不反者豎子也。且提一匕首，入不測之強秦；僕所以留者，待吾客與俱。今太子遲之，請辭決矣！」遂發。

　　太子及賓客知其事者，皆白衣冠以送之，至易水之上。既祖，取道，

高漸離擊筑，荊軻和而歌，為變徵之聲，士皆垂淚涕泣。又前而歌曰：「風
蕭蕭兮易水寒，壯士一去兮不復還！」復為羽聲忼慨，士皆瞋目，髮盡上
指冠。於是，荊軻就車而去，終已不顧。

　　遂至秦。持千金之資幣物，厚遺秦王寵臣中庶子蒙嘉，嘉為先言於秦
王曰：「燕王誠振怖大王之威，不敢舉兵以逆軍吏；願舉國為內臣，比諸
侯之列，給貢職如郡縣，而得奉守先王之宗廟。恐懼不敢自陳，謹斬樊於
期之頭，及獻燕督亢之地圖，函封，燕王拜送於庭，使使以聞大王。唯大
王命之！」秦王聞之大喜，乃朝服設九賓，見燕使者咸陽宮。

　　荊軻奉樊於期頭函，而秦舞陽奉地圖匣，以次進。至陛，秦舞陽色變
振恐，群臣怪之。荊軻顧笑舞陽，前謝曰：「北蕃蠻夷之鄙人，未嘗見天
子，故振慴。願大王少假借之，使得畢使於前。」秦王謂軻曰：「取舞陽所
持地圖！」軻既取圖奏之，秦王發圖，圖窮而匕首見。因左手把秦王之袖，
而右手持匕首揕之，未至身，秦王驚，自引而起，袖絕。拔劍，劍長，操
其室。時惶急，劍堅，故不可立拔。荊軻逐秦王，秦王環柱而走。群臣皆
愕，卒起不意，盡失其度。而秦法：群臣侍殿上者，不得持尺寸之兵；諸
郎中執兵皆陳殿下，非有詔召不得上。方急時，不及召下兵，以故荊軻乃
逐秦王。而卒惶急，無以擊軻，而以手共搏之。是時，侍醫夏無且以其所
奉藥囊提荊軻也。秦王方環柱走，卒惶急，不知所為。左右乃曰：「王！
負劍！」負劍，遂拔以擊荊軻，斷其左股。荊軻廢，乃引其匕首以擿秦王，
不中，中銅柱。秦王復擊軻，軻被八創。軻自知事不就，倚柱而笑，箕踞
以罵曰：「事所以不成者，以欲生劫之，必得約契以報太子也。」於是左右
既前殺軻，秦王不怡者良久。已而論功賞群臣及當坐者，各有差；而賜夏
無且黃金二百鎰，曰：「無且愛我，乃以藥囊提荊軻也。」

出師表　　　　　　　　　　　　　　　　　　　　　　諸葛亮

　　臣亮言：先帝創業未半，而中道崩殂。今天下三分，益州疲弊，此誠
危急存亡之秋也。然侍衛之臣，不懈於內；忠志之士，亡身於外者，蓋追
先帝之殊遇，欲報之於陛下也。誠宜開張聖聽，以光先帝遺德，恢弘志士

之氣；不宜妄自菲薄，引喻失義，以塞忠諫之路也。

宮中府中，俱為一體，陟罰臧否，不宜異同。若有作姦犯科，及為忠善者，宜付有司，論其刑賞，以昭陛下平明之治；不宜偏私，使內外異法也。

侍中、侍郎郭攸之、費禕、董允等，此皆良實，志慮忠純，是以先帝簡拔以遺陛下。愚以為宮中之事，事無大小，悉以咨之，然後施行，必能裨補闕漏，有所廣益。將軍向寵，性行淑均，曉暢軍事，試用於昔日，先帝稱之曰「能」，是以眾議舉寵為督。愚以為營中之事，悉以咨之，必能使行陣和睦，優劣得所。親賢臣，遠小人，此先漢所以興隆也；親小人，遠賢臣，此後漢所以傾頹也。先帝在時，每與臣論此事，未嘗不歎息痛恨於桓、靈也。侍中、尚書、長史、參軍，此悉貞亮死節之臣也，願陛下親之信之，則漢室之隆，可計日而待也。

臣本布衣，躬耕於南陽，苟全性命於亂世，不求聞達於諸侯。先帝不以臣卑鄙，猥自枉屈，三顧臣於草廬之中，諮臣以當世之事，由是感激，遂許先帝以驅馳。後值傾覆，受任於敗軍之際，奉命於危難之間，爾來二十有一年矣！先帝知臣謹慎，故臨崩寄臣以大事也。受命以來，夙夜憂勤，恐託付不效，以傷先帝之明。故五月渡瀘，深入不毛。今南方已定，兵甲已足，當獎率三軍，北定中原，庶竭駑鈍，攘除奸凶，興復漢室，還於舊都：此臣所以報先帝而忠陛下之職分也。至於斟酌損益，進盡忠言，則攸之、禕、允之任也。願陛下託臣以討賊興復之效；不效，則治臣之罪，以告先帝之靈。若無興德之言，責攸之、禕、允等之慢，以彰其咎。陛下亦宜自課，以諮諏善道，察納雅言，深追先帝遺詔，臣不勝受恩感激。今當遠離，臨表涕泣，不知所云。

與宋元思書　　　　　　　　　　　吳　均

風煙俱淨，天山共色，從流飄蕩，任意東西。自富陽至桐廬，一百許里，奇山異水，天下獨絕。

水皆縹碧，千丈見底，游魚細石，直視無礙。急湍甚箭，猛浪若奔。

夾岸高山，皆生寒樹。負勢競上，互相軒邈，爭高直指，千百成峰。

泉水激石，泠泠作響；好鳥相鳴，嚶嚶成韻。蟬則千轉不窮，猿則百叫無絕。鳶飛戾天者，望峰息心；經綸世務者，窺谷忘返。橫柯上蔽，在畫猶昏；疏條交映，有時見日。

岳陽樓記　　　　　　　　　　　　范仲淹

慶曆四年春，滕子京謫守巴陵郡。越明年，政通人和，百廢具興，乃重修岳陽樓，增其舊制，刻唐賢今人詩賦於其上；屬予作文以記之。

予觀夫巴陵勝狀，在洞庭一湖，銜遠山，吞長江，浩浩湯湯，橫無際涯，朝暉夕陰，氣象萬千；此則岳陽樓之大觀也，前人之述備矣。然則北通巫峽，南極瀟湘，遷客騷人，多會於此，覽物之情，得無異乎？

若夫霪雨霏霏，連月不開，陰風怒號，濁浪排空，日星隱耀，山岳潛形，商旅不行，檣傾楫摧，薄暮冥冥，虎嘯猿啼；登斯樓也，則有去國懷鄉，憂讒畏譏，滿目蕭然，感極而悲者矣！

至若春和景明，波瀾不驚，上下天光，一碧萬頃，沙鷗翔集，錦鱗游泳，岸芷汀蘭，郁郁青青；而或長煙一空，皓月千里，浮光躍金，靜影沈璧，漁歌互答，此樂何極！登斯樓也，則有心曠神怡，寵辱皆忘，把酒臨風，其喜洋洋者矣！

嗟夫！予嘗求古仁人之心，或異二者之為，何哉？不以物喜，不以己悲。居廟堂之高，則憂其民，處江湖之遠，則憂其君，是進亦憂，退亦憂，然則何時而樂耶？其必曰「先天下之憂而憂，後天下之樂而樂」歟！噫，微斯人，吾誰與歸！

讀孟嘗君傳　　　　　　　　　　　　王安石

世皆稱孟嘗君能得士，士以故歸之，而卒賴其力以脫於虎豹之秦。

嗟乎！孟嘗君特雞鳴狗盜之雄耳，豈足以言得士？不然，擅齊之強，得一士焉，宜可以南面而制秦，尚何取雞鳴狗盜之力哉！夫雞鳴狗盜之出其門，此士之所以不至也。

記承天寺夜遊　　　　　　　　　　　蘇　軾

元豐六年十月十二夜，解衣欲睡；月色入戶，欣然起行。念無與樂者，遂步至承天寺，尋張懷民。懷民亦未寢，相與步於中庭。

庭中如積水空明，水中藻荇交橫，蓋竹柏影也。何夜無月，何處無竹柏，但少閒人如吾兩人耳。

蓼　莪　　　　　　　　　　　　　詩　經

蓼蓼者莪，匪莪伊蒿，哀哀父母，生我劬勞！蓼蓼者莪，匪莪伊蔚，哀哀父母，生我勞瘁！

缾之罄矣，維罍之恥，鮮民之生，不如死之久矣！無父何怙？無母何恃？出則銜恤，入則靡至。

父兮生我！母兮鞠我！拊我畜我，長我育我，顧我復我，出入腹我，欲報之德，昊天罔極！

南山烈烈，飄風發發。民莫不穀，我獨何害！南山律律，飄風弗弗。民莫不穀，我獨不卒！

古　意　　　　　　　　　　　　　李　頎

男兒事長征（一句連讀），少小（略停）幽燕客（停頓）。賭勝馬蹄下（一句連讀），由來輕七尺（停頓）。殺人莫敢前（一句連讀），鬚如蝟毛磔（停頓）。黃雲（略停）隴底（提高）白雲（略重）飛（低緩），未得報恩（略停）不能歸（低緩）。遼東小婦年十五（連讀，末字特別提高），慣彈琵琶（四字連讀略停）解歌舞（特別提高）。今為（略停低緩）羌笛（略重）出塞聲（三字連讀，二重一輕），使我三軍（四字連讀，前二重，後二輕）淚如雨（末一句特別加重，提高，再三沈吟）。

蜀　相　　　　　　　　　　　　　杜　甫

丞相祠堂——何處（頓挫帶過）尋——

錦官——城外柏森——森——

映堦——碧草自春——色（入聲轉，要戛然而止）

隔葉黃鸝——空好（頓挫帶過）音——

三顧頻煩——天下（頓挫帶過）計一

兩朝——開濟老臣——心——

出師——未捷身先——死一

長使英雄——淚滿（頓挫帶過）襟——

慈烏夜啼　　　　　　　　　　　　　　　白居易

慈烏失其母，啞啞吐哀音，晝夜不飛去，經年守故林。夜夜夜半啼，聞者為沾襟；聲中如告訴，未盡反哺心。百鳥豈無母，爾獨哀怨深？應是母慈重，使爾悲不任。

昔有吳起者，母歿喪不臨，嗟哉斯徒輩，其心不如禽！慈烏復慈烏，鳥中之曾參。

訴衷情　　　　　　　　　　　　　　　陸　游

當年萬里覓封侯，匹馬戍梁州，關河夢斷何處？塵暗舊貂裘。胡未滅，鬢先秋，淚空流。此生誰料？心在天山，身老滄洲！

從今天起　　　　　　　　　　　　　　甘績瑞

「從今天起」這一句話，有兩層意思：一是我們認為不正當的事，不應當做的事，從今天起，就決定不再去做。二是我們認為正當的事，應當做的事，從今天起，便開始去做。

假如我們有一種不良的習慣，想要把它改了，而我們不下極大的決心，那種不良的習慣，便時時刻刻會來引誘我們去做不正當的事，我們不去做，就要覺得十二分的不舒服，十二分的難過。如果我們因為不良習慣的引誘和驅使，而轉了一個念頭：「今天姑且做一次，明天不做了。」這「姑且做一次」的念頭，就是惡習慣戰勝我們的好機會，也便是惡習慣的根。古人

說:「去惡,如農夫之務去草焉。」俗語說:「斬草不除根,春風吹又生。」所以我們要革除一種惡習慣,便須下一個極大的決心,從今天起,就不再做。那麼這種惡習慣就可以永久不再發生了。

　　反過來說,我們想要做一件正當的事,也要從今天起,便開始去做,莫存「今天過了還有明天」的心。為什麼呢? 因為因循怠惰,是一條綑住手腳的繩子,它能使我們的事業永遠不能成功。假如我們要做一件正當的事,而不立刻去做,以為「將來做的時候多得很,今天不做,還有明天可做呢!」這樣一來,一次,二次,三次……就被因循怠惰的習慣所誤了。今天的事推到明天,明天又推到後天,一天一天的推下去,我們還有做成功的時候嗎? 所以我們應當做的事,要從今天起,就開始去做。

　　古人說:「從前種種,譬如昨日死;以後種種,譬如今日生。」這句話中間,我們應當注意「昨日死」、「今日生」六個字。壞的我,在昨天已經死了,從今天起,便不再做壞事;好的我,今天才生,從今天起,就要做好事。佛家說:「放下屠刀,立地成佛。」假使想要成佛,而不能立刻放下屠刀,那成佛的希望,不過是幻想罷了。

孤 雁 　　　　　　　　　　佚　名

　　沙洲上,蘆叢中,寒星點點的夜裏,雁兒們一對對交著頸子睡了。可是孤雁卻得不到安眠。「孤雁,好好地守著更吧。有惡人來了,要叫醒我們大家啊!」「好吧!」孤雁回答著,心裏卻覺得悲涼。寒星照在蘆葦上微微發光,猶如沾著了眼淚,風吹來,便真的窸窣地啜泣了。孤雁斂著翅膀,側著頭,小心地向四周偵望。

　　忽然間,看見蘆叢後火光一閃,一會兒,又一閃。孤雁一緊張,便立刻引吭呼叫起來。正睡著的雁也都醒來了,看一看四周,卻沒什麼事。大家於是發了怒,以為孤雁故意撒謊,生生地將牠們的美夢擾醒了。啄! 啄! 啄得孤雁瑟縮地躲在一邊暗自悲傷。

　　一對對的雁兒們,又都交著頸子入睡了。忽然間,孤雁又看見一閃火光。牠警告自己:「別再無端打擾人家啊。」然而,接著又是一閃,又一閃。

這一次，可總靠得住了吧！孤雁於是更為焦急，呼叫得也就更嘹亮了。「嘎咕嘎咕！起來，起來，嘎咕！」然而，還是沒出什麼事。「守的什麼更！」孤雁自然又得被啄了，而且啄得更厲害。牠被認為是幸福的搗亂者了。孤雁著實覺得委屈。

獵人拿著香炬在空中閃著，一次又一次。巨大的人影，也矗立在眼前了。孤雁於是急急地鼓著翅膀，破著喉嚨，只是叫喚。然而一對對交著頸子酣睡的雁兒們，卻懶得來理會牠。

獵人們拿著網籮，越走越逼近，蘆葦也嘶嘶地響了起來。孤雁慌忙地拍拍翅膀飛到空中，卻還是急急地在拼命叫喚著。「嘎嘎！醒醒吧！醒醒吧！嘎嘎！」在這可怕的喧鬧聲裏，一對對酣睡著的雁兒們，睡興還是濃濃的。

狡獪的獵人伸出殘酷的手，將一隻隻熟睡著的雁兒放進了網籮。孤雁於是在空中瘋了似地迴繞著，嘎嘎地慘哭起來了。等到牠滴下了沈重的眼淚，才將這幸福群中的一兩隻打醒。雖說是逃脫了性命，然而，卻已多半成為「孤雁」；「孤雁」從此也就多起來了。

匆　匆　　　　　　　　　　朱自清

燕子去了，有再來的時候；楊柳枯了，有再青的時候；桃花謝了，有再開的時候。但是，聰明的，你告訴我，我們的日子為什麼一去不復返呢？是有人偷了他們吧？那是誰？又藏在何處呢？是他們自己逃走了吧？現在又到了哪裏呢？

我不知道他們給了我多少日子，但我的手確乎是漸漸空虛了。在默默裏算著，八千多日子已經從我手中溜去，像針尖上一滴水滴在大海裏。我的日子滴在時間的流裏，沒有聲音，也沒有影子。我不禁汗涔涔而淚潸潸了。

去的儘管去了，來的儘管來著；去來的中間，又怎樣地匆匆呢？早上我起來的時候，小屋裏射進兩三方斜斜的太陽。太陽，他有腳啊，輕輕悄悄地挪移了；我也茫茫然跟著旋轉。於是洗手的時候，日子從水盆裏過去；

吃飯的時候，日子從飯碗裏過去；默默時，便從凝然的雙眼前過去。我覺
察他去得匆匆了，伸出手遮挽時，他又從遮挽著的手邊過去；天黑時，我
躺在牀上，他便伶伶俐俐地從我身上跨過，從我腳邊飛去了。等我睜開眼
和太陽再見，這算又溜走了一日。我掩著面歎息，但是新來的日子的影兒，
又開始在歎息裏閃過了。

在逃去如飛的日子裏，在千門萬戶的世界裏的我，能做些什麼呢？祇
有徘徊罷了，祇有匆匆罷了；在八千多日的匆匆裏，除徘徊外，又賸些什
麼呢？過去的日子，如輕煙，被微風吹散了；如薄霧，被初陽蒸融了；我
留些什麼痕跡呢？我何曾留著像游絲樣的痕跡呢？我赤裸裸地來到這世界，
轉眼間也將赤裸裸地回去吧？但不能平的，為什麼偏要白白走這一遭啊？

你，聰明的，告訴我，我們的日子為什麼一去不復返呢？

夏　夜　　　　　　　　　　　　　　　　楊　喚

蝴蝶和蜜蜂們帶著花朵的蜜糖回家了，
羊隊和牛群告別了田野回家了，
火紅的太陽也滾著火輪子回家了，
當街燈亮起來向村莊道過晚安，
夜就輕輕地來了。
來了！來了！
從山坡上輕輕地爬下來了。
來了！來了！
從椰子樹梢上輕輕地爬下來了。
撒了滿天的珍珠和一枚又大又亮的銀幣。

美麗的夏夜呀！
涼爽的夏夜呀！
小雞和小鴨們關在欄裏睡了。
聽完了老祖母的故事，

小弟弟和小妹妹也闔上眼睛走向夢鄉了。
（小妹妹夢見她變做蝴蝶在大花園裏忽東忽西地飛，
小弟弟夢見他變做一條魚在藍色的大海裏游水。）
睡了，都睡了！

朦朧地，山巒靜靜的睡了！
朦朧地，田野靜靜的睡了！
只有窗外瓜架上的南瓜還醒著，
伸長了藤蔓輕輕地往屋頂上爬。
只有綠色的小河還醒著，
低聲歌唱著溜過彎彎的小橋。
只有夜風還醒著，
從竹林裏跑出來，
跟著提燈的螢火蟲，
在美麗的夏夜裏愉快的旅行。

金門四詠　　　　　　　　　　　　　　　李孟泉

料羅灣：
一片滄海，
月照沙灘，
千古的浪潮，
沖蝕著，
這荒島的夢幻。

太武山：
像一位孤獨的好漢，
披滿風塵，
眺望海洋；

他經歷了多少次興亡苦難，
他咀嚼了無數的寂寞辛酸。

古寧頭：
風雨悠悠，
隔海望神州，
一段雲山一段愁。

莒光樓：
壯麗輝煌，
千百個烈士的鮮血，
寫下了正義的史章，
那愛國的忠靈，
丹心不死，
看如今，佇立在前方，
仍然為苦難的國家，
朝夕守望。

鵝鑾鼻   余光中

我站在巍巍的燈塔尖頂，
俯臨著一片冷冷的蒼茫。
在我的面前無盡地翻滾，
整個太平洋洶湧的波浪，
一萬匹飄著白鬣的藍馬，
呼嘯著，疾奔過我的腳下，
這匹銜著那匹的尾巴，
直奔向冥冥、漠漠的天涯。
浩浩的天風從背後撲來，

將我的亂髮向前撕開；
我好像一隻待飛的巨鷹，
張翅要衝下浮晃的大海。
於是我也像崖頂的巨鷹，
俯視迷濛的八荒九垓；
向北看，北方是蒼鬱的森林；
向南看，南極是灰色的雲陣，
一堆一堆沈重的暮靄，
壓住浮動的海水，向西橫陳，
遮斷冬晚的落日、冬晚的星星，
遮斷渺渺的眺望，眺望崑崙——
驀然，看，一片光從我的腳下
旋向四方，水面轟地照亮；
一聲歡呼，所有的海客與舟子、
所有魚龍，都欣然向臺灣仰望。

第七章　專題報告

　　專題報告是指以某一「特殊專題」為主題所作的報告，可以分為書面式專題報告和口頭式專題報告兩種。書面式專題報告不屬於語言運用的範圍，所以我們在這一章裏只談口頭式的專題報告。口頭式的專題報告也有人稱作專題演講或專題演說，是以某「特殊專題」作為口頭報告或演講的主要內容，因為受到「特殊專題」的限制，報告者或演講者對該專題一定有深入的研究，講起來也必是內容精湛、材料豐富；從聽眾的角度來說，所聽的這一席報告，必然是只能聽到跟這個「特殊專題」有關的訊息，但是因為報告者對這個「特殊專題」有深入的研究，所以聽眾能從這個專題報告裏掌握跟該專題有關的充足材料，並從而獲得與這個「特殊專題」有關的正確觀念，或者因此而得到絕對的信心，遇到相關或類似的問題時，可免於猶豫、徬徨，而能參考專題報告的解決方法，找出因應對策，問題自然迎刃而解。

　　如果不論報告時間的長短，口頭式專題報告可以分為：一、只寫報告大綱，實際報告時不用講稿；二、寫好講稿，屆時看著講稿宣讀；三、寫好講稿，上臺時以背稿的方式發表等三種方式。第一種方式相當於大綱式演說，後兩種相當於有稿演說，第二種方式是宣讀式的有稿演說，第三種是背稿式的有稿演說。這三種方式看起來似乎有所不同，但是在準備的過程裏，大致相似。因此以下便分別從專題報告應該怎樣準備、報告時可以使用哪些輔助工具、擔任講評時該注意哪些事項三方面來談，並且提供一些可作為專題報告練習的材料給大家。

第一節　怎樣準備專題報告

　　無論是只寫大綱或是寫好講稿的專題報告，最初的準備工作大致相同，因此在這一節裏，我們首先要介紹如何決定專題報告的題材、怎樣擬定報告的題目以及該如何蒐集資料，其次談專題報告講稿的寫作，最後再談作專題報告前該如何試講。

壹、決定題材、擬定題目

　　多數的專題報告是由某個單位或團體邀請你就個人專長或學有專精的問題作報告，因此，可能邀請單位在邀請你時，已經針對你的專長定下題目，這樣，你自然不必為要講什麼題目而傷腦筋；也可能主辦單位只告訴你一個大範圍，例如請你講跟某一學科的教學有關的專題，或是要請你談談青少年偏差行為輔導方面的問題，這時你必須在指定範圍裏選定相關專題；也有些主辦單位只邀請你作專題報告，而題材、內容等，完全由你自己決定。

一、決定題材

　　如果是前面的兩種情況，你大致上不必為到底要「講些什麼」而煩惱，如果是第三種情況，那麼應該以自己最了解、最熟悉、最能掌握的題材，或者是自己覺得有趣而且喜歡的材料，作為專題報告的題材，才能講得精彩，也可以選擇適合聽眾興味、需要的題材，同時要以能顧及聽眾的能力與程度的材料作為專題報告的專題。因為是屬於「特殊專題」的報告，所以應該要具有相當的深度，對某一個專題的某幾點、某幾項作專門且深入的報告，但切忌貪多，因為有時為求其廣，可能到最後對每一項都只能泛泛的談，無法深入。而且決定題材之前有一個外在環境的因素要先行考慮，那就是聽眾，所謂知己知彼，百戰百勝，預先對聽眾有充分的了解，可以說掌握了專題報告成功的一半，例如：了解聽眾多數集中在哪一個年齡層，六、七十歲以上的銀髮族？四、五十歲的中壯年？還是十幾二十歲的青少年？各年齡層自然有不同的需要和不同的訴求重點。比如銀髮族可能對養

生保健有較高的興趣，飲食、起居方面該如何注意？該如何預防老年疾病？患有某一種疾病該如何調理等等，這一類的題材對老年人來說，應該有較大的吸引力；中、壯年正是社會的中堅分子，運動強身的訊息對他們來說，固然有需要，但是可能對接受如何投資理財的資訊有更高的意願，同時親子之間的溝通可能是中、壯年人面臨到的嚴重問題，夫妻之間如何調適、配偶有外遇該如何處理等問題也可能困擾著我們的社會中堅分子，所以這一類的講題可能較能引起他們的興趣；而對十幾二十歲的年輕人，交友問題可能是他們關心的焦點，學業、事業的抉擇也是他們面臨的重要問題，以之為題材，對他們應該有相當的吸引力。至於聽眾性別的掌握也很重要，如果能事先了解，也有助於專題報告題材的選擇：單一性別？男多於女的陽剛場合？或是女多於男偏向於陰柔的聽眾群？性別不同，希望接受的資訊也因而有別，聽眾裏男女差不多相等的場合也許可以談談旅遊，談兩性都有興趣的休閒生活或夫妻相處之道，也可以跟他們談現代人都可能遭遇到的壓力問題，像一些來自生活上的、工作上的各種不同的壓力，要如何化解等，或者也可以跟他們談論外遇的預防、處理；至於以女性為主的聽眾群，或許對投資理財有興趣，因為也許不少婦女存了點私房錢，希望能更有效的運用，她們也可能對美容、美姿、護膚、減肥等問題較為關心；如果純粹以男性為主，運動、休閒固然能引起他們聽講的興趣，屬於某一專業領域的知識，也可以吸引聽眾。至於聽眾的教育程度、所從事的職業等，也需要一併考慮。

　　總之，如果自行選擇題材，除了以自己學有專精的課題為考量的因素之外，聽眾的情況也要列入考慮的範圍。

　　二、擬定題目

　　題材確定了，題目要怎麼定，也是要費一番工夫，可以單純而直接的命題，像：「談國畫花鳥的畫法」、「高血壓的防治」、「談青少年的自我管理」都是這種命題的典型方式，除非不得已，否則應該儘量避免過於冗長的題目，像：「公平交易法施行後的企業經營策略革命」，雖然把專題報告的主旨、內容直接反映在題目上，但是總覺得題目太長太生硬了；有時候

為了吸引聽眾，也許會以較曲折的手法命題，例如：以報告裏一句重要的話語為題，像談生涯規劃，或者可以名之為「肯定自我，創造未來」，如果演說的內容是告訴聽眾如何解決某個問題時，題目也可以是一個問句，像「現代人的感情為何不易開放？」就是，又如演說者對聽眾或自我有所期許，往往會用祈使句命題，像「做個出色的人」，就是個好題目；另外還有一種常見的命題方式，就是為了吸引聽眾，以現成的詩文、優美的詞句、當時流行的話語或以對比命題的方式來作為專題報告的題目，不過以這種方式命題，往往在主標題之後要附加副標題，以便聽眾能一目了然，像：「陪他一段？今生相許？──兩性‧愛情‧婚姻──選擇題」、「寢食難安──談背痛」、「菩薩的風範──談現代佛教的入世精神」、「從無情到有情──談社會情感」、「如何使您慧眼獨具──談眼睛的保養」、「忽高忽低──認識血壓」等都是很好的例子。

因此可以說，題目的選定固然要能吸引聽眾，但總要使人一看就能明白你所要報告的主題和內容才好，不要為了吸引人而以譁眾取寵的方式命題，這樣，也許把聽眾引來了，但是等到場一聽，便直呼上當，紛紛離場就不好了。

貳、蒐集資料

題材、題目確定之後，第二步就是蒐集資料。一般而言，如果與自己的專長有關的課題，可能不需要花太多的時間在資料的蒐集上，因為既然是自己最熟悉、最擅長的學科或事物，必定對這個專題的鑽研花費了相當時日，因此信手拈來，絲毫不費工夫；但是如果遇到有些相關的問題必須查考時，到圖書館去閱讀相關的圖書、雜誌、報紙是一個最簡便而直接的方法，所以這裏的介紹偏重在平時的資料蒐集，也就是怎樣把平日接觸到的相關資料集中在一起，作為有朝一日專題報告之用。

一、以自己的經驗閱歷為資料蒐集的骨幹

平時的資料蒐集，可以以自己的經驗、閱歷為骨幹，例如：平日喜歡旅遊，可能蒐集許多旅遊勝地、名勝古蹟的風景資料，自可能更進一步對

該地的自然地理、人文地理等有相當的了解，同時你可能拍攝下許多珍貴的鏡頭，包括照片、幻燈片、錄影帶等等，一旦以休閒、旅遊為報告的專題時，都可以派上用場；而在旅遊的資訊方面，像某一個地區、國家，在什麼時候去最合適？要有哪些準備？哪些地點最值得參觀、不可錯過？同時因為你自己的喜好，連帶也蒐集了相當多的資料，必要時可以公諸同好；至於因為各地風土人情的不同，曾經發生的趣聞、有無特殊的禁忌、需要特別注意哪些事項等，也是喜歡旅遊的人樂於聽到的訊息。如果能夠隨時記下，到了必要時便可以不必多費工夫就能輕易的取得。

二、平日多閱讀

一個人的經歷畢竟有限，所以要儲備專題報告的資料其實跟做學問、寫書面報告並無二致，最重要的資料來源在於平日的閱讀。

平日閱讀書籍、報紙、雜誌時，可能發現一首雋永的小詩、幾句富有哲理的話，或是一個發人深省的小故事，這可能只有幾行或一兩頁，但有時可以作為專題報告的引論或結語，便要影印或隨手抄下；如果跟個人的研究相關的文章、論文，可能是一本書或是書中的一個章節，可以用卡片寫下摘要，不過記得要記下資料的來源。回到家裏，可以分類放在資料剪貼簿裏，也可以存在電腦的資料庫裏，到要用的時候以詞鍵的方式檢索搜尋。請記住，平時多留心，到要用的時候便可以省卻很多時間和氣力。

三、參觀訪問

參觀、訪問也是不錯的方法，參觀某一個機構，一定可以得到不少相關的資料；訪問專家學者，與有關人士舉行座談，聽聽他們的意見，也是一種蒐集資料的方法，這樣可以廣泛的接觸各方面的意見、接納各種不同的意見，以免閉門造車。參觀的心得、訪問座談的意見，也是要隨手記錄，分類集中收藏。

總之，時時留意，處處用心，對於專題報告資料的蒐集有絕對的必要。

參、專題報告講稿的寫作

大綱式的專題報告雖然不必寫出報告全文，但是對於報告的內容也要

有所規劃，不可以想到什麼、就說什麼。至於有稿的專題報告，講稿雖然不一定要像寫作文一樣，嚴格講求起承轉合，但是也有一定的結構、布局。

一、擬定報告大綱

根據前面所提到的原則選定了題材，決定了題目之後，接下來是大綱的研擬，在擬定大綱的時候，要再確定一次究竟要給聽眾什麼樣的訊息，根據目標決定報告的寫作風格，如果是政策的宣導，可能要以強有力的例證作為說理的後盾，如果是知識的傳播，應該有學理的依據，如果是一項運動的推行，可能多少要動之以情，說之以理，如果以娛樂、休閒為主，則要講求輕鬆、活潑的氣氛。風格確定之後，經過適度的包裝，把顆顆晶瑩剔透的珍珠、寶石，串成項鍊或鑲成戒指，才能呈現給聽眾，也就是要講求遣辭用字的修辭技巧，如此才能使說理不著痕跡，易於入耳，而聽眾在不知不覺之中，事實上已經深受你的影響了。

二、報告全文的結構及寫作方法

至於報告全文結構，可以分為引論、本論、結論三部分。

㈠引論

引論又稱為引言，是要把整個報告導入本論的一番話。在引論之前，也許可視現場情況而有稱呼、問候語等，稱呼是給自己和群眾定位，切記要合於身分，同時不可用錯。引論所占的時間不要超過報告時間的五分之一，如果報告的總時間超過二十五分鐘，那麼引論的時間仍以不超過五分鐘為宜。

引論的目的是要讓聽眾先熟悉、適應報告者的口音、語調，並且緩和聽眾的情緒，最重要的目的是要吸引聽眾的注意，把他們的注意力導引到報告者所希望的狀況，以便爭取聽眾的認同，進而建立報告者的信心。為了達到這些目的，可以使用下列的幾個方法：

1.開門見山法

有的人喜歡以開門見山的方式開始專題報告，這是一開始就切入主題，不拐彎抹角，以防扯到題外的一種方式。直接提出主題，說明它的重要性，或是乾脆直接解釋題義。例如要對大一的新同學介紹校園裏某一個

社團，可以直截了當的說明你要介紹的是什麼社團，是一個怎樣的社團，這個社團有些什麼活動等。這和論說文的正面破題法很相似。

2.名言錦句法

有的時候可以引用名人的話或當時很流行的語言作為報告的開端，像要講述與環境保護有關的題材時，也許會用「我們只有一個地球」作引子；要作一個呼籲大家從事某一項回饋社會的公益活動的專題報告，我們可能以「飲水要思源頭，吃果子要拜樹頭」來作為開端；如果叫剛受完聯考煎熬的大一新生要怎麼用功、該如何努力，可能他們聽起來會非常不中聽，甚至不屑一聽，但是，假如你說：「各位到這裏來，如果抱著『由你玩四年』或者是『大概的學』的心態，那麼你可能會『死得很難看』！」也許可以吸引不少人的注意。其實這和莊子所謂的「重言」是有相同效果，不過要注意，千萬不要把名言或錦句記錯了、說錯了，同時，如果現場已經有人說過了，就要避免，才不會人云亦云。為了免於跟別人用一樣的話語，同類的名言最好多記，這就是我們前面提到蒐集資料時，要分類收藏，舉凡格言、詩歌、名言甚或是廣告詞語，記得越多，用起來就越方便。

3.故事實例法

先講一個故事也是引論常用的方法。故事最好是自身的經歷或是多數人可能經驗到的事情，這樣一開始就可以得到聽眾的認同，但是，請注意！故事一定要跟報告的本論有關，才不會令人覺得多餘；同時不可以太長，太長了會喧賓奪主，反而轉移了聽眾的注意。另外還要生動有趣，具有相當的新鮮度，也就是不要拾人牙慧，才能建立起你是這個專題權威的形象，並且吸引聽眾的注意。有時也可以用生活當中的實際例子，例如作一個呼籲大家「常懷感恩心」的專題演說，也許可以用你在寒風凜冽的夜晚輾轉難眠，這時聽到巷口或街角清運垃圾的工人正冒著嚴寒不停工作的聲音的實例，反省出要常懷感恩心的道理。

4.出奇制勝法

有時候為了吸引聽眾的注意，可能需要一開始即故作驚人之語，或做某些出人意表的動作來吸引聽眾的注意。這種驚人之語，可能乍看之下跟

主題沒有什麼關係,像約翰‧波爾❶一三八一年在倫敦附近向農民發表有關「奴隸和自由民」的演說時,以「亞當和夏娃男耕女織時,誰是真紳士?」❷作為講詞的開端, 以之引入人類生而平等的觀念就是一個很好的例子。

另外還可以因時、因地制宜,就現場的狀況,臨時取材,例如談對適應不良學生的輔導,與其對他的負面行為作種種的限制、在背後推他,對他說「去!」不如對他正面的行為給予適當的肯定,在他前面說「來!」還要有效。一般非自動門,在把手的地方往往有「推」和「拉」兩個字,演說者要談這一類的題目,就可以就地取材,以「『推』他前進,不如『拉』他一把」為引言。

事實上,引論使用的方式不只是以上介紹的這幾種,有時候可以展示與專題報告有關的實物,或是以表演動作為開端。至於什麼性質的專題報告,適用哪一種引論,倒是沒有一定的規則,各位練習的機會多了,自然可以運用裕如。

㈡本論

本論是全篇報告的主幹,要竭盡所能的做到清晰、明確、有力、動聽的程度。這涉及到報告的用語以及報告者說話的速度,也就是語速。口頭報告,當然是越口語化越好,因為聽人報告和讀一篇文章畢竟不同,文章讀不懂,可以從頭再讀;但是口頭報告,話語一經說過就無法追回,如果用了過於艱澀的詞語,聽眾可能要花很多時間去領悟、體會,在這同時,報告的人仍不停的說,於是等到聽眾會過意來時,已經無法銜接了。另外也要考慮到聽眾的教育程度,如果聽眾的教育程度多數在大專以上的程度,那麼可以用較艱深、典雅的用語,某些專門術語也可以適當的使用,但是萬一聽眾只有義務教育的程度時,遣詞用字要儘量求其淺顯,專門術語能夠不用最好不用,萬不得已非用不可,最好能作適當的說明。

---

❶ 約翰‧波爾 (John Ball),英國有名的牧師和社會改革家,生年不詳,一三七六年被逐出教會,一三八一年被捕受酷刑而死。

❷ 這句話的原文是: "When Adam delved and Eve span, who was then the gentleman?"

　　語速與報告講稿的長短有密切的關係。普通說話的速度大概在每分鐘兩百個音節（字）左右，專題報告的語速要比平常說話慢些，如果是一個小型的演講會，聽眾在五十人左右，平均每分鐘的語速約是一百五十到一百八十個音節；如果是五百人左右的中型演說，平均語速應該放慢到每分鐘一百三十個音節左右；聽眾如果在千人以上，那麼平均語速必須在每分鐘一百到一百二十個音節才合適。也就是聽眾人數少時，報告的速度可以跟平常說話的速度差不多，但是人多了，速度就得放慢，講稿就要縮短或精簡，人數越多，速度越慢，才能叫聽眾聽得清楚、明白。因此要根據聽眾人數，決定語速；根據語速，決定講稿長短。

　　至於本論的寫作方法，可以運用一般的逐層遞進法，按照所要介紹的理論，從近到遠、由小到大、由輕而重，從頭到尾、有條不紊、一步一步的敘述，不過這樣從頭到尾、有條不紊、一步一步的敘述方式，可能稍嫌死板，不一定很有趣，卻可以讓聽眾容易聽懂。

　　另外也可以把因果排列出來，也就是先指出事件的成因，然後再說明結果，或是先報告結果，再推求原因，最後讓聽眾能明白究竟，遇到相關的問題時，可以防患於未然，或者把傷害減到最低。例如談論核能發電可能遭遇到的危險，就可以先探討核電廠發生災害的原因，再說明一旦發生核電災害，會有怎樣的結果，讓聽眾了解該如何避免、如何預防，一旦發生核電災害，又該如何因應等等。這是因果推論法。

　　如果是具體的事物，也可以用描述的方法來進行本論的寫作，對具體的事物，可以詳細的描繪它的形狀，有顏色的，可以詳述其顏色，有聲音的，或模仿其聲音，使聽眾有身歷其境或感同身受的感覺。

　　有些題材，可以用問答討論的方式進行，也就是以問題導引聽眾的思路，使他們不停的思考；或是以反問的語句，強迫聽眾正視問題，並且運用思考，解決問題。這種方法往往可以運用在一些在職訓練的場合，在這種場合談較具學術性的專題時，運用這種方法，聽眾當場就可以得到反饋的機會。

　　事實上，報告本論的寫作並無定式，多聽別人報告，自己也多練習講，

久了之後自然駕輕就熟，所以可以說本論的寫作固然有各種不同的方法，但是運用之妙，存乎一心。

㈢結論

結論不只是一場報告或講演的例行過程，更是達到報告或講演目的的最後時機，因為錯過了，你便再也沒有打動聽眾的機會了。它是你臨謝幕前的最後表現機會，所以應該好好把握。想法子營造熱忱、懇切的氣氛，用趣味盎然、生動有力的語詞來結束你的報告或講演。

結論的長度，也是不要超過整個專題報告的五分之一，同時要簡潔有力，最好能再製造高潮，才能收到畫龍點睛以及回味無窮的效果。

結論的寫作，最常見的是要點歸結法，也就是把本論的重點用最精簡的幾句話歸納出來，或者是分項復述作為結論，這可以使聽眾容易記憶，也可以收畫龍點睛之效。例如談到有關高血壓的防治，結論時可以把高血壓的預防方法歸納出來，再行強調一次，以加深聽眾印象。

有時候可以把開頭已經說過的話稍微加工，拿來作為結尾，與引論的名言錦句或實例故事相呼應，可以使人覺得全篇一氣呵成，對這個專題報告產生完美的印象，例如前面提到跟大一新生談如何規劃讀書計畫，可以用「如果你不想『死得很難看』，那麼應該詳細研擬讀書計畫」作結，顯得首尾能夠呼應。

如果把全篇的精髓，用特別精簡的言語，例如名言錦句或是自創的警句，說出發人深省的道理作為報告的尾聲，會讓人有餘音繞梁的感覺，這是提出精義法。像美國黑人解放運動著名領袖馬丁‧路德‧金恩❸一九六八年八月二十八日在華盛頓舉行的黑人大規模集會上的演講詞《我有一個夢想》，就是以黑人聖歌「我們終於得到了自由！終於得到了自由！感謝全能的上帝，我們終於得到了自由！」❹作結。

有時為了使聽眾能實踐力行，可能會用慰勉的話作結，例如講題是「常

---

❸ 馬丁‧路德‧金恩 (Martin Luther King, Jr.)，美國黑人解放運動的著名領袖，生於一九二九年，一九六八年被種族主義者刺殺。

❹ 原文是："Free at last! Free at last! Thank God almighty, we are free at last!"

懷感恩心」，可能會說「讓我們『常懷感恩心』，使我們的世界明天更美好！」或者是用訴諸行動、表示堅定決心的話語來結束演說，像伯屈克‧亨利❺一七七五年三月二十三日在維吉尼亞州議會發表「不自由，毋寧死」的演說時，就以他自己「不自由，毋寧死！」❻的決心來作為結語；也有人習慣以祝福語、道謝語收尾，使人感到溫馨有禮。

肆、作專題報告前的試講

講稿在尚未上臺作正式報告之前，都不能算是定稿，因為你隨時可以修改、增刪。也就是說儘管你的講稿已經完成，但是在正式報告前必須適度演練。根據講稿，多次試講，使自己對專題報告的內容十分熟悉。當然，試講的時候也有一些要注意的事項。

如果是看稿宣讀的報告，最好能多讀幾次，把講稿盡可能讀熟，遇到文句、語氣不合自己語言習慣的地方，能更動成自己自然的語言最好，如果涉及專業術語等無法更動的，那麼只好在那裏作個記號，以便宣讀時特別注意；語音容易讀錯的地方也應該作相同的處理。至於詞調、語調和語速的掌握和背稿的演說並無二致，有關詞調、語調的講求，可以參看本書下篇第六章〈朗讀〉有關的部分。

試講時為了確實掌握自己的語調和語速，應該適時的把試講的情況錄下音來，這樣可以聽聽看語音是否清晰、語調是否自然，當然要有適度的抑揚頓挫，才能吸引聽眾，但是又不能太過誇張，給人造作的感覺。同時還可以測試需要多久才能講完，看看講稿的長度是否適中，以免講稿太長，時間不夠，結果重點和精華都沒講到，或者講稿太短，時間剩下很多，聽眾參與討論又不熱烈，而造成冷場；大綱式的專題報告，試講更是重要，經過試講，才能確切掌握需要的時間。

---

❺ 伯屈克‧亨利 (Patrick Henry)，一七三六年生，北美律師及政治家，也是美國獨立運動的鼓吹者，北美獨立前，不少人主張請願和談以減輕英國的壓迫，但是伯屈克堅決主戰，反對妥協。卒於一七九九年六月六日。

❻ 這句話非常有名，原文是："Give me liberty or give me death!"

　　如果是背稿的報告，遇到容易講錯或忘詞的地方，不妨以名片大小的紙片寫上提示的字詞，字體不可太小，字跡一定要清楚，放在掌心，以備萬一忘詞時可以充任提詞之用，但是千萬不要把整篇講稿都帶上講臺，因為忘詞時，心情必定緊張，要在密密麻麻的講稿上找出講詞所在，一定是相當困難。

第二節　專題報告的輔助工具

　　專題報告時如果能利用一些輔助器材，不僅可以免除聽眾只用耳朵聽報告的枯燥感，還可以彌補語言的侷限性，增加報告的趣味，同時輔助工具的使用，更能增加聽眾眼見為真、手觸為實的感覺。在前一節提到引論時可以因時、因地制宜，就地取材，其實也是一種輔助工具的應用，但是除非你對現場狀況十分了解，否則往往可遇而不可求。有時候我們也可以看到某些報告者以板書來輔助說明，不過這樣邊說邊寫，比較浪費時間，同時要有不算短的時間背對聽眾。因此這裏要介紹的是在準備專題報告的同時就能著手準備的輔助工具的應用。這些輔助工具可以包括：視覺性的輔助工具、聽覺性的輔助工具、視聽並用的輔助工具三大類，這些輔助工具的製作及使用方法，多數屬於視聽教育課程的範圍，所以在本節裏主要是介紹專題報告時可以利用哪些輔助工具，以及使用這些輔助工具時應該注意的事項。

壹、視覺性的輔助工具

　　視覺性的輔助工具是指配合報告的內容，給聽眾一些只經由視覺去感知的資料，這類資料又有非放映性和放映性之分。非放映性的視覺輔助工具包括報告、演說時使用與報告內容有關的實物、標本、化石、模型、地圖、掛圖、統計圖表、照片，甚至是書寫或印刷有講題、報告題綱的海報等都是；放映性的視覺輔助工具則指幻燈片、普通幻燈機、透明投影片、投影機、實物投影機、顯微投影機、無聲影片及放影機。報告時可依專題

之性質與實際需要，選擇使用。

　　如果作一個介紹寵物的生活習性、飼養方法等的專題報告，往往會把實物帶到現場，方便說明。談到有關自然生態保育、介紹目前臺灣瀕臨絕種的鳥類，可能用鳥類標本來說明是一個不錯的方法。要跟聽眾談拒絕菸害，用肺部模型或胸腔掛圖來解說香菸造成傷害的情形，同時用統計圖表以確切數字顯示臺灣地區各年齡層吸菸的人口，是比較不流於空泛的方法。如果介紹某地、某國家的地理特徵、人文特色，那麼地圖、照片，甚至於幻燈片，都是很好的選擇。有關文物的介紹，利用縮小的模型是一個方法，也可以用圖片、照片，以實物投影機投射。學術性的專題報告，往往有一些術語，這時可以把術語依出現時間的先後次序，寫在透明投影片上，用投影機投射出來。在生物學的介紹裏，用多層式透明片也是很好的表現方式，例如介紹花朵的結構，可以在五張透明片上分別畫上花托、花瓣、花蕊、花萼、花冠，五張分別講解，最後再把它們重疊在一起成為一朵完整的花。介紹病理解剖、手術等的動態活動，植物生長的過程等，放映無聲影片也是輔助說明的辦法。

　　使用這一類純粹以視覺為主的輔助工具，好處在：圖片、掛圖、海報、統計圖表等，價格大眾化，保存容易，影印複製也很方便；具有三度空間的實物、標本、模型、化石等，則不只具有「眼見」之利，必要時聽眾可以觸覺親自體驗。至於放映型的輔助工具，可以隨時調整放映的速度，以便配合報告者的說明及聽眾的理解，必要時還可以靜止或倒回，重新放映、投影；而且透明投影片、幻燈片的製作也很簡單。

貳、聽覺性的輔助工具

　　要聽眾除了聽報告者講解、說明以外，還要他們利用聽覺感知來幫助理解時，所使用的器材，屬於聽覺性的輔助工具，唱片、唱機、錄音帶及錄音機就是這一類的輔助工具。

　　這一類的輔助工具多應用在與音樂、聲音有關的專題報告，例如：介紹美國民謠作曲家福斯特，可以放放〈老黑爵〉、〈哦！蘇珊娜〉給聽眾欣

賞；要介紹各種樂器，可以播放該樂器的獨奏曲，讓聽眾易於掌握樂器的音質、特色；如果介紹某種動物的生活情形，播放牠特殊的叫聲讓聽眾聽聽，也很不錯！

盤式錄音帶的音響效果較好，又可以剪接；卡式錄音帶攜帶、使用、複製都方便，價錢又便宜；雷射唱片，音響效果極佳，可以跳選歌曲，極為方便，儲存也容易，可惜價位嫌高，同時普通人很難自行製作。

參、視覺、聽覺並用的輔助工具

聲影同步幻燈機、幻燈片、有聲影片、放映機、錄影帶、錄放影機及多映像❼或多媒體❽放映系統，既有畫面，又有聲音，是相當好的輔助工具。

這一類輔助工具使用很普遍，普通幻燈片如果在錄音帶上加上旁白、說明，並且做上同步訊號，就可以放在聲影同步幻燈機上使用，可以使用在各種類型的專題報告上，例如：介紹某地的風景、名勝，舉凡可以用照片表示的景色、事物，都可以用幻燈片來表現，同時可以事先配上音樂、旁白，不必聽眾邊看，報告的人邊解說；有關交通安全的演說，可能在演說之前先播放一段交通事故的影片或錄影帶，為求逼真，這類影片、錄影帶多半不是無聲的；至於使用多映像或多媒體的演講場合，只要場地、設備允許，凡是可以用影片、幻燈片等表現的事物，都可以使用。

幻燈片利用聲影同步幻燈機做上同步訊號，製作上非常簡單，使用時也很方便，不過偏向於靜態；影片、錄影帶的製作成本高，錄影帶比影片的放映設備普及化；多映像、多媒體的製作，費用高，還要受場地、設備的限制，但是聽眾往往可以有身臨其境的感覺。

---

❼ 多映像 (multi-image) 是運用一個或多個畫面的組合來說明事物或表達思想，如果只是用多部幻燈機放映出來的畫面組合，就稱「幻燈多映像」。

❽ 多媒體 (multi-media) 運用一個或多個畫面的組合來表達概念或說明事物，如果同時既有幻燈機和電影機的畫面，就稱為多媒體。也就是運用多部幻燈機、電影機以及各種效果設備，如：音響、閃電、燈光等，是用現代視聽科技和觀念處理的一種結合體。

肆、使用輔助工具時應注意的事項

一般的專題報告，如果需要應用到擴音設備，邀請單位大多會準備，也會先行測試其擴音效果及音量大小，但是麥克風的高度有時必須報告者自行調整，因此在坐定或站定之後，要先調整麥克風的高度，以免影響到擴音效果。至於使用各項輔助工具時，應該注意下列幾個問題：

一、視覺性的輔助工具如海報上的字體、圖表等應該大小適中，而且要放在顯著的地方

以視覺為主，尤其是非放映型的輔助工具，首先應該注意其大小，太大了要張掛可能不方便，但是萬一太小，聽眾無法看清楚，使用起來效果也是不彰。一般來說，現成的掛圖大小一定，沒有辦法改變，但是自行製作的海報、統計圖表等，如果聽眾人數在五十人以下、使用的是小型的講堂時，可以使用四開到半開的海報紙，如果聽眾人數在五百人以上，使用的是中大型的講堂時，就得用全開的紙張；要張掛的時候，一定要放在顯著的地方，讓全場的聽眾都能看清楚。萬一圖片、統計圖表上頭字體太小，可以改製成透明投影片，照片也可以翻拍成幻燈片，這樣在放映或投射時，可以放大。如果圖片等無法改製、翻拍，應該將只有一部分人才能看得清楚的輔助工具割愛，或者是影印發給大家。

二、使用輔助工具時，報告者仍應維持面對聽眾的角度

擔任專題報告者應該面對聽眾，因此不論使用哪一種輔助工具，仍以維持面對聽眾為宜，要隨時注意自己與聽眾的角度。例如：使用二度空間的海報、圖片等資料時，一般都張掛在講堂的最前方，報告者要站在圖片前作說明時，千萬不可只顧自己看著圖片而背對聽眾，應該側過身來，保持身體側面與圖片和聽眾各成九十度的角度；使用透明投影片和幻燈片時，銀幕多數設於講堂的正前方或斜前方，如果報告者需要自行操作幻燈機，那麼可能無法面對聽眾，但是自行操作投影機時，面對聽眾是可以做到的，面對聽眾、站在投影機側，需要指著投射出來的資料說明時，不要指向銀幕，只需以筆尖或一根細的棒子直接指著投影機放映臺上的透明片

即可,因為當你背對銀幕時,透明片和銀幕上所投射出來的畫面完全相同。如果還是不習慣，則有一種紅外線指示器❾可以使用。

三、先行試用、操作純熟

各種輔助工具，尤其是電器設備，一定要先行試用，並且要能純熟的操作，像透明投影片，先行試用，可以避免到時不知如何擺放、投射出畫面相反或是畫面顛倒的尷尬；幻燈片要事先排好，影片、錄影帶也要事先調整到要給聽眾觀看的位置,免得錯過了要給大家觀看的鏡頭或是觀看了一些不必要的畫面；對需要使用的視聽器材，要能純熟操作，在放映幻燈片、影片、錄影帶時，才能控制裕如，同時可以視當時需要，隨時使畫面倒退、前進或靜止；至於使用多映像、多媒體等設備時，則可能需要專業人才的協助、配合。

四、需準備萬一視聽器材故障時的替代方案

專題報告時，使用各種視聽器材、電器設備，最可能遭遇到的突發狀況是：臨時停電或機器故障，電停了，幾乎所有儀器都無法操作，這時只好用口頭的說明來補充，這一類的補充說明，最好能事先想好；遇到視聽器材故障，無法再行使用，也只好如此處理。使用聽覺性輔助工具，有時可能錄音機把錄音帶卡住了，臨時再找一部錄音機很容易，這時如果能有一卷備用的錄音帶就好了。幻燈機的燈泡也是經常性的消耗品，主辦單位提供這種設備時應該會注意，但是萬一在使用時遇到要更換燈泡，但是卻一時準備不及，演說的方式和內容可能也要臨時略作更動。以上各種情況，當然不一定會發生，但是都要在事先想好替代方案,才不至於萬一遇上了，不只是自己臨時慌亂，同時還會影響聽眾的情緒，分散了他們的注意力。

五、正視輔助工具的功能

專題報告使用輔助工具的主要目的在使聽眾除了聽主講者的口頭報告之外，能夠透過視覺、聽覺、放映性、非放映性的視聽媒體，而更了解報告的內容，更容易達到主講者的預期目標。但是，它畢竟只是輔助工具，

---

❾ 紅外線指示器是一種類似遙控器的機器，啟動開關，會發出柱狀的紅色燈光，投射在銀幕上，相當於一般指示棒的作用。

而不是專題報告的全部，所以仍然要以口頭的說明為主，不要以為使用了
輔助工具，任務已經達成，這樣很可能本末倒置。如果是用在引論的輔助
工具，還要注意使用時間不可太長，以不超過全部報告時間的五分之一，
以免喧賓奪主。放映性的視聽媒體，娛樂性可能較高，但是要避免廣告嫌
疑。同時不論使用哪一種視聽媒體，要注意不要觸犯著作權法才好。

第三節　專題報告的練習

　　知道了專題報告如何準備、講稿該怎樣寫作、可以使用哪些輔助工具
之後，接下來最想知道的，應該是怎樣才能講得更好。市面上討論演說問
題的書很多，幾乎都提到使自己演說成功的祕訣，但是，要做一個成功的
演說家，是否真有祕訣？如果有祕訣的話，那麼應該是在掌握了上面兩節
所提到的注意事項之後，不斷的練習了。從練習之中，可以累積經驗，經
驗才是演說技巧進步的基礎；而有了豐富的經驗，自然信心倍增，也就是
專題報告成功的保證。

　　身為一個成功的演說家，往往有機會參與各項演說盛會，別人作了專
題報告，該如何批評？或是教師平時指導學生參加演說競賽，該注意哪些
事項？都應該是值得注意的事情。所以這一節，除了要談怎樣才能講得更
好之外，還要談教師在學生作了練習之後要如何講評、怎樣給予指導，並
且提供一些可以作為專題報告的題目，供大家練習。

壹、怎樣才能講得更好

　　練習是累積經驗的不二法門，要怎樣練習？是不是每看到一個題目、
想到一個題目就寫一篇講稿？答案是：不只是這樣，還要找機會講，利用
各種機會、各種不同的場合，作各類型的專題報告和演說。

一、多練習並虛心的自我評量

　　演說之後，要自我評量。評量的時候，不要過度膨脹自己，有人說，
作一場演講，至少應該有三個步驟，第一是還沒上臺以前的試講，試講不

只一次，但都只是預期的演講。第二是正式面對聽眾的演說，正式面對聽眾的表現因人而異，有的人會比預期的好，這種人生來可能就是應該活躍在觀眾和聽眾面前的；有的人可能跟預期的不相上下，這種人表現平穩；但有些人可能演出失常，剛開始練習演說，可能難以避免失常或演出不理想的情況。因此在結束演說後，回家途中，應該趁記憶最深刻時，再仔細的回想一次，這是演說的第三個步驟，像這樣三點都做到了，這次演說收穫才最可觀。因為可以利用這個機會，想想：對自己的表現是否覺得滿意？音量是否適中？表達的理念完不完整？是否都說出來了？用詞是否恰當？哪些個地方自己覺得不滿意？如果當時換一種講法，是否能表達得更好？聽眾的反應如何？一頭霧水還是能夠進入情況？有沒有疑惑？對於聽眾的反應是不是能當下察覺？是否把聽眾導引到自己預期的目標？要虛心檢討，反覆自我反省，作為下次演講時改進的依據。

二、多聽別人演講以吸取經驗

有機會要多聽別人演講。聽別人演說時，要用心的記筆記，因為演講者對你而言，可能是一面鏡子。筆記的內容應該包括：演講的時間、地點，講題和全篇大意、大綱、條目；有無精采、動人之處？精采、動人之處在哪裏？風度、儀態如何？聲音、語調怎樣？內容是否扣緊題旨？有無離題？聽眾的反應怎樣？為何有那樣的反應？演講者本身有無缺點？如果有，原因何在？如果你是他，要怎樣避免類似的缺失？有哪些值得學習的優點？並對整個演說作客觀的批評。這種經驗的累積和自己親自演講，同等重要。

三、多閱讀以充實自己

不斷的練習，累積經驗，固然重要，但是平時多方面的閱讀、蒐集資料，也是不可少的重要工作，縱使口才很好，但是言之無物，或是每次都講相同的東西，久了，聽眾自然聽而生厭了，因此惟有不斷的研讀、勤奮蒐集資料，找機會多作練習，才是通往成功的捷徑。

貳、怎樣指導學生專題演說

指導學生參加專題演說，應該從語音、詞調、語調、表情儀態，也就

是肢體語言等方面著手，有關正確的語音請參考本書上篇各章，詞調、語調的講求方面，可以參看本書第六章；至於表情儀態以及各種動作的訓練，請參考第九章。

參、專題報告的練習

前面一再強調練習的重要性，以下便擬出一個專題報告大綱架構和兩個專題演說大綱實例，供大家作為自行練習的參考，如果想練習，但是一時找不到合適的題目，那麼後面也附一些專題報告的題目，供大家練習之用。

一、專題報告大綱架構

報告大綱應該包括：主題、題目、報告的目的、引論、本論、結論等幾個要項。下面擬出一個大綱架構供大家參考：

㈠主題：（本次報告的主要題材、內容）

㈡題目：（根據本章第一節提供的原則擬定題目）

㈢目的：（屬於政令的宣導？知識、學術的傳播？還是以說服或鼓勵為目的的報告？）

㈣引論：（剛開始練習，最好把引論全部寫出來，要能吸引聽眾，集中他們的注意力，告訴他們你作此報告的原因、目的，同時可以告訴聽眾你的報告大綱。）

㈤本論：（這裏只寫出本論的寫作計畫）

　　1.本論的第一個要點：

　　　⑴提出這個要點的主要論據是什麼？

　　　⑵支持這個要點的次要論據是什麼？

　　　⑶提出這個要點的其他資料有哪些？

　　2.本論的第二個要點：

　　　⑴提出這個要點的主要論據是什麼？

　　　⑵支持這個要點的次要論據是什麼？

　　　⑶提出這個要點的其他資料有哪些？

　　3.本論如有第三、第四……要點仍依第一、第二要點臚列。

　㈥結論：（以第一節所提結論寫作的任何方法寫出結論的全文）

二、報告大綱實例

　　首先根據民國四十七年六月五日胡適之先生在臺灣大學法學院大禮堂的演說詞（演說詞全文參見附錄），試著擬出報告大綱：

　㈠主題：談大學生選擇科系的標準。

　㈡題目：大學的生活。

　㈢目的：鼓勵大學生選擇科系，要以「性之所近，力之所能」為依據，因為這樣，未來對國家的貢獻可能比現在盲目的、被動的選課要大得多。

　㈣引論：採用就地取材法作為開端，先向聽講學生致歉、報告自己到此地來演講的因緣，藉機會提出演說的主題。

　㈤本論：

　　1.目前學生選課傾向功利主義：

　　　⑴天才高的學生往往選實用方面的課程。

　　　⑵基本學科很少人選讀。

　　　⑶這是短視的想法。

　　2.以自己出國留學的實例，說明自己如何選擇科系就讀：

　　　⑴家裏長兄要自己選讀什麼科系，居於什麼考量？

　　　⑵自己抉擇的標準是什麼？

　　　⑶最後決定進康奈爾大學有兩個原因。

　　3.進入康大以後的學習過程：

　　　⑴第一年的學習情形。

　　　⑵第二年選修種果學，在實習課裏遇到困難。

　　　⑶重新對自己的選擇作一番評估，決定轉系。

　　4.轉系依據的標準：

　　　⑴決定以根據自己興趣──即「性之所近，力之所能」作為轉系標準的心路歷程。

　　　⑵轉入文學院，主修哲學，以文學、政治、經濟為輔。

　　⑶回國以後在北大文學院六個學系中，做過五個學系的系主任，證明當初決定轉系是正確的。

　　⑷如果學生選擇科系太現實，忽略個人的興趣，不僅是國家的損失，也是個人自己的損失。

5.不要以進大學的志願作為最後的決定：

　　⑴臺大設備完善，學生在選擇科系時不要短視。

　　⑵入學考試時可填的志願太多，變數很大，只是暫時的方向。

　　⑶大學的第一、二年應該要多方接觸，尋找自己真正的興趣所在。

6.以伽利略為例，說明適才、適性發展的重要：

　　⑴早年奉父命學醫。

　　⑵自己發現有美術方面的天才。

　　⑶偶然的機會接觸幾何學，非常感興趣，便改學數學。

　　⑷由於興趣與天才，加上不斷努力，終於成為近代科學的開山大師。

　㈥結論：使用近於首尾呼應法，告訴大學生選擇科系就是選擇職業，不要以聯考入學的志願定終身，多利用學校的軟、硬體資源，應該依「性之所近，力之所能」學下去。最後以勉勵的話和感謝語作結。

　　接下來以印度民族主義領袖甘地❿《向美國呼籲》的講詞（講詞全文參見附錄）為例，試著擬出大綱：

　㈠主題：非暴力抵抗運動是印度人為自由奮鬥的一場不流血戰爭。

　㈡題目：向美國呼籲。

　㈢目的：說明印度以非暴力的抵抗運動來進行不流血革命，希望藉此

---

❿　甘地 (Mohandas Karamchand Gandhi)，印度民族主義領袖，二十世紀非暴力主義的倡導者。西元一八六九年十月二日生。早年留學倫敦，第一次世界大戰後返回印度，決心要印度脫離英國統治，宣布實行「堅持真理」鬥爭，提倡「不合作運動」（即「非暴力抵抗運動」），一九四七年六月，英國政府終於與印度國大黨、印度回教同盟共同制訂蒙巴頓計畫，同年八月，產生印度及巴基斯坦兩自治領。次年一月三十日被印度極右派分子刺死。

得到美國的認同與支持。

㈣引論：採用開門見山法，直接說明印度為爭取自由的戰爭，其結果會影響及全世界。

㈤本論：

　1.非暴力抵抗運動是歷史上未曾有過的手段：

　　⑴自由，才能讓印度恢復古時的光榮。

　　⑵印度的抗爭之所以引起世人的注意，是因為手段不同。

　　⑶這種手段在歷史上未曾有民族採用過。

　2.非暴力抵抗的手段有別於所有國家的鬥爭方式：

　　⑴這種手段不同於時下一般人所理解的方式。

　　⑵這種手段吸引了全世界的注意。

　　⑶這種手段有別於一般國家的野蠻的鬥爭方式。

　3.毀滅敵人的野蠻方式有悖人類尊嚴：

　　⑴各大國的國歌有發誓要毀滅敵人的歌詞。

　　⑵印度人不用這種方式，印度人要扭轉這種方式。

㈥結論：再次申明不願意用流血的手段爭取自由，以全世界對流血革命感到厭惡為由，重申印度的革命能為世界革命找到真正的方式。

三、專題報告練習題目

㈠迎新會上對大一新生的演說詞

　引論：以歡迎詞作為開端。

　本論：以自己的經驗為例，從課業上、學習的方法和態度上、參與社團活動與時間支配上談大學生活與中學生活的不同。

　結論：以鼓勵、慰勉的話作結。

㈡對大一的新鮮人介紹一個社團

　引論：以開門見山法介紹自己要介紹的是哪一個社團。

　本論：介紹該社團的特色，歷年來的傑出事蹟；參加這個社團有些什麼活動、會有哪些收穫以及參加之前要有什麼樣的心理準備。

結論：用歡迎加入的話作結。

㈢怎樣學好英文

　　引論：學習英文的好處。

　　本論：學好英文的方法，分別從說、聽、讀、寫上發揮。

　　結論：用激起他人參與行動的話作結。

㈣古蹟的鑑定和維護

　　引論：從一件破壞古蹟的事件談起。

　　本論：古蹟在文化上的意義，鑑定標準為何？該如何維護？

　　結論：強調維護古蹟的重要，並以歸結維護古蹟的方法作結。

㈤學生偏差行為的輔導──談諮商

　　引論：什麼情況需要利用諮商來輔導學生。

　　本論：用各種實例、個案來說明如何進行諮商；進行諮商時可能遭
　　　　　遇到的各種情況，該如何解決。

　　結論：固然諮商能發現學生行為偏差的原因，給與適度的輔導，但
　　　　　積極的作法是在防患未然。

㈥某一種成人疾病的防治

　　引論：成人疾病的定義。

　　本論：該成人疾病的病徵、成因，如何治療，怎樣預防。

　　結論：預防重於治療，強調預防的重要性。

㈦介紹某一位藝術家

　　引論：以輔助工具作為開端，如為音樂家，可以放一首他作的、大
　　　　　家熟悉的曲子；介紹畫家則先讓聽眾觀看畫家的代表畫作。

　　本論：介紹該藝術家生長時代的藝術思潮、生平、作品風格以及有
　　　　　趣的軼事、代表作品等。

　　結論：以該藝術家的藝術表現、特殊貢獻作結。

㈧同理心

　　引論：以故事為開端,說明站在不同的角度看到同一事物不同的兩
　　　　　面。

本論： 凡事不要堅持己見，換個角度，多替別人想想，人與人之間
的爭執、不悅，可以減到最低。

結論： 常懷同理心，社會更和諧。

㈨人生的幸與不幸

引論： 舉一個故事或一個實例，問聽眾何者為幸、何者不幸。

本論： 幸與不幸，可能是一體的兩面：因為凡事有得必有失，從各
個角度去看，可能得到不同的結果；如何把握機會，化危機
為轉機，才是成功的祕訣。

結論： 「福兮禍所倚，禍兮福所伏」，成功端賴個人的努力，今日
之幸未見得就是幸，今日不幸，也不見得一輩子不幸。

㈩（你的學校）怎樣推行某一項工作或運動

引論： 介紹推行該項工作或運動的緣起。

本論： 推行計畫如何擬定？整個工作計畫的詳細內容如何？最初推
行時曾經遭遇到什麼樣的阻礙、困難？怎樣克服？現在有什
麼成果？

結論： 如果別的學校或單位也要推行類似工作或運動,你有什麼建
議可以提供他們參考？

肆、專題報告的講評

　　學生作專題報告的練習時，教師應該當堂考核，說出每個學生練習時
的優點，以增加學生的信心，並指出缺點，好讓學生知道如何改進錯誤，
同時對全部的學生而言，也可收到互相觀摩、學習的效果，這種學習效果
比純講理論更具意義。

一、講評的標準

　　根據一般演說比賽的評分標準，練習時如果要各個項目仔細區分的
話，各項分數的比例可以是：

立論： 25%

結構： 15%

修辭： 15%

語調： 15%

表情儀態： 20%

時間控制： 10%

如果不想區分得如此細密，可以是：

內容、結構： 40%

語音、修辭： 40%

表情、儀態： 20%

也可以依照考核的重點，自行調整其中的百分比，例如：當強調專題報告的結構時，內容和結構方面可以加重計分，如果強調的是語音的準確性，那麼在語音方面所占的百分比可以增加,要是當天練習的重點是在強調報告時表情、儀態的配合和作用，那麼表情、儀態的分數可以加重。

二、講評的依據

講評時大致可以依據以下的標準：

在演說的內容（立論）、結構方面：內容是否切題？所提的見解有無根據？是人云亦云、還是推陳出新？能否得到聽眾的共鳴？結構是否嚴謹？開頭是否能吸引人?本論的層次分不分明?有無顯得零亂或是鬆散的地方？結尾是否有力、意味深長？

在演說的語音（含語調）、修辭方面：語音是否標準？如果不標準，哪些語音有待改進？語調能否跟講稿內容表現一致？語速是否恰當？有無不妥的言詞？有沒有特殊的口頭禪？

在演說的表情、儀態方面：上下臺走路的姿態如何？臺風穩不穩健？眼光能不能正視全場？面部的表情如何？有無笑容？面部的表情跟講詞的內容能不能配合？身體有無不當的擺動？有無其他不雅的動作？

為了不要讓學生失去信心，教師在講評時，可以依據上面的標準，在學生表現好的方面，多予表揚，對於學生的缺點，除了指出以外，還應該說明理由並且指導學生如何改進缺失，才能達到練習的目的。

參 考 書 目

《名人演說一百篇》 石幼珊譯 臺灣商務印書館 民國 81 年 2 月初版

《演講術》 林裕祥 悠悠出版社 民國 60 年 11 月初版

《簡易演講法》 祝振華譯 Lawrence H. Mouat & Celia Denues 合著 巨流圖書公司 民國 67 年 8 月初版

《演講辯論學》 祝振華 黎明文化事業股份有限公司 民國 68 年 3 月再版

《視聽教育與教學媒體》 張霄亭 五南圖書公司 民國 78 年 10 月四版

《演講術與雄辯術》 許明譯 戴爾・卡內基原著 開山書店 民國 59 年 9 月初版

《演講的原則與技巧》 陳家聲譯 Robert Seton Lawrence 原著 桂冠圖書股份有限公司 民國 80 年 6 月再版

《視聽媒體與方法在教學上應用之研究》 陳淑英 文景書局 民國 75 年 1 月初版

《語言訓練教材教學指引》 鹿宏勛 正中書局 民國 59 年 8 月初版

《演講學》 程湘帆 臺灣商務印書館 民國 77 年 5 月再版

《演講規則與技術》 劉秉南 臺灣商務印書館 民國 70 年 10 月再版

《講演的技術》 劉焜輝譯 後藤優著 漢文書店 民國 63 年 9 月再版

附 錄

大學的生活

胡 適

校長、主席、各位同學：

　　我剛才聽見主席說今天大家都非常愉快和興奮，我想大家一定會提出抗議的，在這大熱的天氣，要大家擠在一起受罪，我的內心感到實在不安，我首先要向各位致百分之百的道歉。回來後一直沒有做公開演講，有許多

團體來邀請，我都謝絕了，因為每次演講房子總是不夠用。以前在三軍球場有過一次演說，我也總以為房子是沒問題了，但房子仍是不夠。今天要請各位原諒，實在不是我的罪過，臺大代聯會邀請了幾次，我只好勉強的答應下來。

前兩天我就想究竟要講些什麼？我問了錢校長和好幾位朋友，他們都很客氣，不給我出題，就是主席也不給我出題。今天既是臺大代聯會邀請，那末，我想談談大學生的生活，把我個人的或者幾位朋友的經驗，貢獻給大家，也許可作各位同學的借鏡，給各位一點暗示的作用。

記得在民國卅八年應傅斯年校長之請，在中山堂作一次公開演講。我也總以為房子夠用了，誰知又把玻璃窗弄破了不少。從民國卅八年到今天已有八、九年的功夫了，這九年來，看到臺大的進步和發展，不僅在學生人數方面已增加到七千多，設備、人才和學科方面也進步很多，尤其是醫、農兩學院的進步，更得到國外來參觀過的教育家很大的讚譽。這是我要向校長、各位同學道賀的。

不過，我又聽見許多朋友講，目前很多學生選擇科系時，從師長的眼光看，都不免帶有短見，傾向於功利主義方面。天才比較高的都跑到醫、工科去，而且只走入實用方面，又不肯選擇基本學科，譬如學醫的，內科、外科、產科、婦科，有很多人選，而基本學科譬如生物、化學、病理學，很少青年人去選讀，這使我感到今日的青年不免短視，帶著近視眼鏡去看自己的前途與將來。我今天頭一項要講的，就是根據我們老一輩對選科系的經驗，貢獻給各位。我講一段故事。

記得四十九年前，我考取了官費出洋，我的哥哥特地從東三省趕到上海為我送行，臨行時對我說，我們的家早已破壞中落了，你出國要學些有用之學，幫助復興家業，重振門楣，他要我學開礦或造鐵路，因為這是比較容易找到工作的，千萬不要學些沒用的文學、哲學之類沒飯吃的東西。我說好的，船就要開了。那時和我一起去美國的留學生共有七十人，分別進入各大學。在船上我就想，開礦沒興趣，造鐵路也不感興趣，於是只好採取調和折衷的辦法，要學有用之學，當時康奈爾大學有全美國最好的農

學院，於是就決定進去學科學的農學，也許對國家社會有點貢獻吧！那時進康大的原因有二：一是康大有當時最好的農學院，且不收學費，而每個月又可獲得八十元的津貼；我剛才說過，我家破了產，母親待養，那時我還沒結婚，一切從儉，所以可將部分的錢拿回養家。另一是我國有百分之八十的人是農民，將來學會了科學的農業，也許可以有益於國家。

　　入校後頭一星期就突然接到農場實習部的信，叫我去報到。那時教授便問我：「你有什麼農場經驗？」我答：「沒有。」「難道一點都沒有嗎？」「要有嘛，我的外公和外婆，都是道地的農夫。」教授說：「這與你不相干。」我又說：「就是因為沒有，才要來學呀！」後來他又問：「你洗過馬沒有？」我說：「沒有。」我就告訴他中國人種田是不用馬的。於是老師就先教我洗馬，他洗一面，我洗另一面。他又問我會套車嗎？我說也不會。於是他又教我套車，老師套一邊，我套一邊，套好跳上去，兜一圈子。接著就到農場做選種的實習工作，手起了泡，但仍繼續的忍耐下去。農復會的沈宗翰先生寫一本《克難苦學記》，要我和他作一篇序，我也就替他做一篇很長的序。我們那時學農的人很多，但只有沈宗翰先生赤過腳、下過田，是唯一確實有農場經驗的人。學了一年，成績還不錯，功課都在八十五分以上。第二年我就可以多選兩個學分，於是我就選種果學，即種蘋果學。分上午講課與下午實習。上課倒沒什麼，還甚感興趣；下午實驗，走入實習室，桌上有各色各樣的蘋果三十個，顏色有紅的、有黃的、有青的……形狀有圓的、有長的、有橢圓的、有四方的……。要照著一本手冊上的標準，去定每一蘋果的學名，蒂有多長，花是什麼顏色？肉是甜是酸？是軟是硬？弄了半個小時一個都弄不了，又弄了兩個小時，只弄得滿頭大汗，真是冬天出大汗。抬頭一看，呀！不對頭，那些美國同學都做完跑了，把蘋果拿回去吃了。他們不需剖開，因為他們比較熟習，查查冊子後面的普通名詞就可以定學名，在他們是很簡單。我只弄了一半，一半又是錯的。回去就自己問自己學這個有什麼用？要是靠當時的活力與記性，用上一個晚上來強記，四百多個名字都可記下來應付考試。但試想有什麼用呢？那些蘋果在我們煙臺也沒有、青島也沒有、安徽也沒有……我認為科學的農學無用

了，於是決定改行，那時正是民國元年，國內正在革命的時候，也許學別
的東西更有好處。

　　那末，轉系要以什麼為標準呢？依自己的興趣呢？還是看社會的需要？
我年輕時候《留學日記》有一首詩，我現在也背不出來了。我選課用什麼
做標準？聽哥哥的話？看國家的需要？還是憑自己？只有兩個標準：一個
是「我」；一個是「社會」，看看社會需要什麼？國家需要什麼？中國現代
需要什麼？但這個標準——社會上三百六十行，行行都需要，現在可以說
三千六百行，從諾貝爾得獎人到修理馬桶的，社會都需要，所以社會的標
準並不重要。因此，在定主意的時候，便要依著自我的興趣了——即性之
所近，力之所能。我的興趣在什麼地方？與我性質相近的是什麼？問我能
做什麼？對什麼感興趣？我便照著這個標準轉到文學院了。但又有一個困
難，文科要繳費，而從康大中途退出，要賠出以前二年的學費，我也顧不
得這些。經過四位朋友的幫忙，由八十元減到三十五元，終於達成願望。
在文學院以哲學為主，英國文學、經濟、政治學之門為副。後又以哲學為
主，經濟理論、英國文學為副科。到哥倫比亞大學後，仍以哲學為主，以
政治理論、英國文學為副。我現在六十八歲了，人家問我學什麼，我自己
也不知道學些什麼？我對文學也感興趣，白話文方面也曾經有過一點小貢
獻。在北大，我曾做過哲學系主任，外國文學系主任，英國文學系主任，
中國文學系也做過四年的系主任，在北大文學院六個學系中，五系全做過
主任，現在我自己也不知道學些什麼，我剛才講過現在的青年太傾向於現
實了，不憑性之所近，力之所能去選課。譬如一位有作詩天才的人，不進
中文系學作詩，而偏要去醫學院學外科，那末文學院便失去了一個一流的
詩人，而國內卻添了一個三、四流甚至五流的飯桶外科醫生，這是國家的
損失，也是你們自己的損失。

　　在一個頭等、第一流的大學，當初日本籌劃帝大的時候，真的計畫遠
大，規模宏偉，單就醫學院就比當初日本總督府還要大。科學的書籍都是
從第一號編起。基礎良好，我們接收已有十餘年了，總算沒有辜負當初的
計畫。今日臺大可說是國內唯一最完善的大學，各位不要有成見，帶著近

視眼鏡來看自己的前途，看自己的將來。聽說入學考試時有七十二個志願可填，這樣七十二變，變到最後不知變成了什麼，當初所填的志願，不要當做最後的決定，只當做暫時的方向。要在大學一、二年的時候，東摸摸西摸摸的瞎摸。不要有短見，十八、九歲的青年仍沒有能力決定自己的前途、職業。進大學後第一年到處去摸、去看、探險去，不知道的我偏要去學。如在中學時候的數學不好，現在我偏要去學，中學時不感興趣，也許是老師不好。現在去聽聽最好的教授的講課，也許會提起你的興趣。好的先生會指導你走上一個好的方向，第一、二年甚至於第三年還來得及，只要依著自己「性之所近，力之所能」的做去，這是清代大儒章學誠的話。

　　現在我再說一個故事，不是我自己的，而是近代科學的開山大師──伽利略 (Galileo) 他是義大利人，父親是一個有名的數學家，他的父親叫他不要學他這一行，學這一行是沒飯吃的，要他學醫。他奉命而去。當時義大利正是文藝復興的時候，他到大學以後曾被教授和同學捧譽為「天才的畫家」，他也很得意。父親要他學醫，他卻發現了美術的天才，他讀書的佛勞倫斯地方是一工業區，當地的工業界首領希望在這大學多造就些科學的人才，鼓勵學生研究幾何，於是在這大學裏特為官兒們開設了幾何學一科，聘請一位 Ricci 氏當教授。有一天，他打從那個地方過，偶然的定腳在聽講，有的官兒們在打瞌睡，而這位年輕的伽利略卻非常感興趣。於是不斷的一直繼續下去，趣味橫生，便改學數學，由於濃厚的興趣與天才，就決心去東摸摸西摸摸，摸出一條興趣之路，創造了新的天文學、新的物理學，終於成為一位近代科學的開山大師。

　　大學生選擇學科就是選擇職業。我現在六十八歲了，我也不知道所學的是什麼？希望各位不要學我這樣老不成器的人。勿以七十二志願中所填的一願就定了終身，還沒有的，就是大學二、三年也還沒定。各位在此完備的大學裏，目前更有這麼多好的教授人才來指導，趁此機會加以利用。社會上需要什麼，不要管它，家裏的爸爸、媽媽、哥哥、朋友等，要你做律師、做醫生，你也不要管他們，不要聽他們的話，只要跟著自己的興趣走。想起當初哥哥要我學開礦、造鐵路，我也沒聽他的話，自己變來變去

變成一個老不成器的人。後來大哥哥也沒說什麼。只管我自己，別人不要管他。依著「性之所近，力之所能」學下去，其未來對國家的貢獻也許比現在盲目所選的或被動選擇的學科大得多，將來前途也是無可限量的。下課了！下課了！謝謝各位。（轉錄自漢文書店《講演的技術》）

向美國呼籲 (Appeal to America)

甘　地 (Mohandas Karamchand Gandhi)

英文原文：

In my opinion, the Indian struggle for freedom bears in its consequences not only upon India and England but upon the whole world. It contains one-fifth of the human race. It represents one of the most ancient civilizations. It has traditions handed down from tens of thousands of years, some of which, to the astonishment of the world, remain intact. No doubt the ravages of time have affected the purity of that civilization as they have that of many other cultures and many institutions.

If India is to revive the glory of her ancient past, she can only do so when she attains her freedom. The reason for the struggle having drawn the attention of the world I know does not lie in the fact that we Indians are fighting for our liberty, but in the fact the means adopted by us for attaining that liberty are unique and, as far as history shows us, have not been adopted by any other people of whom we have any record.

The means adopted are not violence, not bloodshed, not diplomacy as one understands it nowadays, but they are purely and simply truth and non-violence. No wonder that the attention of the world is directed toward this attempt to lead a successful bloodless revolution. Hitherto, nations have fought in the manner of the brute. They have wreaked vengeance upon those whom they have considered to be their enemies.

We find in searching national anthems adopted by great nations that they contain imprecations upon the so-called enemy. They have vowed destruction and have not hesitated to take the name of God and seek divine assistance for the destruction of the enemy. We in India have endeavored to reverse the process. We feel that the law that governs brute creation is not the law that should guide the human race. That law is inconsistent with human dignity.

I, personally, would wait, if need be, for ages rather than seek to attain the freedom of my country through bloody means. I feel in the innermost of my heart, after a political extending over an unbroken period of close upon thirty-five years, that the world is sick unto death of bloodspilling. The world is seeking a way out, and I flatter myself with the belief that perhaps in will be the privilege of the ancient land of India to show the way out to the hungering world.

中文翻譯：

我認為印度為自由而奮鬥的鬥爭，它的結果不只是影響到印度和英國，而且影響到全世界。印度擁有人類五分之一的人口，又是世界文明古國之一，印度有幾萬年流傳下來的傳統，其中某些部分依然完整的保留下來，令世人感到驚訝。時間的侵蝕，殘害了許多其他的文明和傳統，毫無疑問的也影響了印度文明的精純。

如果印度要恢復昔日固有的光榮，只有獲得自由一途。我知道印度的奮鬥之所以引起全世界的關注並不是由於印度正在為自由而戰的緣故；而是我們爭取自由的手段獨一無二，這種手段在世界歷史上未曾為任何民族所採用。

我們採取的手段不是暴力，也不必流血，更不是時下人們所理解的外交手段；我們運用的是純粹又簡易的非暴力行為。我們企圖成功的進行不流血革命，無怪乎全世界的注意力都轉向我們。到目前為止，所有國家都以殘暴手段作為鬥爭的方式，他們對自己心目中的敵人施展報復手段。

檢閱各國的國歌歌詞，我們發現其中含有對敵人的詛咒，甚至發誓要

毀滅敵人，並且毫不猶疑的以上帝的名義、祈求神助來毀滅敵人。我們印度人正努力改變這種方式，因為我們深感統治野蠻世界的法則，有悖於人類的尊嚴，不是導引人類的方式。

　　如果必要的話，我個人寧願長久的等待也不願以流血的手段來使我的國家獲得自由。我在不曾間斷的從政將近三十五年之後，我由衷的感到：全世界對流血事件已經厭惡至極。世界正在尋求另一種出路，我敢斷言：也許古老的印度有幸為這個飢渴的世界找到一條出路。

第八章　會議發言

　　民主制度是民主思想的具體展現，而民主制度最顯明的特色，就是以會議來凝聚眾人的共識，進而解決眾人的問題，所以會議是民主政治的產物。

　　在今日民主社會中，大眾意志常藉由會議來映現，於是大家隨時都有參與會議的機會，利用會議來提供意見、表達意願、為團體盡一分心力。那麼如何在會議中暢所欲言，而達到說服他人的目的呢？這就是本章研討的主旨。

　　在進入主題之前，讓我們先來了解一些有關會議的周邊問題：

壹、會議的定義

　　東漢蔡邕所著《獨斷》一書曾提到：「其有疑事，公卿百官會議。」由此可知會合眾人來商議事情，即是會議。

　　國父孫中山先生在《民權初步》一書中，明確地為會議做了解釋：「凡研究事理而為之解決，一人謂之獨思，二人謂之對話，三人以上而循有一定之規則者，則謂之會議。」

　　目前各種會議所遵行的議事法則，是內政部在民國四十三年所頒布的「會議規範」，其中第一條即標示出會議的定義：「三人以上，循一定之規則、研究事理、達成決議、解決問題，以收群策群力之效者，謂之會議。」

　　隨著時代的進步，社會日趨繁雜，許多事理，不是只憑一兩個人商量就能圓滿解決的，為了讓大眾意志有所依歸，更為了使大眾能夠服從決定，公共事務就非透過會議來解決不可了。

貳、會議的種類

　　一般人概括性地將會議分成三大類：

一、具有一定目的，為處理經常性事務而召開的永久集會。

二、為應付特殊之事件而召集的臨時會議。

三、受高級團體的命令，以審查指定的事件，而提出解決辦法的委員
會議。

以上三類會議，不論其時間的久暫、規模的大小，只要是依照議事規
則來進行議事的，都可以稱為正式會議；相反的，凡是不遵循議事規則來
開會的，都只能算是非正式的會議。

又依照會議的性質，大致可分為「決定團體意思的會議」和「便於研
習的會議」兩種，前者如：聯合國的世界性會議、各國家的中央及地方級
議會；後者如：各種研討會、工作檢討會、座談會、小組討論會等。

由於會議種類繁多，而本書編輯主旨在提供師範院校學生對於語言運
用的基本知識，所以本章僅針對一般師範院校學生比較常參加的會議，如：
班會、里民大會、系所務會議、學術研討會、校務會議等該注意的發言技
巧來談，至於具有專業性、特殊性的各項會議，如：國際談判會議、商務
開發會議、衛生環保會議等，並非一般師範院校學生經常參與的集會，本
章就略而不談了。

其他像同學會、音樂會、餐會、慶祝會、發表會等各種只是情感的聯
誼，而不做議事討論的聚會，也不包含在本章談論的範圍之內。若參與此
種會議，需要致辭者，請參閱本書第七章〈專題報告〉及第九章〈即席演
說〉兩部分。

因為本章所探討的重點在會議的發言技巧，所以關於會議應如何籌
劃、會議該如何進行、會後的檢討改進等注意事項，坊間有關開會技巧的
書籍都談論詳密，正可彌補本章之不足。

第一節　怎樣準備會議發言

會議的主要目的在於解決存在的問題，要使問題迎刃而解，就需要一
把無堅不摧的「利刃」——完善的會議發言。所謂「工欲善其事，必先利

其器」，會議之前能有充分的發言準備，才能促使會議開得成功，也才可順利達成會議的目標。所以怎樣準備會議發言，是我們必須首先研究的課題。

會議發言的準備工作，大體上可分為遠程的準備和近程的準備兩個方向。所謂遠程的準備，是指一個人為了在任何會議上都能發揮蘊含的學識，運用有效的語言，把自己對某一問題的見解，向會眾作有系統的表達而做的持久性準備工作；近程的準備，則是一個人在面臨會議開會之前，為了達到發言的目的，而確定發言方向、擬定發言內容、取決發言技巧所做的短暫性準備工作。

會議的發言技巧，無法仰賴天才；後天的努力學習，才是獲得優異成就的基礎。為了訓練在會議上能以簡單、精鍊、中肯、動聽的言語表達自己的意見，而博得會眾的共鳴與信服，必須在平時就充實學識、磨鍊技巧。

壹、遠程的準備

一、充實基本學識

基本學識包括語文、史地、政治、經濟、生物、化學等人文科學或自然科學方面的知識，基本學識愈豐富，會議發言的內涵就愈落實。

二、加強專業知識

專業知識是指針對會議主題，所應具備的專門素養。例如：參加電腦開發會議，一定得對電腦的軟硬體設施有深入的鑽研，才能提出有前瞻性的建議。

三、豐富一般常識

一般常識包含風俗習慣、歷史故事、幽默資料等，平時若能多方搜集、熟記，在會議發言時，就可應付裕如。

貳、近程的準備

一、確認主題

為了使自己在會議中的發言能夠切中要旨，而不致貽笑大方，首先應

該確認會議的主題是什麼。要明瞭會議的主題，可利用以下幾個途徑：

㈠閱讀會議主辦單位發送的資料。

㈡親自向主辦單位（或協辦單位）負責人詢問或索取相關資料。

㈢向一同與會者探詢。

二、掌握會眾

從事會議發言準備的時候，除了該注意「要講什麼?」之外，還得明瞭「會眾的背景如何?」不明對象的發言，有如「隔靴搔癢」，毫無作用，所以在會議發言之前，最好能了解會眾的社會背景、生活志趣和切身關心的事物是什麼，以便對發言的內容作適當的取捨。

另外試著分析會眾心中所可能產生的相反意念，而設法排除或防止。對會眾的教育程度也該留意，才好調整發言時遣詞用句的深淺。總之，能配合會眾的情況所作的發言，必定大受歡迎。

三、搜集資料

為能提出最有力的證據來支持自己的論點，搜集資料必須廣泛而深入。

資料的來源有：專家的論著、機關團體的調查報告、各種法令規章、學者的研究論文、報紙、雜誌、電視、廣播的評論等多方面。

進行搜集工作時，非但要將有利於自己的資料儘量搜全，更要搜集與自己對立立場的資料，來研判對方可能採取的論點，進而評估對方所引用的資料是否正確，以作為反駁的預備。

遇到專門性的問題，可直接向機關或團體索取相關資料，以掌握最新、最具威信的消息。或到圖書館閱覽報刊、雜誌及專業書籍，必要時，可以把自己的需要告訴管理人員，請他協助尋找適切的資料。另外也可以訪問專家、學者，聽取他們的研究成果，來彌補自己認識不足的缺點。

四、擬定講稿

擬定一份發言稿，在組織結構方面，層次應分明、思想要統一、質量要平均。茲將一篇發言分成引論、本論、結論三部分來加以解說。

㈠引論

引論要能激發會眾的注意和興趣，提出引論所用的時間，最好不要超過全部發言時間的十分之一。

引論的作法：

　　1.提示綱領。

　　2.說明原委。

　　3.引敘名言。

　　4.採用故事。

　　5.設疑發問。

㈡本論

本論是發言的思想中心，也是發言的目的所在。本論應以「理由」、「價值」、「方法」為講述重點。

本論的安排：

　　1.敘述歷史事實。

　　2.分析因果是非。

　　3.評定價值意義。

　　4.提供方法策略。

　　5.舉出論證實據。

㈢結論

結論是整個發言的歸納，可以簡述要點，留給會眾深刻的印象。

結論的擬定：

　　1.歸納要點。

　　2.運用名言。

　　3.警惕諷諫。

　　4.褒揚勉勵。

　　5.加深累積。

此外，在擬定發言稿時，講詞要優美動聽，則須先做一番修辭潤飾的工夫：

㈠詞意要明確，避免使用虛浮誇張的字眼來敘述事實。

㈡減少重複使用相同字句的情況，以免會眾感覺乏味。

㈢運用起伏變化的詞句以引發會眾的興趣，增強發言的說服力，但是不可因為過度地求變化而使語意含混不清，反而喪失清晰的效果。

㈣用字構句要生動有力，不妨適度使用四字成語，說者順口成章，聽者輕鬆悅耳。

第二節　會議發言注意事項及技巧

在會議中陳述意見，要能把握發言的時間，控制發言的材料，必使前後輕重相稱、緩急長短得宜，然後才能引起會眾的注意，發生深刻的影響。所以發言之前，必須估計時間的長短、材料的多寡，再安排陳述的次序，考慮陳述的辭語，發言才能恰到好處。

本節就會議發言注意事項及會議發言技巧兩方面分別論述。

壹、會議發言注意事項

一、保持風度

在討論熱烈進行的時候，發言者往往情緒容易激動，言詞常帶尖刻，甚至演變成惱羞成怒，以謾罵來反擊的不理性行為，這是最令人反感的表現，也是自己最失敗的所在，因為謾罵代表了瞧不起別人，並暴露了自我不能自制的缺點。

在反駁他人意見的時候，應該避免直截了當地指責他的錯誤。每個人的自尊心都是不容侵犯的，要想說服別人，先要了解這種微妙的心理因素。所謂：「刀子傷人，語言傷心。」所以在會議發言時，就必須遵守說話的禮貌，保持對方的尊嚴，不做人身攻擊，不使對方難堪，才能順利運用發言技巧，反駁他的弱點。

倘若由於彼此個性不合，私交惡劣，不論對方發表的意見是否合理，都依自己的好惡加以抨擊，這種感情用事的行為，不但影響了會議的正常運作，更會引發他人的嫌惡。

再者，發言人如能敬重會眾，會眾自然倍感喜悅，若是發言人端高姿態，以訓斥的口吻恣意責難，詆諓他人，會眾一定心生反感，而倒向反對一方，此時討論必然陷入僵局，會議氣氛也破壞殆盡。

保持良好的風度，是維護會場秩序，增進會議和諧，提高議事效率的必要條件。

二、嚴守規則

合法的會議，是必須遵照會議規則來進行的，任何人都不能隨心所欲，任意打斷別人的發言。出席會議的人要想發言，必須先依規定取得「發言地位」，才可以在會場中發言。

「發言地位」就是發言權，出席人想要發言，須先舉手並口呼主席，請求發言，或以書面提出請求，遞交主席，經主席認可之後，才能發言。

為了防止少數人占去多數人的時間，使多數得不到發言的機會，所以會議規則中，對每個人的發言時間和次數，不得不有相當的限制。同一議案，每人發言以不超過兩次，每次以不超過五分鐘為度。但是所有出席人均已輪流講畢或另有規定者，不受此限。

出席會議的人，應該嚴守會議規則，尊重他人的權益，發言時力求簡明扼要。

會議的目的在於彼此交換意見，解決問題，每個出席會議的人，在討論議案時，可以充分地發表不同的見解，但是既經表決之後，就必須放棄己見，而服從多數人的決定，不可剛愎自用，一味地做非理性的抗爭。

三、端莊儀態

㈠手勢

手勢雖然可以使發言顯得生動，但不能動作過於複雜，不能用得太過浮濫，讓聽眾眼花撩亂，只顧觀看說者的動作，反而忽略了他發言的內容。

至於單調成癖的手勢和突兀脫節的手勢，不但不能增加發言的效力，反而會降低聽眾的興趣，所以在運用手勢的時候，必得格外留神。

手勢宜高雅，是會議發言人應該把持的原則，因為在會議中發言，是為了陳述意見，述說道理，而非上戰場打仗，不能粗野地口出穢言，做人

身攻擊；也不可粗暴地出拳踢腿，傷害他人；更不能粗魯地毀壞公物（摔麥克風、扔茶杯、砸桌椅……），來發洩個人的怨憤。議場是大眾進行會議的所在，身在會場之內，就必須遵守會議規則，對自我的言行要時時約束。

同樣的，應避免搥桌拍椅、仰天長笑等戲劇化的動作，因為如此一來，非但破壞了會場嚴肅的氣氛，也分散了大眾的注意力，美好的意見，就在嘻笑聲中煙消雲散了。

㈡眼睛

發言人的眼睛應該時時注視會眾，不能只顧看稿照念，而不理會聽者的反應，造成會眾有被遺棄的感覺，那麼縱使發言人的意見有多麼成熟、道理有多麼周延，也難以獲得會眾的認同。

㈢服飾

參加任何會議，服裝、佩飾都應以整潔、端莊為第一要件。欲使會議發言成功，該把關鍵放在內容上、技巧上，若想用標新立異的奇裝怪服來取勝，那是本末倒置的荒謬作法，只會貽笑大方，落人話柄而已。

四、節制言語

㈠措詞

為顧及所有會眾的權益，避免使用方言、俚語，而造成聽不懂的人有疏離感。其次，要儘量減少外國語與本國語夾雜使用的情況，如有必要，應做適切的翻譯（專業會議例外），以顧全會眾「知」的權利。

冗長的語句和冷僻的典故，是使會議發言失敗的殺手，規避不用，方為上策。

㈡語氣

在會議發言時，能用語言激發對方的情感，比引起他的思考更為重要，控制得宜的語氣，就是激發情感的訣竅。

語氣是隨著發言時的情緒同步變化的：歡樂時，輕快愉悅；憂傷時，低沈遲緩；激烈時，理直氣壯；責問時，聲色俱厲……。適宜的變化語氣，就像一支魔棒，點化了單調乏味的發言內容，使它穿上了彩衣、長出了翅

膀，輕鬆自在地在聽眾腦海裏翱翔。

㈢音量

發言時，音量的大小強弱，並沒有一定的標準，當然最好能配合發言的用詞和語氣作適當的控制。過與不及，都是發言的大忌，因為發言聲音太小，會眾必然「聽而未聞」、「不知所云」，那麼這樣的會議發言，既浪費了大家寶貴的時間，也收不到任何效用。在會議中未使用麥克風的發言者，必須特別小心控制音量，務必使坐在最後一排的人，都能毫不費力地聽得清楚。

然而發言時過分地慷慨激昂，音量不由自主地擴大，有時甚至達到聲嘶力竭、震耳欲聾的地步，令會眾如逢雷擊，只想掩耳逃避。

會眾的注意力，不是靠大音量的發言來吸引的，有道是：「真正的熱誠來自心底，而非喉嚨。」所以適度的控制音量，才是使發言有效的正確方法。

㈣速度

發言速度的快慢急緩，必須做適宜的節制。說話太過急躁，在大夥都聽不清楚的情況之下，道理再完善，也難以教人信服。但是發言速度太過緩慢，又會令聽眾心浮氣躁，坐立不安，意見再美好，也打動不了眾人的心。

發言速度要快慢合宜、變化得當，在合理的限度之下，變化愈多，愈能產生抑揚頓挫之妙。

㈤停頓

聽眾有急欲知曉下文的心理，所以在發言時，能作適切的停頓，可產生意想不到的效果。會議發言中，可能會有句子中間的停頓、段落之間的停頓、加重語氣的停頓三種狀況，現在分述如下：

　　1.句子中間的停頓：句子與句子中間的短暫停頓，是最多的，也是最自然的。每個人在說完一句話之後，自然而然會稍作歇息，以便呼吸或思考下一句話的內容。

　　2.段落之間的停頓：當發言告一段落時，必須有片刻的停頓，讓聽

眾耳朵稍微休息一下，並且利用這個空檔，把剛才聽到的意見略作思量。關於段落之間停頓的久暫，應該視會眾當時的情緒而定，大約長者十秒鐘左右，短者五秒鐘上下。

3.加重語氣的停頓：發言時，常以加重語氣的方式來強調重點，為了提高聽眾的注意，加深聽眾的印象，在加強語氣之後，可做稍微的停頓，這種停頓，以三秒鐘以內為最適當。

㈥結束

常有人一得到機會發言，就滔滔不絕，無法自已，超過了會議規定的時間，令會眾不勝其煩，而心生厭惡。而匆促的結束發言，則給人突然中斷，有欠完整的感受。另外，翻來覆去，老是在幾句話中兜圈子的結束發言方式，也是自棄前功的不智之舉。

五、謹慎議論

在會議發言中，對正反兩面的意見都可議論，但是態度必須謹慎，論證力求切實。以下提出幾項應注意的事項：

㈠發表議論時，不可偏離主題，信口漫談。並要留心避免論點一再重複，而流於繁瑣細碎。

㈡推論要合乎邏輯，每個意見最好都能有恰當的證據做後盾，不能強詞奪理，空口說白話。一篇好的議論，必須「言之有物」、「言之成理」。

㈢發表反面的意見時，用詞要求清晰，觀念務必完整，方法必須有效，否則必定遭到反對者的交相質疑。

㈣提出反駁的時候，不能以斷章取義、橫生枝節的方式來打擊對方。

㈤切忌引用未被確定或證據不足的資料，避免導致紛爭而浪費會議時間。

㈥過時的數據資料，對今日的情況已不能適用，必須採取最新發表的統計結果，才比較接近事實。

㈦舉用外國社會的例證，對中國社會而言，只能供作參考，不能完全用作根據。

貳、會議發言的技巧

一、以理服人

(一)內容合乎情理

人類多半是富於感情的，發言時，對會眾動之以情，往往有出乎意料的說服效果。

引用證據反駁對方的時候，常常需要在法律規章中為「情」、「理」尋求依據，以求合乎民主法治的原則。然而法律不外乎人情，所以合情、合理的事，通常都該是合法的。

在會議中發言，若想令眾人心悅誠服，首先就得注意發言的內容，必須合情、合理又合法。

(二)說理要求透徹

發言時，遣詞用句要切確、簡潔，解說原理須循序漸進，推論過程要合乎邏輯。處理繁複的論證，應多舉實例來解說，道理才能分析清楚，會眾方能在短時間之內，對發言者所提出的意見心生認同。

(三)重點交待清楚

重點要說得簡短明確、淺顯明白、肯定有力。最好一次五分鐘的發言，不要超過三個重點，而且每一個重點所使用的時間宜平均分配，說完一個，再接一個，逐一交待清楚，切忌臨時再加補充說明。

必要時，可以在發言的末尾，以精簡的條列式語句，來重申所提出的幾項重點，藉以提升歸納統整全篇發言的效果。

二、攻心為上

心理學家認為：「當我們要把一種意見輸入他的腦海中，而沒有產生相反的障礙，他就會信以為真。」根據這個原則，我們要想說服別人，首先要觀察對方心理是否存有相反的意見，如果有，應該即時予以排除淨盡，然後再向他提出建議，他就會欣然接受了。以下提出幾種攻心為上的策略以供參考。

(一)矛盾

「以子之矛攻子之盾」，是會議中反駁對方的極佳技巧，在我國歷史上，孟子說服各國國君，就常使用此法。

運用此法的要領，就是選用對方已同意的實例，作為說服的基礎，然後提出有力的反證，使他啞口無言，最後只好棄甲投降了。

㈡幽默

幽默可以營造和諧的議事氣氛，使會眾不由自主地順著發言者的理路去思考問題。然而幽默的內容必須與發言的主題相關，倘若流於粗俗隨便，則會引起會眾的反感，徒使說服的過程中，增加了惱人的絆腳石。

幽默有時也不失為一種戰鬥的利器，遇到冥頑不靈、不知變通的人，可以用幽默來軟化他、降服他。

㈢新奇

好奇是人類的天性，所以一切新奇的消息，都極易引人傾聽，發言中若能適當地穿插此類資料，必定可以掌握聽眾的注意。

遇到會眾心不在焉、竊竊私語，根本沒聽發言的時候，發言人可以設法運用奇突的動作，出人意外地給大家一個刺激。不過這只是一時救急所用的方法，若要維持聽眾恆久的注意，還是應以發言的內容和技巧為主。

㈣比喻

比喻，就是以其所知喻其所不知，凡是會眾不熟悉的事物，可利用其已知的事物來加以形容和解說，或者用其生活上所經歷過的事物來類比說明，這就叫做比喻。

有人問國父孫中山先生，為什麼講解三民主義的時候總是用比喻？國父說：「因為我所講的東西，他們看不見，摸不到，不用比喻，如何能夠了解清楚？」我們在發言中運用比喻，就能夠將道理說得更清楚、更明白了。

㈤誇讚

反駁之前的誇讚，就像藥丸外面裹上的那層糖衣，讓人吃到嘴裏，只感到可口的甜味，很容易便一口吞下肚去，等到藥物進入胃腸，藥性發生了作用，疾病也就會好了。

我們要批判他人之前,先給他一番誇讚,比較能緩和雙方敵對的氣氛,而使對方願意用平和的態度來面對你的反駁。

三、善用數據

數據是經過調查、審定的事實所展現出的統計數字,可以用來強調某一事物的真實性,使聽眾容易信服。如果有充裕的準備時間,可以將各項搜集的數據製成圖表,利用現代化的媒體工具(如:幻燈機、投影機、電視機……等),向會眾展示,一方面給他們耳目一新的感受,一方面將複雜的理論以簡易的方式灌輸給他們。

發言時,將抽象的數字具體化、形象化,就可使數字產生感動人的力量。例如:「製造一枚人造衛星需要美金二億五千萬元。」改換成:「製造一枚人造衛星所需的金錢,可以供給十萬個非洲饑民一年所需的糧食。」試問哪種說法比較具有打動人心的力量?

四、累積意念

運用連續不斷的印象輸入法,重複敘述最初的一項意念,使聽者的心神,一而再、再而三的集中注意力在那個意念之上,使印象轉變為思想,深深地嵌入腦子裏,達到這種效果的原理,就是「累積」。以曾參殺人的故事為例,他實際上並未殺人,但是由於三次叩門所傳來的壞消息相同,終於使他的母親信以為真,棄家而逃,這就是累積的效果。

以上所談的會議發言注意事項及技巧,都是原則上的要求,要想獲得會議發言的良好效果,還得時時潛心研究,身體力行,使理論與實際相互印證,在言辭和思想融和一致的情況之下,才能臻於自然清晰、感人肺腑的境界。

參、附論

如果將會議比喻為航行在汪洋大海中的船,那麼主席就是這艘船的掌舵者,所以會議成功與否的關鍵,就在於主席是否能夠適切地主持會議。俗話說:「若要會議開得好,必須主席當得好。」換句話說,會議的成敗,應由主席負責。因此特別將主席在會議發言時應該注意的事項提出研討,

作為本節的附論。

以下將主席在會議中的發言，大致分為開會致辭、介紹來賓、主持討論、宣布決議四方面簡述之。

一、開會致辭

㈠主席宜用直截了當的方式，首先宣布開會的宗旨，好讓會眾明白會議的目標是什麼，這樣大家才能針對會議主旨來發言。

㈡主席致辭的內容應：

1.強調這次集會的重要。

2.說明這次集會事件的根由。

3.簡述上次集會決議執行情況。

㈢使用語彙要適合會眾，才能激發會眾熱切的注意力和參與感，引導會議按程序進行。

㈣主席不要滔滔不絕地做口才出眾的表演，應當把機會讓給主講人或討論者。

二、介紹來賓

㈠介紹來賓（包括主講人、講評人等），是主席應履行的一種禮貌上的儀節，講辭要掌握要點：

1.簡潔明白。

2.稱道主講人。

3.強調講題的重要。

㈡客氣話要適可而止，過與不及的讚美，都會傷害當事人的自尊。

㈢信口開河地長篇大論，不但耽誤會議時間，而且會降低主席主持會議的威信。

㈣來賓講完之後，主席不要作冗長而枯燥的分析或歸納，以免畫蛇添足；也不可任意插科打諢，製造不必要的熱鬧氣氛，使原來主講人所營造的高潮，被抹煞殆盡。

三、主持討論

㈠在會議進行討論時，主席必須切實維持會場秩序，對存心搗亂的人，

避免咆哮怒罵，激怒對方，主席要明快果決地請工作人員協助處理，並以簡單生動的話語，轉移會眾的注意，以恢復會場的秩序。

㈡主席應該儘量避免發表自己的意見，所以在會議進行之中，要能忍耐得住，對他人的發言不做任何批評。但是如有必要參加討論時，應先退出主席地位，事先聲明：「本人離開主席地位，發表一點個人的意見。」然後請副主席代理主席職務，再行發言。

㈢討論議案時，主席在言辭上不可偏袒任何一方，因為《會議規範》第十六條明定：「主席應屬於公正超然之地位。」所以主席必須把持自己的立場來觀察事理、解決問題。

㈣在適當的時機發言解釋，以促使會議順利進行。所謂適當的時機，是指：

1.發言人沒把話說清楚時。

2.會眾對議題內涵模糊不清時。

3.幾種意見混雜一起時。

4.討論已偏離主題時。

5.鼓勵或限制討論時。

四、宣布決議

《民權初步》第六十九節：「表決必兩面俱呈，而主座又宣布結果，乃云決定。若只呈之可決，而未呈之否決，或兩面皆已呈而主座未宣布結果，則不得謂之完妥，不能生合法之效力也。」

主席在宣布決議時，必須將贊成與反對兩方面的表決結果，以堅定而慎重的態度，對會眾朗聲宣布，不可含糊其辭，顧此失彼；也不能自作聰明，發表情緒化的評論。

以上是針對主席在會議中發言所該注意的事項，加以列舉說明，至於主席如何處理其他各種與會議相關的問題（如：法則問題、秩序問題、事務問題……等），請參閱教育部訓育委員會印製的《會議的主持和參與》一書。

第三節　會議發言的練習

練習一

　　××國民中學×年×班××學年度第×學期第×次班會

一、主席就位

二、全體肅立

三、唱國歌

四、主席報告（略）

五、幹部報告（略）

六、討論事項

㈠輔導室擬定本週的討論重點：

　　1.如何抗拒吸菸、吸毒？

　　2.如何交朋友？

㈡本班上課秩序日趨散漫，應該如何改進？

㈢前兩個月的整潔比賽，本班成績殿後，怎樣才能切實改善？

七、臨時動議

㈠教室及走廊有多支日光燈管壞了，請學校總務處盡快派人修理。

㈡請學校再多添購幾部投影機，以利各科教學之使用。

練習二

　　國立××高級中學××學年度第×學期第×次校務會議

一、讀訓

二、頒獎

三、介紹新進人員

四、主席報告（略）

五、主席報告上次會議決議案執行情形（略）

六、各處室業務報告（略）

七、討論提案

提案一　　　　　　　　　　提案單位：體育組

案由：請增闢桌球室，以供教職員使用。

說明：本校喜愛桌球運動之教職員頗多，××樓之桌球室已不敷使用。

辦法：請利用××樓地下室加以隔間，以充作桌球室。

討論：（略）

決議：（略）

提案二　　　　　　　　　　提案單位：英語科

案由：請加強辦理每年一次的教職員自強活動。

說明：1.人事室承辦業務人員應克服困難，及早作業。

　　　　2.反對以發放禮券來替代自強活動。

討論：（略）

決議：（略）

提案三　　　　　　　　　　提案單位：數學科

案由：以學校集體方式或個人意願加入教育會案，請討論。

說明：1.往年本校所有教職員均全部加入××縣教育會。

　　　　2.教育會屬於民間組織，可自由參加。

辦法：1.仍以全體方式加入。

　　　　2.由個人自由選擇是否加入。

討論：（略）

決議：（略）

練習三

　　××國民中學××學年度第×次××科教學研討會

一、主席報告（略）

二、報告上次會議決議事項執行情況（略）

三、討論事項

㈠本科本學年度授課進度

㈡有關統一考試時間

㈢本科教學疑難問題

四、臨時動議（略）

五、散會

練習四

×　×大學×　×系所×　×學年度第×次系所務會議

一、主席報告（略）

二、校長致詞（略）

三、院長致詞（略）

四、討論事項

提案一　　　　　　　　　提案者：學術發展組

　案由：確立本系學生學業成績評分標準，請討論案。

　說明：（略）

　討論：（略）

　決議：（略）

提案二　　　　　　　　　提案者：人事評審組

　案由：請討論本系所教師評審委員會組織辦法草案。

　說明：（略）

　討論：（略）

　決議：（略）

提案三　　　　　　　　　提案者：×××、×××、×××

　案由：為本系所之長遠發展計，謹擬晉用專任人才辦法，請研議。

　說明：（略）

　討論：（略）

　決議：（略）

練習五

×　×　×　×學會第×屆理監事第×次聯席會議

一、主席報告（略）

二、會務簡報（略）

三、討論事項

提案一　　　　　　　　　　提案者：本會幹事會

　案由：請修訂本會章程與現行法令規定無法吻合之條文。

　說明：（略）

　討論：（略）

　決議：（略）

提案二　　　　　　　　　　提案者：本會監事會

　案由：舉辦×××學術研討會，以推廣學術活動。

　說明：（略）

　討論：（略）

　決議：（略）

四、臨時動議（略）

五、散會

參　考　書　目

《演說十講》　王壽康　正中書局　民國 53 年 11 月臺六版

《口才與交際》　文化圖書公司　民國 54 年 4 月再版

《卡耐基訓練課本》　戴爾・卡內基　幼龍企業管理顧問有限公司

《卡耐基口才訓練手冊》　戴爾・卡內基　世茂出版社　民國 78 年 10 月六版

《說來自在》(*Never Be Nervous Again*)　金玉梅譯　Dorothy Sarnoff 著　經濟與生活出版事業股份有限公司　民國 78 年 1 月四版

《心服口服》　林玉華譯　永崎一則著　洪建全教育文化基金會　民國 78 年 10 月二版

《會心團體與人際關係訓練》　林家興編著　天馬文化事業有限公司　民國 75 年 2 月三版

《說話的藝術》　祝振華　黎明文化事業股份有限公司　民國 67 年 10 月五版

《演講辯論學》　祝振華　黎明文化事業股份有限公司　民國 68 年 3 月再版

《辯論原則與技巧》　張正男　中國國民黨中央委員會青年工作會　民國 71 年 7 月

《演說原則與技巧》　張正男　中國國民黨中央委員會青年工作會　民國 72 年 6 月

《口才訓練參考資料》　張正男　臺北市立社會教育館　民國 77 年 10 月

《高效率開會技巧》　張澄編著　世茂出版社　民國 77 年 12 月初版

《演講的原則與技巧》(*A Guide to Public Speaking*)　陳家聲譯　Robert Seton Lawrence 著　桂冠圖書股份有限公司　民國 74 年 7 月再版

《有效的演講術》　鹿宏勛、周明資合著　口才訓練資料雜誌社　民國 68 年 5 月五版

《辯》　崔鼎昌等聯合執筆　故鄉出版社　民國 66 年 7 月

《你可以說服任何人》　區有錦譯　Herb Cohen 著　允晨文化實業股份有限公司　民國 74 年 10 月四版

《會議規範》　教育部訓育委員會

《會議的主持和參與》　教育部訓育委員會

《國立臺灣師範大學學生禮儀手冊》　師大訓導處　民國 69 年 9 月

《國軍領導統御教材草案》　國防部人事參謀次長室　民國 55 年 10 月

《領導新論》(*Leaders—The Strategies for Taking Charge*)　黃佳慧等譯 Warren Bennis & Burt Nanus 著　天下文化出版股份有限公司　民國 80 年 3 月九版

《演講學》　程湘帆編　臺灣商務印書館　民國 68 年 10 月臺三版

《演講規則與技術》　劉秉南　民國 55 年 10 月初版

《講演的技術》　劉焜輝譯　後藤優著　漢文書店　民國 61 年 6 月初版

《語言表達的藝術》　蔣傳務等譯　Alan H. Monroe 著　黎明文化事業股份有限公司　民國 68 年 4 月初版

附　錄

會議規範重要條文

第一條: 會議之定義

三人以上，循一定之規則，研究事理，達成決議，解決問題，以收群策群力之效者，謂之會議。

第三條: 會議之召集

永久性集會之各次常會，或臨時會議，由其負責人（如主席、議長、會長、理事長等）召集之。

第四條: 開會額數

永久性集會，得自定其開會額數。如無規定，以出席人超過應到人數之半數，始得開會。

前款應到人數，以全體總數減除因公、因病人數計算之。

第八條: 會議程序

報告事項

(1)宣讀上次會議紀錄。

(2)報告上次會議決議案執行情形。

(3)委員會或委員報告。

(4)其他報告。

第卅條: 動議之種類

主動議:

(1)一般主動議: 凡提出新事件於議場，經附議成立，由主席宣付討論及表決者，屬之。

(2)特別主動議: 一動議雖非實質問題而有獨立存在之性質者，屬之。其種類如下:

　①復議動議　　　②取消動議

　③抽出動議　　　④預定議程動議

附屬動議：一動議附屬於他動議，而以改變其內容或處理方式為目的者，屬之。其種類如下：

(1)散會動議（休息動議）　　(2)擱置動議

(3)停止討論動議　　　　　　(4)延期討論動議

(5)付委動議　　　　　　　　(6)修正動議

(7)無期延期動議

偶發動議：議事進行中偶然發生之問題，得提出偶發動議，其種類如下：

(1)權宜問題　　　(2)秩序問題

(3)會議詢問　　　(4)收回動議

(5)分開動議　　　(6)申訴動議

(7)變動議程動議

(8)暫時停止實施議事規則一部之動議

(9)討論方式動議　　(10)表決方式動議

第卅一條：動議之提出

(1)主動議：得於無其他動議或事件在場時提出之。一主動議在場待決時，不得再提另一主動議，如經提出，即為不合秩序，主席應不予接述。

(2)附屬動議：得於其有關動議進行討論中提出之，並先於其所附屬之動議，提付討論或表決。

(3)偶發動議：得視各該動議之性質於有關動議或事件在場時提出之。

第卅二條：動議之附議

動議必須有一人以上附議始得成立。

主席對動議得自為附議，下列事項不需附議：

(1)權宜問題　　　(2)秩序問題

(3)會議詢問　　　(4)收回動議

第卅四條：提案

動議以書面為之者稱提案，提案除依特別規定，得由個人或機關團體單獨提出者外，須有副署。其副署人數如無另外規定，與附議人數同。

第卅五條：不得動議之時

有下列情形之一時，除權宜問題、秩序問題、會議詢問及申訴動議外，不得提出動議：

(1)他人得發言地位時　　(2)表決或選舉時

第卅六條：附屬動議之優先順序如下：

(1)散會動議（休息動議）　(2)擱置動議

(3)停止討論動議　　　　　(4)延期討論動議

(5)付委動議　　　　　　　(6)修正動議

(7)無期延期動議

前項附屬動議如有順序較低之附屬動議待決時，得另提出順序較高之附屬動議。但有順序較高之附屬動議待決時，不得提出順序較低之附屬動議。

第四四條：動議之分開

一動議具有數段性質者，得由主席或出席人動議分開討論及表決。

動議經分開表決後，仍應將全案提付表決。

動議之各部均經否決者，該動議視為整個被否決。

第四八條：不經討論之事項

下列動議不得討論：

(1)權宜問題　　(2)秩序問題

(3)會議詢問　　(4)散會動議

(5)休息動議　　(6)擱置動議

(7)抽出動議　　(8)停止討論動議

(9)收回動議　　(10)分開動議

(11)暫時停止實施議事規則一部之動議

(12)討論方式動議　　(13)表決方式動議

（附：請詳閱教育部訓育委員會編印的《會議規範》一書）

第九章　即席演說

在前面兩章裏，我們了解了如何進行「專題報告」以及「會議發言」之後，這一章接著討論「即席演說」。

「即席演說」是一種訓練機智的演說活動，它有別於「有稿演說」之處，在於：演說者臨上臺前才抽籤決定題目。抽到題目後，或者有五到三十分鐘的準備時間（這是「有時間準備的即席演說」，一般即席演講比賽多採此種方式）；或者沒有準備時間，抽到就講。而無論是前者或後者，演說者都必須保持冷靜，集中注意力，將個人的日常生活經驗、資訊吸收、知識獲得，敏捷地析取和題目相關部分，加以組織後陳述出來。由於即席式的演說活動無法事前擬稿並做周全的演練，所以更具挑戰性，更可考驗個人平日的實力，激發個人的潛能；因此，在這個變遷奇速、經常有突發狀況或問題急待處理或解答的社會裏，可以訓練我們立即思考、判斷和表達的「即席演說」，不啻是一種極有意義的活動。

第一節　怎樣準備即席演說

前面曾經說過，即席演說者必須在抽到題目後極短的時間裏，保持冷靜，集中注意力，將日常的生活經驗、資訊吸收、知識獲得，扣緊題目加以發揮，因此個人平常應做好準備，厚植實力，才不致臨到陣前心慌意亂、語無倫次。記住：唯有雄厚的實力做後盾，臨場才能不慌忙！

要厚植實力，做好「即席演說」的準備，可以從下面幾個步驟著手：

壹、分析自己的說話能力

我們一般人，大半不是很會說話的人，但也不至於對說話這件事感到

一竅不通。一點都不懂得說話的人，畢竟是少數；大多數人，多多少少都有一點長處，懂得一點說話的方法，只是不曾鄭重其事地加以科學化的研究罷了。假如我們有心提升說話的實力（平時說話能力強的人，即席演說的能力也較強），我們應該好好的分析自己的說話能力。以下的幾個問題，讓我們共同細心的想一想：

一、說話的速度是不是合宜

常見許多人說話很快；有些人說得快但很清楚，有些人卻是快而不清楚，說了等於白說。因說話太快而使字音不清，固不足道，縱然快而清楚，也不足法。要知道：你雖有說話很快的本領，但聽者卻不一定有聽得快的本事。說話的目的在於使人全部明瞭，別人若聽不清楚就弄不懂你的意思，那麼你的說話就變成一種浪費。

也有的人說話很慢，慢到讓聽者不耐煩或是呵欠連連的地步，這樣非但浪費雙方的時間，也不能達到說話的目的。

訓練自己，說話時快慢要合度，字音要清楚，說一句，人家就聽懂一句，不必再問你。說話的速度合宜，即席演講的基本條件就具備了，否則，平日的說話習慣快（慢），一緊張就更快（慢）的人，表現絕不會令人滿意。

二、說話的聲音會不會太響或太沈

在火車上，在飛機裏，或者是在別人放爆竹的時候，提高聲音說話是不得已的行為，平時說話就不必太大聲，有些人喜歡在公共場所高談闊論，只是令周遭的人側目而已，並不會引起別人的尊敬；相反的，有必要聽清楚你的說話內容時，卻感覺你好像在自言自語或是與朋友談心，就算豎直了耳朵也不濟事，那會令人感到懊惱的。

因此，視場合而調整自己的音量，不必太響，也不能太沉，應該讓每一位聽者都能聽得清清楚楚為宜。當然，演說比一般的說話更要講究「聲音的表情」，除了聲調該有高有低，語速應有快有慢，還應該學習如何調節它。「抑揚頓挫」，這是吸引聽眾的一個重要祕訣。想想看，樂曲裏不是有極快、快、略快、慢、略慢、最慢等快慢符號嗎？不是也有極強、強、

漸強、弱、漸弱、最弱等強弱符號嗎？我們如果想要讓出口的聲音像音樂一樣動聽，就不可忘記在該快時要快，應高時要高，須慢時得慢，應低沉時低沉。

總之，說話有節奏，音量適度，聲音的表情豐富（但不是誇張做作），可使聽者注意我們的說話內容，這是準備「即席演說」的第二個條件。

三、說話的字眼是否運用得當

一般人說話，並不太重視措詞，但是我們既要提升個人的說話能力，具備當場即席演說的能耐，就要研究如何措詞，留意說話的字眼是否運用得當。

說話要越簡潔越好。有的人敘述一件事情，說了許多話還是無法把意思表達清楚，結果聽者費了很大的精力，還是抓不到話中的要點。犯這種毛病的人一定要常常練習矯正，矯正的方法就是：在話未出口前，先在腦海裏打好了所要表達意思的輪廓——一個簡單的輪廓，再根據這個輪廓敘述出來。

此外，同樣的名詞或專門術語不可用得太多。有一個人在解釋「萬有引力」的原理時，幾分鐘內，將「基本上說來」一詞運用了二十多次；另外一人，在介紹「畢卡索」時，滿口都是「超現實主義」、「野獸派」、「達達主義」等；像這樣，都會篡奪聽者的注意力，使聽者感到困擾，應該極力避免。

再者，字句不要經常重疊使用。使用疊句的時候，除非是為了引人特別注意，或是特別要加強話中的力量，否則，重疊字句的習慣還是避免為佳。一句「為什麼？」已經很夠了，如果連續疊成「為什麼？為什麼？為什麼？」豈不是很做作嗎？

第四，形容詞要盡可能的使用準確、恰當。對於一個面貌平庸的女孩，如果以「美麗」二字來形容她，她可能會認為遭到諷刺，但如果說她「優雅」，她一定樂意接受這樣的誇獎；同樣的道理，形容一個不英俊的男子，不能說他「帥」，卻可以稱讚他「瀟灑」、「溫厚」或是「風度不錯」。不同的形容詞，要靠我們平時多加思索、析辨，到了要用時才可以使用準確、恰當。

　　第五，避免使用粗俗的字句。有的人相貌堂堂，看上去高貴大方，但是一開口，卻滿嘴的粗語俗言，使人聽了完全失去起初的敬慕之心，這種情形令人掃興。可惜的是，有些人並不是品格、學問不好，只不過一時粗心犯了這個毛病，自己卻不知道改正而已。那些看似俏皮而不高雅的粗俗俚言，人們初聽時覺得新鮮有趣，一旦積學成習，隨口而出，不但不能表現聰明、活潑和風趣，反而顯出鄙劣、輕佻和淺薄。對於時下喜歡跟隨流行的年輕人而言，這點應該格外留意。

四、手勢和表情有沒有配合得恰到好處

　　我們的手，其實是很會說話的，可惜有許多人忽略了這一點，常常不知道把手放在什麼地方才對。也有人會擔心：手勢做得太多，會讓人覺得不自然。當然，「過」或「不及」，都是不好的，可是我們不能否認，在我們說話的時候，重要的地方配上適當的手勢，可以增強氣勢，吸引聽者的注意。

　　如果我們能夠使人在聽我們說話之際，不但有得聽，而且有得看，那我們幾乎不必擔心聽者的注意力會離開我們。所謂「演說、演說」，就是：用「聲音」來演，用「手勢」來演，用「表情」來演。

　　凡是有過演說經驗的人都知道，要維持聽眾的注意力是一件不容易的事。一般說來，很少人會逼自己極其用心地聽別人講話，只要一有機會，他們就會往別處看，或是心思飛往別處。假使能夠維持住聽者的注意，使他們不但能聽你，同時還能不停地看你，那麼你的信心便會增強，彷彿得到許多鼓勵，有如神助似的說出許多精采、動聽的話語。善於運用「手勢」和「表情」，就能發揮有力的效果。

　　而所謂「善於運用手勢」，可以先讓雙手自然下垂，或單手略略提高置於腹部前方，以便自由活動；當說到字句關鍵處，以手的動作配合說話內容，一則吸引聽者的注意，二則增強說話的分量；基本原則是：讓說話者表現自然、放鬆、誠懇的模樣。至於所謂「善於運用表情」，絕不是擠眉弄眼或皺鼻咧嘴，而是充分運用「眼神」，以眼神傳達堅定的意志、誠摯的情誼或友善的心緒等等；當然，淺淺的微笑，是演說者不可忘記的重

要表情，尤其是一般演說的場合上，演說者更應該提醒自己：放鬆嘴角、淺淺微笑是說話者的一種基本禮貌。

貳、廣泛地充實說話的題材

分析、了解了個人的說話能力之後，平時應該針對個人的弱點多加補強，反覆訓練，這樣的準備工夫才紮實。同時，為了讓我們在「即席演說」中有話可說，言之有物，平日應廣泛地吸收資訊、充實說話的內涵。我們天天生活著，言語則是以生活為內容，有生活，就有談話的內容；生活內容豐富，談話的內容自然也比較豐富。問題在於：我們對於國家、社會、朋友、親屬或是同學、同事……是不是經常注意而且關心？我們對於所見所聞，是不是都曾儘量地研究、分析、理解它們的意義？而不是讓它們輕易地在眼前、從耳旁溜過？這一小節，我們要從「什麼是談話的題材」、「充實知識的方法」、「善於應用談話的資料」三方面來申論「廣泛地充實說話的題材」這個主題。先談「什麼是談話的題材」。

一、什麼是談話的題材

什麼是談話的題材？關於這點，一般人往往誤解很深，以為只有那些不平凡的事件才值得談。固然，怪誕迷離的奇聞、動魄驚心的事蹟、足以令人興奮刺激的經驗……，一般人都極感興趣，能夠在說話當中，講出這樣令人動心的事件，無論對聽者或講者，都是一種滿足。

可是，這一類的事情，畢竟並不多見，有些轟動社會的大新聞，不必等我們說，別人早已聽過了。即使是親身經歷過的特殊事件，也不能到處去一講再講；再說，你在某一個場合所說的故事頗受歡迎，在另外一些人的面前卻不一定合適。

其實，人們除了愛聽一些奇聞異事之外，也很願意和朋友們交換一些日常生活相關的經驗，例如：孩子要聯考了，怎樣幫助他鬆弛緊張的情緒、維護身體健康啦；暑假到了，安排到哪裏旅遊啦；最近有什麼好書出版啦……這些都是良好的談話題材，所謂「處處留心皆學問」，所以，只要關心一切日常生活的事情（不包括他人的隱私），就不難找到令大家有興趣

的談話題材。

另外，人們還有一種誤解，以為必須談一些深奧的題材，才顯得有學問，才能夠使人尊敬。殊不知這樣的說話內容，即使準備得極充分，也很難找到具有同樣興趣的聽眾，原因就是不容易引起共鳴。事實上，幾乎任何題材都可以是說話的資料，足球、籃球、奧運、食物、飲料、生命、真理、榮耀、愛情、同情心、責任感、所得稅、書籍、戲劇、電影、廣播節目、國際新聞、環保問題……不勝枚舉，就看我們有沒有「事事關心」了。

在「即席演說」的敘述過程中，非常難能可貴的是擷取現場的材料或前面說話者的相關內容，來融入自己的演說裏面，這種就地取材的方式，充分表現了沈著的冷靜與機智。因此大家應當建立一個觀念：話題就地取材最適宜。

二、充實知識的方法

想要「言之有物」，除了事事關心、蒐集說話的題材以外，還應該充實自己，努力吸收知識。一個胸無點墨的人，我們很難期望他有什麼精采的說話內容。學問是一項利器，有了這項利器，說話者較能言而有據，取得聽者的信服。我們雖然不必對各種專門的學問，都有專門的研究，但是所謂的「常識」卻是必須具備的。

跟著世界進展，是充實自己、廣儲常識的方法。

每天的報紙、每月所出的各種著名雜誌，都應該盡可能地閱讀，這是最低限度的準備工作；如果想在演說方面表現優秀的話，世界的動向、國內的建設情形、本地的一般經濟狀況、科學界中的新發明和新發現、世界所關注的地方特點或人物特性，以及藝術的新作、時髦的服飾、電影戲劇作品的內容等等，都可以從每天的報章和每月定期的雜誌中閱讀到。在看報紙的時候，拿一枝筆，把最有興趣的新聞或好文章勾起來；如果有剪報的習慣更好，每天剪下幾條雋永、有趣的新聞或文章，日積月累，就會記得不少有趣的事情。在看雜誌或書籍的時候，每天只要能夠記住其中的一兩句有意義的話，抄在記事本上，既省事，又容易記；如果每天不停地記下去，兩三個月以後，我們就會發現思想比以前豐富，說話時，很容易便

想起它們，這些有意義的話，隨時隨地都會跳出來，豐富我們說話的內容。

以上這些方法雖然是「老生常談」，但也是最確實有效的辦法；如果還有空暇，多聽一聽演講，讓別人費時甚久才摸索到的經驗，在一、兩個鐘頭內貢獻精華，藉此增長自己的功力，這也是充實知識的好方法。

三、善於應用談話的資料

對於談話的題材和資料，一方面要懂得吸收，一方面也要懂得應用。一句普通的話，若是懂得運用，常常會有令人振奮的效果。

有一個發明家想發明一件東西，他和助手已經嘗試了一千七百六十二次的試驗，可是都失敗了。

助手說：「你看，試驗了一千七百六十二次，一點用也沒有。」

發明家說：「怎麼一點用也沒有呢？這使我們明白：這一千七百六十二次的方法是不能成功的。要成功必須在這一千七百六十二個方法之外去找。」

還有一個例子，更富於啟發性：

從前有一位音樂家得罪了王侯，被關在死囚牢裏，他還是照樣每天彈那心愛的樂器。

到了執行死刑的前一天，獄卒忍不住問他：「明天你就死了，今天你還彈它幹什麼呢？」

音樂家說：「明天就要死了，今天我不彈，還有什麼機會彈呢？」

這兩個例子，都值得我們細細玩味，可以刺激我們的思想，讓我們明白：一樣的話題，可以表達不同的看法和態度。

我們每日所遇見的各種可以作為談話內容的題材和資料，絕不僅僅是一種題材和資料而已。它們——每一件事實、每一句話——都向我們提供一些對人、對事的看法，都在影響我們對人生的觀點與態度。我們吸收它們的時候，不應該毫無主見地吸收；應用它們的時候，也不應該毫無目的地應用。當我們說出一句話時，不能像背書一樣、像鸚鵡學話似的，把記得的話重述出來，而是要用這句話說明對人、對事的看法，向別人證明我們所認為對的道理，讚美我們所認為美的人事物，或是駁斥我們所認為錯

誤的觀念。

簡單的說，我們要善於應用蒐集到的說話題材和資料，將它們吸收、消化之後，化成說話實力中的養分。這一點若能平時注意，「即席演說」時就不怕言不及義。

參、加強邏輯思維的訓練

「即席演說」的難度，就是在於：必須在極有限的時間裏，把和題目相關的道理、事例，有序的組織起來，構成一次「言之有物，言之有序」的講演。由於組織架構必須層次分明、有條不紊，因此非賴邏輯思維的訓練不為功。

一般人對於事件的發生，習慣性的接受事實的結果，鮮少去追溯事件發生的遠、近因，也很少去推敲事件可能產生的影響。然而事件的發生應該是一條線，而不是一個點；線縱然有短、長之分，畢竟是由或少或多的點組合起來的，點與點之間，總有先、後的次序，如果次序零亂，線就無法成形，事件的結果就會不同。因此，將點與點間的次序釐清，了解因果順序，這是邏輯思維的工作。

演說內容的資料，必須依照邏輯思維的法則，一項一項的說明，才能使全篇演說很有系統，組織完密；敘述事實要按演進的先後順序，敘述地區要按由大而小或由近及遠的順序，說明年代可以由古而今……這些，就是邏輯思維中的「論理組織」。

想要嫻熟「論理組織」，不得不加強邏輯思維的訓練，如何訓練呢？這裏提供大家一個方法——

當你遇到一件新的事物時，不妨自己提出下列五個問題來回答一下：

一、這件事物是怎樣的？

二、為什麼是這樣的？

三、在什麼時候是這樣的？以後呢？

四、在什麼地方是這樣的？

五、誰說是這樣的？

這五個步驟，可以使你把一件新事物組織成一個連貫的系統。平時系統連貫熟悉了，邏輯思維的能力增強了，「論理組織」自然不是難事。

以下，再提供幾種「即席演說」可資運用的「論理組織」方式，大家可以藉此練習：

一、說明事實──討論此事的利弊得失──勸導聽眾好自為之。

二、指出事實的錯誤──提出補救的方案──勸導大家合力補救。

三、說明事實的危急──討論應付急難的措施──證明大家同心協力可挽救急難。

四、啟發聽眾的興趣──建立聽眾的信心──說明事實──鼓勵實踐。

五、引起聽眾的注意──建立友誼──說明事實──請求合作。

六、刺激聽眾的需要──提供滿足需要的方式──描述實現後的遠景──發動實踐。

七、給聽眾強烈而痛苦的刺激──提供解除痛苦的辦法──討論實踐的步驟──暗示實踐行動可以開始。

八、提出明確的概念──講述與概念有關的實例或故事──把概念再重複一次以加深印象。

九、介紹積極性而與主題有關的名言──敘述一件主題範圍內的事件或實例──提出有效的方案並鼓勵大家去做。

十、說明過去的概況──敘述現在的情況──展望未來並提出努力的方針。

十一、敘述事情的真相──分析事情的因果關係──提出有效的處理方案。

第二節　即席演說的技巧

有了紮實的準備工夫，積累了雄厚的實力，還有一些「即席演說的技巧」可以幫助我們臨場表現得更好。

壹、注意儀態和演說姿勢

良好的儀態和演說姿勢，可以讓聽眾對我們產生信任感，拉近聽眾與我們的距離。以下是幾項具體可行的要點：

一、不要忙著開口說話

當我們從容地走上講臺，預備對聽眾講話的時候，不要忙著立刻開始，急著開口說話使人顯得像一個外行的演說家；應該先深深地吸上一口氣，然後舉目向臺下的聽眾看一會兒，如果聽眾中有雜亂不靜的情形，就得多等一會兒，使大家都安靜下來了才開始。

二、抬頭挺胸

抬起頭，挺起胸，腰桿挺直但不僵硬，肩膀放鬆，這在平時就該天天練習，那麼一旦站到聽眾面前，便會自然而然地這樣做了。說話前慢慢的用力吸氣，目的在於開展胸部，做好說話的準備。

三、向內心去找良好的姿勢

良好的姿勢必須向內心去找，因為：好的姿態完全從我們對那問題的興趣，以及要別人對我們表示同感的慾望中生發出來的。一種出於內心自發的姿勢，比一千條死的法則要有價值得多；姿勢是內心狀態的外部表現，一個人的姿勢應該像他的眼鏡一樣，所有人的眼鏡既不完全相同，那麼，人們自然的姿態表現當然也就不同！姿勢應該伴隨著演說中的情感衝動，自自然然地表現出來。

四、服裝整潔大方也會增加說話的力量

有一位心理學教授曾經徵詢許多學生的意見：「對於你自己所穿的服裝的感想如何？」結果學生的看法一致：當他們穿著十分整齊漂亮的時候，便會覺得身上似乎多了一種力量，這力量雖然很難解釋，但仍然是明確的，使他們增強了自信力，提高了自尊心，說話自然也就力量大增。一點也不錯，外表上的成功，會增加人們的自信；一個對自己有信心的說話者，他的話也相對的令人產生信心。

五、演說完畢要不慌不忙地下臺

常看見很多參加演說比賽的人，一講完話就匆匆忙忙地下臺，彷彿落荒而逃似的，先前不錯的表現至此打了折扣，這是很可惜的。無論是上臺或下臺，都應該顯出穩重、從容的態勢，才不會露出緊張的馬腳。演說完畢，向大家恭恭敬敬地一鞠躬，再轉身下臺，不慌不忙，自然流露「大將之風」。

貳、把握「好的開始」

當演說者站到聽眾的面前，開場白也就是聽眾所最注意的，如果開場白講得不好，以後要想保持聽眾的注意力，就不大容易了。因此，演說者必須把握「好的開始」，有了「好的開始」，成功也就不會太遠。那麼，怎樣把握「好的開始」呢？這裏提供幾種技巧以做參考：

一、開始就逗引聽眾發出笑聲

用幽默的詞語，逗引聽眾的笑聲，拉近演說者和聽眾的距離，無形中，演說者的魅力增添了幾分。英國某一位文學家，有一次作政治演講時，用戲謔的口吻說：

「各位，我年輕的時候，一向居住在印度，我常常替一家報館採訪刑事新聞，這工作是非常有趣的，因為它可以使我有機會去認識一些偽造貨幣、竊盜、殺人以及這一類富有冒險精神的幹才（聽眾大笑）。有時，我採訪到他們被審判的情形後，還要到監獄裏去，拜望一下我們那些正在受罪的朋友（聽眾又笑）。……」

一次嚴肅的政治演講，居然因為演說者的詼諧語句而使聽眾笑聲不斷，再也不覺得政治演講是那麼枯燥、無聊。幽默是一種機智的表現；臨場表現機智，足以令人稱賞。

二、立刻抓住聽眾的好奇心

一位警察局長向群眾報告破獲竊車集團的經過，他開始就說：「竊車集團真的都有組織嗎？是的，他們大都是有組織的，但是他們怎樣組織的呢？……」

這位局長所用的技巧，就是運用問答法告訴聽眾一些事實，引起聽眾

的好奇心，使聽眾急於聽下去，希望一聽竊車集團組織的究竟。這是一種值得學習的開始方式，它能夠立刻抓住聽眾的好奇心，馬上吸引聽眾的注意。

也有預先述說一件事情的結果，使聽眾急於想知道整件事的經過情形，這也是引起聽眾好奇的方法。例如說：「最近某地張貼一張布告，說是不論哪一個學校，在兩里地之內，所有的蝌蚪都禁止變成青蛙，以免打擾了學生的讀書。……」

這到底怎麼一回事啊？聽眾忍不住想：莫非演說者在開玩笑？真是今古奇觀，天下真有這種事嗎？於是，演說者就在聽眾滿心好奇時，繼續往下講。他抓住了聽眾的注意了。

三、讓聽眾參與思索問題

先提出一個問題，請聽眾來共同思索，這也是一種吸引聽眾的演說開場白。比如說：「淡水河果真不能淨化嗎？為什麼不能淨化呢？淡水河難道永遠不能淨化嗎？」開頭三句，就連續三個問題，這種使用問話的方法，實在是一把開啟聽眾心扉的鑰匙，可使後面所說淡水河淨化的經過，一句句走進聽眾的內心。

如果演說者對幽默沒什麼把握，又不知道如何抓住聽眾的好奇心，那麼，讓聽眾動動腦筋吧，誠懇地邀請聽眾共同來思索問題，尋求解答。

四、用實物刺激聽眾注意

在一場古錢展覽會中，一位先生用兩根手指捏著一枚錢幣，高舉過肩，於是，觀眾的視線焦點都聚集在他手中的錢幣上。然後，他開始演講：「在場的各位，有沒有人在街上撿到過這樣的錢幣？」接下來，他就講述這枚錢幣的稀貴和他收藏的經過。

拿一些實物給聽眾看，這是引起注意的一個好方法。「即席演說」是臨場才抽題目，無法預先準備和題旨相關的實物，但可以利用隨身攜帶的筆、紙或其他東西，做一個假設或引申，同樣可以達到吸引聽眾注意的效果。

五、引用名人格言、俗語或詩詞歌謠

名人說過的格言，永遠具有引人注意的力量，如果能夠適當地引用一句名人說過的話，實在是演說開場的好方法。一位演說者的講題是：「謙

虛與自滿」。他是這樣開始的：

> 法國大哲學家羅斯弗柯說過：「聖人談話，如果把自己說得比對方
> 好，便會化友為敵，反之，則可以化敵為友。」這正好印證了我國
> 「滿招損，謙受益」的名訓……

把名人的格言和古代的名訓運用在演說的一開始，具有極大的提振力
量。又例如題目是：「談健康之道」。你瞧：

> 俗語說：「一飯少三口，飯後百步走，討個老婆醜，活到九十九。」
> 話雖俚俗，卻是講求健康長壽的要訣。當然囉，如果是女性，那就
> 不妨改作「嫁個老公醜，活到九十九」。不管男性、女性，健康之
> 道就在於……

運用俗語，讓人覺得親切有味，而且方便記憶；記憶方便，印象自然
深刻。

詩詞歌謠在演說開場的運用，效果一如格言和俗語，只是趣味性不同，
這裏就略而不談了。

除了上述一、二、三、四、五點以外，其實，第七章所談到的一些專
題報告的開場方式，也可以拿來互相發明，或者，讀者也可以發揮自己的
才智，想出一些高明的技巧，讓自己把握「好的開始」。

參、結尾精采有力

「即席演說」的布局，也就是演說的實質過程，可以運用前一節所說
的幾種「論理組織」方式，這一節不再贅述。平心而論，「把握好的開始」
固然是「即席演說」的重要技巧，「結尾精采有力」更是！在演說中，最
重要的地方還是在結束的部分，因為最後幾句的講詞，雖然已經停止，卻
仍在聽眾的耳中迴盪，使人留下深刻的印象。並不是每一位演說者的結尾

都能讓人印象深刻，唯有精采有力的結尾才能餘音繞梁。欲使結尾精采有力，可以運用下列幾種技巧：

一、引用詩文或名句收束

引用適當的詩文或名句作結尾，是一種理想的方式，可以顯示演說者的高尚與優美。

英國某位爵士，在一次大會席上，對外國的代表們演說，他的結論是這樣講的：

> ……在你們回家之後，有些人會寄一張明信片給我，就是你們不寄給我，我也要寄給你們每人一張，並且你們會很容易知道那是我寄的，因為上面未貼郵票。我將在明信片上寫著：「季節自來又自去；你知道世間的一切都要隨著季節而凋零，但──有一件卻永遠像鮮花那般的嬌豔，那就是我對你們的友善和熱愛」。

最後的那節詩，極適合演說者的個性，並且毫無疑問的，也適合他全篇演講的旨趣，因而選用這樣的結尾對他是十分恰當的。假如換上一個拘謹的人，用這樣的結束就會格格不入了。不過請記住：名人的語句、古今的格言或是膾炙人口的詩詞歌謠，都可用來作為演說的結束，加重結尾的精采度。

二、逐層增高句句有力的結尾法

這是一種普遍被運用的結尾方式；每說一句就加重一分力量，使演說的高潮在頂點結束。林肯在以「尼加拉瀑布」為題材，進行一篇演說時，就是運用這個技巧：

> ……在很久以前，當哥倫布發現這塊新大陸，當耶穌基督被釘在十字架上，當摩西率領以色列人渡過紅海，甚至亞當從創世主的手裏出來，一直到現在，尼加拉瀑布始終在這裏怒吼！古時候的偉人，像我們一樣，都曾見過這個瀑布，從那久遠的年代直到如今，這瀑

布永遠在奔流，從不靜止，從不乾涸，從不冰凍，從不休息！

林肯以哥倫布、耶穌、摩西、亞當的年代，與尼加拉瀑布相比，一句比一句有力量，尤其最後四個疊句，獲得累增的效果，具有滂沛的氣勢！

三、用演說中的要點做結論

這是一種實際而有效的方法，把每個段落的要點，在結尾時鏗鏘有力地復述一遍，對聽眾而言，具有喚起記憶的提醒作用；同時對整篇演說而言，具有前後照應的妙處。「即席演說」中，當來不及思索漂亮的詩文名句或重疊排比文句時，簡明扼要的復述各段落要點，以此作為結論，不失明智的作法！

大致說來，「有稿演說」（專題報告）的結尾方式，只要精采，都可作為「即席演說」的借鏡。只不過「即席演說」的準備時間短促，甚至沒有準備的時間，因此有必要選擇比較技巧性的方式作結，以突出演說的效果。而無論採用何種方法結尾，總得注意下述四點要義：

㈠簡潔明快，恰到好處。

㈡加強演說詞的力量，感動聽眾。

㈢從結尾中讓聽眾有回味全篇演說的必要。

㈣在高潮的頂點終止，使聽眾依戀不捨。

第三節　即席演說的練習

目前，在我國的各級學校中，每年都有「即席演說」的比賽活動；全國國語文競賽的項目中，也有「即席演說」這一項；由此可見，「即席演說」活動愈來愈受到大家的肯定與重視，隱然成為演說比賽的一股潮流。因此，我們有必要多多練習「即席演說」。

壹、「即席演說」的規則

讓我們先來了解「即席演說」的規則：

一、時間規定

準備時間五分鐘。演說活動正式開始前五分鐘，第一位演說者抽題準備；第一位演說者上臺時，第二位抽題準備……依此類推。

二、計時方式

每人四到五分鐘。比賽者上臺演說即開始計時，至四分鐘時按鈴一聲，時間到（五分鐘滿）按鈴兩聲。在此時間內講完者不扣分數，未依規定時間講完，每過三十秒再按鈴一聲。講完後計時人員當場宣布所用時間幾分幾秒，未達或超過時間，每三十秒扣總平均分數一分，不足三十秒者以三十秒計，由計分員統一扣分。

三、評分標準

㈠內容：45%～50%

㈡表達能力（語調發音）：30%～35%

㈢儀態：10%

㈣時間：10%

貳、執行工作的人員

其次，應該知道執行工作的人員有：主席（負責介紹評審、講解比賽方式、計時方式、評分標準及管理抽題等）一名，計分員（負責統計時間、按鈴及登記核算分數）一名，收評分單的人員（每隔五位演說者收一次，還負責將寫出演說者所抽到的講題宣告大家）一名，評審三名。執行工作應準備的器具物品：計時碼錶、按鈴、題目籤條（份數視參加演說的人數而定）、題目告示牌、評分單、評分總表、便條紙等。

參、「即席演說」的題目設計

了解了「即席演說」的規則以及安排好執行工作的人員以後，接著，必須考慮的問題是：題目如何處理？

既然要練習「即席演說」，題目如果預先列出，讓大家知道，那就違離了「即席演說」當場抽題、當下才知道題目的要義，因此這一部分，重

點放在「題目怎樣設計」的介紹上。

　　初步練習的階段，題目的設計，應儘量以練習者所熟悉的生活環境為範圍，使練習者容易找到話題，不至於呆在臺上，例如「我的……」或「求學……」等，因是練習者曾有的親身經驗，不愁找不到可以發揮的內容。或者，題目設計是要求練習者解答某個問題，使練習者的注意力移轉到問題上而忘卻緊張與害怕，例如：「做錯事了，怎麼辦？」

　　等到練習者已經相當熟悉「即席演說」的臨場感之後，題目的設計可以考慮比較具有挑戰性的「角色扮演」方式，用一個主題，讓練習者作即興發揮，一方面練習口語表達，一方面可以自由創造表演內容、自由伸展肢體動作；例如：「警察與小偷」、「公車上的乘客」、「如何拒抽二手菸？」等，都可鼓勵練習者盡情表現（此時的時間限制可依情況而規定）。或者，可以考慮著重理性思辨，比較需要論證、析理的題目類型，例如：「藝術與色情的分野」、「我對自願就學方案的看法」、「如何走出金權政治的陰影？」等，這一類型的題目對練習者而言，難度較高，但練習者完成演說後的成就感也較大，因為訓練者的冷靜機智與否，最能見出端倪。

　　一旦題目設計好了，所有準備工作就緒，「即席演說」練習，「開麥拉」！

參　考　書　目

《口才學三十講》　陳沿平編著　東大書局
《演說原則與技巧》　教育部訓委會印製
《生活語言學》　鹿宏勛、周明資著　華欣文化事業公司
《說話的藝術》　楊麗瓊譯　遠流出版社
《成功的演講術》　何偉凡譯　金文出版社
《演說學》　祝振華著　黎明文化圖書公司
《說話的藝術與技巧》　祝振華著　黎明文化圖書公司
《演講術》　戴爾‧卡內基著　名人出版社
《語文遊戲》　張正男著　臺北市社教館

第十章　辯　　論

第一節　辯論的意義、分類與原則

壹、辯論的意義

辯論是持有不同意見的人彼此當面用口語互相辯駁以求徹底溝通的行為。

現代是一個民主的、開放的時代，不但每一個人的合法權益，都得到法律的保障，而且每一個人的合理意見，都應受到大家的尊重。凡是公共事務的處理，必須經過大眾的討論、表決，絕對不是某些人所能獨斷專行的。

當公共事務在討論、表決的過程中，各種不同的意見或看法，都必須提出討論，那就要用到辯論的方式了。

有些人對於辯論始終有些疑慮，他們恐怕辯論會形成意見不同者彼此結黨，因而製造分裂，破壞團結。其實，辯論是因意見不同而引起的，如果大家沒有不同的意見，則辯論無由而起；如果有了不同的意見，還想用權威或法令禁止辯論活動，則不同的意見不但不因為沒有辯論活動而消失，反而因為受到壓抑會激起民怨，這不只是掩耳盜鈴的鴕鳥作法，簡直是飲鴆止渴的自殺行為。今天的社會上，有不同意見是正常的現象，透過公開的辯論活動，可以使持有不同意見者彼此在公平公正公開的情況下，作最徹底的溝通，經過這項徹底的溝通活動，有些不同的看法會漸漸趨於一致，有些可能從原先的第一共識形成第二共識；縱使異者仍異，但是在經過了彼此辯駁問難以後，使更多人對辯論主題有了更為深入的認識，當

進行投票表決的時候，再也不會盲目投票，這可以保證，在民主政治的方式下，能夠作出有益於大眾的決定。如此看來，辯論並不是一件破壞團結的事，對於辯論心存疑慮者，大可釋懷了。

貳、辯論的分類

辯論的活動，可以分為真辯論和假辯論。凡是以解決問題、尋求真理為目的者，就是真辯論；而凡是以訓練辯論技術、舉辦宣導活動為目的者，就是假辯論。

有人曾經為辯論的真假，覺得十分困惑；尤其是有許多人對辯論之中的假辯論，提出質疑；他們認為不是以解決問題或尋求真理為目的的假辯論，根本只是一種打發時間的消遣活動，沒有什麼實用價值。其實這也是一種似是而非的觀念；假辯論雖然不是為了尋求真理或者解決問題，但是在教育上是一項很重要的活動，對於舉辦宣導活動者而言也是效果宏大的公共傳播方式❶。

因為真辯論的成敗，可能直接影響公共事務的決策或公共政策的制訂，所以其參與者非有良好的辯論技巧不可，而假辯論就是用來訓練辯論技巧的辯論活動。這種以訓練辯論技巧為目的的辯論活動，我們通常叫做辯論實習、辯論練習或者辯論比賽；不過，辯論比賽的功能則不只是訓練辯論技巧，它還有宣導活動的功能。

至於以舉辦宣導活動為目的的辯論活動，常常由負有宣導責任的政府單位或熱心公益的人民團體舉辦。在舉辦宣導政府政策或傳播公益觀念的

---

❶ 辯論術在教育上的功能，費培傑譯美國克契門的《辯論術之實習與學理》時曾說：「心思方面：可以使推理正確、分析敏銳、時時運用心思、心思能凝聚、思想迅速；言語方面：可以使說話能清晰條理、說話能用方術（包括言辭流利、說話得力、辭語豐富、說話能臨機應變對答如流、說話能辨輕重少廢辭有言語的經濟、說話能揣測聽者的心理、說話能以理服人以情動人盡言語的能事）、能當眾演說；精神方面：能不甘退讓、能自抑情性；知識方面：能多得知識、留心社會國家問題。」費氏此言，頗有見地，可供參考。

方式裏，演講算是最古老，也是最容易的方式；但是也就因為它很容易，所以使用的頻率高，一般人把聽演講不當做一回事，其宣導效率也就大大降低了。辯論則不一樣，不但新鮮，而且過程變化比演講多，參與者人數也比演講多得多；同時在雙方意見並陳的情況下，也容易取得聽眾的信任。所以，從辦理宣導活動的觀點來看，辯論要比演講有效多了。

參、辯論的原則

我們既然知道了辯論的意義，也知道辯論不論真假，各有其功能，不容偏廢；那麼要參與辯論活動，應該遵守哪些原則呢？底下分為參與正式辯論會的三個原則以及參與辯論活動的十個原則，詳加介紹，以供從事辯論活動者參考。

一、參與正式辯論會的三個原則

這裏所指的正式辯論會，包括：各級議會或機關團體有關公共事務法案的辯論，人們為了個人權利而對簿公堂的法庭辯論，學術團體舉辦學術研討會中的學術辯論等；都是為尋求真理、維護公益、保護個人合法利益而進行的辯論。誠如前面所說的，這種辯論的成敗，牽涉頗廣，關係很大，不容疏忽；所以，要參與這種正式的辯論會，必須遵守三個原則：

㈠題目無關緊要不必辯

辯論過程中，雙方為了說明自己的主張，反駁對方的意見，必然會不顧情面的提出辯駁；所以，儘管辯論的目標正確，辯論過程難免會引起雙方的不愉快。雖然我們也一再呼籲：參與辯論的人，要有辯論的良好風度，但是那也只能降低辯論的傷害，無法把辯論引起雙方不愉快的缺陷完全弭平。因此，為了避免不必要的紛爭，凡是無關緊要的辯論題目，不要輕啟戰端引起雙方的不愉快。

作一場辯論的準備，必須耗費相當大的人力物力，也必須用掉相當長久的時間，並不是十分容易的事。因此，如果為了不很重要的小事而辯論，實在大可不必。現在是個講究高效率的時代，不論公共事務的處理或者私人權益的維護，如果曠日持久或費力太多，總是不合時宜了。因此，從提

高工作效率的觀點來看，題目無關緊要大可不必與人爭辯。

那麼什麼是值得一辯的重要題目呢？凡是真理不明的時候，我們為了追求真理，不可不辯；西哲曾有：「吾愛吾師，吾更愛真理」的名言，可見為真理而辯是第一項值得一辯的題目。其次，當公益受損的時候，我們為了維護公共的利益，也應該起而爭辯；有些人對於自己的權益，樣樣精明，事事計較，但是對於公共的事務卻裝聾作啞，處處大方，這不免使人有慷大家之慨的感覺。因此，我們為了維護公共利益，應該勇敢的站出來，以嚴正的立場，與損害公益者辯論。另外，凡是合法的權利被侵犯的時候，當然也要為維護私人的合法權利而爭辯，以免姑息養奸。這些都是值得一辯的重要題目。

㈡對手不講公道不可辯

前面我們曾經說過：「今天的社會上，有不同意見是正常的現象，透過公開的辯論活動，可以使持有不同意見者彼此在公平公正公開的情況下，作最徹底的溝通，經過這個徹底的溝通活動，有些不同的看法會漸漸趨於一致，有些可能從原先的第一共識形成第二共識。」那麼我們要使辯論會達成其統合不同意見，形成第二共識的目的，必須使參與辯論的雙方，彼此在公平公正公開的情況下，作最徹底的溝通；如果不是這樣，某一方面仗恃特權優勢強取豪奪，另一方居於劣勢而委曲求全，那麼辯論的結果不公正，辯論也就毫無價值了。既然在對手不講公道的情況下，無法得到有價值的辯論結果，當然不可以跟那種人辯論了。

在《伊索寓言》裏頭，有一則「狼與小羊」的故事，要吃小羊的野狼，恐怕別人說牠以強欺弱，硬找了許多理由，指責小羊該死；不過這些理由都不對，被小羊一一駁倒了；最後，野狼露出猙獰的面目說：「小伙子！雖然你能駁倒我的每一個理由，可是我總不能不吃午餐的呀！」從這一則寓言故事裏，我們就可以想像得出：對手不講公道為什麼不可辯的道理了。

㈢自己準備不足不能辯

當辯論的題目很重要，辯論也在公平公正公開的情況下順利的進行，可是因為自己的辯論技巧不如人，或是自己的資料蒐集不夠齊全，要不然

就是自己的陳述不夠清楚、自己的辯論謀略太疏忽；就是因為自己準備不足，結果一辯下來，本來有理的卻輸了。這不但使自己的辯論目的落空，反而給對方陰謀得逞的機會，難道我們還能用「助人為快樂之本」來自我解嘲嗎？所以，要參與辯論活動之前，一定要有周全的準備，首先仔細的考量一下：自己的立場是否正確，其次檢討一下：自己的辯論技巧是否不比對方差，然後再檢查一下：自己的資料蒐集得周全了沒有？自己的辯論謀略設計好了沒有？一場代表正義、真理、公益、合法權利的辯論，最好能夠克敵制勝贏得勝利，最少也要準備充足，使自己立於不敗之地。

　　既然必須準備充足才可以參與辯論，那麼要怎樣才算準備充足了呢？一場辯論決定勝負的因素雖然很多，但是從自己準備的觀點看，大略可以分為：論證堅實、謀略靈活、技巧嫻熟三方面，而三者之間的關係，論證與謀略是辯論的基本資料，兩者之間可以互補；而陳述技巧則為辯論的表達能力，獨立一項，與前兩者同等重要；現在用算術的公式，示意如下：

$$辯論效能 =（論證 + 謀略）\times 陳述技巧$$

　　假使我們每項以十分為滿分，那麼某甲的論證與謀略各得八分，陳述技巧得七分，則其效能數值為一百一十二；某乙的論證與謀略各得六分，陳述技巧也得七分，則其效能數值只有八十四；某丙的論證與謀略只得一分，陳述技巧得十分，則其效能數值也只有二十；某丁的論證與謀略各得十分，陳述技巧得零分，則其效能數值為零分；由此可看出論證堅實、謀略靈活、技巧嫻熟三方面是不容偏廢的。

　　了解了論證堅實、謀略靈活、技巧嫻熟三方面的關係以後，我們來討論怎樣充實這三個條件。論證堅實必須具有辯題方面的專業知識、廣博而精確的生活常識、完整而確實的專題資料。謀略靈活則必須具有縝密的謀略設計、精確的敵情資訊、熟練的心理揣摩。技巧嫻熟是指流利生動的公共表達能力，這就牽涉到演講術了，可以參閱本書第七章〈專題報告〉與第九章〈即席演說〉的相關內容；只要詳加研究，勤加練習，一定能夠具

備這項技巧的。

二、參與辯論活動的十個原則

這裏所指的辯論活動，包括真辯論及假辯論。真辯論除了前面所說的三大原則以外，還要注意底下的十個原則。假辯論則包括：學校裏的辯論實習、辯論練習、辯論比賽，社會團體舉辦的辯論觀摩、辯論錦標賽，政府機關為宣導政令及公益團體為宣導觀念而舉辦的辯論比賽，各級機關或人民團體舉辦的辯論表演、友誼賽。所有一切不論真假辯論活動，其參與者都要遵守下列的十個原則：

㈠立論要清晰簡明

辯論的基本條件，是要把自己的意見、理由，清晰明確的向觀眾表達；只有自己把自己的意見、理由，都清清楚楚的整理以後，說出來才能夠使人聽得明明白白，留下鮮明而深刻的印象。為了使別人了解得容易些，陳述自己的意見、理由，越簡單越好。一般說來，可以用比較的方式：例如我方有某個理由而對方沒有，所以我方的理由比對方的充分；我方的辦法裏有某一項優點而對方沒有，所以我方的辦法比對方的辦法好；對方的論點裏，雖然有某個理由或優點，但是我方的論點裏，不但這些理由或優點都具備，而且比對方的優點還多，理由也比對方的充分，所以我方的主張還是比對方的有理、我方的辦法還是比對方的辦法好。像這樣立論清晰簡明，才能夠贏得辯論活動。

㈡駁論要明確簡要

一場辯論裏，一定要有立有駁；立而不駁，則無法使人知道對方的謬誤，不能達成辯論的目的。而反駁對方的論點，必須駁得明確簡要，不然就無法使人知道，已經把對方的某一個論點駁倒了，也不能達成辯論的目的。想要使自己的駁論明確簡要，必須先確實了解對方的論點，從對方的論點裏，找出其立論錯誤或資料不對的地方，並且掌握駁倒對方的資料及關鍵，用最簡明的方式，說明要駁什麼、要怎麼駁，最後並且聲明把哪個論點駁倒了。一般說來，也可以從雙方論點來比較：例如對方有某缺點而我方沒有，所以我方的論點比對方正確；對方的辦法裏有個優點而我方也

有，所以我方的辦法不比對方的辦法差；對方雖然有某個理由或優點，但是我方的優點還是比對方的多，理由還是比對方充分，所以我方的主張還是比對方的正確、我方的辦法還是比對方的辦法有利；對方有某個缺點而我方沒有，所以我方的辦法比對方的辦法好；我方雖然有某個缺點，但是對方的缺點還是比我方的多，所以我方的辦法還是比對方的辦法高明。像這樣善用比較法，就能夠駁得明確簡要，能夠贏得辯論了。

㈢論證要證據充分

在辯論會裏頭，有一項慣例：凡提出論證者必須證明，凡提出證明者必須有證據。也就是說，辯論的時候，證據一定要充分；沒有充分的證據，就無法使自己的理由讓大家信服，也無法使自己的主張得到大家的支持。因此，我們把「論證要證據充分」列為參與辯論活動的第三個原則。

㈣推論要符合理則

這裏的理則，是指「推理的規範」，也就是理則學（邏輯學）上所說的推理規則❷。我們在辯論的時候，不論立論或者駁論，固然必須有事實或理論的根據，但是，從這些作為根據的理論或事實例證，導出論點的時候，或者從論點導出結論的時候，都必須符合理則的條件，否則就無法說服別人，更遑論贏得辯論了。有一些人不只不遵守推論的理則，還故意用謬論去嚇唬對方、欺騙聽眾；那種詭辯的技倆，在大家不懂得推理規則的時候，還可能蒙混過關，欺世盜名。不過，隨著教育的普及，民智大開以後，大家都懂得推理規則了，使用詭辯術就不可能再蒙混過去；萬一遇到了真正的辯論行家，這些陰謀詭計，將如照妖鏡前的妖魔鬼怪，無不原形畢露，豈非自討苦吃呢！所以，辯論的時候，推論一定要符合理則。

㈤結論要駁立兼顧

一場辯論的末尾，按照慣例有一段結論。結論的目的，是要使聽眾更清晰明確的知道雙方主張的理由、了解雙方辦法的優劣。所以我們作結論的時候，既要整理自己的論點，使聽眾清清楚楚的知道我們的主張，進而

---

❷　推理規則，據陳祖耀著《理則學》的分類，有直接推理、類比推理、演繹推理、歸納推理；各種推理，都有其一定的規則，請參閱理則學的著作。

相信我們的話，照著我們的想法去做；也要針對對方的論點提出總駁，使聽眾知道對方的錯誤與缺陷。如果只有歸納自己的主張而提出總結，就像前面（㈡駁論要明確簡要）所說的一樣：立而不駁，則無法使人知道對方的謬誤，不能達成辯論的目的。如果只有提出總駁而忽略總結或總結得不夠明確，則有如建在沙灘上的高樓，地基不穩而搖搖欲墜。所以結論的時候，一定要駁立兼顧，才能夠贏得勝利。至於要先立後駁或者先駁後立，可以根據自己的習慣和當時的情況而決定，要是能夠採用連駁帶立法 ❸，可能更省時省力而精采。

㈥敘述要精采動人

筆戰與辯論，一個用手寫，一個用口說，但是兩者有一個相同的要件，就是都要精采動人。不精采動人的文章沒人喜歡看，理由再充分也是枉然；不精采動人的言辭也沒人喜歡聽，論點再有力也不起作用。如果兩者比較起來，恐怕辯論的口頭表達方式，更需要精采動人。因為文章寫在紙上不易磨滅，言辭出乎口入乎耳，稍縱即逝；不很精采的文章還可能慢慢的讀，然而不喜歡聽的話，卻不能慢慢的聽，當時不注意聽，事後就聽不到了；由此可見言辭辯論裏，敘述要精采動人是多麼重要。就是因為辯論的時候，只有精采動人的話語，才能夠吸引聽眾的注意力而仔細聆聽，所以我們不論在申論、質詢、答辯、反駁、結論或發問的任何過程中，敘述一定要精采動人；不夠精采動人的辯辭，是無法獲得聽眾的了解與支持的。

㈦辯駁要掌握心理

在辯論活動中，並不是把話說出來就足夠的；甚至只有把話說得精采動人也還不夠。因為把話說出來，而且說得精采動人，充其量只能把對方駁倒而已，不一定能夠使對方口服心服，也不一定能夠使聽眾完全接受。一場辯論下來，雖然立論精確、精采絕倫，但是贏了辯論以後，對方卻口

---

❸ 連駁帶立法，是指一面反駁對方，一面建立己方論點的辯論法。因為證明對方錯誤的同時，不但必須提出替代對方錯誤方案的替代案，才容易取信於聽眾，而且也正是聽眾腦中空虛，最需要填補有效方案的時候，所以連駁帶立是很有效率的辯論法，不論用在申論（立論）或結論，都很有力。

服心不服，聽眾也不能完全接受，這仍不能說真正贏了這場辯論。我們必須使對方口服心服，也使聽眾完全接受，這場辯論才算成功。那麼要怎樣使對方口服心服，也使聽眾完全接受呢？這就必須掌握對方及聽眾的心理了。所以從辯論要達到預期目標的觀點看，辯論非掌握對方辯論者以及聽眾的心理不可。至於要怎樣掌握對方辯論者以及聽眾的心理，可以參考心理學家的研究成果；多看些心理學方面的著作，對於掌握對方辯論者以及聽眾的心理，幫助很大。最基本的原則，是尊重對方的人格，站在群眾的立場，就事論事，保持風度，不作人身攻擊，不作意氣之爭；能夠如此，就不會激怒對方，也不會大失人心了。

（八）答辯要忠實機警

忠實是從事大眾傳播工作者必備的要件，一個言論不忠實的辯論者，必遭聽眾唾棄而失敗；機警是辯論時決定勝負的重要條件，尤其在答辯的時候，必須針對對方提出的駁論或質問而回答，如果不夠機警，不但不能得到聽眾的喝采嘆服，甚至可能當場辭窮而出醜。所以答辯一定要忠實而機警；絕對不可以否認自己說過的話，也絕對不可以曲解對方的言辭，更絕對不作不忠實的報導；保持冷靜的頭腦，對於對方的質問與駁論，機警的作出最合理、最明確的答辯。

（九）隊友要協調互補

一場辯論的參與者，往往是一個小組而非一個人，既是一個小組，則小組的成員之間，就必須互相協調、互補缺陷，不可以像演講的時候一樣單槍匹馬去衝鋒陷陣。隊友間的協調，包括事先共同研討論點、研判資料、分配論點、彼此對稿等等，經過事先的共同研討，彼此培養了相當的默契，到了辯論時，彼此就很容易產生心靈相通而互補缺陷了。所以，隊友間的協調是互補的基礎，互補是辯論獲勝的重要條件。

（十）風度要謙和穩健

前面說明參與正式辯論會必須遵守的原則，談到題目無關緊要不必辯的時候，曾說：「辯論過程中，雙方為了說明自己的主張，反駁對方的意見，必然會不顧情面的提出辯駁。」就是因為辯論過程激烈，難免會引起

雙方的不愉快，所以我們要把「風度要謙和穩健」列為參與辯論活動的十個原則之一，我們一再呼籲：參與辯論活動的人，一定要有辯論者謙和穩健的良好風度。這不只是能夠降低辯論活動的傷害，儘量避免辯論所可能引起雙方的不愉快，對於辯論獲得對方及聽眾的信服與贊同，也頗有助益。難怪有許多從事辯論活動經驗豐富的人說：寧可保持風度而輸了辯論，也不要贏了辯論而輸了友誼；其實保持謙和穩健的風度，不但可以贏得光采，就是辯輸，也不會無地自容的。

第二節　辯論的技巧

　　辯論的技巧千變萬化，常常使初學者眼花撩亂。現在為使初學者便於學習，分別從謀略設計、臨場攻擊以及對敵防禦三方面，分別提出一些較常用而易學的辯論技巧，以供初學者參考。至於更進一步的技巧，除了多思考、多觀摩以外，熟能生巧，常常演練也是增進辯論技巧的重要方法。

壹、謀略設計方面

　　所謂謀略設計，是辯論前準備時針對辯題，以及對於雙方資料估計所得，設計出一些擬用的計謀。一場辯論，並不是在雙方登臺才開始，早在雙方確定辯題以後，就已經開始這場高度智慧的競賽了。此外，參與一場辯論的人，也不只是雙方上臺的辯士，而是雙方所有的人員，包括領隊、參謀、助理員、顧問、正式出場者、預備隊員以及熱心提供協助的親友跟各界人士。謀略設計的時候，就要集合全辯論隊的知能，動員所有的人員智慧，從準備辯論資料時所找到的雙方資料裏頭，設計一些臨場可用的攻擊方法或防禦措施，以備辯論時可以採行。有人在準備資料時偷懶，只準備自己一方面的資料，這不只是無法在事先設計有效的謀略，到辯論時也常常口忙腦亂而弄得一塌糊塗；所以準備辯論資料，一定要對雙方資料同時準備，才能夠算準備周全。有了周全的資料，才能夠進行謀略設計的工作。

一、布陣對壘

這是雙方按部就班，步步為營的謀略設計。看起來沒有什麼出奇之處，但是，這種沒有變化的謀略，卻是一切謀略的基礎；也是我們評估辯題可辯性時的主要方式，千萬不可因為很平常而忽略了它。

辯論開始的時候，總是由正方先發言；正方應該提出題目的定義、背景、現狀中的缺點，繼之以改革方案（辯題）的必要性，務必使聽眾確實知道問題的重要性以及改革的必要性。反方第一個辯論員發言，可以從現狀的優缺點，說明現況並非百無一是，雖有缺點仍可改善，所以正方的主張，實際上並沒有絕對的必要。正方第二位辯論員則可以對現狀改善成效提出質疑，既然現狀改善的成效不彰，當然要採取辯題所提出的改革方案，順便說明改革案（辯題）的可行性與合理性，使大家對於正方的主張更具信心。反方二辯就應該提出現狀在過去的改善並非毫無成效，而有些缺點屬於其他因素的影響，我們從多方面努力，一定可以見效；而正方的主張，也有一些可能引發的弊端，我們實在不必放棄現有的優點，而採用未知其利已見其弊的新方法。正方接著可以說明辯題的損益關係及解決問題的能力，並說明問題解決的急迫性，甚至以今天不做明天會後悔作結論，要求大家立刻採取行動。反方則可從辯題的可議性說到現狀的好處，並以天下沒有十全十美的事情，只要能運用現狀中的優點，逐步改善現狀的缺點，明天就有更好的可能。像這樣逐步說明，一點一點的辯駁，就是布陣對壘的謀略設計。

二、區域戰法

這是各人縮小耕耘範圍而深入耕耘的謀略設計。最適合初學者使用。

當分配論點的時候，每一隊員各按照其專長或特性而分工；進行辯論時，各人堅守各自的防區（論點）。這種謀略設計的特點在每一個辯論員各有所司，都在自己的職司範圍內深入耕耘，所以用力專而得以精進；但是這也正是區域戰法的致命傷，因為每個人只在自己負責的範圍之內努力，對於其他論點並不熟悉，所以當對方追問非己所司的問題時，常常會無法應付。

為了避免區域戰法不能靈活應變的缺點,又保有區域戰法陣勢嚴密整齊的長處,辯論時每個人不可以抱殘守缺的各說各話,必須利用事先共同準備時的討論、交換資料、對稿、賽前模擬等等活動,培養默契而互相支援。尤其是對稿,常常被忽略,實際上對稿不只在區域戰法中很重要,就是在一般的辯論準備過程中,也不可忽略。

三、反反方案

這個方法又稱相抗計畫。反方本來是主張維持現狀的保守派,但是因現狀百無一是,只好棄守;變成反方也反對現狀而提出替代方案。

在這種謀略裏,反方因為另闢新天地而顯得海闊天空,但是本來反方可以只提出對辯題質疑,不必負舉證責任的,現在卻非對反反方案的內容,提出完整的證據以獲得觀眾信任不可了。另外反反方案也必須與正方的主張(辯題)有完全不相同的特點,否則,正方使用巴蛇吞象術,將反反方案包容在他們的論點之中,反方就會毫無翻身的餘地了。

雖然反反方案有這麼多的麻煩,為什麼還有人喜歡使用呢?這是因為它擁有:易守為攻,化被動為主動;以及出奇制勝,使正方措手不及的兩大優點。

四、巴蛇吞象

這是把對方論點包容於己方論點之中的謀略。前面介紹反反方案時,曾提到「正方使用巴蛇吞象術,將反反方案包容在他們的論點之中,反方就會毫無翻身的餘地了」。其實,巴蛇吞象的功能,還不僅如此,它是雙方都可運用的好謀略。

例如:當對方的某一個論點或方法,有其不容抹煞的優點,而且對本方威脅很大的時候,我們既不能把它棄而不用,又不能把它置之不理,這時候最好就用巴蛇吞象術,把對方的這個論點包容在自己的論點之中。

巴蛇吞象術的使用方法,必須適度的調整自己的論點,使對方有力的論點,成為雙方所共有。至於如何調整,必須依辯論內容決定;例如有一次辯論改善交通問題,正方主張提高機車考照年齡,反方則列舉了許多有效的改善交通方法,就只反對提高考照年齡。正方使用巴蛇吞象術,把反

方的方法都納入自己的方案中，只要求反方也同意提高機車考照年齡而已。結果反方如果不同意，就顯得沒有氣度，如果同意，就等於承認了對方的論點，所以十分為難。這就是巴蛇吞象術。

五、畫龍點睛

一般的辯論術，都希望把有力的論點放在最前面，使得對方一下子就沒有話說，也使聽眾一下子就相信我方的論點。但是，有些論點雖然有力，卻也有其缺點存在；這時就可以將該論點晚一些提出，以免太早提出遭受太多的攻擊。這種把有力而怕見光死的論點放在規則容許的最後時機提出，以避免遭受太多的攻擊而創造絕對優勢的謀略，就是畫龍點睛。例如有一次辯論公教人員公車優待票應該廢除的問題，主張廢除公教人員公車優待月票的正方，其有力論點是提出既能免除公車公司財務虧損、沒有優待票轉讓借用之弊，又不失政府照顧公教人員德意的好方法。這個方法就是廢除優待票而改發交通津貼，但是交通津貼如果採用一致的標準，則這種齊頭式平等的本身有可議之處；要採用照距離遠近發放，則難免有人投機而虛報圖利。兩種方法都有缺陷，太早提出一定會遭受對方的攻擊，所以留到正方三辯才提出具體的根據距離遠近發放津貼的辦法，而且還加上了前一項的巴蛇吞象術說：如果對方也能提出合理有效能取代公車優待票的方法，我方也願意考慮；不過，公教人員搭乘公車的優待票是非廢除不可的。這樣把巴蛇吞象術與畫龍點睛合併使用，就避免遭受攻擊而且顯得鏗鏘有力了。

六、擎天一柱

這是以一個論點分別從幾個方面去申說的謀略。

真正的辯論，這種論點不足的情況或許不多，但是在訓練辯論能力的假辯論裏頭就可能出現了。當本方論點貧乏，甚至只有一個論點的時候，可以用這個唯一的論點為核心，分別就其合理性、可行性、必要性，或者從情、理、法三方面，甚至從政治、經濟、社會、文化等方面，從學校、學生、家長、教師、教育行政等立場，一一加以闡明，這就是擎天一柱法。

七、涇渭分流

　　有些專供練習的辯論題目，其中某個字辭定義不明確，而且雙方各有其有利的定義。這時候雙方各用自己的定義，不認同對方的說法，以確保生存的空間，就是涇渭分流法。

　　有一次辯論的題目是雙題式❹的：「愛人比被愛幸福，被愛比愛人幸福」，主張愛人比被愛幸福的說：人的欲望得以滿足就是幸福，最高層次的欲望得到滿足是最大的幸福。所以，我所愛的人接受了我的愛，我能為我所愛的人服務，可以得到自我實現的滿足，就是人生最大的幸福了。主張被愛比愛人幸福的一方則說：一個人處處受呵護，時時有人互相照顧就是幸福。當我們被人所愛的時候，愛我們的人會經常陪伴我們、保護我們，所以被愛的時候是最幸福的，被愛比愛人幸福。這樣雙方的幸福解釋不一樣，所以各有其生存的空間，就是典型的涇渭分流法。

八、引蛇出洞

　　這是用以破除涇渭分流法的特殊謀略。當對方用涇渭分流法的時候，故意提出有利於對方的言辭，引誘對方出擊，然後予以一舉殲滅，就像蝮蛇窩居洞中不出來，捕蛇者只好用誘餌引誘牠出洞一樣。使用這種謀略必須讓對方察覺不出，否則，對方有所警覺，絕不上當，那麼偷雞不著蝕把米，可就損失慘重了，不可不慎。

貳、臨場攻擊方面

　　所謂臨場攻擊，是指辯論時針對對方論點或辯辭中的錯誤，適時提出駁斥或質疑，使大家知道對方的謬誤而不上當。因為辯論對手可能「為求勝利而不擇手段」，所以我們也必須有更加有力的技巧，使詭辯者無法得逞，歪理不得橫行。

---

❹　辯論題目以違背現狀的肯定命題為原則，例如：中學生與小學生要穿制服上學，所以題目定作「中學學生制服應該廢除」。而大學學生不規定穿制服上課，所以題目要定為「大學學生應穿制服上學」；有時候辯論的問題，要比較兩個相對命題的真偽或優劣，可以採用兩個相對的肯定命題，就是雙題式的辯論題目，例如：「人性本善，人性本惡」，「愛人比被愛幸福，被愛比愛人幸福」。

一、避實擊虛

在一場辯論的攻防過程中，不論勝負，雙方都會各有損耗；所以，我們應該選擇可能成功的論點攻擊，否則，既攻擊無效，反而讓對方答辯有理而得勝。這種攻弱而不攻堅，以減少損耗，保證攻擊成果的謀略，就是避實擊虛。

二、聲東擊西

當雙方辯論的時候，採取佯攻與主攻相互配合的謀略，使對方不知道我們的攻擊策略，因而達到必須處處防守，終於實力分散到無從防守。或者故意以虛張聲勢的言辭，使對方產生錯誤判斷而弄錯了防守的方向，再利用空隙予以攻擊，就是聲東擊西。這種謀略的運用跟引蛇出洞一樣，如果對方覺察，就前功盡棄。因此，它常與其他謀略同時使用。

三、甕中捉鱉

辯論的時候，設計口袋，誘引或逼迫對方掉入陷阱之中而後予以擒滅的謀略，就是甕中捉鱉；為達成其目的，必須使用其他謀略互相配合。

民國六十四年十二月，臺北大直的實踐家專（即現在實踐大學的前身），舉辦北區大專辯論賽，其中一場辯題為「青少年事件處理法應定極刑」，採用奧瑞岡式辯論，其中有一段正方的質詢，運用了好幾種謀略，其過程如下：

正：對方辯友，我首先想請教你幾個比較簡單的問題。

反：好的。

正：首先，想請問你，你穿鞋吧？

反：（把腳舉高給大家看，其皮鞋頗破舊）當然有穿。

正：是的，你穿鞋。那我想請問你一下，鞋子如果沒有了光澤，你是要上油的囉？

反：這要看我今天要不要被老師檢查，不檢查我不上油。

正：按照常理講，你是會上油的。

反：不一定。

正：不一定，好的。我再請問你一下，那麼鞋子破了，你是拿去補
　　囉？

反：說不定重買一雙。

正：說不定重買一雙，那你比我更殘忍了。

　　各位！各位！鞋子破了，他甚至就丟掉，但是我們今天在這兒
　　倡導極刑，並沒有一開始就要判他極刑啊！我們同樣贊成感化
　　教育，我們同樣強調社會力量，可是我們認為：在沒有辦法達
　　成的時候，我們才判他極刑。

　　在這個例子裏，正方起先問的是穿鞋了沒有，接著問鞋子要不要上油，
這些都不是質詢的重點，只是聲東擊西的佯攻；後來問到補鞋子，才是類
比的主要問題，又用「你是拿去補囉？」的問句，把對方逼入「說不定重
買一雙。」的陷阱，這就是用逼迫法，逼得對方不得不掉入陷阱的甕中捉
鱉法。

　　四、貍貓戲鼠

　　這是讓對方把錯誤的地方再說一遍，以免對方藉故逃遁的謀略。因為
在辯論進行當中，每會由於發現錯誤自行修正；如果對方剛剛一而再、再
而三的說過，就不好意思立刻修正了，本謀略就是利用這種心理，避免對
方脫逃的方式。

　　例如民國六十四年十二月，高雄海專舉辦的南區大專辯論賽中，就有
一段運用貍貓戲鼠的例子，那次使用的辯題是：「市區內應該禁行機車」，
情況是這樣的：

反：（申論）……以目前情況來說，臺北市大多數的市民，以機車
　　為謀生的工具；市區內禁行機車以後，他們不是要無以謀生了
　　嗎？

正：（質詢）對方辯友，我聽你剛才說：「所有臺北市民，都以機
　　車為謀生的工具」，是嗎？

反：沒有啊！我只是說大部分。

正：好，那麼我請問你，現在臺北市有多少人口？

反：這個問題（遲疑了一下）我不知道，請你告訴我。

正：好的！根據我方的資料，大約有兩百萬，對不對？

反：是吧！

正：那麼臺北市有多少輛機車呢？

反：我也不知道。

正：根據我方的資料，大約有二十萬輛，對嗎？

反：好吧！

正：那麼，請問你兩百萬減二十萬等於多少？

反：這是因為……

正：我是請教你，兩百萬減二十萬等於多少？

反：那是一百八十萬。

正：還有一百八十萬，那怎麼能說是大部分呢？

　　在這段質詢中，正方如果直接問：「臺北市有兩百萬人，卻只有二十萬輛機車，怎麼會大部分人以機車為謀生工具呢？」反方發現了自己的語病，可能會解釋說：「我的意思是很多人。」事實上二十萬人是很多人，所以當反方這樣解釋，正方就無法再問下去了。

五、借刀殺人

　　辯論時，如果用對方提出來的資料，來反擊對方，是最精采，也是使得對方無論如何逃不掉的好方法；這種拿對方所提出來的資料或證據，來攻擊對方論點的謀略，就是借刀殺人。

　　在《辯論術之實習與學理》❺一書裏，有一段例子，大意是：一個校長對班長指責該班學生不認真學英文，舉了上課不專心、考卷潦草、英文成績不好等事實。班長卻反過來請校長替他們換英文老師，因為他認為同學英文學不好，完全是英文老師不好所致。其精采的借刀殺人是說：「請

❺　《辯論術之實習與學理》：見本章參考書目及❶。

先生去翻我們的國文卷子看看，看是不是像英文那樣潦草？到國文講堂去看看，看是不是像英文講堂那樣睡覺？我們所以有這些現象，正是因為教員太不行令人無法用功。」其要領就在加上國文科的資料以後，使校長所用以指責學生的證據，都變成班長證明英文老師不好的明證了；這些證據本來是校長提出的，當然不能自打嘴巴而否認了。

六、歸謬論證

歸謬論證又名反證法，是數學證明法中很普通的方法，其論證方式如下：

已知 A=B，假使 B=C，則 A=C
現在又知道 A≠C，所以必定 B≠C

這既然是數學證明法中很普通的證明方法，大家都熟悉，所以不再詳述。

參、對敵防禦方面

對敵防禦，是指辯論時針對對方所提出的駁斥或質疑，提出答辯或解釋，以贏得聽眾的信任及贊同。

一、釜底抽薪

這是從對方的錯誤中，瓦解對方攻勢的謀略，用在回答的時候很有效。

六十四年十二月，高雄海專舉辦的南區大專辯論賽中，就有一段精采的實例；辯題還是：「市區內應該禁行機車」，不過，辯論員已經換人了。

正：有一句話說：「妻兒倚門望，駕駛安全歸」，你聽過嗎？
反：聽過。
正：也就是說，駕駛人的妻兒，都希望駕駛人平安的回家囉？
反：當然。
正：那麼，這個駕駛人也很願意安全的回到家，是嗎？
反：那是沒有問題的。

正：是的，那是沒有問題的。那麼在這種情況之下，機車肇事率還達到百分之四十六，請問機車是不是應當淘汰了呢？

反：機車肇事率達到百分之四十六，我倒沒有聽說過。

在這段實例裏，正方設下陷阱，其過程是「人人希望安全，機車不安全，所以應該禁行機車」的三段論推理；反方就從機車肇事率上，根本否認正方小前提的證據，由之推翻正方整個推論，以達到瓦解正方攻勢的目的，堪稱十分成功的釜底抽薪術。

二、圍魏救趙

這是攻其必救，使對方撤除攻勢的謀略。

辯論時與軍事作戰一樣，可以以攻擊代替防禦，而且攻擊還可能是最好的防禦之道，因為攻擊使得對方忙於自保，就失去對我方展開攻擊的機會，因此免除受到攻擊的威脅。圍魏救趙就是運用這種原理設計的防禦謀略，只要及時攻擊對方要害，使對方忙於防守，這時候就自然而然的解除我方的危機了。

三、虛張聲勢

這是故布疑陣，使對方不敢攻擊的謀略。

當辯論的時候，自己的論點常常被攻擊是很苦惱的事，為了避免自己遭受太多的攻擊，可以採用欺敵的故布疑陣之法，使得對方不敢輕舉妄動。

這種方法在對方準備不很充足的時候，當然能奏效。但是如果對方有很充分的準備，反而會暴露自己的短處，惹來更多的麻煩，所以非必要，不可輕易使用；雖說兵不厭詐，但是詐術終非正道，用多了也就不靈光了。

四、知難而退

我們前面說到辯論功用的時候，曾說：「今天的社會上，有不同意見是正常的現象，透過公開的辯論活動，可以使持有不同意見者彼此在公平公正公開的情況下，作最徹底的溝通，經過這個徹底的溝通活動，有些看法會漸漸趨於一致，有些可能從原先的第一共識形成第二共識。」要使辯論達成從原先的第一共識形成第二共識的目的，則辯論者不但要有包容異

己的雅量，也必須有知難而退的心理準備。

　　所謂知難而退，就是承認對方正確的、可行的意見，修正自己的主張。這種承認對方正確論點，退守第二道防線的知難而退法，對於自我防衛也是很有效的；所以把它列為對敵防禦的方法之一。

第三節　辯論的練習

　　辯論不只是一項實用的溝通技巧，也是一項有效的教育方式。為訓練辯論能力，過去曾有許多不同的辯論比賽方式，也引起過不少比賽制度孰優孰劣的爭執。其實，從教育學的活動設計法看來，各種辯論比賽的制度，各有其特點，也都能夠達成其預定的教育成效，所以都是有用的教育活動；我們不必存著厚此薄彼之心，也不可只喜歡某種比賽方式，而排斥其他的辯論比賽制度，要知道：教育上的活動設計越多越好，只有兼容並蓄，才能夠滿足教學上的需要。

　　目前國民中學與高級中學的公民課本裏，在第三冊分別列有辯論活動的單元，雖然細節略有不同，但是都是採用臺灣地區近年流行的奧瑞岡式辯論。現在另列舉「中華民國演說藝術學會」的《新制奧瑞岡式辯論標準規則》（見附錄），以備練習之需。

　　除了奧瑞岡式辯論以外，在臺灣地區常見的辯論比賽方式還有演說式（舊式）辯論、新加坡廣播局式辯論，如果要訓練學生有條理的敘述能力，演說式辯論相當有效；如果要訓練學生的機智反應能力，奧瑞岡式辯論當然不錯；新加坡廣播局式辯論，既有演說式的申論，也有激烈的自由辯論，還加上觀眾質詢，趣味濃厚，也是一種很好的辯論活動方式。

　　以下的幾個辯論題目中，請選擇一個作為辯論練習的題目，在老師領導下，作一次奧瑞岡式的辯論練習。

　　㈠教師應具有體罰權。

　　㈡公職人員候選人應廢除學歷限制。

　　㈢國民中學應一律採用能力分班。

㈣各級學校應廢除標準教科書制度。

㈤大專院校學生應必修口語表達課程。

參　考　書　目

《演講辯論學》　祝振華著　黎明文化事業股份有限公司　民國 66 年 8 月初版

《演說與辯論》　張正男著　臺北文笙書局　民國 73 年 11 月初版

《理則學》　陳祖耀著　臺北三民書局　民國 48 年 9 月初版

《辯論術之實習與學理》　費培傑譯　臺灣商務印書館　民國 69 年 5 月 臺一版

《作個善辯的人——辯論學導論》　馮必揚著　臺灣高等教育出版社　民 國 79 年 12 月一版

《批判‧思考‧辯》　游梓翔、溫偉群共同譯著　臺北業強出版社　1988 年 10 月初版

《奧瑞岡式辯論》　游梓翔、溫偉群共同編著　臺北業強出版社　1989 年 4 月初版

《優勢辯論學》　鄧中堅等譯　穆斯隔拉佛著　臺北巨人出版社　民國 63 年 10 月初版

《縱橫辯論——奧瑞岡式辯論剖析》　諸承明　臺北桂冠圖書公司　1990 年 2 月初版

《國音學》　臺灣師大國音編委會　臺北正中書局　民國 71 年 10 月初版

《雄辯的技巧》　魯曉明著　臺北名家出版社　民國 69 年 8 月五版

附　錄

新制奧瑞岡式辯論標準規則

第一章　主辦單位

一、主辦單位應至少於比賽前卅天將比賽辦法寄送各校。

二、主辦單位應於比賽辦法中提供比賽題目，以供各校於領隊會議中議
決，其數量應至少為比賽實際使用題目數之兩倍。主辦單位亦得要求
各隊提供辯題作為訂題參考。

三、比賽規則由主辦單位依本標準規則訂之，並附於比賽辦法中。主辦單
位所訂之規則不得與本標準規則相牴觸。

四、主辦單位得視需要邀請一或數個協辦及承辦單位，並得向演辯相關學
術團體申請必要之協助。

五、主辦單位應於賽前召開領隊及裁判會議。

第二章　領隊及裁判會議

一、領隊會議由各隊領隊一人參加，未派領隊參加之隊伍，視為接受會議
之一切決議。

二、比賽題目措詞及定義應由領隊會議依主辦單位提供之資料議定，經領
隊會議所定之題目及定義不得以任何理由要求更改。

三、第六章「評分」部分外，比賽規則由領隊會議討論確定之，但其議決
結果不得牴觸本標準規則。

四、賽程由主辦單位訂定，並於領隊會議中由各隊抽籤決定相關位置。

五、主辦單位應於領隊會議中宣布場地及其設備狀況，必要時得提出討
論，討論之後由主辦單位作最後決定並公布。

六、領隊會議得以三分之二出席及三分之二表決中止實施本標準規則第
五章「比賽規則」之部分條文。

七、裁判會議由大會裁判及各隊隨隊裁判參加，未出席會議者視為接受會

議之一切決議。

八、裁判會議應議定「評分」部分規則，及其他與裁判有關事宜，但其議決結果不得牴觸本標準規則。

九、裁判會議得以三分之二表決中止實施本標準規則第六章「評分」之部分條文。

第三章　人　員

一、每場比賽，須由主辦單位指派會場主席一位，以主持比賽之開始及進行。

二、每場比賽，須由主辦單位指派計時員、計分員及招待人員各若干位。

三、每場比賽，須由主辦單位安排三位以上（含三位）單數之裁判人員擔任裁判工作。

四、每場比賽，裁判人員不得中途入席、離席或更換。

五、裁判人員須於賽前詳閱題目、定義及規則。

六、每場比賽，各隊出賽人員三位。出賽名單於每場比賽前十分鐘向主辦單位提出，否則視為棄權。

第四章　比賽程序

一、比賽程序如後：

㈠正方第一位隊員申論。反方第二位隊員質詢正方第一位隊員。

㈡反方第一位隊員申論。正方第三位隊員質詢反方第一位隊員。

㈢正方第二位隊員申論。反方第三位隊員質詢正方第二位隊員。

㈣反方第二位隊員申論。正方第一位隊員質詢反方第二位隊員。

㈤正方第三位隊員申論。反方第一位隊員質詢正方第三位隊員。

㈥反方第三位隊員申論。正方第二位隊員質詢反方第三位隊員。

㈦雙方結論。

二、比賽時間：主辦單位得視實際需要，依申論、質詢、結論標準時間之順序，採取「三、三、三」、「四、三、三」、「四、四、四」、「五、四、四」、「六、四、四」或其他時間制度。若無另行規定，高中職以「四、四、四」為標準時間制，大專院校以「五、四、四」為標準時間制。

三、申論、質詢均告完畢後三分鐘，開始結論。結論次序由正反雙方於正一申論前抽籤決定。

四、申論、質詢及結論之發言，於標準時間外均有卅秒之緩衝時間，屆滿時必須結束發言。計時員至少應於標準時間及卅秒緩衝時間屆滿時以信號告知發言人。

第五章　比賽規則

通　則

一、道具一經使用，他方亦得相同之權利。

二、非經他方要求，將已使用或待使用之道具於他方發言時展示者，視為違規。

三、任何隊員發言時，不得涉及人身攻擊，否則視為違規。

四、出賽隊員於比賽開始後，不得獲他人之任何幫助，否則視為違規。

五、出賽隊員於發言計時開始後不得獲其他出賽隊員之任何幫助，否則視為違規。

六、引述對方言詞應正確，否則視為違規。

七、引述之證據資料應切合事實，否則視為違規。某方偽造證據資料時，得由他方檢具反證證據資料，於賽後提出抗議。

八、抗議應由結辯或領隊於比賽前或比賽後十分鐘內以書面向主席提出，否則不予受理。抗議提出後，主席應知會他方，他方得以書面答辯。

立　場

一、正方界定之立場應完全符合題目之要求。

二、反方界定之立場應反對題目。

三、正方不合題或反方合題時，反方應於第一位隊員申論，正方應於第二位隊員申論時提出理由質疑，否則視為接受他方界定之立場。

四、除放棄合題或不合題部分之立場外，雙方均不得修正第一位隊員申論時表明之立場，否則視為違規。

質　詢

一、質詢者得提出任何與題目有關之合理而清晰之問題。

二、質詢者控制質詢時間，得隨時停止被質詢者之回答。

三、質詢時間內，質詢者應詢問問題，不得自行申論或就質詢所獲之結果進行評論，否則視為違規，但整理詢問結果之簡短結論不限制。

四、質詢者自行申論或評論時，被質詢者得要求其停止。

回　答

一、被質詢時應回答質詢者所提之任何問題，但問題顯然不合理時，被質詢者得說明理由，拒絕回答。

二、被質詢者不得提出反質詢。

三、被質詢者得要求質詢者重述其質詢，但不得惡意為之，否則視為違規。

四、被質詢者提出反質詢時，質詢者得要求其停止，並拒絕回答。

結　論

一、結論由雙方出賽隊員中自行推選一人擔任之，於賽前十分鐘連同比賽名單提出。

二、結論者應就己方論點及雙方交鋒情形加以整理陳述，不得提出任何申論及質詢階段未提出之論證，否則視為違規。

第六章　評　分

一、評分係就個人成績及團體成績分別評定之。

二、結論之評分列入團體成績，不計個人成績。

三、雙方之總成績各一百分，包括個人七十五分，團體廿五分。每隊三位隊員成績各佔廿五分，包括申論十分，質詢十分，回答五分。團體成績廿五分，包括結論五分，論點設計十分，整體表現十分。

四、凡違反第五章「比賽規則」中之一項，則其因違規所獲之利益一概不予承認，裁判人員並應視情節輕重予以扣分。

五、比賽結束後，裁判人員若有判定正方不合題或反方合題之情形發生，該方之「論點設計」項目應為零分。

六、評分表之最小計分單位為零點五分。

七、若總分統計出現平手情形時，就該張評分表中以「整體表現」、「論點設計」、「個人各次和」、「申論質詢內容」、「申論質詢技巧」、「結論」、

「回答」之順序，依次比較以決定勝方，若仍為平手，則請裁判作最後裁決。

八、雙方提出抗議時，主席應將「抗議裁決單」交與裁判人員（每項抗議一張），由其各自閱讀書面抗議及答辯書，分別裁定之。裁判人員要求驗證事項者，其裁決單由主席收回後，應即作相關處置，並於驗證完畢後再交該裁判人員裁定。抗議裁決之結果應於各裁判之評分表中分別執行之，並將裁決單附於評分表後供查詢之用。

新制奧瑞岡式辯論標準評分表　　場次：　　比賽時間：　　比賽地點：

裁判：　　反方　　　正方　　　計分人員：　　複審人員：

申論／質詢／回答

出場序／百分比	正一	反一	正二	反二	正三	反三
申論內容 5%						
申論技巧 5%						
總計 10%						

出場序／百分比	反二	正三	反三	正一	反一	正二
質詢內容 5%						
質詢技巧 5%						
總計 10%						

出場序／百分比	正一	反一	正二	反二	正三	反三
答詢技巧 5%						

團體成績

出場序／百分比	正　方	反　方
結論 5%		
論點設計 10%		
整體表現 10%		
合計 25%		

個人成績

出場序／百分比	正一	正二	正三	反一	反二	反三
申論 10%						
質詢 10%						
回答 5%						
合計 25%						
名次						

正方：　　　反方：　　　勝方：

抗議事項裁決單	主席: （請簽名）	裁判: （請簽名）
驗　證　事　項	抗　議　成　立	抗　議　不　成　立
□無驗證事項。 □請主席播放相關辯論錄音確認後再行裁決。 □屬「偽造證據」指控，請指控人出示相關資料供確認後再行裁決。	□抗議成立，已於評分時予以適當扣分。 □抗議成立，扣： （　　　　　）項目 （　　　　　）分	□未構成違規條件，抗議不成立。 □屬行政事項，移交大會處理。

抗議事項裁決單	主席: （請簽名）	裁判: （請簽名）
驗　證　事　項	抗　議　成　立	抗　議　不　成　立
□無驗證事項。 □請主席播放相關辯論錄音確認後再行裁決。 □屬「偽造證據」指控，請指控人出示相關資料供確認後再行裁決。	□抗議成立，已於評分時予以適當扣分。 □抗議成立，扣： （　　　　　）項目 （　　　　　）分	□未構成違規條件，抗議不成立。 □屬行政事項，移交大會處理。

抗議事項裁決單	主席: （請簽名）	裁判: （請簽名）
驗　證　事　項	抗　議　成　立	抗　議　不　成　立
□無驗證事項。 □請主席播放相關辯論錄音確認後再行裁決。 □屬「偽造證據」指控，請指控人出示相關資料供確認後再行裁決。	□抗議成立，已於評分時予以適當扣分。 □抗議成立，扣： （　　　　　）項目 （　　　　　）分	□未構成違規條件，抗議不成立。 □屬行政事項，移交大會處理。

第十一章　溝通藝術

溝通一詞，原本是指開鑿溝渠使兩道水流互相流通的意思；如《左傳》哀公九年記載：「秋，吳城邗，溝通江淮」，杜預注：「於邗江築城穿溝，東北通射陽湖，西北至宋口入淮，通糧道也；今廣陵韓江是。」後來，把穿地為溝以通兩河漕運的溝通，引申為疏通彼此意見使之融洽的意思；使得「運送糧貨」的溝通，泛化成「傳遞情意」的溝通，這就與英文communication 的意思接近了。

英文 communication，有人譯為傳播，是指一個人把訊息傳遞給對方。這個傳遞過程，涉及「溝通媒介」(communication media)、「溝通路逕」(communication channels)、「溝通程序」(communication process) 等等的問題，實在相當複雜，所幸西方的許多學者，已經研究得頗為透徹，使我們討論起來已經方便多了。我們為了使人與人之間，意見傳達得更順利，情感交流得更融洽，運用西方溝通學者所研究出來的原理原則，改善溝通的技巧，使人際溝通達到更美好的境界，這就是溝通的藝術。

第一節　人際溝通的原則

溝通藝術，既然要運用溝通學者的研究成果，以改善我們的溝通技巧，使我們的人際關係更為美好，當然有其必須遵守的原則。不過，這些原則是從溝通的基本模式及溝通條件產生的，所以，為了便於說明溝通原則，免得成為高懸的教條，我們必須先介紹溝通的模式以及溝通藝術的基本條件。

壹、溝通的模式

論及西方學者的溝通學理，首先要了解一下溝通的基本模式，有關溝

通的要素，自從亞里斯多德提出：說話者、所說的話、聽話者三大要素以後，歷代學者各有所見而加以增補；例如有名的「拉斯威爾公式」包括「誰、說些什麼、以何種渠道、對什麼人、達到什麼結果」五項要素。施蘭姆對溝通過程，加以深入研究以後，他所提出的模式包括「來源、製碼、訊號、譯碼、目的地」五項❶。現在以施蘭姆的說法為主，再綜合各家學說的重點，試擬個人的人際溝通模式如下：

個人溝通的基本模式示意圖

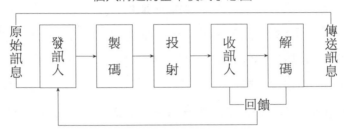

原始訊息是所要溝通的內容，也就是想要表達的語意。發訊人就是指說話者。製碼是把意思用語言或信號表達出來，就是施蘭姆所說的"encoder"。投射指信號或語言的傳遞過程，相當於拉斯威爾公式裏的「以何種渠道」。收訊人是接受信號或者聽話的人，就是亞里斯多德的「聽話者」。即拉斯威爾公式的"decoder"。傳送訊息是指收訊人所了解的訊息內容，相當於拉斯威爾公式的「達到什麼結果」，能跟原始訊息完全相同當然最好，但是這幾乎是不可能的。回饋 (feedback) 是指收訊人向發訊人提出「說些什麼」的反問，也是施蘭姆所提出的概念。從這個個人溝通的基本模式示意圖中，我們可以了解整個溝通的基本過程，雖然這只是最基本的溝通理論，但是對研究溝通藝術化以提高溝通效率，影響極大。

貳、溝通藝術的基本條件

從溝通基本模式的研究中，我們了解了溝通的基本過程以後，接著來談談溝通藝術的基本條件。

❶ 見楊孝濚著，《傳播社會學》第貳編，頁 115～210。

為使溝通工作進行順利而達到藝術化的境界，必須符合下列的條件：

一、訊碼為雙方所共同了解

所謂訊碼，在口頭溝通裏就是語言；所以，把這個條件放在口語傳播的情況，就是「所用的語言為雙方所共同了解」。例如我們要跟外國人講話，總要有共同的語言，不論外國人懂得中國話用中文交談，或者雙方都懂得英文用英語交談，一定要有雙方都能夠懂得的語言，彼此才能夠溝通。否則，溝通行為就無法進行，更談不上溝通藝術了。

二、投射系統相當清晰明確

在當面的語言溝通裏，投射系統很簡單，只要現場沒有噪音，不干擾談話的進行就可以了。但是許多人卻在吵雜的車船上或混亂的市場裏，仍不斷提高聲浪的交談，這就根本欠缺這項投射系統相當清晰明確的條件了。投射系統不清晰明確，則所說的話對方難以聽清楚，溝通的效果當然不彰顯；所以，投射系統相當清晰明確，也是使溝通得以順利進行的重要條件。

三、雙方都具有溝通的心願

訊碼為雙方所共同了解，只不過是使溝通能夠進行而已，投射系統相當清晰明確，也只不過使溝通得以順利進行而已；這兩個條件具備以後，我們只談到能不能溝通，根本還沒有達到「提高溝通效率」的溝通藝術。

要提高溝通效率，雙方必須都具有溝通的心願，假使有一方不願意溝通，不只溝通效率不能提高，甚至溝通過程也崎嶇坎坷，難以順利進行。

要提高溝通效率，雙方更要有互相重疊的生活經驗，而且重疊部分越多越好。這個重疊部分，是雙方所以能夠互相了解的基礎。基礎越穩固，其溝通意願也越強烈，對於「提高溝通效率」的溝通藝術助益頗大。

四、訊息本身具有相當價值

我們要圓滿的達成溝通目的，訊息本身必須具有相當的利益。

人人都注重自己的利益，也無不留心跟自己利益有關的消息；因此，一項本身具有相當利益的訊息，容易引起聽者的注意，溝通的過程就順利，因而其效率大為提高。同樣的道理，如果說了某一句話以後，對自己的利

益很大，說起來總會起勁些，這也能提高溝通效率。因此，訊息本身具有相當利益，也是使溝通成效顯著的重要條件。

參、使人際關係良好的溝通原則

一個人想要運用其口語表達能力以改善人際關係，必須遵守下列的八項原則：

一、發音不但正確，還要美妙悅耳

說話的主要媒介是聲音，而一個人所能發出的聲音各不相同，我們為了使每一個人的聲音，能夠成為溝通的信號，不得不異中求同，找出彼此能夠辨認的各種聲音，約定俗成的賦予特定的意義。

當我們使用任何一種語言的時候，必須掌握該語言的發音特點，使我們所發出來的每一個聲音，都能夠符合該語言的要求，這樣才能夠使別人聽懂我們所說的話，如果發音不能符合該語言的要求，所說的話使人費解，溝通就難以順利進行了。

愛美是人類的天性，追求完美更是人生的重要目標；就如同印度詩哲泰戈爾所寫的：「美是甜蜜的，因為她跟我們的生命，依循著同樣飛速的調子飛舞。」怪不得多少人為了追求完美，無怨無悔地付出了一切。因此，只有發音正確，充其量只是使人容易懂得而已，還達不到運用其口語表達能力以改善人際關係的目的；按照人類愛美的本質，我們說話不但要發音十分正確，還要力求語音美妙悅耳，才能夠達到運用其口語表達能力以改善人際關係的目的。

二、語辭不但恰當，還要華麗優美

當我們研究語言現象的時候，我們發現只有聲音並不能表達情意；任何語言中，都有龐大數量的語辭，我們必須從這龐大的辭庫裏，選擇最恰當的語辭來代表自己的意思，才能夠達到說話的目的。

如同前面說明發音不但正確還要美妙悅耳時所說的：愛美是人類的天性，追求完美更是人生的重要目標；我們為使所說的話更容易達到改善人際關係的目的，語辭在可能的範圍內，必須力求華麗優美；古人曾有「言

之不文，行之不遠」的說法，當我們的語辭，經過適度的美化以後，別人不但聽得舒服，而且記得牢固：這就不只容易得到對方的贊同，而且可以長期贏得許多人的支持了。

三、語句不但流利，還要精采動人

話是一句一句講的，每一句話要使人容易聽懂，必須說得流利順暢。例如：要將哪些詞連接使用，哪些詞又會互相排斥而不能同時在一句話裏出現；哪個詞在前，哪個詞在後；務必使每一句話成為有系統、有意義的結構，符合語法上的要求。

語句流利順暢，固然可以使我們很容易表達自己的意思，但是不能保證別人聽了以後欣然接納；而我們說話，絕對不是自己說過就算了，必須別人欣然接納才算成功；假使要使別人在聽了以後欣然接納，就必須使語句精采動人。

四、語料不但適合，還要新鮮有趣

許多人感嘆：說話難，難在無話可說。誠然，巧婦難為無米之炊，當一個人覺得沒有話可講的時候，是很難講出好話來的。不過，根據一般的情況，沒有話可講的時候，就能夠閉嘴不講話的人還好，可怕的是有些人明明沒有話可講，還要無話找話的亂講，等話說過了以後再後悔。為了能夠運用我們的口語表達能力，以改善人際關係，不但必須有足夠的語料，而且使用的時候，語料一定要適合，並且新鮮有趣。適合的語料不會惹禍，不會有後悔的後遺症；新鮮有趣的語料，使人樂於傾聽，易於達成溝通的目的。

五、表達不但精妙，還要運用得當

一個口才好的人，並不是敢於說話，而是善於說話。有些人不論對什麼人，或是在多少人面前，都能夠氣定神閒的侃侃而談，這種膽識當然可貴，但是如果話不精采，甚至於使人覺得索然無味，那麼這只算是敢於說話，還不是一個善於說話的人。一個真正擅長說話的人，不但說話清晰自然，態度從容不迫，而且言之有物、言之有序，幽默風趣，每一句話都說得恰到好處，這才算是具備精妙的好口才。

　　但是我們也看過能說善道而人際關係欠佳的人，那是因為他口才運用不當的緣故；追究其原因，還是要怪他的口才技巧不到家。一個口才真正好的人，不只知道對什麼人該說什麼話，知道每一句話該怎麼說；也知道什麼話能說、什麼話不能說、什麼話該說到什麼程度；更知道應該怎樣適度的韜光隱晦，避免過度暴露才華而遭人嫉妒。

　　六、品德不但高尚，還要顯得自然

　　古人有「病從口入，禍從口出」的教訓，我們如果想避免言語招禍，就必須修養口德。而且，口德的修養，不但要做得高尚，還要顯得自然而不造作。

　　口德的修養，可從兩方面著手。消極方面：不說使人難過的話，不說傷害別人的話，不談論別人的私事，更不以話欺騙別人或激怒、引誘別人而實現陰謀。積極方面：要多說溫馨的、營養豐富的、激勵進取的、解人危難的話。

　　有些人喜歡說些讓人聽了心裏難過的話，也有人喜歡說傷害別人或侮辱別人的話，好像這一來別人就無力招架，顯得自己的口才很好；他們不知道，說話使人傷心受害，別人將避之如蛇蠍，最後將會失去所有的朋友，更談不著實現改善人際關係的溝通目的了。談論別人的私事，對自己毫無助益，而且惹人怨恨，長久以往，不但交不到朋友，還會到處樹敵，有百害而無一利。至於用欺騙的手段，以謊言騙人，不只有傷口德，也為法理所難容。用話引誘或激怒別人而實現陰謀，是道道地地的陰謀家，縱然得志於一時，久而久之，陰謀被揭穿，不但詭計不得售，還會人格掃地，信用破產呢！由此可見這些消極的口德修養，絕對不可疏忽。

　　當你高唱「友情，人人都需要友情」的時候，你曾想過友情的可貴何在嗎？如果朋友之間不能互相慰藉、給與溫暖，友情還有什麼價值值得大家歌頌呢？因此，多說溫馨的話語，是一個人積極修鍊口德的基礎。一句溫馨的話語，充滿了善意與感性；一句營養豐富的話語，則充滿了知識與智慧。亞里斯多德說得好：「學問是富貴者的裝飾，是貧困者的避難所，更是老年人的糧食。」莎士比亞則說：「智慧乃靈魂之太陽。」讀了這些西

哲的名言，我們能不憬然奮起嗎？在說話的時候，不要吝於提供自己的學習心得或研究成果；也不要再羞怯得不敢談論自己的經驗，以指引別人克服困難；更不該殘忍的坐視別人因無知而犯錯。一個具有知識與智慧的人，假使不能用以幫助他人，那就像億萬富翁把財富鎖在保險櫃中，終其一生也只不過是擁有一堆珍藏的廢物罷了。言談間適時提供智慧與知識，並非炫耀賣弄，而是修養口德──盡到說話者的義務而已。

　　儘管人人有進取之心，但是每個人也都會有懈怠或情緒低落的時候；當我們陷於情緒谷底中，需要知心好友的鼓舞與安慰，那麼將心比心，我們的朋友也一樣。所以，一個要修養口德的人，必須適時地說些激發進取之心的話，使別人得以建立東山再起之志，安渡情緒的低潮時期。

　　拯人之厄，扶危濟傾，本來是同情心的表現，也是我們發揚口德的機會。當別人遭受危難的時候，如果視若無睹，縱使不遭非議，也難逃良心的自責；當我們可以為人說幾句主持公道、證明清白、免除危害的話之時，就不要再三緘金口而吝於發言了。

　　每個人如果能夠在消極方面，做到不說使人難過的話，不說傷害別人的話，不談論別人的私事，也不以話欺騙別人或激怒、引誘別人而實現陰謀。在積極方面，做到多說溫馨的、營養豐富的、激勵進取的、解人危難的話。那麼就可以具備高尚的口德了。

　　品德的修養，起先免不了有勉強為之的情形，看在別人眼裏，會有不敢確信的感覺；這使得修養口德的預期效果打了折扣。所以，修養高尚的口德，一定要從內心做起，使口德的行為，顯得自然而不造作，才能夠達到運用口語表達能力以改善人際關係的目的。

七、贏得良好口碑，獲得高度信賴

　　口德的修養，是自我實踐的事情；因為自我修鍊的口德，必須得到眾人的信任，才能夠充分發揮其改善人際關係的目的，所以我們提出「贏得良好口碑，獲得高度信賴」的原則。其實，一個人只要本其仁厚善良的天性，不嗔不貪，不生損人傷人整人的壞念頭，修養口德並非十分困難的事情；但是，如果想要獲取大眾的認同與信賴，以贏得良好口碑，增加其說

話的效力，就不是在短期間裏能夠做得到的了。

既然口德是口碑的基礎，而有了口德不一定能樹立口碑，那麼要怎樣才能夠樹立良好口碑，獲得高度信賴呢？這就有賴恆久的耐心與廣博的愛心了。

雖然亞里斯多德說得沒錯：「德的形成，是力行德的結果」，只要真知力行，終有形成德名、樹立口碑之日；但是，行德的道路是十分寂寞的，必須有堅毅卓絕的耐心，才不會半途而廢，終抵於德行的頂峰而宣告於大地。

培根說：「美德的形成，有如珍貴的香料；當它被焚燒或磨碎，顯得更為芬芳。」當我們為了實踐德行以獲取口碑，而不得不違背自己好逸惡勞的本性，或者犧牲一時的利益的時候，惟有求助於廣博的愛心一途了；因為，一切的偏私、短視，在愛心的光芒照耀之下，將一一化為灰燼、銷融瓦解的。一個人有了廣博的愛心，只要他喜歡，必定能夠持之以恆的修鍊口德，終於確實地樹立口碑的。

八、能夠尋找對象，開創時機；安排情境，化被動為主動

前面第五項原則，談到「表達精妙運用得當」的時候曾說：「一個真正擅長說話的人，不但說話清晰自然，態度從容不迫，而且言之有物、言之有序，幽默風趣，每一句話都說得恰到好處，……不只知道對什麼人該說什麼話，知道每一句話該怎麼說；也知道什麼話能說、什麼話不能說、什麼話該說到什麼程度。」其實，這些都還是被動的原則。一個人如果真要運用其口語表達能力以改善人際關係，除了這些被動的原則以外，還必須尋找對象，開創時機；安排情境，化被動為主動。

有些人認為自己不能運用口才改善人際關係，其藉口是：「沒有合適的對象，沒有恰當的時機，沒有可以發揮口才的空間」。一個懶惰的孩子不用功，總可以找出千百種的理由；一個不願意運用口才改善人際關係的人，當然也會有許許多多的藉口。對象、機會、情境，是要尋找、創造的；一個聰明的人能夠創造機會，一個普通的人也能夠把握機會，而一個愚蠢的人則往往坐失良機。記得西哲培根有一句名言說：「聰明人所造成的機

會，遠比他找到的機會多。」而法國強人拿破崙更刻薄地說：「沒有機會是弱者的藉口。」你難道不願意做一個開創機會的聰明人，而甘心做一個坐失良機的愚夫愚婦嗎？為了使自己成為一個能夠運用口語表達能力以改善人際關係的人，必須確實按照上列的八項原則去做；尤其要做到尋找對象，開創時機，安排情境，化被動為主動，不可以再苟且延宕，必須立刻力行實踐喔！

第二節　口語溝通的技巧

當我們研究過人際溝通的原則以後，就可以接著討論口語溝通的技巧了。雖然口語溝通的技巧，每因身分對象不同而異；但是，也有其共同的情況；底下分別就一般的溝通技巧及各種身分對象的溝通技巧，作簡明的介紹。

壹、一般的口語溝通技巧

既然溝通是要使對方聽懂我們的話以後，按照我們的意思去做，那麼說話時一定要目視對方，不可左顧右盼；這不只是一種說話的禮貌，也使我們能隨時了解對方的反應而調整說話的策略，更能控制對方，使他非專心聽我們講話不可。但是目視對方不可使人有被「盯視」的感覺，尤其面對女性更不可把視線投射到頸部以下，否則會使人不悅，影響談話的氣氛。

說話要輕緩適中，尤其對於不很熟悉的朋友，更不可說得太快，萬一他沒聽懂又不好意思發問，所說的話就達不到預期的目的了。私人談話與公共表達不同，只要對方聽清楚，不可大聲的喧嚷或「高談」闊論。說話時口沫橫飛、聲音高亢、語言急促快速，給人性情輕浮暴躁的印象；說話吞吐其辭、不著邊際、目光閃爍、故作神祕，使人覺得狡猾奸詐，不是老實之輩；說話粗俗囂張、放縱不羈、瞪眼頓足、旁若無人，是性情粗野而神經質的表現；只有說話和緩輕柔、有條有理，才是一個性情敦厚而容易親近的人。

話要想了以後再說，不要說了再後悔，凡是有助於對方、有益於大眾的，雖可說得有力、斬釘截鐵；甚至不顧情面、直接頂撞，以贏得急公好義、忠誠可靠的美名。但是如果能夠義正而詞婉、忠心耿耿而外貌和藹，更容易被人接納而達到目的，這種藝術化的方式，不是更好嗎？

與朋友談天，應避免爭辯。談天的目的在互相了解、聯絡情感，不必爭得面紅耳赤，大傷和氣。說話內容以大家有興趣者為主，免得使人有味同嚼蠟之感。與不很熟稔的人談話，可以選擇新聞、名人事蹟、地方特點、對方專長等話題，最好避免談論宗教信仰、政治主張；與陌生人交談，除了必須避免談論宗教信仰、政治主張以外，絕對不可貿然問對方的收入、家世、年齡等問題。

貳、教師對學生的溝通技巧

第五章論教學語言可以鞏固教師的地位時曾說：「隨著社會的進步，經濟的繁榮，教育普及了，使學校淪為知識的販賣場，教師貶為專業的知識販子；知識來源多元化了，更使得教師的地位一落千丈，不要說什麼與『天地君親』並列，也不能再提什麼『一日為師終身為父』，所謂『尊師重道』完全成為博物館裏頭的老古董。」在這個師道式微，教師地位已不如往昔的今日，教師必須具備專精的知識、專業的技能，與學生溝通的技巧，才能勝任作育英才的任務。

那麼教師對學生的溝通技巧上，有哪些應該注意的要點呢？

一、注意禮節，尊重學生

首先，一個教師必須留心自己說話的禮節。學生無論大小，都是一個完整的人，都有其必須受尊重的人格，所以，教師一定要尊重學生的人格，留心自己說話的口氣、措辭、禮貌及儀態。只有謙和有禮的教師，學生才樂於親近，才願意接受其指導；一個整天咆哮吼叫的教師，學生始而畏之（可憐的是教師還以為師威大振，沾沾自喜），繼而厭之（無知的教師覺得學生不知好歹，悶悶不樂），到最後避（不是敬）而遠之；師生關係每下愈況，教學效率之不彰者，理所必至者矣！

二、鼓勵發言，了解學生

一個教師當然必須勤教善導。勤教善導的基礎，在於了解學生；要了解學生，就必須鼓勵學生多發言。無論學生提出問題或者發表意見，教師都必須注意傾聽；教師的傾聽，不但有助於了解學生，對於促進師生和諧，也有幫助。過去有些教師只知自己勤教，卻疏忽了這一點；他們雖然事先勤苦的準備了許多教材教具，上課時也辛勤的拼命講解說明，但是學生始終了解有限，吸收不多。我們必須知道，如果學生沒有得到他所需要的指導，則想學也學不好，落得「勤苦而難成」的下場；這不只是教師徒勞無功，學生也陪著受罪。所以，只有教師能夠鼓勵學生發言，深刻的了解學生，然後對學生作適切的指導，才能真正使學生受惠，達到作育英才的目的。

三、讚美成就，鼓舞學生

以讚美代替指責，以鼓勵代替處罰，這是人性化、現代化的教學理論。一個能夠適時讚美學生的教師，遠比常常處罰學生的教師影響力大得多；其原因無他，就是心理學家證明的：「正增強」的力量遠大於「負增強」而已。有些教師辯稱，他不是不知道讚美鼓舞的好處，只是學生的表現並不值得讚美；這種教師缺乏同理心，必須重新再加以教育。還有些教師說，他怕讚美會形成學生的驕傲心態，所以不願意讚美；其實，驕傲之心來自不正確的獎勵，在語言上適時適度的讚美，使學生知道其努力有了成就，也更確定其繼續努力的目標，只會使他繼續努力以保持榮譽，並不會因此就驕矜自滿的。解除了這些疑慮以後，就該按照「以讚美代替指責，以鼓勵代替處罰」的原則，多讚美學生的成就，多鼓舞學生的學習士氣。

四、言行一致，取信學生

一個教師要使學生信賴而樂於與之溝通，必須言教與身教並重，否則學生就不易受教了。言行不一致的教師，無從取信於學生；當其面具被揭穿以後，學生一定大起反感；如此一來，教師所說的話都不算數，所教的一切，也都白費唇舌了。

五、慎用權威，感召學生

教師絕對不可濫用權威去嚇唬學生，否則容易引起學生的反感。雖然

教師尊嚴必須維護，但是，維護教師尊嚴，應該從充實教材、改善教法做起，不能夠用高壓手段，否則學生累積了太多不滿情緒而反彈，形成師生的緊張關係，教師尊嚴也就完全毀滅殆盡了。

在師道已面臨式微危機的今日，教師千萬不可濫用權威，必須以知性的材料吸引學生，以理性的方式說服學生，如此慎用權威，既無損於教師的威嚴，也不傷害學生的人格尊嚴，才是理想的溝通之道。

參、學生對教師的溝通技巧

這是一個開放的時代，學生有問題，都可以請求解答；學生有意見，也應該受到尊重。因為學生終究只是學生，學校也只是一個負有教育任務的準社會罷了；所以，學生與教師溝通的時候，學生有下列特權，相對的，教師也有其應盡的特殊義務。當學生認清這些師生之間的權利義務關係以後，不再心懷恐懼，也不必一味抗拒，師生溝通就容易多了。現在我們來看看師生相對的權利義務關係：

一、師生相對的權利義務關係

(一)學生有發問的權利，教師有回答的義務

俗話說「學問學問，既要學就要問」；追求學問，必須從發現問題、研究問題、解決問題做起。一個學生如果不問，根本就求不到學問；所以，學生有問題是必然的，既有問題，請求教師解答、指導更是理所當然的。學生不論在課業、生活、精神、體能發展、情感困擾各方面的問題，都有權向相關的教師提出詢問、請求協助。相對的，教師對於學生所提出的問題，負有解答的義務；不過，在分工精細的今日，一個教師無法解答學生的每一個問題也是理所當然的，只要告訴學生該問題可以從哪裏找到答案，就算盡到教師的義務了。

(二)學生有遺忘的權利，教師有提醒的義務

一個學生在學習過程中，有許許多多必須記憶的資料，而且，不可能每個學生都有過目不忘的才智；所以，一個學生只要已經盡了力量，學習不牢固的可以重新來一遍，記憶不清楚的可以再學一次；教師也應該再加以指

導，以善盡其提醒的義務。既然如此，教師在學生學習失敗、教材遺忘的時候，沒有指責、譏笑的權利，學生也不必為了學習不順利、成績不理想而自責、懊惱，只要認真的再試一下，最後能完成整個課程，就算學習成功了。

㈢學生有犯錯的權利，教師有糾正的義務

學生之所以為學生，是因為還有不懂的地方，還在成長、學習的階段。既然不懂，則不知者無罪；既然還在成長、學習的階段，發生錯誤在所難免；所以說學生有犯錯的權利。教師是從事教育工作的專業人員，既有專精的學科知識，也有完整的專業訓練。其工作，就是要幫助學生學習，輔導學生成長；所以當學生犯錯的時候，不論是課業或行為，都應該立刻加以糾正，引導犯錯學生改過遷善。

二、學生與教師溝通的原則

明確認清師生之間的權利義務關係以後，學生又該怎麼跟教師溝通，師生間要怎樣說話呢？再分態度與內容兩項，說明如下：

㈠態度方面

態度上，教師既要尊重學生，學生也要尊敬教師。師生之間互相敬重，就不會有摩擦，也不會發生不愉快了。至於有些學生怕教師而不敢跟教師溝通，這是因為不知道師生權利義務關係而起，只要了解了前面所說的「師生相對的權利義務關係」，學生破除了心理障礙，就可以大大方方的與教師談話了。

㈡內容方面

內容上，師生談話當然以課業討論、品德修養、生活輔導為主，偶爾也涉及事務、成績等問題；這些不只要就事論事，更要在言談之間，建立師生的互動關係。至於漫無邊際的閒談，既無絕對需要，許多學生也有顧忌，能免即免。

肆、僚屬對長官的溝通技巧

僚屬對長官的溝通，專指必須提出報告、說明、請求、建議的時候，這些都是與職務有關的談話；如果是一個能與部屬輕鬆談笑的長官，其下

班後的閒談，彼此視同同儕親友，我們在此不特別討論它。

首先遇到的困擾是怎樣確定彼此的地位。僚屬與長官的關係，當然是長官高於僚屬，不過，這指的是職務的高低，並不是人格的不同。在人格上，長官與僚屬完全平等，作為僚屬的人，不必因職位低下而自卑；更不可因長官的威勢而不敢講話。如果我們再從工作的利害上講，沒有得力的部屬，再高明能幹的長官也不能夠有大作為，可見這是部屬替長官做事，不是長官賞飯給部屬吃；溝通得順利，事情辦得好，蒙其利者長官比部屬多。這麼一想，孟夫子的「說大人則藐之」❷，並不難做到吧！

既然要作報告、說明、請求或建議，當然希望得到預期的結果，所以事先要作充分的準備，在作報告、說明、請求、建議以前，要把有關資料整理好，可以記得住的要記清楚，不容易記得的作備忘錄；就像從前大臣上朝奏議，在笏板上寫的備忘錄一樣的寫在記事本上。說話的語句要簡明、清楚，雖然不必刻意求修辭華美，但千萬不可過於粗俗，以免減低了自己說話的分量。

萬一提出的報告或說明不被接受，或者請求、建議遭到否決，不可粗魯的破口大罵，也不必傷心的垂淚哭泣；應該尊重長官的裁決權，接受長官的意見。只是可以把該案件的責任劃清楚，不必傻傻的背書，做迷迷糊糊的替死鬼❸。

如果事關重大，應該一步一步的分幾次溝通，不要憑空提出一個難以讓長官接受的請求或建議，否則請求或建議不被接受，雖無行政或職務上的責任，事情該做好、能做好而沒有做好，在良心上是一種過失，在工作

---

❷ 見《孟子・盡心下》第三十四章。其原文是：「孟子曰：『說大人則藐之，勿視其巍巍然。堂高數仞，榱題數尺；我得志弗為也。食前方丈，侍妾數百人；我得志弗為也。般樂飲酒，驅騁田獵，後車千乘；我得志弗為也。在彼者皆我所不為也；在我者皆古之制也，吾何畏彼哉！』」

❸ 根據一般公務人員處理公務慣例，應該按照分層負責辦法，下級單位也有判行權，不必事事報請最高主管裁示；遇有特殊狀況，上級長官特別更動下級人員依法所作決定之時，責任應由上級長官自負，下級人員不必背黑鍋。

上也是一種損失。遇到固執的長官，甚至必須採用觀念移植術❹，使事情能夠辦得妥當。

伍、同儕親友間的溝通技巧

為了研究的方便，我們把「同儕親友」，分成必然關係與或然關係兩種。

所謂必然關係的同儕親友，指現在的同學、同事、室友，以及五等以內的平輩血親或姻親，這些人是要經常見面或者不能脫離關係的。或然關係的同儕親友，指過去的同學、同事、鄰居、朋友，或疏遠的親戚，這些人是不必常常見面或關係疏遠的。

一、必然關係的同儕親友

與必然關係的同儕親友溝通，說話要坦誠，態度要大方；因為這一些可能要天天見面的人，實在不容造作，否則整天活在假面具下，當然不自在。各種喜好或害怕的事物，各項專長或者自己能力的死角，都不必隱瞞；彼此互相信賴、互相尊重、互補長短，就能夠輕輕鬆鬆、和和氣氣地相處了。

談話的內容，公事當然有一定的範疇，遵守工作守則絕對不會錯；私人之間的交際，則話題要多變化，不可以老說同一件事，否則同一個話題大天聽，一定使人厭煩。另外，絕對不可談論別人的私事，假使對方以別人的私事為話題，最好不置可否，或者光聽不說；一段時間以後，引導對方轉變話題，不必當面直說話題欠當，以免對方覺得尷尬或惱羞成怒。如果要進諫言，不可當眾明說，必須在別人不注意或私底下告訴他；古人所謂「揚善於公堂，規過於私室」，不是沒有道理的。

儀表上不求過度的妝扮，只要樸素整潔就夠了。衣著要配合各種場合的需要，動作要穩重。輕浮的舉止，不只是不禮貌，也容易自取其辱。不

---

❹ 觀念移植術：將正確觀念，分批逐漸讓人接納，最後使人不由自主的按照正確的作法進行，卻不知道該觀念是從哪兒來的；此法運用之時要不著痕跡，事成之後也不居其名，才能成功。

可在公共場所高談闊論，更不應該在大庭廣眾之前高聲呼叫對方的名字。

　　當對方有些成就，要適度的向他道賀；當對方遭受挫折，要即時給他安慰、鼓勵；恭維道賀的話要得體，最好能配合事件或實況，泛泛之語是難以使人重視的。而過度恭維反而使人有被譏諷的感覺。要使自己成為一個有內涵、有人性、溫柔親切的人，才能夠廣結人緣；只有自己能夠做別人的益友，才能夠交到益友❺。

二、或然關係的同儕親友

　　這種或然關係的同儕親友，可以有相當的選擇機會；彼此性情相投，可以成為最要好的朋友或來往頻繁的親戚；如果格格不入，不妨保持距離，甚至不相來往；但是只能疏遠，千萬不要發生摩擦，以致彼此結仇而成為敵人。

　　彼此關係既屬暫時性的，則交際時一定要遵守禮數，有時甚至還要委曲自己去順應禮俗的需要。因為社交禮節以及風俗人情的規範，往往不是我們所能改變的，面對或然關係的同儕親友，就不可任性胡為；既然不能免俗，就只好完全按照習俗去做了，否則會顯得不懂人情世故。對於經常來往的必然關係親友，不但彼此相知，失禮處也有許多解釋或補救的機會；對於偶爾來往的或然關係親友，見面解釋的機會不多，彼此交情也不夠深談，更沒有深厚的感情基礎，倒不如從俗以圖省事。

　　雖是或然關係的同儕親友，但是在關係尚未解除或見面相處的時候，與必然關係的同儕親友一樣，都是熟悉的人；除了上面所說「可以擇人而友以及必須從俗」以外，要避免破壞情誼而變成仇敵，也必須遵守前項「必然關係的同儕親友」的要領，不再贅述。

　　此外，當然還有「夫妻之間的溝通技巧」、「婆媳之間的溝通技巧」、「陌生人之間的溝通技巧」、「使用電話的溝通技巧」等等；如有需要，可參閱口才訓練的專書，仔細研究以後，再加以揣摩演練；相信人人都可以成為溝通高手，整個社會也將因人際溝通順暢而更加和諧、更加安定了。

---

❺　益友，見《論語・季氏》篇。原文是：「孔子曰：『益者三友，損者三友；友直、友諒、友多聞，益矣；友便辟、友善柔、友便佞，損矣。』」

第三節　溝通技巧的練習

㈠學生對學校的制服規定很不滿意，提出許多窒礙難行的方法。你是訓導主任，要與學生面對面溝通，請設計適當的說辭。

㈡學校的代辦伙食很差，價錢又貴得離譜。學生會推派你與學校行政及代辦伙食的人溝通，請問你要怎麼說？

㈢校長因為事情太多，所以把興建新教室的工程，交給總務主任全權處理。總務主任卻趁機收受回扣、中飽私囊。你是一個有正義感的年輕教師，要怎樣使校長知道事情真相而制止總務主任的貪瀆行為？

㈣在同寢室的室友中，有個人很懶得洗澡。你要怎樣與他溝通，使他改進？

㈤你現在租的房子很不錯，只是房東太太有時候約朋友打牌，吵得無法讀書。用什麼方法跟房東太太溝通，使你保有安寧的讀書環境？

㈥你的弟弟考上最好的高中了，全家人都很高興。你身為姊姊（哥哥）的，要用怎樣的話向他道賀？

㈦你的好朋友在大學聯考因失常而落榜了，你卻僥倖的考上大學。現在你該用什麼話去安慰他、鼓勵他？

參　考　書　目

《致勝說服術》　王倢妤譯　多湖輝著　臺北銀禾文化公司　1989 年 5 月初版

《看了就能把話說得好的書》　艾天喜編著　臺北益群書店　民國 72 年 3 月初版

《有效的溝通技巧》　李啟芳主譯　James G. Robbins & Barbara S. Jones 合著　臺北中華企業管理發展中心　民國 74 年 8 月初版

《會話中的說服技巧》　邱挺祥等譯　夏日志郎著　臺北伯樂出版社　民國 79 年 2 月二版

《生活語言學》　鹿宏勛等著　臺北華欣出版社　民國 76 年 10 月七版

《口才與經營》　張正男著　桃園維力行銷公司　民國 80 年 6 月初版

《語言的魔力》　黃崇鏗編譯　臺南大千文化出版社　民國 64 年 7 月初版

《口才與交際學》　楊秋良著　高雄大東方文化公司　民國 63 年 3 月初版

《傳播社會學》　楊孝濚著　臺灣商務印書館　民國 68 年 8 月初版

《西方大眾傳播學》　劉昶著　臺北遠流出版公司　1990 年 8 月臺初版

第十二章　結論——做一個能說善道的教師

韓愈說：「師者，所以傳道、授業、解惑也。」不管傳道、授業，還是解惑，全都要靠說話。所以即使在視聽媒體發達的現代，說話仍是教學的重要利器。我們可以說：學好說話技巧是教師的義務與責任。不管你是多麼內向，或多麼不愛說話，你既然選擇「教師」這行業，就沒有不研究說話技巧的自由。也許你要說：說話是人類的天賦本能，只要是正常的人，誰不會說話呢？但是會說並不等於能夠把話說得好。話說得好的人，他的一言一語，都能扣人心弦、引人入勝；話說得不好的人，不是會令人聽後不知所云，就是叫人聽了入耳生煩。教師既是負有傳道、授業、解惑的重任，自然就不能說得讓人不知所云或入耳生煩，所以能說善道是教師必備的條件。既然能說善道是教師必備的條件，那身為未來教師的我們就不能不訓練自己的說話能力。所謂說話能力，就教師立場來看，就是能說標準流利的國語及有良好的口語表達與口語溝通能力。要如何使自己能說一口正確標準、流利動聽的國語，而且又具有良好的口語表達及口語溝通能力呢？這就是本課程的教學目的。

上篇「語音原理篇」就是教大家能說一口標準流利的國語，下篇「語言運用篇」就是幫助大家能有良好的口語表達及口語溝通能力。上篇：從〈導論〉一章，可以了解發音原理及如何保養發音器官，也可以認識國語與方言的關係。〈國語發音學〉一章，則讓我們能掌握每一個字音的聲、韻、調而能拼出正確標準的國音來。〈國語音變的原理與運用〉一章，更讓我們理解國語音變的原理及現象，而且透過實際練習，使我們能確切把握輕重音、變調、連音變化及語調的規律，而能生動流利地說出每一句話。

〈國字正音〉一章，不但讓我們認識字形、字音、字義的關係、讀音、語音、又讀的現象，並且提醒我們歧音異義字的讀法，糾正我們容易讀錯的字音。總而言之，透過上篇的教學，不僅讓我們理解有關語音的各種原理，掌握語音變化的各種現象，從而使我們能說一口正確標準、生動流利的國語。下篇「語言運用篇」，則透過實際的演練，除了繼續提升說正確標準、生動流利的國語的能力外，更有效的學習到良好的口語表達能力及口語溝通技巧。〈教學語言〉一章，使我們能在和諧的氣氛下，與學生進行意見、思想或情感的交流，以達成教學目標。〈朗讀〉一章，教我們把書面文字轉化為美妙動聽的有聲語言，不僅提高了語言表達的能力，也能增進寫作及鑑賞文章的能力。〈專題報告〉、〈會議發言〉、〈即席演說〉、〈辯論〉四章，不僅是訓練語言表達能力與溝通技巧的重要項目，更與我們的日常生活關係密切。在四年的大學生活中，我們時常得在某個課程做專題報告，某個會議上發言及各種公私場合進行即席演說與辯論。在往後的教學生涯中，專題報告、會議發言、即席演說與辯論也是隨時得派上用場，而且不只是你本人要從事這四項活動，說不定還得指導學生如何做專題報告，如何在會議上發言，以及參加即席演說與辯論比賽。〈溝通藝術〉一章，不只告訴我們怎樣與學生、同事、長官溝通，更指導我們藉著語言表達能力來改善人際關係。總而言之，下篇「語言運用篇」是著重在實際的運用，透過反覆、多項目的各種練習，提高我們語言表達的能力與改善我們口語溝通的技巧。

當然要有良好的口語表達能力與妥善的口語溝通技巧的先決條件是能說一口正確標準、生動流利的國語。因為如果你的國語發音不標準，便很容易造成別人的誤解；如果你滿口臺灣國語，更會惹人發笑；如果你講不了幾句話，就說錯了好幾個字，誤用了好些個成語，那麼你如何教別人信任你、敬重你？又怎麼可能讓學生喜歡上你的課，接受你的指導？所以良好的表達能力與妥善的溝通技巧，是建立在能說一口正確標準、生動流利的國語上。因此，上篇的「語音原理篇」是下篇「語言運用篇」的基礎。但是如果只是會說一口標準流利的國語，卻不善於用口語表達意見與人溝

通，那就如同腰纏萬貫的大富翁不知怎麼用錢一般，那空有能力卻發揮不
了作用，又有什麼意義呢？所以本課程通過上下兩篇的教學，既重原則理
論，又重實際運用，理論與運用相互配合，認知與練習相互為用，希望大
家不僅能說一口標準流利的國語，而且還能有良好的口語表達能力與妥善
的口語溝通技巧。具備了這樣的素養，我們才不至於讓學生有如下的慨嘆：

　　　　為什麼老師的國語這麼爛！
　　　　為什麼老師的口才這麼差！
　　　　為什麼老師要這樣說，好傷人自尊心啊！
　　　　為什麼老師上課講的，我都聽不懂？
　　　　好可惜啊！這個老師學問那麼好，卻說不出來！

相反的，我們不只要讓學生聽得懂，又想聽，以便達成教學任務，建立師
生間的感情；我們也要藉著良好的口語表達能力與妥善的口語溝通技巧，
使我們與家人、同學、同事、長官建立良好的關係。當然這不是只憑這一
年的國音課程就能達到的。但是只要日後你能以在本課程所學習到的知
識、技巧做基礎，然後不斷的充實，不斷的練習，那不僅能成為一個能說
善道的好老師，而且也一定能扮演好你在社會上的每個角色。
　　你想做一個能說善道的教師嗎？只有喜歡它，才能夠得到它；假使你
真心地想要得到它；那麼，恭喜你，你一定能夠確實地擁有它。

入聲字箋論　陳慧劍／著

　　「入聲字」是「聲韻學」領域裡一重要的「結」。老師、學生要想從各級學校「國語文、詩詞曲」的教材裡摸出一個門徑，若不了解入聲字，是絕對辦不到！一些在大學讀中文系「聲韻學」、修「詩詞」學分的人，他們對付「入聲字」，都是死記。因此，到今天從大學門裡走出來的青年、及至他們分散到各級學校去做國語文教師，又有幾個人會寫詩詞、教詩詞，乃致欣賞詩詞？本書就是提供一個對中國古詩歌文學入門的訣竅！

語言學概論　謝國平／著

　　本書是為一般大專程度學生而寫的語言學入門書。全書分為三部份：第一部份介紹語言的特性、起源、動物的傳訊系統、以及語言學的研究方法與範圍。第二部份介紹語言各層次的結構以及研究這些結構的科學，其中包括語音學、音韻學、構詞學、句法學、語意學、語用學、歷史語言學等。第三部份介紹主要的應用語言學，包括社會語言學、心理語言學語言規劃、及語言障礙與治療等。本書以最新文獻為基礎，文字淺易，對語言學系和一般科學的學生而言，極具實用價值。

聲韻學　林燾、耿振生／著

　　在國學的範疇裡，「聲韻學」一向最為學子所頭痛，雖然從古至今，諸多學者、專家投身其中，引經據典，論證詳確，然或失之艱深，或失之細瑣，或失之偏狹；有鑑於此，本書特別以大學文科學生和其他初學者為對象，不僅對「聲韻學」的基本知識加以較全面的介紹，更同時吸收新近的研究成就，使漢語音系從先秦到現代標準音系的演變脈絡清楚分明，各大方言及歷代古音的構擬過程簡明易懂，堪稱「聲韻學」的最佳入門教材。

文學與音律　謝雲飛／著

　　作者利用現代語音學的道理，把中國文學的音律，如長短律、輕重律、高低律、平仄律，以及配合押韻的音色律等，以語音分析的方法，詳加解說；使學寫詩歌、誦讀韻文的人，都能把握其中訣竅，運用起來得心應手。內容有文學音律之基本理論、韻語選用的原則、辨認平仄四聲的方法、文學音律朗誦的要點、文學音律的教學方法等，並介紹宋詞的用韻法則，析評幾首孤兒詩的用韻含義。全書簡明具體，可以說是學習詩歌者的一部好參考書。

文字聲韻論叢　陳新雄／著

　　陳新雄教授為當今國內聲韻學權威，其受業生徒遍佈各大學講授文字聲韻學，近特將五十歲以後有關文字、聲韻論文共二十篇，彙整為本書，篇篇都是陳教授近十年來的研究心得，於聲韻文字皆有深入思考、詳細剖析，深受國內外學者的好評，例如北京大學名教授周祖謨先生，便推崇陳教授對陳澧系聯《廣韻》條例之補例為難得的佳作；其他像古音的構擬、《廣韻》的系聯、轉注的異說、《說文》的條理各方面，都作了深入的剖析和精確的論斷。

語言哲學　劉福增／著

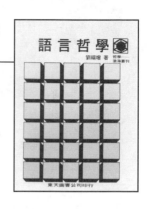

　　人類的語言和人類的文明，一樣久遠。但是，語言哲學的產生，是相當晚的事。到十九世紀末葉，有現代哲學之父之稱的弗列格才開始。不過，這門學問，在當代很快成為哲學上的顯學。語言哲學不但本身是一門具有哲學上豐富內容的學問，而且對任何需要借重語言來做的活動和研究來說，是非常有用和有力的工具。本書除了闡釋和批評弗列格、羅素、奧斯丁和史陶生等人的重要語言哲學學說外，還包括著者在語言哲學上的一些論著。

人性‧記號與文明 —— 語言、邏輯與記號世界
何秀煌／著

　　在人類悠遠的歷史長河中，「記號」是推動人性演化和文明滋長的巨大動力；同時也將是未來鑄造人類理性和陶冶人類感性的決定力量。本書作者嘗試以記號為中心，連結人類的心靈和文明，提出「人性演化論」和「記號人性論」，用以貫穿闡釋語言、邏輯、藝術、教育、道德、人文傳統和分析哲學諸領域。書中討論的題材，涵蓋了文化和哲學裡的許多問題，並進而探索「願然」邏輯的開拓之可能性，試圖為二十一世紀的人類的理智和感情之演化，指出一個可行的方向。

中國文字學　潘重規／著

　　文字之學，必須貫通古今，亦須糾正敵對分歧的觀念，使割裂融通為一體，萬變歸乎於一本。本書分析比較中國文字的構造法則、文字流傳解說的歷史，進一步肯定推崇《說文解字》在文字學上的地位與價值，並說明文字書寫工具的源起與沿革；繼而上下縱論中國文字的演變，從鐘鼎彝器甲骨文乃至於歷代手寫字體，莫不加以詳細而清晰之闡述，書後更附上各時代文字的拓本碑帖圖片。藉由本書，讀者將可充分了解中國文字之優越性，以及中國文化之淵深廣博。